LA ALTERNATIVA DEL DIABLO

frederick FORSYTH

LA ALTERNATIVA DEL DIABLO

CIRCULO DE LECTORES

Título del original inglés, The devil's alternative
Traducción, J. Ferrer Aleu
Cubierta, Yzquierdo

Círculo de Lectores, S.A.
Valencia, 344 Barcelona
2 3 4 5 6 7 8 9 0 8 0 3

Depósito legal B. 40970-1979
Compuesto en Garamond 10
Impreso y encuadernado por
Printer, industria gráfica sa
Sant Vicenç dels Horts 1980
Printed in Spain
ISBN 84-226-1147-3

Edición no abreviada
Licencia editorial para Círculo de Lectores
por cortesía de Plaza & Janés

A Frederick Stuart, que todavía no lo sabe

INTRODUCCION

El presidente de los Estados Unidos leyó el informe con expresión de creciente terror.

—Esto es espantoso —dijo, cuando hubo terminado—. No tengo alternativa. Mejor dicho, elija lo que elija, mucha gente va a morir.

Adam Munro le miró, sin pizca de compasión. Había tenido tiempo de aprender que, en principio, las pérdidas de vidas interesan poco a los políticos, con tal de que no se advierta públicamente que tienen algo que ver con ello.

—No será la primera vez, señor presidente —dijo, con firmeza—, y, sin duda alguna, tampoco la última. En la Empresa lo llamamos «La Alternativa del Diablo».

PROLOGO

El náufrago habría muerto antes de ponerse el sol, de no haber sido por la aguda visión de un marinero italiano llamado Mario. Cuando le descubrieron estaba ya sumido en una inconsciencia total; las partes descubiertas de su cuerpo casi desnudo mostraban quemaduras de segundo grado, producidas por el implacable sol, y las partes sumergidas en agua de mar aparecían blandas, blancas y ulceradas, como los miembros de un pato en putrefacción.

Mario Curcio era el cocinero-camarero del *Garibaldi*, simpático, viejo y enmohecido cacharro que había zarpado de Brindisi con rumbo al Este, en dirección al cabo Ince y a Trebisonda, en el extremo oriental de la costa norte de Turquía. Tenía que recoger un cargamento de almendras de Anatolia.

Nadie preguntó por qué había decidido Mario, precisamente aquella mañana de la última decena de abril de 1982, vaciar su cubo de mondaduras de patata por la borda, en vez de hacerlo por el canal de la basura situado a popa, y, si se lo hubiesen preguntado no habría podido explicarlo. Quizá fue para respirar un poco de aire fresco del mar Negro y romper la monotonía del humo y el calor de la estrecha cocina, pero lo cierto es que salió a cubierta, se dirigió a la barandilla de estribor y vertió la basura en el indiferente, pero paciente mar. Después, dio media vuelta y echó a andar, para volver a sus deberes. Pero, a los dos pasos, se detuvo, frunció el ceño, se volvió y retrocedió hacia la barandilla, intrigado e inseguro.

El barco seguía el rumbo Este-Nordeste, para salvar el cabo Ince, y por esto, al hacer el hombre visera con la mano para mirar a popa, el sol del mediodía le dio casi de lleno en la cara. Pero estaba seguro de que había visto algo allí, sobre las olas verdeazules, entre el barco y la costa de Turquía, que se extendía a veinte millas al Sur. Incapaz de verlo de nuevo, trotó por la cubierta de popa, subió la escalerilla exterior del puente y volvió a mirar. Y entonces lo vio con toda claridad, durante medio segundo, entre dos olas que oscilaban suavemente. Se volvió hacia la puerta abierta que había detrás de él y conducía a la caseta del timón, y gritó:

–*Capitano!*

El capitán, Vittorio Ingrao, tardó un poco en dejarse persuadir, pues Mario era un zoquete; pero, como buen marino, sabía que ante la posibilidad de que hubiese un hombre en el agua, su deber era virar y comprobarlo más de cerca; además, el radar había revelado algo. Le costó media hora conducir el barco al sitio indicado por Mario, pero entonces también él lo vio.

El bote tenía menos de cuatro metros de largo y no era muy ancho. Era una embarcación ligera, como las que a veces llevan a remolque los barcos más grandes. Un poco a proa de la mitad del bote había un solo banco, con un agujero para plantar un mástil. Pero, o nunca había existido el mástil, o éste estaba flojo y había saltado por la borda. Con el *Garibaldi* parado y meciéndose en las olas, el capitán Ingrao se apoyó en la barandilla del puente y observó a Mario y al contramaestre Paolo Longhi, que ponían en marcha el bote salvavidas para ir en busca del náufrago. Desde su puesto elevado, pudo mirar al interior del esquife al ser éste remolcado.

El hombre yacía boca arriba, sobre varios centímetros de agua de mar. Estaba flaco y demacrado, tenía crecida la barba y se hallaba inconsciente, ladeada la cabeza y respirando en breves jadeos. Gimió varias veces cuando le izaron a bordo y los marineros tocaron sus llagados hombros y pecho.

En el *Garibaldi* había siempre un camarote vacío, para que hiciese las veces de enfermería en caso necesario, y el náufrago fue depositado en él. Mario pidió y recibió autorización para cuidarle, y pronto le consideró como algo propio y le prestó atención especial, como habría hecho un chiquillo con un perrito al que hubiese salvado de la muerte. Longhi administró al hombre una inyección de morfina, tomada del botiquín, para aliviarle el dolor, y los dos marineros empezaron a curar las quemaduras.

Por su condición de calabreses, sabían algo sobre las quemaduras por el sol y prepararon el mejor remedio para ellas. Mario trajo de la cocina, en una jofaina, una mezcla, a partes iguales, de zumo de limón y vinagre; un paño de algodón cortado de la funda de su almohada y un cuenco lleno de cubitos de hielo. Después de mojar el paño en la mezcla y envolver en él una docena de cubitos, aplicó suavemente la compresa sobre las zonas más dañadas, donde los rayos ultravioleta habían penetrado casi hasta los huesos. Pequeñas nubecillas de vapor brotaron del hombre inconsciente, al absorber el astringente helado el calor de la carne tostada. El hombre se estremeció.

—Más vale un poco de fiebre que morir de quemaduras —le dijo Mario, en italiano.

El hombre no podía oírle, y, si le hubiese oído, no le habría comprendido.

Longhi fue a reunirse con su patrón en la popa, donde había sido izado el bote.

—¿Hay algo ahí? —preguntó.

El capitán Ingrao movió la cabeza.

—El hombre no lleva nada encima. Ni reloj, ni chapa con su nombre. Sólo unos calzoncillos baratos, sin marbete. Su barba parece de unos diez días.

—Aquí tampoco hay nada —informó Ingrao—. Ni mástil, ni vela, ni remos. Ni comida, ni un frasco de agua. Y ni siquiera el bote lleva un nombre. Aunque tal vez haya saltado.

—¿Un turista en vacaciones, arrastrado hacia alta mar? —preguntó Longhi.

Ingrao se encogió de hombros.

—O el superviviente de un pequeño carguero —repuso—. Dentro de dos días estaremos en Trebisonda. Las autoridades turcas podrán averiguarlo cuando él se despierte y empiece a hablar. Mientras tanto, sigamos nuestra ruta. ¡Ah! Debemos cablegrafiar a nuestro agente allí y decirle lo que ha pasado. Necesitaremos una ambulancia cuando atraquemos.

Dos días más tarde, el náufrago, todavía medio inconsciente e incapaz de hablar, fue acostado entre blancas sábanas en una sala del pequeño hospital municipal de Trebisonda.

Mario, el marinero, había acompañado a su náufrago en la ambulancia, desde el muelle hasta el hospital, junto con el agente del barco y el oficial médico de Sanidad, que había insistido en reconocer al hombre delirante, por si tenía alguna enfermedad contagiosa. Después de esperar una hora al lado de la cama, Mario se había despedido de su inconsciente amigo y regresado al *Garibaldi* para preparar el almuerzo de la tripulación. La noche del día siguiente, el viejo carguero había zarpado.

Ahora, otro hombre estaba junto al lecho, acompañado de un oficial de Policía y del médico vestido de blanco. Los tres eran turcos, pero el hombre rechoncho vestido de paisano, hablaba un inglés aceptable.

—Puede salvarse —dijo el médico—, pero de momento, está muy grave. Insolación, quemaduras de segundo grado, agotamiento general y, a juzgar por su aspecto, no ha comido en muchos días. Está muy débil.

—¿Qué es eso? —preguntó el paisano, señalando los tubos insertos en ambos brazos del hombre.

—Gota a gota, para alimentarle; suero glucosado para contrarrestar el shock —respondió el médico—. Probablemente, los marineros le salvaron la vida al extraer el calor de las quemaduras; pero nosotros le hemos bañado en calomina para ayudar al proceso de cicatrización. Ahora, todo depende de Alá.

Umit Erdal, socio de la Compañía naviera y comercial «Erdal y Sermit», era subagente del *Lloyd* en el puerto de Trebisonda, y el agente del *Garibaldi* se alegraba de haber podido endosarle el caso del náufrago. El moreno y barbudo enfermo parpadeó ligeramente. Erdal carraspeó, se inclinó sobre aquél y dijo, en su mejor inglés, lentamente y con claridad:

—¿Cómo... se... llama?

El hombre gimió y movió varias veces la cabeza de un lado a otro. El hombre del *Lloyd* acercó más la cabeza al enfermo para escuchar.

—*Zradzhenyi* —murmuró el enfermo—, *zradzhenyi.*

Erdal se irguió.

—No es turco —dijo, rotundamente—, pero parece que se llama Zradzhenyi. ¿De qué país puede proceder este nombre?

Sus dos acompañantes se encogieron de hombros.

—Informaré al *Lloyd* de Londres —dijo Erdal—. Quizás ellos tengan noticia de algún barco perdido en el mar Negro.

La biblia de uso cotidiano de la hermandad mundial de la Marina Mercante es la *Lloyds List,* que se publica desde el lunes hasta el sábado y contiene editoriales, comentarios y noticias sobre temas exclusivamente navales. Su compañero de equipo, el *Lloyds Shipping Index,* consigna los movimientos de los 30 000 buques mercantes en activo del mundo: nombre del barco, propietario, pabellón, año de construcción, tonelaje, último lugar de procedencia y lugar de destino.

Ambos órganos se editan en un complejo de edificios de Sheepen Place, Colchester, en el condado inglés de Essex. Umit Erdal comunicó por télex a uno de estos edificios los movimientos de entrada y salida de buques del puerto de Trebisonda, añadiendo una breve nota a la atención de la unidad de Información Naval del *Lloyd,* radicada en el mismo edificio.

La unidad de Información Naval comprobó su registro de accidentes marítimos, confirmó que no había ninguna noticia reciente de desaparición, hundimiento o simple retraso de algún buque en el mar Negro, y pasó la nota a la oficina de redacción de la Lista. Aquí, un subdirector la incluyó como noticia breve en primera página, consignando el nombre que había dado el náufrago. La información apareció en el número de la mañana siguiente.

La mayoría de los que leyeron la Lista del *Lloyd* aquel día de finales de abril no prestaron atención al párrafo sobre el hombre no identificado del puerto de Trebisonda.

Pero la noticia captó la aguda mirada y el interés de un hombre de poco más de treinta años que trabajaba como primer oficial y empleado de confianza en una compañía de corredores de comercio marítimo situada en una callejuela londinense llamada Crutched Friars, situada en el centro de la City, esa milla cuadrada de actividades financieras y comerciales de la capital británica. Sus colegas en la empresa le conocían como Andrew Drake.

Después de asimilar el contenido del párrafo, Drake se levantó de su mesa y se dirigió al salón de sesiones de la Compañía, donde consultó un mapa del mundo donde se mostraban los vientos dominantes y las corrientes marítimas normales. Durante la primavera y el verano soplan casi siempre vientos del Norte en el mar Negro, y las corrientes giran en dirección contraria a la de las agujas del reloj en este pequeño mar, partiendo de la costa meridional, de Ucrania, bajando frente a las costas de Rumania y de Bulgaria y girando hacia el Este en las rutas marítimas entre Estambul y el cabo Ince.

Drake hizo algunos cálculos en un bloc. Una embarcación pequeña que partiese de las marismas del delta del río Dniéster, al sur de Odessa, podía alcanzar una velocidad de cuatro o cinco nudos con viento constante y corriente favorable, navegando hacia el Sur, por delante de Rumania y de Bulgaria y en dirección a Turquía. Pero, a los tres días, se vería empujada hacia el Este, alejándose del Bósforo hacia el extremo oriental del mar Negro.

La sección de *Lloyds List* «Tiempo y Navegación» confirmaba que, nueve días atrás, había habido mal tiempo en aquella zona. La clase de tiempo —murmuró Drake para sí— que podía hacer que un bote dirigido por manos inexpertas volcase, perdiese el mástil y todo lo que llevaba, y dejase a su ocupante a merced del sol y del viento, aunque hubiese podido subir de nuevo a la barca.

Dos horas más tarde, Andrew Drake pidió una semana a cuenta de las vacaciones que le correspondían, y se la concedieron, a condición de que empezase el lunes siguiente, 3 de mayo.

Esperó con cierta excitación a que comenzase aquella semana y, entretanto, adquirió en una agencia próxima un pasaje de ida y vuelta de Londres a Estambul. Resolvió tomar en Estambul, pagándolo en metálico, el billete de Estambul a Trebisonda. También se aseguró de que el pasaporte británico no necesitaba visado para Turquía; en cambio, sí que necesitaba el certificado de vacunación contra la viruela, el cual obtuvo en el centro médico de la «British Airways», en Victoria, acudiendo a él después de las horas de trabajo.

Su excitación se debía a que pensaba que, después de años de espera, podía tener una posibilidad de encontrar al hombre que buscaba. A diferencia de los tres que habían estado junto al náufrago dos días antes, él *sabía* de qué país procedía la palabra *zradzhenyi*. Y también sabía que no era el nombre de aquel individuo. El hombre que yacía en la cama había murmurado la palabra «traicionado» en su lengua materna, y esta lengua era la ucraniana. Lo cual podía significar que aquel hombre era un partisano ucraniano fugitivo.

Andrew Drake, a pesar de su nombre inglés, era también ucraniano... y fanático nacionalista.

La primera visita que hizo Drake, al llegar a Trebisonda, fue a la oficina de «Erdal», nombre obtenido de un amigo del Lloyd, al que había dicho que iba a pasar unas vacaciones en la costa turca y que, como no sabía una palabra de turco, podría necesitar alguien que le ayudase. Por fortuna, Umit Erdal, al ver la carta de presentación que le entregó Drake, no mostró curiosidad por saber los motivos que tenía su visitante para ver al náufrago que estaba en el hospital de la ciudad. Escribió personalmente una carta al administrador del hospital, y, poco después de la hora del almuerzo, Drake fue introducido en la pequeña habitación individual donde yacía el enfermo.

El agente local del Lloyd le había dicho ya que aquel hombre, aunque había recobrado el conocimiento, pasaba la mayor parte del tiempo durmiendo, y que, en sus períodos de vigilia, no decía absolutamente nada. Cuando Drake entró en la habitación, el paciente yacía boca arriba, con los ojos cerrados. Drake acercó una silla y se sentó junto a la cama. Durante un rato observó el demacrado rostro del hombre. Después de varios minutos, éste parpadeó, entreabrió los ojos y los cerró de nuevo. Si había visto al visitante que le miraba fijamente, Drake no habría podido afirmarlo. Pero sabía que el enfermo estaba a punto de despertar del todo. Poco a poco, se inclinó hacia delante y murmuró claramente a su oído.

—*Shche ne vmerla Ukraina.*

Estas palabras significan, literalmente, «Ucrania no ha muerto», pero, en una traducción más libre, equivalen a «Ucrania vive aún». Son las primeras palabras del himno nacional ucraniano, prohibido por los amos rusos, y cualquier ucraniano consciente de su nacionalidad debía reconocerlas en el acto.

El enfermo abrió los ojos y observó fijamente a Drake. Después de unos segundos, preguntó en ucraniano:

—¿Quién es usted?

—Un ucraniano; como usted —respondió Drake.

Una sombra de recelo nubló los ojos del otro.

—Quisling —dijo.

Drake sacudió la cabeza.

—No —dijo, pausadamente—. Soy de nacionalidad británica; nací y me crié en Inglaterra, hijo de padre ucraniano y madre inglesa. Pero, en el fondo de mi corazón, soy tan ucraniano como usted.

El hombre de la cama se quedó mirando tercamente el techo.

—Puedo mostrarle mi pasaporte, expedido en Londres, pero esto no demuestra nada. Cualquier chequista podría procurarse uno si quisiera, para tratar de engañarle.

Drake había empleado la palabra vulgar con que solía designarse al Policía secreto soviético y miembro de la KGB.

—Pero usted ya no está en Ucrania, y aquí no hay chequistas —siguió diciendo Drake—. No fue arrojado a las costas de Crimea, ni del sur de Rusia, ni de Georgia. Y tampoco de Rumania o de Bulgaria. Fue recogido por un barco italiano y desembarcado aquí, en Trebisonda. Está en Turquía. Está en Occidente. Consiguió su objetivo.

Ahora, el hombre le miraba a la cara, alerta, lúcido, deseoso de creerle.

—¿Puede moverse? —le preguntó Drake.

—No lo sé —contestó el hombre.

Drake señaló con la cabeza la ventana de la pequeña habitación, a través de la cual podían oírse los ruidos del tráfico.

—La KGB podría disfrazar el personal de un hospital para que todos pareciesen turcos —dijo—, pero no podrían transformar toda una ciudad para engañar a un solo hombre, al que, si quisieran, podrían torturar para arrancarle una confesión. ¿Podría llegar a la ventana?

Ayudado por Drake, el náufrago se acercó cojeando penosamente a la ventana y miró hacia la calle.

—Los automóviles son «Austin» y «Morris». importados de Inglaterra; «Peugeot», de Francia, y «Volkswagen», de Alemania Occidental. Las palabras de los carteles están en turco. Aquel anuncio de allí es de «Coca-Cola» —dijo Drake.

El hombre apoyó el dorso de una mano en la boca y se chupó los nudillos. Pestañeó rápidamente varias veces.

—Lo conseguí —dijo.

—Sí —asintió Drake—, lo ha conseguido milagrosamente.

El náufrago volvió a la cama y dijo:

—Me llamo Miroslav Kaminsky. Vengo de Ternopol. Allí era jefe de un grupo de siete partisanos ucranianos.

Durante la hora que siguió, desgranó toda la historia. Kaminsky y seis como él, todos de la zona de Ternopol, antaño hogar del nacionalismo ucraniano y donde aún ardían algunas brasas, habían resuelto combatir el programa de implacable rusificación de su tierra, intensificado en los años sesenta y convertido en «solución definitiva» en los setenta y comienzo de los ochenta, para todo el sector del arte, la poesía, la literatura, la lengua y la conciencia nacionales ucranianos. En seis meses de operaciones, los del grupo habían tendido emboscadas y matado a dos pequeños secretarios del partido —rusos impuestos por Moscú en Ternopol— y a un agente de paisano de la KGB. Pero habían sido traicionados.

Fuese quien fuere el chivato, también él había muerto en la granizada de balas lanzada por las tropas especiales de verde insignia de la KGB, al atacar la casa de campo donde se hallaba reunido el grupo para discutir su próxima operación. Sólo Kaminsky había logrado escapar, corriendo como un animal entre la maleza, ocultándose de día en los heniles y los bosques, caminando de noche hacia el Sur, en dirección a la costa, con la vaga idea de refugiarse en un barco de Occidente.

Pero le había sido imposible acercarse a los muelles de Odessa. Alimentándose de patatas y nabos de los campos, había buscado refugio en la región pantanosa del estuario del Dniéster, al sudoeste de Odessa, en dirección a la frontera rumana. Por último, al llegar una noche a una pequeña aldea de pescadores, al fondo de una caleta, había robado un bote provisto de un mástil y una pequeña vela. Nunca había subido a una barca de vela, y nada sabía del mar. Pero, tratando de manejar la vela y el timón, aguantando y rezando, se había dejado empujar por el viento hacia el Sur, guiándose por las estrellas y por el Sol.

Por pura suerte se había librado de las lanchas patrulleras que recorren las aguas costeras de la Unión Soviética, así como de los grupos de barcas de pesca. El menudo cascarón en el que viajaba había pasado inadvertido al radar de la costa, hasta ponerse fuera de su alcance. Entonces se había perdido, en algún lugar, entre

Rumania y Crimea, navegando hacia el Sur y alejándose de los caladeros, aunque en realidad no sabía dónde estaban. La tormenta le pilló desprevenido. Como no supo recoger la vela a tiempo, la barca volcó y él se pasó toda la noche agarrado al casco y gastando las pocas fuerzas que le quedaban. Por la mañana, había conseguido enderezar el bote y subirse a él. Su ropa, de la que se había desprendido anteriormente para que el aire nocturno refrescase su piel, había desaparecido. Y también habían desaparecido las pocas patatas crudas que llevaba, la botella de agua potable, la vela y el timón. Empezó a sentir dolor poco después de salir el sol, dolor que aumentó al avanzar el día. El tercer día después de la tormenta, perdió el conocimiento. Cuando lo recobró, se encontró en la cama, soportando en silencio el dolor de las quemaduras y escuchando unas voces que tomó por búlgaras. Durante seis días había mantenido cerrados los ojos y la boca.

Andrew Drake le escuchó con corazón alegre. Había encontrado al hombre que esperaba desde hacía años.

—Iré a ver al cónsul de Suiza en Estambul y procuraré obtener de la Cruz Roja documentos temporales que le permitan viajar —dijo, cuando Kaminsky empezó a dar señales de cansancio—. En tal caso, probablemente podré llevarle a Inglaterra, al menos con permiso temporal. Entonces podrá pedir asilo político. Volveré dentro de unos días.

Al llegar a la puerta, se detuvo.

—Usted no puede volver allí, naturalmente —dijo a Kaminsky—. Pero con su ayuda, yo sí que puedo hacerlo. Es lo que deseo. Es lo que siempre he deseado.

Andrew Drake tuvo que permanecer en Estambul más tiempo del previsto, y hasta el 16 de mayo no pudo volar de nuevo a Trebisonda con los papeles de viaje de Kaminsky. Había prorrogado sus vacaciones después de una larga conferencia telefónica con Londres y de una bronca del socio más joven de la empresa; pero había valido la pena. Pues estaba seguro de que, por medio de Kaminsky podría satisfacer la mayor ambición de toda su vida.

El imperio zarista y después soviético tenían, a pesar de su aspecto monolítico, visto desde el exterior, dos talones de Aquiles. Uno de ellos era, y es, el problema de alimentar a sus 250 millones de habitantes. El otro es llamado, empleando un eufemismo, la «cuestión de las nacionalidades». De las catorce repúblicas gobernadas por la República Rusa, varias corresponden a naciones no rusas, la mayor y tal vez más nacionalmente consciente de las cuales es Ucrania. En 1882 el Estado de la Gran Rusia contaba solamente con 120 millones de habitantes, de aquel total de 250; la segunda nación más poblada y más rica, con 70 millones de habitantes, era Ucrania. Lo cual explicaba que, tanto bajo los zares como bajo el Politburó, Ucrania hubiese merecido siempre una atención especial para su particularmente despiadada rusificación. Otra razón para ello se encontraba en su historia.

Ucrania estuvo siempre, tradicionalmente, dividida en dos partes, la occidental y la oriental, y esto fue causa de su caída. La Ucrania Occidental se extiende desde Kiev hasta la frontera polaca, al Oeste. La parte oriental estuvo siempre más influida por los rusos, ya que vivió durante siglos bajo los zares; siglos en los cuales Ucrania occidental formó parte del viejo Imperio austro-húngaro. La orientación espiritual y cultural de ésta fue y sigue siendo más occidental que la del resto del país, salvo, posiblemente, los tres Estados bálticos, que son demasiado pequeños para oponer resistencia. Los ucranianos leen y escriben en caracteres romanos, en vez de emplear la escritura cirílica, y son, en su inmensa mayoría, católicos uniatos y no cristianos ortodoxos rusos. Su lengua, su poesía, su literatura, sus artes y tradiciones, son anteriores al auge de los conquistadores rusos procedentes del Norte.

En 1918, con el desmembramiento de Austria-Hungría, los ucranianos occidentales trataron desesperadamente de instaurar una República independiente en las ruinas del Imperio; pero, a diferencia de los checos, eslovacos y magiares, fracasaron y fueron anexionados en 1919 por Polonia, como provincia de Galitzia. Cuando Hitler invadió Polonia Occidental en 1939, Stalin llegó desde el Este con el ejército rojo y se apoderó de Galitzia. En 1941, cayó en poder de los alemanes. Siguió una violenta y cruenta confusión de esperanzas, temores y partidismos. Algunos esperaban concesiones de Moscú si luchaban contra los alemanes; otros pensaban erróneamente que la Ucrania libre surgiría de la derrota de Moscú por Berlín, e ingresaron en la División Ucraniana, que luchó contra el ejército rojo, con uniforme alemán. Otros, como el padre de Kaminsky, se fueron a las montañas de los Cárpatos, como guerrilleros, y lucharon primero contra un invasor y después contra el otro, para acabar haciéndolo de nuevo contra el primero. Y todos perdieron: Stalin triunfó y extendió su imperio hacia el Oeste, hasta el río Bug, nueva frontera de Polonia. Ucrania Occidental pasó a poder del nuevo zar, el Politburó; pero los viejos sueños persistieron. Aparte un ligero respiro en los últimos días de Kruschev, el programa destinado a aplastarla de una vez para siempre se había intensificado continuamente.

Stephen Drach, estudiante de Rovno, ingresó en la División Ucraniana. Tuvo suerte; sobrevivió a la guerra y fue capturado por los ingleses en Austria, en 1945. Enviado a trabajar como peón agrícola a Norfolk, hubiese tenido que ser devuelto en 1946, para su ejecución por la NKVD, al conspirar secretamente el Foreign Office inglés y el Departamento de Estado americano para confiar a la merced de Stalin los dos millones de «víctimas de Yalta». Pero tuvo suerte una vez más. Detrás de un pajar de Norfolk, yació con una chica del Ejército de tierra y la dejó embarazada. El matrimonio era la única solución, y, seis meses más tarde, por motivos filantrópicos, fue excusado de la repatriación y se le permitió quedarse. Liberado del trabajo agrícola, aprovechó los conocimientos adquiridos como operador de radio para montar un pequeño taller de reparaciones en Bradford, centro de los 30 000 ucranianos que estaban en Gran Bretaña. El primer hijo murió siendo muy pequeño; pero nació un segundo hijo en 1950, al que pusieron el nombre de Andriy.

Andriy aprendió ucraniano en el regazo de su padre, pero esto no fue todo. También aprendió a conocer la tierra de éste, los vastos e imponentes paisajes de los Cárpatos y de Rutenia. Y asimiló su odio contra los rusos. Pero su padre murió en un accidente de carretera cuando el chico tenía doce años, y su madre, harta de las interminables veladas de su marido con camaradas exiliados, alrededor de la chimenea del cuarto de estar, hablando del pasado en una lengua que ella no había llegado nunca a comprender, dio a su apellido la forma inglesa de Drake y tradujo el nombre de Andriy por Andrew. Y, como Andrew Drake, ingresó en el Instituto y en la Universidad, y como Andrew Drake recibió su primer pasaporte.

El renacimiento se produjo en la Universidad, cuando su adolescencia tocaba a su fin. Había allí otros ucranianos, y Andrew volvió a dominar la lengua de su padre. Esto ocurría a finales de los años sesenta, cuando el breve renacimiento de la literatura y la poesía ucranianas se había extinguido rápidamente en Ucrania y sus principales representantes estaban haciendo trabajos forzados en los campos de Gulag. Asimiló, pues, los sucesos con visión retrospectiva y sabiendo lo que les había ocurrido a los escritores. En los albores de la década de los setenta, leyó todo lo que cayó en sus manos; las obras clásicas de Taras Shevchenko, erudito y poeta, así como de los que escribieron durante una breve primavera bajo Lenin, pero que fue eliminada bajo Stalin, y, sobre todo, las obras de los llamados de los Sesenta, porque florecieron unos breves años en aquella década, hasta que Breznev volvió a atacar el orgullo nacional que ellos pregonaban. Leyó a Osdachy, Chornovil, Moroz y Dzyuba, y compadeció su suerte; y, cuando leyó los poemas y el diario secreto de Pavel Symonenko, el joven incendiario muerto de cáncer a los veintiocho años, imagen venerada de los estudiantes ucranianos dentro de la URSS, su corazón gimió por una tierra que nunca había visto.

Con este amor por la tierra de su padre muerto, surgió un desprecio igualmente intenso por sus perseguidores; devoró ávidamente los folletos clandestinos enviados de contrabando por el movimiento de resistencia interior, y el *Ukrainian Herald*, con sus relatos de lo acaecido a centenares de desconocidos, privados de la publicidad otorgada a los grandes juicios de Moscú contra Daniel, Sinyavsky, Orlov o Scharansky, porque aquéllos eran los miserables, los olvidados. Con cada detalle aumentaba su odio, hasta que Andrew Drake, antes Andriy Drach, llegó a pensar que la personificación de todos los males del mundo tenía sólo un nombre: KGB.

Su sentido de la realidad le movía a evitar el tosco y simple nacionalismo de los exiliados más viejos y sus diferencias entre ucranianos del Este y del Oeste. Rechazaba también su inculcado antisemitismo, prefiriendo aceptar los escritos de Gluzman, sionista y nacionalista a un tiempo, como palabras propias de un hermano ucraniano. Estudió la comunidad de los exiliados en Gran Bretaña y en Europa, y observó que había cuatro categorías de ellos: los nacionalistas del lenguaje, para los cuales era suficiente hablar y escribir en la lengua de sus padres; los nacionalistas polemistas, que no paraban de hablar, pero no hacían nada; los pintores de eslóganes, que incordiaban a sus paisanos por adopción, pero no se metían con el coloso soviético; y los activistas, que se manifestaban ante los dignatarios soviéticos que visitaban el país, eran cuidadosamente fotografiados y fichados por la Rama Especial, y lograban una efímera publicidad.

Drake los rechazó a todos. Permaneció callado, cortés y distante. Vino a Londres y se empleó en una oficina. Entre los que desempeñan esta clase de trabajo, hay muchos que tienen una pasión secreta, desconocida de todos sus colegas, pero a la que dedican todos sus ahorros, su tiempo de ocio y sus vacaciones anuales. Drake era uno de éstos. Sin armar ruido, reunió un grupito de hombres que pensaban como él; los buscó, los conoció, se hizo amigo de ellos, se confabuló con ellos y les dijo que tuviesen paciencia. Porque Andriy Drach tenía un sueño secreto, y era peligroso, porque como dijo T. E. Lawrence, «soñaba con los ojos abiertos». Su sueño era que, un día, descargaría un solo golpe gigantesco contra los hombres de Moscú, que les trastornaría como jamás habían sido trastornados. Penetraría a través de las murallas de su poder y les atacaría desde el interior de su fortaleza.

El descubrimiento de Kaminsky había reanimado su sueño y significaba un paso hacia su realización, y por esto se sentía resuelto y excitado, mientras su avión se deslizaba por el cielo azul en dirección a Trebisonda.

Miroslav contempló a Drake con semblante indeciso.

—No lo sé, Andriy —dijo—. No lo sé. A pesar de todo lo que ha hecho por mí, no sé si puedo confiar en usted hasta este punto. Lo siento, pero así he tenido que vivir toda mi vida.

—Aunque me observase durante veinte años, Miroslav, no sabría de mí más de lo que sabe ahora. Todo lo que le he dicho acerca de mí es la pura verdad. Si no puede volver allí, deje que vaya yo en su lugar. Pero debo establecer contactos. Si conoce a alguien, a uno solo que...

Por fin, Kaminsky accedió.

—Hay dos hombres —dijo—. No fueron eliminados cuando mi grupo fue destruido, y nadie les conocía. Yo había entrado en relación con ellos hacía sólo unos meses.

—Pero, ¿son ucranianos y partisanos? —preguntó ansiosamente Drake.

—Sí, son ucranianos. Pero no es éste su principal motivo. Su familia ha sufrido también. Sus padres, como el mío, llevan diez años en los campos de trabajo, pero por una razón distinta. Son judíos.

—Pero, ¿odian a Moscú? —preguntó Drake—. ¿Quieren luchar contra el Kremlin?

—Sí, odian a Moscú —respondió Kaminsky—. Tanto como usted o como yo. Al parecer, se inspiran en algo llamado Liga de Defensa Judía. Se enteraron de ello por la radio. Parece que su filosofía, como la nuestra, es devolver golpe por golpe; no permanecer pasivos ante la persecución.

—Tengo que ponerme en contacto con ellos —dijo Drake, en tono apremiante.

A la mañana siguiente, Drake emprendió el vuelo de regreso a Londres, llevando consigo las direcciones de los dos jóvenes partisanos judíos de Lvov. Quince días después, se había inscrito en un viaje colectivo organizado por Inturist para primeros de julio y que incluía visitas a Kiev, Ternopol y Lvov. Renunció a su empleo y sacó los ahorros de toda su vida.

Sin que nadie pudiese advertirlo, Andrew Drake, alias Andriy Drach, iba a emprender su guerra privada... contra el Kremlin.

CAPITULO PRIMERO

Un sol tibio y acariciador brillaba sobre Washington aquella mañana de mediados de mayo, provocando las primeras mangas de camisa en las calles y las primeras rosas rojas en el jardín al que daban los ventanales del Salón Oval de la Casa Blanca. Pero, aunque las ventanas estaban abiertas y el fresco olor de la hierba y de las flores penetraba en el santuario privado del gobernante más poderoso del mundo, los cuatro hombres que se encontraban allí presentes centraban su atención en otras plantas, de un lejano país extranjero.

El presidente William Matthews se había sentado donde siempre lo han hecho los presidentes americanos: de espaldas a la pared sur de la habitación y de cara al Norte, detrás de la antigua mesa y frente a la clásica chimenea de mármol que ocupa la pared opuesta. Su sillón, a diferencia del de la mayoría de sus predecesores, partidarios de los asientos personales y hechos a su medida, era de fabricación en serie, giratorio y de alto respaldo, como los que suelen usar los ejecutivos importantes de cualquier corporación. Pues «Bill» Matthews, como quería que se le llamase en los carteles publicitarios, siempre había hecho gala, en el curso de sus triunfales y sucesivas campañas electorales, de sus gustos corrientes y caseros en el vestir, en la comida y en las comodidades humanas. Por consiguiente, el sillón, que podía ser visto por las docenas de delegados a quienes recibía personalmente en el Salón Oval, no era un mueble de lujo. En cuanto a la hermosa mesa antigua, cuidaba muy mucho de advertir que la había heredado y era parte de la preciosa tradición de la Casa Blanca. Y la gente lo creía.

Pero aquí trazaba Bill Matthews la frontera. Cuando estaba reunido en cónclave con sus principales consejeros, el «Bill» que podía emplear el más humilde de sus votantes para dirigirse a él estaba completamente fuera de lugar. También prescindía del tono bonachón y de la taimada sonrisa obsequiosa con que había embaucado a los votantes, convencidos de que llevaban un chico sencillo a la Casa Blanca. El no era un chico sencillo, y sus consejeros lo sabían; era el hombre en la cima.

Sentados en sendos sillones de recto respaldo, al otro lado de la mesa del presidente, estaban los tres hombres que habían solicitado verle a solas aquella mañana. El más próximo a él, en términos personales, era el presidente del Consejo de Seguridad Nacional, consejero particular de Matthews en asuntos de seguridad y confidente del mismo en asuntos extranjeros. Conocido en los medios del Ala Occidental y de la Oficina Ejecutiva como *el Doc* o como *ese maldito polaco,* el enjuto Stanislav Poklevski provocaba a veces antipatía, pero nunca desdén.

Aquellos dos hombres —el rubio y blanco protestante anglosajón del extremo Sur, y el taciturno y devoto católico romano venido de Cracovia siendo niño— formaban una extraña pareja, dada su intimidad. Pero lo que desconocía Matthews sobre la tortuosa psicología de los europeos en general y de los eslavos en particular era compensado por aquella máquina calculadora, educada en los jesuitas, a la que siempre prestaba oído. Otras dos razones contribuían también al aprecio que sentía el presidente por Poklevski: éste era absolutamente fiel, y carecía de ambiciones políticas fuera de la sombra de Bill Matthews. Pero había una salvedad: Matthews tenía siempre que equilibrar la recelosa antipatía del Doctor por los hombres de Moscú con las más corteses actitudes de su bostoniano secretario de Estado.

El secretario no estaba presente aquella mañana en la reunión, solicitada personalmente por Poklevski. Los otros dos hombres sentados frente a la mesa eran Robert Benson, director de la CIA, y Carl Taylor.

Se ha escrito frecuentemente que la Agencia de Seguridad Nacional de América (NSA) es el cuerpo responsable de todo el espionaje electrónico. Es una creencia popular, pero no cierta. La NSA cuida de aquella parte de la vigilancia y del espionaje electrónicos, realizados fuera de los Estados Unidos y en interés de éstos, que se relaciona con la escucha: intervenciones de teléfonos, registros de emisiones radiadas y, sobre todo, captación en el éter de miles de millones de palabras al día, en cientos de idiomas y dialectos, para su grabación, descrifrado, traducción y análisis. Pero no tiene nada que ver con los satélites espías. La vigilancia *visual* del Globo por cámaras montadas en aviones y, más importante aún, en satélites espaciales, ha sido siempre competencia de la Oficina de Reconocimiento Nacional (NRO), órgano conjunto de la «Air Force» y de la CIA. Carl Taylor, general de dos estrellas del servicio de investigación de la «Air Force», era su director.

El presidente recogió el montón de excelentes fotografías que había sobre la mesa y las devolvió a Taylor, que se levantó para cogerlas y las metió de nuevo en su cartera.

—Bueno, caballeros —comenzó pausadamente el presidente—, me han mostrado ustedes que la cosecha de trigo en un pequeño sector de la Unión Soviética, tal vez en sólo los pocos acres que aparecen en esas fotos, está resultando deficiente. ¿Qué demuestra esto?

Poklevski miró a Taylor y afirmó con la cabeza. Taylor carraspeó.

—Señor presidente, me he tomado la libertad de preparar la recepción en pantalla de lo que está transmitiendo precisamente ahora uno de nuestros satélites «Cóndor». ¿Desea verlo?

Matthews asintió y observó a Taylor, mientras éste se dirigía a la serie de aparatos de televisión instalados en la curva pared occidental, debajo de los estantes de los libros, especialmente reducidos para hacer sitio a la consola de aparatos de TV. Cuando acudían delegaciones civiles al salón, la nueva hilera de pantallas de TV era disimulada por unas puertas correderas de madera de teca. Taylor conectó el último aparato de la izquierda y volvió a la mesa del presidente. Levantó uno de los seis teléfonos, marcó un número y ordenó:

—Proyecten.

El presidente Matthews conocía la eficacia de los satélites «Cóndor». Volando a más altura que cualquiera de sus antecesores, provistos de cámaras tan perfeccionadas que podían mostrar en primer plano la uña de un hombre desde trescientos cincuenta kilómetros de distancia, a través de la niebla, la lluvia, el granizo, la nieve, las nubes y la noche, los «Cóndor» eran los últimos y mejores satélites.

En los años setenta, la observación fotográfica había sido

buena pero lenta, debido principalmente a que cada carrete de película impresionada tenía que ser lanzado por el satélite en una posición determinada y caer por su propio peso, envuelto en cubiertas protectoras; ser recogido con la ayuda de aparatos detectores; enviado por avión a los laboratorios centrales de la NRO, revelado y proyectado. Sólo cuando el satélite estaba dentro del arco que permitía una línea directa desde él hasta los Estados Unidos o una de las estaciones de seguimiento controladas por los americanos, podían realizarse transmisiones directas de TV. Pero, cuando el satélite pasaba cerca de la Unión Soviética, la curva de la superficie de la tierra impedía la recepción directa y, por ello, los observadores tenían que esperar a su regreso.

Después, en el verano de 1978, los científicos solucionaron el problema con el Juego Parabólico. Sus computadoras trazaron una combinación enormemente complicada de las trayectorias de media docena de cámaras espaciales alrededor del Globo, con este fin: cuando la Casa Blanca quería información de uno cualquiera de los espías celestes, le ordenaba, mediante una señal, que empezase a transmitir lo que veía, proyectando las imágenes en un bajo arco parabólico a otro satélite que no estuviese fuera de su campo visual. El segundo aparato retransmitía la imagen a un tercer satélite, y así sucesivamente, a la manera de los jugadores de rugby que se arrojan la pelota mientras corren. Cuando las imágenes deseadas eran recibidas por un satélite sobre los Estados Unidos, podían ser enviadas al Cuartel General de la NRO y, de allí, al Salón Oval.

Los satélites viajaban a más de 60 000 kilómetros por hora; el Globo giraba con las horas, inclinándose según las estaciones. Las computaciones y permutaciones eran astronómicas, pero las computadoras las resolvieron. En 1980, el presidente de los Estados Unidos podía ver, durante las veinticuatro horas del día, cualquier centímetro cuadrado de la superficie del mundo, con sólo apretar el botón de transmisión simultánea. A veces, esto le turbaba. En cambio, nunca preocupó a Poklevski; éste había sido educado en la idea de la exposición de todos los pensamientos privados y de todas las acciones en el confesonario. Los «Cóndor» eran como confesonarios, y él era como el sacerdote que antaño estuvo a punto de ser.

Al iluminarse la pantalla, el general Taylor extendió un mapa de la Unión Soviética sobre la mesa del presidente y señaló con un dedo.

—Lo que está usted viendo, señor presidente, procede del «Cóndor Cinco», que se encuentra aquí, en el Nordeste, entre Saratov y Perm, cruzando sobre las tierras Vírgenes y la región de la Tierra Negra.

Matthews levantó los ojos y miró la pantalla. Grandes pasajes de tierra desfilaban lentamente por aquélla, ocupándola en su totalidad; la extensión abarcada era de unos treinta kilómetros de anchura. El campo parecía pelado, como en otoño después de la recolección. Taylor murmuró unas breves instrucciones por teléfono. Segundos después, la imagen se concentró, mostrando una franja de apenas ocho kilómetros de ancho. Un grupito de chozas campesinas, sin duda *isbas* de planchas de madera, perdidas en la infinidad de la estepa, se deslizó por la izquierda de la pantalla. La raya de una carretera apareció en el cuadro, ocupó su centro unos instantes y desapareció. Taylor murmuró de nuevo; la imagen se aproximó, revelando un espacio de unos cien metros de anchura. La visión era más clara. Un hombre que conducía un caballo por la vasta estepa apareció y desapareció en seguida.

—Más despacio —ordenó Taylor, por teléfono.

El suelo captado por las cámaras se deslizó con menos rapidez. En el espacio, el satélite «Cóndor» seguía su ruta a la misma altura y a igual velocidad; pero, en los laboratorios de la NRO, las imagenés eran estrechadas y retardadas. El paisaje se acercó y discurrió más lentamente. Junto al tronco de un árbol solitario, un campesino ruso se desabrochó despacio la bragueta. El presidente Matthews no era técnico y, por esto, nunca dejaba de asombrarse. El estaba sentado —pensó— en un cómodo despacho de Washington, una mañana de principios de verano, y podía ver a un hombre que orinaba a la sombra de la cordillera de los Urales. El campesino salió lentamente del campo visual por la parte inferior de la pantalla. La imagen que apareció ahora fue un campo de trigo de cientos de acres de extensión.

—Paren —ordenó Taylor por teléfono.

La imagen dejó poco a poco de moverse, y quedó fija.

—Primer plano —dijo Taylor.

La imagen se acercó más y más, hasta que toda la pantalla, de un metro cuadrado, fue ocupada por veinte tallos separados de trigo joven. Todos ellos parecían qüebradizos, endebles, sucios. Matthews los había visto iguales en los cubos de basura del Oeste Medio que había conocido en su infancia, cincuenta años atrás.

—Stan —dijo el presidente.

Poklevski, que había solicitado la reunión y la proyección, escogió cuidadosamente sus palabras:

—Señor presidente, la Unión Soviética tiene prevista este año una producción de cereales de 240 millones de toneladas métricas en total. Ahora bien, este objetivo de producción se descompone en 120 millones de toneladas de trigo, 60 millones de cebada, 14 de maíz, 14 de centeno y, las 20 restantes, entre arroz, mijo, alforfón y granos leguminosos. Los gigantes de la cosecha son el trigo y la cebada.

Se levantó y se acercó al mapa de la Unión Soviética, que seguía extendido sobre la mesa. Taylor apagó la televisión y volvió a su asiento.

—Aproximadamente el cuarenta por ciento de la producción anual de cereales en la Unión Soviética, o sea unos cien millones de toneladas, procede de aquí, de Ucrania y de la zona de Kubán de la República Rusa meridional —siguió diciendo Poklevski, indicando las zonas en el mapa—. Y todo es trigo de invierno. Es decir, se siembra en septiembre o en octubre, y empieza a brotar en noviembre, cuando caen las primeras nieves. La nieve cubre los brotes y los protege de las fuertes heladas de diciembre y enero.

Poklevski se volvió y se apartó de la mesa, en dirección a los grandes ventanales de detrás del sillón presidencial. Tenía la costumbre de pasear mientras hablaba.

Un observador situado en Pennsylvania Avenue no puede ver el Salón Oval, oculto detrás del pequeño edificio del Ala Occidental; pero, dado que las puntas de los altos ventanales, encarados al Sur, pueden observarse desde el monumento a Washington, que se levanta a unos mil metros de distancia, dichos ventanales fueron provistos hace tiempo de verdes cristales de quince centímetors de grueso y a prueba de balas, para el caso de que un francotirador quisiera intentar un disparo a larga distancia desde las proximidades del monumento. Al acercarse Poklevski a los ventanales, la verdosa luz que cruzaba los cristales acentuó la palidez de su ya blanco semblante.

El hombre dio media vuelta y retrocedió, en el momento en que Matthews se disponía a hacer girar su sillón para no perderle de vista.

—En diciembre último, la totalidad de Ucrania y de Kubán se vio afectada por un caprichoso derretimiento de la nieve en los primeros días del mes. Esto había ocurrido otras veces, pero nunca con tanto calor. Una gran ola de aire cálido del Sur, procedente del mar Negro y del Bósforo, avanzó hacia el Nordeste y barrió Ucrania y Kubán. Duró una semana y derritió la primera capa de nieve, que tenía unos quince centímetros de espesor. El trigo y la cebada jóvenes quedaron al descubierto. Diez días más tarde, como para compensar aquello, el caprichoso tiempo azotó toda la región con unas heladas que llegaron a los quince e incluso a los veinte grados bajo cero.

—Lo cual hizo un mal servicio al trigo —sugirió el presidente.

—Señor presidente —intervino Robert Benson, de la CIA—, nuestros mejores expertos en agricultura calculan que los soviets tendrán suerte si pueden salvar el cincuenta por ciento de la cosecha de Ucrania y de Kubán. El perjuicio fue enorme e irreparable.

—¿Y es esto lo que me han mostrado? —preguntó Matthews.

—No, señor —respondió Poklevski—, y éste es el motivo de esta reunión. El restante sesenta por ciento de la producción soviética, o sea, unos ciento cuarenta millones de toneladas, procede de los grandes campos de las Tierras Vírgenes, roturadas por orden de Kruschev a principios de los años sesenta, y de la región de la Tierra Negra, contigua a los Urales. Una pequeña parte viene de allende las montañas de Siberia. Esto es lo que acabamos de mostrarle.

—¿Qué ocurre allí? —preguntó Matthews.

—Algo muy extraño, señor. Algo muy raro está ocurriendo en la cosecha de cereales de los soviets. Este sesenta por ciento está constituido enteramente por trigo de primavera, que se siembra en marzo o abril, después del deshielo. Ahora debería crecer verde y lozano. Sin embargo, crece débil, claro, esporádico, como atacado por una especie de plaga.

—¿También a causa del tiempo? —preguntó Matthews.

—No. El invierno y la primavera han sido húmedos en toda esta zona, pero no excesivamente. Ahora ha salido el sol; el tiempo es magnífico, cálido y seco.

—¿Está muy extendida esa... plaga?

Benson intervino de nuevo.

—No lo sabemos, señor presidente. Tenemos, quizá, cincuenta fragmentos de película sobre este problema en particular. Naturalmente, nosotros estudiamos sobre todo las concentraciones militares, los movimientos de tropas, las nuevas bases de cohetes, las fábricas de armamento. Pero lo que tenemos parece indicar que está bastante extendida.

—Entonces, ¿qué se proponen ustedes?

—Desearíamos —resumió Poklevski— su autorización para gastar bastante más en este problema, a fin de descubrir la gravedad que tiene para los soviets. Esto significa enviar delegaciones, hombres de negocios. Aprovechar la vigilancia del espacio, en cuanto no entorpezca sus tareas prioritarias. Creemos que es de vital interés para América averiguar exactamente con qué dificultades se enfrentará Moscú a este respecto.

Matthews reflexionó un momento y consultó su reloj. Dentro de diez minutos llegaría un grupo de ecólogos que deseaban saludarle y ofrecerle una nueva placa. Después, vendría el fiscal general, antes de la hora del almuerzo, para hablarle de la nueva legislación laboral. Se levantó.

—Muy bien, caballeros, sea como ustedes quieren. Les doy mi autorización. Debemos estar enterados de este asunto. Pero quiero una respuesta dentro de treinta días.

Diez días más tarde, el general Carl Taylor se sentó en la oficina del séptimo piso de Robert Benson, director de la Central de Investigación, o DCI, y contempló su propio informe, adherido a un grueso fajo de fotografías, sobre la mesita de café que tenía delante.

—Es algo muy curioso, Bob —dijo—. No puedo comprenderlo.

Benson se apartó de los grandes ventanales que ocupan el sitio de toda una pared en el despacho del DCI en Langley y desde las que se perciben, hacia el Nor-Noroeste, magníficas vistas de arboledas en la dirección del invisible río Potomac. Como a sus predecesores, le gustaba aquel panorama, particularmente a finales de la primavera y principios del verano, cuando los bosques eran verdes y tiernos. Se sentó en el bajo canapé, frente a la mesita y delante de Taylor.

—Tampoco lo comprenden mis expertos en cereales, Carl. Y no quiero acudir al departamento de Agricultura. Pase lo que pase en Rusia, no queremos publicidad, y, si hiciese intervenir a gente de fuera, la Prensa hablaría de ello dentro de una semana. Bueno, ¿qué ha averiguado?

—Las fotos muestran que la plaga, o lo que sea, no es epidémica —dijo Taylor—. Ni siquiera es regional. Esto es lo más raro. Si la causa fuese climática, habría algún fenómeno meteorológico que lo explicase. No hay ninguno. Si se tratase de una enfermedad de las mieses, sería al menos regional. Y lo propio cabría decir si fuese producida por parásitos. Pero es algo que parece aleatorio. Junto a las zonas afectadas hay trigales sanos y fructíferos. Las imágenes enviadas por el «Cóndor» están fuera de toda lógica. ¿Qué dice usted?

Benson asintió con la cabeza.

—Es completamente ilógico. He destacado un par de agentes sobre el terreno, pero todavía no me han informado. La Prensa soviética no ha dicho nada. Mis propios agrónomos han estudiado una y otra vez sus fotos. Lo único que deducen es que debe de tratarse de una enfermedad de las semillas o de algo nocivo en el suelo. Pero no pueden explicar el carácter aleatorio del fenómeno. No corresponde a ninguna pauta conocida. Lo peor es que debo presentar al presidente un cálculo de la probable cosecha total de cereales de la Unión Soviética en septiembre y octubre. Y tengo que hacerlo pronto.

—No puedo fotografiar todos y cada uno de los campos de trigo y cebada de la Unión Soviética, ni siquiera con los «Cóndor» —dijo Taylor—. Sería una labor de meses. ¿Puede proporcionármelo usted?

—Ni pensarlo —negó Benson—. Necesito información sobre los movimientos de tropas a lo largo de la frontera china y de los preparativos frente a Turquía y el Irán. Tengo que observar constantemente los despliegues del Ejército rojo en Alemania del

Este y los emplazamientos de los nuevos Veinte SS detrás de los Urales.

—Entonces, sólo puedo pergeñar una cifra proporcional, fundada en lo que hemos fotografiado hasta la fecha, y aplicarla a toda la Unión Soviética —dijo Taylor.

—Tiene que hacerse con exactitud —dijo Benson—. No quiero que se repita lo de 1977.

Taylor frunció el ceño al recordarlo, aunque, en aquel entonces, él no era director de la NRO. En 1977, la maquinaria de información americana había sido burlada por un formidable truco de los soviets. Durante el verano, todos los expertos de la CIA y del Departamento de Agricultura habían dicho al presidente que la cosecha cerealista soviética alcanzaría aproximadamente los 215 millones de toneladas métricas. A los delegados de Agricultura que habían visitado Rusia se les habían mostrado campos de trigo sanos y ubérrimos; en realidad, eran las excepciones. Los análisis de las fotos de reconocimiento habían sido defectuosos. En otoño, el entonces presidente soviético, Leónidas Breznev, había anunciado tranquilamente que la cosecha soviética sería solamente de 194 millones de toneladas.

Como resultado de ello, el precio del excedente de trigo de los Estados Unidos había subido, en la certeza de que los rusos, a fin de cuentas, tendrían que comprar unos veinte millones de toneladas. Demasiado tarde. Durante el verano, y actuando a través de Compañías de paja radicadas en Francia, Moscú había comprado por anticipado trigo suficiente para cubrir el déficit... al bajo precio antiguo. Incluso habían fletado aviones de transporte por medio de hombres de paja y, después, llevaron a puertos soviéticos los barcos que se dirigían a la Europa Occidental. El asunto era conocido en Langley como «La Punzada».

Carl Taylor se levantó.

—Muy bien, Bob; seguiré tomando bonitas instantáneas.

—Carl. —La voz del DCI le hizo detenerse en el umbral.— Las bellas fotografías no bastan. Quiero que el primero de julio los «Cóndor» vuelvan a dedicarse por entero a las tareas militares. Déme el mejor cálculo que pueda al terminar el mes. Y..., en todo caso, peque por prudencia. Si sus chicos descubren *algo* que pueda explicar el fenómeno, haga que vuelvan a fotografiarlo. Tenemos que saber qué diablos le ocurre al trigo soviético.

Los satélites «Cóndor» del presidente Matthews podían verlo casi todo en la Unión Soviética, pero no podían observar a Harold Lessing, uno de los tres primeros secretarios de la sección comercial de la Embajada británica en Moscú, sentado a su mesa la mañana siguiente. Y probablemente era mejor así, porque él habría sido el primero en reconocer que no ofrecía una imagen muy edificante. Estaba pálido como la cera y se sentía muy enfermo.

El edificio principal de la Embajada británica en la capital soviética es una vieja y hermosa mansión de antes de la revolución, que da por el Norte al muelle de Maurice Thorez y tiene enfrente, al otro lado del río Moscova, la fachada Sur de los muros del Kremlin. En los tiempos del zar, había pertenecido a un comerciante de azúcar millonario, y se la apropiaron los ingleses poco después de la revolución. Desde entonces, el Gobierno soviético no ha parado en sus intentos de echar de ella a los británicos. Stalin odiaba aquel lugar; cada mañana, al levantarse, tenía que ver, desde sus aposentos privados, la Unión Jack ondeando al otro lado del río, al soplo de la brisa mañanera, y eso le fastidiaba.

Pero la sección comercial no tiene la suerte de alojarse en esta elegante mansión de crema y oro. Funciona en un triste complejo de casas para oficinas construido a tres kilómetros de aquélla, en la Kutuzovsky Prospekt, casi enfrente del «Hotel Ukraina», que parece un pastel de boda. El mismo complejo, cuyo único portal está custodiado por varios vigilantes milicianos, contiene otros vulgares edificios de apartamentos, destinados a vivienda del personal diplomático de veinte o más Embajadas extranjeras, designado colectivamente con el nombre de «Korpus Diplomatik», o Residencia de los Diplomáticos.

El despacho de Harold Lessing estaba en el piso más alto del bloque de oficinas comerciales. Cuando, al fin, se desmayó, a las diez y media de aquella brillante mañana de mayo, el ruido del teléfono al chocar contra el suelo, arrastrado por él en su caída, alarmó a su secretaria en el despacho contiguo. Esta, serena y eficaz, avisó al consejero comercial, el cual envió a dos jóvenes agregados en auxilio de Lessing, que había recobrado a medias el conocimiento. Los dos jóvenes le sacaron de allí, cruzaron con él la zona de aparcamiento y lo subieron a su apartamento del sexto piso del Korpus 6, distante de la oficina unos cien metros.

Simultáneamente, el consejero telefoneó al edificio principal de la Embajada, en el muelle de Maurice Thorez, informó del suceso al jefe de la cancillería y pidió que enviase al médico de la Embajada. A mediodía, después de haber reconocido a Lessing en el lecho de su apartamento, el médico se entrevistó con el consejero comercial. Este, para sorpresa de aquél, le cortó en seco y le propuso que fuesen los dos a consultar al jefe de la cancillería. Sólo más tarde comprendió el doctor —médico internista inglés, destinado por un plazo de tres años a la Embajada, con el rango de primer secretario— la necesidad de aquella maniobra. El jefe de la Cancillería les llevó a una habitación especial de la Embajada donde no había posibilidad de instalar ningún micrófono, cosa que no podía afirmarse de la sección comercial.

—Es una úlcera sangrante —dijo el médico a los dos diplomáticos—. Al parecer, desde hace semanas, e incluso meses, sentía molestias, que atribuía a un exceso de acidez. Pensaba que se debía al exceso de trabajo y lo combatía con enormes cantidades de tabletas alcalinas. En realidad, cometió una tontería; habría tenido que acudir a mí.

—¿Tendrá que ser hospitalizado? —preguntó el jefe de la Cancillería, mirando al techo.

—¡Oh, sí! Desde luego —respondió el médico—. Creo que podré conseguir que lo ingresen en unas pocas horas. Los médicos soviéticos están al día en esta clase de tratamientos.

Hubo un breve silencio, y los dos diplomáticos se miraron. El consejero comercial movió la cabeza. Ambos pensaron lo mismo; por su situación, ambos sabían cuál era la verdadera función de Lessing en la Embajada. El médico lo ignoraba. El consejero cedió la palabra al canciller.

—No será posible —dijo suavemente éste—. No en el caso de Lessing. Tendremos que enviarlo a Helsinki en el vuelo de la tarde. ¿Cree que estará en condiciones?

—Sí, pero... —empezó a decir el médico. Entonces se interrumpió. Acababa de comprender por qué habían tenido que recorrer tres kilómetros para celebrar esta conversación. Lessing debía de ser el jefe del servicio secreto en Moscú—. ¡Oh, sí! Claro. Está conmocionado y probablemente ha perdido medio litro de sangre. Le he dado cien miligramos de «pethidine» como sedante. Y puedo darle otra inyección a las tres de esta tarde. Si le llevan en coche hasta el aeropuerto y alguien le acompaña durante todo el viaje, podrá llegar a Helsinki. Pero, una vez allí tendrá que ingresar inmediatamente en el hospital. En realidad, preferiría acompañarle yo mismo para estar más seguro. Mañana podría estar de regreso.

El jefe de la Cancillería se levantó.

—Magnífico —dijo—. Tómese dos días. A propósito, mi esposa tiene una lista de cosas que se le están acabando, y si fuese usted tan amable de... ¿Sí? Muchísimas gracias. Ahora voy a disponerlo todo desde aquí.

Desde hace muchos años, los periódicos, las revistas y los libros, suelen situar el Cuartel General del Servicio Secreto de Información británico, o SIS, o MI6, en cierto edificio de oficinas del suburbio londinense de Lambeth. Es una costumbre que divierte mucho a los miembros del personal de «la Empresa», pues la dirección en Lambeth no es más que una pantalla cuidadosamente mantenida.

De manera parecida, se mantiene la ficción de que Leconfield House, en Curzon Street, es la sede de la Sección de Contraespionaje, o MI5, para despistar a los curiosos indeseables. En realidad, estos infatigables cazadores de espías no moran cerca del «Playboy Club» desde hace muchos años.

El verdadero hogar del Servicio Secreto más secreto del mundo es un bloque de acero y hormigón de estilo moderno, asignado oficialmente al Departamento del Medio Ambiente, a un tiro de piedra de una de las principales estaciones del ferrocarril Southern Regional, y ocupado desde principios de los años setenta.

Fue en las habitaciones del último piso de este edificio, cuyas ventanas con cristales coloreados miran hacia la torre de Big Ben y el Parlamento, que se yerguen al otro lado del río, donde el director general del SIS recibió la noticia de la enfermedad de

Lessing, precisamente cuando acababa de almorzar. La llamada, por uno de los teléfonos interiores, procedía del jefe de personal, que acababa de recibir el mensaje de la sala de descifrado situada en el sótano. Escuchó atentamente.

—¿Cuánto tiempo estará fuera? —preguntó al fin.

—Varios meses, como mínimo —dijo el jefe de personal—. Estará un par de semanas hospitalizado en Helsinki, y un poco más de tiempo en nuestro país. Probablemente, su convalecencia requerirá varias semanas más.

—Es una lástima —murmuró el director general—. Tendremos que sustituirle lo antes posible. —Como tenía buena memoria, recordó que Lessing se había valido de dos agentes rusos, que ocupaban modestas posiciones en el Ejército rojo y el Ministerio soviético de Asuntos Exteriores, respectivamente; no eran nada extraordinario, pero sí útiles. Después, añadió:— Cuando Lessing esté sano y salvo en Helsinki, hágamelo saber. Y déme una lista breve de posibles sustitutos. Esta misma noche, por favor.

Sir Nigel Irvine era el tercer profesional de Información que, de modo sucesivo, había ascendido al puesto de director general del SIS, o de «la Empresa», según la denominación vulgar que se le da en la comunidad de organizaciones de esta índole.

La mucho más desmesurada CIA americana, fundada y llevada a la cima de su poder por Allen Dulles, había sido puesta bajo el control de una persona venida de fuera: el almirante Stanfield Turner, por haber abusado caprichosamente de su fuerza en los años setenta. Era curioso que, precisamente en el mismo período, un Gobierno inglés hubiese hecho todo lo contrario, rompiendo la tradición de poner «la Empresa» bajo el mando de un importante diplomático procedente de Foreign Office y colocando el cargo en manos de un profesional.

La cosa había dado resultado. «La Empresa» había pagado caros los asuntos Burgess, MacLean y Philby, y sir Nigel Irvine estaba resuelto a que el sistema de un profesional al frente de «la Empresa» continuase después de él. Por eso trataba de ser tan severo como uno más de sus inmediatos predecesores en evitar la actuación de cualquier francotirador.

—Esto es un servicio, no una función de circo —solía decir a los novatos de Beaconsfield—. No estamos aquí para cosechar aplausos.

Era casi de noche cuando los tres legajos fueron colocados sobre la mesa de sir Nigel Irvine, pero éste quería terminar la selección y estaba dispuesto a quedarse el tiempo necesario. Pasó una hora examinando los legajos, aunque la selección parecía bastante obvia. Por último, cogió el teléfono y, como el jefe de personal estaba aún en la casa, le pidió que acudiese a su despacho. Su secretaria introdujo al funcionario dos minutos más tarde.

Sir Nigel sirvió amablemente un whisky con soda a su visitante, para que le acompañase. No veía motivo alguno que le impidiese disfrutar de algunas de las cosas agradables de la vida, y tenía bien abastecido su despacho, tal vez para compensar los hedores del combate en 1944 y 1945 y los sucios hoteles de Viena a finales de los años cuarenta, cuando era un joven agente de «la Empresa», dedicado a sobornar a miembros del personal soviético en las zonas de Austria ocupadas por los rusos. Dos de sus reclutas de aquella época, inactivos durante años, estaban todavía a su servicio, y se congratulaba de ello.

Aunque el edificio que albergaba el SIS era moderno, de acero, hormigón y cromo, la oficina de su director general en el último piso estaba decorada según un estilo más antiguo y elegante. El papel de las paredes era de un sedante color de café con leche, y la alfombra, que cubría totalmente el suelo, era de un tono naranja tostado. La mesa, el alto sillón colocado detrás de ella, las dos sillas de recto respaldo que le hacían frente, y el Chesterfield de cuero con botones, eran muebles auténticamente antiguos.

Del almacén de cuadros del Departamento del Medio Ambiente, al que los mandarines del servicio civil británico pueden acudir para decorar las paredes de sus oficinas, sir Nigel se había llevado un Dufy, un Vlaminck y un ligeramente dudoso Breughel. Le había echado el ojo a un pequeño, pero exquisito Fragonard, pero un mañoso personaje del Tesoro se le había anticipado.

A diferencia del Ministerio de Asuntos Exteriores y de la Commonwealth en cuyas paredes pendían retratos al óleo de antiguos ministros de Asuntos Exteriores, como Canning y Grey, «la Empresa» había rechazado siempre los retratos ancestrales. Y es que, ¿a quién se le ocurriría pensar que unos hombres tan disimulados como los sucesivos jefes del espionaje inglés podían disfrutar con la exposición de sus efigies? Tampoco los retratos de la reina en traje de gala gozaban de gran aceptación, en contraste con la Casa Blanca y Langley, cuyas paredes estaban llenas de fotografías firmadas por el último presidente.

—La entrega al servicio de la reina y del país, en este edificio, no requiere propaganda —le habían dicho una vez a un pasmado visitante de la CIA procedente de Langley—. Quien la necesitase no trabajaría aquí.

Sir Nigel dejó de observar las luces del West End, al otro lado del río, y se apartó de la ventana.

—Munro parece el indicado. ¿Qué dice usted? —preguntó.

—Pienso lo mismo —asintió el jefe de personal.

—¿Cómo es? He leído su ficha y le conozco ligeramente. Déme sus características personales.

—Reservado.

—Bien.

—Un poco dado a la soledad.

—Magnífico.

—Pero lo principal es su dominio del ruso —añadió el jefe de personal—. Los otros dos conocen bien el idioma. Pero Munro podría pasar por un ruso auténtico. En general, no hace uso de su conocimiento. Habla con ellos en un ruso pasable y con fuerte acento. Pero cuando prescinde de éste, parece un ruso de verdad. En fin, para encargarse de Mallard y de Merganser sin pérdida de tiempo, su brillante ruso sería un factor primordial.

Mallard y Merganser (Anadón y Mergo) eran los nombres en clave de los dos agentes reclutados y dirigidos por Lessing. Los rusos que trabajan para «la Empresa» dentro de la Unión Soviética suelen recibir nombre de aves, por orden alfabético, según la fecha de su reclutamiento. Los dos M eran adquisiciones recientes. Sir Nigel gruñó:

—Muy bien. Munro es el hombre. ¿Dónde está ahora?

—Enseñando. En Beaconsfield. Materias del oficio.

—Tráigalo aquí mañana por la tarde. Como no está casado, es probable que pueda salir inmediatamente. No hay tiempo que perder. Por la mañana tendré la conformidad del Foreign Office para su designación como sustituto de Lessing en la sección comercial.

Beaconsfield, en el condado de Buckinghamshire, que es lo mismo que decir a fácil alcance del centro de Londres, era hace años una zona predilecta de los ricos de la capital para instalar sus elegantes casas de campo. A principios de los años setenta la mayor parte de éstas eran ofrecidas como lugar de seminarios, retiros, cursos de dirección y marketing o incluso de observancia religiosa. Una de ellas albergaba la Escuela de Ruso de los Servicios Conjuntos, y tenía sus puertas abiertas a todos; otra, más pequeña, contenía la escuela de adiestramiento del SIS y tenía las puertas completamente cerradas.

El curso de Adam Munro era muy popular, sobre todo porque rompía la enojosa rutina del cifrado y descifrado. El captaba la atención de la clase y lo sabía.

—Bueno — dijo Munro, aquella mañana de la última semana del mes—. Ahora veremos algunas dificultades y la manera de resolverlas.

Los alumnos guardaron silencio, esperando. Los procedimientos rutinarios eran una cosa, y otra, mucho más interesante, el planteamiento de una dificultad real.

—Uno de ustedes tiene que recibir un objeto de un agente —dijo Munro—. Pero es seguido por el servicio local. Puede ampararse en su estatuto diplomático, en caso de detención; pero su agente no puede hacerlo. Este es un ciudadano corriente y está desamparado. Viene a su encuentro y no hay manera de impedírselo. Sabe que, si se entretiene demasiado, llamará la atención; por consiguiente, esperará diez minutos. ¿Qué hará usted?

—Eludir al que me sigue —sugirió uno, pero Munro negó con la cabeza.

—En primer lugar, se supone que es usted un inocente diplomático, no un Houdini. Si le da esquinazo a su perseguidor, se delatará como agente adiestrado. Además, puede fracasar. Si se trata de la KGB, que emplea hombres de primera clase, no podrá eludirles, salvo que se refugie en la Embajada. Otra solución.

—Renunciar —sugirió otro alumno—. No presentarse. La seguridad del colaborador no protegido es lo más importante.

—Cierto —dijo Munro—. Pero, con esto, su hombre se queda con un objeto que no puede retener eternamente y sin poder concertar un encuentro alternativo. —Hizo una breve pausa.— ¿O acaso puede...?

—Si se ha convenido un segundo procedimiento por si fracasara el primero —sugirió un tercer estudiante.

—Exacto —replicó Munro—. Cuando usted estuvo a solas con él, antes de que empezasen a vigilarle a usted mismo, le indicó una serie de lugares alternativos de encuentro, para el caso de que fracasase el primero. Por consiguiente, el hombre espera diez minutos y, si usted no comparece, se dirige tranquilamente al segundo lugar convenido. ¿Cómo se llama este procedimiento?

—Retirada —respondió el avispado alumno que había querido eludir al perseguidor.

— Primera retirada —le corrigió Munro—. Vamos a hacer esto dentro de dos meses en las calles de Londres; por consiguiente, deben aprenderlo bien. —Los alumnos tomaron nota.— Muy bien. Han convenido un segundo lugar de encuentro en la ciudad, pero usted advierte que todavía le siguen. No se ha ganado nada. ¿Qué ocurre en la primera retirada?

Hubo un silencio general. Munro esperó treinta segundos.

—Tampoco deben encontrarse en este lugar —declaró—. De acuerdo con la maniobra en la que ha instruido usted a su contacto, el segundo lugar debe estar siempre situado de manera que él pueda observarle desde lejos. Cuando usted se ha convencido de que le está observando, por ejemplo, desde la terraza de un café, pero siempre desde una distancia considerable, debe hacerle una señal. Una señal cualquiera: rascarse una oreja, sonarse, dejar caer un periódico y recogerlo. ¿Qué significa esto para el contacto?

—Que uno se dirige al tercer punto de reunión, de acuerdo con lo previamente convenido —contestó el avispado.

—Perfecto. Pero alguien le está siguiendo *todavía*. ¿Dónde deberá realizarse el encuentro? ¿En qué clase de lugar?

Esta vez, nadie respondió.

—En un local, bar, club, restaurante o algo parecido, que tenga cerrada la puerta de entrada, de manera que nadie pueda ver el interior de la planta baja desde la calle y a través de los cristales. Bueno, ¿por qué se ha elegido este lugar para la entrega?

Se oyó una breve llamada en la puerta, y el jefe del programa de estudios asomó la cabeza por ella. Hizo una seña a Munro, el cual se levantó de la mesa y se dirigió a la puerta. Su superior le hizo salir al pasillo.

—Tengo un recado para usted —dijo, en voz baja—. El amo quiere verle. En su despacho, a las tres. Salga de aquí a la hora del almuerzo. Bailey se encargará de las clases de la tarde.

Munro volvió a su mesa, bastante intrigado. *El amo* era el apodo, afectuoso y respetuoso a un tiempo, que se daba al director general de «la Empresa».

Uno de los alumnos había preparado una respuesta:

—Se ha elegido aquel lugar para que uno pueda acercarse a la mesa del contacto y recoger el objeto sin ser visto.

Munro movió la cabeza.

—No exactamente. Cuando usted salga del lugar, los que le siguen pueden enviar a un hombre a interrogar a los camareros. Si se ha acercado usted directamente al contacto, alguno de aquéllos puede haber observado la cara de éste y describirla, facilitando su identificación. ¿Alguna otra sugerencia?

—Dejar el objeto en algún sitio, dentro del restaurante —propuso el avispado.

Pero Munro sacudió de nuevo la cabeza.

—No tendrá usted tiempo —repuso—. Los que le siguen entrarán en el lugar pocos segundos después que usted. Además, es posible que el contacto, que según lo convenido habrá llegado antes, no haya encontrado un cubo adecuado en el lavabo. O desocupada la mesa conveniente. Es demasiado aleatorio. No; esta vez emplearemos el roce. Anoten; el asunto se desarrolla así:

»Al recibir su contacto la señal en el lugar de la primera retirada, indicando que alguien le vigilaba a usted, el hombre ha seguido el procedimiento convenido. Ha sincronizado su reloj, al segundo, con un reloj público de confianza o, mejor aún con el del Servicio Telefónico de Hora Exacta. En otro lugar, usted habrá hecho exactamente lo mismo.

»A la hora prevista, él estará ya sentado en el bar o en otro sitio convenido. Usted se acercará a la puerta en el momento exacto. Si va algo adelantado, se entretendrá un poco atándose los cordones de un zapato o deteniéndose en un escaparate. Debe consultar su reloj de manera que nadie pueda verlo.

»En el segundo exacto convenido, entra usted en el bar y la puerta se cierra a su espalda. En el mismo segundo, su contacto se habrá puesto en pie, después de pagar la cuenta, y se dirigirá a la puerta. Como mínimo, pasarán cinco segundos antes de que entren los que le siguen. Usted se cruzará con su contacto a pocos palmos de la puerta, asegurándose de que ésta se haya cerrado para impedir toda visión. Al cruzarse y rozarse con aquél, usted entregará o recogerá el objeto. Inmediatamente, se dirigirá a una mesa desocupada o a un taburete del bar. La oposición entrará unos segundos más tarde. El contacto se cruzará con ellos al salir y desaparecerá. Después, el personal del bar confirmará que usted no habló con nadie. No se detuvo en ninguna mesa ocupada, ni nadie se paró junto a la suya. Con el objeto en un bolsillo interior de su chaqueta, usted apurará su bebida y regresará a la Embajada. La oposición informará sin duda de que no estableció contacto alguno durante su paseo.

»Este es el procedimiento del roce... y *ése* es el timbre que anuncia la hora del almuerzo. De momento, levantemos la sesión.

A media tarde, Adam Munro se hallaba encerrado en la segura biblioteca del sótano del Cuartel General de «la Empresa», estudiando una serie de legajos con cubiertas de piel. Sólo tenía cinco días para aprenderse de memoria todos los datos que le permitirían ocupar el sitio de Harold Lessing como «residente legal» de «la Empresa» en Moscú.

El 31 de mayo voló de Londres a Moscú, para ocupar su nuevo cargo.

Munro dedicó la primera semana a instalarse en su puesto. Para todo el personal de la Embajada, salvo unos pocos enterados, no era más que un diplomático profesional, enviado a toda prisa para sustituir a Harold Lessing. El embajador, el jefe de la Cancillería, el principal intérprete de claves y el consejero comercial, sabían cuál era su verdadero trabajo. La circunstancia de su relativamente avanzada edad, cuarenta y seis años, para un primer secretario de la sección comercial, quedaba explicada por su tardío ingreso en el cuerpo diplomático.

El consejero comercial cuidó de que los asuntos mercantiles a él encomendados fuesen lo menos molestos posible. Munro sostuvo una breve entrevista oficial con el embajador en el despacho particular de éste, y tomó unas copas, oficiosamente, con el jefe de la Cancillería. Conoció a la mayoría del personal y le llevaron a varias fiestas diplomáticas, donde conoció a otros diplomáticos de las Embajadas occidentales. También sostuvo una conferencia privada de negocios con el hombre que representaba un papel equivalente al suyo en la Embajada americana. Según le confirmó el hombre de la CIA, los «asuntos» discurrían tranquilamente.

Aunque todos los miembros de la Embajada británica en Moscú tenían que hablar ruso para no parecer unos zoquetes, Munro empleó un lenguaje académico y con fuerte acento inglés, tanto delante de sus colegas como al hablar con los funcionarios rusos que le eran presentados. Durante una fiesta, dos miembros del personal del Ministerio de Asuntos Exteriores sostuvieron una breve conversación en ruso rápido y familiar, a pocos pasos de él. Les comprendió perfectamente y, como la conversación le pareció algo interesante, informó seguidamente a Londres.

El décimo día después de su llegada se hallaba sentado en un banco del parque donde se celebraba la Exposición Soviética de Realizaciones Económicas, en el extrarradio al norte de la capital rusa. Esperaba para establecer el primer contacto con el agente del Ejército rojo que había trabajado con Lessing.

Munro había nacido en 1936, hijo de un médico de Edimburgo, y su infancia, durante los años de la guerra, había sido convencional, cómoda y feliz, como correspondía a un niño de la clase media. Había asistido a la escuela local hasta los trece años, y después había pasado cinco en el Fettes College, que era uno de los mejores colegios de Escocia. Durante este período, su profesor de idiomas descubrió que el muchacho tenía un oído extraordinariamente agudo para las lenguas extranjeras.

En 1954, dada la obligatoriedad del servicio nacional, había ingresado en el Ejército y conseguido, después de la instrucción básica, un destino en el antiguo regimiento de su padre, que era el de los First Gordon Highlanders. A finales de aquel verano había sido destinado a Chipre y operado contra los partisanos de la EOKA en los montes Trudos.

Sentado ahora en un parque de Moscú, aún le parecía estar viendo en su imaginación aquella casa de campo. Habían pasado la mitad de la noche arrastrándose entre los brezos que rodeaban el lugar, de acuerdo con el soplo recibido de un chivato. Cuando amaneció, Munro se hallaba apostado, solo, al pie de una escarpa, detrás de la casa que se erguía en la cima. El grueso de su pelotón atacó la casa por delante al despuntar la aurora, subiendo por el declive más suave y con el sol a su espalda.

Munro pudo oír, encima de él, al otro lado de la colina, el tableteo de las «Sten» en el tranquilo amanecer. A la luz de los primeros rayos de sol, vio dos figuras saltando de las ventanas traseras de la casa; de momento no fueron más que dos sombras, hasta que su atropellada carrera escarpa abajo les hizo salir del socaire de la casa. Corrían en derechura hacia donde él estaba, agazapado detrás de un tronco caído de olivo, a la sombra de la arboleda, y sus piernas parecían volar al tratar de conservar el equilibrio sobre las pizarras. Se acercaron más, y uno de ellos llevaba en la diestra algo que parecía un palo corto y negro. Más tarde se dijo Munro que, aunque hubiese gritado, ellos no habrían podido frenar su impulso. Pero entonces no pensó siquiera en esto. Sólo hizo lo que le habían enseñado: se levantó al llegar los dos hombres a quince metros de él y disparó dos breves y mortales ráfagas.

La fuerza de las balas levantó a los dos individuos, detuvo su impulso y los derribó sobre la pizarra, al pie de la pendiente. Mientras un penacho azul de humo brotaba de la boca de su «Sten», Munro se adelantó para mirarles. Pensó que vomitaría o se desmayaría. Pero no ocurrió nada de esto: sólo sintió una curiosidad absurda. Contempló las caras. Eran dos muchachos, más jóvenes que él, y él sólo tenía dieciocho años.

Su sargento llegó corriendo por el olivar.

—Buen trabajo, muchacho —le gritó—. Los has pillado.

Munro miró los cuerpos de aquellos chicos que nunca se casarían ni tendrían hijos, que no volverían a bailar el buzuki, ni a sentir el calor del sol y del vino. Uno de ellos seguía agarrando aquel palito negro: era una salchicha. Un trozo de ésta pendía todavía de su boca. Por lo visto, estaban desayunando. Munro se volvió hacia el sargento.

—¡Usted no manda en mí! —le gritó—. ¡Usted no es mi dueño! ¡Nadie es mi dueño, salvo yo mismo!

El sargento atribuyó este exabrupto al nerviosismo de la primera acción mortal y no dio cuenta de él. Tal vez hizo mal. Pues los superiores no supieron que Adam Munro no era todo lo obediente que hubiese debido ser. Ni lo sería nunca.

Seis meses más tarde, le sugirieron que, teniendo condiciones de oficial, considerase la conveniencia de ampliar su servicio a tres años y graduarse como tal. Cansado de Chipre, aceptó y fue devuelto a Inglaterra, donde ingresó en la Escuela de Cadetes de Eaton Hall. Tres meses después, consiguió sus «galones» de alférez.

Al llenar la instancia para su ingreso en Eaton Hall, había mencionado que hablaba con fluidez el francés y el alemán. Un día le sometieron a una prueba en ambos idiomas, y su declaración resultó correcta. Poco después de recibir el título de alférez, le aconsejaron que se inscribiese en el curso de lengua rusa, que, en aquellos tiempos, se daba en un campamento llamado Pequeña Rusia situado en Bodmin, Cornualles. La alternativa era el servicio de regimiento en los cuarteles de Escocia, en vista de lo cual siguió el consejo. Al cabo de seis meses no sólo hablaba con fluidez el idioma, sino que podía hacerse pasar virtualmente por ruso.

En 1957, a pesar de ser objeto de fuertes presiones para que continuase en su regimiento, abandonó el Ejército, porque había resuelto hacerse corresponsal de algún periódico en el extranjero. Había conocido a algunos corresponsales en Chipre, y pensaba que preferiría este trabajo al de oficina. A los veintiún años ingresó en *The Scotsman*, en su Edimburgo natal, como aprendiz de reportero, y, dos años después, se trasladó a Londres, donde fue aceptado por «Reuter», la agencia internacional de noticias con sede en el 85 de Fleet Street. En el verano de 1960, su conocimiento de los idiomas volvió a prestarle un buen servicio: a sus veinticuatro años, fue destinado a la oficina de «Reuter» en Berlín Occidental, como brazo derecho de su jefe, el hoy difunto Alfred Kluehs.

Esto ocurría en el verano anterior al levantamiento del Muro, y, tres meses después, había conocido a Valentina, la mujer que —según advertía ahora— había sido el único amor verdadero de su vida.

Un hombre se sentó a su lado y tosió. Munro salió de golpe de su ensoñación. Uno enseña una semana su oficio a los novatos, se dijo, y, quince días después, olvida las reglas básicas. Nunca hay que distraerse antes de un encuentro.

El ruso le miró con indiferencia; pero Munro llevaba la corbata de topos de rigor. Lentamente, el ruso se puso un cigarrillo entre los labios, sin dejar de mirar a Munro. Teatral, pero todavía eficaz, pensó Munro, y, sacando el encendedor, lo alargó acercando la llama a la punta del cigarrillo.

—Ronald se desplomó en su mesa hace dos semanas —dijo a media voz, pausadamente—. Una úlcera, según temo. Yo soy Michael. Me han pedido que ocupe su sitio. Bueno, tal vez pueda usted ayudarme. ¿Es cierto que la torre de TV de Ostankino es la estructura más alta de Moscú?

El oficial ruso, vestido de paisano, exhaló el humo y se tranquilizó. Eran exactamente las palabras establecidas por Lessing, al que sólo conocía por el nombre de Ronald.

—Sí —respondió—. Tiene quinientos cuarenta metros de altura.

Llevaba un periódico doblado en la mano y lo dejó sobre el asiento, entre los dos. El impermeable de Munro, que éste tenía plegado sobre las rodillas, resbaló y cayó al suelo. Munro lo recogió, volvió a doblarlo y lo dejó sobre el periódico. Los dos hombres permanecieron diez minutos sin decirse nada, indiferentes el uno al otro, mientras el ruso fumaba. Por último, éste se levantó y aplastó la colilla en el suelo, inclinándose para hacerlo.

—Dentro de quince días —murmuró Munro—. El lavabo de caballeros del sótano del bloque G del Nuevo Circo del Estado. Durante la representación del payaso Popov. La función empieza a las siete y media.

El ruso se alejó y continuó su paseo como si tal cosa, Munro observó tranquilamente el escenario durante otros diez minutos. Nadie mostraba el menor interés. Cogió su impermeable, con el periódico y el sobre disimulado entre sus hojas, y regresó en el Metro a la Kutuzovsky Prospekt. El sobre contenía la lista puesta al día de las guarniciones del Ejército rojo.

CAPITULO II

Mientras Adam Munro cambiaba de tren en la plaza de la Revolución, poco antes de las once de aquella mañana del 10 de junio, un convoy compuesto por una docena de brillantes y negros automóviles «Zil» cruzaba la puerta de Borovitsky de la muralla del Kremlin, a cien metros sobre su cabeza y a cuatrocientos metros al sudoeste del lugar donde él se hallaba. El Politburó soviético iba a iniciar una sesión que cambiaría el curso de la Historia.

El Kremlin es una construcción triangular cuyo vértice, dominado por la Torre de Sobakin, señala en dirección Norte. Está protegido en todos sus lados por una muralla de quince metros, provista de dieciocho torres y en la que se abren cuatro puertas.

Los dos tercios meridionales de este triángulo constituyen la zona turística, por la que discurren los dóciles grupos de visitantes para admirar las catedrales, los pabellones y los palacios de los antiguos zares. En el sector del medio hay una asfaltada y despejada franja, vigilada por guardias, que constituye una línea divisoria invisible que no puede ser pisada por los turistas. Pero el convoy de coches especiales cruzó aquella mañana el espacio abierto, en dirección a los tres edificios de la parte norte del Kremlin.

El más pequeño de éstos es el «Teatro Kremlin» y está situado al Este. Medio visible y medio oculto detrás del teatro, se levanta el edificio del Consejo de Ministros, aparente sede del Gobierno, dado que es allí donde se reúnen los ministros. Pero el verdadero gobierno de la URSS no está en manos del Gabinete ministerial, sino del Politburó, grupo reducido y exclusivo que constituye el pináculo del Comité Central del partido comunista de la Unión Soviética, o PCUS.

El tercer edificio es el mayor. Se encuentra en la fachada occidental, inmediatamente detrás de las almenas de la muralla, y domina los Jardines Alexandrovsky. Tiene la forma de un rectángulo estrecho y largo que apunta hacia el Norte. Su extremo sur es el viejo Arsenal, museo de armas antiguas. Pero, precisamente detrás del Arsenal, los muros interiores están bloqueados. Para llegar a la sección superior hay que entrar desde fuera y cruzar una alta verja de hierro forjado que cierra el hueco entre el edificio de los ministerios y el Arsenal. Aquella mañana, los automóviles cruzaron la verja de hierro forjado y se detuvieron delante de la entrada superior del edificio secreto.

El Arsenal superior tiene la forma de un rectángulo hueco; en su interior hay un estrecho patio que se extiende de Norte a Sur y divide el conjunto en dos bloques, todavía más estrechos, de apartamentos y oficinas. Tienen cuatro pisos, incluidos los áticos. A media altura del bloque oriental interior, en el tercer piso, con vista únicamente al patio y resguardada de miradas indiscretas, está la habitación donde se reúne el Politburó todos los jueves por la mañana para regir a más de 250 millones de ciudadanos soviéticos y otros muchos millones de personas que gustan de pensar que viven fuera de los límites del Imperio ruso.

Porque es un imperio. Aunque, en teoría, la República Rusa es una de las quince repúblicas que constituyen la Unión Soviética, en realidad la Rusia de los zares, antigua o moderna, gobierna con mano de hierro a las catorce Repúblicas no rusas. Las tres fuerzas que emplea y necesita Rusia para imponer su régimen son: el Ejército rojo, incluidas, como siempre, la Marina y las Fuerzas Aéreas; el Comité de Seguridad del Estado, o KGB, con sus 100 000 agentes, 300 000 soldados y 600 000 informadores, y la sección de Organizaciones del Partido del Secretariado General del Comité Central que controla los cuadros del partido en todos los lugares de trabajo, de instrucción, de residencia, de estudio y de descanso, desde el Artico hasta los montes de Persia, y desde las cercanías de Brunswick hasta las costas del mar de Japón. Y esto, sólo dentro del Imperio.

La habitación donde se reúne el Politburó, en el edificio del Arsenal del Kremlin, tiene unos quince metros de largo por siete y medio de ancho, una extensión no demasiado grande en comparación con el poder que encierra. Sus adornos son de pesado mármol, de acuerdo con el gusto de los jefazos del partido, y su mueble principal es una larga mesa cubierta con un tapete verde. La mesa tienen forma de T.

Aquella mañana del 10 de junio había ocurrido algo desacostumbrado: los asistentes no habían recibido la orden del día, sino solamente una citación. Y ahora, al colocarse alrededor de la mesa para ocupar sus sitios, comprendieron, con el agudo olfato colectivo que advierte del peligro, que algo muy importante les había traído a este pináculo del poder.

Sentado detrás del centro del brazo de la T, en su sillón acostumbrado, estaba el jefe de todos ellos: Maxim Rudin. Aparentemente, su superioridad residía en su título de presidente de la URSS. Pero nada, salvo el tiempo atmosférico, es en Rusia lo que parece. Su verdadero poder derivaba de su título de secretario general del partido comunista de la Unión Soviética. Como tal, era también presidente del Comité Central y presidente del Politburó.

A sus sesenta y un años era duro, reflexivo y enormemente astuto; de no haber sido por esto último, jamás se habría sentado en el sillón que ocuparon antaño Stalin (que raras veces convocaba reuniones del Politburó), Malenkov, Kruschev y Breznev. A derecha e izquierda de él se sentaban cuatro secretarios de su propia secretaría personal, hombres de una fidelidad a toda prueba. Detrás, en cada rincón de la pared norte de la cámara, había una mesita. A una de ellas se sentaban dos taquígrafos, un hombre y una mujer, que anotaban taquigráficamente cuanto se decía. En la otra, para mayor comprobación, dos hombres se hallaban inclinados sobre los discos lentamente giratorios de un magnetófono. Había otro magnetófono, adicional, para los momentos en que se cambiaban los discos del primero.

El Politburó se componía de trece miembros, y los otros doce se sentaban, seis a cada lado, a lo largo del palo de la T, delante de sendos blocs, botellas de agua y ceniceros. En el extremo de esta parte de la mesa había un sillón aislado. Los hombres del Politburó comprobaron su número, para asegurarse de que no faltaba nadie. Pues el asiento vacío era el «sillón penal», ocupado solamente por el hombre que hacía su última aparición en aquella sala, el hombre que tendría que escuchar las acusaciones de sus ex colegas, abocado a la desgracia y la ruina, y antaño, hacía mucho tiempo, a la muerte junto a la «pared negra» de la Lubianka. Quiere la costumbre que el condenado no se entere de su situación hasta que, al entrar, encuentra ocupados todos los asientos menos aquel sillón. Pero esta mañana permaneció vacío. Y todos los miembros estaban presentes.

Rudin se echó atrás y observó a los doce entre sus párpados entornados, mientras el humo de su eterno cigarrillo flotaba delante de su cara. Todavía usaba los viejos *papyross* rusos, con tabaco hasta la mitad y formada la otra mitad por un tubito de cartón con dos filtros para purificar el humo. Había ordenado a sus ayudantes que le pasasen un cigarrillo tras otro, y a sus médicos, que callasen.

A su izquierda, en la parte larga de la mesa, estaba Vassili Petrov, de cuarenta y nueve años, protegido de Rudin y muy joven para el puesto que ocupaba; además, era jefe de la sección de Organizaciones del Partido del Secretariado General del Comité Central. Podía contar con él en el problema con que se enfrentaba. Al lado de Petrov estaba el veterano ministro de Asuntos Exteriores, Dmitri Rykov, que seguía allí porque no tenía otro sitio adonde ir. Después de él estaba Yuri Ivanenko, delgado y despiadado a sus cincuenta y tres años, destacando de los otros por su elegante traje a la medida, confeccionado en Londres, como si hiciese gala de su refinamiento ante un grupo de hombres que odiaban todo lo que olía a occidental. Elegido por Rudin como jefe de la KGB, Ivanenko le apoyaría simplemente porque la oposición vendría de sectores que le odiaban a él y que querían destruirle.

Al otro lado de la mesa se sentaba Yefrem Vishnayev, también joven para su puesto, como la mitad del Politburó después de la época de Breznev. A sus cincuenta y cinco años, era el teórico del partido, enjuto, ascético, severo, azote de los disidentes y desviacionistas, guardián de la pureza marxista y consumido por un patológico odio al Occidente capitalista. Rudin sabía que la oposición vendría de aquí. Al lado de Vishnayev estaba el mariscal Nikolai Kerensky, de sesenta y tres años, ministro de Defensa y jefe del Ejército rojo. Se inclinaría del lado marcado por los intereses del Ejército.

Quedaban siete más, entre ellos, Komarov, responsable de la agricultura y que estaba muy pálido, porque sólo él, Rudin e Ivanenko, tenían idea de lo que se avecinaba. El jefe de la KGB no revelaba la menor emoción; los otros, no sabían nada.

Todo empezó cuando Rudin ordenó con un ademán a uno de los guardias pretorianos del Kremlin situados junto a la puerta del fondo de la estancia, que hiciese pasar a la persona que, temblando de miedo, esperaba en el exterior.

—Camaradas, permítanme que les presente al profesor Iván Ivanovich Yakolev —gruñó Rudin, mientras el hombre avanzaba temeroso hasta la punta de la mesa y permanecía en pie, esperando y sosteniendo en la mano un informe mojado de sudor—. El profesor es nuestro primer agrónomo y especialista en cereales del Ministerio de Agricultura, además de miembro de la Academia de Ciencia. Tiene que someter un informe a nuestra consideración. Adelante, profesor.

Rudin, que había leído ya el informe varios días antes en la soledad de su despacho, se reclinó en su sillón y miró al techo por encima de la cabeza del hombre. Ivanenko encendió cuidadosamente un cigarrillo occidental con filtro. Komarov se enjugó la frente y observó sus manos. El profesor carraspeó.

—Camaradas... —empezó a decir, en tono vacilante.

Nadie negó que fuesen camaradas. En vista de lo cual, el científico respiró profundamente, contempló sus papeles y empezó a leer su informe.

—En los meses de diciembre y enero próximo pasados, nuestros satélites de previsión meteorológica remota anunciaron un invierno y un principio de primavera desacostumbradamente húmedos. Como consecuencia de ello, y de acuerdo con la práctica científica habitual, el Ministerio de Agricultura decidió que la simiente de cereales para la siembra de primavera fuese protegida con sustancias profilácticas, a fin de impedir las infecciones fungosas que probablemente se habrían producido a causa de la humedad. Esto se había hecho muchas veces en ocasiones anteriores.

»Las sustancias elegidas tenían un doble objeto: impedir el ataque de los hongos contra las semillas en germinación, mediante un compuesto orgánico mercurial, y combatir a los pájaros con un pesticida llamado "Lindane". El comité científico acordó, dado que la URSS necesitaría producir al menos ciento cuarenta millones de toneladas de trigo de primavera después de los daños causados por las desastrosas heladas de invierno, que habría que sembrar seis millones doscientas cincuenta mil toneladas de simiente.

Ahora, todos le miraban fijamente y permanecían inmóviles. Los miembros del Politburó podían oler el peligro desde un kilómetro de distancia. Sólo Komarov, como responsable de la agricultura, miraba fijamente la mesa, con aire de desconsuelo. Varios pares de ojos se volvieron a él, presintiendo sangre. El profesor tragó saliva y prosiguió:

—A razón de sesenta gramos de sustancia orgánica mercurial por tonelada de grano, se necesitaban trescientas cincuenta toneladas de tal producto. Y sólo había setenta toneladas en almacén. En vista de lo cual, se ordenó inmediatamente a la fábrica de este compuesto en Kuibyshev que iniciase en seguida la producción de las doscientas ochenta toneladas requeridas.

—¿Sólo hay una de esas fábricas? —preguntó Petrov.

—Sí, camarada. El tonelaje requerido no justifica un mayor número de fábricas. La fábrica de Kuibyshev es un complejo importante, que elabora muchos insecticidas, herbicidas, abonos, etc. La producción de doscientas ochenta toneladas de aquella sustancia química podría hacerse en menos de cuarenta horas.

—Continúe —ordenó Rudin.

—Debido a una confusión en las comunicaciones, la fábrica era entonces objeto de las operaciones anuales de reparación y mantenimiento, y el tiempo apremiaba, habida cuenta de que tenía que distribuirse la sustancia a las ciento veintisiete estaciones de preparación de simientes desparramadas en toda la Unión, tratar el grano y devolver éste a las miles de explotaciones agrícolas colectivas y del Estado, en tiempo oportuno para la siembra. Por esto, un enérgico y joven funcionario, que tiene también mando en el partido, fue enviado desde Moscú para acelerar las operaciones. Según parece, éste ordenó a los trabajadores que interrumpiesen lo que estaban haciendo y pusiesen de nuevo la fábrica en condiciones de funcionamiento.

—¿Fracasó en su empeño? —gruñó el mariscal Kerensky.

—No, camarada mariscal. La fábrica empezó a funcionar de nuevo, aunque los encargados del mantenimiento no habían completado su trabajo. Pero algo funcionó mal. Una válvula del depósito. El «Lindane» es un producto químico muy fuerte, y su dosificación, en relación con el compuesto orgánico mercurial, debe ser estrictamente regulada.

»La válvula del depósito de "Lindane", aunque el panel de control registraba que estaba abierta en un tercio de su capacidad, estaba en realidad abierta totalmente. Esto afectó a las doscientas ochenta toneladas de sustancia.

—¿Qué nos dice del control de calidad? —preguntó uno de los miembros, que había nacido en una granja.

El profesor volvió a tragar saliva y lamentó no poder marcharse sin más al destierro en Siberia, poniendo fin a aquella tortura.

—Hubo una conjunción de coincidencias y errores —confesó el profesor—. El jefe químico analista y de control de calidad estaba de vacaciones en Sochi durante el cierre de la fábrica. Fue llamado por cable. Pero, debido a la niebla en la zona de Kuibyshev, tuvo que alterar la ruta y terminar el viaje en tren. Cuando llegó, la producción había terminado.

—¿No se comprobó el producto? —preguntó Petrov, con incredulidad.

El profesor pareció más atribulado que nunca.

—El químico insistió en hacer las pruebas de control de calidad. El joven funcionario de Moscú quería que toda la producción fuese enviada inmediatamente. Surgió una discusión. En definitiva, llegaron a un compromiso. El químico quería comprobar un fardo de producto de cada diez, o sea, veintiocho en total. El funcionario insistía en que se comprobase sólo uno. Aquí se produjo el tercer error.

»Los nuevos fardos se habían almacenado junto con la reserva de setenta toneladas que quedó el año pasado. En el almacén, uno de los cargadores, al recibir la orden de enviar un solo fardo al laboratorio para su comprobación, eligió uno de los antiguos. Las pruebas demostraron que el producto era perfecto, y se despachó toda la consignación.

Aquí terminó su informe. Nada más tenía que decir. Podría haber tratado de explicar que una coincidencia de tres errores, un mal funcionamiento mecánico, un criterio equivocado de dos hombres acuciados por la prisa, y un descuido de un mozo de almacén, había producido la catástrofe. Pero esto no era cosa suya, y no pretendía presentar torpes excusas en favor de los otros. El silencio que reinó en la sala no podía ser más amenazador.

Vishnayev lo rompió, con helada claridad.

—¿Cuál es el efecto de una dosis excesiva de «Lindane» en el compuesto orgánico mercurial? —preguntó.

—Camarada, produce un efecto tóxico contra la semilla que germina en el suelo, en vez de protegerla. Los brotes, en el caso de que lleguen a salir, crecen mezquinos, claros y con manchas de color castaño. Virtualmente, las espigas afectadas no producen grano alguno.

—¿Y qué cantidad de la siembra de primavera ha resultado afectada? —preguntó fríamente Vishnayev.

—Aproximadamente, las cuatro quintas partes, camaradas. Las sesenta toneladas del producto sobrante del año pasado estaban en perfectas condiciones. Las doscientas ochenta toneladas del nuevo compuesto fueron afectadas por el mal funcionamiento de la válvula.

—¿Y toda la sustancia tóxica fue mezclada con la simiente, y sembrada ésta?

—Sí, camarada.

Dos minutos más tarde, fue despedido el profesor, que habría de retirarse a la vida privada y al olvido. Vishnayev se volvió a Komarov.

—Disculpe mi ignorancia, camarada, pero cualquiera diría que tenía usted cierto conocimiento previo de este asunto. ¿Qué ha sido, pues, del funcionario que armó todo este... follón?

En realidad, empleó una cruda expresión rusa, relativa de un montón de excrementos de perro sobre el pavimento.

Ivanenko intervino:

—Está en nuestras manos —dijo—. Junto con el químico analista que desertó de su trabajo, el hombre del almacén, que sólo se distingue por su casi nula inteligencia, y el equipo de mantenimiento de las máquinas, que sostiene que pidió y recibió instrucciones por escrito de interrumpir su trabajo cuando aún no estaba terminado.

—¿Ha hablado el funcionario? —preguntó Vishnayev.

Ivanenko evocó la imagen mental del hombre destrozado en los sótanos de la Lubianka.

—Por los codos —respondió.

—¿Es un saboteador, un agente fascista?

—No —contestó Ivanenko, suspirando—. No es más que un idiota; un ambicioso *apparatchik* que quiso excederse en el cumplimiento de sus órdenes. Puede usted creerme. Ahora conocemos todos los recovecos de su cráneo.

—Una última pregunta, sólo para que todos sepamos con seguridad las dimensiones de este caso. —Vishnayev se volvió hacia el afligido Komarov.— Ya sabemos que sólo salvaremos cincuenta millones de toneladas de los cien millones previstos para el trigo de invierno. ¿Cuántas obtendremos el próximo octubre del trigo de primavera?

Komarov miró a Rudin, que asintió imperceptiblemente con la cabeza.

—De los ciento cuarenta millones de toneladas fijados como objetivo de producción de trigo sembrado en primavera y de otros granos, sólo podemos esperar, lógicamente, cincuenta millones de toneladas —informó, pausadamente.

Los reunidos se quedaron pasmados de espanto.

—Esto significa que el rendimiento total de ambas cosechas será de cien millones de toneladas —jadeó Petrov—. Un déficit nacional de ciento cuarenta millones de toneladas. Podríamos soportar un déficit de cincuenta, incluso de setenta millones de toneladas. Lo hicimos con anterioridad; soportamos la escasez y compramos lo que pudimos a otros países. Pero esto...

Rudin levantó la sesión.

—Este es el problema más grande con que jamás nos hemos enfrentado, incluido el imperialismo chino y americano. Propongo un aplazamiento y que todos busquemos por separado una solución. Inútil decir que esto no debe salir de los que estamos aquí presentes. La próxima reunión será dentro de una semana.

Al ponerse en pie los trece miembros del Politburó y los cuatro auxiliares de detrás de la cabecera de la mesa, Petrov se volvió hacia el impasible Ivanenko.

—Esto no significa una escasez — murmuró—; esto significa el hambre.

Los miembros del Politburó soviético regresaron a sus automóviles «Zil» conducidos por chóferes, tratando todavía de asimilar la idea de que un vulgar profesor de agronomía acababa de colocar una bomba de espoleta retardada a los pies de una de las dos superpotencias de la Tierra.

Una semana después, Adam Munro, sentado en la platea del «Teatro Bolshoi», en la Karl Marx Prospekt, no pensaba en la guerra, sino en el amor; y no por la entusiasmada secretaria de Embajada que se sentaba a su lado y que le había convencido de que la llevase al ballet.

El no era muy aficionado al ballet, aunque reconocía que le gustaba alguna de su música. En cambio, la gracia de los *entrechats* y *fouettes*, o como los llamaba él, las cabriolas, le dejaban frío. Durante el segundo acto de *Gisèlle*, que era lo que representaban aquella noche, sus pensamientos volvieron a Berlín.

Había sido algo maravilloso, el gran amor de su vida. El tenía entonces veinticuatro años, casi veinticinco, y ella, diecinueve, y era morena y adorable. Debido al trabajo de ella, habían tenido que guardar sus amores en secreto, encontrándose furtivamente en calles oscuras, para que él pudiese recogerla en su coche y llevarla a su pisito del extremo occidental de Charlottenburg, sin que nadie les viese. Se habían amado y habían hablado, y ella le había preparado cenas, y se habían amado de nuevo.

Al principio, el carácter clandestino de sus amores, a semejanza de los casados que se esconden del mundo y de los conocidos de uno y otro cónyuge, había añadido sabor y pimienta a sus relaciones. Pero en el verano del 61, cuando los bosques de Berlín resplandecían de hojas y flores, cuando todo el mundo remaba en los lagos y nadaba en las playas, sintieron congoja y frustración. Entonces, él le había propuesto el matrimonio, y ella había estado a punto de acceder. Sin duda lo habría hecho, de no haber surgido el Muro. Este quedó terminado el 14 de agosto de 1961, pero, durante la última semana, se evidenció que subía a toda prisa.

Entonces, ella tomó su decisión, y se amaron por última vez. Ella no podía —le dijo— abandonar a sus padres a su suerte; no podía consentir que fuesen perseguidos, que su padre perdiese su seguro empleo, y su madre, el querido apartamento con el que había soñado durante años, en los tiempos difíciles. No podía destruir las posibilidades de educación y las buenas perspectivas de su hermano pequeño; y, por último, no podía soportar la idea de no volver a ver su amada tierra.

Por consiguiente, se marchó, y él la observó desde la sombra al pasar de nuevo ella al Este por el último sector por terminar del Muro, triste, solitaria y con el corazón hecho pedazos y hermosa, muy hermosa.

No había vuelto a verla, ni había hablado nunca a nadie de ella, conservando su recuerdo con reserva típicamente escocesa. Nunca había revelado que había amado y seguía amando a una muchacha rusa llamada Valentina, que había sido taquimecanógrafa de la Delegación soviética en la Conferencia de las Cuatro Potencias en Berlín. Aquel amor, como sabía muy bien, era contrario a todas las normas.

Después de Valentina, Berlín había perdido todo su atractivo. Un año más tarde, Munro fue trasladado por «Reuter» a París, y dos años después, hallándose de nuevo en Londres, en la oficina central de Fleet Street, un paisano al que había conocido en Berlín, el cual había trabajado en el Cuartel General británico sito en el viejo estadio olímpico de Hitler, le había buscado y mostrado deseos de reanudar su antigua relación. Habían cenado juntos, y un tercer hombre se había reunido con ellos. Entonces, el conocido del estadio se había excusado y se había marchado mientras tomaban el café. El recién llegado se había mostrado amigable y despreocupado. Sólo después de la segunda copa de coñac había ido a lo que le interesaba.

—Algunos de mis asociados en «la Empresa» —dijo, con una timidez que le desarmó— pensaron que tal vez querría hacernos un pequeño favor.

Era la primera vez que oía la expresión «la Empresa». Más tarde aprendería la terminología. Entre los de la alianza angloamericana de servicios de información, una alianza extraña y recelosa, pero en definitiva vital, el SIS era llamado siempre «la Empresa». Para sus agentes los de la rama de contraespionaje, o sea, el MI5, eran «los colegas». La CIA de Langley, Virginia, era «la Compañía», y su personal, «los primos». En el bando contrario, trabajaba «la Oposición», cuyo Cuartel General estaba en el número 2 de la plaza de Dzerzhinsky, en Moscú, llamado así en honor del fundador de la vieja Cheka, Feliks

Dzerzhinsky, jefe de la Policía secreta de Lenin. Este edificio sería siempre conocido como «el Centro», y el territorio al este del telón de acero, como «el Bloque».

Aquella reunión en el restaurante londinense había tenido lugar en diciembre de 1964, y la proposición, confirmada más tarde en un pisito de Chelsea, era una «pequeña excursión al Bloque». La hizo en la primavera de 1965, con el pretexto de asistir a la feria de Leipzig, en la Alemania del Este. Una excursión nada agradable.

Salió de Leipzig a la hora debida y se dirigió al lugar de la cita en Dresde, junto al museo Albertinium. El paquete que llevaba en el bolsillo interior de su chaqueta le pesaba como cinco biblias, y tenía la impresión de que todo el mundo le miraba. El oficial del Ejército alemán oriental, que sabía dónde estaban instalando los rusos sus cohetes tácticos, en las laderas sajonas, compareció con media hora de retraso, momento en que sin duda dos policías del pueblo *estaban* ya observando a Munro. Sin embargo, se realizó sin ningún tropiezo el intercambio de paquetes, en algún lugar resguardado por los arbustos del parque cercano. Entonces volvió a su coche y arrancó en dirección Sudoeste, hacia la encrucijada de Gera y la frontera bávara. En las afueras de Dresde, un conductor local le embistió por la parte delantera izquierda de su automóvil, a pesar de que Munro tenía preferencia. Ni siquiera había tenido tiempo de trasladar el paquete al escondite preparado entre el portaequipajes y el asiento posterior; todavía seguía en el bolsillo del pecho de su chaqueta de verano.

Tuvo que pasar dos angustiosas horas en una comisaría de Policía local, temiendo a cada instante oír la orden: «Vuelva los bolsillos del revés, por favor, *Mein Herr.*» Pero, en definitiva, le dejaron marchar. Entonces se descargó la batería, y cuatro policías del pueblo tuvieron que empujarle.

La rueda delantera izquierda chirriaba, debido a un cojinete roto dentro del cubo, y le sugirieron que pasara una noche allí mientras lo reparaban. Pero él dijo que su visado terminaba a medianoche —lo cual era verdad— y reanudó el viaje. Llegó al puesto fronterizo del río Saale, entre Plauen, en Alemania Oriental, y Hof, en el Oeste, diez minutos antes de medianoche, después de haber rodado a poco más de treinta kilómetros por hora durante todo el trayecto, rasgando el aire nocturno con el chirrido de una rueda delantera. Cuando pasó entre los guardias bávaros del otro lado, estaba empapado de sudor.

Un año más tarde, abandonó la «Reuter» y siguió el consejo de presentarse a exámenes para el servicio civil, a pesar de su avanzada edad. Tenía veintinueve años.

Estos exámenes son obligatorios para cualquiera que trate de ingresar en el servicio civil. Basándose en los resultados, el Tesoro tiene preferencia para escoger la flor y nata, lo cual permite al Departamento burlar a la economía británica con impecables referencias académicas. El Ministerio de Asuntos Exteriores y de la Commonwealth era el segundo en elegir y, como la calificación de Munro había sido excelente, nada le costó a éste ingresar en el servicio exterior, en el que suelen disimularse los agentes de «la Empresa».

En dieciséis años se había especializado en asuntos de espionaje económico y de la Unión Soviética, aunque nunca había estado en ella. Desempeñó puestos en Turquía, Austria y México. Se había casado en 1967, cuando acababa de cumplir los treinta y un años. Pero después de la luna de miel, había resultado ser una unión cada vez con menos amor, una equivocación, terminada discretamente seis años más tarde. Desde entonces había tenido amoríos, desde luego, bien conocidos por «la Empresa», pero había permanecido célibe.

Cierto es que había tenido un solo amor que no había mencionado a «la Empresa» y que, si hubiese llegado a conocerse, así como su ocultación del mismo, le habría valido la expulsión fulminante. Al ingresar en el servicio había escrito, como cada quisque, un relato completo de su vida, seguido de un examen oral por un oficial antiguo.

Este procedimiento se repite cada cinco años de servicio. Entre las materias de interés están, inevitablemente, las relaciones afectivas o sociales con personas de allende el telón de acero o, en realidad, de cualquier parte.

La primera vez que le preguntaron, algo se rebeló en su interior, como aquella vez en el olivar de Chipre. El sabía que era fiel, que nunca se dejaría sobornar por causa de Valentina, aunque la Oposición conociese sus antiguas relaciones, lo cual estaba seguro de que ésta ignoraba. Si alguien intentaba hacerle chantaje con ello, lo confesaría y dimitiría, pero nunca lo reconocería por propia iniciativa. No quería que los otros agentes, y menos los empleados de oficina, metiesen las narices en sus más íntimos sentimientos. Sólo él mandaba en sí mismo. Por consiguiente, respondió «no» a la pregunta y quebrantó las normas. Habiendo mentido una vez, tuvo que aferrarse a su mentira. La repitió tres veces en dieciséis años. Y nada había ocurrido por ello, ni ocurriría jamás. Estaba seguro. Su amor era un secreto, muerto y enterrado. Y siempre lo sería.

Si hubiese estado menos absorto en sus recuerdos, y dado que el ballet no le pasmaba como a la chica que tenía al lado, quizás habría observado algo. Desde un palco alto de la izquierda del teatro, alguien le estaba observando. Y antes de que se encendiesen las luces para el entreacto, el observador desapareció.

Los trece hombres reunidos al día siguiente en el Kremlin, alrededor de la mesa del Politburó, estaban mudos y alerta, presintiendo que el informe del profesor de agronomía podía provocar una lucha interna como no se había visto desde la caída de Kruschev.

Como de costumbre, Rudin observaba a todos a través de la espiral de humo de su cigarrillo. Petrov, de las Organizaciones del Partido, ocupaba su habitual sitio a la izquierda del presidente, e Ivanenko, de la KGB, se sentaba a continuación. Rykov, de Asuntos Exteriores, hojeaba sus papeles, y Vishnayev, el teórico, y Kerensky, del Ejército rojo, guardaban un silencio sepulcral. Rudin observó a los otros siete, calculando cómo reaccionarían si se producía una contienda.

Estaban los tres no rusos: Vitautas, báltico de Vilna, Lituania; Chavadze, georgiano, de Tiflis, y Mujamed, tadjiquistaní, oriental y musulmán de nacimiento. Su presencia era una concesión a las minorías, pero, en realidad, cada uno de ellos había pagado por estar allí. Rudin sabía que todos estaban completamente rusificados; el precio había sido alto, más alto que el que cualquier gran ruso tendría que pagar. Todos habían sido primeros secretarios del partido en sus respectivas Repúblicas, y dos lo eran todavía. Todos habían dirigido programas de fuerte represión contra sus paisanos, aplastando a los disidentes, nacionalistas, poetas, escritores, artistas, intelectuales y trabajadores, que se habían mostrado remisos en la total aceptación del dominio de la Gran Rusia sobre ellos. Por esto no podían volver a sus países sin la protección de Moscú y estaban dispuestos, llegado el caso, a alistarse con la facción que les garantizase su supervivencia, es decir, con la que tuviese las de ganar. A Rudin le incomodaba la perspectiva de una lucha de facciones, pero no había dejado de pensar en ella desde el día en que había leído el informe del profesor Yakolev en la intimidad de su despacho.

Quedaban otros cuatro, todos ellos rusos: Komarov, de Agricultura, sumamente inquieto; Stepanov, jefe de los sindicatos; Shushkin, responsable de las relaciones con los partidos comunistas extranjeros de todo el mundo, y Petryanov, a quien incumbían las responsabilidades especiales de la economía y del Plan industrial.

—Camaradas —comenzó Rudin, pausadamente—, todos ustedes han podido estudiar detenidamente el informe Yakolev. Todos han visto también el informe separado del camarada Komarov, en el sentido de que, en septiembre y octubre próximos, nuestra cosecha total de grano será deficitaria en una cifra próxima a los ciento cuarenta millones de toneladas. Consideremos primero lo primero. ¿Puede la Unión Soviética sobrevivir un año, con sólo cien millones de toneladas de cereal?

La discusión duró una hora. Fue áspera y enconada, pero la conclusión fue virtualmente unánime. Tal escasez de grano causaría privaciones como no se habían visto desde la Segunda Guerra Mundial. Si el Estado compraba un mínimo irreductible destinado a hacer pan para las ciudades, el campo se quedaría con poco más que nada. La obligada matanza del ganado, al cubrirse los pastos de nieve invernal y no poder suplirlos con forrajes o cereales, dejaría sin reses a la Unión Soviética. Sería necesaria toda una generación para rehacer los ganados. Y, si se dejaba un mínimo de grano en el campo, las ciudades se morirían de hambre.

Por fin, Rudin interrumpió la discusión.

—Muy bien —dijo—. Si tenemos que aceptar el hambre, de momento por falta de cereales y después, y como consecuencia, por falta de carne, ¿cuál será la consecuencia, en términos de disciplina nacional?

Petrov rompió el silencio que siguió. Admitió que había una ola de inquietud creciente entre las grandes masas del pueblo, evidenciada por una reciente erupción de pequeños disturbios y de dimisiones en las filas del partido, de todo lo cual había sido informado el Comité Central por los millones de resortes de la máquina del partido. Ante una verdadera epidemia de hambre, muchos mandos del partido harían causa común con el proletariado.

Los no rusos asintieron con la cabeza. En sus Repúblicas, el dominio del centro era siempre menor que dentro de la propia Rusia.

—Podríamos estrujar a los seis satélites del Este de Europa —sugirió Petryanov, sin molestarse siquiera en llamar camaradas fraternales a los europeos del Este.

—Polonia y Rumania se rebelarían con violencia desde el primer momento —replicó Shushkin, el hombre enlace con la Europa Oriental—. Y probablemente Hungría haría lo mismo.

—El Ejército rojo podría con ellos —gruñó el mariscal Kerensky.

—No con los tres a un tiempo, en el momento actual —replicó Rudin.

—En todo caso, esto sólo supondría la adquisición de un total de diez millones de toneladas —dijo Komarov—. No sería bastante.

—¿Camarada Stepanov? —inquirió Rudin.

El jefe de los sindicatos controlados por el Estado escogió cuidadosamente sus palabras.

—En el supuesto de una auténtica plaga de hambre en este invierno, que se prolongase en la primavera y el verano —dijo, observando su lápiz—, sería imposible garantizar que no se produjesen desórdenes, tal vez en gran escala.

Ivanenko, sentado en silencio, contemplando el largo cigarrillo occidental con filtro, que sostenía entre los dedos índice y pulgar, olía más que fumaba. Había olido el miedo muchas veces; al proceder a detenciones, durante los interrogatorios, en las incidencias de su oficio. Y lo olía ahora. El y los hombres que le rodeaban eran poderosos, privilegiados, y estaban protegidos. Pero conocía bien a todos; tenía sus fichas. Y él, que no conocía el miedo personalmente, porque las almas muertas no lo conocen, sabía también que todos ellos temían algo más que la propia guerra. Si el proletariado soviético, que sufría desde hacía tiempo y era paciente y gregario frente a las privaciones, enloquecía un día...

Todas las miradas estaban fijas en él. Los «desórdenes» públicos y su represión eran de su incumbencia.

—Yo podría —anunció, serenamente— hacer frente a un Novocherkassk. —Todos los de la mesa contuvieron el aliento.— Podría hacer frente a diez casos como aquél, e incluso a veinte. Pero todos los recursos de la KGB no podrían con cincuenta.

La mención de Novocherkassk hizo brotar un espectro del papel de la pared, tal como él había presumido. El 2 de junio de 1962, hacía casi exactamente veinte años, se habían producido grandes algaradas de los obreros en la ciudad industrial de Novocherkassk. Pero veinte años no habían borrado el recuerdo.

Todo había empezado cuando, por una estúpida coincidencia, un Ministerio había elevado los precios de la carne y de la mantequilla, mientras otro había rebajado en un treinta por ciento los salarios de la gigantesca fábrica de locomotoras NEVZ. En las algaradas resultantes, los enardecidos obreros se adueñaron de la ciudad durante tres días, fenómeno inaudito en la Unión Soviética. Como inaudito fue que abuchearan a los jefes locales del partido, temblorosos y atrincherados en su propio Cuartel General; increpasen a todo un general soviético; cargasen contra las filas de los soldados armados y lanzasen pellas de barro contra los tanques, hasta que las mirillas quedaron obstruidas y los tanques tuvieron que detenerse.

La reacción de Moscú fue contundente. Todas las vías férreas, todas las carreteras, todos los teléfonos, todos los medios de comunicación de Novocherkassk fueron bloqueados. Se hizo un vacío alrededor de la ciudad, para que no se filtrase la menor noticia procedente de ella. Y fueron enviadas dos divisiones de tropas especiales de la KGB para sofocar la rebelión y aplastar a los alborotadores. Ochenta y seis paisanos murieron en las calles, y más de trescientos resultaron heridos. Ninguno de ellos volvió a casa, y nadie fue enterrado públicamente en la localidad. No sólo los heridos, sino todos los miembros de todas las familias en que había habido algún muerto o herido, incluidas las mujeres y los niños, fueron deportados a los campos de Gulag, para que no pudiesen preguntar por sus parientes y mantener vivo el recuerdo de aquella acción. Se borraron todos los rastros, pero dos decenios más tarde el asunto se recordaba todavía muy bien dentro del Kremlin.

Cuando Ivanenko soltó su bomba, volvió a hacerse el silencio alrededor de la mesa. Rudin lo rompió:

—Entonces, la conclusión parece inevitable. Tendremos que comprar en el extranjero, como nunca lo habíamos hecho. Camarada Komarov, ¿cuál es el mínimo que tendríamos que comprar en el extranjero, para evitar el desastre?

—Secretario general, si dejamos en el campo el mínimo irreducible, y empleamos hasta el último grano de nuestros treinta millones de toneladas de reserva nacional, necesitaremos cincuenta y cinco millones de toneladas de grano del exterior. Esto equivaldría a todo el excedente de los Estados Unidos y el Canadá, en un año de cosecha excepcional —respondió Komarov.

—Jamás nos lo venderían —gritó Kerensky.

—Ellos no son tontos, camarada mariscal —terció Ivanenko, sin levantar la voz—. Sus satélites «Cóndor» les habrán informado ya de que algo anda mal en nuestro trigo de primavera. Pero no pueden saber lo que es, ni la importancia del daño. Todavía no pueden saberlo, pero, en otoño, se habrán formado ya una idea. Y son codiciosos, terriblemente codiciosos cuando se trata de dinero. Yo puedo elevar los niveles de producción de las minas de oro de Siberia y Kolyma, enviar allí más mano de obra de los campos de Mordovia. Podemos conseguir el dinero necesario para la compra.

—Estoy de acuerdo con usted en un punto —dijo Rudin—, pero no en el otro, camarada Ivanenko. Ellos pueden tener el trigo y nosotros podemos tener el oro, pero existe la posibilidad, solamente la posibilidad, de que esta vez exijan concesiones.

Todos se pusieron rígidos al oír la palabra «concesiones».

—¿Qué clase de concesiones? —preguntó, receloso, el mariscal Kerensky.

—Nunca se sabe hasta que se empieza a negociar —respondió Rudin—, pero es una posibilidad que hemos de tener en cuenta. Pueden exigir concesiones en el terreno militar...

—¡Nunca! —gritó Kerensky, poniéndose en pie, con el rostro congestionado.

—Nuestras opciones son bastante limitadas —replicó Rudin—. Creo que estamos de acuerdo en que no puede consentirse que el hambre haga presa en toda la nación. Retrasaría en un decenio, o tal vez más, el progreso de la Unión Soviética y, por ende, la implantación del marxismo-leninismo en todo el mundo. Necesitamos el trigo: no hay alternativa. Si los imperialistas ponen condiciones en el campo militar, tendremos que aceptar un retroceso de dos o tres años; pero sólo para avanzar más de prisa después de nuestra recuperación.

Hubo un murmullo general de asentimiento. Rudin estaba a punto de dominar la situación. Entonces atacó Vishnayev. Se levantó despacio, al menguar el rumor.

—Camaradas —dijo, con melosa moderación—, nos enfrentamos con unos problemas anormales y de incalculables consecuencias. Yo opino que es prematuro establecer una conclusión definitiva. Propongo un aplazamiento de quince días, para que todos podamos reflexionar sobre lo que se ha dicho y sugerido.

Su truco dio resultado. Había ganado tiempo, justificando los secretos temores de Rudin. Los reunidos acordaron, por diez votos contra tres, suspender la sesión sin resolver definitivamente.

Yuri Ivanenko había llegado a la planta baja y estaba a punto de subir al automóvil que le esperaba, cuando sintió que le tocaban en un codo. Un alto comandante de la guardia del Kremlin, con bien cortado uniforme, estaba de pie a su lado.

—El camarada secretario general desearía decirle unas palabras en sus habitaciones particulares, camarada presidente —dijo, sin levantar la voz.

Sin añadir palabra, dio media vuelta y se encaminó al pasillo que conducía al interior del edificio, alejándose de la puerta principal. Ivanenko le siguió. Y mientras seguía al comandante de ajustada guerrera, pantalón castaño claro y relucientes botas, se le ocurrió pensar que, si alguno de los hombres del Politburó tenía que sentarse un día en el «sillón penal», la subsiguiente detención sería realizada por sus propias tropas especiales de la KGB, llamadas guardia de frontera, con sus brillantes charreteras y franjas verdes en las gorras, y la insignia de la espada y el escudo de la KGB en el pico de aquéllas.

Pero si era él, Ivanenko, el detenido, la misión no se confiaría a la KGB, como no habían confiado a ésta, casi treinta años atrás, la detención de Lavrenti Beria. Serían esos elegantes y desdeñosos guardianes distinguidos del Kremlin, pretorianos de la sede del poder supremo, quienes harían el trabajo. Quizá sería el arrogante comandante que le precedía ahora, y lo haría sin el menor escrúpulo de conciencia.

Tomaron un ascensor privado, subieron de nuevo al tercer piso, e Ivanenko fue introducido en el apartamento particular de Maxim Rudin.

Stalin había resuelto vivir encerrado en el corazón del Kremlin; pero Malenkov y Kruschev habían rechazado esta costumbre, prefiriendo alojarse, con la mayoría de sus compinches, en lujosos apartamentos de un complejo vulgar (visto desde el exterior) de casas de apartamentos, en el extremo de la Kutuzovsky Prospekt. Pero al morir, hacía dos años, la esposa de Rudin, éste había regresado al Kremlin.

Era un apartamento relativamente modesto para el más poderoso de los hombres: seis habitaciones, destinadas a cocina completa, cuarto de baño jaspeado, despacho particular, salón, comedor y dormitorio. Rudin vivía solo, comía con frugalidad, se privaba de la mayor parte de los lujos y era atendido por una vieja mujer de limpieza y el omnipresente Misha, tosco pero cauteloso exsoldado, que no hablaba nunca y nunca se encontraba lejos. Cuando Ivanenko entró en el despacho, a un mudo ademán de Misha, se encontró con que Maxim Rudin y Vassili Petrov estaban ya allí. Rudin le indicó un sillón desocupado y dijo, sin preámbulos:

—Les he llamado a los dos porque amenaza tormenta y todos lo sabemos —tronó—. Yo soy viejo y fumo demasiado. Hace dos semanas fui a ver a los matasanos de Kuntsevo. Hicieron algunas pruebas. Y ahora quieren que vuelva.

Petrov lanzó una aguda mirada a Ivanenko. El jefe de la KGB permanecía impasible. Estaba enterado de la visita a la superexclusiva clínica de los bosques del sudoeste de Moscú; uno de sus médicos le informaba de todo.

—La cuestión de la sucesión pende en el aire, y todos lo

sabemos —siguió diciendo Rudin—. Y también sabemos, o deberíamos saber, que Vishnayev ambiciona el cargo.

Rudin se volvió a Ivanenko.

—Si lo consigue, Yuri Alexandrovich, y es lo bastante joven para ello, usted habrá terminado. El no aprobó jamás que un profesional estuviese al frente de la KGB. Pondría a su favorito, Krivoi, en su lugar.

Ivanenko cruzó las manos y miró a Rudin. Tres años antes, Rudin había roto la larga tradición de la Rusia soviética de imponer a un miembro destacado del partido como presidente y jefe de la KGB. Shelepin, Semichastny y Andropov habían sido hombres del partido, colocados al frente de la KGB desde fuera del servicio. Sólo el profesional Iván Serov había estado a punto de llegar a la cima en medio de una oleada de sangre. Entonces, Rudin había elegido a Ivanenko, entre los principales lugartenientes de Andropov, y le había nombrado nuevo jefe.

Y no era esto lo único que rompía la tradición. Ivanenko era joven para el cargo de policía y jefe de espías más poderoso del mundo. A este respecto, había servido como agente en Washington hacía veinte años, circunstancia que siempre provocaba recelos entre los xenófobos del Politburó. En su vida privada, le gustaba la elegancia occidental, y se decía, aunque nadie se atrevía a mencionarlo, que tenía ciertas reservas privadas sobre el dogma. Esto, al menos para Vishnayev, era absolutamente imperdonable.

—Si él ocupa el cargo, ahora o más adelante, también usted se verá en apuros, Vassili Alexeievich —dijo Rudin a Petrov.

Cuando hablaba en privado con sus protegidos, condescendía a llamarles por sus nombres patronímicos; pero nunca lo hacía en sesiones públicas.

Petrov asintió con la cabeza, indicando que había comprendido. El y Anatoly Krivoi habían trabajado juntos en la sección de Organizaciones del Partido del Secretariado General del Comité Central. Krivoi era más viejo y más antiguo en la sección. Había esperado ocupar la jefatura, pero cuando ésta quedó vacante, Rudin había preferido a Petrov para desempeñar un cargo que, tarde o temprano, llevaba aneja la suprema distinción de un asiento en el Politburó. Krivoi, muy contrariado, había aceptado el ofrecimiento de Vishnayev y asumido el puesto de jefe de personal y brazo derecho del teórico del partido. Pero seguía ambicionando el cargo de Petrov.

Ni Ivanenko ni Petrov habían olvidado que el predecesor de Vishnayev como teórico del partido, Mijail Suslov, había sido quien había forjado la mayoría que derribó a Kruschev en 1963. Rudin dejó que rumiasen sus palabras.

—Yuri —dijo después—, usted sabe muy bien que, dado su historial, no puede ser mi sucesor. —Ivanenko inclinó la cabeza; nunca se había hecho ilusiones a este respecto.— Pero —siguió diciendo Rudin— usted y Vassili, juntos, pueden imprimir un rumbo seguro a este país, si se mantienen firmemente unidos y detrás de mí. El año próximo me marcharé, de un modo u otro. Y, cuando me vaya, quiero que usted, Vassili, ocupe este sillón.

Los dos hombres más jóvenes guardaron un tenso silencio. Ninguno de ellos recordaba a un predecesor de Rudin que hubiese sido tan previsor. Stalin había sufrido un ataque al corazón y había sido rematado por su propio Politburó, cuando se disponía a liquidarlos a todos; Beria había intentado hacerse con el poder, pero había sido detenido y fusilado por sus temerosos colegas; Malenkov había caído en desgracia, lo mismo que Kruschev; Breznev les había tenido a todos en suspenso hasta el último minuto.

Rudin se levantó, en señal de que la reunión estaba a punto de terminar.

—Una última cosa —dijo—. Vishnayev está tramando algo. Tratará de hacer de Suslov, amparándose en esa catástrofe de trigo. Si se sale con la suya, todos habremos terminado, y quizá también Rusia estará acabada. Porque es un extremista; es impecable en la teoría, pero imposible en la práctica. Ahora tengo que saber lo que está haciendo, por dónde nos va a salir y a quién trata de reclutar. Averígüenlo. Descúbranlo en un plazo de catorce días.

El Centro, Cuartel General de la KGB, es un enorme complejo de piedra, de casas de oficinas, que ocupa todo el lado nordeste de la plaza de Dzerzhinsky, en la cima de la Karl Marx Prospekt. En realidad, este complejo es un cuadro vacío por dentro; la fachada y las dos alas están ocupadas por la KGB, y el bloque de atrás es el centro de interrogatorios y prisión de la Lubianka. La proximidad de ambos sectores, únicamente separados por el patio interior, permite a los interrogadores cumplir sin demora su trabajo.

El despacho del presidente está en la tercera planta, a la izquierda de la puerta principal. Pero él entra siempre en automóvil, con su chófer y sus guardaespaldas, por la puerta lateral. El despacho es una habitación muy grande y adornada, con paneles de caoba en las paredes y lujosas alfombras orientales. En una de las paredes pende el obligado retrato de Lenin, y en otra, una fotografía del propio Feliks Dzerzhinsky. A través de los cuatro altos ventanales, con sus cortinas y sus cristales a prueba de balas, que dan a la plaza, el observador puede ver otra imagen del fundador de la Cheka: una estatua de bronce, de seis metros de altura, colocada en el centro de la plaza, y cuyos ojos ciegos miran a lo largo de la Marx Prospekt hacia la plaza de la Revolución.

A Ivanenko le disgustaba la decoración pesada, recargada y copiosa, de los centros oficiales soviéticos, pero poco podía hacer en lo tocante a su despacho. De los muebles heredados de su predecesor, Andropov, sólo apreciaba la mesa. Era enorme y estaba provista de siete teléfonos. El más importante de éstos era el Kremlevka, que le enlazaba directamente con el Kremlin y Rudin. Después estaba el Vertushka, del color verde de la KGB, que le ponía en comunicación con los otros miembros del Politburó y con el Comité Central. Otros le enlazaban, a través de circuitos de alta frecuencia, con los principales representantes de la KGB en toda la Unión Soviética y en los satélites europeos del Este. Y había, en fin, otras líneas directas con el Ministerio de Defensa y su servicio de información, GRU. Todas las líneas tenían conexiones independientes. Aquella tarde, tres días después de terminar el mes de junio, recibió por la última de dichas líneas la llamada que esperaba desde hacía diez días.

El que llamaba era un hombre que se identificó como Arkady. Ivanenko había dado instrucciones al telefonista de que, cuando llamase Arkady, le pusiese inmediatamente en comunicación con él. La conversación fue breve.

—Mejor cara a cara —dijo escuetamente Ivanenko—. No aquí, ni ahora. Esta noche, en mi casa.

Y colgó.

La mayoría de los dirigentes soviéticos importantes no se

llevan nunca su trabajo a casa. En realidad, casi todos los rusos tienen dos personalidades distintas; tienen su vida oficial y su vida privada que, mientras sea posible, no deben confundirse. Y, cuanto más se eleva uno, mayor es la divisoria. Como en el caso de los jefazos de la mafia, a quienes se parecen mucho los jefes del Politburó, la esposa y los hijos no deben intervenir, ni siquiera escuchando conversaciones de negocios, en los generalmente poco nobles asuntos que constituyen la vida oficial.

Ivanenko era diferente, y ésta era la razón principal de que los encumbrados *apparatchiks* del Politburó desconfiasen de él. Por la razón más antigua del mundo, él no tenía esposa ni hijos. Prefería vivir alejado de los otros, a diferencia de la mayoría, que gustaban de hacerlo en vecindad, en los apartamentos del extremo occidental de la Jutuzovsky Prospekt, los días laborables, y en villas agrupadas alrededor de Zhukovka y de Usovo, los fines de semana. Los miembros de la *élite* soviética no quieren estar nunca muy lejos los unos de los otros.

Poco después de asumir su cargo supremo en la KGB, Yuri Ivanenko había encontrado una hermosa y antigua casa en el Arbat, el antaño lujoso barrio residencial de la ciudad de Moscú, predilecto de los comerciantes antes de la revolución. Equipos de constructores, pintores y decoradores de la KGB la habían restaurado en seis meses..., algo imposible en la Unión Soviética, salvo para un miembro del Politburó.

Después de haber devuelto a la casa su antigua elegancia, aunque con los más modernos sistemas de seguridad y de alarma, nada le había costado a Ivanenko amueblarla con lo que era símbolo definitivo de categoría entre los soviets: muebles occidentales. La cocina era el último grito funcional de California, y había sido toda ella enviada a Moscú por «Sears Roebuck», en grandes embalajes. Las paredes del cuarto de estar y del dormitorio habían sido revestidas de paneles de pino sueco, vía Finlandia, y el cuarto de baño relucía de mármol y azulejos. El propio Ivanenko ocupaba sólo la planta superior, que era una *suite* completa de habitaciones, entre las que se contaban su cuarto de estudio y música, con un espléndido estéreo «Phillips», y una biblioteca de libros extranjeros y prohibidos, en inglés, francés y alemán, todos ellos idiomas hablados por él. El comedor se hallaba junto al cuarto de estar, y había una sauna contigua al dormitorio, completando la planta del piso superior.

Su personal, compuesto por el chófer, los guardaespaldas y su criado personal, todos ellos hombres de la KGB, se alojaban en la planta baja, que albergaba también el garaje. Tal era la casa a la que volvió después del trabajo y donde esperó al hombre que le había llamado por teléfono.

Y llegó Arkady, hombre robusto, colorado de rostro, vestido de paisano, aunque se habría sentido más a gusto en su uniforme acostumbrado de general de brigada del Estado Mayor del Ejército rojo. Era uno de los agentes de Ivanenko dentro del Ejército. Sentado sobre el borde del sillón en el cuarto de estar de Ivanenko, se inclinó hacia delante mientras hablaba. El enjuto jefe de la KGB permaneció arrellanado tranquilamente en el suyo, haciendo algunas preguntas y tomando de vez en cuando unas notas en su bloc. Cuando hubo terminado el brigadier, le dio las gracias, se levantó y pulsó un timbre instalado en la pared. A los pocos segundos, se abrió la puerta y apareció el criado de Ivanenko, un joven y rubio guardia sumamente guapo, el cual invitó al visitante a salir por una puerta lateral.

Ivanenko reflexionó largo rato sobre las noticias, sintiéndose cada vez más cansado y desanimado. Conque era esto lo que se proponía Vishnayev... Tendría que decírselo a Maxim Rudin por la mañana.

Tomó un largo baño, perfumado con una cara loción londinense, se envolvió en una bata de seda y sorbió una copa de viejo coñac francés. Después, volvió a su dormitorio, apagó las luces, dejando solamente encendida la lamparita de un rincón, y se estiró sobre la blanca colcha. Levantó el teléfono de la mesita de noche y apretó uno de los botones. Le respondieron inmediatamente.

—Valodya —dijo a media voz, empleando el afectuoso diminutivo de Vladimir—, ten la bondad de subir.

CAPITULO III

El bimotor a reacción de las Líneas Aéreas Polacas inclinó un ala sobre la amplia curva del río Dniéper y se dispuso a aterrizar en el aeropuerto de Borispil, en las afueras de Kiev, capital de Ucrania. Desde su asiento junto a la ventanilla, Andrew Drake contempló ávidamente la ciudad que se extendía debajo de él. Le embargaba la emoción.

Al igual que los otros ciento y pico de turistas procedentes de Londres, que habían hecho escala en Varsovia a una hora más temprana de aquel mismo día, tuvo que hacer casi una hora de cola en la aduana y control de pasaportes. En el control de inmigración, deslizó su pasaporte por debajo del cristal de la ventanilla y esperó. El hombre de la cabina llevaba el uniforme de la guardia de fronteras, con la cinta verde alrededor de su gorra y el emblema de la espada y el escudo de la KGB sobre la visera. Observó la fotografía del pasaporte y, después, miró fijamente a Drake.

—¿An...drev...Drak? —preguntó.

Drake sonrió e inclinó la cabeza.

—Andrew Drake —corrigió, amablemente.

El oficial de inmigración le miró con ceño. Examinó el visado, extendido en Londres, arrancó la mitad correspondiente a la entrada y prendió el visado de salida en el pasaporte. Después, devolvió éste. Drake había entrado.

En el coche de Inturist, que le llevaría del aeropuerto al «Hotel Lybid», de diecisiete pisos, estudió de nuevo a sus compañeros de viaje. Aproximadamente la mitad de ellos eran de origen ucraniano y visitaban la tierra de sus padres, excitada e ingenuamente. La otra mitad era de origen británico y estaba formada sólo por turistas curiosos. Todos parecían tener pasaporte británico. Drake, debido a su nombre inglés, pertenecía al segundo grupo. No había dado muestras de hablar correctamente el ucraniano y muy bien el ruso.

Durante el trayecto en autocar, conocieron a Ludmila, su guía del Inturist en aquel viaje. Era rusa, y hablaba en ruso con el conductor, el cual, aunque ucraniano, le respondía también en ruso. Al salir el autocar del aeropuerto, Ludmila sonrió con simpatía y empezó a explicar, en aceptable inglés, el programa de la excursión.

Drake observó su itinerario: dos días en Kiev, con visita a la catedral de Santa Sofía («maravillosa muestra de arquitectura ruso-kievana, donde está enterrado el príncipe Yaroslaf *el Sabio*», declamó Ludmila desde el asiento delantero); la Puerta de Oro del siglo X y la Colina de Vladimir, y, desde luego, la Universidad del Estado, la Academia de Ciencias y el Jardín Botánico. Naturalmente —pensó Drake—, no hablarían del incendio de 1964 de la biblioteca de la Academia, donde habían sido destruidos inestimables manuscritos, libros y archivos referentes a la literatura nacional ucraniana, y obras poéticas y culturales; tampoco dirían que los bomberos habían tardado tres horas en llegar, y también se callarían que el incendio había sido provocado por la propia KGB, como reacción a los escritos nacionalistas de los hombres de los Sesenta.

Después de Kiev habría una excursión de un día a Kaniv, en barco con aletas; luego, un día en Ternopol, donde seguramente no se hablaría para nada de un hombre llamado Miroslav Kaminsky, y, por fin, se trasladarían a Lvov. Como había esperado, sólo oyó hablar en ruso en las calles de la rusificada ciudad de Kiev. Sólo cuando llegaron a Kaniv y Ternopol, oyó hablar, a la mayoría de gente, en ucraniano. Su corazón se llenó de gozo al oírlo hablar tan extensamente y por tantas personas, y lo único que lamentó fue tener que decir continuamente: «Perdón, ¿habla usted inglés?» Pero tenía que esperar, hasta que pudiese presentarse en las dos direcciones que se había aprendido de memoria y tan bien que podía deletrearlas al revés.

A cinco mil millas de distancia de allí, el presidente de los Estados Unidos estaba reunido en cónclave con su consejero de seguridad, Poklevski; Robert Benson, de la CIA, y un tercer hombre, Myron Fletcher, primer experto en asuntos cerealistas de los soviets, del Departamento de Agricultura.

—Bob, ¿está usted seguro, sin género de duda razonable, de que los «Cóndor» de reconocimiento del general Taylor y sus propios informes desde tierra confirman estas cifras? —preguntó, repasando de nuevo las columnas de números que tenía delante.

El informe que le había presentado cinco días antes su jefe de información, a través de Stanislav Poklevski, se había hecho a base de descomponer toda la Unión Soviética en cien zonas productoras de cereales. De cada zona se había tomado una muestra de quince por quince kilómetros, en primer plano, analizándose sus problemas de producción de grano. Y, partiendo de las cien fotografías, sus especialistas habían calculado las perspectivas de producción de cereales en toda la nación.

—Si nos equivocamos, señor presidente, será por exceso de cautela, al conceder a los soviets una cosecha de grano mejor de lo que ellos pueden esperar —respondió Benson.

El presidente miró al hombre de Agricultura.

—Doctor Fletcher, ¿podría explicar esto en términos vulgares?

—Sí, señor presidente. En primer lugar, hay que deducir un mínimo del diez por ciento de la cosecha en bruto para obtener la cantidad de grano utilizable. Algunos dirían que hay que deducir el veinte por ciento. Esta modesta cifra del diez por ciento comprende el contenido en humedad, las materias extrañas, como piedras y arena, polvo y tierra, y lo que se pierde en el transporte y a causa de un almacenaje deficiente, que, según sabemos, afecta gravemente a los rusos.

»Después de esto, hay que deducir las toneladas que los soviets tienen que guardar en el propio campo, antes de establecer los programas oficiales para alimentar a las masas de los centros industriales. La tabla correspondiente a esto la encontrará usted en la segunda página de mi informe separado.

El presidente Matthews hojeó los papeles que tenía delante y examinó la tabla. Decía así:

1. *Simiente.* Toneladas que deben reservar los soviets para la siembra del próximo año, en trigo de invierno y de

primavera . . . . 10 millones TM.

2. *Consumo humano.* Cantidad que hay que reservar para alimentar a los habitantes de las zonas rurales, de las granjas colectivas y del Estado y de todas las unidades suburbanas, desde los caseríos, hasta las aldeas y las poblaciones de menos de 5000 vecinos . . . 28 millones TM.
3. *Consumo animal.* Cantidad que hay que reservar para alimentar al ganado durante los meses de invierno y hasta el deshielo de primavera . . . . 52 millones TM.
4. *Total irreducible.* . . . . 90 millones TM.
5. O sea, en números redondos y sin deducir el diez por ciento de merma, un total de . . . . 100 millones TM.

—Debo observar, señor presidente —siguió diciendo Fletcher—, que estas cifras no son absolutas. Son el mínimo absoluto requerido, antes de que empiecen a alimentar a las ciudades. Si reducen las raciones humanas, los campesinos se comerán simplemente el ganado, con o sin autorización. Si recortan el racionamiento de los animales, habrá una enorme mortandad de ganado; en invierno escaseará la carne, y después, el pueblo padecerá hambre de carne durante tres o cuatro años.

—Muy bien, doctor; le creo. Pero, ¿qué me dice de sus reservas?

—Calculamos que tienen una reserva nacional de treinta millones de toneladas. Sería inaudito que la gastasen toda, pero, si lo hiciesen, esto supondría que tendrían treinta millones de toneladas más. Y como, de la cosecha de este año, *debería* quedarles veinte millones de toneladas para las ciudades, esto daría, en cifras redondas, un total de cincuenta millones para las ciudades.

El presidente se volvió de nuevo hacia Benson.

—¿Qué necesitaría el Estado para alimentar a sus millones de habitantes urbanos, Bob?

—Señor presidente, 1977 fue para ellos el peor año desde hacía mucho tiempo, el año en que nos dieron «la Punzada». Su cosecha total fue de 194 millones de toneladas. Compraron 68 millones a sus propias explotaciones agrícolas. Y *todavía* tuvieron que comprarnos veinte millones a nosotros, como subterfugio. Incluso en 1975, su peor año en una década y media, necesitaron setenta millones de toneladas para las ciudades. Y tuvieron que ahorrar. En la actualidad, con una población mayor que entonces, no pasarían con menos de 85 millones de toneladas, a comprar por el Estado.

—Entonces —concluyó el presidente—, según sus cifras, aunque empleasen toda su reserva nacional, necesitarían treinta o treinta y cinco millones de toneladas de grano extranjero.

—Así es, señor presidente —terció Poklevski—. Tal vez incluso más. Y nosotros y los canadienses seremos los únicos que las tendremos. ¿No es verdad, doctor Fletcher?

El hombre de Agricultura asintió con la cabeza.

—Al parecer, América del Norte tendrá una cosecha espléndida este año. Quizá cincuenta millones de toneladas de excedente sobre el consumo doméstico, si consideramos conjuntamente los Estados Unidos y el Canadá.

Minutos más tarde, el doctor Fletcher fue acompañado a la puerta. Y continuó el debate. Poklevski insistió en su punto de vista.

—Señor presidente, esta vez tenemos que actuar. Hay que aprovechar la circunstancia.

—¿Coacción? —preguntó, receloso, el presidente—. Sé lo que piensa sobre esto, Stan. Pero la última vez no funcionó, sino que empeoró las cosas. No quiero que vuelva a ocurrir lo de la enmienda Jackson.

Los tres hombres recordaron con desagrado lo ocurrido con aquella pieza de legislación. A finales de 1974, los americanos habían aprobado la enmienda Jackson, la cual establecía que, a menos que los soviets se mostrasen más dúctiles en la cuestión a la emigración de los judíos rusos a Israel, los Estados Unidos no les concederían créditos comerciales para la compra de tecnología y de artículos industriales. El Politburó, dominado por Breznev, había rechazado despectivamente la presión, celebrando una serie de juicios espectaculares contra judíos y comprando lo que necesitaban, con créditos comerciales, a Gran Bretaña, Alemania y Japón.

«Lo importante, para hacer un poco de chantaje —había dicho sir Nigel Irvine, que estaba en Washington en 1975, a Bob Benson— es que hay que estar seguro de que la víctima no puede pasar sin algo que uno tiene, y no puede adquirirlo en otra parte.»

Poklevski conocía esta frase, por habérsela dicho Benson, y la repitió al presidente Matthews, pero evitando el empleo de la palabra chantaje.

—Señor presidente, esta vez no pueden comprar el trigo en otra parte. Nuestros excedentes han dejado de ser un asunto puramente comercial. Son un arma estratégica. Esta vale más que diez escuadrillas de bombarderos nucleares, porque no podemos vender tecnología nuclear a Moscú, por dinero. Le aconsejo que aplique la ley Shannon.

Después de «la Punzada» de 1977, la Administración de los Estados Unidos había aprobado al fin, y con retraso, en 1980, la ley Shannon. Esta decía, simplemente, que, en todo momento, el Gobierno federal tenía derecho a comprar los excedentes de trigo al precio de mercado en el momento en que Washington anunciase su deseo de ejercitar la opción.

A los especuladores en cereales no les había hecho ninguna gracia, pero los agricultores la habían aceptado. La ley amortiguaba en parte las violentas fluctuaciones de los precios en el mercado mundial del trigo. En años de abundancia, los agricultores obtenían un precio demasiado bajo por su grano; en años de escasez, los precios eran excesivamente altos. La ley Shannon garantizaba que, si se aplicaba, los agricultores obtendrían precios justos, aunque los especuladores se quedarían al margen. La ley daba también a la Administración una nueva y poderosísima arma en sus tratos con los países compradores, tanto los agresivos como los humildes y los pobres.

—Está bien —dijo el presidente Matthews—. Aplicaré la ley Shannon. Autorizaré el empleo de fondos federales para comprar anticipadamente el previsto excedente de cincuenta millones de toneladas de grano.

Poklevski estaba rebosante de gozo.

—No se arrepentirá, señor presidente. Esta vez, los soviets tendrán que tratar directamente con la presidencia, no con intermediarios. Los tenemos sobre un barril de pólvora. No pueden hacer nada más.

Yefrem Vishnayev no pensaba igual. Al abrirse la sesión del Politburó, pidió la palabra y se la concedieron.

—Camaradas, ninguno de los presentes niega que es inaceptable el hambre que nos amenaza. Nadie niega que el exceso de comida está en el decadente mundo occidental. Se ha sugerido que lo único que podemos hacer es humillarnos y, posiblemente, hacer concesiones en mengua de nuestro poderío militar y, por ende, del avance marxista-leninista, con el fin de adquirir aquellos excedentes para salir del apuro.

»Yo no estoy de acuerdo con esto, camaradas, y les pido que se unan a mí para rechazar la idea de someternos al chantaje y de traicionar a nuestro gran inspirador, Lenin. Hay otro camino, un camino que será aceptado por todo el pueblo soviético y que consistirá en un rígido racionamiento al mínimo nivel, en un resurgimiento nacional de patriotismo y sacrificio, en la imposición de una disciplina sin la cual no podríamos soportar el hambre que se avecina.

»De esta manera, podremos emplear la escasa cosecha de trigo que recojamos en otoño, estirar la reserva nacional hasta la primavera próxima, consumir la carne de nuestros rebaños en vez de cereales y, entonces, cuando se haya gastado todo, volveremos hacia la Europa Occidental, donde están los lagos de la leche, las montañas de carne y de mantequilla, y las reservas nacionales de diez ricos Estados.

—¿Y comprárselo todo? —preguntó irónicamente Rykov, ministro de Asuntos Exteriores.

—No, camarada —respondió suavemente Vishnayev—. Quitárselo. Cedo la palabra al camarada mariscal Kerensky. Ha traído un legajo que desea que sea examinado por cada uno de nosotros.

Se repartieron doce ejemplares del grueso legajo. Kerensky se reservó uno y empezó a leerlo. Rudin no abrió el que tenía delante y siguió fumando continuamente. Ivanenko dejó también el suyo sobre la mesa y miró a Kerensky. Tanto él como Rudin sabían, desde hacía cuatro días, lo que decían aquellos papeles. Kerensky, de acuerdo con Vishnayev, había sacado de la caja fuerte del Estado Mayor Central el legajo del Plan Boris, nombre inspirado en el de Boris Gudonov, el gran conquistador ruso. Ahora había sido puesto al día.

Era algo imponente, y Kerensky empleó dos horas en leerlo. Durante el mes de mayo próximo, las acostumbradas maniobras de primavera del Ejército rojo en Alemania Oriental serían mayores que nunca, pero con una diferencia. No serían tales maniobras, sino una acción real. Al darse la orden, 30 000 tanques y vehículos blindados de transporte de tropas, cañones móviles y carros anfibios, girarían hacia el Oeste, cruzarían el Elba e invadirían Alemania Occidental dirigiéndose hacia Francia y hacia los puertos del Canal de la Mancha. Delante de ellos, 50 000 paracaidistas serían lanzados sobre cincuenta lugares y se apoderarían de los principales aeródromos nucleares tácticos de los franceses, en Francia, y de los americanos e ingleses, en suelo alemán. Otros cien mil caerían sobre los cuatro países escandinavos y ocuparían las capitales y las arterias principales, apoyados masivamente por la Armada desde cerca de las costas.

La acción militar no alcanzaría a las penínsulas Itálica e Ibérica, cuyos Gobiernos, dominados por los eurocomunistas, serían advertidos por los embajadores soviéticos de que debían permanecer al margen de la lucha o perecer si no lo hacían. De todos modos, no tardarían más de un lustro en caer como frutos maduros. Lo propio ocurriría con Grecia, Turquía y Yugoslavia. Suiza sería respetada, y Austria, empleada sólo como lugar de paso. Ambas serían más tarde como islotes en un mar soviético, y no durarían mucho.

La primera zona de ataque y ocupación sería la formada por los tres países del Benelux, Francia y Alemania Occidental. De momento, Gran Bretaña se vería afectada por las huelgas y confusa por la extrema izquierda, que, siguiendo instrucciones de Moscú, lanzaría inmediatamente una campaña en pro de la no intervención. Londres sería informada de que, si la fuerza de choque nuclear era empleada al este del Elba, Gran Bretaña sería borrada de la faz del mundo.

Durante toda la operación, la Unión Soviética exigiría a gritos un inmediato alto el fuego en todas las capitales del mundo y en las Naciones Unidas, sosteniendo que las hostilidades sólo afectaban a Alemania Occidental, que eran temporales e iban exclusivamente encaminadas a evitar una marcha de los alemanes occidentales sobre Berlín, alegato que sería creído y apoyado por la mayoría de la izquierda europea no alemana.

—¿Y qué harán, entretanto, los Estados Unidos? —le interrumpió Petrov.

Kerensky le miró, enojado por ver interrumpido su discurso después de noventa minutos.

—El empleo de armas nucleares tácticas en suelo alemán no puede excluirse —siguió diciendo Kerensky—, pero con ellas se destruiría Alemania Occidental, Alemania Oriental y Polonia, con lo que, desde luego, nada perdería la Unión Soviética. Gracias a la debilidad de Washington, no habría despliegue de misiles desde el mar, ni de bombas de neutrones. Las bajas militares soviéticas se calculan entre cien mil y doscientas mil, como máximo. Pero, como intervendrían dos millones de hombres en los tres servicios, el porcentaje sería aceptable.

—¿Duración? —preguntó Ivanenko.

—Las unidades de vanguardia de los Ejércitos mecanizados entrarían en los puertos del Canal de la Mancha cien horas después de cruzar el Elba. Entonces, podría negociarse el alto el fuego, durante el cual se practicarían las operaciones de limpieza.

—¿Es esto factible, en el tiempo indicado? —preguntó Petryanov.

Esta vez, intervino Rudin.

—¡Oh, sí! Es factible —asintió mansamente, y Vishnayev le lanzó una recelosa mirada.

—Todavía no se ha contestado a mi pregunta —observó Petrov—. ¿Qué hay de los Estados Unidos? ¿Qué hay de sus fuerzas nucleares de choque? No me refiero a las armas tácticas, sino a las estratégicas. Las bombas de hidrógeno de las cabezas nucleares de sus misiles balísticos intercontinentales, de sus bombarderos y sus submarinos.

Las miradas de los que estaban en la mesa se fijaron en Vishnayev. Este se levantó de nuevo.

—El presidente americano deberá recibir, en el primer momento, seguridades formuladas de modo solemne y verosímil —dijo—. Primera: que la URSS no será nunca la primera en emplear armas termonucleares. Segunda: que si los 300 000 soldados americanos destacados en la Europa Occidental intervienen en la lucha, tendrán que enfrentarse con los nuestros en una guerra convencional o de táctica nuclear. Tercera: que si los Estados Unidos recurren a misiles balísticos contra la Unión

Soviética, las cien ciudades principales de los Estados Unidos dejarán de existir.

»El presidente Matthews, camaradas, no sacrificará Nueva York para salvar París, ni Los Angeles para salvar Francfort. *No* habrá reacción termonuclear americana.

Se hizo un pesado silencio, mientras los reunidos iban asimilando las perspectivas. El enorme almacén de comida, incluido el trigo, de bienes de consumo y de tecnología, que era la Europa Occidental. La caída, como frutas maduras, de Italia, España, Portugal, Austria, Grecia y Yugoslavia, dentro de pocos años. El rico filón de oro oculto bajo las calles de Suiza. El total aislamiento de Gran Bretaña y de Irlanda frente a la nueva costa soviética. El dominio, sin disparar un tiro, sobre el mundo árabe y el Tercer Mundo. Todo esto, junto, era extraordinario.

—Es un panorama muy hermoso —afirmó, al fin, Rudin—. Pero todo parece fundarse en una presunción: que los Estados Unidos no harán llover proyectiles nucleares sobre la Unión Soviética, si les prometemos que no lanzaremos los nuestros contra ellos. Me gustaría saber si el camarada Vishnayev tiene algo que confirme su confiada declaración. En una palabra, ¿es un hecho demostrable, o una esperanza acariciada por él?

—Es más que una esperanza —saltó Vishnayev—. Es un cálculo fundado en la realidad. Como capitalistas y nacionalistas burgueses que son, los americanos pensarán siempre primero en ellos mismos. Son tigres de papel, débiles e indecisos. Y, sobre todo, cuando se enfrentan con la perspectiva de perder vidas propias, son cobardes.

—¿De veras lo son? —murmuró Rudin—. Bueno, camaradas, intentaré resumir. El panorama descrito por el camarada Vishnayev es atrayente en todos los sentidos; pero se apoya en la esperanza..., perdón, en sus cálculos, de que los americanos no replicarán con sus potentes armas termonucleares. Si lo hubiésemos creído así antes de ahora, sin duda habríamos terminado ya el proceso de liberación de las masas oprimidas de la Europa Occidental, arrancándolas al fascismo-capitalismo y trayéndolas al marxismo-leninismo. Por mi parte, no veo ningún elemento nuevo que justifique el cálculo del camarada Vishnayev.

»En todo caso, ni él ni el camarada mariscal han tenido nunca tratos con los americanos, y ni siquiera han estado en Occidente.

Yo he estado, personalmente, y discrepo de ellos. Oigamos lo que tiene que decir el camarada Rykov.

El viejo y veterano ministro de Asuntos Exteriores estaba pálido como la cera.

—Todo esto huele a kruschevismo, como en el caso de Cuba. Llevo treinta años en Asuntos Exteriores. Los embajadores en todo el mundo me informan a mí, no al camarada Vishnayev. Y ninguno de ellos, ni uno solo, y ningún técnico de mi Departamento, ni yo mismo, tenemos la menor duda de que el presidente de los Estados Unidos reaccionaría con su fuerza termonuclear contra la Unión Soviética. No se trata simplemente de un intercambio de ciudades. También él puede ver que la consecuencia de una guerra semejante sería el dominio de casi todo el mundo por la Unión Soviética. Sería el final de América como superpotencia, como potencia, como cualquier cosa por encima de una nulidad total. Arrasarían la Unión Soviética, antes que entregarnos la Europa Occidental y, por ende, el mundo.

—Por mi parte, debo señalar —intervino Rudin— que, si lo hiciesen, no estaríamos aún en condiciones de impedírselo. Nuestros rayos láser de partículas de alta energía, lanzados desde los satélites espaciales, no son aún totalmente eficaces. Sin duda llegará un día en que podremos desintegrar los cohetes en el espacio interior antes de que puedan alcanzarnos. Pero no ahora... Los últimos cálculos de nuestros expertos..., de nuestros expertos, camarada Vishnayev, no de nuestros optimistas..., indican que un ataque termonuclear masivo de los angloamericanos nos costaría cien millones de ciudadanos, en su mayoría grandes rusos, y devastaría el sesenta por ciento de la Unión desde Polonia a los Urales. Pero sigamos. Camarada Ivanenko, usted conoce Occidente. ¿Qué tiene que decir?

—A diferencia de los camaradas Vishnayev y Kerensky —declaró Ivanenko—, yo tengo el control de centenares de agentes en todo el Occidente capitalista. Sus informes son invariables. Tampoco yo tengo la menor duda de que los americanos replicarían.

—Entonces, permítanme resumir —dijo bruscamente Rudin, considerando terminados los momentos de tanteo—. Si negociamos con los americanos para conseguir trigo, quizá tendremos que aceptar exigencias que supondrían un retroceso de cinco años para nosotros. Si soportamos el hambre, el retroceso será probablemente de diez años. Si provocamos una guerra europea, es posible que seamos barridos del mapa o, en otro caso, suframos un retraso seguro de veinte o cuarenta años.

»Yo no soy un teórico como lo es, indudablemente, el camarada Vishnayev. Pero creo recordar que las enseñanzas de Marx y de Lenin insisten mucho en un punto: si bien hay que buscar la implantación mundial del régimen marxista en todo momento y por todos los medios, no hay que poner en peligro el progreso corriendo riesgos estúpidos. Entiendo que este plan significa un riesgo disparatado. Por consiguiente, propongo que...

—Yo propongo que se someta a votación —interrumpió suavemente Vishnayev.

Conque así estaba la cosa. No un voto de confianza, pensó Rudin; esto vendría más tarde, si perdía el primer asalto. La facción belicista se había quitado la careta. Desde hacía años, no había tenido una impresión tan clara de estar luchando por su vida. Si perdía, no podría gozar de un cómodo retiro, ni retener las villas y los privilegios, como había hecho Mikoyan. Sería la ruina, el exilio o, quizás, el balazo en la nuca. Pero conservó su compostura. Presentó primero su propia moción. Sucesivamente, se levantaron varias manos.

Rykov, Ivanenko y Petrov, votaron a favor de él y de su política negociadora. Hubo una cierta vacilación en la mesa. ¿A quiénes había conquistado Vishnayev? ¿Y qué les había prometido?

Stepanov y Shushkin levantaron la mano. Por último, muy despacio, lo hizo Chavadze, el georgiano. Entonces, Rudin puso a votación la contrapropuesta, o sea, la guerra en primavera. Naturalmente, Vishnayev y Kerensky votaron a favor. El ministro de Agricultura, Komarov, se unió a ellos. «Bastardo —pensó Rudin—, ha sido tu maldito Ministerio quien nos ha metido en este lío.» Vishnayev debió persuadirle de que Rudin le iba a arruinar en todo caso, y por esto pensó que no tenía nada que perder. «Te equivocas, amigo mío —pensó Rudin, aunque su rostro permaneció impasible—; te sacaré las tripas por esto.» Petryanov levantó la mano. «Te han prometido la presidencia del Gobierno», pensó Rudin. Vitautas, el báltico, y Mujamed, el tadjik, se mostraron también partidarios de la guerra. El tadjik debía pensar que, si estallaba una guerra nuclear, los orientales reinarían sobre las ruinas. El lituano había sido comprado.

—Seis votos a favor de cada propuesta —comentó Rudin, pausadamente—. Yo voto en pro de las negociaciones.

Pequeño margen, pensó; demasiado pequeño.

El sol se hundía en el ocaso cuando se levantó la sesión. Pero todos sabían que la lucha entre facciones continuaría hasta el fin; nadie podía retroceder ahora; nadie podía permanecer neutral.

Hasta el quinto día de viaje no llegó el grupo a Lvov y se alojó en el «Hotel Inturist». Hasta ahora, Drake había seguido exactamente las visitas programadas, pero esta vez alegó un dolor de cabeza y dijo que prefería quedarse en su habitación. Cuando el grupo hubo salido en autocar, en dirección a la iglesia de San Nicolás, se puso unas ropas más corrientes y salió del hotel.

Kaminsky le había informado sobre el indumento que debía ponerse para no llamar la atención: sandalias y calcetines, pantalón ligero, no demasiado elegante, y camisa de cuello abierto y del género más barato.Orientándose con un plano de la ciudad, echó a andar por el sucio y pobre suburbio obrero de Levandivka. Estaba seguro de que, cuando los encontrase, los dos hombres a los que buscaba le recibirían con el mayor recelo. Lo cual no sería de extrañar, teniendo en cuenta los antecedentes familiares y las circunstancias que concurrían en ellos. Recordó lo que le había contado Miroslav Kaminsky en su cama del hospital turco.

El 29 de septiembre de 1966, cerca de Kiev, en la garganta de Babi Yar, donde más de 50 000 judíos habían sido asesinados en 1941-1942, por la SS de los nazis que ocupaban Ucrania, el primer poeta ucraniano de la época, Iván Dzyuba, había pronunciado un discurso tanto más notable cuanto que se trataba de un católico ucraniano que hablaba enérgicamente en contra del antisemitismo.

El antisemitismo floreció siempre en Ucrania, y sus sucesivos gobernantes —los zares, los estanilistas, los nazis, nuevamente los estalinistas y sus sucesores— fomentaron siempre vigorosamente aquel florecimiento.

El largo discurso de Dzyuba empezó con lo que parecía un alegato en pro del recuerdo de los judíos asesinados en Babi Yar y una rotunda condena del nazismo y el fascismo. Pero al desarrollar el tema, éste empezó a abarcar todos los despotismos que, aparte sus triunfos tecnológicos, atropellan el espíritu humano y tratan de persuadir, incluso a los atropellados, de que esto es lo normal.

«Por consiguiente –dijo–, debemos juzgar las sociedades, no por sus logros técnicos externos, sino por la posición y el significado que dan al hombre, por el valor que otorgan a la dignidad y a la conciencia humanas.»

Cuando llegó a este punto, los chequistas que se habían infiltrado entre la silenciosa multitud se dieron cuenta de que el poeta no se refería ya a la Alemania de Hitler, sino que hablaba del Politburó de la Unión Soviética. Poco después del discurso, fue detenido.

En los sótanos del cuartel de la KGB local, el primer inquisidor, que tenía a su servicio a los dos brutos colocados en los rincones de la estancia y que blandían pesados tubos de caucho de un metro de longitud, era un aventajado y joven coronel del segundo directorio, enviado de Moscú. Se llamaba Yuri Ivanenko.

Pero durante el discurso de Babi Yar, dos chiquillos de diez años habían estado en primera fila, de pie al lado de sus padres. Entonces no se conocían, y tardarían seis años en encontrarse y hacerse buenos amigos en unas obras de construcción. Uno de ellos se llamaba Lev Mishkin; el otro era David Lazareff.

La presencia de los padres de Mishkin y Lazareff en el mitin había sido también observada, y, cuando años más tarde pidieron autorización para emigrar a Israel, ambos fueron acusados de actividades antisoviéticas y condenados a un largo período de trabajos forzados.

Sus familias habían perdido sus apartamentos, y sus hijos, toda esperanza de ingresar en la Universidad. Aunque muy inteligentes, fueron destinados a trabajos de pico y pala. Los dos tenían ahora veintiséis años y eran los jóvenes a quienes Drake buscaba en los cálidos y polvorientos callejones de Levandivka.

En la segunda dirección encontró a David Lazareff, el cual, después de las presentaciones, le trató con extremado recelo.

Pero accedió a convocar a su amigo Mishkin a una reunión, ya que, a fin de cuentas, Drake conocía los nombres de los dos.

Aquella noche conoció a Lev Mishkin, y los dos hombres le miraron casi con hostilidad. El les refirió la historia de la fuga y el salvamento de Miroslav Kaminsky, y sus propios antecedentes. La única prueba que podía mostrarles era una fotografía de él y Kaminsky, juntos, tomada en la habitación del hospital de Trebisonda por un enfermero, con una cámara «Polaroid». Ambos sostenían el periódico turco local de aquella fecha. Drake traía también este mismo periódico, empleado para forrar interiormente su maleta, y se lo mostró como prueba de su historia.

—Escuchen —dijo, por último—; si Miroslav hubiese sido detenido por la KGB e interrogado en territorio soviético; si hubiese cantado y revelado sus nombres, y si yo fuese de la KGB, sería incomprensible que les pidiese ayuda.

Los dos obreros judíos se avinieron a considerar su petición aquella noche. Aunque Drake no lo sabía, Mishkin y Lazareff compartían desde hacía tiempo un ideal muy parecido al suyo: descargar un único y poderoso golpe de venganza contra el corazón de la jerarquía del Kremlin. Pero estaban a punto de renunciar a ello, en vista de la imposibilidad de hacer algo sin ayuda exterior.

Impulsados por su deseo de tener un aliado fuera de las fronteras de la URSS, ambos se estrecharon la mano al amanecer y convinieron en depositar su confianza en el angloucraniano. La segunda reunión se celebró por la tarde, después de eludir Drake otra visita en compañía de la guía. Para mayor seguridad, pasearon por las anchas vías sin empedrar de las afueras de la ciudad, hablando en voz baja o en ucraniano. Los dos jóvenes dijeron a Drake que también ellos deseaban propinar a Moscú un golpe mortal.

—La cuestión es: ¿cuál? —inquirió Drake.

Lazareff, que era el menos locuaz pero el más dominante de los dos, intervino ahora.

—Ivanenko —dijo—. El hombre más odiado en Ucrania.

—¿Qué habría que hacerle? —preguntó Drake.

—Matarle.

Drake se detuvo en seco y miró fijamente al moreno y resuelto joven.

—Nunca podrían acercarse a él —dijo al fin.

—El año pasado —repuso Lazareff— estuve haciendo un trabajo aquí, en Lvov. Soy pintor de paredes, ¿sabe? Redecorábamos el apartamento de un jefazo del partido, y había en la casa una ancianita de Kiev. Cuando ésta se marchó, la esposa del hombre del partido dijo quién era. Más tarde vi en el buzón una carta con el matasellos de Kiev. La cogí, y era de la vieja. Su dirección estaba en el sobre.

—Pero, ¿quién era? —preguntó Drake.

—Su madre.

Drake consideró la información.

—Parece que las personas como él no deberían tener madre —dijo—. Pero quizá tendrían ustedes que vigilar su piso mucho tiempo, antes de que a él se le ocurriese visitarla.

Lazareff movió la cabeza.

—Ella es el cebo —observó, y esbozó su idea.

Drake reflexionó sobre su enormidad.

Antes de venir a Ucrania había hecho muchos proyectos sobre el golpe que soñaba en descargar contra el poder del Kremlin, pero jamás se le había ocurrido una cosa así. Asesinar al jefe de la KGB sería herir al Politburó en su mismo centro y resquebrajar toda la estructura del poder.

—Podría dar resultado —concedió.

Si lo daba, pensó, se alzaría un muro de silencio alrededor del suceso. Pero si llegaba a saberse la noticia, el efecto sobre la opinión popular, especialmente en Ucrania, sería traumático.

—Podría provocar el mayor levantamiento que jamás se haya producido aquí —dijo.

Lazareff asintió con la cabeza. Saltaba a la vista que, aun sin contar con ayuda exterior, él y Mishkin le habían dado muchas vueltas al proyecto.

—Cierto —asintió.

—¿Qué equipo necesitarían? —preguntó Drake.

Lazareff se lo dijo. Drake asintió con la cabeza.

—Todo eso puede adquirirse en Occidente —dijo—. Pero, ¿cómo introducirlo aquí?

—Vía Odessa —contestó Mishkin—. Yo trabajé una temporada en los muelles. Es un lugar absolutamente corrompido. El mercado negro está en pleno auge. En todos los barcos occidentales llegan marineros que trafican intensamente con los truhanes locales, en chaquetas de cuero, abrigos de ante y pantalones vaqueros. Nosotros le esperaríamos allí. Y está dentro de Ucrania; no necesitaríamos pasaporte para ir de un Estado a otro.

Cuando se despidieron habían trazado el plan. Drake compraría el quipo y lo traería a Odessa por mar. Avisaría a Mishkin y a Lazareff por carta, echada al correo en la propia Unión Soviética, con mucha anticipación a su llegada. El texto sería inocente. El lugar de la cita en Odessa sería un café que conocía Mishkin de cuando, siendo adolescente, había trabajado allí.

—Dos cosas más —añadió Drake—. Cuando se haya realizado la acción, la publicidad, el anuncio a todo el mundo de la hazaña, será de vital importancia; casi tan importante como la misma acción. Esto quiere decir que ustedes, personalmente, tendrán que decirlo al mundo. Porque sólo ustedes conocerán los detalles que convencerán al mundo de la verdad de lo acaecido. Lo cual significa, a su vez, que tendrán que escapar de aquí y pasar a Occidente.

—Eso es evidente —murmuró Lazareff—. Ambos somos *refuseniks*. Tratamos de emigrar a Israel, como lo intentaron antes nuestros padres, y nos negaron el permiso. Esta vez iremos, con o sin autorización. Cuando esto haya terminado, tendremos que ir a Israel. Es el único lugar donde podremos estar seguros para siempre. Una vez allí, diremos al mundo lo que hemos hecho y desacreditaremos a esos bastardos del Kremlin y de la KGB a los ojos de su propio pueblo.

—El otro punto es consecuencia del primero —observó Drake—. Cuando la cosa se haya realizado, deben decírmelo por medio de una carta o de una postal en clave. Para el caso de que no lograsen escapar. De este modo, podría contribuir a que el mundo supiese la noticia.

Convinieron en enviar una postal, aparentemente inofensiva, desde Lvov a una lista de Correos de Londres. Después de grabar en su memoria los últimos detalles, se despidieron y Drake fue a reunirse con su grupo.

Dos días después, Drake estaba de regreso en Londres. Lo primero que hizo fue comprar el libro más completo del mundo sobre armas cortas. Lo segundo, enviar un telegrama a un amigo del Canadá, uno de los mejores de la selecta lista de emigrados que había redactado en el curso de los años y que pensaban como él en descargar su odio contra su enemigo. Lo tercero, empezar los preparativos para llevar a cabo un plan largo tiempo demorado para conseguir los fondos necesarios, mediante el robo de un Banco.

El conductor que, partiendo del extremo de la Kutuzovsky Prospekt, en las afueras sudorientales de Moscú, tuerza a la derecha del gran bulevar por la carretera de Rublevo, llegará, al cabo de veinte kilómetros, a la pequeña aldea de Uspenskoye, en el corazón de un sector lleno de villas destinadas a los fines de semana. En los grandes bosques de pinos y de abedules que rodean Uspenskoye, se encuentran caseríos tales como Usovo y Zhukovka, donde se levantan las casas de campo de la *élite* soviética. Inmediatamente después del puente de Uspenskoye sobre el río Moscova, hay una playa donde acuden en verano los moscovitas menos privilegiados, pero acomodados (tienen coche propio), para bañarse junto a la arena.

Los diplomáticos occidentales vienen también aquí, y es uno de los pocos sitios donde un occidental puede codearse con familias moscovitas corrientes. Incluso el obligado seguimiento de los diplomáticos occidentales por la KGB parece descuidarse en las tardes de los domingos de verano.

El domingo, 11 de julio de 1982, por la tarde, Adam Munro vino aquí con un grupo de funcionarios de la Embajada británica. Algunos estaban casados e iban con sus mujeres; otros eran solteros y más jóvenes que él. Poco antes de las tres, todos los del grupo dejaron sus toallas y las cestas de la merienda entre los árboles, y bajaron corriendo a la arenosa playa para nadar. Al volver, Munro cogió su enrollada toalla y empezó a secarse. Algo cayó de ella.

Se agachó para recogerlo. Era una pequeña cartulina, del tamaño de media postal, blanca por ambos lados. En uno de éstos habían escrito, en ruso, estas palabras: «A tres kilómetros al norte de aquí hay una capilla abandonada en el bosque. Te espero allí dentro de media hora. Por favor. Es urgente.»

Munro sonrió al acercarse una de las secretarias de la Embajada, a pedirle, riendo, un cigarrillo. Pero, mientras se lo encendía, no paraba de pensar en lo que podía significar aquello. ¿Un disidente que quería hacer pasar literatura clandestina? Esto podría traer complicaciones. ¿Un grupo religioso que deseaba refugiarse en la Embajada? Los americanos habían pasado por esto en 1978, y les había causado grandes problemas. ¿Una trampa montada por la KGB, para identificar al hombre del SIS en la Embajada? Era posible. Ningún secretario comercial corriente aceptaría semejante invitación deslizada en la toalla enrollada por alguien que, evidentemente, tenía que haberle seguido y observado desde el bosque circundante. Sin embargo, era un procedimiento demasiado tosco para la KGB. Esta habría instalado más bien un presunto desertor en el centro de Moscú, con información para transmitir, y tomado fotografías en secreto, en el momento de la entrega. ¿Quién podía ser el secreto autor del mensaje?

Se vistió rápidamente, todavía indeciso.

Por último, se puso los zapatos y tomó su resolución. Si era una trampa, diría que no había recibido ningún mensaje y que sólo estaba dando un paseo por el bosque. Para disgusto de su esperanzada secretaria, echó a andar a solas. Al cabo de unos cien metros se detuvo, sacó el encendedor y quemó la cartulina, pisoteando las cenizas entre las hojas secas de los pinos.

El sol y su reloj le indicaron dónde estaba el Norte, en dirección contraria a la orilla del río, que miraba al Sur. Al cabo de diez minutos salió a una vertiente y vio la cúpula, en forma de cebolla, de una capilla, a unos dos kilómetros, al otro lado del valle. Segundos más tarde, volvía a estar entre los árboles.

En los bosques que rodean Moscú existen docenas de estas capillitas, antaño lugares de culto de los campesinos y hoy edificios arruinados, cerrados, desiertos. Aquella a la que se acercaba se hallaba en un claro entre los árboles. Al llegar al borde del claro, Munro se detuvo y contempló la pequeña iglesia. No vio a nadie. Avanzó cautelosamente. Estaba a pocos metros de la cerrada entrada cuando vio una figura erguida en la profunda sombra de un arco. Se detuvo, y ambos se miraron un buen rato.

El no supo qué decir; por esto se limitó a pronunciar un nombre:

—Valentina.

Ella salió de la sombra y respondió:

—Adam.

Veintiún años, pensó él, maravillado. Debe de haber cumplido los cuarenta. Parecía tener treinta, con sus cabellos negros, hermosa e inefablemente triste.

Se sentaron sobre una de las losas sepulcrales y hablaron en voz baja de los viejos tiempos. Ella le dijo que había regresado de Berlín a Moscú a los pocos meses de su separación y que había seguido trabajando de mecanógrafa en la maquinaria del partido. A los veintitrés años se había casado con un joven oficial del Ejército con buenas perspectivas. Después de siete años, habían tenido un hijo, y los tres habían sido felices. Su marido había prosperado en su carrera, porque un tío suyo pesaba mucho en el Ejército rojo, y el nepotismo es igual en la Unión Soviética que en cualquier otra parte. El niño tenía ahora diez años.

Hacía cinco que su marido, que había alcanzado el grado de coronel en plena juventud, había muerto al estrellarse el helicóptero desde el que observaba los despliegues de las tropas rojas chinas a lo largo del río Ussuri, en el Lejano Oriente. Para mitigar su dolor, ella había vuelto al trabajo. El tío de su esposo había usado su influencia para conseguirle un buen empleo, con los consiguientes privilegios de comida especial, restaurantes especiales, mejores apartamentos y un coche particular..., todo lo inherente al alto rango en la maquinaria del partido.

Por último, hacía dos años,. después de una instrucción especial, le habían ofrecido un puesto en el pequeño y cerrado grupo de taquígrafos y mecanógrafos de una subsección del secretariado general del Comité Central, llamado secretariado del Politburó.

Munro respiró profundamente. Era un puesto muy alto, muy alto, y de mucha confianza.

—¿Quién es el tío de tu difunto esposo? —preguntó.

—Kerensky —murmuró ella.

—¿El mariscal Kerensky? —preguntó él.

Ella asintió con la cabeza. Munro exhaló el aliento muy despacio. Kerensky, el halcón. Volvió a mirar la cara de Valentina y vio que tenía húmedos los ojos. Pestañeaba rápidamente, a punto de llorar. Cediendo a un impulso, le rodeó los hombros con un brazo y la atrajo hacia sí. Olió sus cabellos; el mismo olor suave que tanto le atraía dos decenios atrás, cuando era joven.

—¿Qué te pasa? —le preguntó, cariñosamente.

—¡Oh, Adam! Soy muy desgraciada.

—Por el amor de Dios, ¿por qué? En tu sociedad lo tienes todo.

Ella sacudió la cabeza, despaciosamente, y se separó de él. Evitó su mirada y fijó la suya en los árboles, a través del claro.

—Toda mi vida, Adam, desde que era pequeña, había creído. Había creído de verdad. Incluso cuando nos amábamos, creía en la bondad y en la justicia del socialismo. Incluso en los tiempos duros, en los tiempos de privación en mi país, cuando Occidente tenía todos los bienes de consumo y nosotros no teníamos ninguno, creía en la justicia del ideal comunista que nosotros, los rusos, ofreceríamos un día a todo el mundo. Era un ideal que nos libraría a todos del fascismo, de la ambición de dinero, de la explotación, de la guerra.

»Me lo habían enseñado, y lo creía realmente. Era más importante que tú, que nuestro amor, que mi marido y mi hijo. Y tanto, al menos, como este país, Rusia, que es parte de mi alma.

Munro conocía el patriotismo de los rusos, el ardiente amor a su país, que les hacía soportar todos los sufrimientos, todas las privaciones, todos los sacrificios, y que, si se manipulaba bien, hacía que obedeciesen sin chistar las órdenes de los amos supremos del Kremlin.

—¿Y qué pasó? —preguntó en voz baja.

—Que los han traicionado. Los están traicionando. A mi ideal, a mi pueblo y a mi país.

—¿Ellos? —preguntó Munro.

Ella se estrujó los dedos hasta parecer que iba a arrancárselos de las manos.

—Los jefes del partido —exclamó furiosamente, y escupió el término ruso equivalente a «los peces gordos»—: Los *Nachalstvo.*

Munro había sido dos veces testigo de una retractación. Sabía que, cuando un verdadero creyente pierde la fe, su fanatismo invertido alcanza raros extremos.

—Yo les adoraba, Adam. Les respetaba. Les veneraba. Ahora, hace años que vivo cerca de ellos. He vivido a su sombra, aceptado sus regalos, recibido sus copiosos privilegios. Les he visto de cerca, en privado; les he oído hablar del pueblo, al que desprecian. Están podridos, Adam, corrompidos, y son crueles. Todo lo que tocan se convierte en cenizas.

Munro pasó una pierna sobre la losa, a fin de poder mirar de frente a la mujer, y tomó a ésta en sus brazos. Valentina lloraba en silencio.

—No puedo seguir, Adam, no puedo seguir así —murmuró al hombro de él.

—Bueno, querida, ¿quieres que trate de sacarte de aquí?

Sabía que podía costarle su carrera, pero esta vez no iba a dejar que ella se le escapase. Valdría la pena, todo valdría la pena.

Ella se apartó, surcado el rostro por las lágrimas.

—No puedo. No puedo marcharme. Tengo que pensar en Sacha.

El la retuvo un poco más, sin decir palabra. Pensaba furiosamente.

—¿Cómo has sabido que yo estaba en Moscú? —preguntó, cuidadosamente.

Ella no dio la menor señal de extrañeza ante la pregunta. Era natural que él la hiciese.

—El mes pasado —murmuró, entre sollozos—. Un colega de la oficina me llevó al ballet. Estábamos en un palco. Mientras hubo poca luz, pensé que me equivocaba. Pero cuando las luces se encendieron en el entreacto, vi que eras realmente tú. No pude seguir en el teatro. Pretexté dolor de cabeza y salí rápidamente.

Dejó de llorar y se enjugó los ojos.

—Adam —preguntó, al cabo de un rato—, ¿te casaste?

—Sí —respondió él—. Mucho después de Berlín. Pero no salió bien. Nos divorciamos hace años.

Ella forzó una débil sonrisa.

—Me alegro —dijo—. Me alegro de que no haya nadie más. No es muy lógico, ¿verdad?

El sonrió a su vez.

—No —dijo—. No lo es. Pero me alegra oírlo. ¿Podremos seguir viéndonos? En el futuro.

La sonrisa de ella se extinguió, y el miedo se pintó en sus ojos. Sacudió la morena cabeza.

—No, no muy a menudo, Adam —dijo—. Confían en mí, gozo de una situación privilegiada; pero si un extranjero visitase mi apartamento, no tardarían en saberlo. Lo mismo puede aplicarse a tu apartamento. Los diplomáticos son vigilados, ya lo sabes. Y también lo son los hoteles. Aquí no pueden alquilarse pisos, sin llenar ciertas formalidades. Es imposible, Adam, es francamente imposible.

—Tú has querido este encuentro, Valentina. Tú tomaste la iniciativa. ¿Fue sólo en recuerdo de los viejos tiempos? Si no te gusta la vida que llevas aquí, si no te gustan los hombres por los que trabajas... Pero si no puedes huir por causa de Sacha, ¿qué es lo que quieres?

Ella se serenó y reflexionó un momento. Cuando habló, su voz era completamente tranquila.

—Quiero tratar de impedírselo, Adam. Quiero tratar de impedir lo que están haciendo. Creo que hace años que lo pienso, pero, cuando te vi en el «Bolshoi» y recordé la libertad que disfrutamos en Berlín, empecé a pensar en ello más y más. Ahora estoy segura. Si puedes, dime una cosa: ¿hay un agente de información en tu Embajada?

Munro se impresionó. Había tratado anteriormente con dos desertores: uno, en la Embajada soviética de Ciudad de México; el otro, en Viena. Uno de ellos había sido impulsado, como Valentina, por la transformación en odio del respeto que había sentido por el régimen de su país; el otro, por su ira al no haber sido ascendido como creía merecer. El primero había sido el más difícil de manejar.

—Supongo que sí —dijo pausadamente—. Supongo que debe de haber uno.

Valentina hurgó en el bolso que había dejado a sus pies, sobre las hojas secas de los pinos. Por lo visto, había tomado una decisión y estaba resuelta a consumar su traición. Sacó un sobre abultado.

—Quiero que le des esto, Adam. Prométeme que nunca le dirás quién te lo ha dado. Por favor, Adam; me espanta lo que estoy haciendo. No puedo confiar en nadie, salvo en ti.

—Lo prometo —replicó él—. Pero tengo que volver a verte. No puedes desaparecer por la abertura del muro, como la última vez.

—No; tampoco yo podría hacerlo de nuevo. Pero no trates de verme en mi apartamento. Está en un edificio amurallado, para funcionarios antiguos, y con una sola puerta en el muro, vigilada por un policía. Tampoco trates de telefonearme. Los teléfonos están intervenidos. Y no quiero conocer a nadie más de tu Embajada; ni siquiera al jefe de información.

—De acuerdo —dijo Munro—. Pero, ¿cuándo volveremos a vernos?

Ella reflexionó un instante.

—No siempre me resulta fácil escaparme. Sacha ocupa casi todo mi tiempo libre. Pero tengo coche propio y no me siguen. Mañana saldré, y estaré fuera dos semanas; pero podemos encontrarnos aquí dentro de cuatro domingos. —Miró su reloj.— Debo marcharme, Adam. Estoy invitada a una fiesta en una *dacha*, a pocos kilómetros de aquí.

El la besó; en los labios, como antaño. Y el beso le pareció tan dulce como antes. Ella se levantó y cruzó el claro del bosque. Al llegar al borde de los árboles, él la llamó.

—¿Qué hay aquí, Valentina? —dijo, levantando el paquete.

Ella se detuvo y se volvió.

—Mi trabajo —respondió— consiste en transcribir, al pie de la letra, las grabaciones de las reuniones del Politburó, y sacar una copia para cada miembro, así como resúmenes para los candidatos. Las copias se hacen de las cintas magnetofónicas. Eso es una copia de la cinta de la sesión del 10 de junio.

Y desapareció entre los árboles. Munro se sentó sobre la losa y contempló el sobre.

—¡Qué barbaridad! —exclamó.

CAPITULO IV

Adam Munro se sentó en una habitación cerrada del edificio principal de la Embajada británica, en el muelle de Maurice Thorez, y escuchó las últimas frases de la grabación en el aparato que tenía delante. Aquella habitación estaba a salvo de toda vigilancia electrónica por parte de los rusos, motivo por el cual había pedido al jefe de la cancillería que se la prestase por unas pocas horas.

«...Inútil decir que esto no debe salir de los que estamos aquí presentes. La próxima reunión será dentro de una semana.»

La voz de Maxim Rudin se extinguió, y la cinta susurró en la máquina y se detuvo. Munro apagó el aparato. Se recostó y lanzó un largo y grave silbido.

Si era verdad, esto era más importante que todo lo que había traído Oleg Penkovsky hacía veinte años. La historia de Penkovsky era folklore en el SIS, en la CIA y, sobre todo, en los más amargos recuerdos de la KGB. Aquel hombre era general de brigada de la GRU, con acceso a las informaciones más secretas, y, desengañado de la jerarquía del Kremlin, había ofrecido información a los americanos y, después a los ingleses.

Los americanos le habían rechazado, temiendo una trampa. Los ingleses habían accedido y, durante dos años y medio, le habían tenido a su «servicio», hasta que fue atrapado por la KGB, denunciado, juzgado y fusilado. Durante aquel tiempo había facilitado una rica cosecha de información secreta, sobre todo al producirse la crisis de los misiles cubanos, en octubre de 1962. Aquel mes, el mundo había aplaudido la extraordinaria habilidad del presidente Kennedy al plantar cara a Nikita Kruschev en el asunto de la instalación de misiles soviéticos en Cuba. Pero el mundo no sabía que los americanos conocían ya exactamente los puntos flacos del dirigente ruso, gracias a Penkovsky.

Cuando terminó la amenaza y hubieron sido retirados de Cuba los misiles soviéticos, Kruschev se sintió humillado, Kennedy se convirtió en un héroe, y se empezó a sospechar de Penkovsky. Este fue detenido en noviembre. Un año más tarde, después de un proceso sensacional, el hombre estaba muerto. Y también un año más tarde, Kruschev había caído, zancadilleado por sus propios colegas; ostensiblemente, debido a su fracaso en la política del trigo; en realidad, porque su espíritu aventurero les había puesto los pelos de punta. Y aquel mismo invierno de 1963, Kennedy había muerto también, a los trece meses exactos de su triunfo. El demócrata, el déspota y el espía habían salido del escenario. Pero ni siquiera Penkovsky había podido penetrar en el corazón del Politburó.

Munro sacó la cinta de la máquina y volvió a enrollarla cuidadosamente. Desde luego, no conocía la voz del profesor Yakolev, y en la mayor parte de la grabación subsiguiente intervenían diez voces, de las que al menos tres eran identificables.

Conocía muy bien el tono grave de Rudin; había oído anteriormente los agudos de Vishnayev, en los discursos televisados de aquel hombre en los congresos del partido, y también había oído los ladridos del mariscal Kerensky en las fiestas del 1.° de Mayo, tanto en película como en grabación magnetofónica.

Sabía que debía llevar la grabación a Londres para ser analizada, y su problema era la manera de ocultar la fuente de su información. Sabía que si contaba la cita secreta en el bosque, después de encontrar la nota mecanografiada entre los pliegues de su toalla de baño, le preguntarían: «¿Por qué se dirigió a usted, Munro? ¿De qué le conocía?» Sería imposible evitar esta pregunta, e igualmente imposible contestarla. La única solución era inventar otra fuente, verosímil y no verificable.

Sólo llevaba seis semanas en Moscú cuando su insospechado dominio del ruso, e incluso del ruso vulgar, le había servido de algo. En una recepción diplomática en la Embajada checa, quince días atrás, estaba conversando con un agregado indio cuando oyó a dos rusos que conversaban a media voz detrás de él. Uno de ellos había dicho: «Es un bastardo amargado. Piensa que habrían tenido que darle el primer puesto.»

Había seguido la mirada de los dos interlocutores y visto que estaban observando a —y probablemente hablando de— un ruso que se hallaba al otro lado del salón. La lista de invitados había confirmado más tarde que aquel hombre era Anatoly Krivoi, ayudante y brazo derecho del teórico del partido, Vishnayev. ¿Por qué estaba amargado? Munro buscó en los archivos y se enteró de la historia de Krivoi. Este había trabajado en la sección de Organizaciones del Partido del Comité Central; poco después del nombramiento de Petrov para la jefatura de aquélla, Krivoi había aparecido entre el personal de Vishnayev. ¿Había abandonado su puesto porque no le gustaba? ¿Tenía algún conflicto personal con Petrov? ¿Estaba disgustado porque le habían postergado? Todo era posible, y todo era interesante para un jefe de información en una capital extranjera.

Krivoi, murmuró. Quizá. Sólo quizá. También él podía tener acceso, al menos, a la copia de la grabación correspondiente a Vishnayev, y tal vez a la cinta original. Y estaba probablemente en Moscú, porque allí estaba su jefe. Vishnayev había estado presente cuando llegó el primer ministro de Alemania del Este, una semana antes.

«Lo siento, Anatoly, pero has cambiado de bando», murmuró para sí mientras metía el abultado sobre en el bolsillo interior de su chaqueta y subía la escalera, para ver al jefe de la Cancillería.

—Siento decirle que tengo que volver a Londres con la valija del miércoles —anunció al diplomático—. Es inevitable, y no puede esperar.

El hombre de la Cancillería no hizo preguntas. Conocía el trabajo de Munro y prometió a éste arreglar lo del viaje. La valija diplomática, que en realidad *es* una valija o al menos una serie de bolsas de lona, sale todos los miércoles de Moscú para Londres, siempre en el vuelo de «British Airways» y nunca en el de «Aeroflot». Un «mensajero de la reina», miembro de un equipo de hombres que vuelan constantemente desde Londres a todas las partes del mundo, para recoger valijas diplomáticas, protegidos por la insignia de la corona y el galgo, llega de Londres con este objeto. El material muy secreto se lleva en una cartera sólida y sujeta con una cadena a la muñeca izquierda del hombre; el material corriente viaja en bolsas de lona, que el mensajero factura personalmente en el aeropuerto. A partir de allí, está en territorio británico. Pero, tratándose de Moscú, el mensajero es acompañado por algún miembro del personal de la Embajada.

La función de acompañante es muy solicitada, puesto que permite una rápida excursión a Londres, ir de tiendas y pasar una noche divertida, si se presenta la ocasión. El segundo secretario que perdió su puesto aquella semana lo lamentó, pero no hizo preguntas.

El miércoles siguiente, el aerobús-300B de «British Airways» despegó del nuevo aeropuerto de Shermeyevo, construido a raíz de la Olimpíada de 1980, y emprendió su ruta hacia Londres. Al lado de Munro, el mensajero, un ex comandante del Ejército, bajito y vivaracho, se entregó inmediatamente a su gran afición: resolver los crucigramas de un importante periódico.

—Hay que hacer algo para matar el tiempo en estos interminables viajes en avión —confesó a Munro—. Todos tenemos un *hobby* cuando estamos en el aire.

Munro asintió con un gruñido y miró por encima de la punta del ala del avión, a la ciudad de Moscú, que iba quedando atrás. En algún lugar, allá abajo, en aquellas calles bañadas por el sol, la mujer amada trabajaba y se movía entre personas a las que iba a traicionar. Actuaba por su cuenta, y su peligro era grande.

El país noruego, visto aisladamente de su vecino oriental, Suecia, parece una enorme mano humana, prehistórica, fosilizada, que se alarga desde el Artico hacia Dinamarca y Gran Bretaña. Es una mano derecha, con la palma vuelta sobre el mar y el pulgar corto y grueso señalando al Este y sujeto por el índice. En la grieta entre el pulgar y el índice, está Oslo, la capital.

En el Norte, los huesos fracturados del antebrazo se estiran hacia Tromso y Hammerfest, en el Artico, y el antebrazo es tan flaco que en algunos sitios sólo tiene setenta kilómetros desde el mar hasta la frontera sueca. En un mapa en relieve, diríase que la mano fue aplastada por un enorme martillo de los dioses, rompiendo los huesos y los nudillos en millares de partículas. Donde se ven mejor estas fracturas es a lo largo de la costa occidental, correspondiente al borde externo de la mano.

Aquí, la tierra está dividida en mil fragmentos, y el mar se ha deslizado entre los pedazos para formar un millón de caletas, canales, bahías y ensenadas, y serpeantes desfiladeros donde los montes caen realmente sobre el agua centelleante. Son los fiordos, de cuyas reconditeces surgió, hace mil quinientos años, una raza de hombres que fueron los mejores marineros que botaron una embarcación o extendieron una vela al viento. Antes de que terminase su Era habían navegado hasta Groenlandia y América, conquistado Irlanda, colonizado Bretaña y Normandía, hecho incursiones en España y Marruecos y surcado los mares desde el Mediterráneo hasta Islandia. Eran los vikingos, y sus descendientes viven todavía y pescan en los fiordos de Noruega.

Uno de éstos era Thor Larsen, capitán de barco, y aquella tarde de mediados de julio pasó por delante del palacio real, en la capital sueca de Estocolmo, dirigiéndose a su hotel, de regreso de la oficina principal de su Compañía. La gente solía apartarse para dejarle paso; medía casi un metro noventa de estatura, sus hombros eran anchos como las losas del barrio viejo de la ciudad, tenía los ojos azules y llevaba barba. Como estaba en tierra, vestía traje de paisano, pero estaba contento; porque tenía razones para creer, después de su visita a la oficina de la «Nordia Line», situada ahora a su espalda, junto al muelle, que pronto tendría un nuevo mando.

Después de seguir, a expensas de la Compañía, un curso de seis meses sobre materias tan complicadas como el radar, la navegación por computadora y la tecnología de los superpetroleros, estaba ansioso por volver de nuevo al mar. En la oficina principal de «Nordia Line», el secretario personal del propietario, presidente y director gerente de la Compañía, le había cursado una invitación para cenar con éste aquella noche. La invitación se extendía a la esposa de Larsen, que había sido avisada por teléfono y había emprendido el vuelo desde Noruega, con un billete de la empresa. El Viejo se excedía un poco, pensó Larsen. Algo se estaría cociendo.

Cogió su automóvil alquilado en el aparcamiento del hotel, cruzó el puente de Nybroviken y recorrió los 37 kilómetros que le separaban del aeropuerto. Cuando llegó Lisa Larsen entre el gentío, cargada con su maletín, él la recibió con la delicadeza de un excitado perro de San Bernardo, levantándola del suelo como a una niña. Era menuda, de ojos negros y brillantes, rizados cabellos castaños y delicada figura, que disimulaba muy bien sus treinta y ocho años. Y él la adoraba. Veinte años atrás, cuando él era un desgarbado segundo piloto de veinticinco, la había conocido en Oslo, un gélido día de invierno. Ella había resbalado sobre el hielo y él la había levantado como a una muñeca y la había puesto en pie.

Ella llevaba un gorro ribeteado de piel que casi le ocultaba la carita de nariz enrojecida, y, cuando le dio las gracias, él sólo pudo ver sus ojos, que le miraban entre una masa de nieve y de pieles que le daban el aspecto de un ratón de las nieves en los bosques invernales. Desde entonces, durante los tres años que duró su noviazgo y los que siguieron a su boda, él la había llamado su «ratoncito de las nieves».

Ahora la condujo al centro de Estocolmo, preguntándole durante todo el trayecto, por su casa de Alesund, en la costa occidental de Noruega, y por los progresos de sus dos hijos adolescentes. Hacia el Sur pasó un aerobús de «British Airways», en su ruta de Moscú a Londres. Thor Larsen no se fijó en él, porque no le importaba.

Por la noche debían cenar en la famosa «Bodega Aurora», instalada en los sótanos de un viejo palacio del barrio medieval de la ciudad. Cuando llegaron Thor y Lisa Larsen y fueron conducidos al sótano por la angosta escalera, el propietario, Leonard, les esperaba al pie de ésta.

—El señor Wennerstrom ha llegado ya —anunció, y les condujo a uno de los saloncitos privados, pequeña e íntima caverna, con arcos de ladrillos de 500 años de antigüedad, casi ocupada enteramente por una mesa de reluciente madera vieja e iluminada por velas en candeleros de hierro forjado.

Cuando entraron, el patrono de Larsen, Harald Wennerstrom, se levantó, abrazó a Lisa y estrechó la mano de Thor.

Harald *Herry* Wennerstrom se había hecho casi legendario entre la gente de mar de Escandinavia. Ahora tenía setenta y cinco años, y era de rudo aspecto, acentuado por sus hirsutas cejas. Recién terminada la Segunda Guerra Mundial, al regresar a su Estocolmo natal, había heredado de su padre media docena de pequeños buques de carga. En treinta y cinco años había montado la mayor flota de petroleros de propiedad privada que no estuviese en manos de los griegos o de los chinos de Hong Kong. La «Nordia Line» era su creación; a mediados de los años cincuenta la había diversificado entre barcos de transporte de cereales y petroleros, y, en los sesenta, había empleado su dinero en la construcción de estos últimos, prefiriéndolos a menudo a los primeros.

Mientras cenaban, Wennerstrom habló de cosas sin importancia y se interesó por la familia Larsen. Su propia vida matrimonial de cuarenta años había terminado con la muerte de su esposa, hacía cuatro; y no habían tenido hijos. De haber tenido uno, le habría gustado que hubiese sido como el corpulento noruego que se sentaba ante él, un marino por excelencia. También apreciaba mucho a Lisa.

El salmón, curado con salmuera y eneldo, al estilo escandinavo, estaba delicioso, y el pato tierno de las marismas de Estocolmo, excelente. Sólo cuando estaban terminando el vino —Wennerstrom sorbía, contrariado, un gran vaso de agua: «lo único que los malditos médicos me permiten tomar»— fue Wennerstrom al grano:

—Hace tres años, Thor, en 1979, hice tres predicciones. Primera: a finales de 1982, la solidaridad de la Organización de Países Exportadores de Petróleo, OPEP, se habría roto. Segunda: la política del presidente americano de reducir el consumo de energía a base del petróleo y los productos derivados, habría fracasado. Tercera: la Unión Soviética se habría convertido de exportadora en importadora de petróleo. Me llamaron loco, pero yo tenía razón.

Thor Larsen asintió con la cabeza. La formación de la OPEP y su multiplicación por cuatro de los precios del petróleo en el invierno de 1973 habían producido una conmoción en todo el mundo que casi había destruido la economía de Occidente. También había producido siete años de decadencia en el negocio de los petroleros, al permanecer vacíos e inútiles los depósitos de millones de toneladas de los mismos, originando grandes pérdidas. Sólo un espíritu audaz pudo prever, con tres años de antelación, los sucesos que se producirían entre 1979 y 1982: la ruptura de la OPEP al dividirse el mundo árabe en facciones rivales, el triunfo de los revolucionarios en Irán, la desintegración de Nigeria, el apresuramiento de las naciones productoras de petróleo a vender éste a cualquier precio, para financiar grandes compras de armas; el aumento, en espiral, del consumo de petróleo en los Estados Unidos, fundado en la convicción de los americanos de su derecho divino a saquear los recursos del Globo para su propia comodidad, y el enorme descenso de la producción petrolífera soviética, debido a su defectuosa tecnología, y que obligaría a Rusia a convertirse de nuevo en importadora de petróleo. Los tres factores habían producido el *boom* de los petroleros, cuyos efectos empezaban a sentirse ahora, en el verano de 1982.

—Como usted sabe —resumió Wennerstrom—, firmé en septiembre último un contrato para la compra de un nuevo superpetrolero. En el mercado, todos dijeron que estaba loco; la mitad de mi flota estaba inactiva en Stromstad Sund, y yo encargaba un nuevo barco. Pero yo no estaba loco. ¿Conoce la historia de la «East Shore Oil Company»?

Larsen volvió a asentir con la cabeza. Una pequeña compañía petrolífera americana, con sede en Luisiana, había pasado, hacía diez años, a manos del dinámico Clint Blake. En diez años había crecido de tal manera, que estaba a punto de unirse a las Siete Hermanas, mastodontes de los *cártels* mundiales del petróleo.

—Pues bien, en el verano del año próximo, 1983, Clint Blake va a inundar Europa. Es un mercado duro y con mucha competencia, pero él cree que podrá vencerla. Está montando varios miles de estaciones de servicio a lo largo de las grandes carreteras de Europa, para vender su propia marca de gasolina y de aceite. Para esto, necesitará barcos petroleros. Y yo los tengo. Un contrato de siete años para transportar crudos del Oriente Medio a Europa Occidental. Está ya construyendo su propia refinería en Rotterdam, junto a las de «Esso», «Mobil» y «Chevron». Por esto necesito el superpetrolero. Es grande, ultramoderno y caro, pero dará rendimiento. Hará cinco o seis viajes al año desde el golfo Pérsico a Rotterdam, y en cinco años quedará amortizada mi inversión. Pero no es ésta la principal razón de que lo haga construir. Será el más grande y el mejor; mi buque insignia, mi monumento. Y usted será su capitán.

Thor Larsen guardó silencio. Lisa alargó una mano y la apoyó sobre la de él, apretándola cariñosamente. Larsen sabía que dos años atrás no habría podido, como noruego que era, mandar un barco de pabellón sueco. Pero desde el acuerdo de Goteborg del año anterior, en cuya aprobación había influido Wennerstrom, un armador sueco podía solicitar la ciudadanía honoraria sueca para oficiales excepcionales escandinavos no suecos que tuviese a su servicio, incluso con el cargo de capitán. Wennerstrom la había pedido y obtenido para Larsen.

Les sirvieron el café y lo sorbieron, apreciando su calidad.

—Lo hago construir en los astilleros de Ishikawajima Harima, en Japón —dijo Wennerstrom—. Son los únicos astilleros del mundo con capacidad para él. Y tienen dique seco.

Ambos sabían que habían quedado atrás los tiempos en que los barcos eran construidos en rampas y botados al agua desde ellas. Los factores de peso y tamaño importaban demasiado. Los gigantes de los mares eran ahora construidos en diques secos, y para botarlos bastaba con inundar el dique y dejar flotar el barco dentro de aquél.

—Empezaron a trabajar en él el 4 de noviembre —dijo Wennerstrom—. La quilla quedó terminada el 30 de enero. El barco está ya tomando forma. Será botado el primero de noviembre próximo y, después de tres meses de ajuste en el amarradero y de pruebas en el mar, empezará a navegar el 2 de febrero. Y usted estará en su puente, Thor.

—Gracias —dijo Larsen—. ¿Qué nombre le pondrá?

—¡Ah, sí! También he pensado en esto. ¿Recuerda las Sagas? Pues le pondremos un nombre que complazca a Niorn, el dios del mar —respondió Wennerstrom, pausadamente. Tenía asido su vaso de agua y miraba fijamente la llama de la vela en el candelero de hierro forjado que tenía delante—. Pues Niorn domina el fuego y el agua, los dos grandes enemigos del capitán de un petrolero: la explosión y el propio mar.

El agua del vaso y la llama de la vela se reflejaban en los ojos del viejo, como se habían reflejado antaño en ellos el fuego y el mar, cuando se hallaba sentado, impotente, en un bote salvavidas en medio del Atlántico, en 1942, a cuatro cables de su petrolero en llamas, primero que había mandado, y observando cómo se debatían los tripulantes en el agua, a su alrededor.

Thor Larsen miró fijamente a su patrono, dudando de que el viejo creyese realmente en este mito; Lisa, por ser mujer, sabía que el hombre hablaba en serio. Por fin, Wennerstrom se recostó en su silla, apartó el vaso de agua con impaciente ademán y llenó de vino tinto el otro vaso.

—Por consiguiente, le pondremos el nombre de la hija de Niorn, Freya, la más hermosa de las diosas. Le llamaremos *Freya.* —Levantó el vaso.— ¡Por *Freya*!

Todos bebieron.

—Cuando navegue —comentó Wennerstrom—, todos se dirán que nunca habían visto algo semejante. Y nunca volverán a verlo, cuando deje de navegar.

Larsen sabía que los dos petroleros más grandes del mundo eran el *Ballemaya* y el *Batillus,* de la «Shell» francesa, que superaban en muy poco el medio millón de toneladas.

—¿Cuál será el peso muerto del *Freya*? —preguntó Larsen—. ¿Cuánto crudo podrá transportar?

—¡Oh, sí! Me había olvidado de esto —contestó, maliciosamente el viejo armador—. Transportará un millón de toneladas de crudo.

Thor Larsen oyó el débil silbido de su mujer al aspirar profundamente.

—Muy grande —dijo al fin—. Grandísimo.

—El más grande que jamás habrá visto el mundo —añadió Wennerstrom.

Dos días más tarde, llegó al aeropuerto londinense de Heathrow un «Jumbo» procedente de Toronto. Entre sus pasajeros estaba un tal Azamat Krim, nacido en Canadá de padre emigrado, y que, a semejanza de Andrew Drake, había dado a su nombre la forma inglesa de Arthur Crimmins. Era uno de los que sabía Drake, desde hacía años, que compartía absolutamente sus ideas.

Cuando hubo pasado la aduana, Drake le estaba esperando, y ambos se dirigieron al piso de éste, en Bayswater Road.

Azamat Krim era un tártaro de Crimea, bajo, moreno y nervudo. Su padre, a diferencia del de Drake, había luchado *en* el Ejército rojo durante la Segunda Guerra Mundial, no contra él. Su fidelidad a Rusia había prevalecido sobre todo lo demás. Prisioneros de guerra de los alemanes, él y los de su raza habían sido acusados por Stalin de colaboracionismo con aquéllos, acusación evidentemente infundada, pero que le sirvió para desterrar a toda la nación tártara a las tierras salvajes del Este.

Decenas de millares habían muerto en los vagones de ganado sin calefacción, y otros miles, en los helados eriales de Kazajstán y de Siberia, por falta de comida o de ropa.

En un campo alemán de trabajos forzados, Chingris Krim se había enterado de la muerte de toda su familia. Liberado por los canadienses en 1945, había tenido la suerte de no ser devuelto a Stalin para su ejecución o su envío a los campamentos de esclavos. Le había protegido un oficial canadiense, ex jinete de rodeo de Calgary, que un día, en una hacienda austríaca, había admirado la maestría de aquel soldado tártaro en la monta. El canadiense había obtenido un permiso de emigración al Canadá a favor de Krim, y éste se había casado allí y tenido un hijo. Este hijo era Azamat, que tenía ahora treinta años y, como Drake, odiaba al Kremlin por los sufrimientos infligidos al pueblo de su padre.

En el pisito de Bayswater, Andrew Drake expuso su plan, y el tártaro se avino a colaborar en él. Ambos dieron los toques finales al proyecto de robar un Banco del norte de Inglaterra, para hacerse con los fondos necesarios.

En la oficina principal, Adam Munro se presentó a Barry Ferndale, encargado de la sección soviética en «la Empresa». En los años anteriores, Ferndale había trabajado como agente e intervenido en los agotadores interrogatorios de Oleg Penkovsky, cuando el delator ruso había visitado Gran Bretaña, acompañando a las delegaciones comerciales soviéticas.

Era un hombre bajo y redondo, vivaracho y de mejillas sonrosadas. Tras su afectada animación y su aparente ingenuidad disimulaba su aguda inteligencia y su profundo conocimiento de los asuntos soviéticos.

En su oficina del cuarto piso de la sede de «la Empresa» escuchó la grabación de Moscú desde el principio hasta el fin. Cuando hubo terminado, empezó a limpiar furiosamente sus gafas, brincando de entusiasmo.

—¡Bendito sea Dios, mi querido amigo! ¡Mi querido Adam! ¡Qué asunto tan extraordinario! Esto tiene realmente un valor incalculable.

—Si es verdad —repuso, precavidamente, Munro.

Ferndale dio un respingo, como si sólo se le hubiese ocurrido esta idea.

—¡Ah, sí, claro! Si es verdad. Ahora, sólo debe decirme cómo la consiguió.

Munro contó minuciosamente su historia. Era verdad en todos sus detalles, salvo que dijo que la cinta procedía de Anatoly Krivoi.

—Sí, sí, Krivoi; desde luego, sé quién es —dijo Ferndale—. Bueno, ahora tengo que traducir eso al inglés y mostrárselo al Amo. Puede ser algo muy gordo. Usted no podrá volver mañana a Moscú, ¿sabe? ¿Tiene un lugar donde alojarse? ¿En su club? Excelente. Un sitio de primera clase. Muy bien; ahora váyase a tomar una buena cena y permanezca un par de días en el club.

Ferndale llamó por teléfono a su esposa y le dijo que no iría aquella noche a su modesta casa de Pinner, sino que la pasaría en la ciudad. Ella sabía cuál era su oficio y estaba acostumbrada a estas ausencias.

Solo en su oficina, el hombre pasó la noche trabajando en la traducción de la cinta. Conocía bien el ruso, aunque carecía del finísimo oído de Munro para el tono y el acento, que es lo que caracteriza al bilingüe de verdad. Pero su ruso era bastante bueno. Nada le pasó por alto del informe de Yakolev, ni de la breve pero pasmada reacción que produjo en los trece miembros del Politburó.

A las diez de la mañana siguiente, sin haber dormido, pero después de afeitarse y desayunar, y al parecer, tan fresco y lozano como de costumbre, Ferndale llamó al secretario de sir Nigel Irvine por la línea privada y le pidió una entrevista con éste. Diez minutos más tarde, estaba con el director general.

Sir Nigel Irvine leyó la traducción en silencio, la dejó sobre la mesa y contempló la cinta magnetofónica que Ferndale había puesto ante él.

—¿Es auténtica? —preguntó.

Barry Ferndale había dejado a un lado su campechanía. Conocía a Nigel Irvine desde hacía muchos años, como colega, y, al ser elevado su amigo al puesto supremo y recibido el título de sir, nada había cambiado entre ellos.

—No lo sé —respondió, con aire pensativo—. Habrá que hacer muchas comprobaciones. Es posible que lo sea. Adam me dijo que conoció a Krivoi hace dos semanas, en una recepción en la Embajada checa. Si Krivoi pensaba en venir, habría sido una buena oportunidad. Penkovsky hizo exactamente lo mismo: conocer a un diplomático en un campo neutral y convenir una reunión secreta para más tarde. Desde luego, Penkovsky fue considerado con el mayor recelo hasta que se comprobó su información. Esto es lo que quiero hacer ahora.

—Explícate —pidió sir Nigel.

Ferndale empezó de nuevo a limpiarse las gafas. La velocidad de los movimientos circulares del pañuelo sobre los cristales era, valga la expresión, directamente proporcional al ritmo de su pensamiento, y Ferndale los frotaba furiosamente.

—En primer lugar, Munro —dijo—. Sólo para el caso de que sea una trampa que podría cerrarse en el segundo encuentro, quisiera que se tomase aquí unas vacaciones, hasta que terminemos con la cinta. La Oposición podría, sólo digo podría, tratar de provocar un incidente entre Gobiernos.

—¿Se le deben vacaciones? —preguntó sir Nigel.

—En realidad, sí. Fue enviado a Moscú con tanta prisa, a fin de mayo, que se le quedó a deber una quincena de sus vacaciones de verano.

—Siendo así, que las disfrute ahora. Pero manteniéndose en contacto con nosotros. Y dentro de Inglaterra, Barry. No debe salir al extranjero hasta que esto quede aclarado.

—Después está la propia cinta —continuó Ferndale—. Se divide en dos partes: el informe Yakolev y las voces del Politburó. Que yo sepa, nunca habíamos oído hablar a Yakolev. Por consiguiente, no podemos comprobar su voz. Pero emplea un lenguaje sumamente técnico. Me gustaría comprobarlo con algunos expertos en los sistemas químicos de protección de los cereales. El Ministerio de Agricultura tiene una sección excelente que entiende de estas cosas. Nadie deberá saber el motivo de nuestra curiosidad, pero tengo que convencerme de que el accidente de la válvula de admisión del Lindane es verosímil.

—¿Recuerdas el legajo que nos prestaron los primos hace un mes? —preguntó sir Nigel—. Me refiero a las fotos tomadas por los satélites «Cóndor».

—Desde luego.

—Comprueba los síntomas con la explicación aparente. ¿Qué más?

—La segunda parte de la cinta requiere un análisis de las voces —dijo Ferndale—. Me gustaría cortar esa parte en pedazos, de manera que nadie pueda saber de qué se hablaba. El laboratorio de idiomas de Beaconsfield puede comprobar la fraseología, la sintaxis, las expresiones vernáculas, los dialectos regionales, etc. Pero lo esencial sería la comparación de las grabaciones de voces.

Sir Nigel asintió con la cabeza. Ambos sabían que las voces humanas, descompuestas en una serie de sonidos y pulsaciones electrónicamente registradas, son tan individuales como las huellas dactilares. No hay dos que sean idénticas.

—Muy bien —asintió—. Pero debo insistir en dos cosas, Barry. De momento nadie sabe nada de esto, aparte de nosotros tres. Si es un truco, no interesa que se conciban falsas esperanzas; si no lo es, el caso será tremendamente explosivo. Nadie del sector técnico debe conocer la totalidad del documento. Segundo: no quiero volver a oír el nombre de Anatoly Krivoi. Inventa un nombre falso para él y empléalo en el futuro.

Dos horas más tarde, Barry Ferndale llamó por teléfono a Munro en su club, donde estaba almorzando. Como la línea no era privada, emplearon el lenguaje comercial acostumbrado.

—El director gerente está entusiasmado con el informe sobre las ventas —dijo Ferndale a Munro—. Insiste en que se tome usted quince días de vacaciones, para que podamos estudiarlo a fondo y hacer planes para el futuro. ¿Ha pensado en algún lugar donde pasar sus días de descanso?

Munro no había pensado en ello, pero lo hizo en seguida. No era una pregunta, sino una orden.

—Me gustaría volver unos días a Escocia —respondió—. Siempre tuve ganas de recorrer la costa desde Lochamber hasta Sutherland, en verano.

A Ferndale le pareció estupendo.

—Las Highlands, los vallecitos de la bella Escocia. Magnífico, en esta época del año. Yo no pude nunca soportar el ejercicio físico, pero estoy seguro de que usted lo pasará muy bien. Mantenga el contacto conmigo, digamos, cada dos días. Tiene el número de teléfono de mi casa, ¿no?

Una semana más tarde, Miroslav Kaminsky llegó a Inglaterra con sus documentos de viaje de la Cruz Roja. Había cruzado Europa en tren, y su billete había sido pagado por Drake, que estaba a punto de agotar sus recursos financieros.

Drake presentó a Kaminsky a Krim, y dio órdenes al primero.

—Aprenderás inglés —le dijo—. Por la mañana, por la tarde y por la noche. Emplearás libros y discos de gramófono, y deberás aprender más de prisa de lo que nunca lo hiciste. Mientras tanto, yo te conseguiré documentos decentes. No puedes viajar eternamente con papeles de la Cruz Roja. Hasta que los consiga, y mientras no puedas hacerte entender en inglés, no deberás salir de este piso.

Adam Munro había recorrido durante diez días las tierras altas de Inverness, Ross y Cromarty, y entrado al fin en el condado de Sutherland. Acababa de llegar a la pequeña población de Lochinver, donde las aguas del North Minch se extienden hacia el Oeste, hasta la isla de Lewis, cuando hizo su sexta llamada a la casa de Barry Ferndale, en las afueras de Londres.

—Celebro que me haya llamado —dijo Ferndale, por teléfono—. ¿Podría usted volver a la oficina? El director gerente quiere hablar con usted.

Munro prometió que saldría dentro de una hora y tomaría el tren hasta Inverness. Allí podría seguir en avión hasta Londres.

En su casa de las afueras de Sheffield, la gran ciudad del acero de Yorkshire, Norman Pickering se despidió de su esposa y de su hija con un beso; era una espléndida mañana de finales de julio, y Pickering se dirigió en su coche al Banco del que era director.

Veinte minutos después se detuvo ante la casa una furgoneta que llevaba el nombre de una empresa de artículos de electricidad. Dos hombres, envueltos en sendas batas blancas, se apearon de ella. Uno de ellos llevó una caja grande de cartón hasta la puerta de la casa, precedido por su compañero, que llevaba un bloc en la mano. Mistress Pickering abrió la puerta, y los dos hombres entraron. Ningún vecino se dio cuenta de nada.

Diez minutos más tarde, el hombre del bloc salió y se marchó en la furgoneta. Por lo visto, su compañero se había quedado para instalar y comprobar los artículos servidos.

Media hora después, la furgoneta aparcó a dos manzanas del Banco, y el conductor, sin su bata blanca, luciendo un traje gris oscuro de hombre de negocios y llevando en la mano no un bloc, sino una gran cartera, entró en el Banco. Dio un sobre a una de las empleadas, la cual lo miró y, al ver que iba dirigido personalmente a míster Pickering, fue a entregarlo a su destinatario. El hombre de negocios esperó pacientemente.

Al cabo de dos minutos, el director abrió la puerta de su despacho y miró al exterior. Vio al hombre de negocios que esperaba.

—¿Míster Partington? —inquirió—. Pase, por favor.

Andrew Drake no habló hasta que la puerta se hubo cerrado detrás de él. Cuando lo hizo, su voz no tenía el menor acento de su Yorkshire natal, sino un tono gutural, propio del continente europeo. Sus cabellos tenían un color rojo zanahoria, y unas gafas oscuras y de gruesa montura ocultaban sus ojos hasta cierto punto.

—Deseo abrir una cuenta —dijo— y retirar una cantidad en efectivo.

Esto extrañó a Pickering; su jefe de oficina habría podido cuidar muy bien de esta transacción.

—Es una cuenta importante, un negocio importante —continuó Drake.

Puso un cheque sobre la mesa. Era un talón bancario, de esos que pueden obtenerse en ventanilla. Era de la sucursal del propio Banco Pickering en Holbron, Londres, y había sido extendido por la cifra de 30 000 libras esterlinas.

—Comprendo —repuso Pickering. Tratándose de tanto dinero, el asunto era indiscutiblemente de su competencia—. ¿Qué cantidad de dinero quiere retirar?

—Veinte mil libras.

—¿Veinte mil libras en efectivo? —repitió Pickering, disponiéndose a tomar el teléfono—. Naturalmente, tengo que llamar a la sucursal de Holbron para...

—Creo que no será necesario —interrumpió Drake, empujando un ejemplar del *Times* de Londres de la mañana sobre la mesa.

Pickering lo miró; pero lo que Drake le mostró a continuación le hizo abrir aún más los ojos. Era una fotografía, tomada con una cámara «Polaroid». En ella reconoció a su esposa, de la que se había despedido hacía una hora y media, sentada en su sillón junto a la chimenea y con los ojos desorbitados por el miedo. También reconoció una parte de su cuarto de estar. Su esposa estrechaba con un brazo a su hija. Sobre sus rodillas, estaba el mismo número del *Times* de Londres.

—Ha sido tomada hace una hora —dijo Drake.

Pickering sintió un nudo en el estómago. La foto no merecía ningún premio por su calidad, pero la silueta del hombro de un hombre en primer término y la escopeta de cañones recortados con que apuntaba a su familia se veían con mucha claridad.

—Si toca usted la alarma —dijo Drake en voz baja—, la Policía vendrá aquí, no irá a su casa. Y antes de que irrumpan en esta habitación, usted estará muerto. Si dentro de sesenta minutos, exactamente, no he telefoneado diciendo que estoy a salvo con el dinero, ese hombre apretará el gatillo. Por favor, no crea que bromeo; estamos dispuestos a morir, en caso necesario. Pertenecemos al grupo del Ejército Rojo.

Pickering tragó saliva. Debajo de la mesa, a un palmo de su rodilla, había un botón conectado con un sistema silencioso de alarma. El hombre volvió a mirar la fotografía y apartó la rodilla.

—Llame al jefe de oficina —dijo Drake— y ordénele que abra la cuenta, ingrese el cheque y déme un talonario para poder retirar las veinte mil libras. Dígale que ha telefoneado a Londres y que todo está en regla. Si se muestra sorprendido, dígale que esta cantidad es para una gran campaña de promoción comercial, en la que los premios se pagarán en metálico. Serénese y pórtese bien.

El jefe de oficina se sorprendió, pero el director parecía tranquilo, quizás un poco abstraído, pero completamente normal. Y el hombre del traje oscuro, sentado delante de aquél, parecía satisfecho y amigable. Incluso había sendas copas de jerez delante de ellos, aunque el hombre de negocios no se había quitado sus finos guantes, lo cual era un poco raro en tiempo tan caluroso. Treinta minutos después, el jefe de oficina sacó el dinero de la caja fuerte, lo dejó sobre la mesa del director y salió.

Drake metió tranquilamente el dinero en la cartera que llevaba.

—Quedan treinta minutos —dijo a Pickering—. Dentro de veinticinco, haré mi llamada telefónica. Mi colega soltará a su esposa y a su hija, sin causarles el menor daño. Pero si da usted la voz de alarma antes de esto, él disparará primero y se entenderá después con la Policía.

Cuando se hubo marchado, míster Pickering permaneció inmóvil durante media hora. En realidad, Drake telefoneó a la casa a los cinco minutos, desde una cabina pública. Kim recibió la llamada, dirigió una breve sonrisa a la mujer que yacía en el suelo, con las manos y los tobillos atados con cinta adhesiva, y se marchó. Ninguno de los dos hombres usó la furgoneta, que había sido robada el día anterior. Krim empleó una moto aparcada en la calle, a cierta distancia. Drake sacó un casco de motorista de la furgoneta, para cubrir sus rojos cabellos, y montó en una segunda moto, aparcada cerca de la furgoneta. Ambos habían salido de Sheffield antes de media hora. Y ambos abandonaron las motos al norte de Londres y se reunieron en el piso de Drake, donde éste lavó el tinte rojo de sus cabellos y rompió sus gafas en mil pedazos.

A la mañana siguiente, Munro desayunó en el avión cuando volaban al sur de Inverness. Después de retirar las bandejas de plástico, la azafata ofreció a los viajeros los periódicos recién llegados de Londres. Como viajaban en la cola del avión, Munro tuvo que privarse del *Times* y del *Telegraph*, pero consiguió un ejemplar de *Daily Express*. Los titulares de la primera página se referían a dos hombres sin identificar, supuestos alemanes del grupo Ejército Rojo, que habían robado 20 000 libras en un Banco de Sheffield.

—¡Malditos bastardos! —exclamó un inglés que trabajaba en los pozos petrolíferos del mar del Norte y ocupaba el asiento contiguo al de Munro, señalando el titular del *Express*—. ¡Malditos comunistas! ¡Yo los ahorcaría a todos!

Munro convino en que eso del ahorcamiento debía considerarse en el futuro.

En Heathrow tomó un taxi y se hizo llevar a un lugar muy próximo a la oficina, donde le introdujeron inmediatamente en el despacho de Barry Ferndale.

—Adam, amigo mío, parece usted otro hombre.

Hizo sentar a Munro y le ofreció una taza de café.

—Bien, hablemos de la cinta. Debe de estar impaciente por saberlo. Lo cierto, amigo mío, es que es auténtica. No hay la menor duda sobre esto. Todo concuerda. Ha habido un gran follón en el Ministerio de Agricultura soviético. Seis o siete altos funcionarios han sido despedidos, incluido uno que pensamos que debe de ser aquel desgraciado de la Lubianka.

»Esto lo confirma. Pero las voces son auténticas. Sin duda alguna, según los chicos del laboratorio. Y ahora, la gran noticia: uno de nuestros agentes, que trabaja en Leningrado, consiguió dar una vuelta en coche fuera de la ciudad. No se cultiva mucho trigo en el Norte, pero sí un poco. Nuestro hombre detuvo el coche, se apeó para orinar, y arrancó un tallo de trigo enfermo. Este llegó en la valija hace tres días. Anoche recibí el informe del laboratorio. Confirma que hay un exceso de «Lindane» en la raíz de la planta.

»Conque, así estamos. Ha dado usted con lo que nuestros primos americanos llaman, graciosamente, un buen filón. En realidad, es oro de veinticuatro quilates. A propósito, el Amo quiere verle. Tiene usted que regresar esta noche a Moscú.

La entrevista con sir Nigel Irvine fue amigable, pero breve.

—Ha sido un buen trabajo —dijo el Amo—. Tengo entendido que su próximo encuentro será dentro de quince días.

Munro asintió con la cabeza.

—Esta podría ser una operación a largo plazo —siguió diciendo sir Nigel—, y sirve de ayuda el hecho de que sea usted nuevo en Moscú. Nadie se extrañará si continúa allí durante un par de años. Pero, por si ese tipo cambiase de idea, quiero que le apremie y le saque todo lo que pueda. ¿Necesita alguna ayuda, algún apoyo?

—No, gracias —dijo Munro—. El hombre, al lanzarse, insistió en que sólo debía hablar conmigo. Creo que no conviene introducir a otras personas en este momento; podría escamarse. Además, no creo que pueda viajar, como hizo Penkovsky. Vishnayev nunca viaja, y por esto, Krivoi no tiene ocasión de hacerlo. Tendré que llevar yo solo este asunto.

Sir Nigel asintió.

—Muy bien, sea como usted dice.

Cuando Munro se hubo marchado, sir Nigel abrió un legajo que estaba sobre su mesa y que contenía el historial de Munro. No las tenía todas consigo. Aquel hombre era un lobo solitario, reacio a trabajar en equipo; un hombre que, para descansar, andaba solo por las montañas de Escocia.

En «la Empresa» tenían un adagio: hay agentes viejos y agentes temerarios, pero no hay viejos agentes temerarios. Sir Nigel era un viejo agente, y apreciaba la cautela. Aquel hombre había llegado de fuera, inesperadamente, sin preparación. Y se movía de prisa. Pero, por otra parte, la cinta era indudablemente auténtica. Como lo era la citación que tenía sobre la mesa, para que fuese a ver aquella misma noche a la Primer Ministro, en Downing Street. Desde luego, había informado al secretario de Asuntos Exteriores de que las pruebas sobre la cinta habían sido positivas; y éste era el resultado.

La negra puerta del número 10 de Downing Street, residencia del Primer Ministro británico, es tal vez una de las puertas más conocidas del mundo. Está a la derecha y a unos dos tercios de un callejón sin salida próximo a Whitehall, embutido entre las imponentes moles del Cabinet Office y el Foreign Office.

Delante de esta puerta, con su número 10 en simples caracteres blancos y su picaporte de bronce, custodiada por un solo guardia desarmado, se reúnen los turistas para hacerse fotografías y observar las entradas y salidas de los mensajeros y de políticos conocidos.

En realidad, son los personajes de relumbrón los que cruzan la puerta principal; los hombres influyentes prefieren emplear la lateral. La casa llamada Número Diez forma ángulo recto con el bloque del Cabinet Office, y las esquinas de atrás casi se tocan, encerrando un reducido espacio cubierto de césped detrás de una negra barandilla. En el punto en que casi se encuentran las esquinas, la abertura da a un pasadizo, que conduce a una pequeña puerta lateral, que fue la que utilizó, aquella última noche del mes de julio el director general del SIS, acompañado de sir Julian Flannery, secretario del Gabinete. Los dos hombres fueron conducidos directamente a la segunda planta, pasaron por delante del salón del Gabinete y entraron en el despacho particular de la Primer Ministro.

La Primer Ministro había leído la traducción de la cinta del Politburó que le había entregado el secretario de Asuntos Exteriores.

—¿Han informado a los norteamericanos sobre este asunto? —preguntó, yendo directamente al grano.

—Todavía no, señora —respondió sir Nigel—. Sólo hace tres días que tuvimos confirmación oficial de su autenticidad.

—Quisiera que lo hiciese usted personalmente —dijo la Primer Ministro, y sir Nigel inclinó la cabeza—. Desde luego, las implicaciones políticas de la inminente penuria de trigo en la Unión Soviética son inconmensurables, y los Estados Unidos, como productores de los mayores excedentes de trigo del mundo, deberían intervenir desde el principio.

—No me gustaría que nuestros primos estableciesen contacto con este informador —dijo sir Nigel—. Su manejo puede ser extraordinariamente delicado. Creo que deberíamos hacerlo nosotros solos.

—¿Tratarían ellos de contactar con él? —preguntó la Primer Ministro.

—Tal vez sí, señora. Tal vez sí. Llevamos juntos el caso de Penkovsky, aunque éramos nosotros quienes le habíamos reclutado. Pero entonces había razones para ello. Ahora, creo que deberíamos actuar a solas.

La Primer Ministro no tardó en darse cuenta de la importancia que tenía, en términos políticos, disponer en exclusiva de un agente que tenía acceso a los documentos del Politburó.

—Si ellos aprietan demasiado —dijo la Primer Ministro— dígamelo y hablaré personalmente con el presidente Matthews. Mientras tanto, quisiera que volase usted a Washington mañana y les mostrase la cinta o, al menos, una copia literal de ella. En todo caso, pienso hablar con el presidente Matthews esta misma noche.

Sir Nigel y sir Julian se levantaron, disponiéndose a salir.

—Sólo una cosa más —añadió la Primer Ministro—. Comprendo perfectamente que no pueda revelarme la identidad de este agente. ¿Le dirá quién es a Robert Benson?

—Claro que no, señora.

No sólo se negaba rotundamente el director general del SIS a informar a la Primer Ministro y al secretario de Asuntos Exteriores de la identidad del ruso, sino que tampoco le diría que era Munro quien estaba en contacto con aquel agente. Los americanos sabrían quién era Munro, pero nunca la persona que le informaba. Ni los primos seguirían a Munro en Moscú; de esto cuidaría también él.

—Bueno, es de presumir que el delator ruso tiene un nombre en clave. ¿Puedo saber cuál es? —preguntó la Primer Ministro.

—Desde luego, señora. El delator es sencillamente conocido en todos los archivos como *el Ruiseñor*.

Lo cierto era que, como el nombre en clave de todos los agentes soviéticos correspondía a un pájaro cantor, el de *Ruiseñor* le había correspondido por orden alfabético a este chivato; pero eso no lo sabía la Primer Ministro. Por primera vez en la entrevista, sonrió.

—Muy apropiado —repuso.

CAPITULO V

Exactamente después de dar las diez de la mañana de aquel lluvioso primero de agosto, un viejo pero cómodo reactor «VC-10» de cuatro motores, del comando de choque de la Royal Air Force, despegó de la base de Lyneham, en Wiltshire, y puso rumbo a Occidente, hacia Irlanda y el Atlántico. Llevaba muy pocos pasajeros: un mariscal del aire que había sido informado la noche anterior de que precisamente aquel día era el mejor para hacer una visita al Pentágono, en Washington, para discutir las próximas maniobras de bombardeos tácticos de la USAF y la RAF, y un paisano envuelto en un raído gabán.

El mariscal del aire se había presentado al inesperado paisano y se había enterado, a cambio, de que su compañero era míster Barrett, del Foreign Office, que tenía que resolver unos asuntos en la Embajada británica de Massachusetts Avenue y le habían recomendado que aprovechase el vuelo del «VC-10» para ahorrar a los contribuyentes el coste de un pasaje aéreo de ida y vuelta. El oficial de las Fuerzas Aéreas no supo nunca que el objeto del vuelo del avión de la RAF era, en realidad, todo lo contrario.

En otra pista, más al Sur, un «Boeing Jumbo» de la «British Airways» despegó de Heathrow rumbo a Nueva York. Entre sus más de trescientos pasajeros llevaba a Azamat Krim, alias Arthur Crimmins, ciudadano canadiense, que se dirigía al Oeste con una bolsa llena de dinero y con la misión de efectuar ciertas compras.

Ocho horas más tarde, el «VC-10» aterrizó sin novedad en la base Andrew de la Air Force, en Maryland, dieciséis kilómetros al sudeste de Washington. Cuando apagó sus motores en la pista, un coche oficial del Pentágono se detuvo al pie de la escalerilla, y bajó de él un general de dos estrellas de la USAF. Dos policías de la Air Force se cuadraron al bajar el mariscal la escalerilla y acercarse al comité de recepción. A los cinco minutos, todo había terminado; el automóvil del Pentágono arrancó en dirección a Washington; los «anémonas» de la Policía se alejaron, y los ociosos y curiosos de la base aérea volvieron a sus quehaceres.

Nadie se fijó en el sedán barato y sin placas oficiales que se acercó después al «VC-10» aparcado; es decir, no hubo nadie cuyas dotes de observación le hiciesen fijarse en la anticuada antena del techo que delataba un coche de la CIA. Nadie reparó en el ajado paisano que bajaba la escalerilla dando saltitos y se metía en el coche inmediatamente, ni en el automóvil al salir éste de la base aérea.

El hombre de la Compañía en la Embajada de los Estados Unidos, en Grosvenor Square, Londres, había sido avisado la noche anterior y había enviado un mensaje cifrado a Langley, para que enviasen aquel automóvil. El conductor iba de paisano y era un miembro del personal de poca categoría; en cambio, el hombre que iba detrás y dio la bienvenida al invitado de Londres era el jefe de la sección de Europa Occidental, uno de los subordinados regionales del subdirector de Operaciones. Le habían elegido para recibir al inglés porque, habiendo dirigido antaño la operación de la CIA en Londres, conocía bien a aquél. A nadie le gustan las sustituciones.

—Me alegro de volver a verle, Nigel —dijo, después de asegurarse de que el recién llegado era, efectivamente, el hombre al que esperaban.

—Y usted ha sido muy amable al venir a recibirme —respondió sir Nigel Irvine, aunque sabía que no era un acto de amabilidad, sino el cumplimiento de un deber.

Durante el trayecto, hablaron de Londres, de la familia, del tiempo. Nada de «¿qué le trae por aquí?». El coche rodó por el Capital Beltway hacia el Woodrow Wilson Memorial Bridge, sobre el Potomac, y se dirigió al Oeste, penetrando en Virginia.

En las afueras de Alexandria, el conductor giró a la derecha y entró en el George Washington Memorial Parkway, que flanquea toda la orilla occidental del río. Al pasar por delante del aeropuerto Nacional y del cementerio de Arlington, sir Nigel Irvine miró hacia la derecha y contempló la silueta de Washington recortándose en el horizonte; allí había estado hacía años, como enlace del SIS con la CIA, en la Embajada británica. Habían sido unos tiempos duros, después del caso Philby, cuando incluso el parte meteorológico era considerado información secreta en lo tocante a los ingleses. Pensó en lo que llevaba en su cartera de mano y se permitió una ligera sonrisa.

Después de treinta minutos de viaje salieron de la carretera principal, volvieron a cruzarla por encima y se adentraron en el bosque. Recordó el pequeño rótulo que decía simplemente: BPR-CIA, y se extrañó una vez más de que anunciasen el lugar. O uno sabía dónde estaba, o no lo sabía, y, si no lo sabía, jamás sería invitado a visitarlo.

Se detuvieron ante la puerta vigilada de la sólida valla de más de dos metros de altura que rodea Langley, y Lance exhibió su pase. Después siguieron adelante, torcieron a la izquierda y pasaron frente al horrible pabellón de conferencias al que llaman *el Iglú* por su semejanza con un iglú.

El Cuartel General de la Compañía se compone de cinco cuerpos: uno en el centro, y uno en cada una de sus cuatro esquinas, a la manera de un tosca cruz de San Andrés. El Iglú está pegado al cuerpo más próximo a la puerta principal. Al pasar por delante del retirado bloque central, sir Nigel observó la imponente puerta de entrada y el gran escudo de los Estados Unidos plantado en el suelo delante de ella. Pero sabía que esta entrada principal era sólo para los congresistas, senadores y otros indeseables. El coche siguió adelante, dejó atrás el complejo y, después, giró a la derecha y se dirigió a la parte trasera del edificio.

Aquí hay una corta rampa, protegida por un rastrillo de acero y que desciende al primer sótano. Al fondo hay un aparcamiento reservado, donde no caben más de diez coches. El sedán negro se detuvo allí, y el hombre llamado Lance entregó a sir Nigel a su superior, Charles «Chip» Allen, subdirector de Operaciones. Este y sir Nigel eran también viejos conocidos.

En el fondo del aparcamiento hay un pequeño ascensor, guardado por puertas de acero y dos hombres armados. Chip Allen identificó a su invitado, firmó por él y empleó una tarjeta de plástico para abrir las puertas del ascensor. Este subió sin ruido siete pisos y se detuvo en el correspondiente a las habitaciones del director. Otra tarjeta de plástico magnetizada les permitió salir del ascensor, y se encontraron en un vestíbulo con tres puertas. Chip Allen llamó a la del centro, y el propio Bob Benson, avisado desde abajo, la abrió e invitó a entrar a su visitante inglés.

Benson, eludiendo la enorme mesa, le condujo al lugar de descanso de la gran habitación, delante de la chimenea de mármol castaño claro. En invierno, Benson gustaba del crepitante fuego que se encendía en ella, pero Washington, en el mes de agosto, no es un buen sitio para fogatas, sino que requiere un continuo acondicionamiento de aire. Benson corrió la mampara de papel de China que separaba este sector del resto del despacho y se sentó frente a su invitado. Pidió café y, cuando se quedaron solos, preguntó al fin:

—¿Qué le trae a usted a Langley, Nigel?

Sir Nigel sorbió el café y se retrepó en su sillón.

—Hemos conseguido —respondió, con naturalidad— los servicios de un nuevo agente.

Llevaba casi diez minutos hablando cuando le interrumpió el director de la CIA.

—¿Dentro del Politburó? —preguntó—. ¿Quiere decir, dentro de él?

—Digamos que tiene acceso a las actas de las sesiones —puntualizó sir Nigel.

—¿Le importa que llame a Chip Allen y a Ben Kahn, para que oigan esto?

—En absoluto, Bob. De todos modos, lo sabrían dentro de una hora. Esto le evitará tener que repetirlo.

Bob Benson se levantó, se dirigió a un teléfono colocado sobre una mesita y llamó a su secretario particular. Cuando hubo terminado de hablar, se quedó mirando el gran bosque verde a través de la ventana.

—¡Cielo santo! —murmuró.

A sir Nigel Irvine no le molestaba que sus dos antiguos contactos en la CIA estuviesen presentes en aquella sesión. Todas las agencias de pura información, a diferencia de las fuerzas de Policía secreta como la KGB, tienen dos ramas principales. Una de ellas es Operaciones, encargada de obtener información real; la otra es Investigación, dedicada a comprobar, cotejar, interpretar y analizar la enorme masa de información en bruto que llega a la Agencia.

Ambos servicios tienen que ser buenos. Si la información es defectuosa, los mejores análisis del mundo sólo obtendrán resultados sin sentido; si el análisis es inadecuado, todos los esfuerzos de los informadores serán tiempo perdido. Los estadistas necesitan saber lo que están haciendo y, si es posible, lo que pretenden hacer las otras naciones, sean amigas o posibles enemigas.

En la actualidad, casi siempre es posible observar lo que hacen, pero no lo que piensan hacer. Por eso, todas las cámaras del mundo son incapaces de sustituir a un brillante analista que trabaje con material procedente de las sesiones secretas de otra nación.

En la CIA, los dos hombres que gobiernan la Agencia, presididos por el director —que puede ser un cargo político—, son el subdirector de Operaciones y el subdirector de Investigación. La sección de Operaciones es la que inspira a los autores de novelas de espionaje; la de Investigación realiza un trabajo reservado, tedioso, lento, metódico, con frecuencia aburrido, pero siempre de un inestimable valor.

Como Treedledum y Tweedledee,[1] el SDO y el SDI tienen que trabajar de pleno acuerdo y tenerse absoluta confianza. Benson, como hombre de designación política, había tenido suerte. Su SDO era Chip Allen, WASP[2] y ex jugador de rugby; su SDI era Ben Kahn, ex maestro de ajedrez judío. Ambos se adaptaban a la perfección.

Al cabo de cinco minutos, ambos estaban sentados con Benson e Irvine ante la chimenea. Se olvidó el café.

El jefe del espionaje británico habló durante casi una hora. Nadie le interrumpió. Después, los tres americanos leyeron la transcripción del *Ruiseñor* y observaron la cinta magnetofónica en su bolsa de politeno, casi con expresión hambrienta. Cuando Irvine hubo terminado, hubo un breve silencio. Chip Allen lo rompió.

1. Expresión norteamericana que indica dos grupos o individuos que no se distinguen entre sí. *(Nota del traductor.)*

2. Siglas que indican un norteamericano de antigua raigambre protestante inglesa. *(Nota del traductor).*

—Un nuevo Penkovsky —dijo.

—Supongo que querrán comprobarlo todo —dijo sir Nigel, con naturalidad. Y nadie se opuso. Una cosa es la amistad, y otra...—. A nosotros nos llevó diez, pero nada puede haber fallado. Las voces grabadas son auténticas. Hemos confirmado el revuelo que se ha armado en el Ministerio de Agricultura soviético. Y, desde luego, están sus fotografías de los «Cóndor». ¡Ah! Hay algo más...

Sacó de su maletín una bolsita de politeno en la que había un tallo de trigo joven.

—Uno de nuestros amigos arrancó esto de un campo de las cercanías de Leningrado.

—Haré que nuestro Departamento de Agricultura compruebe también esto —dijo Benson—. ¿Algo más, Nigel?

—Bueno, no en realidad —respondió sir Nigel—. Tal vez un par de cositas...

—Escupa.

Sir Nigel suspiró.

—Las actividades rusas en Afganistán. Pensamos que pueden estar preparando un movimiento hacia Pakistán y la India a través de los pasos. Eso nos incumbe a nosotros. Pero si pudiesen ustedes pedir a «Cóndor» que echase un vistazo...

—Concedido —aceptó Benson, sin vacilar.

—Y, además —continuó sir Nigel—, aquel desertor soviético que sacaron ustedes de Ginebra hace dos semanas. Parece saber mucho acerca de los agentes soviéticos en nuestro movimiento sindical obrero.

—Les enviamos copias de esto —se apresuró a decir Allen.

—Nos gustaría tener un contacto directo —dijo sir Nigel.

Allen miró a Kahn, y Kahn se encogió de hombros.

—Bien —replicó Benson—. ¿Podemos nosotros tener contacto con *Ruiseñor*?

—Lo siento, pero no —respondió sir Nigel—. Esto es diferente. La situación de *Ruiseñor* es demasiado delicada; corre un riesgo terrible. Y no queremos alarmarle, para que no cambie de idea. Tendrán ustedes copia de todo lo que obtengamos y en cuanto lo obtengamos. Pero no deben intervenir. Estoy tratando de aumentar rápidamente el volumen de las informaciones; pero esto requiere tiempo y muchísimo cuidado.

—¿Para cuándo está prevista la próxima entrega? —preguntó Allen.

—Para dentro de una semana. Al menos, hay una cita en pie. Y espero que obtengamos algo.

Sir Nigel Irvine pasó la noche en la fortaleza de la CIA en tierras de Virginia, y, al día siguiente, *míster Barrett* regresó a Londres con el mariscal del Aire.

Tres días más tarde, Azamat Krim salió del muelle 49 del puerto de Nueva York, a bordo del viejo *Queen Elizabeth II*, con destino a Southampton. Había resuelto viajar en barco y no en avión, porque pensaba que de este modo era más probable que su equipaje saliese bien librado del examen por rayos X.

Había hecho sus compras. Una de las piezas de su equipaje era un estuche de aluminio de los que emplean los fotógrafos profesionales para proteger sus cámaras y lentes. Como no podía ser examinado con rayos X, tendría que serlo a mano. La esponja de plástico interior, moldeada al objeto de que las cámaras y lentes no chocasen, entre sí, estaba pegada al fondo del estuche; pero este fondo era falso, y entre él y el verdadero había un hueco de cinco centímetros. En esta cavidad iban dos pistolas con sus municiones.

Otro objeto, colocado en el fondo de una maleta llena de ropa, era un tubo de aluminio con tapa enroscada, que contenía lo que parecía una lente de cámara, larga y cilíndrica, de unos diez centímetros de diámetro. Calculaba que, si era examinada por un aduanero que no fuese extraordinariamente receloso, pasaría por una de esas lentes que se emplean para la fotografía a muy larga distancia; una colección de libros de fotografía y dibujos de aves, dentro de la maleta y junto al cilindro, serviría para confirmarlo.

En realidad, la lente era un intensificador de imágenes que podía comprarse sin licencia en los Estados Unidos, pero no en Inglaterra.

El domingo, 8 de agosto, hacía un calor sofocante en Moscú, y los que no podían ir a las playas llenaban las numerosas piscinas de la ciudad y, en particular, las que habían sido construidas para la Olimpíada de 1980. Pero el personal de la Embajada británica, lo mismo que el de otra docena de legaciones, estaba en la playa del río Moscova, más arriba del puente de Uspenskoye. Adam Munro estaba entre ellos.

Trataba de mostrarse tan despreocupado como los demás, pero no le resultaba fácil. Miró su reloj demasiadas veces y, por último, se vistió.

—¡Oh, Adam! No irá a marcharse tan pronto, ¿verdad? Todavía quedan muchas horas de luz —le gritó una de las secretarias.

El se esforzó en sonreír.

—El deber me reclama —le respondió— o, mejor dicho, los planes para la visita de la Cámara de Comercio de Manchester.

Echó a andar entre los árboles y se dirigió a su coche; dejó en él sus ropas de baño, miró disimuladamente a su alrededor, para asegurarse de que nadie le observaba, y cerró con llave la portezuela. Había por allí demasiados hombres en sandalias, calzón corto y camisa abierta, para que uno más llamase la atención, y Munro se alegró de que los de la KGB no se quitasen nunca la chaqueta. No vio a nadie que pareciese tener algo que ver con la Oposición. Caminó por el bosque en dirección Norte.

Valentina le estaba esperando a la sombra de los árboles. A pesar de lo mucho que le complacía verla, Munro sintió un nudo en el estómago. Ella carecía de experiencia, y podían haberla seguido sin que lo advirtiese. Si era así, lo peor que podía ocurrirle a él era que le expulsasen del país; pero las repercusiones serían enormes. Sin embargo, no era esto lo que más le preocupaba, sino lo que le pudiera pasar a ella si la sorprendían. Fuesen cuales fueren sus motivos, lo que estaba haciendo sería calificado de alta traición.

El la tomó en sus brazos y la besó. Ella le besó también, y tembló entre sus brazos.

—¿Estás asustada? —preguntó él.

—Un poco —confesó ella—. ¿Escuchaste la grabación?

—Sí. Antes de entregar la cinta. Supongo que no hubiese debido hacerlo, pero lo hice.

—Entonces, sabes que estamos amenazados por el hambre. Cuando yo era pequeña, Adam, presencié el hambre en este país, inmediatamente después de la guerra. Era mala cosa, pero había sido causada por los alemanes. Podríamos resistirlo. Teníamos a nuestros jefes de nuestra parte, y ellos cuidarían de arreglar las cosas.

—Quizá puedan también arreglarlas ahora —dijo Munro, sin gran convicción.

Valentina sacudió furiosamente la cabeza.

—Ni siquiera lo intentan —exclamó—. Yo estoy sentada allí, escuchando sus voces, pasando a máquina sus grabaciones. No hacen más que disputar, tratando cada cual de salvar su pellejo.

—¿Y tu tío, el mariscal Kerensky? —preguntó él, afectuosamente.

—Es tan malo como los otros. Cuando me casé, el tío Nikolai estuvo en la boda. Entonces me pareció un hombre alegre, simpático. Pero aquello correspondía a su vida privada. Ahora le escucho en su vida pública; es, como todos ellos, implacable y cínico. Sólo luchan para aventajarse los unos a los otros, por el poder..., ¡y que el pueblo se vaya al diablo! Supongo que yo debería ser como ellos, pero no puedo. No puedo serlo ahora, ni podré serlo jamás.

Munro miró al otro lado del claro, pero sólo vio los olivos y oyó a un mozo de uniforme que cantaba: *Tú no eres mi dueña.* Era extraño, pensó, que los regímenes establecidos fuesen a veces demasiado lejos y, a pesar de su poder, perdiesen el control de sus súbditos por culpa de sus excesos. No siempre, no a menudo; pero sí algunas veces.

—Yo podría sacarte de aquí, Valentina —dijo—. Tendría que renunciar al Cuerpo diplomático, pero no sería el primero. Sasha es lo bastante joven para criarse en otra parte.

—No, Adam, no; la idea es tentadora, pero no puedo hacerlo. Pase lo que pase, yo pertenezco a Rusia y tengo que quedarme. Tal vez un día... No sé.

Estuvieron un rato sentados en silencio, asidos de las manos. Ella fue la primera en hablar:

—Vuestro Servicio de Información...¿envió la cinta a Londres?

—Creo que sí. Yo la di al hombre que creo que representa al Servicio Secreto en la Embajada. Me preguntó si habría más.

Ella asintió con la cabeza y señaló su bolso.

—Sólo es una copia a máquina. Ahora ya no puedo hacerme con las cintas. Las guardan en una caja fuerte después de las transcripciones, y no tengo la llave. Los papeles que traigo son de la siguiente reunión del Politburó.

—¿Cómo los consigues, Valentina? —preguntó él.

—Después de las sesiones —explicó ella—, las cintas y las notas taquigráficas son llevadas, bajo custodia, al edificio del Comité Central. Allí hay un departamento cerrado, donde trabajo yo con otras cinco mujeres. A las órdenes de un hombre. Cuando terminamos las transcripciones, se guardan las cintas en lugar seguro.

—¿Cómo obtuviste la primera?

Ella se encogió de hombros.

—Desde el mes pasado tenemos un nuevo jefe. El anterior era más descuidado. En la habitación contigua hay un estudio de grabación donde se copian las cintas antes de encerrarlas en la caja fuerte. El mes pasado, yo estuve sola allí el tiempo suficiente para apoderarme de la segunda cinta y sustituirla por otra, falsa.

—¿Una cinta falsa? —exclamó Munro—. Descubrirán la sustitución, si vuelven a escucharlas alguna vez.

—Es muy improbable —dijo ella—. Las transcripciones constituyen los archivos, una vez cotejadas con las cintas para mayor exactitud. Tuve suerte aquella vez; saqué la cinta en una bolsa de la compra, debajo de los comestibles que había comprado en la comisaría del Comité Central.

—¿No os registran?

—Casi nunca. Confían en nosotros, Adam, porque somos la *élite* de la nueva Rusia. Los papeles son más fáciles de sacar. Cuando trabajo, llevo un viejo cinturón. Al transcribir a máquina la última sesión del mes de junio, puse una copia de más y, después, reduje en una unidad la cifra de control. E introduje la copia de más dentro de mi cinturón. No se advertía el bulto.

Munro sintió que se le encogía el estómago al pensar en el riesgo que corría ella.

—¿De qué hablaron en esa reunión? —preguntó, señalando el bolso.

—De consecuencias —respondió ella—. De lo que pasará cuando se produzca el hambre. De lo que hará el pueblo de Rusia. Pero, Adam..., hubo otra reunión después de ésta. A primeros de julio. No pude copiarla, porque estaba de vacaciones. No podía renunciar a éstas; habría resultado sospechoso. Pero cuando volví, hablé con una de las chicas que habían hecho la transcripción. Estaba muy pálida y no quiso decirme nada.

—¿Puedes conseguirla? —preguntó Munro.

—Puedo intentarlo. Pero tendré que esperar a que la oficina esté vacía y emplear la máquina copiadora. Después, puedo arreglar ésta, de modo que no se note que ha sido usada. Pero no puedo hacerlo hasta el próximo mes, en que me corresponderá el último turno y podré trabajar a solas.

—No debemos encontrarnos de nuevo aquí —le dijo Munro—. Las repeticiones son peligrosas.

Empleó una hora en explicarle las cosas del edificio que había de saber, si seguían encontrándose. Por último, le dio un fajo de hojas de papel, escritas a máquina a un solo espacio, y que llevaba sujetas con el cinturón, debajo de su holgada camisa.

—Aquí está todo, querida. Apréndetelo de memoria y quémalo. Y echa las cenizas en el sumidero.

Cinco minutos después, ella sacó del bolso unas hojas de papel muy fino, escritas a máquina en caracteres cirílicos; se las dio, y se alejó entre los árboles del bosque, en busca de su coche, aparcado en un camino arenoso a medio kilómetro de distancia.

Munro se amparó en la sombra proyectada por el arco de la puerta lateral de la capilla. Sacó un rollo de cinta adhesiva del bolsillo, se bajó los pantalones hasta las rodillas y sujetó las hojas de papel a uno de sus muslos. Subidos de nuevo los pantalones y ceñido el cinturón, sintió el contacto del papel sobre su muslo al caminar; pero las hojas quedaban perfectamente disimuladas bajo la holgada pernera de confección rusa.

A medianoche había leído doce veces los papeles, en el silencio de su piso. El miércoles siguiente salieron para Londres en la cartera sujeta a la muñeca del mensajero, dentro de un grueso sobre sellado y dirigido, en clave, al enlace del SIS en el Foreign Office.

Las puertas cristaleras que daban a la rosaleda estaban herméticamente cerradas, y sólo el zumbido del acondicionador de aire turbaba el silencio del Salón Oval de la Casa Blanca. Los templados días de junio habían quedado muy atrás, y el asfixiante calor de agosto en Washington prohibía que se abriesen las puertas y las ventanas.

Delante del edificio, en la fachada de Pennsylvania Avenue, los turistas, acalorados y sudorosos, admiraban la imagen familiar de la entrada principal de la Casa Blanca, con sus columnas, su bandera y su curva avenida, o hacían cola para la visita con guía del sanctasanctórum de Norteámerica. Pero ninguno de ellos entraría en el pequeño edificio del ala occidental, donde el presidente Matthews se hallaba reunido en cónclave con sus consejeros.

Ante su mesa estaban Stanislav Poklevski y Robert Benson. Se había unido a ellos el secretario de Estado, David Lawrence, abogado de Boston y pilar del *establishment* en la costa oriental.

El presidente Matthews cerró el legajo que tenía delante. Hacía tiempo que había devorado la primera transcripción del Politburó, traducida al inglés; lo que ahora acababa de leer era la valoración de ésta por sus expertos.

—Bob, su cálculo de un déficit de treinta millones de toneladas se acercó bastante a la verdad —dijo—. Ahora resulta que el próximo otoño les faltarán de cincuenta a cincuenta y cinco millones de toneladas. ¿Están seguros de que esta transcripción viene efectivamente de dentro del Politburó.

—Señor presidente, lo hemos comprobado todo. Las voces son auténticas; los rastros de una cantidad excesiva de «Lindane» en la raíz del trigo son reales; la guerra en el seno del Ministerio de Agricultura soviético es un hecho. No creemos que exista ningún motivo para dudar seriamente de que la grabación corresponde a una sesión del Politburó.

—Tenemos que andarnos con mucho cuidado —murmuró el presidente—. Esta vez no podemos permitirnos el menor error de cálculo. Nunca tuvimos una oportunidad como ésta.

—Señor presidente —dijo Poklevsky—, esto significa que los soviets no se enfrentan con una grave escasez, como pensamos que sufrían cuando invocó usted, el mes pasado, la ley Shannon. Ahora se enfrentan con el hambre.

Sin saberlo, repetía las palabras de Petrov en el Kremlin, dos meses antes, y que no habían sido grabadas, porque las había dicho en privado a Ivanenko. El presidente Matthews asintió lentamente con la cabeza.

—Estamos de acuerdo en esto, Stan. La cuestión es: ¿qué vamos a hacer?

—Dejar que pechen ellos con el hambre —contestó Poklevski—. Este es el mayor error que han cometido desde que Stalin se negó a creer las advertencias de los occidentales sobre los preparativos nazis en su frontera, en la primavera de 1941. Sólo que esta vez el enemigo está dentro de casa. Dejemos que lo resuelvan a su manera.

—¿David? —inquirió el presidente a su secretario de Estado.

El secretario, Lawrence, movió la cabeza. Las diferencias de opinión entre el halcón Poklevski y el precavido bostoniano eran legendarias.

—Discrepo, señor presidente —respondió al fin—. En primer lugar, no creo que hayamos examinado bastante a fondo las posibles alternativas que pueden producirse si la Unión Soviética se ve sumida en el caos la próxima primavera. A mi modo de ver, no es sólo cuestión de dejar que los soviets se asen en su propio jugo. Un fenómeno como éste puede tener enormes implicaciones en el ámbito mundial.

—¿Bob? —inquirió el presidente Matthews.

El director de la CIA estaba sumido en profunda reflexión.

—Tenemos tiempo, señor presidente —contestó—. Ellos saben que usted invocó la ley Shannon el mes pasado. Saben que, si necesitan trigo, tendrán que acudir a usted. Como dice el secretario Lawrence, deberíamos estudiar a fondo las posibles consecuencias del hambre en la Unión Soviética. Tarde o temprano, el Kremlin tendrá que iniciar el juego. Cuando lo haga, nosotros tendremos todos los triunfos. Sabemos lo mala que es su situación, y ellos no saben que lo sabemos. Tenemos el trigo, tenemos los «Cóndor», tenemos *el Ruiseñor* y tenemos el tiempo de nuestra parte. Esta vez tenemos los cuatro ases. No hace falta que decidamos desde ahora la manera de jugarlos.

Lawrence asintió con la cabeza y miró a Benson con nuevo respeto. Poklevski se encogió de hombros. El presidente Matthews tomó su resolución.

—Stan, de momento quiero que forme un grupo adecuado dentro del Consejo de Seguridad Nacional. Un grupo pequeño y absolutamente secreto. Usted, Bob y David, aquí presentes; el presidente del Estado Mayor conjunto, y los secretarios de

Defensa, del Tesoro y de Agricultura. Quiero saber lo que pasará, a nivel mundial, si la Unión Soviética se muere de hambre. Necesito saberlo, y pronto.

Sonó uno de los teléfonos de su mesa. Era el correspondiente a la línea directa con el Departamento de Estado. El presidente Matthews dirigió una mirada interrogadora a David Lawrence.

—¿Me llama usted, David? —preguntó, sonriendo.

El secretario de Estado se levantó y cogió el auricular. Escuchó durante unos minutos, y colgó.

—Señor presidente, las cosas se aceleran. Hace dos horas, el ministro de Asuntos Exteriores, Rykov, llamó al embajador Donaldson a su Ministerio. En nombre del Gobierno soviético, ha propuesto la compra a los Estados Unidos de cincuenta y cinco millones de toneladas de cereales varios, en la próxima primavera.

Durante unos momentos, sólo se oyó en el Salón Oval el tictac del reloj de bronce dorado de encima de la chimenea de mármol.

—¿Qué ha respondido el embajador Donaldson? —preguntó el presidente.

—Desde luego, que transmitiría su petición a Washington para su estudio —contestó Lawrence— y que estaba seguro de que la respuesta no se haría esperar.

—Caballeros —dijo el presidente—, necesito saber lo que les he dicho, a la mayor brevedad posible. Puedo demorar cuatro semanas mi respuesta, pero, el 15 de septiembre, lo más tardar, tendré que contestar. Cuando lo haga quiero saber con qué nos enfrentamos. Todas las posibilidades.

—Señor presidente, dentro de pocos días recibiremos tal vez más información de *el Ruiseñor*. Esto podría darnos algún indicio de cómo enfoca el Kremlin el problema.

El presidente Matthews asintió con la cabeza.

—Si llega tal información, Bob, quiero que se traduzca al inglés y me la traigan inmediatamente.

Cuando se levantó la sesión presidencial, en el atardecer de Washington, hacía rato que era noche cerrada en Inglaterra. Los archivos de la Policía mostraron, más tarde, que, en la noche del 11 al 12 de agosto, se habían producido docenas de robos y atracos; pero lo que más preocupó a la Policía fue el robo perpetrado en una tienda de armas de fuego deportivas de la agradable población rural de Taunton.

Indudablemente, los ladrones habían visitado la tienda en hora diurna de la víspera o de pocos días antes, porque el cable de la alarma había sido descubierto y limpiamente cortado por alguien. Una vez inutilizado el sistema de alarma, los ladrones habían empleado unos fuertes alicates para cortar la reja de la ventana que daba a un callejón tras la tienda.

Esta no había sido saqueada, ni se habían robado, como de costumbre, escopetas que se utilizaban después para atracar los Bancos. El propietario declaró que sólo faltaba un rifle de caza, un bello «Sako Hornet 22«, de origen finlandés, arma de suma precisión, y dos cajas de municiones «Remington», de punta plana y hueca, que alcanzaban gran velocidad y penetración, y se deformaban mucho al chocar con el blanco.

En su piso de Bayswater, Andrew Drake se hallaba en compañía de Miroslav Kaminsky y de Azamat Krim, contemplando el botín colocado sobre la mesa del cuarto de estar: dos pistolas, con dos cargadores completos para cada una; un rifle, con dos cajas de municiones, y el intensificador de imagen.

Existen dos tipos fundamentales de aparatos de visión nocturna: el infrarrojo y el intensificador. Los que disparan de noche suelen preferir el último, y Krim, con su historial de cazador en el oeste del Canadá y sus tres años con los paracaidistas canadienses, había elegido bien.

El visor infrarrojo se basa en el principio de que, si se envía un rayo infrarrojo a lo largo de la línea de fuego para iluminar el blanco, éste aparece ante el punto de mira como una silueta verdosa. Pero como emite luz, aunque ésta sea imperceptible a simple vista, el visor infrarrojo necesita una fuente de energía. El intensificador de imagen funciona a base del principio de recoger todos los pequeños elementos de luz presentes en un medio «oscuro», y concentrarlos, de la misma manera que la retina gigantesca de un búho puede concentrar las menores cantidades de luz y ver moverse un ratón en lugares donde el ojo humano no percibiría nada. No necesita fuente de energía.

Inventado en principio con fines militares, los pequeños intensificadores de imagen manuales habían interesado, a finales de los años setenta, a la industria de seguridad norteamericana, y eran empleados por vigilantes de fábricas y otros guardianes. Pronto pudieron comprarse libremente en el comercio y, a principios de los años ochenta, los ejemplares más grandes, susceptibles de ser montados en el cañón de un rifle, pudieron adquirirse en América con sólo pagar su precio en la tienda. Azamat Krim había comprado uno de éstos.

El rifle tenía ranuras en la parte superior del cañón, para poder adaptarle una mira telescópica en las prácticas de tiro. Con una lima y un tornillo de carpintero sujeto al borde de la mesa de la cocina, Krim empezó a retocar las grapas del intensificador de imagen, para adaptarlas a aquellas ranuras.

Mientras Krim trabajaba, Barry Ferndale hizo una visita a la Embajada de los Estados Unidos, en Grosvenor Square. Su objeto era entrevistarse, según habían convenido previamente, con el jefe de operaciones de la CIA en Londres, aparentemente agregado de la Embajada de su país.

La entrevista fue breve y cordial. Ferndale sacó de su cartera de mano un fajo de papeles y lo entregó al otro hombre.

—Recién salidos de la prensa, amigo mío —dijo al americano—. Un buen fajo, ¿eh? Esos rusos son muy parlanchines. En todo caso, le deseo suerte.

Aquellos papeles correspondían a la segunda entrega de *el Ruiseñor* y estaban ya traducidos al inglés. El americano sabía que tendría que cifrarlos y enviarlos personalmente. Nadie más debía verlos. Dio las gracias a Ferndale y se dispuso a trabajar de firme durante toda la noche.

Pero no fue el único que durmió poco aquella noche. Muy lejos de allí, en la ciudad de Ternopol (Ucrania), un agente de paisano de la KGB salió del club de suboficiales, contiguo a los cuarteles de la KGB, y emprendió a pie el camino de su casa. Su rango no le permitía usar un coche oficial, y su vehículo particular estaba aparcado cerca de su casa. Pero no le importaba; la noche era cálida y agradable, y había pasado una velada muy amena en el club con sus colegas.

Probablemente por esto no advirtió la presencia de dos figuras en un portal, al otro lado de la calle, que parecían vigilar la entrada del club y que se hicieron una seña con la cabeza.

Era más de medianoche, y Ternopol, incluso en las cálidas noches de agosto, estaba como muerta. Para ir a su casa, el policía se apartó de las calles principales y se adentró en el parque de Shevchenko, donde los frondosos árboles casi ocultaban los estrechos senderos. Fue el atajo menos corto que jamás había tomado. En mitad del parque oyó unas pisadas furtivas detrás de él; se volvió a medias, recibió en la sien el porrazo dirigido a su occipucio, y se derrumbó.

Casi había amanecido cuando recobró el conocimiento. Le habían arrastrado a una espesura de arbustos y le habían quitado la cartera, el dinero, las llaves, la cartilla de racionamiento y el documento de identidad. La Policía y la KGB investigaron durante varias semanas esta desacostumbrada agresión, pero no pudieron descubrir a los culpables. En realidad, ambos habían tomado el primer tren que salía de Ternopol y estaban de regreso en sus hogares de Lvov.

El presidente Matthews presidió personalmente la reunión del comité que estudió la segunda información de *el Ruiseñor.* Era una reunión secreta.

—Mis analistas han previsto ya algunas posibilidades derivadas del hambre en la Unión Soviética los próximos invierno y primavera —informó Benson a los ocho hombres reunidos en el Salón Oval—, pero no creo que ninguno de ellos se atreviera a ir tan lejos como el propio Politburó al predecir un quebrantamiento de la ley y el orden en todo el país. Es algo inaudito en la Unión Soviética.

—Lo mismo digo de mis hombres —confesó David Lawrence, del Departamento de Estado—. Aquí se dice que la KGB sería incapaz de mantener el orden. Creo que nosotros no habríamos llegado a este pronóstico.

—Entonces, ¿qué debo contestar a Maxim Rudin, sobre su petición de compra de cincuenta y cinco millones de toneladas de cereales? —preguntó el presidente.

—Señor presidente, responda con un «No» —le aconsejó

Poklevski—. Ahora tenemos una oportunidad que nunca se nos había presentado y que quizá no volveremos a tener jamás. Tiene usted a Maxim Rudin y a todo el Politburó en la palma de la mano. Durante dos decenios seguidos, las administraciones de los Estados Unidos han sacado las castañas del fuego a los soviets cada vez que han tenido problemas económicos.

»Y ellos se han mostrado cada vez más agresivos. Cada vez nos han correspondido incrementando su intervención en Africa, en Asia, en la América Latina. Cada vez han hecho creer al Tercer Mundo que los soviets se han recobrado de la crisis por su propio esfuerzo, que el sistema económico marxista funciona.

»Pero ahora el mundo podrá ver, sin la menor sombra de duda, que el sistema económico marxista no funciona y nunca funcionará. Ahora, aconsejo que le apriete los tornillos. Puede pedirles una concesión por cada tonelada de trigo. Puede exigirles que se alejen de Asia, de Africa y de América. Y, si no lo hacen, puede derribar a Rudin.

El presidente Matthews golpeó con el dedo los informes del *Ruiseñor* que tenía delante.

—¿Podríamos derribar a Rudin... con esto?

Le respondió David Lawrence, y nadie discrepó.

—Si le ocurriese a la Unión Soviética lo que dicen aquí los propios miembros del Politburó, sí; Rudin caería en desgracia como cayó Kruschev —respondió.

—Entonces, emplee su fuerza —apremió Poklevski—. Haga uso de ella. Rudin no tiene alternativa. Deberá aceptar sus condiciones. Y si no lo hace, derríbele.

—Pero su sucesor... —empezó a decir el presidente.

—Su sucesor verá lo que le ha pasado a Rudin y se aplicará el cuento. Tendrá que aceptar las condiciones que le pongamos.

El presidente Matthews pidió su opinión al resto del grupo. Todos, menos Lawrence y Benson, se mostraron de acuerdo con Poklevski. El presidente Matthews tomó su decisión: los halcones habían triunfado.

El Ministerio soviético de Asuntos Exteriores se encuentra en uno de siete edificios casi idénticos, del estilo arquitectónico «pastel de boda» tan apreciado por Stalin; diríase una construcción neogótica hecha por un pastelero loco con piedra arenisca parda, y se levanta en el bulevar Smolensky, esquina Arbat.

El día penúltimo del mes, el «Cadillac Fleetwood Brougham» del embajador americano en Moscú se deslizó en la zona de aparcamiento delantero de la puerta principal, y míster Myron Donaldson fue acompañado al cuarto piso, donde se hallaba el despacho de Dmitri Rykov, el veterano ministro soviético de Asuntos Exteriores. Los dos hombres se conocían bien; antes de venir a Moscú, el embajador Donaldson había pasado una temporada en las Naciones Unidas, donde Dmitri Rykov era un personaje muy conocido. Con frecuencia había brindado allí amigablemente, y lo propio habían hecho en Moscú. Pero la entrevista de hoy era oficial. Donaldson iba acompañado por el jefe de su Cancillería, y Rykov, por cinco altos funcionarios.

Donaldson leyó cuidadosamente su mensaje en inglés. Rykov entendía y hablaba bien el inglés, pero un ayudante le fue traduciendo el mensaje oído.

La comunicación del presidente Matthews no aludía para nada a su conocimiento del desastre de la cosecha soviética de trigo, pero tampoco expresaba sorpresa por la petición soviética, formulada a primeros de mes, de comprar la asombrosa cantidad de cincuenta y cinco millones de toneladas de grano. En términos muy medidos, lamentaba que los Estados Unidos de América no estuviesen en condiciones de vender a la Unión de Repúblicas Socialistas Soviéticas la cantidad de trigo requerida.

Casi sin hacer la menor pausa, el embajador Donaldson empezó a leer la segunda parte del mensaje. Esta, aparentemente sin relación con la primera, pero siguiéndola sin interrupción, lamentaba el poco éxito de las conversaciones sobre limitación de armas estratégicas, conocidas por SALT 3, terminadas en el invierno de 1980 y encaminadas a relajar la tensión mundial, y expresaba la esperanza de que las SALT 4, cuya discusión preliminar estaba prevista para el otoño y el invierno próximos, fuesen más fructíferas y permitiesen al mundo un auténtico avance en el camino de una paz justa y duradera. Esto era todo.

El embajador Donaldson dejó el texto del mensaje sobre la mesa de Rykov, escuchó las palabras de reconocimiento, oficiales y graves, del canoso y serio ministro soviético de Asuntos Exteriores, y se marchó.

Andrew Drake pasó la mayor parte del día consultando unos libros. Sabía que Azamat Krim estaba en algún lugar de los montes de Gales, probando el rifle de caza con su nueva mira montada sobre el cañón. Miroslav Kaminsky seguía estudiando inglés, con gran aprovechamiento. En cuanto a Drake, sus problemas se centraban en el puerto ucraniano de Odessa.

Su primera obra de referencia fue la *Lloyds Loading List*, de rojas cubiertas, que era una guía semanal de los barcos que cargaban en puertos europeos, con destino a todas las partes del mundo. Por ella se enteró de que no había servicio regular entre el norte de Europa y Odessa, sino tan sólo un pequeño servicio transmediterráneo independiente que recalaba en varios puertos del mar Negro. Se denominaba «Salonika Line» y tenía dos barcos.

Después pasó al *Lloyds Shipping Index*, de cubiertas azules, y resiguió sus columnas hasta encontrar los dos barcos en cuestión. Los presuntos armadores de los mismos eran dos compañías, cada una de ellas propietaria de uno solo de los barcos, registradas en Panamá; lo cual quería decir, casi con toda seguridad, que, en ambos casos, la «Compañía» armadora no era más que una placa de metal colgada de la pared de un bufete de abogado de la ciudad de Panamá.

La tercera obra de referencia, un libro de cubiertas pardas titulado *Greek Owner's Directory*, le informó de que el agente de aquellos barcos era una empresa griega con sede en el Pireo, que es el puerto de Atenas. Drake sabía lo que esto significaba. En el noventa y nueve por ciento de los casos, el agente griego de un buque de pabellón panameño es, en realidad, el propietario del mismo. Si se disfraza de «agente», es para aprovechar la circunstancia de que los agentes no son legalmente responsables de las faltas de sus principales. Estas faltas pueden ser unas pagas y condiciones inferiores a las legales para la tripulación; unos barcos defectuosos y con bajo nivel de seguridad, pero con valoraciones altas para el seguro de «pérdida total», y, en ocasiones, un acentuado descuido en la pérdida de crudos.

Debido a todo esto Drake empezó a mirar con simpatía la «Salonika Line». Un barco registrado como griego sólo podía emplear oficiales griegos, pero podía admitir tripulantes cosmopolitas sin más requisito que estar provistos de pasaporte. Y los barcos de «Salonika Line» visitaban regularmente Odessa.

Maxim Rudin se inclinó hacia delante, dejó sobre la mesa de café la traducción del mensaje negativo del presidente Matthews cursado por el embajador Donaldson, y observó a sus tres visitantes. Había oscurecido, y le gustaba tener bajas las luces en su despacho particular del extremo norte del edificio del Arsenal, en el Kremlin.

—Chantaje —escupió, furioso, Petrov—. Un sucio chantaje.

—Desde luego —admitió Rudin—. ¿Qué esperaba usted? ¿Conmiseración?

—Ese maldito Poklevski está detrás de esto —dijo Rykov—. Pero ésta no puede ser la última respuesta de Matthews. Sus propios «Cóndor» y nuestra oferta de comprar cincuenta y cinco millones de toneladas de trigo deben de haberles revelado la posición en que nos hallamos.

—¿Hablarán en definitiva? ¿Negociarán a fin de cuentas? —preguntó Ivanenko.

—¡Oh, sí! Acabarán por hacerlo —respondió Rykov—. Pero lo demorarán lo más posible, darán largas al asunto, hasta que empecemos a sentir el hambre. Entonces ofrecerán el grano, a cambio de concesiones humillantes.

—Espero que no lo sean demasiado —murmuró Ivanenko—. Sólo tenemos una mayoría de siete contra seis en el Politburó, y, por mi parte, quisiera conservarla.

—Este es precisamente mi problema —gruñó Rudin—. Tarde o temprano, tendré que enviar a Dmitri Rykov a la sala de negociaciones, para que luche por nosotros, y no puedo darle ningún arma.

El último día del mes, Andrew Drake voló de Londres a Atenas, para empezar a buscar un barco que se dirigiese a Odessa.

El mismo día, una camioneta, convertida en casa móvil de dos literas, como las que suelen emplear los estudiantes en sus excursiones de vacaciones por Europa, salió de Londres en dirección a Dover, en la costa del Canal, y de allí a Francia, y a Atenas por carretera. Ocultos bajo el suelo del vehículo, iban las armas, las municiones y el intensificador de imagen. Afortunadamente, la mayor parte de los cargamentos de drogas viajaban en sentido contrario, desde los Balcanes hacia Francia y Gran Bretaña. Las comprobaciones de los aduaneros, en Dover y Calais, fueron de puro trámite.

Conducía Azamat Krim, provisto de pasaporte canadiense y de permiso internacional de conducción. A su lado, con nueva aunque no muy legítima documentación británica, viajaba Miroslav Kaminsky.

CAPITULO VI

Cerca del puente que cruza el río Moscova en Uspenskoye, hay un restaurante llamado «La isba rusa». Está construido según el estilo de las casas de campo de madera donde viven los campesinos rusos y que se llaman isbas. Los lados interior y exterior de las paredes son de troncos de pino cortados y clavados en montantes de madera. El hueco intermedio se llena tradicionalmente con barro del río, a semejanza de las cabañas canadienses.

Estas isbas pueden parecer primitivas y, desde el punto de vista sanitario, lo son a menudo; pero conservan el calor mucho mejor que las estructuras de ladrillo o de hormigón en los gélidos inviernos rusos. El restaurante «La isba» es acogedor y cálido, y está dividido en una docena de pequeños comedores privados, en muchos de los cuales sólo se sirve una cena. A diferencia de los restaurantes del centro de Moscú, se le permite un incentivo de ganancia, relacionado con la paga de personal, y, como resultado de ello, y en contraste con las casas de comidas corrientes en Rusia, sirve platos muy sabrosos y tiene camareros rápidos y serviciales.

Allí había concertado Adam Munro su próximo encuentro con Valentina, fijado para el sábado 4 de septiembre. Ella había conseguido que un amigo la invitase a cenar, y le había persuadido de que la llevase precisamente a aquel restaurante. Munro, por su parte, había invitado a una de las secretarias de la Embajada y había reservado una mesa a nombre de ella, no de él. De esta manera, la lista de reservas no revelaría que Munro y Valentina habían estado allí aquella noche.

Ambos cenaron en habitaciones separadas y, a las nueve en punto, ambos pidieron disculpas y se levantaron de la mesa para ir al lavabo. Se encontraron en el aparcamiento, y, dado que el coche de Munro era demasiado visible, con sus placas del Cuerpo diplomático, Adam siguió a Valentina hasta el «Zhiguli» particular de ésta. Ella estaba como aturdida y chupaba nerviosamente un cigarrillo.

Munro había tenido tratos con dos informadores rusos residentes en el país, y conocía la incesante tensión que se apodera de los nervios después de unas cuantas semanas de disimulo y de secreto.

—Se presentó la ocasión —dijo ella al fin—. Hace tres días. Cuando la reunión de primeros de julio. Estuvieron a punto de pillarme.

Munro se puso rígido. Ella podía pensar que gozaba de plena confianza dentro de la máquina del partido; pero nadie, nadie en absoluto, goza de ella en la política de Moscú. Ella, y también él, estaban pasando por la cuerda floja. La única diferencia estaba en que él contaba con una red, su inmunidad diplomática.

—¿Qué pasó? —preguntó.

—Alguien entró. Un guardia. Yo acababa de apagar la máquina copiadora y había vuelto a mi máquina de escribir. El hombre se mostró muy simpático. Pero se apoyó en la máquina. Todavía estaba caliente. No creo que lo advirtiese. Pero esto me asustó. Y también me asustaron otras cosas. Leí la transcripción cuando llegué a mi casa. No había podido hacerlo antes, porque estaba demasiado ocupada en el manejo de la copiadora. Es horrible, Adam.

Sacó las llaves del coche, abrió el compartimiento de los guantes, sacó un grueso sobre y lo entregó a Munro. El momento de la entrega es generalmente el que esperan los vigilantes para saltar sobre sus presas; entonces se oyen pisadas sobre la gravilla, se abren de golpe las portezuelas y los ocupantes son sacados del coche a viva fuerza. Esta vez no ocurrió nada.

Munro miró su reloj. Habían pasado casi diez minutos. Demasiado tiempo. Guardó el sobre en el bolsillo interior de su chaqueta.

—Voy a pedir permiso para sacarte de aquí —dijo—. No puedes seguir eternamente así, ni siquiera mucho más tiempo. Ni puedes volver a tu antigua vida, sabiendo lo que sabes. Ni puedo yo continuar, sabiendo que estás sola en la ciudad, y sabiendo que nos amamos. El próximo mes tendré unas vacaciones. Las aprovecharé para pedirlo a Londres.

Esta vez, ella no hizo objeciones, señal de que sus nervios empezaban a flaquear.

—Muy bien —admitió.

Segundos después, se alejó, envuelta en la oscuridad del aparcamiento. El la observó cruzar la mancha de luz de la puerta del restaurante y desaparecer en el interior. Esperó dos minutos y volvió junto a su impaciente acompañante.

Eran las tres de la madrugada cuando Munro acabó de leer el Plan Boris, el proyecto del mariscal Nikolai Kerensky para la conquista de la Europa Occidental. Se sirvió un coñac doble y permaneció sentado, contemplando los papeles sobre la mesa del cuarto de estar. El alegre y amable tío Nikolai, murmuró para sus adentros, ponía toda la carne en el asador. Pasó dos horas estudiando el mapa de Europa, y cuando amaneció estaba tan seguro como el propio Kerensky de que, en términos de guerra convencional, el plan tendría éxito. Pero también estaba seguro de que Rykov tenía razón: estallaría una guerra termonuclear. Y, por último, estaba convencido de que no habría manera de persuadir de esto a los miembros disidentes del Politburó, como no fuese la realidad del holocausto.

Se levantó y se acercó a la ventana. Despuntaba el día en el Este, sobre las torres del Kremlin; empezaba un domingo más para los ciudadanos de Moscú, como empezaría dos horas más tarde para los londinenses y cinco horas más tarde para los neoyorquinos.

Durante toda su vida adulta, la garantía de que los días de verano seguirían siendo sólo esto, días corrientes, había dependido de un equilibrio exacto: una creencia equilibrada en la fuerza y en el afán de poder de la superpotencia adversaria; un equilibrio de credibilidad, un equilibrio de miedo, pero equilibrio a fin de cuentas. Se estremeció, en parte por el frío de la mañana y, sobre todo, al darse cuenta de que los papeles que tenía delante demostraban que, al fin, la vieja pesadilla salía de la sombra y cobraba realidad: el equilibrio se estaba rompiendo.

El amanecer del domingo sorprendió a Andrew Drake de mucho mejor humor, porque la noche del sábado le había traído información de clase muy distinta.

Todos los sectores del conocimiento humano, por pequeños o por arcanos que sean, tienen sus expertos y sus devotos. Y cada grupo de éstos parece tener un lugar donde se reúne para hablar, discutir, cambiar información y difundir los chismes más recientes.

Los movimientos de los barcos en el Mediterráneo Oriental no constituyen ninguna ciencia en la que uno pueda doctorarse, pero son un tema de gran interés para los marineros sin trabajo de la zona, que era lo que Andrew fingía ser. El centro de información sobre estos movimientos es un pequeño hotel, llamado «Cavo d'Oro», situado sobre un muelle de yates en el puerto del Pireo.

Drake había observado ya las oficinas de los consignatarios —y probables propietarios— de la «Salonika Line», pero sabía que lo último que debía hacer era visitarlas.

En vez de esto, se alojó en el hotel «Cavo d'Oro» y pasó las horas muertas en el bar, donde capitanes, pilotos, contramaestres, agentes, charlatanes de los muelles y buscadores de trabajo, se sentaban a beber y a intercambiar noticias. El sábado por la noche, Drake encontró a su hombre, un contramaestre que había trabajado antaño para la «Salonika Line».

Le costó media botella de *retsina*, pero obtuvo la información que deseaba.

—El barco que va con más frecuencia a Odessa es el *M. V. Sanadria* —dijo el hombre—. Es una vieja bañera. Su capitán es Nikos Thanos. Creo que el buque está ahora en el puerto.

Efectivamente, *estaba* en el puerto, y Drake lo encontró a media mañana. Era un carguero mediterráneo de 5000 toneladas, de dos puentes, herrumbroso y no demasiado limpio; pero, con tal de que fuese al mar Negro y a Odessa en su próximo viaje, a Drake no le habría importado que estuviese lleno de agujeros.

Al anochecer había encontrado a su capitán, después de enterarse de que Thanos y todos sus oficiales eran de la isla griega de Quío. La mayor parte de los cargueros griegos son como casas de familia; el capitán y sus subordinados inmediatos suelen ser de la misma isla y, con frecuencia, parientes entre sí. Drake no hablaba griego, pero, afortunadamente, el inglés es la *lingua franca* de la comunidad marítima internacional, incluso en el Pireo, y, antes de que se pusiese el sol, encontró al capitán Thanos.

Cuando los europeos del Norte terminan el trabajo, se marchan a casa, para reunirse con su esposa y con sus hijos. Los mediterráneos del Este se dirigen al café, para charlar con los amigos. La Meca de la comunidad de cafeteros del Pireo es una calle que discurre junto al mar y se llama Akti Miaouli; en ella casi no hay más que oficinas navieras y cafés.

Cada parroquiano tiene su café predilecto, y éstos están siempre atestados. Cuando el capitán Thanos estaba en tierra, frecuentaba uno llamado «Miki's», y allí le encontró Drake, sentado ante la inevitable taza de café negro y espeso, un vaso de agua fría y una copita de *ouzo*. Era bajo, ancho de espalda y moreno, de cabellos negros y crespos, y barba de varios días.

—¿El capitán Thanos? —le preguntó Drake.

El miró con recelo al inglés y asintió con la cabeza.

—¿Nikos Thanos, del *Sanadria*?

El marino asintió de nuevo. Sus tres compañeros guardaban silencio, observándole. Drake sonrió.

—Me llamo Andrew Drake. ¿Puedo invitarle a una copa?

El capitán Thanos señaló con el dedo índice su propio vaso y el de sus compañeros. Drake, que seguía en pie, llamó a un camarero y pidió una ronda completa para los cinco. Thanos le indicó con la cabeza una silla vacía, invitándole a sentarse. Drake sabía que la cosa sería lenta, que podía llevarle varios días. Pero no iba a apresurarse. Había encontrado su barco.

La reunión que se celebró en el Salón Oval cinco días más tarde fue menos tranquila. Estaban presentes los siete miembros del comité *ad hoc* del Consejo de Seguridad Nacional, y el presidente Matthews ocupaba la cabecera de la mesa. Todos habían pasado la mitad de la noche leyendo la transcripción de la sesión del Politburó donde el mariscal Kerensky había presentado su plan de guerra y Vishnayev había empezado su lucha por el poder. Los ocho hombres estaban impresionados. El foco de atención era el jefe del Estado Mayor conjunto, general Martin Craig.

—La cuestión es ésta, general —dijo el presidente Matthews—: ¿Es factible?

—En términos de una guerra convencional en los campos de Europa Occidental, desde el telón de acero hasta los puertos del canal de la Mancha, incluso con el uso de bombas y cohetes nucleares tácticos, sí, señor presidente, es factible.

—¿Podría Occidente, antes de la primavera próxima, alimentar sus defensas hasta el punto de hacerlo completamente impracticable?

—Una pregunta difícil de contestar, señor presidente. Es indudable que nosotros, los Estados Unidos, podríamos enviar más hombres y más material a Europa. Pero daría a los soviets un gran pretexto para aumentar sus propios niveles, si necesitasen ampararse en él, cosa que nunca hicieron. En cuanto a nuestros aliados europeos, no tienen las reservas que tenemos nosotros; durante más de una década han reducido sus niveles en hombres, en armas y en preparativos, hasta el punto de que el desequilibrio entre las fuerzas de la OTAN y las del Pacto de Varsovia no podría compensarse en sólo nueve meses. La instrucción que necesitaría el personal, aunque fuese reclutado ahora, y la producción de nuevas armas debidamente perfeccionadas, son cosas que no pueden lograrse en nueve meses.

—Así, pues, vuelven a encontrarse como en 1939 —dijo, tristemente, el secretario del Tesoro.

—¿Qué nos dice de la alternativa nuclear? —preguntó Bill Matthews, sin levantar la voz.

El general Craig encogió los hombros.

—Si los soviets atacan con toda su fuerza, será inevitable. El hombre prevenido puede armarse de antemano; pero, en la actualidad, los programas de armamento y de instrucción requieren demasiado tiempo. Prevenidos como estamos nosotros, podríamos retrasar el avance soviético hacia el Oeste y hacer perder a Kerensky un centenar de horas. En cuanto a detenerle en seco a él y a sus malditos Ejército, Armada y Fuerza Aérea, es harina de otro costal. De todos modos, cuando supiésemos la respuesta, sería probablemente demasiado tarde. Lo cual hace que la alternativa de la fuerza nuclear sea ineludible. A menos, señor, naturalmente, que abandonemos a Europa y a los trescientos mil hombres que tenemos allí.

—¿David? —inquirió el presidente.

El secretario de Estado, David Lawrence, dio una palmada sobre el legajo que tenía delante.

—Casi por primera vez en mi vida, estoy de acuerdo con Dmitri Rykov. No se trata solamente de la Europa Occidental. Si ésta se hunde, el Mediterráneo Oriental, Turquía, Irán y los Estados árabes no podrán resistir. Hace diez años importábamos el cinco por ciento del petróleo que consumíamos; hace cinco, importamos el cincuenta por ciento. Ahora, el índice ha subido al sesenta y dos por ciento, y sigue subiendo. Toda la América continental, incluidos el Norte y el Sur, sólo puede cubrir, llevando la producción al máximo, el cincuenta y cinco por ciento de nuestras necesidades. Necesitamos el petróleo árabe. Sin él, nos hundiríamos como Europa sin que se disparase un tiro.

—¿Alguna sugerencia, caballeros? —preguntó el presidente.

—*El Ruiseñor* es valioso, pero no indispensable en este momento —dijo Stanislav Poklevski—. ¿Por qué no nos entrevistamos con Rudin y ponemos las cartas sobre la mesa? Conocemos el «Plan Boris», sabemos lo que pretenden. Y tomaremos medidas para abortarlo, para hacerlo impracticable. Cuando él informe de esto a su Politburó, se darán cuenta de que han perdido el factor sorpresa, de que la alternativa de la guerra es inviable. Será el fin de *el Ruiseñor*, pero será también el fin del «Plan Boris».

Bob Benson, de la CIA, sacudió vigorosamente la cabeza.

—Yo no creo que sea tan sencillo, señor presidente. Si no he comprendido mal, no se trata de convencer a Rudin o a Rykov. Ahora sabemos que hay una lucha enconada entre facciones en el seno del Politburó. Se están jugando la sucesión de Rudin. Y el hambre se cierne sobre ellos.

»Vishnayev y Kerensky han propuesto una guerra limitada, como medio de obtener los excedentes de comida de la Europa Occidental y, al mismo tiempo, de imponer la disciplina de guerra al pueblo soviético. Si decimos a Rudin lo que sabemos, esto no cambiará nada. Incluso podría provocar su caída. Vishnayev y su grupo asumirían el poder, y no saben nada de

Occidente, ni de cómo reaccionamos los norteamericanos cuando alguien nos ataca. Aún descartado el factor sorpresa, el hambre inminente podría impulsarles a la guerra.

—Estoy de acuerdo con Bob —intervino David Lawrence—. La posición de los soviets es parecida a la de los japoneses hace cuarenta años. El embargo del petróleo fue causa de la caída de la facción moderada de Konoya. La subida del general Tojo condujo a lo de Pearl Harbor. Si Maxim Rudin fuese derribado, podríamos tener a Yfrem Vishnayev en su lugar. Según estos papeles, éste podría llevar a la guerra.

—En tal caso, Maxim Rudin no debe caer —dijo el presidente Matthews.

—Protesto, señor presidente —intervino acaloradamente Poklevski—. ¿Debo entender que los esfuerzos de los Estados Unidos han de encaminarse a salvar el pellejo de Maxim Rudin? ¿Hemos olvidado lo que hizo para encaramarse a la cima del poder en la Unión Soviética, y la gente que ha sido liquidada bajo su régimen?

—Lo siento, Stan —dijo el presidente Matthews, rotundamente—. El mes pasado autoricé una negativa de los Estados Unidos a suministrar a la Unión Soviética los cereales que ésta necesita para evitar el hambre. Al menos, hasta que supiese las perspectivas que podrían derivarse de esta penuria. Ahora que creo que sabemos lo que entrañan estas perspectivas, no puedo continuar esta política de rechazo.

»Caballeros, esta noche redactaré una carta personal al presidente Rudin, proponiéndole que David Lawrence y Dmitri Rykov se entrevisten en un país neutral para discutir el tema del tratado de limitación de armas SALT 4 *y cualquier otro asunto de interés.*

Cuando Andrew Drake volvió al «Cavo d'Oro», después de su segundo encuentro con el capitán Thanos, le estaba esperando un mensaje. Era de Azamat Krim, el cual le decía que Kaminsky acababa de llegar al hotel que habían convenido.

Una hora más tarde, Drake estaba con ellos. La camioneta había llegado sin novedad. Durante la noche, las armas y las municiones fueron trasladadas a la habitación de Drake en el

«Cavo d'Oro» por Kaminsky y Krim, en visitas separadas. Cuando todo estuvo bien guardado, Drake, llevó a cenar a los otros dos. A la mañana siguiente, Krim regresó en avión a Londres, donde se alojó en el apartamento de Drake, en espera de que éste le llamase por teléfono. Kaminsky se quedó en una pequeña pensión de un callejón del Pireo. No era cómoda, pero en ella pasaría inadvertido.

Mientras ellos cenaban, el secretario de Estado de los Estados Unidos celebraba una conferencia privada con el embajador de Irlanda en Washington.

—Si queremos que mi entrevista con el ministro de Asuntos Exteriores Rykov tenga éxito —dijo David Lawrence—, debemos envolverla en la mayor reserva. La discreción debe ser total. Reykiavik, en Islandia, es demasiado ostensible; nuestra base de Keflavik, allí, es como un territorio de los Estados Unidos. La reunión debe celebrarse en territorio neutral. Ginebra está llena de ojos curiosos, y lo propio cabe decir de Estocolmo y de Viena. Helsinki, como Islandia, sería demasiado evidente. Irlanda está a medio camino entre Moscú y Washington, y ustedes aún practican el culto de la reserva.

Aquella noche circularon mensajes cifrados entre Washington y Dublín. Al cabo de veinticuatro horas, el Gobierno de Dublín había accedido a que su país fuese sede de la conferencia, y propuesto planes de vuelo para ambas partes. A las pocas horas, la carta personal confidencial del presidente Matthews al presidente Maxim Rudin fue enviada al embajador Donaldson, en Moscú.

Andrew Drake, en su tercer intento, consiguió hablar a solas con el capitán Nikos Thanos. Por aquel entonces, el viejo griego estaba ya seguro de que el joven inglés quería algo de él, pero no dio ninguna muestra de curiosidad. Como de costumbre, Drake pagó el café y el *ouzo*.

—Capitán —dijo Drake—, tengo un problema y pienso que usted puede ayudarme.

Thanos arqueó una ceja y miró fijamente su café.

—A finales de este mes, el *Sanadria* zarpará del Pireo rumbo a Estambul y el mar Negro. Tengo entendido que recalará en Odessa.

Thanos asintió con la cabeza.

—Zarparemos el día treinta —asintió— y, sí, descargaremos unas mercancías en Odessa.

—Quiero ir a Odessa —dijo Drake—. Tengo que ir allí.

—Usted es inglés —dijo Thanos—. Se organizan viajes de turismo a Odessa. Puede ir en avión. También hay líneas marítimas soviéticas que van a Odessa; puede tomar un barco.

Drake movió la cabeza.

—No es tan fácil —replicó—. No obtendría el visado para Odessa, capitán Thanos. Mi petición sería estudiada en Moscú, y me negarían la entrada.

—¿Y por qué quiere usted ir? —preguntó Thanos, con recelo.

—Tengo una chica en Odessa —respondió Drake—. Es mi prometida. Quiero sacarla de allí.

El capitán Thanos sacudió rotundamente la cabeza. El y sus antepasados de Quío habían hecho contrabando en el Mediterráneo Oriental desde que Homero aprendía a hablar, y sabía que se desarrollaba un activo comercio clandestino en Odessa y que los propios miembros de su tripulación se ganaban un buen sobresueldo introduciendo ciertos artículos de lujo, como medias de nilón, perfumes y chaquetas de cuero, en el mercado negro del puerto ucraniano. Pero pasar gente de contrabando era algo muy distinto, y no quería comprometerse en esto.

—Creo que no me ha entendido —explicó Drake—. No se trata de sacarla a ella en el *Sanadria*. Deje que se lo explique.

Sacó una fotografía en la que estaban él y una muchacha extraordinariamente hermosa, sentados en la balaustrada de la Escalera Potemkin, que enlaza la ciudad con el puerto. Esto despertó inmediatamente el interés de Thanos, pues la chica era digna de contemplarse.

—Me gradué en estudios rusos en la Universidad de Bradford —dijo Drake—. El año pasado hubo un intercambio de estudiantes por un período de seis meses, y yo los pasé en la Universidad de Odessa. Allí conocí a Larissa. Nos enamoramos. Resolvimos casarnos.

Como la mayoría de los griegos, Nikos Thanos se enorgullecía de su temperamento romántico. Drake hablaba su propia lengua.

—¿Por qué no lo hicieron?

—Las autoridades soviéticas no nos dejaron —dijo Drake—. Naturalmente, yo quería llevarme a Larissa a Inglaterra, casarme con ella y montar allí nuesto hogar. Ella pidió el permiso de salida, y se lo negaron. Yo insistí una y otra vez en nombre de ella, desde Londres. Todo inútil. Entonces, en el pasado mes de julio, hice lo que usted acaba de indicarme: me inscribí en un viaje colectivo a Ucrania, pasando por Kiev, Ternopol y Lvov.

Abrió su pasaporte y mostró a Thanos los sellos con la fecha de llegada al aeropuerto de Kiev.

—Ella fue a Kiev a reunirse conmigo. Nos amamos. Me ha escrito diciéndome que vamos a tener un hijo. Por consiguiente, tengo que casarme con ella, ahora más que nunca.

El capitán Thanos conocía también esta regla. Su sociedad la aplicaba desde el principio de los tiempos. Volvió a mirar la fotografía. El no podía saber que aquella chica era una londinense que había posado en un estudio no lejos de la estación de King's Cross, ni que el fondo de la Escalera Potemkin era un detalle ampliado de un cartel turístico obtenido en las oficinas de Inturist en Londres.

—Entonces, ¿va usted a sacarla de allí? —preguntó.

—El mes próximo —contestó Drake—, un buque de pasajeros soviético, el *Litva,* zarpará de Odessa con un numeroso grupo del movimiento juvenil soviético, el Komsomol, para un viaje de instrucción por el Mediterráneo.

Thanos hizo una señal de asentimiento. Conocía bien el *Litva.*

—Dado que yo armé mucho jaleo con el asunto de Larissa, las autoridades no me dejarían entrar. Normalmente, Larissa tampoco habría recibido autorización para hacer ese viaje. Pero hay un funcionario, en la delegación local del Ministerio del Interior, aficionado a vivir mejor de lo que su sueldo le permite. El cuidará de que Larissa pueda participar en el crucero, con todos sus documentos en orden, y cuando el barco atraque en Venecia, yo la estaré esperando. Pero el funcionario exige diez mil dólares americanos. Yo los tengo, pero he de dárselos a ella.

Todo esto pareció perfectamente lógico al capitán Thanos. Conocía el grado de corrupción burocrática, endémica en la costa meridional de Ucrania, Crimea y Georgia, con comunismo o sin él. Era algo completamente normal que un funcionario «amañase» unos cuantos documentos a cambio de una cantidad de divisas occidentales suficiente para mejorar su nivel de vida.

Una hora más tarde, quedó cerrado el trato. Por cinco mil dólares, Thanos tomaría a Drake como marinero temporal para aquel viaje.

—Zarparemos el treinta —dijo—, y llegaremos a Odessa el nueve o el diez. Esté en el muelle donde está atracado el *Sanadria*, a las seis de la tarde del día treinta. Espere a que se haya marchado el empleado de la agencia, y suba a bordo antes de que lo hagan los de inmigración.

Cuatro horas después, en el piso de Drake en Londres, Azamat Krim recibió la llamada desde el Pireo que le dio la fecha que necesitaban saber Mishkin y Lazareff.

El día 20 recibió el presidente Matthews la respuesta de Maxim Rudin. Era una carta personal, como la enviada por él al jefe soviético. En ella, Rudin accedía a la reunión secreta entre David Lawrence y Dmitri Rykov, a celebrar en Irlanda el día 24.

El presidente Matthews empujó la carta sobre la mesa, para que la viese Lawrence.

—No pierde tiempo —observó.

—No puede hacerlo —replicó el secretario de Estado—. Todo está siendo preparado. Tengo a dos hombres en Dublín, comprobando las disposiciones oportunas. Nuestro embajador en Dublín se reunirá mañana con el embajador soviético, como resultado de esta carta, y entre los dos ultimarán los detalles.

—Bueno, David, ya sabe lo que tiene que hacer —dijo el presidente norteamericano.

El problema de Azamat Krim era la manera de enviar una carta o una postal a Mishkin, desde el interior de la Unión Soviética, escrita en ruso y con sellos rusos, sin tener que esperar a que el consulado soviético en Londres le otorgase el indispensable visado, lo cual podía requerir cuatro semanas. Con ayuda de Drake, lo había resuelto con relativa sencillez.

Antes de 1980, el principal aeropuerto de Moscú, Sheremetyevo, era pequeño, sucio y destartalado. Pero, a raíz de la Olimpíada, el Gobierno soviético había encargado la construcción de un gran aeropuerto terminal, y Drake había hecho algunas averiguaciones sobre él.

Las condiciones del nuevo terminal —donde se centraban todos los vuelos a larga distancia de Moscú— eran excelentes. En todo el aeropuerto abundaban las placas laudatorias de los logros de la tecnología soviética; en cambio, brillaba por su ausencia toda mención de que Moscú había tenido que encargar la construcción a Alemania Occidental, porque ninguna empresa constructora soviética habría podido alcanzar aquel nivel de perfección, ni terminar la obra en el plazo señalado. Los alemanes occidentales habían sido espléndidamente pagados en divisas fuertes, pero su contrato contenía rigurosas cláusulas penales para el caso de que las obras no estuviesen terminadas antes de empezar la Olimpíada de 1980. Por esta razón, los alemanes habían empleado sólo dos ingredientes rusos: la arena y el agua. Todo lo demás había sido transportado desde Alemania Federal, para mayor seguridad de entrega dentro del plazo.

En el gran salón de tránsito y en los salones de partida habían instalado buzones para los que hubiesen olvidado enviar la última postal desde Moscú, antes de marcharse. La KGB inspecciona todas las cartas, postales, telegramas o llamadas teléfonicas, entre la Unión Soviética y el extranjero. Es una ímproba tarea, que se realiza a pesar de todo. Pero los nuevos salones de partida de Sheremetyevo se utilizaban tanto para los vuelos internacionales como para los vuelos a larga distancia dentro de la Unión Soviética.

Por consiguiente, la postal de Krim había sido adquirida en las oficinas de «Aeroflot» en Londres. Los sellos soviéticos modernos, suficientes para franquear una postal con destino al interior, habían sido comprados en el emporio londinense del sello: Stanley Gibbons. En la postal, que mostraba una foto del reactor supersónico para pasajeros «Tupolev 144», se habían escrito estas frases en ruso: «A punto de salir con el grupo del partido de nuestra fábrica para la excursión a Jabarovsk. Muy entusiasmado. Casi me olvidé de escribirte. Muchas felicidades por tu cumpleaños el día diez. Tu primo: Iván.»

Como Jabarovsk está en el extremo oriental de Siberia, junto al mar del Japón, un grupo que saliese por «Aeroflot» con destino a aquella ciudad lo haría desde la misma terminal de los vuelos que saliesen para el Japón. La carta iba dirigida a David Mishkin, en su domicilio de Lvov.

Azamat Krim tomó el avión de «Aeroflot», de Londres a Moscú, donde transbordó a otro avión de «Aeroflot» que hacía el vuelo de Moscú al aeropuerto de Narita, en Tokio. Llevaba billete de ida y vuelta. Y tuvo que esperar dos horas en el salón de tránsito del aeropuerto de Moscú. Allí echó la postal al buzón y siguió viaje hasta Tokio. Allí tomó un avión de «Japan Air Lines» y regresó a Londres.

La postal fue examinada por el agente de la KGB en el aeropuerto de Moscú; éste presumió que era enviada por un ruso a un primo de Ucrania, ambos residentes y trabajando en el interior de la URSS, y le dio curso. La postal llegó a Lvov tres días más tarde.

Mientras el tártaro de Crimea, cansado y harto de aviones, volaba de regreso del Japón, un pequeño reactor de «Braethens-Safe», línea aérea interior noruega, redujo su velocidad sobre la población pesquera de Alesund y empezó a descender en dirección al aeropuerto municipal situado en la llana isla del otro lado de la bahía. A través de una de las ventanillas, Thor Larsen miró hacia abajo y sintió el pequeño escalofrío de emoción que experimentaba siempre que volvía a la pequeña comunidad donde se había criado y que siempre consideraría como su hogar.

Thor había venido al mundo en 1935, en una casa de pescadores del viejo barrio de Buholmen, derruido hacía tiempo para dejar sitio a la nueva carretera general. Antes de la guerra, Bulholmen había sido el barrio de los pescadores, un amasijo de casas de madera pintadas de gris, azul y ocre. La casa de su padre, como las demás que formaban hilera con ella, tenía un patio por el que se bajaba desde la escalera trasera de la casa hasta la ensenada. Aquí estaban los desvencijados embarcaderos de madera donde los pescadores independientes, como su padre, amarraban sus pequeñas embarcaciones al volver del mar a casa; aquí había percibido los olores de su infancia, olores de pintura, de brea, de resina, de sal y de pescado.

Cuando era pequeño, solía sentarse en el embarcadero de su padre, observando los grandes barcos que se dirigían lentamente a atracar en Storneskaia, y había soñado con los lugares que habrían visitado allá a lo lejos, al otro lado del océano. A los siete años sabía llevar su propia barquichuela a varios cientos de metros de la orilla de Buholmen, hasta el sitio donde el viejo monte Sula proyectaba su sombra sobre las brillantes aguas del fiordo.

—Será un marino —decía su padre, observándole con satisfacción desde el embarcadero—. No un pescador, sujeto a estas aguas, sino un marino.

Tenía cinco años cuando llegaron a Alesund los alemanes, hombres corpulentos y vestidos de gris, que pisaban fuerte con sus pesadas botas. Pero hasta que tuvo siete no vio la guerra. Era verano, y su padre había dejado que saliese a pescar con él durante sus vacaciones del colegio de Norvoy. Con el resto de la flota pesquera de Alesund, la barca de su padre estaba en alta mar, bajo la vigilancia de una lancha alemana. Durante la noche se despertó, porque oyó movimiento de hombres. A lo lejos, hacia Occidente, parpadeaban unas luces; eran las de los mástiles de la flota de las Orcadas.

Había un pequeño bote de remos balanceándose junto a la barca de su padre, y los tripulantes de ésta le pasaban cajas de anchoas. Ante los asombrados ojos del muchacho, un joven pálido y exhausto salió de debajo de las cajas y, con ayuda de los otros, saltó al bote de remos. A los pocos minutos se perdió en la oscuridad, para reunirse con los hombres de las Orcadas. Otro operador de radio de la resistencia se dirigía a Inglaterra para ser instruido. Su padre le hizo prometer que nunca mencionaría lo que había visto. Una semana más tarde hubo en Alesund un fuerte tiroteo por la noche, y su madre le dijo que debía rezar más que de costumbre, porque el director del colegio había muerto.

Tenía poco más de diez años, y crecía tan de prisa, que su madre no daba abasto en hacerle ropa a la medida, cuando le tomó también gran afición a la radio, y, en dos años, se construyó un aparato transmisor y receptor. Su padre contempló, maravillado, el aparato; era algo que escapaba a su comprensión. Thor tenía dieciséis años cuando, el día después de Navidad de 1951, captó un SOS de un barco en peligro en mitad del Atlántico. Era el *Flying Enterprise*. Su cargamento se había deslizado y el barco escoraba fuertemente en un mar alborotado.

Durante dieciséis días, el mundo y este noruego adolescente estuvieron pendientes de las noticias, mientras el capitán americano de origen danés, Kurt Carlsen, se negaba a abandonar el barco que se hundía, guiándole trabajosamente hacia el Este, en medio del temporal, en dirección al sur de Inglaterra. Sentado en el desván de su casa, horas y horas, con los auriculares pegados a los oídos, contemplando a través del ventanuco el océano enfurecido más allá de la entrada del fiordo, Thor Larsen esperaba ardientemente que el viejo carguero pudiese llegar a puerto. Pero el 10 de enero de 1952, el barco se hundió definitivamente, sólo a 57 millas del puerto de Falmouth.

Larsen escuchó el relato, radiado por los remolcadores que escoltaban el barco, del hundimiento de éste y del rescate de su indomable capitán. Entonces se quitó los auriculares y bajó al comedor, donde estaban sus padres.

—Ya he decidido —les dijo— lo que voy a ser. Seré capitán de barco.

Un mes más tarde, ingresó en la Marina Mercante.

El avión aterrizó y se detuvo delante de la pequeña y limpia estación terminal, con su estanque de patos junto al aparcamiento de automóviles. Su esposa Lisa le estaba esperando en el coche; y también su hija Kristina, de dieciséis años, y su hijo Kurt, de catorce. Estos dos charlaron como cotorras durante el breve trayecto a través de la isla hasta el transbordador, y durante la travesía de la ensenada hasta Alesund, y durante todo el camino hasta su casa de estilo campestre, en el apartado suburbio de Bogneset.

Era bueno estar en casa. Iría a pescar con Kurt en el fiordo de Borgund, como había ido su padre con él, cuando era chico; aprovecharían los últimos días de verano y comerían en el pequeño yate o en los verdes y abultados islotes que salpicaban la ensenada. Tenía tres semanas de licencia; después, iría al Japón, y, en febrero, sería capitán del mayor barco que se hubiese visto jamás en el mundo. Había caminado un largo trecho desde su casita de madera de Buholmen, pero Alesund seguía siendo su hogar, y, para este descendiente de los vikingos, no había un sitio en el mundo que pudiese comparársele.

En la noche de 23 de septiembre, un «Grumman Gulfstream» con el distintivo de una conocida corporación comercial despegó de la base de la Air Force en Andrews y puso rumbo al Este, para cruzar el Atlántico en un vuelo de larga distancia y aterrizar en el aeropuerto irlandés de Shannon. En la red de control del tráfico aéreo en Irlanda figuraba como un vuelo charter particular. Cuando aterrizó en Shannon, fue dirigido en la oscuridad hacia el lado del aeropuerto más alejado de la terminal internacional y rodeado por cinco automóviles negros y con cortinas en las ventanillas.

El secretario de Estado, David Lawrence, y sus seis acompañantes, fueron recibidos por el embajador y el jefe de Cancillería de los Estados Unidos, y los cinco coches salieron del recinto del aeropuerto por una puerta lateral. Después, cruzaron los dormidos campos en dirección Nordeste, hacia County Meath.

Aquella misma noche, un reactor «Tupolev 134», de «Aeroflot», repostó en el aeropuerto Schoenefeld, de Berlín Este, y puso rumbo a Occidente, sobre Alemania y los Países Bajos, en dirección a Gran Bretaña e Irlanda. Figuraba registrado como un vuelo especial de «Aeroflot», para una delegación comercial con destino a Dublín. Por consiguiente, los controladores británicos de tráfico aéreo lo pasaron a sus colegas irlandeses, en cuanto el avión dejó atrás la costa de Gales. Los irlandeses dejaron que su red de tráfico aéreo militar se hiciese cargo del aparato, y éste aterrizó dos horas antes del amanecer en la base del «Irish Air Corps» en Baldonnel, en las afueras de Dublín.

Aquí, el «Tupolev» aparcó entre dos hangares, fuera del campo visual de los edificios principales del aeródromo, y fue recibido por el embajador soviético, el subsecretario irlandés de Asuntos Exteriores y seis coches cerrados. El ministro Rykov y sus acompañantes subieron a los coches y, amparados por las cortinillas interiores, salieron de la base aérea.

En County Meath, encumbrado sobre la ribera del río Boyne, en un medio de gran belleza natural y no lejos de la población-mercado de Slane, se levanta Slane Castle, mansión ancestral de la familia Conyngham, condes de Mount Charles. El Gobierno irlandés había pedido reservadamente al joven conde que aceptase una semana de vacaciones en un hotel de lujo del Oeste, en compañía de la bella condesa, y prestase el castillo al Gobierno por unos días. Y él había accedido. El restaurante anexo al castillo había sido cerrado por reparaciones; se había concedido una semana de vacaciones al personal, sustituyéndolo por empleados del Gobierno, y se habían apostado policías irlandeses, vestidos de paisano, alrededor de todo el castillo. Cuando las dos comitivas motorizadas hubieron entrado en la finca, se cerraron las puertas de la verja. Si la población local advirtió algo, fue lo bastante discreta para no decirlo.

Los dos estadistas se reunieron en el comedor privado, de estilo georgiano, y se dispusieron a despachar un sustancioso desayuno delante de la chimenea de mármol, obra de Adam.

—Me alegro de volver a verle, Dmitri —dijo David Lawrence, tendiendo la mano.

Rykov la estrechó calurosamente. Después miró a su alrededor, contemplando los objetos de plata, regalo de Jorge IV, y los retratos de los Conyngham, que pendían de las paredes.

—Así es como viven ustedes, los decadentes burgueses capitalistas —comentó.

Lawrence soltó una carcajada.

—¡Qué más quisiera yo, Dmitri! ¡Qué más quisiera yo!

A las once, los dos hombres, rodeados de sus ayudantes, se sentaron a negociar en la magnífica y redonda biblioteca gótica. Las bromas habían terminado.

—Señor ministro de Asuntos Exteriores —comenzó Lawrence—, parece que nuestros dos países tienen problemas. El nuestro se refiere a la ininterrumpida carrera de armamentos entre las dos naciones, que nada parece ser capaz de detener o, al menos, de aminorar, y que nos preocupa profundamente. El suyo parece ser la próxima cosecha de cereales en la Unión Soviética. Confío en que podamos encontrar la manera de reducir estos mutuos problemas.

—También yo lo espero, señor secretario de Estado —dijo, cautelosamente, Rykov—. ¿Qué ha pensado usted?

Sólo hay un vuelo directo semanal entre Atenas y Estambul, la conexión de «Sabena» de los martes, que sale del aeropuerto de Hellinikon, de Atenas, a las 14, y aterriza en Estambul a las 16,45. El martes 28 de septiembre, Miroslav

Kaminsky tomó aquel avión, con el encargo de conseguir un lote de pieles de cordero y de chaquetas a nombre de Andrew Drake, para su venta en Odessa.

Aquella misma tarde el secretario de Estado, Lawrence, informaba al comité *ad hoc* del Consejo de Seguridad Nacional, en el Salón Oval.

—Señor presidente, caballeros, creo que lo hemos conseguido. Siempre que Maxim Rudin pueda seguir dominando al Politburó y lograr su aprobación.

»El plan es que nosotros y los soviets enviaremos sendos equipos de negociadores a una nueva conferencia de limitación de armas estratégicas. El lugar propuesto para las reuniones es también Irlanda. El Gobierno irlandés ha accedido, dispondrá una sala de conferencias adecuada y cuidará del alojamiento de los delegados, siempre que nosotros y los soviets hagamos constar nuestra conformidad.

»Los equipos de ambas partes se sentarán, frente a frente, a la mesa, para discutir una limitación de armamentos de gran alcance. Esto es lo más importante: conseguí que Dmitri Rykov aceptase que no debían excluirse de la discusión las armas termonucleares, ni las armas estratégicas, ni el espacio interior, ni la inspección internacional, ni las armas nucleares tácticas, ni las armas convencionales y el potencial humano, ni el despliegue de fuerzas a lo largo del telón de acero.

Hubo un murmullo de aprobación y de sorpresa, por parte de los otros siete hombres presentes. Hasta ahora, ninguna conferencia rusoamericana sobre armamentos había abarcado un campo tan amplio. Si los dos bandos mostraban un auténtico deseo de distensión en todas aquellas materias, la cosa podría ser equivalente a un tratado de paz.

—A los ojos del mundo, éstos serán los temas que discutirá la conferencia y sobre los que se emitirán los correspondientes comunicados a la Prensa —continuó el secretario Lawrence—. Pero, aparte la conferencia principal, los técnicos negociarán, en una conferencia secundaria, la venta por los Estados Unidos a la Unión Soviética, a un precio todavía por determinar, pero probablemente más bajo que los del mercado mundial, de hasta cincuenta y cinco millones de toneladas de cereales, tecnología de productos de consumo, computadoras y tecnología de extracción de petróleo.

»En cada fase de las discusiones, los equipos de negociadores, el aparente y el reservado de cada bando, se informarán sobre los progresos alcanzados. Si ellos nos hacen una concesión en materia de armamentos, nosotros se la haremos en el precio de los artículos a vender.

—¿Para cuándo se han proyectado las reuniones? —preguntó Poklevski.

—Eso es lo más sorprendente —respondió Lawrence—. Normalmente, a los rusos les gusta trabajar muy despacio. Ahora parece que tienen prisa. Quieren empezar dentro de dos semanas.

—¡Dios mío! ¡No podemos prepararnos en quince días! —exclamó el secretario de Defensa, cuyo Departamento era uno de los principales afectados.

—Tendremos que hacerlo —intervino el presidente Matthews—. No se nos volverá a presentar una oportunidad como ésta. Además, nuestro equipo SALT está a punto y bien instruido. Lo está desde hace meses. Hay que poner al corriente a los de Agricultura, Comercio y Tecnología, y hacerlo a toda prisa. Tenemos que montar el equipo que cuide del otro aspecto del trato, lo referente a comercio y tecnología. Caballeros, tengan la bondad de ocuparse de esto. Inmediatamente.

Maxim Rudin no empleó precisamente iguales términos al dirigirse al Politburó el día siguiente.

—Han mordido el anzuelo —dijo, desde su sillón de la cabecera de la mesa—. Cuando ellos nos hagan una concesión sobre trigo o tecnología en una de las salas de conferencias, nosotros les haremos la mínima concesión en la otra sala. Tendremos el trigo, camaradas; alimentaremos a nuestro pueblo, alejaremos el hambre, y lo haremos a un precio ínfimo. A fin de cuentas, los americanos no han sido nunca capaces de vencer a los rusos en la mesa de negociaciones.

Hubo un murmullo general de asentimiento.

—¿Qué concesiones? —saltó Vishnayev—. ¿Qué retraso supondrán estas concesiones para la Unión Soviética y para el triunfo del marxismo-leninismo en todo el mundo?

—En cuanto a su primera pregunta —respondió Rykov—, no podemos saberlo hasta que empecemos a negociar. En cuanto a la segunda, la respuesta es: menos de lo que lo retrasaría el hambre.

—Hay que aclarar dos puntos, antes de que decidamos si hemos de conversar o no —dijo Rudin—. Primero: el Politburó será plenamente informado en todas las fases de la conferencia, de modo que, si llega un momento en que el precio sea demasiado alto, este consejo tendrá derecho a dar por terminada la conferencia, y yo aceptaré el plan del camarada Vishnayev sobre la guerra en la primavera próxima. Segundo: ninguna concesión que hagamos para obtener el trigo tiene que durar necesariamente mucho tiempo, después de recibida la mercancía.

Hubo varias sonrisas alrededor de la mesa. Era la política práctica a la que tan acostumbrado estaba el Politburó, según había demostrado al convertir en una farsa el viejo acuerdo de distensión de Helsinki.

—Muy bien —aceptó Vishnayev—, pero creo que deberíamos fijar exactamente los límites a los que deberán ceñirse nuestros equipos negociadores en sus concesiones.

—No tengo ningún inconveniente —admitió Rudin.

Los reunidos siguieron discutiendo la cuestión durante una hora y media. Rudin fue autorizado para seguir adelante, pero por el mismo estrecho margen de siete votos contra seis.

El último día del mes, Andrew Drake estaba de pie a la sombra de una grúa, observando cómo cerraba el *Sanadria* sus escotillas. Muy visibles, sobre la cubierta, había varios «Vacuvators» con destino a Odessa; eran unas poderosas máquinas aspiradoras, parecidas a las que se emplean para la limpieza doméstica, y que servían para aspirar el trigo de la bodega de un buque y pasarlo directamente a un silo. La Unión Soviética debía estar tratando de mejorar su capacidad de descarga, murmuró Drake, aunque ignoraba la razón de ello. Bajo cubierta había máquinas elevadoras de las llamadas toros, consignadas a Estambul, y maquinaria agrícola para Varna, Bulgaria; parte, todo ello, de un cargamento llegado al Pireo procedente de América.

Vio que un empleado de la agencia bajaba del barco, después de un último apretón de manos al capitán Thanos. Este observó el muelle y distinguió la figura de Drake, que trotaba en su dirección, con la mochila sobre el hombro y una maleta en la otra mano.

En el despacho del capitán, Drake entregó su pasaporte y los certificados de vacunación. Firmó el contrato y se convirtió en miembro de la tripulación de cubierta. Mientras estaba abajo, dejando sus cosas, el capitán Thanos inscribió su nombre en el rol, antes de que subiese a bordo el funcionario griego de inmigración. Los dos hombres tomaron una copa, como de costumbre.

—Hay un tripulante más —dijo Thanos, sin darle importancia.

El funcionario de inmigración repasó la lista y los libros del barco, y echó un vistazo al montón de pasaportes que tenía delante. La mayoría de éstos eran griegos; pero había seis que no lo eran. Entre ellos, sobresalía el pasaporte británico de Drake. El hombre de inmigración lo cogió y lo hojeó. Cayó un billete de cincuenta dólares.

—Es un hombre sin trabajo —comentó Thanos—, que trata de llegar a Turquía y seguir hacia el Este. Pensé que ustedes se alegrarían de librarse de él.

Cinco minutos después, los documentos de identidad de los tripulantes volvían a estar en la bandeja de madera, y los documentos del buque habían sido sellados. Ya podían zarpar. Declinaba el día cuando fueron soltadas las amarras y el *Sanadria* se apartó del muelle y puso rumbo al Sur, para virar después hacia el Nordeste, en dirección a los Dardanelos.

Bajo cubierta, los tripulantes se reunieron alrededor de la mesa del rancho. Uno de ellos confiaba en que a nadie se le ocurriría mirar debajo de su colchón, donde había guardado el rifle «Sako Hornet». Su blanco estaba en Moscú, disponiéndose a despachar una excelente cena.

CAPITULO VII

Mientras los altos y secretos personajes trabajaban con febril actividad en Washington y en Moscú, el viejo *Sanadria* seguía impasible su rumbo al Nordeste, en dirección a los Dardanelos y Estambul.

El segundo día, Drake vio deslizarse las áridas y pardas colinas de Gallípoli, y las aguas que separan la Turquía europea de la asiática se ensancharon para formar el mar de Mármara. El capitán Thanos, que conocía aquellas aguas como el huerto de su casa de Quío, manejaba personalmente el timón.

Los cruceros soviéticos se cruzaban con el *Sanadria*, procedentes de Sebastopol y dirigiéndose al Mediterráneo para observar las maniobras de la Sexta Flota de los Estados Unidos. Momentos después de la puesta del sol aparecieron las luces titilantes de Estambul y el puente de Galacia sobre el Bósforo. El *Sanadria* echó anclas para pasar la noche y entró en el puerto de Estambul a la mañana siguiente.

Mientras descargaban los toros, Andrew Drake pidió su pasaporte al capitán Thanos y bajó a tierra. Encontró a Miroslav Kaminsky en el punto convenido del centro de Estambul y se hizo cargo de un gran fardo de pieles de cordero y abrigos y chaquetas de ante. Cuando volvió al barco, el capitán Thanos arqueó una ceja.

—Quiere que su novia no pase frío, ¿eh? —dijo.

Drake movió la cabeza y sonrió.

—Los de la tripulación me dijeron que la mitad de los marineros llevan cosas de éstas a Odessa —repuso—. Pensé que también yo podía hacerlo.

El capitán griego no se sorprendió. Sabía que media docena de sus hombres traerían a bordo un equipaje parecido y venderían después las chaquetas y los pantalones vaqueros de moda, en el mercado negro de Odessa, por cinco veces su precio de compra.

Treinta horas más tarde, el *Sanadria* salió del Bósforo, dejando atrás el Cuerno de Oro, y puso rumbo al Norte, a Bulgaria, donde descargaría los tractores.

Al oeste de Dublín está el condado de Kildare, donde se hallan situados Curragh, centro hípico irlandés, y Calbridge, la soñolienta población-mercado. En las afueras de Calbridge se levanta Castletown House, la más grande y hermosa mansión de estilo paladiano del país. Con la conformidad de los embajadores americano y soviético, el Gobierno irlandés había propuesto Castletown como sede de la conferencia del desarme.

Equipos de pintores, estuquistas, electricistas y jardineros habían trabajado día y noche, durante una semana, para dar los toques finales a los dos salones donde se celebrarían las dos conferencias simultáneas, aunque nadie sabía cuál era el objeto de la segunda.

La fachada del edificio principal tiene una longitud de 45 metros, y de sus esquinas parten sendos pasillos con columnas, que conducen a las dependencias laterales. En una de estas alas se encuentran las cocinas y los apartamentos del servicio, y allí se alojarían las fuerzas de seguridad americanas; el otro bloque alberga las caballerizas y, encima de éstas, varios apartamentos, donde se hospedarían los guardaespaldas rusos.

El cuerpo principal de la mansión serviría de centro de las conferencias y de alojamiento de los diplomáticos subalternos, que ocuparían las numerosas habitaciones para invitados del piso alto. Sólo los dos principales negociadores y sus inmediatos ayudantes volverían cada noche a sus respectivas Embajadas, donde dispondrían de todas las facilidades para comunicarse en clave con Washington y Moscú.

Esta vez no habría más secreto que el tema de la segunda conferencia. Envueltos en la aureola de una publicidad mundial, los dos ministros de Asuntos Exteriores, David Lawrence y Dmitri Rykov, llegaron a Dublín y fueron recibidos por el presidente y el primer ministro irlandés. Después de los acostumbrados apretones de manos y frases de salutación, salieron de

Dublín y se dirigieron a Castletown en dos comitivas gemelas.

El 8 de octubre, al mediodía, ambos estadistas y sus veinte consejeros entraron en la vasta Long Gallery, de más de 40 metros de longitud y decorada con Wedgwood azul, al estilo pompeyano. La mayor parte del centro del salón estaba ocupada por la resplandeciente mesa georgiana, a ambos lados de la cual se sentaron las delegaciones. Al lado de cada ministro de Asuntos Exteriores estaban los expertos en defensa, armamentos, tecnología nuclear, espacio interior y fuerzas blindadas.

Los dos estadistas sabían que sólo estaban allí, oficialmente, para inaugurar la conferencia. Después de esto y de aprobar el orden del día, ambos volverían a su país respectivo y dejarían las conversaciones en manos de los jefes de delegación, el profesor Iván I. Sokolov, por parte de los soviets y el ex subsecretario de Defensa, Edwin J. Campbell, por la de los norteamericanos.

Las demás habitaciones de aquella planta estaban destinadas a los taquígrafos, mecanógrafos y personal auxiliar.

Debajo de este piso, en la planta baja, los componentes de la segunda conferencia ocuparon discretamente sus sitios en el gran comedor de Castletown, que tenía corridas las cortinas para amortiguar la luz del sol otoñal que caía sobre el lado sudoriental de la mansión. Eran principalmente tecnólogos, expertos en cereales, petróleo, computadoras e instalaciones industriales.

En el piso de arriba, Dmitri Rykov y David Lawrence pronunciaron sendos y breves discursos de bienvenida a la delegación opuesta y expresaron el deseo y la esperanza de que la conferencia lograse mitigar los problemas de un mundo preocupado y atemorizado. Luego interrumpieron la sesión para almorzar.

Después del almuerzo, el profesor Sokolov sostuvo una conversación privada con Rykov, antes de que éste partiese para Moscú.

—Ya conoce nuestra posición, camarada profesor —dijo Rykov—. Francamente, no es muy buena. Los americanos tratarán de conseguir el máximo. La misión de usted es defender palmo a palmo nuestro terreno, a fin de que nuestras concesiones sean mínimas. Pero debemos tener el trigo. En todo caso, cualquier concesión en materia de armamento y de despliegue de fuerzas en el Este de Europa debe ser consultada a Moscú. Y es que el

Politburó insiste en intervenir en la aprobación o rechazo de tales concesiones en las materias más delicadas.

Omitió decir que las materias más delicadas era las que podían impedir un futuro ataque soviético contra el Oeste de Europa, y tampoco dijo que la carrera política de Maxim Rudin pendía de un hilo.

En otro salón, en el lado opuesto de Castletown —estancia que, como la de Rykov, había sido escudriñada por los expertos en electrónica, en busca de posibles «micrófonos ocultos»— David Lawrence conversaba con Edwin Campbell.

—Queda todo en sus manos, Ed. Esto no será como Ginebra. Los problemas soviéticos no permitirán eternas dilaciones, aplazamientos y consultas a Moscú durante interminables semanas. Calculo que tienen que llegar a un acuerdo con nosotros en seis meses como máximo. O eso, o se quedarán sin trigo.

»Por otra parte, Sokolov no retrocederá un centímetro sin lucha. Sabemos que cada concesión sobre armamentos tendrá que ser consultada a Moscú; pero Moscú tendrá que resolver de prisa, para no agotar el tiempo.

»Otra cosa. Sabemos que Maxim Rudin no puede ir demasiado lejos. Si lo hiciese podrían derribarle. Pero también podrían hacerlo, si no consiguiese el trigo. La cuestión será encontrar el punto de equilibrio: conseguir las máximas concesiones, sin provocar una revuelta en el Politburó.

Campbell se quitó las gafas y se pellizcó la nariz. Había pasado cuatro años viajando de Washington a Ginebra, en las hasta entonces fracasadas conversaciones SALT, y no desconocía las dificultades de negociar con los rusos.

—Bueno, David, eso suena muy bien. Pero ya sabe que ellos nunca revelan nada de su situación interna. Sería muy importante saber hasta qué punto podemos apretar y dónde está la línea de *stop*.

David Lawrence abrió su cartera de mano y sacó un fajo de papeles. Los alargó a Campbell.

—¿Qué son? —preguntó Campbell.

Lawrence eligió cuidadosamente sus palabras.

—Hace once días, en Moscú, el Politburó en pleno autorizó a Rudin y a Dmitri Rykov a iniciar estas conversaciones. Por sólo siete votos contra seis. Hay una facción disidente en el seno del

Politburó que desea hacer fracasar las conversaciones y derribar a Rudin. Después de tomado el acuerdo, el Politburó trazó los límites exactos de lo que el profesor Sokolov podía o no podía conceder y de lo que el propio Politburó autorizaría o no autorizaría a otorgar. Si se traspasaran estos límites, Rudin podría ser derribado. Y, si esto sucediese, nos enfrentaríamos con problemas graves, gravísimos.

—¿Qué son estos papeles? —preguntó Campbell, levantando el fajo.

—Llegaron anoche de Londres —respondió Lawrence—. Son la transcripción literal de la reunión del Politburó.

Campbell miró asombrado los papeles.

—¡Jesús! —exclamó—. Podemos dictar las condiciones.

—No exactamente —le corrigió Lawrence—. Podemos pedir el máximo de lo que puede dar la facción moderada del Politburó. Si nos empeñásemos en conseguir más, podríamos perderlo todo.

La visita de la primer ministro británica y de su secretario de Asuntos Exteriores a Washington, dos días más tarde, fue descrita por la Prensa como privada. Ostensiblemente, la Primer Ministro debía pronunciar un discurso en una importante reunión de la Unión de habla inglesa, y aprovecharía la oportunidad para hacer una visita de cortesía al presidente de los Estados Unidos.

Pero el verdadero objeto de ésta era una reunión en el Salón Oval, donde el presidente Bill Matthews, acompañado de su consejero especial de Seguridad, Stanislaw Poklevski, y de su secretario de Estado, David Lawrence, dio a sus visitantes británicos una completa explicación del esperanzador comienzo de la conferencia de Castletown. El orden del día —dijo el presidente Matthews— había sido acordado con desacostumbrada presteza. Al menos tres temas importantes de discusión habían sido establecidos por los dos equipos, sin que casi se advirtiesen las acostumbradas objeciones soviéticas en todas las cuestiones de detalle.

El presidente Matthews expresó su esperanza de que, después de tantos años de fracasos, pudiese surgir de Castletown una limitación sustancial de los niveles de armamentos y de los despliegues de tropas a lo largo del telón de acero, desde el Báltico hasta el Egeo.

La cuestión espinosa surgió al final de la reunión entre los dos jefes de Gobierno.

—Señora, consideramos vital que la información interior que poseemos, y sin la cual podría fracasar la conferencia, siga llegando hasta nosotros en lo sucesivo.

—¿Se refiere a *el Ruiseñor*? —inquirió vivamente la primer ministro inglesa.

—Sí, señora —respondió Matthews—. Consideramos indispensable que *el Ruiseñor* siga operando.

—Comprendo su punto de vista, señor presidente —respondió pausadamente ella—. Pero creo que el riesgo de esta operación es muy grande. Yo no le digo a sir Nigel Irvine lo que tiene y lo que no tiene que hacer en la dirección de su Servicio. Respeto demasiado su buen criterio. Pero haré lo que pueda.

Sólo cuando hubo terminado la ceremonia tradicional de acompañar a los visitantes británicos a sus automóviles y sonreír para las cámaras, ante la entrada principal de la Casa Blanca, Stanislav Poklevski pudo dar rienda suelta a sus sentimientos.

—Ningún riesgo que pueda correr un agente ruso tiene importancia, en comparación con el éxito o el fracaso de las conversaciones de Castletown —dijo.

—De acuerdo —admitió Bill Matthews—, pero, según me ha dicho Bob Benson, el mayor riesgo está en que se descubra a *el Ruiseñor* en este momento. Si esto ocurriese, y ellos le pillasen, el Politburó no tardaría en saber todo lo que nos ha dicho. En tal caso, darían cerrojazo a Castletown. Cierto que habrá que hacer enmudecer a *el Ruiseñor*, o sacarle de allí; pero no antes de que se haya redactado y firmado un tratado. Y eso puede tardar seis meses.

Aquella misma tarde, mientras el sol brillaba aún en Washington y se ponía sobre el puerto de Odessa, el *Sanadria* ancló en la bahía. Cuando cesó el ruido del cable del ancla, se hizo en el carguero un silencio, sólo interrumpido por el grave zumbido de los generadores en el cuarto de máquinas y por el silbido del vapor que escapaba sobre la cubierta. Andrew Drake se apoyó en la barandilla y contempló cómo se encendían las luces del puerto y de la ciudad.

Al oeste del barco, en el extremo norte del puerto, hallábanse el muelle del petróleo y la refinería, cercados por una verja de hierro. En el Sur, el puerto estaba limitado por el brazo protector del gran malecón. A diez millas de éste, el río Dniéster desembocaba en el mar a través de las marismas donde, cinco meses antes, había robado el bote Miroslav Kaminsky y emprendido su desesperada fuga en busca de la libertad. Ahora, gracias a él, Andrew Drake (Andriy Drach) había llegado al país de sus antepasados. Pero esta vez llegaba armado.

Aquella noche, el capitán Thanos fue informado de que podría entrar y atracar en el puerto a la mañana siguiente. Los funcionarios de la Aduana y de la Sanidad del puerto visitaron el *Sanadria,* pero pasaron la hora que estuvieron a bordo encerrados con el capitán Thanos en el camarote de éste, sorbiendo el fuerte whisky escocés reservado para tales ocasiones. Al ver alejarse la lancha del costado del buque, Drake se preguntó si Thanos le habría traicionado. La cosa parecía bastante fácil; Drake sería detenido en tierra, y Thanos se largaría con sus cinco mil dólares.

Todo dependía —pensó— de que Thanos hubiese creído su historia de que llevaba el dinero para su novia. Si era así, no tenía motivo para traicionarle, pues la falta era bastante leve; sus marineros introducían artículos de contrabando en Odessa, en todos sus viajes, y los dólares en billetes no eran más que una forma de contrabando. Y si el rifle y las pistolas hubiesen sido descubiertos, lo más fácil habría sido arrojarlos al mar y echar a Drake del barco al llegar al Pireo. Sin embargo, no pudo comer ni dormir aquella noche.

Momentos después de amanecer, el práctico subió a bordo. El *Sanadria* levó anclas y, con ayuda de un remolcador, pasó despacio entre los rompeolas y llegó a su amarradero. Drake se había enterado de que la maniobra de amarre se demoraba con frecuencia en este puerto de mar, el más congestionado de la Unión Soviética. Por lo visto, necesitaban los «Vacuvators» con urgencia. ¡No sabía él con cuánta urgencia! En fin, cuando las grúas de tierra hubiesen empezado a descargar el barco, los tripulantes libres de servicio podrían bajar a tierra.

Durante el viaje, Drake se había hecho amigo del carpintero del *Sanadria*, marinero griego de edad madura que había visitado Liverpool y se empeñaba en usar las veinte palabras que sabía de inglés. Las había repetido continuamente, con gran satisfacción, siempre que se había tropezado con Drake durante el viaje, y cada vez había asentido éste con gran entusiasmo. Por su parte, Drake había explicado a Constantino, en inglés y con señas, que tenía una novia en Odessa, a la que llevaba unos regalos. Constantino lo había aprobado. Con una docena de otros tripulantes, bajaron por la pasarela y se encaminaron a la verja del muelle.

Drake llevaba una de sus mejores chaquetas de ante, aunque hacía bastante calor. Constantino llevaba una bolsa colgada del hombro, con varias botellas de whisky escocés de buena calidad.

Toda la zona portuaria de Odessa está aislada de la ciudad y de sus habitantes por una alta valla metálica, coronada de alambre espinoso y de arcos voltaicos. La puerta principal de la verja suele permanecer abierta durante el día, siendo sólo cerrado el paso por un poste de balancín, pintado a rayas blancas y rojas. Es el lugar por donde deben pasar los camiones y otros vehículos de carga, y está custodiado por un funcionario de la Aduana y dos guardias armados.

Junto a la barrera hay un largo y estrecho recinto cubierto, con una puerta que da a la zona portuaria y otra que se abre al exterior. El grupo del *Sanadria*, precedido por Constantino, cruzó la primera puerta. Había allí un largo mostrador, al cuidado de un aduanero, y un control de pasaportes, donde se hallaban un funcionario de inmigración y un guardia. Los tres parecían algo harapientos y extraordinariamente aburridos. Constantino se acercó al aduanero y puso su bolsa sobre el mostrador. El hombre la abrió y sacó una botella de whisky. Constantino le indicó con un ademán que era un obsequio. El aduanero asintió con la cabeza, amistosamente, y metió la botella debajo de su mesa.

Constantino echó un brazo moreno sobre los hombros de Drake y se señaló con la otra mano.

—*Droog* —dijo, alegremente.

El aduanero volvió a asentir con la cabeza, dando a entender que comprendía que el recién llegado era amigo del carpintero griego y debía ser tratado como tal. Drake sonrió ampliamente. Se echó hacia atrás y contempló al aduanero, como miraría un sastre a un cliente. Después, avanzó, se quitó la chaqueta de ante y la extendió, indicando que él y el aduanero eran aproximadamente de la misma talla. El funcionario no perdió tiempo en probársela; era una hermosa chaqueta, que costaba al menos el equivalente de un mes de salario. Sonrió, agradeciendo el regalo; puso la chaqueta debajo de la mesa e hizo ademán de que pasase todo el grupo.

El hombre de inmigración y el guardia no se mostraron sorprendidos. La segunda botella de whisky era para ellos. Los tripulantes del *Sanadria* entregaron sus documentos de identidad, y Drake mostró su pasaporte al funcionario, y recibieron a cambio un pase cada uno para salir del puerto. A los pocos minutos, el grupo del *Sanadria* salió del cobertizo a plena luz del sol.

El lugar de cita de Drake era un pequeño café del barrio portuario de viejos callejones empedrados, no lejos del monumento a Pushkin, en la cuesta que conduce del puerto a la ciudad propiamente dicha. Se separó de sus compañeros, alegando que tenía que encontrarse con su mítica novia. Constantino no se opuso; tenía que buscar a sus amigos de los bajos fondos, para concertar la entrega de su bolsa llena de pantalones vaqueros. Drake encontró el café después de media hora de rondar por el barrio.

Fue Lew Mishkin quien acudió, justo después del mediodía. Prudente y cauteloso, se sentó solo, sin hacer la menor señal de reconocimiento. Cuando hubo terminado su café, se levantó y salió del establecimiento. Drake le siguió. Sólo cuando llegaron ambos al paseo marítimo del bulevar Primorsky, dejó que Drake se le acercase. Hablaron mientras caminaban.

Drake convino en que aquella noche daría el primer paso, introduciendo las pistolas y el intensificador de imagen; llevaría las primeras metidas debajo de su cinturón, y el último, en su saco, junto con las dos botellas de whisky. Habría muchos tripulantes de barcos occidentales que cruzarían la barrera para pasar la velada en los bares del sector portuario. Llevaría otra chaqueta de ante, para disimular el bulto de las armas, y el fresco del aire nocturno justificaría que la llevase abrochada. Mishkin y su amigo, David Lazareff, esperarían a Drake amparados en la oscuridad, junto al monumento a Pushkin, y se harían cargo de la mercancía.

Poco después de las ocho, Drake pasó con su primer cargamento. Saludó alegremente al aduanero, el cual correspondió a su saludo e hizo una seña a sus colegas del control de pasaportes. El hombre de inmigración le entregó el pase a cambio del pasaporte y, con un movimiento de cabeza, señaló la puerta abierta. Drake la cruzó y se encontró de nuevo en la ciudad de Odessa. Estaba a punto de llegar al pie del monumento a Pushkin, cuya cabeza se recortaba sobre el cielo estrellado, cuando se le acercaron dos figuras, saliendo de la oscuridad, entre los plátanos que llenan los espacios abiertos de Odessa.

—¿Algún problema? —preguntó Lazareff.

—Ninguno —respondió Drake.

—Pásanos la mercancía —dijo Mishkin.

Ambos llevaban sendas carteras de mano, cosa que parece muy corriente en la Unión Soviética. Estas carteras, lejos de contener documentos, son la versión masculina de unos bolsos que llevan las mujeres y son llamados «por si acaso». Este nombre se debe a que siempre existe la esperanza de encontrar algún artículo de consumo que pueda adquirirse antes de que lo vendan a otro o de que se forme una cola. Mishkin tomó el intensificador de imagen y lo metió en su cartera, que era más grande que la de su compañero; Lazareff tomó las dos pistolas, los cargadores suplementarios y la caja de proyectiles de rifle, y los guardó en la suya.

—Zarparemos mañana al anochecer —dijo Drake—. Tendré que traer el rifle por la mañana.

—¡Hum! —exclamó Mishkin—. La luz del día no nos va bien. Tú conoces mejor que yo la zona del puerto, David. ¿Dónde se hará la entrega?

Lazareff reflexionó un momento.

—Hay un callejón —respondió— entre dos talleres de reparación de grúas.

Describió los dos talleres de paredes pardas, no lejos de los muelles.

—El callejón es corto y estrecho. Uno de sus extremos mira al mar, y el otro, a una pared lisa. Entra por el extremo del mar a las once en punto. Yo entraré por el extremo contrario. Si hay alguien más en el callejón, sigue adelante, da la vuelta a la manzana y prueba otra vez. Si el callejón está vacío, tomaremos el paquete.

—¿Cómo lo llevarás? —preguntó Mishkin.

—En un saco de marinero, de unos cuatro palmos de largo —contestó Drake—, y envuelto en chaquetas de ante.

—Larguémonos —intervino Lazareff—. Alguien viene.

Cuando Drake volvió al *Sanadria*, había otros hombres en la aduana, y le registraron. No llevaba nada. A la mañana siguiente pidió al capitán Thanos que le dejase bajar una vez más a tierra, con el pretexto de que quería pasar el mayor tiempo posible con su prometida. Thanos le excusó de su trabajo en cubierta y le autorizó a bajar. Drake pasó un mal rato en la aduana, cuando le dijeron que mostrase lo que llevaba en los bolsillos. Obedeció, dejando el saco en el suelo y sacando un fajo de cuatro billetes de diez dólares. El aduanero, que parecía estar de mal humor, le amonestó con un dedo y le confiscó los dólares. No miró el saco. Por lo visto, las chaquetas de ante eran un contrabando respetable; no así los dólares.

No había nadie en el callejón, salvo Mishkin y Lazareff, que avanzaban en dirección contraria a Drake. Mishkin miró más allá de Drake, hacia el extremo del callejón; cuando iban a cruzarse, dijo:

—¡Venga!

Y Drake cargó el saco sobre el hombro de Lazareff.

—Suerte —deseó, echando a andar—. Nos veremos en Israel.

Sir Nigel Irvine era miembro de tres clubs en el sector oeste de Londres, pero escogió «Brook's» para cenar con Barry Ferndale y Adam Munro. Siguiendo la costumbre, dejaron los asuntos serios para después de la cena, cuando, abandonando el comedor, se retiraron al salón, donde se servía el café, el oporto y los cigarros.

Sir Nigel había pedido al jefe de los camareros que le reservase su rincón predilecto cerca de la ventana que daba a St. James Street, y, cuando llegaron, cuatro mullidos sillones de cuero les estaban esperando. Munro pidió coñac y agua; Ferndale y sir Nigel prefirieron una jarra de oporto del club, que fue dejada sobre la mesita. Reinó el silencio mientras encendían los cigarros y sorbían el café. Desde las paredes, les miraban los *Diletantes*, grupos de hombres de mundo del siglo XVIII.

—Bueno, mi querido Adam, ¿cuál es el problema? —preguntó, al fin, sir Nigel.

Munro miró a la mesa más próxima, donde estaban conversando dos altos funcionarios civiles. Si aguzaban el oído, podían escuchar lo que dijesen ellos. Sir Nigel advirtió su mirada.

—Si no gritamos —dijo, tranquilamente—, nadie nos oirá. Los caballeros no escuchan las conversaciones entre otros caballeros.

Munro pensó un poco.

—Nosotros lo hacemos —repuso simplemente.

—Eso es diferente —negó Ferndale—. Es nuestro oficio.

—Está bien —dijo Munro—. Quiero sacar de allí a *el Ruiseñor*.

Sir Nigel observó la punta de su cigarro.

—¿Ah, sí? —inquirió—. ¿Alguna razón especial?

—En primer lugar, la tensión del agente —explicó Munro—. La grabación original del mes de julio tuvo que ser robada y sustituida por una falsa. Esto puede descubrirse y tiene muy inquieto a *el Ruiseñor*. En segundo lugar, están las probabilidades de descubrimiento. Cada sustracción de actas del Politburó aumenta estas probabilidades. Sabemos cómo lucha Maxim Rudin por su vida política y por su sucesión. Si *el Ruiseñor* se descuida o tiene mala suerte, pueden pillarle.

—Ese es uno de los riesgos de su deserción, Adam —dijo Ferndale—. Son gajes del oficio. A Penkovsky le cogieron.

—Esa es precisamente la cuestión —continuó Munro—. Penkovsky había dado casi todo lo que podía dar. La crisis de los misiles cubanos había terminado. Los rusos nada podían hacer ya para reparar el daño que Penkovsky les había causado.

—Yo diría que ésta es una buena razón para que *el Ruiseñor* siga en su sitio —observó sir Nigel—. Todavía puede hacer muchísimo más por nosotros.

—O al contrario —replicó Munro—. Si *el Ruiseñor* sale de allí, es posible que el Kremlin no sepa nunca lo que ha pasado. Si le cogen, le harán hablar. Lo que puede revelar ahora es más que suficiente para provocar la caída de Rudin. Y creo que, en este momento, no interesa a Occidente que Rudin sea derribado.

—Cierto —admitió sir Nigel—. Comprendo su punto de vista. Hay que sopesar las probabilidades. Si sacamos de allí a *el Ruiseñor*, la KGB investigará durante meses. Probablemente, se descubrirá el hurto de la cinta y presumirán que nos entregó otras cosas antes de fugarse. Si le cogen, será aún peor; le arrancarán la lista completa de todo lo que nos ha dado. Como resultado de ello, Rudin caerá. Y aunque, probablemente, Vishnayev saldrá también malparado, fracasarán las conversaciones de Castletown. Tercera posibilidad: mantener a *el Ruiseñor* en su sitio hasta que hayan terminado las conferencias de Castletown y se haya firmado el acuerdo de limitación de armamentos. Entonces, nada podrá ya hacer la facción belicista del Politburó. Es una alternativa tentadora.

—Yo preferiría sacarle de allí —dijo Munro—. Pero, si no es posible, dejémosle tranquilo; que deje de transmitir.

—Yo preferiría que continuase —dijo Ferndale—, al menos hasta que termine lo de Castletown.

Sir Nigel reflexionó sobre los argumentos alternativos.

—Esta tarde he estado con la Primer Ministro —dijo al fin—. Ella me ha pedido algo, encarecidamente, en su propio interés y en el del presidente de los Estados Unidos. En este momento no puedo rechazar su petición, a menos que se demostrase que *el Ruiseñor* está a punto de ser descubierto. Los americanos consideran vital, para poder llegar a la conclusión de un tratado satisfactorio en Castletown, que *el Ruiseñor* les mantenga enterados de la posición que adoptarán los soviets en las negociaciones. Al menos, hasta principios del próximo año.

»Por consiguiente, les diré lo que voy a hacer. Usted, Barry, prepare un plan para el rescate del *Ruiseñor;* algo que pueda ponerse en práctica al primer aviso. Y, si la situación de *el Ruiseñor* llega a hacerse terriblemente comprometida, le sacaremos de allí, Adam. Pero, de momento, las conversaciones de Castletown y la frustación de los planes de la camarilla de Vishnayev deben tener prioridad absoluta. Tres o cuatro informaciones más, y deberíamos llegar a las fases finales de las conferencias de Castletown. Los soviets necesitan llegar a algún acuerdo sobre el trigo, a lo más tardar, en febrero o marzo. Después de esto, Adam, *el Ruiseñor* podrá venir a Occidente, y estoy seguro de que los americanos le mostrarán su gratitud de la manera acostumbrada.

La cena que tuvo lugar en las habitaciones privadas de Maxim Rudin en el sanctasantórum del Kremlin fue mucho más secreta que la celebrada en el club «Brook's» de Londres. La confianza en la discreción de los caballeros, en lo tocante a las conversaciones de otros caballeros, no ha superado nunca la extremada precaución de los hombres del Kremlin. Cuando Rudin se sentó en su sillón predilecto del estudio y señaló sus asientos a Ivanenko y a Petrov, no había nadie que pudiese oírles, salvo el mudo Misha.

—¿Qué le ha parecido la reunión de hoy? —preguntó Rudin a Petrov, sin el menor preámbulo.

El jefe de las Organizaciones del Partido en la Unión Soviética se encogió de hombros.

—Salimos adelante —respondió—. El informe de Rykov fue magnífico. Pero todavía tendremos que hacer algunas concesiones bastante sustanciales, si queremos hacernos con el trigo. Y Vishnayev no renuncia a su guerra.

Rudin lanzó un gruñido.

—Vishnayev quiere mi sitio —observó rudamente—. Esa es su ambición. Quien quiere la guerra es Kerensky. Quiere emplear sus fuerzas armadas antes de ser demasiado viejo.

—El resultado es el mismo —intervino Ivanenko—. Si Vishnayev le derriba a usted, estará tan atado a Kerensky que no podrá, ni realmente deseará, oponerse a la fórmula de éste para la solución de todos los problemas de la Unión Soviética. Dejará que Kerensky haga su guerra la próxima primavera o a principios de verano. Entre los dos destruirán todo lo que se ha conseguido en el curso de dos generaciones.

—¿Qué tiene que decirme de sus consultas de ayer? —preguntó Rudin.

Sabía que Ivanenko había llamado a dos de sus hombres más importantes en el Tercer Mundo, para que le informasen personalmente. Uno de ellos controlaba todas las operaciones subversivas en Africa; el otro hacía lo propio en Oriente Medio.

—La impresión es optimista —respondió Ivanenko—. Los

capitalistas han forzado tanto su política africana, y durante tanto tiempo, que su posición es prácticamente insostenible. Los liberales siguen dominando en Washington y Londres, al menos en asuntos extranjeros. Pero están tan preocupados por Africa del Sur, que no parecen darse cuenta de lo que ocurre en Nigeria y en Kenya. Ambas están a punto de caer en poder nuestro. Los franceses resultan más difíciles en Senegal. En cuanto al Oriente Medio, creo que Arabia Saudí caerá dentro de tres años. Está casi cercada.

—¿Tiempo previsto? —preguntó Rudin.

—Dentro de pocos años, digamos alrededor de 1990, tendremos el control efectivo del petróleo y de las rutas marítimas. La campaña de euforia, en Washington y en Londres, aumenta continuamente, y con buen resultado.

Rudin exhaló una bocanada de humo y aplastó la colilla de su cigarrillo en un cenicero que le acercó Misha.

—Yo no lo veré —dijo—, pero sí ustedes dos. Dentro de diez años, Occidente morirá de inanición, y no tendremos que disparar un solo tiro. Mayor razón para pararle los pies a Vishnayev, mientras estamos a tiempo.

A cuatro kilómetros al sudoeste del Kremlin, en un cerrado recodo formado por el río Moscova y no lejos del Estadio Lenin, se levanta el antiguo monasterio de Novodevinhi. Su entrada principal se encuentra frente a los grandes almacenes «Beriozka», donde los ricos y los privilegiados, o los extranjeros, pueden comprar, con divisas fuertes, artículos de lujo inalcanzables para el vulgo.

Dentro de las tierras del monasterio se encuentran tres lagos y un cementerio, este último, accesible a los peatones. El guardia de la puerta raras veces se toma el trabajo de parar a los que llevan ramos de flores.

Adam Munro dejó su coche en el aparcamiento de «Beriozka» entre otros vehículos cuyas matrículas revelaban que pertenecían a los privilegiados.

«¿Dónde esconderían un árbol? —solía preguntar su instructor a los alumnos—. En el bosque. ¿Y dónde esconderían una china? En la playa. Siempre hay que buscar el sitio más natural.»

Munro cruzó la calle, atravesó el cementerio, llevando un ramo de claveles en la mano, y encontró a Valentina esperándole junto a uno de los pequeños lagos. Los últimos días de octubre habían traído los primeros vientos fríos de las estepas del Este, y grises y veloces nubes cruzaban el cielo. La superficie del agua se rizaba y estremecía al soplo del viento.

—Hice mi petición a Londres —dijo cariñosamente él—. Y me dijeron que de momento es demasiado arriesgado. Me respondieron que si te sacásemos ahora de aquí, descubrirían la sustracción de la cinta y, en consecuencia, que hemos sido informados de las reuniones. Creen que, en ese caso, interrumpirían las conversaciones de Irlanda y pondrían en práctica el plan de Vishnayev.

Ella se estremeció ligeramente, aunque no habría podido decir si era por efecto del frío o del miedo que le inspiraban sus amos. El la rodeó con un brazo y la estrechó contra su cuerpo.

—Tal vez tienen razón —aceptó en voz baja Valentina—. Al menos, el Politburó está negociando sobre la comida y sobre la paz, no preparándose para la guerra.

—Rudin y su grupo parecen sinceros esta vez —sugirió él.

Ella bufó entre dientes.

—Son tan malos como los otros —replicó—. Sin la presión a que están sometidos, no los tendríais allí.

—Bueno; en todo caso, la presión existe —dijo Munro—. Pueden tener el grano. Y conocen las alternativas. Creo que el mundo tendrá su tratado de paz.

—Si es así, lo que he hecho habrá valido la pena —dijo Valentina—. No quiero que Sasha crezca entre basura, como hice yo, ni que viva con una pistola en la mano. Eso sería lo que le reservarían los del Kremlin.

—No será así —la tranquilizó Munro—. Créeme, querida; él crecerá en libertad, en Occidente, con su madre y conmigo, como padrastro. Mis jefes han accedido a sacarte de aquí en primavera.

Ella le miró con un destello de esperanza en los ojos.

—¿En primavera? ¡Oh, Adam! ¿En qué tiempo de la primavera?

—Las conversaciones no pueden durar demasiado. El Kremlin necesita el trigo en abril, a lo más tardar. Entonces habrán agotado todos sus recursos y reservas. Cuando se acuerde el tratado, quizás incluso antes de su firma, tú y Sasha seréis sacados de aquí. Mientras tanto, quiero que reduzcas el riesgo que corres. Sólo debes informar de las cuestiones más vitales sobre las conversaciones de paz de Castletown.

—Una de ellas está aquí —dijo Valentina, tocando el bolso colgado de su hombro—. Es de hace diez días. La mayor parte de sus términos son tan técnicos, que no puedo conprenderlos. Se refieren a una posible reducción de SS Veintes móviles.

Munro asintió gravemente con la cabeza.

—Son cohetes tácticos con cadenas nucleares, sumamente exactos y sumamente móviles; transportados en vehículos, han sido emplazados en bosques y camuflados en toda la Europa Oriental.

Veinticuatro horas después, el paquete viajaba hacia Londres.

Tres días antes de terminar el mes, una anciana caminaba por la calle de Sverdlov, en el centro de Kiev, en dirección a su casa. Aunque tenía derecho a coche y chófer, había nacido y se había criado en el campo, y era de fuerte raigambre campesina. Por esto prefería caminar a ir en coche, tratándose de distancias cortas. La amiga con quien había pasado la velada vivía a sólo dos manzanas de distancia de su domicilio, y por eso había despedido ella a su chófer para aquella noche. Acababan de dar las diez cuando cruzó la calle en dirección a la puerta de su casa.

El coche iba a tal velocidad que no lo vio. Se encontró en medio de la calle, sola; los otros dos únicos transeúntes estaban a cien metros de distancia, y el vehículo se le echaba encima, con los faros encendidos y chirriando los neumáticos. Se quedó paralizada. El conductor parecía querer embestirla de lleno, pero desvió el coche en el último momento. La aleta del vehículo le dio un golpe en la cadera, haciéndola caer en el arroyo. El coche no se detuvo, sino que se alejó zumbando en dirección al bulevar Kreshchatik, al final de Sverdlov. La mujer oyó vagamente un ruido de pisadas, al correr los transeúntes en su ayuda.

Aquella noche, Edwin J. Campbell, jefe del grupo negociador estadounidense en Castletown, llegó cansado y contrariado a la residencia de la Embajada en Phoenix Park. América había proporcionado a su enviado en Dublín una elegante mansión, totalmente modernizada, con espléndidas habitaciones para los huéspedes; las destinadas a Edwin Campbell eran las mejores que hubiese ocupado jamás. Ahora podría tomarse un buen baño caliente y tumbarse a descansar.

Se había quitado el abrigo y respondido al saludo de su anfitrión, cuando un mensajero de la Embajada le entregó un grueso sobre de papel manila. Esto redujo sus horas de sueño aquella noche, pero valía la pena.

El día siguiente, ocupó su sitio en la Long Gallery de Castletown y miró impasiblemente al profesor Iván I. Sokolov, sentado al otro lado de la mesa.

—«Muy bien, profesor; sé hasta dónde puedes llegar en tus concesiones. Vayamos al grano.»

Fueron necesarias cuarenta y ocho horas para que el delegado soviético accediese a reducir a la mitad el número de cohetes nucleares tácticos del Pacto de Varsovia en la Europa Oriental. Y seis horas más tarde, en el comedor, se acordó un protocolo por el cual los Estados Unidos venderían a la URSS máquinas de sondeo y tecnología de extracción de petróleo por valor de doscientos millones de dólares, a los precios convenidos.

La anciana estaba inconsciente cuando la ambulancia la llevó al hospital general de Kiev, llamado «Hospital de Octubre» y emplazado en el número 39 de la calle de Karl Liebknecht. Y continuó en el mismo estado hasta la mañana siguiente. Cuando pudo decir quién era, las aturrulladas autoridades la sacaron inmediatamente del pabellón general y la trasladaron en una camilla de ruedas a una habitación particular, que en seguida se llenó de flores. Durante el día, el mejor cirujano ortopédico de Kiev la operó y compuso su fémur roto.

En Moscú, Ivanenko recibió una llamada telefónica de su ayudante particular y escuchó atentamente.

—Comprendo —dijo, sin vacilación—. Informe a las autoridades de que iré inmediatamente. ¿Cómo? Bien; entonces, cuando se haya recobrado de la anestesia. ¿Mañana por la noche? Muy bien, cuide de todo.

El frío arreciaba aquella última noche de octubre. Nadie se movía en la calle de Rosa Luxemburgo, a la que da la parte trasera del «Hospital de Octubre». Los dos largos automóviles negros permanecían discretamente aparcados junto al bordillo, delante de la entrada posterior del hospital. El jefe de la KGB había preferido emplear ésta, en vez de la puerta principal.

Toda la zona se encuentra en una pequeña elevación de terreno, rodeado de árboles, y, más abajo y en el lado opuesto de la calle, se estaba construyendo una dependencia aneja al hospital, cuyos pisos superiores y sin terminar sobresalían ligeramente de la fronda. Los vigilantes, entre los fríos sacos de cemento, se frotaban las manos para activar la circulación y contemplaban los dos automóviles parados delante de la puerta, débilmente iluminada por una sola bujía sobre el arco.

Cuando bajó la escalera, el hombre, al que sólo quedaban siete segundos de vida, llevaba un abrigo largo y con cuello de piel, y gruesos guantes, a pesar de que sólo tenía que cruzar la acera para volver al calor del coche que esperaba. Había pasado dos horas con su madre, consolándola y asegurándole que encontrarían a los culpables, como habían encontrado el coche abandonado.

Le precedía un ayudante, que se adelantó corriendo y apagó la luz del portal. La puerta y la acera quedaron sumidas en la oscuridad. Sólo entonces avanzó Ivanenko hasta la puerta, que mantenía abierta uno de sus seis guardaespaldas, y la cruzó. Los cuatro que estaban fuera se separaron al aparecer el abrigado personaje, que era una sombra más entre las sombras.

Cruzó rápidamente la acera en dirección al «Zil», que tenía ya el motor en marcha. Se detuvo un segundo, mientras se abría la portezuela, y murió. La bala del rifle de caza le había atravesado la cabeza, entrando por la frente, rompiendo el parietal y saliendo por el occipucio, para acabar alojándose en el hombro de uno de los ayudantes.

La detonación del rifle, el chasquido de la bala contra el hueso y el primer grito del coronel Yevgeni Kukushkin, jefe de los guardaespaldas, se produjeron en menos de un segundo. Antes de que el hombre se derrumbase sobre la acera, el coronel de paisano le asió por debajo de las axilas y lo arrastró literalmente hasta el asiento trasero del «Zil». Antes de que la portezuela se cerrase, el coronel gritó al aterrorizado conductor:

—¡Arranque! ¡Arranque!

El coronel Kukushkin reclinó la sangrante cabeza de Ivanenko sobre sus rodillas, mientras los neumáticos del «Zil» chirriaban al apartarse del bordillo. Empezó a pensar de prisa. No se trataba solamente de ir a un hospital, sino de elegir el hospital adecuado para un hombre tan importante. Al salir el «Zil» por el final de la calle de Rosa Luxemburgo, el coronel encendió la luz interior del automóvil. Lo que vio, y había visto mucho en su carrera, le bastó para saber que los hospitales estaban fuera de lugar. Su segunda reacción, programada en su mente y fruto de su oficio, fue: nadie debe saberlo. Había sucedido lo increíble y nadie debía saberlo, salvo aquellos a quienes nada debe ocultarse. Debía su promoción y su cargo a su serenidad mental. Al ver que el segundo automóvil, el «Chaika» de los guardaespaldas salía de la calle de Rosa Luxemburgo detrás de ellos, ordenó al conductor que buscase una calle tranquila y oscura, a no menos de tres kilómetros de donde se encontraba, y aparcase en ella.

Dejando el «Zil» inmóvil y con las cortinillas echadas junto al bordillo y protegido por los guardaespaldas desplegados a su alrededor, se quitó el abrigo manchado de sangre y echó a andar. Al cabo de un rato, llamó por teléfono desde un cuartelillo de la guardia, donde su rango y su D.I. le dieron inmediato acceso al despacho y al teléfono del comandante. También le valieron una comunicación directa, aunque tardó quince minutos en obtenerla.

—Debo hablar urgentemente con el camarada secretario general Rudin —dijo a la telefonista del Kremlin.

La mujer sabía que el que llamaba por aquella línea no podía ser un bromista ni un impertinente. Pasó la llamada a un ayudante del Arsenal, el cual retuvo la comunicación y habló con Maxim Rudin por el teléfono interior. Rudin accedió a que le pasasen la llamada.

—Sí —gruño—. Rudin al habla.

El coronel Kukushkin no había hablado nunca con él, aunque

le había visto y oído de cerca en muchas ocasiones. Reconoció su voz. Tragó saliva, respiró profundamente y empezó a hablar.

En el otro extremo de la línea, Rudin escuchó, hizo un par de breves preguntas, dictó una serie de órdenes y colgó el teléfono. Se volvió hacia Vassili Petrov, que estaba con él, inclinándose hacia delante con alerta y preocupada expresión.

—Ha muerto —dijo Rudin, como si fuese algo inverosímil—. No de un ataque al corazón. De un tiro. Yuri Ivanenko. Alguien acaba de asesinar al jefe de la KGB.

Al otro lado de las ventanas, en la torre de la Puerta del Salvador, el reloj dio las doce de la noche, y el mundo dormido empezó a deslizarse lentamente hacia la guerra.

CAPITULO VIII

Ostensiblemente, la KGB ha respondido siempre ante el Consejo de Ministros soviético. En la práctica es responsable ante el Politburó.

El trabajo cotidiano de la KGB, los nombramientos de sus oficiales, los ascensos y la instrucción de cada miembro de su personal, todos son supervisados por el Politburó a través de la sección de Organizaciones del Partido del Comité Central. Cada hombre de la KGB es vigilado en todas las fases de su carrera, registrándose su actuación en el fichero; ni siquiera los perros guardianes de la Unión Soviética se ven nunca libres de vigilancia. Es por ello muy improbable que esta completa y poderosísima máquina de control quede alguna vez incontrolada.

Después del asesinato de Yuri Ivanenko, Vassili Petrov tomó el mando de la operación encaminada a ocultar el hecho, operación ordenada directa y personalmente por Maxim Rudin.

Rudin había ordenado por teléfono al coronel Kukushkin que trajese los dos coches directamente a Moscú por carretera, sin detenerse para comer, beber o dormir, viajando durante toda la noche y repostando el «Zil» que transportaba el cadáver de Ivanenko, por medio de latas de gasolina que le facilitaría el «Chaika», siempre en lugares donde no pudiesen ser observados por los transeúntes. Al llegar a las afueras de Moscú, los dos automóviles se dirigieron a la clínica privada del Politburó en Kuntsevo, donde el cadáver con la cabeza destrozada fue secretamente enterrado entre los pinos del recinto de la clínica, en una tumba anónima. La comitiva fúnebre de Ivanenko estuvo compuesta por sus propios guardaespaldas, todos ellos bajo arresto domiciliario en una de las villas del Kremlin, en el bosque. La vigilancia de estos hombres se confió no a la KGB, sino a la guardia del palacio del Kremlin.

El coronel Kukushkin fue el único que no quedó incomunicado. Fue llamado al despacho particular de Petrov, en el edificio del Comité Central.

El coronel estaba muy asustado, y no lo estuvo menos cuando salió del despacho de Petrov. Este le había dado una sola oportunidad de salvar su vida y su carrera: le encargó la operación de ocultación de lo ocurrido.

Kukushkin aisló todo un pabellón de la clínica de Kuntsevo y trajo hombres nuevos de la KGB, de la plaza de Dzerzhinsky, para que montasen guardia en él. Dos médicos de la KGB fueron trasladados a Kuntsevo para el cuidado del paciente del pabellón aislado, un paciente que, en realidad, no era más que una cama vacía. Nadie más podía entrar allí, pero los dos médicos, que sólo sabían lo bastante para sentir un miedo espantoso, trasladaron al pabellón cerrado todo el equipo y medicamentos necesarios para el tratamiento de un ataque cardíaco. Al cabo de veinticuatro horas, Yury Ivanenko había dejado de existir, salvo para los del pabellón cerrado de la clínica secreta próxima a la carretera de Moscú a Minsk.

En esta primera fase del caso, sólo a otro hombre se confió el secreto. De los seis ayudantes de Ivanenko, todos ellos con despachos contiguos al suyo en la tercera planta del Cuartel General de la KGB, uno era su sustituto oficial como presidente de esta organización. Petrov llamó al general Konstantin Abrassov a su despacho y le informó de lo ocurrido, información que impresionó al general como nada le había impresionado en su carrera de treinta años en la Policía secreta. Inevitablemente, se avino a continuar la comedia.

En el Hospital de Octubre, de Kiev, la madre del difunto fue rodeada por hombres de la KGB local y siguió recibiendo diariamente mensajes de consuelo por parte de su hijo.

En fin, los tres trabajadores del anexo al Hospital de Octubre, que habían descubierto un rifle de caza y una mira nocturna cuando acudieron al trabajo la mañana siguiente al suceso, fueron trasladados con sus familias a uno de los campamentos de Mordovia, y dos detectives llegaron de Moscú para investigar un acto de gamberrismo. El coronel Kukushkin les acompañó. Se dijo a los dos hombres que se había efectuado un disparo contra el coche en marcha de un funcionario del partido local, y que la bala había atravesado el parabrisas y se había encontrado en la tapicería del coche. En realidad, se había extraído del hombro del guardia de la KGB, y fue mostrada a los detectives. Se ordenó a éstos que investigaran la identidad de los gamberros de un modo absolutamente secreto. Un tanto perplejos y muy desilusionados, iniciaron su trabajo. Se pararon las obras, se cerró el edificio en construcción y se proporcionó a los detectives todo el equipo técnico que pidieron. Lo único que no les dieron fue una explicación de la verdad.

Cuando estuvieron montadas todas las piezas del engañoso rompecabezas, Petrov informó personalmente a Rudin. Al viejo jefe le incumbía la tarea más ardua: informar al Politburó de lo realmente acaecido.

El informe privado presentado dos días más tarde por el doctor Myron Fletcher, del Departamento de Agricultura, al presidente William Matthews, era más de lo que podía desear el comité formado bajo los personales auspicios del presidente. No sólo el buen tiempo había proporcionado a América del Norte una espléndida cosecha de toda clase de cereales, sino que ésta superaría todas las marcas registradas hasta el momento. Incluso contando con las probables exigencias del consumo doméstico, incluso manteniendo las actuales ayudas a los países pobres, el excedente se acercaría a los sesenta millones de toneladas en la cosecha combinada de los Estados Unidos y el Canadá.

—Señor presidente, ya tiene usted lo que quería —anunció Stanislav Poklesvski—. Puede comprar este excedente cuando lo desee, a los precios del mes de julio. Dados los progresos de las conversaciones de Castletown, el Comité de Créditos de la Cámara no le pondrá obstáculos.

—Así lo espero —dijo el presidente—. Si triunfamos en Castletown, la reducción en los gastos de defensa compensará sobradamente las pérdidas comerciales en los cereales. ¿Qué se sabe de la cosecha soviética?

—Estamos trabajando en ello —intervino Bob Benson—. Los «Cóndor» están registrando toda la Unión Soviética y nuestros analistas estudian las cosechas de cereales región por región. Creo que podremos darle un informe dentro de una semana.

Entonces podremos compararlo con los datos obtenidos por nuestros agentes sobre el terreno y obtener una cifra bastante exacta, con un máximo margen de error del cinco por ciento.

—Háganlo lo antes posible —ordenó el presidente Matthews—. Necesito saber la posición exacta de los soviets en cada sector. Eso incluye la reacción del Politburó a su propia cosecha de grano. Tengo que conocer sus puntos fuertes y sus puntos flacos. Averígüelos, Bob, se lo ruego.

Nadie que estuviese en Ucrania aquel invierno olvidará fácilmente las redadas de la KGB y de la guardia contra los sospechosos del menor atisbo de sentimientos nacionalistas.

Mientras los dos detectives interrogaban minuciosamente a los que pasaron por la calle de Sverdlov la noche en que fue atropellada la madre de Ivanenko, desmontaban meticulosamente el coche robado que atropelló a la anciana y se dio a la fuga, estudiaban el rifle y el intensificador de imagen y registraban los alrededores del edificio anexo al hospital, el general Abrassov emprendió la caza de nacionalistas.

Centenares de ellos fueron detenidos en Kiev, Ternopol, Lvov, Kanev, Rovno, Zitomir y Vinnitsa. Los KGB locales, ayudados por equipos de Moscú, luchaban aparentemente contra los brotes esporádicos de terrorismo, como el atentado de agosto, en Ternopol, contra un agente de paisano de la KGB. A algunos de los principales interrogadores se les dijo que su investigación debía recaer también sobre el disparo que se había efectuado en Kiev a finales de octubre; pero nada más.

Aquel mes de noviembre, en el mísero barrio obrero de Levandivka, de Lvov, David Lazareff y Lev Mishkin pasearon un día por las nevadas calles, en uno de sus raros encuentros. Dado que los padres de ambos habían sido llevados a los campos de concentración, sabían que también a ellos se les acababa el tiempo. La palabra «Judío» figuraba en sus tarjetas de identidad, como en las del millón de judíos que moraban en la Unión Soviética. Tarde o temprano, la KGB desviaría su atención de los nacionalistas a los judíos. Nada cambia en la Unión Soviética.

—Ayer envié la postal a Andriy Drach, confirmando el

cumplimiento del primer objetivo —dijo Mishkin —. Y a ti, ¿cómo te van las cosas?

—Hasta ahora, bien — respondió Lazareff—. Quizá la situación mejorará dentro de poco.

—Esta vez, no lo creo —dijo Mishkin—.Tenemos que largarnos pronto, si queremos hacerlo algún día. No hay que pensar en los puertos. Tendrá que ser por el aire. Nos encontraremos en el mismo sitio la próxima semana. Veré lo que puedo descubrir sobre el aeropuerto.

Muy lejos de ellos, hacia el Norte, un «Jumbo» de la «S.A.S.» zumbaba en su ruta polar de Estocolmo a Tokio. Entre los pasajeros de primera clase iba el capitán Thor Larsen hacia su nuevo destino.

Maxim Rudin informó al Politburó con su voz cascada y sin florituras. Pero ningún actor dramático habría podido mantener tan absorto a su auditorio, ni provocar tan grande reacción de pasmo. Desde que un oficial del Ejército había vaciado el cargador de su pistola contra el automóvil de Leónidas Breznev al cruzar la Puerta de Borovtisky del Kremlin diez años atrás, había persistido el espectro del hombre solitario y armado capaz de atravesar el muro de seguridad montado alrededor de los jerarcas. Y ahora se había hecho real y parecía estar mirándoles desde su propia mesa cubierta con el verde tapete.

Esta vez no había ninguna secretaria en la sala. Ni giraban los magnetófonos en la mesa del rincón. Ayudantes y taquígrafos brillaban por su ausencia. Cuando hubo terminado, Rudin cedió la palabra a Petrov, el cual explicó las complicadas medidas que se habían tomado para disfrazar el suceso y los pasos que se estaban dando en secreto para identificar a los asesinos y eliminarlos cuando hubiesen delatado a todos sus cómplices.

—Pero, ¿todavía no los han encontrado? —saltó Stepanov.

—Sólo han pasado cinco días desde el atentado —dijo serenamente Petrov—. No, todavía no han sido descubiertos. Pero lo serán. Sean quienes fueren, no pueden escapar. Y cuando les detengamos, revelarán los nombres de todos los que les ayudaron. El general Abrassov cuidará de ello. Entonces, toda persona que sepa lo que ocurrió aquella noche en la calle de Rosa

Luxemburgo, por mucho que se esconda, será liquidada. Y lo será de modo que no deje el menor rastro.

—¿Y mientras tanto? – preguntó Komarov.

—Mientras tanto —contestó Rudin— debemos sostener, con absoluta unanimidad, que el camarada Yuri Ivanenko ha sufrido un fuerte ataque al corazón y está sometido a cuidados intensivos. Una cosa está clara: la Unión Soviética no puede ni debe tolerar la humillación a que se vería sometida si el mundo se enterase de lo sucedido en la calle de Rosa Luxemburgo. En Rusia no hay Lee Harvey Oswalds, ni nunca los habrá.

Hubo un murmullo de asentimiento. Nadie podía disentir de la declaración de Rudin.

—Con su permiso, camarada secretario general —intervino Petrov—. Aunque no puede menospreciarse la catástrofe que sería el hecho de que estas noticias se filtrasen al extranjero, existe otro aspecto igualmente grave. Y es que empezaran a circular rumores entre nuestra propia población. Dentro de poco serían algo más que rumores. Pueden ustedes imaginarse el efecto que esto produciría en el interior del país.

Todos sabían que el orden público dependía muchísimo de la creencia en la invulnerabilidad de la KGB.

—Si trascendiese la noticia —dijo pausadamente Chavadze, el georgiano—, y más aún si escapasen los delincuentes, el efecto sería tan grave como el del hambre.

—No pueden escapar —dijo vivamente Petrov—. No deben escapar. No escaparán.

—Pero, ¿quiénes son? —gruñó Kerensky.

—Todavía no lo sabemos, camarada mariscal – respondió Petrov—. Pero lo sabremos.

—Pero se empleó un arma occidental —insistió Shushkin—. ¿No podría estar Occidente detrás de esto?

—Creo que es casi imposible —dijo Rykov, de Asuntos Exteriores—. Ningún Gobierno occidental, ni tercermundista, sería lo bastante estúpido como para provocar un atentado como éste, por la misma razón de que nosotros no tuvimos nada que ver con el asesinato de Kennedy. Posiblemente, es cosa de los emigrados. O de fanáticos antisoviéticos. Pero no de Gobiernos.

—Los grupos de emigrados en el extranjero están siendo también investigados —intervino Petrov—. Pero con discreción.

Tenemos espías en casi todos ellos. Hasta ahora no se ha averiguado nada. El rifle, el proyectil y la mira nocturna, son de fabricación occidental. Pueden adquirirse en los comercios de Occidente. Es indudable que fueron introducidos aquí de contrabando. Lo cual quiere decir que los trajeron las personas que los usaron, o que éstas recibieron ayuda del exterior. El general Abrassov está de acuerdo conmigo en que lo más importante es descubrir a los autores materiales del crimen ; después, éstos revelarán la identidad de sus proveedores. Y cuando lo sepamos, el departamento V continuará la operación.

Yefrem Vishnayev prestaba el máximo interés, pero no intervenía en la discusión. Fue Kerensky quien expresó el disgusto del grupo disidente. Pero ninguno de los dos quiso poner de nuevo a votación el dilema de las conversaciones de Castletown o la guerra en 1983. Ambos sabían que, en caso de empate, el voto del presidente era decisivo. Rudin había dado un paso más hacia su ruina, pero todavía no estaba acabado.

Los reunidos convinieron en anunciar, pero sólo a la KGB y a los altos dignatarios de la máquina del partido, que Yuri Ivanenko había sufrido un ataque cardíaco y estaba en el hospital. Cuando se hubiese descubierto a los asesinos y eliminado a sus cómplices, Ivanenko expiraría dulcemente, a causa de su enfermedad.

Rudin se disponía a llamar a los auxiliares al salón, para iniciar la sesión ordinaria del Politburó, cuando Stepanov , que inicialmente había votado en favor de Rudin y de las negociaciones con los Estados Unidos, levantó la mano.

—Camaradas, si los asesinos de Yuri Ivanenko lograsen escapar y revelar su acción al mundo, yo lo consideraría como una tremenda derrota de nuestro país. Si esto ocurriese, no podría seguir apoyando la política de negociaciones y de concesiones en materia de armamento a cambio de trigo americano, y apoyaría la propuesta del teórico del partido, Vishnayev.

Se hizo un tenso silencio.

—Yo haría lo mismo —secundó Shushkin.

Ocho contra cuatro, pensó Rudin, contemplando, impasible, a los reunidos. Ocho contra cuatro, si esos dos cerdos cambiasen ahora de bando.

—Tomo nota de esto, camaradas —dijo Rudin, sin pizca de

emoción—. Nada se publicará de esta sesión. Nada en absoluto.

Diez minutos más tarde se inició la sesión ordinaria con una unánime expresión de pesar por la súbita enfermedad del camarada Ivanenko. A continuación se discutieron las últimas cifras llegadas al Politburó sobre la cosecha de trigo y otros cereales.

El automóvil «Zil» de Yefrem Vishnayev salió por la puerta de Borovitsky, en la esquina sudoeste del Kremlin, y cruzó la plaza Manege. El policía de guardia en la plaza, avisado por su aparato de radio de que la comitiva del Politburó salía del Kremlin, había detenido todo el tráfico, A los pocos segundos, los largos, negros y lujosos automóviles rodaron a toda velocidad por la calle de Frunze, dejando atrás el Ministerio de Defensa, y se dirigieron a las casas de los provilegiados, en la Kutuzovsky Prospekt.

El mariscal Kerensky había aceptado la invitación de Vishnayev y se sentaba al lado de éste en su coche. El cristal que separaba al conductor de la espaciosa parte posterior del automóvil estaba corrido y era a prueba de sonidos. Las cortinillas impedían que los viajeros fuesen vistos por los transeúntes.

—Está a punto de caer —gruñó Kerensky.

—No —negó Vishnayev—; está un poco más cerca de su caída, y mucho más débil sin Ivanenko, pero no a punto de caer. No menosprecie a Maxim Rudin. Luchará como un oso acorralado en la taigá, antes de marcharse; pero acabará haciéndolo, porque debe ser así.

—No queda mucho tiempo —dijo Kerensky.

—Menos del que usted se imagina —replicó Vishnayev—. La semana pasada hubo algaradas en Vilna a causa de la comida. Nuestro amigo Vitautas, que votó a favor de nuestra proposición en el mes de julio, se está poniendo nervioso. Ha estado a punto de cambiar de bando, a pesar de la espléndida villa que le ofrecí al lado de la mía, en Sochi. Ahora ha vuelto al redil, y Shushkin y Stepanov pueden pasar a nuestro lado.

—Sólo si los asesinos logran escapar, o si se publica la verdad en el extranjero —dijo Kerensky.

—Exacto. Y eso es precisamente lo que debe ocurrir.

Kerensky se volvió en el asiento de atrás, y su rostro encarnado se puso lívido bajo la mata de blancos cabellos.

—¿Revelar la verdad? ¿A todo el mundo? No podemos hacer una cosa así —tronó.

—No, no podemos. Son demasiado pocos los que saben la verdad, y unos simples rumores no lograrían nada. Podrían ser fácilmente desmentidos. Bastaría con encontrar un actor que se pareciese a Ivanenko y mostrarlo al público, después de los necesarios ensayos. Otros deben hacerlo por nosotros. Con pruebas irrebatibles. Los guardias que estuvieron presentes aquella noche están en manos de la *élite* del Kremlin. Por tanto, sólo quedan los propios asesinos.

—Pero no los tenemos —dijo Kerensky—, ni es probable que los tengamos. La KGB dará primero con ellos.

—Probablemente; pero debemos intentarlo —repuso Vishnayev—. Seamos francos, Nikolai. Ya no luchamos por el control de la Unión Soviética. Luchamos por nuestra vida, como Rudin y Petrov. Primero, el trigo; ahora Ivanenko. Un escándalo más, Nikolai, uno más, y, sea quien fuere el responsable, Rudin caerá. Debe haber un nuevo escándalo. A nosotros nos corresponde cuidar de que lo haya.

Thor Larsen, vistiendo mono de trabajo y llevando un casco de seguridad, estaba plantado encima de una grúa montada sobre una plataforma, muy por encima del dique seco del centro de los astilleros de Ishikawajima-Harima, y contemplaba el bulto del barco que sería un día el *Freya*

Aunque hacía ya tres días que lo había visto por primera vez, su tamaño seguía cortándole el resuello. En sus días de aprendizaje, los petroleros no pasaban nunca de las 30 000 toneladas, y hasta 1956 no se había botado uno que superaba aquel tonelaje. Hubo que inventar una nueva categoría para estos buques, y fueron llamados superpetroleros. Cuando se rebasó el límite de las 50 000 toneladas, surgió otra categoría, la del VLCC o *very large crude carrier.* Y, al romperse la barrera de las 200 000 toneladas, a finales de los años sesenta, nació el *ultra-large crude carrier* o ULCC.

Estando ya en el mar, como capitán, Larsen se había cruzado

una vez con un leviatán francés de 550 000 toneladas. Sus tripulantes habían subido a cubierta para verlo pasar. El que ahora yacía debajo de él era de un tamaño dos veces mayor. Como había dicho Wennerstrom, el mundo nunca había visto nada igual, ni volvería a verlo.

Tenía 515 metros de eslora, o sea, el equivalente a cinco manzanas urbanas; 90 metros de manga, y una estructura de cinco pisos sobre la cubierta. Sabía, aunque no podía verlo, que, bajo cubierta, la quilla bajaba 36 metros hasta el suelo del dique seco. Cada uno de sus sesenta depósitos era mayor que un cine de barrio. En lo profundo de sus entrañas, debajo de la superestructura, habían sido ya instaladas las cuatro turbinas a vapor capaces de producir un total de 90 000 caballos de fuerza y que accionarían las dos hélices de bronce, de doce metros de diámetro, que brillaban ahora vagamente debajo de la popa.

Todo el barco era un hervidero de figuras que parecían hormigas; eran los trabajadores que se disponían a abandonarlo temporalmente mientras se llenaba el dique. Durante doce meses, casi exactos, habían cortado y soldado, empernado, aserrado, remachado, alisado, martillado y juntado todas las piezas del casco. Grandes módulos de acero de alta resistencia habían sido bajados por las grúas y colocados en su sitio para dar forma al buque. Los hombres quitaron las cuerdas y cadenas y cables que lo envolvían por todas partes y el gigante quedó por fin al descubierto, limpios de estorbos sus costados con sus veinte capas de pintura inoxidable, esperando el contacto con el agua.

Al fin, sólo quedaron los bloques que lo sujetaban. Los hombres que habían construido el mayor dique seco del mundo en Chita, cerca de Nagoya, en la bahía de Ise, no habían pensado nunca que su trabajo serviría para una cosa así. Era el único dique seco capaz de albergar un buque de un millón de toneladas, y éste era el primero y el último que albergaría jamás. Algunos veteranos acudieron para presenciar la ceremonia a través de las vallas.

La ceremonia religiosa duró media hora; el sacerdote shintoísta invocó a las divinidades para que colmasen de bendiciones a los que habían construido el barco, a los que seguirían trabajando en él y a los que habrían de tripularlo un día; para todos ellos pidió trabajo seguro y navegación sin contratiempos. Thor Larsen estaba presente descalzo, con su primer mecánico y su primer oficial, con el ingeniero naval del armador, que había estado allí desde el principio, y con el ingeniero del astillero. Los dos últimos eran los que en realidad habían diseñado y construido el barco.

Poco antes del mediodía se abrieron las compuertas, y las aguas del Pacífico Occidental empezaron a llenar el dique, con un rumor de trueno.

Hubo un almuerzo oficial en las oficinas del presidente; pero, no bien hubo terminado, Thor Larsen volvió al dique. Su primer oficial, Stig Lundquist, y su primer mecánico, Bjorn Erikson, ambos suecos, se reunieron con él.

—Es algo inaudito —comentó Lundquist, mientras el agua subía alrededor del buque.

Poco antes de ponerse el Sol, el *Freya* gruñó como un gigante que se despertase, se movió un centímetro, volvió a gruñir y, libre de sus soportes subacuáticos, flotó en el líquido elemento. Alrededor del dique, cuatro mil obreros japoneses rompieron su estudiado silencio y aclamaron con entusiasmo. Docenas de cascos blancos volaron por el aire; los seis europeos de Escandinavia participaron en el regocijo general, estrechándose las manos y dándose palmadas en la espalda. Allá abajo, el gigante esperaba pacientemente, como si comprendiese que también llegaría su triunfo, a su debido tiempo.

El día siguiente fue remolcado fuera del dique y llevado al muelle donde, durante tres meses, volvería a albergar a miles de figuritas que trabajarían como demonios para ponerle en condiciones de navegar fuera de la bahía.

Sir Nigel Irvine leyó las últimas líneas de la transcripción de *el Ruiseñor*, cerró el legajo y se echó atrás en su silla.

—Bueno, Barry, ¿qué me dice de esto?

Barry Ferndale había pasado la mayor parte de su vida de trabajo estudiando la Unión Soviética, sus amos y su estructura de poder. Echó una vez más su aliento a las gafas y dio a éstas un restregón final.

—Un golpe más que Maxim Rudin tendrá que soportar

—respondió—. Ivanenko era uno de sus más firmes partidarios. Y extraordinariamente astuto. Con él en el hospital, Rudin ha perdido a uno de sus consejeros más capacitados.

—¿Conservará Ivanenko su voto en el Politburó? —preguntó sir Nigel.

—Es posible que pueda votar por poderes, si se produce otra votación —dijo Ferndale—. Pero esto no es lo más importante. Incluso con un empate a seis, en una cuestión política importante, el voto del presidente del Politburó es decisivo. El peligro está en que uno o dos miembros indecisos cambien de bando. Incluso en una situación tan grave, Ivanenko inspiraba mucho miedo. Encerrado en una cámara de oxígeno, es posible que inspire mucho menos.

Sir Nigel acercó el legajo a Ferndale.

—Barry, quiero que vaya a Washington con esto. Sólo en visita de cortesía, desde luego. Pero procure cenar en privado con Ben Kahn y comparar notas con él. Este ejercicio se está complicando demasiado.

—Nosotros pensamos, Ben —dijo Ferndale, dos días más tarde, después de cenar en la casa de Khan, en Georgetown—, que Maxim Rudin se sostiene por un pelo delante de un Politburó que le es hostil en un cincuenta por ciento, y que ese pelo se está volviendo sumamente fino.

El subdirector (de información) de la CIA acercó los pies al fuego de la chimenea de rojos ladrillos y contempló el coñac que oscilaba en su copa.

—No puedo decir que estén equivocados —comentó, cautelosamente.

—También estamos convencidos de que, si Rudin no puede persuadir al Politburó de que siga haciendo concesiones en Castletown, su caída es inminente. Eso provocaría una lucha por la sucesión, que debería resolver el Comité Central en pleno. En el cual, desgraciadamente, Yefrem Vishnayev tiene mucha influencia y muchos amigos.

—Cierto —asintió Khan—. Pero también los tiene Vassili Petrov. Probablemente, más que Vishnayev.

—De acuerdo — admitió Ferndale—, y Petrov conseguiría sin

duda la sucesión, si tuviese el apoyo de Rudin, al retirarse éste a su debido tiempo y según sus condiciones, y contase con la ayuda de Ivanenko, cuyos esbirros de la KGB podrían contrarrestar la influencia del mariscal Kerensky en el Ejército rojo.

Kahn sonrió taimadamente a su visitante.

—Está usted avanzando muchos peones, Barry. ¿Cuál es su jugada?

—Sólo comparo notas —contestó Ferndale.

—Está bien, comparemos notas. En realidad, nuestra opinión en Langley coincide bastante con la suya. David Lawrence, del Departamento de Estado, también está de acuerdo. Stan Poklevski quiere ponerles las peras a cuarto a los soviets en Castletown. El presidente mantiene una posición intermedia..., como de costumbre.

—Pero Castletown es bastante importante para él, ¿no? —inquirió Ferndale.

—Mucho. El año próximo es el último de su mandato. Dentro de trece meses se elegirá un nuevo presidente. Bill Matthews quisiera marcharse dignamente, dejando tras él un importante tratado de limitación de armas.

—Nosotros pensábamos...

—¡Ah! —exclamó Kahn—. Creo que están pensando en adelantar el caballo.

Ferndale sonrió al advertir la solapada referencia a su «caballo», el director general de su servicio.

—...que Castletown fracasaría ciertamente, si Rudin dejase de tener el control en esta coyuntura. Y que él podría aprovechar las concesiones por parte de ustedes para convencer a los indecisos de su facción de que conseguía algo en Castletown y, por consiguiente, debían apoyarle.

—¿Concesiones? —repitió Kahn—. La semana pasada recibimos el definitivo estudio sobre la cosecha soviética de cereales. Están sobre un barril de pólvora. Al menos, así lo expresó Poklevski.

—Tiene razón —admitió Ferndale—. Pero el barril está a punto de derrumbarse. Y esperando dentro de él, está el querido camarada Vishnayev, con su plan de guerra. Y todos sabemos lo que eso significaría.

—Comprendido —dijo Kahn—. En realidad, mi lectura del

legajo de *el Ruiseñor* me lleva a conclusiones parecidas. Ahora estoy preparando un informe para el presidente. Lo tendrá la próxima semana, cuando él y Benson se reúnan con Lawrence y Poklevski.

—Estas cifras —inquirió el presidente Matthews—, ¿representan el total de la cosecha soviética de cereales, recolectada hace un mes?

Miró a los cuatro hombres sentados al otro lado de su mesa. Al fondo de la estancia, unos leños crepitaban en la chimenea de mármol, dando un toque de color a la ya elevada temperatura producida por la calefacción central. Al otro lado de las ventanas del Sur, con cristales a prueba de bala, los prados aparecían espolvoreados por la primera escarcha matinal de noviembre. Como procedía del Sur, William Matthews apreciaba el calor.

Robert Benson y el doctor Myron Fletcher asintieron con la cabeza. David Lawrence y Stanislav Poklevski estudiaron las cifras.

—Hemos empleado todos los medios a nuestro alcance para fijar estas cifras, señor presidente, y todas las informaciones han sido minuciosamente comprobadas —dijo Benson—. Puede haber un margen de error del cinco por ciento en ambos sentidos, pero no más.

—Y, según *el Ruiseñor*, incluso el Politburó está de acuerdo con nosotros — dijo el secretario de Estado.

—Cien millones de toneladas, en total —murmuró el presidente—. Les durarán hasta final de marzo, si se aprietan mucho el cinturón.

—Y empezarán a matar el ganado en enero —continuó Poklevski—. Si quieren sobrevivir, el mes próximo tendrán que empezar a hacer concesiones importantes en Castletown.

El presidente dejó el informe sobre los cereales soviéticos sobre la mesa y cogió el documento presidencial preparado por Ben Kahn y presentado por el director de la CIA. Tanto el presidente como sus cuatro acompañantes lo habían leído ya. Benson y Lawrence lo habían aprobado; al doctor Fletcher no le habían preguntado su opinión; el halcón Poklevski discrepaba.

—Nosotros y ellos sabemos que su situación es desesperada

—dijo Matthews—. La cuestión es: ¿hasta dónde podemos apretarles?

—Como dijo usted hace unas semanas, señor presidente —intervino Lawrence—, si no los presionamos lo bastante, será en perjuicio de América y del mundo libre. Si apretamos demasiado, obligaremos a Rudin a interrumpir las conversaciones, para salvarse de sus propios halcones. Es una cuestión de equilibrio. En el momento actual, creo que deberíamos darles una muestra de buena voluntad.

—¿Trigo?

—O piensos para que pueda sobrevivir una parte de su ganado —sugirió Benson.

—¿Doctor Fletcher? —inquirió el presidente.

El hombre de Agricultura se encogió de hombros.

—Disponemos de ellos, señor presidente —respondió—. Y los soviets mantienen a la espera una parte sustancial de su flota mercante o «Sovfracht». Lo sabemos porque, con su sistema de transporte subvencionado, todos sus barcos podrían estar trabajando, y no lo están. Permanecen atracados en los puertos del mar Negro y de la costa soviética del Pacífico. Todos pondrían rumbo a los Estados Unidos, si recibiesen la orden de Moscú.

—¿De qué tiempo disponemos, como máximo, para tomar una decisión? —preguntó el presidente Matthews.

—Hasta el día de Año Nuevo —respondió Benson—. Si ellos saben que van a recibir alguna ayuda, retrasarán la matanza de sus rebaños.

—Yo aconsejo que no les den demasiadas facilidades —intervino Poklevski—. En marzo estarán desesperados.

—¿Lo bastante para hacer concesiones de desarme que aseguren un decenio de paz, o lo bastante para ir a la guerra? —preguntó, retóricamente, Matthews—. Caballeros, sabrán mi decisión el día de Navidad. A diferencia de ustedes, tengo que contar con cinco presidentes de subcomités del Senado: los de Defensa, Agricultura, Asuntos Exteriores, Comercio y Créditos. Y no puedo hablarles de *el Ruiseñor*, ¿verdad, Bob?

El jefe de la CIA movió la cabeza.

—No, señor presidente. No hay que hablarles de *el Ruiseñor*. Hay demasiada gente y podrían producirse filtraciones. Los efectos de una filtración de lo que sabemos, en la actual coyuntura, podrían ser desastrosos.

—Está bien. Tendrán mi respuesta el día de Navidad.

El 15 de diciembre, el profesor Iván Sokolov se puso en pie en Castletown y empezó a leer un discurso que llevaba preparado. La Unión Soviética, habló, siempre fiel a su tradición de país dedicado a la búsqueda incansable de la paz mundial, e insistiendo en su reiterada defensa de la coexistencia pacífica...

Edwin J. Campbell, sentado al otro lado de la mesa, miraba a su adversario soviético con cierto sentimiento de compañerismo. En aquellos dos meses de trabajo agotador para los dos, había establecido una relación bastante amistosa con el hombre de Moscú, al menos dentro de lo que permitían sus respectivas posiciones y deberes.

En las pausas entre las conversaciones, cada uno de ellos había visitado con frecuencia al otro, en el salón de descanso de la delegación adversaria. En el salón de los soviets, siempre en presencia de la delegación moscovita y de los inevitables agentes de la KGB, las charlas habían sido agradables, pero formales. En el salón de los americanos, que Sokolov acostumbraba visitar a solas, éste se había mostrado campechano, hasta el punto de enseñar a Campbell fotografías de sus nietos durante las vacaciones en la costa del mar Negro. Como miembro eminente de la Academia de Ciencias, el profesor había sido recompensado por su fidelidad al partido con un coche, chófer, un apartamento en la ciudad, una dacha en el campo, un chalet en la orilla del mar y acceso al almacén de comestibles de la Academia. Campbell no se hacía ilusiones sobre el hecho de que Sokolov cobraba por su lealtad y por poner su talento al servicio de un régimen que enviaba cientos de miles de ciudadanos a los campos de trabajo de Mordovia; en fin, de que era un pez gordo, un *nachalstvo*. Pero incluso los *nachalstvo* tienen nietos.

Ahora escuchaba al ruso con creciente sorpresa.

«¡Pobre viejo! —pensó—. ¡Qué duro debe de resultarle esto!»

Cuando terminó el discurso, Edwin Campbell se levantó y, con grave acento, dio las gracias al profesor por su declaración, la cual, dijo, había escuchado con los máximos cuidado y atención, en nombre de los Estados Unidos de América. Después propuso un aplazamiento, para que los Estados Unidos pudiesen estudiar la propuesta. Una hora más tarde se hallaba en la Embajada de su país en Dublín y empezaba a transmitir a David Lawrence el extraordinario discurso de Sokolov.

Unas horas después, en el Departamento de Estado de Washington, David Lawrence descolgó uno de los teléfonos y llamó al presidente Matthews por su línea privada.

—Tengo que decirle, señor presidente, que, hace seis horas, en Irlanda, la Unión Soviética ha accedido a seis de nuestras principales exigencias. Se refieren a los números totales de misiles balísticos intercontinentales con cabezas de bomba de hidrógeno, a los armamentos convencionales y a la retirada de fuerzas a lo largo del río Elba.

—Gracias, David —dijo Matthews—. Es una gran noticia. Tenía usted razón. Creo que debemos darles algo a cambio.

La zona de bosque de abedules y alerces, al sudoeste de Moscú, donde la *élite* soviética posee sus dachas de campo, tiene poco más de ciento cincuenta kilómetros cuadrados. Los personajes gustan de estar juntos. Los caminos de esta zona están flanqueados por kilómetros de verjas de acero pintadas de verde, que protegen las fincas particulares de los hombres en la cúspide. Las vallas y las puertas exteriores parecen en su mayoría abandonadas, pero quien tratase de escalar una de aquéllas o de cruzar una de éstas, se vería inmediatamente interceptado por guardias salidos de entre los árboles.

Situada más allá del puente de Uspenskoye, la zona tiene su centro en un pueblecito llamado Zhukovka, generalmente conocido como Aldea de Zhukovka. Esto se debe a que hay otras dos urbanizaciones en sus cercanías: Sovmin Zhukovka, donde están las villas de fin de semana de los jerarcas del partido, y Akademik Zhukovka, donde se agrupan los escritores, artistas, músicos y científicos que gozan de los favores del partido.

Pero al otro lado del río se encuentra la última y aún más exclusiva población de Usovo. Cerca de la secretaría general del partido comunista de la Unión Soviética, el presidente del Presidium del Soviet Supremo, o Politburó, dispone de una suntuosa mansión rodeada de cientos de hectáreas de bosque rigurosamente vigilado.

La víspera de Navidad, fiesta que no había reconocido desde hacía cincuenta años, Maxim Rudin se hallaba sentado aquí, en su sillón de cuero predilecto, estirados los pies en dirección a la enorme chimenea de bloques de tosco granito, donde ardían leños de pino de un metro de longitud. Era el mismo hogar donde se habían calentado Nikita Kruschev y, después, Leónidas Breznev.

El brillante resplandor amarillo de las llamas fluctuaba sobre los papeles de las paredes del despacho e iluminaba el rostro de Vassili Petrov, sentado al otro lado de la chimenea. Junto al sillón de Rudin había una mesita con un cenicero y media copita de coñac armenio, que Petrov observaba de reojo. Sabía que su viejo protector no tenía que beber. Además, Rudin sostenía el eterno cigarrillo entre el índice y el pulgar.

—¿Qué noticias hay de la investigación? —preguntó Rudin.

—No muchas —respondió Petrov—. Es indudable que el atentado se realizó sin ayuda del exterior. Sabemos que la mira nocturna fue comprada en Nueva York. También sabemos que el rifle finlandés formaba parte de una partida exportada de Helsinki a Gran Bretaña. No sabemos de qué tienda procedía, pero el permiso de exportación era para rifles deportivos; por consiguiente, se trataba de un pedido comercial, no oficial.

»Las huellas de pisadas en la obra han sido cotejadas con las botas de todos los obreros que trabajaban allí, y hay dos series de huellas que no han podido ser identificadas. Aquella noche había mucha humedad en la atmósfera y mucho polvo de cemento en el lugar, por lo cual las huellas son muy claras. Estamos casi seguros de que fueron dos hombres.

—¿Disidentes? —preguntó Rudin.

—Casi con toda seguridad. Y locos de remate.

—No, Vassili; guarde esto para las reuniones del partido. Los locos disparan a bulto, o se inmolan ellos mismos. Esto fue planeado por alguien durante meses. Alguien de dentro o de fuera de Rusia, a quien hay que cerrar la boca de una vez para siempre, antes de que revele su secreto. ¿A quiénes están investigando ustedes?

—A los ucranianos —respondió Petrov—. Tenemos agentes en

todos sus grupos de Alemania, Gran Bretaña y América. Nadie ha oído nada de este complot. Personalmente sigo creyendo que están en Ucrania. Es innegable que la madre de Ivanenko fue empleada como cebo. Ahora bien, ¿quién sabía que ella *era* la madre de Ivanenko? No cualquier propagandista de Nueva York. No cualquier nacionalista de salón de Francfort. No cualquier escritorzuelo de Londres. Tuvo que ser alquien de aquí, con contactos en el exterior. Estamos concentrando nuestra atención en Kiev. Varios cientos de antiguos presos, que fueron liberados y volvieron a Kiev, están siendo interrogados.

—Encuentre a los culpables, Vassili; descúbralos y ciérreles el pico. —Como de costumbre, Maxim Rudin cambió de tema sin cambiar de tono.— ¿Algo nuevo de Irlanda?

—Los americanos han reanudado las conversaciones, pero no han respondido a nuestra iniciativa —informó Petrov.

Rudin gruñó:

—Ese Matthews es un imbécil. ¿Hasta cuándo cree que vamos a aguantar, sin hacer marcha atrás?

—Tiene que enfrentarse con todos esos senadores antisoviéticos —observó Petrov— y con el fascista católico Poklevski. Y, desde luego, no puede saber el peligro que se cierne sobre nosotros en el seno del Politburó.

Rudin volvió a gruñir.

—Si no nos ofrece algo antes de Año Nuevo, no podremos con el Politburó en la primera semana de enero...

Alargó una mano y sorbió un trago de coñac, lanzando un suspiro de satisfacción.

—¿Está seguro de que no le perjudica la bebida? —preguntó Petrov—. Los médicos se la prohibieron hace cinco años.

—¡Al diablo con los médicos! —exclamó Rudin—. En realidad, precisamente por eso le he llamado. Puedo asegurarle que no voy a morir de alcoholismo ni de insuficiencia hepática.

—Me alegro de saberlo —dijo Petrov.

—Hay algo más. El treinta de abril, voy a retirarme. ¿Le sorprende?

Petrov permaneció inmóvil, alerta. Había asistido al ocaso de dos jefes supremos. Kruschev había caído de un modo fulminante, despedido y vilipendiado, para sumirse en la nada. Breznev se había marchado por propia iniciativa. En ambas ocasiones,

Petrov había estado lo bastante cerca para oír el trueno que anuncia la sustitución del tirano más poderoso del mundo por otro. Pero nunca tan cerca como ahora. Esta vez el manto le correspondía, a menos que alguien pudiese arrancárselo.

—Sí —afirmó, cautelosamente—, me sorprende.

—En abril convocaré una reunión del pleno del Comité Central —dijo Rudin—. Para anunciarles mi decisión de dimitir el treinta del mismo mes. El Primero de Mayo habrá un nuevo caudillo en el centro de la primera fila, en el Lausoleum. Quiero que sea usted. En junio, se celebrará la sesión plenaria del Congreso del Partido. El jefe expondrá la política a seguir en adelante. Quiero que sea usted. Ya se lo dije hace semanas.

Desde aquella reunión en las habitaciones privadas del viejo jefe en el Kremlin, a la que había asistido el hoy difunto Ivanenko, cínico y alerta como siempre, Petrov sabía que era el candidato de Rudin. Pero no pensaba que la cosa fuese tan inminente.

—Pero no conseguiré que el Comité Central acepte su nombramiento, si no les doy algo que necesitan. Trigo. Todos conocen la situación desde hace tiempo. Si fracasan las conversaciones de Castletown, Vishnayev se saldrá con la suya.

—¿Por qué tan pronto? —preguntó Petrov.

Rudin levantó su copa.

El mudo Misha salió de la sombra y vertió coñac en aquélla.

—Ayer recibí los resultados de los análisis de Kuntsevo —dijo Rudin—. Han estado trabajando en ellos durante meses. Ahora están seguros. No son los cigarrillos ni el coñac de Armenia. Leucemia. De seis a doce meses. Digamos que no veré otra Navidad después de ésta. Pero tampoco usted la verá, si tenemos una guerra nuclear.

»En los próximos cien días, tenemos que llegar a un acuerdo con los americanos sobre el trigo y cerrar el caso Ivanenko de una vez para siempre. El tiempo se acaba, demasiado aprisa. Las cartas están sobre la mesa, boca arriba, y ya no quedan ases que jugar.

El 28 de diciembre, los Estados Unidos ofrecieron formalmente a la Unión Soviética la venta de diez millones de toneladas de grano para forraje, a base de una entrega inmediata, y a los precios corrientes en el mercado, y que se consideraría al margen de lo que se estaba negociando en Castletown.

En la víspera de Año Nuevo, un reactor «Tupolev 134» de «Aeroflot» despegó del aeropuerto de Lvov, en un vuelo interior con destino a Minsk. Precisamente cuando volaba a gran altura sobre los pantanos de Pripet, al norte de la frontera entre Ucrania y Rusia Blanca, un joven de aspecto nervioso se levantó de su asiento y se acercó a la azafata, que estaba hablando con un pasajero a varias filas de distancia de la puerta de acero de la cabina de mando.

Como los lavabos estaban al otro extremo del avión, ella se irguió al acercarse al joven. En el mismo momento, él la hizo girar en redondo, le sujetó el cuello con el antebrazo izquierdo, sacó una pistola y la apoyó en las costillas de la muchacha. Esta chilló. Los pasajeros prorrumpieron en un coro de gritos y chillidos.

Cerca de la puerta estaba el teléfono interior que permitía a la azafata hablar con los pilotos, los cuales tenían órdenes de no abrir la puerta en caso de secuestro.

Uno de los pasajeros se levantó de uno de los asientos de en medio del avión. Se agachó en el pasillo, sujetando una pistola con ambas manos y apuntando con ella a la azafata y al secuestrador.

—¡Alto! —gritó—. KGB. ¡No se mueva!

—Dígales que abran la puerta —gritó el secuestrador.

—No lo harán —gritó a su vez el guardia armado de la KGB.

—Si no la abren, mataré a la chica —chilló el hombre que sujetaba a la azafata.

La joven tenía mucho valor. Dio una patada hacia atrás, acertó con el tacón en la espinilla del pistolero, se soltó y corrió hacia el agente de Policía. El secuestrador saltó detrás de ella, cruzando entre tres hileras de asientos. Fue un error. Uno de los pasajeros se levantó de su asiento del pasillo, se volvió y descargó un puñetazo en la nuca del secuestrador. Este cayó de bruces, y, antes de que pudiese moverse, su atacante le arrancó la pistola y le apuntó con ella. El secuestrador se volvió, se sentó en el suelo, miró la pistola, se cubrió la cara con las manos y empezó a gemir en voz baja.

El agente de la KGB vino de atrás, pasando al lado de la azafata y sin dejar de apuntar con su pistola y se acercó al salvador.

—¿Quién es usted? —preguntó.

Por toda respuesta, el otro se metió una mano en el bolsillo sacó un carnet y lo abrió.

El agente miró el carnet de la KGB.

—No es usted de Lvov —dijo.

—De Ternopol —replicó el otro—. Me dirijo a mi casa en Minsk, de vacaciones, y por eso no llevo pistola. Pero tengo una buena derecha —añadió haciendo un guiño.

El agente de Lvov asintió con la cabeza.

—Gracias, camarada. No le pierda de vista.

Se dirigió al teléfono y habló rápidamente por él. Explicó lo sucedido y pidió que la Policía les esperase en Minsk.

—¿Puedo echar un vistazo? —preguntó una voz metálica desde detrás de la puerta.

—¡Claro! —afirmó el agente de la KGB—. Le tenemos bien cogido.

Se oyó un chasquido en la puerta; ésta se abrió, y el mecánico, un poco asustado y bastante curioso, asomó la cabeza.

El agente de Ternopol actuó ahora de un modo muy extraño. Prescindiendo del hombre que yacía en el suelo, se volvió y golpeó la nuca de su colega con la culata de su pistola; le dio un empujón y metió el pie entre la hoja y la jamba de la puerta, antes de que ésta pudiese cerrarse. La cruzó en un segundo y empujó al mecánico dentro de la cabina de mandos. Mientras tanto, el hombre que estaba en el suelo se levantó, agarró la pistola del policía, una «Tokarev» de 9 mm de la KGB, y cruzó también la puerta. Esta se cerró automáticamente.

Dos minutos más tarde, bajo la amenaza de las pistolas de David Lazareff y Lev Mishkin, el «Tupolev» puso rumbo al Oeste, en dirección a Varsovia y Berlín, siendo esta última ciudad el límite que le permitía alcanzar su provisión de carburante. El capitán Rudenko permanecía sentado en su puesto de mando, pálido el semblante de furor; a su lado, el copiloto Vatutin contestaba lentamente a las frenéticas preguntas de la torre de control de Minsk sobre el cambio de rumbo.

Cuando el avión cruzó la frontera y entró en el espacio aéreo de Polonia, la torre de control de Minsk y otros cuatro aviones de pasajeros que radiaban en la misma longitud de onda sabían que el «Tupolev» estaba en poder de unos secuestradores. Y cuando pasó por la zona de control de tráfico aéreo de Varsovia, también lo sabían en Moscú. A cien millas al oeste de Varsovia, una escuadrilla de seis «Mig-23» soviéticos, con base en Polonia, apareció a estribor y siguió en formación al «Tupolev». El jefe de la escuadrilla hablaba rápidamente debajo de su máscara.

En su mesa del Ministerio de Defensa, en la calle de Frunze, de Moscú, el mariscal Kerensky recibió una llamada urgente por la línea directa que le conectaba con el Cuartel General de las Fuerzas Aéreas soviéticas.

—¿Dónde? —rugió.

—Volando sobre Poznan —le respondieron—. A trescientos kilómetros de Berlín. Cincuenta minutos de vuelo.

El mariscal reflexionó. Este podía ser el escándalo que quería Vishnayev. Sabía cuál era su deber. El «Tupolev» tenía que ser derribado, con todos sus pasajeros y su tripulación. Después dirían que los secuestradores habían disparado dentro del aparato, alcanzando uno de los grandes depósitos de carburante. Esto había ocurrido ya dos veces en el último decenio.

Dio sus órdenes. A cien metros del ala del avión de pasajeros, el jefe de la escuadrilla de «Mig» escuchó lo que, cinco minutos más tarde, le decía el comandante de su base.

—Lo que usted diga, camarada coronel —respondió.

Veinte minutos después, el avión de pasajeros cruzó sobre la línea Oder-Neisse e inició el descenso hacia Berlín. En el mismo momento, los «Mig» dieron media vuelta y emprendieron el regreso a su base.

—Tengo que avisar nuestra llegada a Berlín —dijo el capitán Rudenko a Mishkin—. Si hubiese un avión en la pista, terminaríamos como una bola de fuego.

Mishkin contempló la capa de grises nubes de invierno. Era la primera vez que viajaba en avión, pero lo que decía el capitán parecía lógico.

—Muy bien —aceptó—. Rompa el silencio y diga a Tempelhof que vamos a aterrizar. No pida permiso; dígalo sencillamente.

El capitán Rudenko se dispuso a jugar su última carta. Se

inclinó hacia delante, ajustó el disco de selección del canal y empezó a hablar.

—Tempelhof, Berlín Oeste. Tempelhof, Berlín Oeste. Aquí el vuelo 351 de «Aeroflot»...

Hablaba en inglés, idioma internacional del control de tráfico aéreo. Mishkin y Lazareff sólo sabían de esta lengua lo poco que habían podido captar de las emisiones en ucraniano de Occidente. Mishkin apoyó la pistola en el cuello de Rudenko.

—Nada de trucos —amenazó en ucraniano.

En la torre de control del aeropuerto de Schoenefeld, en Berlín Oriental, los dos controladores se miraron con asombro. Recibían, en su propia frecuencia una llamada dirigida a Tempelhof. A ningún avión de «Aeroflot» se le ocurriría aterrizar en Berlín Occidental, aparte que Tempelhof había dejado de ser aeropuerto civil de Berlín Oeste hacía ya diez años. Tempelhof había pasado a ser base de las Fuerzas Aéreas de los Estados Unidos, al convertirse Tegel en aeropuerto civil. Uno de los alemanes orientales, más avispado que el otro, agarró el micrófono.

—Tempelhof a «Aeroflot 351». La pista está despejada. Aterrice inmediatamente —respondió.

En el avión, el capitán Rudenko tragó saliva y bajó la aleta y el tren de aterrizaje. El «Tupolev» descendió rápidamente hacia el principal aeropuerto de la Alemania comunista. Salieron de las nubes a trescientos metros del suelo y vieron las luces de la pista de aterrizaje. A ciento cincuenta metros de altura, Mishkin observó con recelo la humeante perspectiva. Había oído hablar de Berlín Occidental, de luces brillantes y calles atestadas, de multitudes discurriendo por la Kurfurstendam, y del aeropuerto de Tempelhof en el centro de todo aquello. Aquí, el aeropuerto estaba fuera de la ciudad.

—Es un truco —gritó a Lazareff—. Estamos en el Este.—Apoyó la pistola en el cuello del capitán Rudenko.— ¡Elévese! —gritó—. ¡Elévese, o disparo!

El capitán ucraniano apretó los dientes y mantuvo el rumbo en los últimos cien metros. Mishkin alargó un brazo por encima del hombro de aquél y trató de echar hacia atrás la palanca de control. Sonaron dos ruidos, tan simultáneos que era imposible saber cuál había sido el primero. Mishkin diría después que el golpe de las ruedas sobre el asfalto había hecho que se disparase la pistola; el copiloto Vatutin sostendría que Mishkin había disparado antes. Todo era demasiado confuso para que pudiese establecerse nunca una versión final y definitiva.

La bala perforó el cuello del capitán Rudenko y le mató instantáneamente. Flotó una nubecilla azul en la cabina, mientras Vatutin movía la palanca hacia atrás y gritaba a su mecánico, pidiendo más fuerza. Los dos motores a reacción hicieron una pizca más de ruido que los viajeros, cuando el «Tupolev», pesado como una hoja mojada, saltaba dos veces más sobre el asfalto y se elevaba, oscilando y pugnando por ganar altura. Vatutin lo mantuvo con el morro levantado, bamboleándose, pidiendo más fuerza a los motores, mientras los suburbios de Berlín Oeste se deslizaban confusos debajo de ellos, seguidos del propio Muro de Berlín.

Cuando el «Tupolev» llegó sobre el perímetro de Tempelhof, salvó por dos metros las casas más próximas.

El joven copiloto, pálido como la cera, dirigió el avión a la pista principal de aterrizaje, sintiendo en su espalda el contacto de la pistola de Lazareff. Mishkin sostenía el cuerpo ensangrentado del capitán Rudenko, para que no se derrumbase sobre la palanca de control. Por último, el «Tupolev» se detuvo a tres cuartos de la pista y quedó inmóvil sobre sus cuatro ruedas.

El sargento Leroy Coker era un patriota. Permanecía acurrucado detrás del volante de su jeep de la Policía del Aire, levantado el cuello de piel de su chaqueta, para protegerse del frío, y pensando con añoranza en el calor de Alabama. Pero estaba de guardia y se tomaba en serio sus deberes.

Cuando el avión de pasajeros que llegaba pasó casi rozando las casas contiguas a la valla del aeropuerto, con los motores roncando y bajado el tren de aterrizaje, lanzó un «¿Qué diablos está haciendo...?» y se irguió de un salto. Nunca había estado en Rusia, ni siquiera en el Este, pero había leído mucho sobre sus moradores. No sabía gran cosa acerca de la guerra fría, pero sí que siempre era de esperar un ataque de los comunistas, a menos que hombres como Leroy Coker se mantuviesen en guardia. También sabía distinguir una estrella roja, y una hoz y un martillo.

Cuando se hubo detenido el avión, descolgó su carabina, apuntó y reventó los neumáticos de la rueda delantera.

Mishkin y Lazareff se rindieron al cabo de tres horas. Su intención había sido retener a los tripulantes, soltar a los pasajeros, hacer subir a tres personajes de Berlín Oeste y volar a Tel-Aviv. Pero allí no podían conseguir una rueda delantera nueva para un «Tupolev», y los rusos no la suministrarían jamás. Además, cuando las autoridades de la base aérea de los Estados Unidos se enteraron de la muerte de Rudenko, se negaron en redondo a proporcionar uno de sus aviones. Tiradores de primera rodearon el «Tupolev»; era imposible que dos hombres, aun a punta de pistola, condujesen a toda aquella gente a otro avión. Los tiradores los derribarían. Después de una hora de conversaciones con el comandante de la base, salieron del avión, brazos en alto.

Aquella misma noche fueron entregados oficialmente a las autoridades de Berlín Oeste, para ser encarcelados y juzgados.

CAPITULO IX

El embajador soviético en Washington estaba fríamente enojado cuando se enfrentó con David Lawrence el 2 de enero, en el Departamento de Estado.

El secretario americano de Estado le había recibido a petición, aunque sería más adecuado decir a requerimiento de los soviets.

El embajador leyó su protesta oficial con voz inexpresiva y monótona. Cuando hubo terminado, dejó el texto sobre la mesa del americano. Lawrence, que conocía de antemano el motivo de la protesta, tenía a punto la contestación, preparada por sus asesores jurídicos, tres de los cuales estaban ahora detrás de su sillón.

Admitió que Berlín Oeste no era ciertamente un territorio soberano, sino una ciudad ocupada por las cuatro potencias. Sin embargo, los aliados occidentales habían reconocido, desde hacía tiempo, que, en cuestiones judiciales, las autoridades de Berlín Oeste entenderían de todas las cuestiones civiles y penales ajenas a las leyes puramente militares de los aliados occidentales. El secuestro del avión de pasajeros, siguió diciendo, era un delito execrable, pero no había sido cometido por ciudadanos de los Estados Unidos contra ciudadanos de los Estados Unidos, dentro de la base aérea estadounidense de Tempelhof. Por consiguiente era de competencia de los jueces civiles. Por ello, el Gobierno de los Estados Unidos consideraba que no podía retener a súbditos no estadounidenses, ni a testigos materiales no estadounidenses, dentro del territorio de Berlín Oeste, aunque el avión hubiese aterrizado en una base de las Fuerzas Aéreas de los Estados Unidos.

Por consiguiente, no tenía más remedio que rechazar la protesta soviética.

El embajador le escuchó en sepulcral silencio. Replicó que no podía aceptar la explicación americana y que tenía que rechazarla. Informaría a su Gobierno en ese sentido. Dicho lo cual, se despidió y volvió a su Embajada, para informar a Moscú.

En un pisito de Bayswater, Londres, tres hombres se hallaban sentados aquel mismo día, contemplando un montón de periódicos desparramados en el suelo.

—Un desastre —gruñó Andrew Drake—, un maldito desastre. A estas horas hubiesen tenido que estar en Israel. Dentro de un mes, les habrían soltado y habrían podido dar su conferencia de Prensa. ¿Por qué diablos tuvieron que matar al capitán?

—Si él se negó a volar a Berlín Oeste y quiso aterrizar en Schoenefeld, estaban perdidos de todos modos —observó Azamat Krim.

—Habrían podido aturdirlo de un porrazo —resopló Drake.

—Se dejaron llevar por su acaloramiento —intervino Kaminsky—. ¿Qué vamos a hacer ahora?

—¿Podrán seguir la pista de las armas? —preguntó Drake a Krim.

El pequeño tártaro movió la cabeza.

—Tal vez puedan descubrir la tienda que las vendió —respondió—. Pero no a mí. No tuve que identificarme.

Drake paseaba arriba y abajo, sumido en profunda reflexión.

—No creo que concedan su extradición —dijo al fin—. Los soviets los reclaman por el secuestro, por matar a Rudenko, por agredir al hombre de la KGB en el avión y, naturalmente, al otro a quien robaron el carnet de identidad. Pero el homicidio del capitán es la acusación más grave. A pesar de todo no creo que el Gobierno alemán vaya a entregarles los dos judíos para que los ejecuten. Pero, aun así serán juzgados y condenados. Probablemente a cadena perpetua. ¿Crees que declararán lo de Ivanenko, Miroslav?

El refugiado ucraniano negó con la cabeza.

—No, si tienen un poco de sentido común —contestó—. No en el corazón de Berlín Oeste. A fin de cuentas, los alemanes podrían cambiar de idea y devolverlos a la Unión Soviética. Esto, si les creían, cosa poco probable, ya que Moscú negaría la muerte de Ivanenko y presentaría algún sosias como prueba. Pero

Moscú sí que les creería y haría que fuesen liquidados. Porque los alemanes, al no darles crédito, no les protegerían de un modo especial. Y los dos estarían perdidos. Les harían callar para siempre.

—Con lo que nada ganaríamos nosotros —observó Krim—. El único objetivo de la maniobra, de todo lo que hemos hecho, era descargar un abrumador golpe contra todo el aparato estatal soviético. *Nosotros* no podemos dar la conferencia de Prensa; desconocemos los pequeños detalles que convencerían al mundo. Sólo Mishkin y Lazareff pueden hacerlo.

—Entonces, hay que sacarlos de allí —dijo rotundamente Drake—. Tenemos que montar una segunda operación para llevarles a Tel-Aviv, garantizándoles la vida y la libertad. En otro caso, todo habrá sido en vano.

—¿Qué vamos a hacer? —repitió Kaminsky.

—Pensar —respondió Drake—. Buscar la manera, trazar un plan y ejecutarlo. No van a estar pudriéndose en Berlín, rumiando su secreto. Y tenemos poco tiempo; Moscú no tardará mucho en sacar consecuencias. Ahora tienen una pista; pronto sabrán quién hizo el trabajo de Kiev. Y entonces empezarán a tramar su venganza. Tenemos que anticiparnos

La fría irritación del embajador soviético en Washington era insignificante en comparación con el furor de su colega en Bonn, cuando, dos días más tarde, se enfrentó el diplomático ruso con el ministro de Asuntos Exteriores de Alemania Federal. La negativa del Gobierno federal alemán a entregar a los dos criminales y asesinos a las autoridades soviéticas o de Alemania del Este representaba una flagrante ruptura de sus hasta ahora amistosas relaciones, y sólo podía considerarse como un acto de franca hostilidad, repitió, una y otra vez.

El ministro de Asuntos Exteriores alemán occidental se sentía terriblemente incómodo. En su fuero interno, lamentaba que el «Tupolev» no se hubiese parado en la pista de Alemania Oriental. Pero se abstuvo de señalar que, dado que los rusos habían sostenido siempre que Berlín Oeste no formaba parte de Alemania Occidental, tenían que haberse dirigido al Senado de Berlín Oeste.

El embajador repitió sus argumentos por tercera vez: los criminales eran ciudadanos soviéticos; las víctimas eran ciudadanos soviéticos; el avión era territorio soviético; el secuestro se había cometido en espacio aéreo soviético, y también el asesinato, salvo que se considerase que éste se había perpetrado sobre la pista del principal aeropuerto de Alemania del Este. Por consiguiente, los delitos debían juzgarse según la ley soviética o, al menos, según la de Alemania Oriental.

El ministro de Asuntos Exteriores señaló, con la mayor cortesía de que fue capaz, que todos los precedentes indicaban que los secuestradores podían juzgarse según la ley del país en el que aterrizaban, si este país deseaba ejercitar tal derecho. Eso no quería decir que se dudase de la rectitud del procedimiento judicial soviético...

«¡Y un cuerno!», pensó para sus adentros. Nadie en Alemania Occidental, desde el Gobierno hasta el público, pasando por la Prensa, tenía la menor duda de que la extradición de Mishkin y Lazareff significaría un interrogatorio por la KGB, un juicio sumarísimo y el pelotón de fusilamiento. Y eran judíos; lo que constituía otro problema.

Los primeros días de enero eran de poco trabajo para la Prensa, y por eso la Prensa de Alemania Occidental sacaba mucho jugo a este suceso. Los influyentes periódicos conservadores de Axel Springer insistían en que los dos secuestradores, fuese cual fuese su grado de culpa, debían ser juzgados con imparcialidad, cosa que sólo podía garantizarse en la Alemania Federal. El partido CSU bávaro, del que dependía la coalición gubernamental, sostenía el mismo criterio. Algunos sectores daban a la Prensa montones de información y de fantásticos detalles sobre los últimos atropellos de la KGB en la zona de Lvov, de la que procedían los secuestradores, y sugerían que el hecho de huir del terror era una reacción justificada, aunque el procedimiento fuese deplorable. Además, el reciente descubrimiento de otro agente comunista en las altas esferas oficiales no aumentaría la popularidad de un Gobierno que adoptase actitudes conciliadoras con respecto a Moscú. Y con las elecciones provinciales a la vuelta de la esquina...

El ministro había recibido instrucciones del canciller. Mishkin y Lazareff, dijo al embajador, serían juzgados en Berlín Oeste, y si eran condenados, o mejor dicho, cuando fuesen condenados, tendrían que cumplir graves sentencias.

La reunión del Politburó, aquel fin de semana, fue tormentosa. Tampoco funcionaban esta vez los magnetófonos, ni estaban presentes los taquígrafos.

—Es una humillación —vociferó Vishnayev—. Otro escándalo que rebaja a la Unión Soviética a los ojos del mundo. Nunca debió ocurrir algo así.

Con lo que daba a entender que había ocurrido por la mano blanda de Maxim Rudin.

—No habría ocurrido —replicó Petrov— si los cazas del camarada mariscal hubiesen derribado el avión sobre Polonia, según lo acostumbrado.

—Hubo una interrupción en las comunicaciones entre el control de tierra y el jefe de la escuadrilla de cazas —se defendió Kerensky—. Un caso entre mil.

—¡Qué casualidad! —observó fríamente Rykov.

A través de sus embajadores, sabía que el juicio contra Mishkin y Lazareff sería público y que en él se revelaría cómo habían atacado los secuestradores a un oficial de la KGB en un parque, para robarle sus documentos de identidad, y se habían hecho pasar por él para tomar el avión.

—¿Hay alguna sospecha —preguntó Petryanov, partidario de Vishnayev— de que esos dos hombres puedàn ser los que mataron a Ivanenko?

El ambiente se cargó de electricidad.

—Ninguna —respondió Petrov, con firmeza—. Sabemos que esos dos procedían de Lvov, no de Kiev. Son judíos a los que se había negado el permiso para emigrar. Desde luego, seguimos investigando; pero, de momento, no existe ninguna relación.

—Si surgiese esa relación, ¿seríamos informados? —preguntó Vishnayev.

—Inútil decirlo, camarada —gruñó Rudin.

Entonces fueron llamados los taquígrafos y se reanudó la sesión, para discutir los progresos de Castletown y la compra de diez millones de toneladas de grano para piensos. Vishnayev no apretó en esta cuestión. Rykov las pasó moradas para demostrar que la Unión Soviética empezaba a conseguir las cantidades de trigo que necesitaría para aguantar el invierno y la primavera, a cambio de concesiones mínimas en la limitación de armamentos, punto discutido por el mariscal Kerensky. En cambio, Komarov se vio obligado a reconocer que la inminente llegada de diez millones de toneladas de piensos le permitiría disponer inmediatamente de igual cantidad, sacándola de las reservas en almacén, y evitar una matanza de animales. El mínimo margen de ventaja de la facción de Maxim Rudin permaneció intacto.

Después de levantarse la sesión, el viejo jefe soviético se llevó aparte a Vassili Petrov.

—¿*Hay* alguna relación entre los dos judíos y el asesinato de Ivanenko? —preguntó.

—Es posible —confesó Petrov—. Desde luego, sabemos que atacaron a aquel agente en Ternopol; por consiguiente, estaban dispuestos a salir de Lvov para preparar la huida. Tenemos las huellas dactilares que dejaron en el avión, y coinciden con las tomadas en sus habitaciones de Lvov. No hemos encontrado unos zapatos que coincidan con las huellas del lugar del asesinato en Kiev, pero seguimos buscándolos. Otra cosa: tenemos la huella parcial de una palma de la mano, revelada en el automóvil que derribó a la madre de Ivanenko. Estamos tratando de conseguir en Berlín las huellas completas de las palmas de ambos hombres. Si coincidiesen...

—Prepare un plan, un plan de urgencia y realizable —ordenó Rudin—, para que sean liquidados en su cárcel de Berlín Oeste. Por si acaso. Y otra cosa: si se demuestra que son los asesinos de Ivanenko, dígamelo a mí, no al Politburó. Primero los liquidaremos, y después informaremos a nuestros camaradas.

Petrov tragó saliva. Engañar al Politburó era jugárselo todo en la Rusia Soviética. Un resbalón, y no habría una red que amortiguase su caída. Recordó lo que le había dicho Rudin junto a la chimenea, en Usovo, hacía quince días. Con un empate a seis en el Politburó, muerto Ivanenko y con dos de los suyos a punto de cambiar de bando, no les quedaba ningún as en la mano.

—Muy bien —aceptó.

El canciller de Alemania Federal, Dietrich Busch, recibió al ministro de Justicia en su despacho particular de la Cancillería, contigua al viejo palacio de Schaumberg, justo después de la mitad del mes. El jefe de Gobierno de Alemania Occidental estaba en pie detrás de la moderna ventana, contemplando la nieve congelada. Dentro de la nueva y moderna sede del Gobierno, con vistas a la plaza del Canciller Federal, hacía el calor suficiente para estar en mangas de camisa y no sentir el crudo frío de enero que reinaba en la ciudad a la orilla del río.

—¿Cómo va el asunto de Mishkin y Lazareff? —preguntó Busch.

—Es extraño —contestó el ministro de Justicia, Ludwig Fischer—, pero muestran más deseos de colaborar de lo que cabía suponer. Parecen ansiosos de que el juicio sea rápido y se celebre cuanto antes.

—Magnífico —dijo el canciller—. Es precisamente lo que queremos nosotros. Un juicio rápido. Terminar pronto con esto. ¿En qué sentido colaboran ellos?

—Recibieron la oferta de ser defendidos por un eminente abogado del ala derecha. Pagado con los fondos de una suscripción, posiblemente entre alemanes, o posiblemente de la Liga de Defensa Judía americana. Pero ellos la rechazaron. El hombre quería convertir el juicio en un gran espectáculo, con multitud de detalles sobre el terror de la KGB contra los judíos en Ucrania.

—¿Eso quería un abogado *derechista*?

—Para echar trigo a su molino. Desprestigiar a los rusos, etcétera —explicó Fischer—. En todo caso, Mishkin y Lazareff quieren confesarse culpables y alegar circunstancias atenuantes. Insisten en ello. Si lo hacen y alegan que la pistola se disparó accidentalmente, al tocar el avión la pista de Schoenfeld, tendrán una base de defensa. Su nuevo abogado sostendrá que no se trata de asesinato, sino de homicidio por imprudencia.

—Creo que podría conseguirlo —dijo el canciller—. ¿Qué pena les correspondería?

—Como también son culpables de secuestro del avión, de quince a veinte años. Aunque, desde luego, podrían salir en libertad provisional después de cumplir tres. Son jóvenes: unos veinticinco años. A los treinta, podrían estar en la calle.

—Me está usted hablando de cinco años —gruñó Busch—. A mí

me preocupan los próximos cinco meses. Los recuerdos se borran. Dentro de cinco años serán material de archivo.

—Bueno, ellos lo confiesan todo, pero insisten en que la pistola se disparó accidentalmente. Dicen que querían llegar a Israel, y que no tenían otra manera de intentarlo. Se confesarán culpables... de homicidio por imprudencia.

—Que hagan lo que quieran —dijo el canciller—. A los rusos no les gustará, pero tendrán que aguantarse. Si la condena fuese por asesinato, la pena sería de reclusión perpetua. Aunque en realidad quedaría reducida a veinte años.

—Hay otra cosa. Piden que, después del juicio, se les traslade a una cárcel de Alemania Occidental.

—¿Por qué?

—Parece que temen la venganza de la KGB. Piensan que estarán más seguros en la Alemania Occidental que en Berlín Oeste.

—¡Tonterías! —gruñó Busch—. Serán juzgados y encarcelados en el Berlín Oeste. Los rusos no pueden soñar en ajustar cuentas dentro de una cárcel de Berlín. No se atreverían. Sin embargo, podríamos hacer un traslado interior dentro de un año, más o menos. Pero no ahora. Adelante, Ludwig. Que las cosas se hagan de prisa y bien, si ellos están dispuestos a colaborar. Pero quíteme de encima a la Prensa, antes de las elecciones, y también al embajador ruso.

En Chita, el sol de la mañana resplandecía sobre la cubierta del *Freya*, inmóvil en el muelle desde hacía dos meses y medio. En aquellos setenta y cinco días había sido transformado. Dócilmente había soportado día y noche a las diminutas criaturas que rebullían en todos sus rincones. Cientos de kilómetros de hilos, cables, tubos y muelles, habían sido instalados a lo largo y a lo ancho del buque. Laberínticas redes eléctricas habían sido conectadas y probadas, y se había instalado y comprobado un sistema de bombas increíblemente complejo.

Todos los instrumentos, regidos por computadora —que llenarían y vaciarían los depósitos, impulsarían o detendrían el buque, mantendrían su rumbo durante semanas, sin que nadie tuviese que empuñar el timón, y observarían las estrellas en lo alto y el lecho del mar en lo profundo– habían sido colocados en su sitio

Las despensas y los frigoríficos necesarios para el sustento de la tripulación durante meses, estaban completos; y también el mobiliario, los herrajes de las puertas, las bombillas, los lavabos, las cocinas, la calefacción central, el acondicionamiento de aire, el cine, la sauna, los tres bares, los dos comedores, las camas, las literas, las alfombras y los roperos.

La superestructura de cinco pisos había sido transformada de cáscara vacía en lujoso hotel; el puente, el cuarto de la radio y el de las computadoras, se había convertido de pasillos vacíos y resonantes en un zumbador complejo de consolas de datos, máquinas calculadoras y sistemas de control.

Cuando el último obrero recogió sus herramientas y se alejó, el barco quedó allí como exponente máximo de lo que podía conseguir la tecnología humana en cuestiones de tamaño, fuerza, capacidad, lujo y refinamientos técnicos.

El resto de la tripulación de treinta hombres había llegado por aire dos semanas antes, para familiarizarse con todos los rincones del barco. Eran: el capitán Thor Larsen, un primer oficial, un segundo piloto y un tercer piloto; el jefe mecánico, un primer mecánico, un segundo mecánico y un mecánico electricista, con rango de «primero». El operador de radio y el jefe del servicio tenían también categoría de oficiales. Otros veinte completaban la tripulación: el primer cocinero, cuatro camareros, tres operarios del cuarto de máquinas, un encargado de reparaciones, diez marineros expertos y un bombero.

Dos semanas antes del día señalado para zarpar, los remolcadores apartaron el barco del muelle y lo llevaron al centro de la bahía de Ise. Sus grandes hélices gemelas mordieron el agua para empujarlo hacia el Pacífico Occidental, donde se realizarían las pruebas de navegación. Para los oficiales y la tripulación, así como para los doce técnicos japoneses que les acompañaban, serían quince días de trabajo agotador, poniendo a prueba todos los sistemas, a fin de prevenir todas las contingencias sabidas o posibles.

Eran ciento setenta millones de dólares USA los que salieron aquella mañana por la boca de la bahía, y todos los pequeños barcos anclados frente a Nagoya le vieron pasar llenos de pasmo.

A veinte kilómetros de Moscú se encuentra la población turística de Archangelskoye, que cuenta, entre otras cosas, con un museo y un restaurante gastronómico, famoso por sus auténticos filetes de oro. La última semana de aquel gélido mes de enero, Adam Munro había reservado una mesa para él y su acompañante, extraída del cuerpo de secretarias de la Embajada británica.

Adam nunca invitaba a cenar a la misma chica, para evitar sospechas, y, si su ilusionada acompañante de aquella tarde se extrañó de que él quisiera ir tan lejos, por carreteras heladas y con una temperatura de quince grados bajo cero, lo cierto es que no hizo comentarios.

En todo caso, el restaurante era cálido y acogedor, y, cuando Adam se excusó para ir en busca de cigarrillos a su coche, la muchacha lo encontró muy natural. Al llegar al aparcamiento, él se estremeció bajo una ráfaga de aire helado y se dirigió apresuradamente al lugar donde dos faros brillaron un instante en la oscuridad.

Subió al coche, se sentó al lado de Valentina, rodeó a ésta con un brazo, la atrajo hacia sí y la besó.

—No me gusta pensar que estás ahí dentro con otra mujer, Adam —murmuró ella, rozando su cuello con los labios, debajo del mentón.

—No tiene importancia —replicó él—, ninguna importancia. No es más que un pretexto para venir a cenar aquí, sin que sospechen nada. Te traigo noticias.

—¿Sobre nosotros? —preguntó ella.

—Sobre nosotros. He preguntado a los míos si te ayudarían a salir de aquí, y me han dicho que sí. Tenemos un plan. ¿Conoces el puerto de Constanza, en la costa rumana?

Ella negó con la cabeza.

—Lo he oído nombrar, pero nunca he estado allí. Siempre paso las vacaciones en la costa soviética del mar Negro.

—¿Podrías tomarte unas vacaciones allí, con Sasha?

—Supongo que sí —afirmó—. Virtualmente, puedo ir de vacaciones a donde quiera. Rumania forma parte del bloque socialista. Nadie se extrañaría.

—¿Cuándo cierran el colegio de Sasha, para las vacaciones de primavera?

—Creo que a finales de marzo. ¿Tiene eso alguna importancia?

—Tendría que ser a mediados de abril —repuso él—. Los míos piensan que podrían llevarte de la playa a un carguero en alta mar. Por medio de una lancha rápida. ¿Podrías arreglar una vacaciones de primavera con Sasha, a mediados de abril, en Constanza o en la playa cercana de Mamaia?

—Lo intentaré —respondió ella—. Lo intentaré. En abril. ¡Oh, Adam! ¡Parece muy pronto!

—Y lo es, querida. Menos de noventa días. Ten un poco más de paciencia, como yo la he tenido, y lo conseguiremos. Empezaremos una nueva vida.

Cinco minutos más tarde, ella le había dado la transcripción de la sesión del Politburó de primeros de enero y se había perdido en la noche. El introdujo el fajo de papeles en su cinturón, debajo de la chaqueta y la camisa, y volvió al calor del restaurante de Archangelskoye.

Esta vez, se prometió a sí mismo, mientras charlaba amigablemente con su secretaria, que no habría equivocaciones ni retrocesos, no la dejaría marchar como en 1961. Esta vez sería para siempre.

Edwin Campbell se echó atrás, separándose de la mesa georgiana de la Long Gallery de Castletown, y miró al profesor Sokolov. Se había discutido el último punto del orden del día y arrancado la última concesión. Un mensajero de la planta inferior había informado de que la segunda conferencia había llegado a un acuerdo sobre la venta de cereales por los Estados Unidos a la Unión Soviética, en correspondencia a las concesiones hechas en la planta superior.

—Creo que eso es todo, Iván, amigo mío —dijo Campbell—. No creo que podamos hacer más en esta fase.

El ruso levantó la mirada de las hojas de papel que tenía delante, manuscritas en caracteres cirílicos. Durante más de cien días había luchado encarnizadamente para asegurar a su país el tonelaje de cereales que necesitaba para salvarse del desastre, conservando el máximo posible de armamentos, tanto en el espacio interior como en la Europa del Este. Sabía que había tenido que hacer concesiones que habrían sido inauditas cuatro años antes en Ginebra, pero todo lo había hecho lo mejor posible, dentro del tiempo previsto.

—Creo que tiene razón, Edwin —respondió—. Ahora debemos preparar el borrador del tratado de reducción de armamentos, para someterlo a nuestros respectivos Gobiernos.

—Y el protocolo comercial —añadió Campbell—. Supongo que también lo querrán.

Sokolov se permitió una taimada sonrisa.

—Estoy seguro de que sí, y mucho —afirmó.

Durante las dos semanas siguientes, los equipos gemelos de intérpretes y taquígrafos prepararon el tratado y el protocolo comercial. De vez en cuando, los dos negociadores principales tenían que intervenir para aclarar algún punto confuso, pero la mayor parte de la redacción y de las traducciones quedaban en manos de los ayudantes. Cuando, al fin, estuvieron terminados los dos prolijos documentos, por duplicado, los dos jefes negociadores partieron hacia sus respectivas capitales para someterlos a sus amos.

Andrew Drake dejó su revista y se recostó.

—Me pregunto... —dijo.

—¿Qué? —inquirió Krim, entrando en el pequeño cuarto de estar con tres tazas de café.

Drake empujó el periódico en dirección al tártaro.

—Lee el primer artículo —dijo.

Krim leyó en silencio, mientras Drake sorbía su café. Kaminsky les observaba a los dos.

—Estás loco —dijo Krim, rotundamente.

—No —replicó Drake—. Sin un poco de audacia, nos quedaríamos sentados aquí los próximos diez años. Podría dar resultado. Mirad: dentro de una semana empezará el juicio contra Mishkin y Lazareff. El resultado ya se sabe. Nada impide que empecemos ahora a hacer los planes. En todo caso, tendremos que hacerlos, si queremos que un día salgan de la cárcel. Por consiguiente, podemos empezar. Azamat, tú estuviste con los paracaidistas en Canadá, ¿no?

—Sí —afirmó Krim—. Cinco años.

—¿Seguiste algún curso de explosivos?

—Sí. Demolición y sabotaje. Un curso de tres meses con los zapadores.

—Y, hace años, yo era muy aficionado a la electrónica y a la radio —dijo Drake—. Probablemente porque mi papaíto tenía un taller de reparaciones de radio antes de morir. Podríamos hacerlo. Necesitaríamos ayuda, pero podríamos hacerlo.

—¿Cuántos hombres más? —preguntó Krim.

—Necesitaríamos uno en el exterior, para reconocer a Mishkin y a Lazareff cuando saliesen. Este tendrías que ser tú, Miroslav. En cuanto al trabajo en sí, nosotros dos, más cinco que montasen guardia.

—Jamás se ha hecho algo así —observó el tártaro, en tono de duda.

—Razón de más para que no lo esperen y no estén preparados.

—Pueden pillarnos al final —observó Krim.

—No necesariamente. Yo cargaría con todo, si no hubiese más remedio. Y, en todo caso, el judío sería la sensación del siglo. Con Mishkin y Lazareff libres en Israel, la mitad del mundo occidental aplaudiría. Todo el problema de una Ucrania libre sería aireado en todos los periódicos y revistas fuera del bloque soviético.

—¿Conoces a cinco más, dispuestos a participar en eso?

—Hace años que estoy recogiendo nombres —contestó Drake—. Hombres que están hartos y cansados de palabras. Si se enteran de lo que hemos hecho ya, sí, puedo tener cinco hombres antes de que termine el mes.

—Muy bien —aceptó Krim—. Ya que estamos metidos en esto, sigamos adelante. ¿A dónde quieres que vaya?

—A Bélgica —respondió Drake—. Necesito un apartamento grande en Bruselas. Llevaremos a los hombres allí y convertiremos el apartamento en base de operaciones del grupo.

Mientras Drake hablaba en estos términos, amanecía sobre China y los astilleros de «IHI», al otro lado del mundo. El *Freya* estaba amarrado al muelle, pero sus máquinas zumbaban.

La noche anterior se había celebrado una larga conferencia en el despacho del presidente de «IHI», a la que habían asistido los primeros superintendentes de la Compañía y de los astilleros, los peritos mercantiles, Harry Wannerstrom y Thor Larsen. Los dos técnicos se habían mostrado de acuerdo en que todos los sistemas del gigantesco petrolero estaban en perfectas condiciones de funcionamiento. Wennerstrom había firmado el documento de entrega definitivo, haciendo constar que el *Freya* estaba en todo de acuerdo con lo pedido y pagado por él.

En realidad, sólo había pagado el cinco por ciento del precio al firmarse el contrato para la construcción; otro cinco por ciento, cuando la ceremonia de terminación de la quilla; otro cinco por ciento al ser botado al agua el buque, y otro cinco por ciento en el acto de la entrega oficial. El ochenta por ciento restante, más intereses, debía pagarse en ocho anualidades. Pero, oficialmente y a todos los fines, el barco era suyo. La bandera de la Compañía había sido arriada ceremoniosamente, y el casco alado azul y plata de vikingo, emblema de la «Nordia Line», ondeaba a impulsos de la brisa.

En el puente de mando, desde el que se dominaba la vasta extensión de la cubierta, Harry Wennerstrom asió a Thor Larsen del brazo, lo condujo al cuarto de la radio y, cuando hubieron entrado, cerró la puerta. Una vez cerrada, ningún ruido podía filtrarse por las paredes de la habitación.

—Es todo suyo, Thor —dijo—. A propósito: hay un ligero cambio de planes en lo que respecta a su llegada a Europa. No va a anclar fuera de puerto. No en este viaje inaugural. Sólo por esta vez, entrará en el Europort de Rotterdam con toda su carga.

Larsen miró a su patrono con incredulidad. Sabía tan bien como cualquiera que los ULCC nunca entraban completamente cargados en los puertos; permanecían fuera de ellos y se aligeraban descargando la mayor parte de su mercancía en otros petroleros más pequeños, a fin de reducir su calado en aguas poco profundas. O bien atracaban en «islas», instalaciones de tuberías sobre montantes, bastante lejos de la costa, desde las cuales se bombeaba el petróleo hacia tierra. La idea de «una novia en cada puerto» era un chiste malo para los tripulantes de los superpetroleros; con frecuencia no atracaban cerca de una ciudad en todo un año, y sólo salían de su barco por el aire en los períodos de vacaciones. Por eso las dependencias de la tripulación tenían que ser un verdadero hogar fuera del hogar.

—No podrá pasar por el canal de la Mancha —repuso Larsen.

—No va a subir por el canal —dijo Wennerstrom—. Pasará por el oeste de Irlanda y de las Hébridas, por el norte de Pentland Firth, entre las Orcadas y las Shetlands, y bajará hacia el Sur por el mar del Norte, siguiendo la línea de veinte brazas; después, esperará en el ancladero a que los prácticos le conduzcan por el canal principal hacia el estuario del Mosa. Los remolcadores lo arrastrarán desde el Anzuelo de Holanda hasta el Europort.

—Si el *Freya* va completamente cargado, no podrá pasar por el canal interior, desde la Boya K.I. hasta el Mosa —protestó Larsen.

—Sí que podrá —afirmó tranquilamente Wennerstrom—. En los cuatro últimos años han dragado el canal hasta una profundidad de 115 pies. Y su calado será de 98 pies. Si me pidiesen el nombre de un marino capaz de meter un buque de un millón de toneladas en Europort, daría el de usted sin vacilar, Thor. Será una dura prueba, pero déjeme alcanzar este último triunfo. Quiero que el mundo lo vea, Thor. A mi *Freya*. Todos estarán allí, esperándole. El Gobierno holandés, la Prensa mundial. Serán mis invitados, y se quedarán pasmados. En otro caso, nadie le vería nunca; se pasaría toda la vida lejos de la tierra.

—Está bien —aceptó pausadamente Larsen—. Pero sólo esta vez. Cuando termine con esto, habré envejecido diez años.

Wennerstrom sonrió como un chiquillo.

—Espere a que ellos lo vean —dijo—. El primero de abril. Le esperaré en Rotterdam, Thor Larsen.

Diez minutos más tarde, se había marchado. Al mediodía, con los obreros japoneses alineados a lo largo del muelle para aclamarle, el poderoso *Freya* soltó amarras y se dirigió a la boca de la bahía. A las dos de la tarde del 2 de febrero salió al Pacífico y puso rumbo al Sur, en dirección a las Filipinas, Borneo y Sumatra, como iniciación de su primer viaje.

El 10 de febrero, el Politburó se reunió en Moscú para estudiar, aprobar o rechazar, el borrador del tratado y del protocolo comercial anexo, negociados en Castletown. Rudin y sus partidarios sabían que, si conseguían que se aprobasen las cláusulas del tratado en esta reunión, el mismo sería firmado y ratificado en definitiva. Yefrem Vishnayev y su facción de halcones lo sabían igualmente. La sesión fue larga y sumamente polémica.

Con frecuencia se piensa que los estadistas mundiales, incluso en sus reuniones privadas, emplean un lenguaje moderado y se dirigen cortésmente a sus colegas y consejeros. Tal cosa no puede ser aplicada a varios recientes presidentes de los Estados Unidos, y es completamente incierta en lo que atañe a las sesiones secretas del Politburó. Los equivalentes rusos de las palabras de cuatro letras suenan continua y rápidamente. Sólo el melindroso Vishnayev moderaba su lenguaje, aunque su tono era ácido, al combatir con sus aliados todos los párrafos de cada concesión.

El ministro de Asuntos Exteriores, Dmitri Rykov, llevaba la voz cantante en la facción moderada.

—Hemos conseguido — dijo— la venta segura de cincuenta y cinco millones de toneladas de cereales, a los precios razonables del mes de julio pasado. Sin ellas, nos habríamos enfrentado con un desastre a escala nacional. Además, nos suministrarán tecnología moderna, artículos de consumo, computadoras y material para la extracción de petróleo, por valor de casi tres mil millones de dólares. Con esto podemos hacer frente a problemas que nos han tenido en vilo durante dos decenios y solucionarlos en un plazo de cinco años.

»En contrapartida, hemos tenido que hacer algunas concesiones mínimas en materia de armamentos y de fuerzas preventivas; pero debo hacer hincapié en que eso no entorpecerá ni retrasará nuestra capacidad de dominar el Tercer Mundo y sus recursos en materias primas, dentro de los mismos cinco años. El mes de mayo último nos vimos amenazados por un desastre, pero hemos podido vencer la situación gracias a la inspirada dirección del camarada Maxim Rudin. Rechazar ahora este tratado, sería lo mismo que volver a la situación del mes de mayo, pero aún peor: nuestras últimas reservas de cereales de la cosecha de 1982 se agotarán dentro de sesenta días.

En la votación de los términos del tratado, que era en realidad un voto de confianza a Maxim Rudin, se mantuvo el empate de seis a seis, resuelto por el voto de calidad del presidente.

—Sólo una cosa podría derribarle ahora —dijo Vishnayev al mariscal Kerensky, con sereno aplomo, mientras ambos se dirigían aquella noche a casa en el automóvil del primero—. Que ocurriese algo grave, capaz de hacer que uno o dos miembros de su facción cambiasen de bando antes de ratificarse el tratado. Si no ocurre nada, el Comité Central aprobará el tratado propuesto por el Politburó, y el mismo entrará en vigor. Si al menos pudiese demostrarse que esos dos malditos judíos de Berlín mataron a Ivanenko...

Kerensky se mostraba ahora menos jactancioso que de costumbre. En su fuero interno empezaba a preguntarse si no se habría equivocado al elegir su bando. Tres meses antes, parecía seguro de que Rudin se vería empujado demasiado lejos, y demasiado aprisa, por los americanos, y perdería el apoyo necesario en la mesa del tapete verde. Pero Kerensky estaba comprometido con Vishnayev; ya no se celebrarían las grandes maniobras soviéticas en Alemania Oriental, dentro de dos meses, y tendría que aguantarse.

—Otra cosa —añadió Vishnayev—. Si se hubiese sabido hace seis meses, la lucha por el poder habría terminado. He tenido noticias de un informador que trabaja en la clínica de Kuntsevo. Maxim Rudin se muere.

—¿Se muere? —repitió el ministro de Defensa—. ¿Cuándo? ¿Dónde?

—No tan pronto como convendría —respondió el teórico del partido—. Vivirá lo suficiente para ver aprobado su tratado, amigo mío. El tiempo pasa muy de prisa para nosotros, y nada podemos hacer para evitarlo. A menos que el caso Ivanenko estallase.

Mientras tanto, el *Freya* navegaba por los estrechos de la Sonda. A babor, estaba la punta de Java, y a estribor, en la lejanía, la enorme masa del volcán Krakatoa recortaba su silueta sobre el cielo nocturno. En el oscurecido puente, una serie de instrumentos débilmente iluminados decían a Thor Larsen, al primer oficial de guardia y al joven ayudante, todo lo que éstos tenían que saber. Tres sistemas separados de navegación transmitían sus descubrimientos a la computadora, instalada en un pequeño cuarto a popa del puente, y tales descubrimientos eran absolutamente exactos. Los datos constantes de la brújula, con un máximo margen de error de medio segundo, eran cotejados con las estrellas de la bóveda celeste, firmes e inmutables. Los astros artificiales construidos por el hombre, los satélites en órbita, eran también seguidos, y los datos transmitidos por los mismos pasaban a la computadora. Aquí, los bancos de memoria habían absorbido mareas, vientos, corrientes submarinas, temperaturas y grados de humedad. Y la computadora enviaba automáticamente sus continuos mensajes al gigantesco timón que, muy por debajo del peto de popa, oscilaba con la sensibilidad de una cola de sardina.

En lo alto, sobre el puente, las dos pantallas de radar giraban incesantemente, captando costas y montañas, barcos y boyas, e informando de ello a la computadora, que analizaba esta información, presta a lanzar su toque de alarma a la primera señal de peligro. Bajo el agua, las sondas de eco trazaban un mapa tridimensional del fondo marino, mientras que, en la sección de proa, el sonar registraba las negras aguas, hacia el frente y hacia abajo, en una extensión de cinco kilómetros. Pues si el *Freya*, navegando a toda marcha, tenía que pararse, tardaría media hora en hacerlo y recorrería entre tanto de tres a cuatro kilómetros. Todo eso a causa de sus dimensiones.

Antes del amanecer, salió de los estrechos de la Sonda, y la computadora le hizo poner rumbo al Noroeste, a lo largo de la línea de cien brazas, en dirección al sur de Ceilán y al mar de Arabia.

Dos días más tarde, el 12, ocho hombres se reunieron en el apartamento alquilado por Azamat Krim en un suburbio de Bruselas. Los cinco recién llegados habían sido convocados por Drake, que los tenía anotados en su lista desde hacía tiempo, y había hablado con ellos hasta altas horas de la noche, antes de resolver que podían participar en su sueño de descargar un rudo golpe contra Moscú. Dos de los cinco eran ucranianos nacidos en Alemania, retoños de la vasta comunidad ucraniana en la República Federal. Uno era americano, de Nueva York, también hijo de padre ucraniano; y los otros dos eran angloucranianos.

Cuando se enteraron de que Mishkin y Lazareff habían matado al jefe de la KGB, prorrumpieron en excitados comentarios, y cuando Drake les dijo que la operación no podría considerarse terminada hasta que los dos partisanos estuviesen libres y a salvo, todos se mostraron de acuerdo. Hablaron durante toda la noche, y al amanecer habían formado entre ellos cuatro equipos de dos hombres.

Drake y Kaminsky volverían a Inglaterra y comprarían el equipo electrónico que Drake consideraba indispensable. Uno de los alemanes regresaría a Alemania, en compañía de uno de los ingleses, para buscar los explosivos necesarios. El otro alemán, que tenía relaciones en París, iría con el otro inglés a comprar o robar las armas. Azamat y su colega americano cuidarían de buscar la canoa a motor. El americano, que había trabajado en un barco de recreo en el norte del Estado de Nueva York, creía saber lo que necesitaba.

Ocho días más tarde, en la estrechamente custodiada sala de justicia aneja a la prisión Moabit, de Berlín Oeste, empezó el juicio contra Mishkin y Lazareff. Ambos permanecieron callados y sumisos en el banquillo, en medio de unas extraordinarias medidas de seguridad, desde el alambre espinoso montado en lo alto de los muros exteriores, hasta los guardias armados distribuidos en toda la sala, mientras escuchaban el pliego de cargos. La lectura de éste duró diez minutos. Hubo un murmullo audible en los atestados bancos de la Prensa, cuando los dos acusados se declararon culpables de todos los delitos. El fiscal se levantó y presentó al tribunal su versión de los hechos acaecidos la víspera de Año Nuevo. Cuando hubo terminado, los jueces suspendieron la vista para deliberar sobre la sentencia.

El *Freya* avanzó pausada y tranquilamente por el estrecho de Ormuz y entró en el golfo Pérsico. La brisa había refrescado al declinar el sol, hasta convertirse en el frío viento shamal que soplaba del Nordeste, cargado de arena, y enturbiaba el horizonte. Todos los tripulantes conocían bien este paisaje, pues habían pasado muchas veces por allí, cuando iban a cargar petróleo crudo en el golfo. Todos ellos eran expertos en buques petroleros.

A un lado del *Freya*, las áridas y desnudas islas Quoin se deslizaron apenas a dos cables de distancia; al otro lado, los oficiales que estaban en el puente pudieron distinguir el paisaje lunar de la península de Musadam, con sus extrañas montañas rocosas. El *Freya* navegaba a buena altura, y la profundidad del canal no planteaba ningún problema. Cuando regresase, cargado de petróleo, la cosa sería muy distinta. Navegaría sumergido casi hasta el máximo avanzando despacio, pendiente de la sonda y del mapa del fondo marino, que se deslizaría a pocos pies del casco, cuya altura era de casi treinta metros hasta la línea de flotación.

El barco seguía lastrado, como lo había estado desde que zarpó de China. Tenía sesenta tanques o depósitos gigantes, distribuidos en tres hileras de a veinte, de proa a popa. Uno de ellos estaba destinado únicamente a recoger los desperdicios de los cincuenta depósitos de carga. Otros nueve eran tanques de lastre y sólo recibían agua de mar para dar estabilidad al buque cuando viajaba descargado.

Pero los restantes cincuenta depósitos para petróleo eran suficientes. Cada uno de ellos tenía capacidad para 20 000 toneladas de crudo. Con absoluta confianza en su invulnerabilidad al accidente de contaminación por el petróleo, el barco se dirigió a Abu Dhabi, a recoger su primer cargamento.

En la rue Miollin, de París, hay un modesto bar donde suelen reunirse los peces menudos del mundo de los mercenarios y los traficantes de armas, para tomar unas copas juntos. El germanoucraniano y su colega inglés fueron conducidos allí por el amigo francés del primero.

El galo y otro francés amigo suyo estuvieron varias horas negociando en voz baja. Por último, aquél se acercó a los ucranianos.

—Mi amigo dice que puede hacerse —dijo al ucraniano de Alemania—. A quinientos dólares la pieza. Dólares USA, y al contado. Incluido un cargador por unidad.

—Nos lo quedaremos, si añade una pistola con un cargador completo —replicó el alemán.

Tres horas más tarde, en el garaje de una casa particular cerca de Neuilly, seis metralletas y una pistola «MAB» de nueve milímetros fueron envueltas en mantas e introducidas en el portaequipajes del coche de los ucranianos. El dinero cambió de manos. Al cabo de veinticuatro horas, justo antes de la medianoche del 24 de febrero, llegaron a su apartamento de Bruselas y guardaron su equipo en el fondo del armario ropero.

El 25 de febrero, al salir el sol, el *Freya* volvió a cruzar el estrecho de Ormuz, y los oficiales del puente suspiraron aliviados al ver que la sonda indicaba que el fondo del mar descendía rápidamente delante de ellos, hundiéndose en las profundidades del océano. Las cifras bajaron rápidamente de veinte a cien brazas. Y el *Freya* cobró gradualmente su velocidad normal de 15 nudos, a plena carga, mientras ponía rumbo al Sudoeste y avanzaba por el golfo de Omán.

Ahora iba completamente cargado, de acuerdo con el objetivo para el que había sido construido: transportar un millón de toneladas de crudo a las sedientas refinerías europeas y a los millones de hogares que habrían de consumirlo. Su calado era el previsto de treinta metros, y los aparatos de alarma sabían lo que tenían que hacer si el fondo marino se acercaba demasiado.

Sus nueve depósitos de lastre estaban ahora vacíos y actuaban como flotadores. En la parte de proa, la primera hilera de tres cubas contenía un depósito lleno de crudo a babor y otro a estribor, con el depósito para desperdicios en el centro. Venía después la primera hilera de tres depósitos de lastre vacíos. La segunda hilera de las tres estaba en mitad del barco, y la tercera, al pie de la superestructura, en el quinto piso de la cual el capitán Thor Larsen cedió el gobierno del *Freya* a su primer oficial y bajó a su espléndido camarote de día para desayunarse y dormir.

En la mañana del 26 de febrero, después de un aplazamiento de varios días, el presidente del tribunal de Moabit, en Berlín Oeste, empezó a leer la sentencia dictada por él y sus dos colegas. La lectura duró varias horas.

Mishkin y Lazareff escuchaban impasibles desde el aislado banquillo. De vez en cuando bebían un sorbo de agua de los vasos colocados sobre las mesas que tenían delante. Los periodistas que llenaban la galería reservada a la Prensa internacional les observaban atentamente, lo mismo que a los jueces, mientras eran leídos los resultados de la sentencia. Pero un periodista, representante de una revista mensual izquierdista alemana, parecía más interesado en los vasos de agua que en los propios acusados.

El tribunal suspendió la vista para almorzar, y, cuando se reanudó la sesión, el periodista se había ausentado. Estaba telefoneando desde una de las cabinas exteriores. Poco después de las tres, el presidente del tribunal se dispuso a leer el fallo. Los dos acusados se pusieron en pie y escucharon la condena a quince años de prisión.

Después, fueron sacados de la sala y conducidos a la prisión de Tegel, en el sector norte de la ciudad, donde empezarían a cumplir su condena, y, a los pocos minutos, la sala quedó vacía. Las mujeres encargadas de la limpieza pusieron manos a la obra, retirando los cestos de papeles, las botellas y los vasos. Una de estas mujeres de edad madura, se encargó de limpiar el recinto donde habían estado los acusados. Sin que lo advirtiesen sus compañeras, recogió los dos vasos de aquéllos, los envolvió y los metió en su cesta de la compra debajo de los envoltorios vacíos de su comida. Nadie lo advirtió, pues a nadie le importaba.

El último día del mes, Vassili Petrov pidió audiencia a Maxim Rudin y fue recibido privadamente por éste en sus habitaciones del Kremlin.

—Mishkin y Lazareff —anunció, sin preámbulos.

—¿Qué hay de ellos? Les condenaron a quince años. Merecían la muerte.

—Uno de nuestros agentes en Berlín Oeste sustrajo los vasos que habían empleado para beber agua durante el juicio. La huella palmar revelada en uno de ellos coincide con la hallada en el coche causante del atropello de octubre en Kiev.

—Entonces, fueron ellos —dijo Rudin, con voz hosca—.

¡Malditos sean! Liquídelos, Vassili. Lo antes que pueda. Encargue de ello a «asuntos mojados».

La KGB, muy vasta y compleja en su organización y sus funciones, se compone esencialmente de cuatro direcciones principales, seis direcciones independientes y seis departamentos también independientes.

Pero las cuatro direcciones principales constituyen la mayor parte de la KGB. De ellas, la primera se ocupa exclusivamente de actividades clandestinas fuera de la URSS.

En el fondo de esta dirección se halla una sección conocida simplemente como Departamento V (V de Víctor) o Departamento de Acción Ejecutiva. La KGB tiene el máximo interés en que permanezca oculto a todo el mundo, dentro y fuera de la URSS. Porque sus tareas comprenden el sabotaje, la coacción, el secuestro y el asesinato. En la jerga de la propia KGB se le designa también con otro nombre: Departamento de *mokrie dyela* o de «asuntos mojados», debido a que sus operaciones producen muchas veces derramamiento de sangre. Maxim Rudin ordenó a Petrov que encargase a este Departamento V de la primera Dirección Principal de la KGB la eliminación de Mishkin y Lazareff.

—Ya había pensado en ello —dijo Petrov—. Pero también pensé que el asunto podría confiarse al coronel Kukushkin, jefe de Seguridad de Ivanenko. Tiene motivos personales para querer realizarlo con éxito: salvar su propia piel, vengar a Ivanenko y lavar la humillación. Hace diez años trabajó en «asuntos mojados». Y forzosamente conoce el secreto de lo acaecido en la calle de Rosa Luxemburgo, ya que se encontraba allí. Además, habla alemán. Sólo debería informar al general Abrassov o a mí.

Rudin asintió, ceñudo.

—Muy bien, que él se encargue del trabajo. Puede elegir su propio equipo. Abrassov le dará todo lo que necesite. La razón aparente será vengar la muerte del capitán aviador Rudenko. Y es necesario que lo consiga al primer intento. Si fracasara, Mishkin y Lazareff podrían soltar la lengua. Después de un atentado frustrado, alguien podría creerles. Indudablemente, Vishnayev les creería, y ya sabe usted lo que eso significaría.

—Lo sé —admitió Petrov, a media voz—. Pero no fracasará. Lo hará él mismo.

CAPITULO X

—Es lo máximo que podemos conseguir, señor presidente —dijo el secretario de Estado, David Lawrence—. Personalmente, creo que Campbell ha hecho un buen trabajo en Castletown.

Reunidos ante la mesa del presidente, en el Salón Oval, estaban los secretarios de Estado, de Defensa y del Tesoro, además de Stanley Poklevski y Robert Benson, de la CIA. Al otro lado de los ventanales, el jardín era azotado por un viento frío. La nieve se había fundido, pero el primero de marzo había amanecido crudo y desagradable.

El presidente Matthews apoyó la mano sobre el grueso legajo que tenía delante y que era el proyecto de acuerdo elaborado en las conversaciones de Castletown.

—Mucho de esto es demasiado técnico para mí —confesó—, pero el informe del departamento de Defensa me ha impresionado. Así es como yo lo veo: si rechazamos esto, después de aceptarlo el Politburó soviético, no se reanudarán las negociaciones. En todo caso, el asunto de las entregas de cereales se convertirá en una cuestión académica en Rusia, dentro de tres meses. Entonces se estarán muriendo de hambre y Rudin caerá. Y Yefrem Vishnayev tendrá su guerra. ¿Estoy en lo cierto?

—La conclusión parece inevitable —asintió David Lawrence.

—¿Y qué hay del otro aspecto del asunto, de las concesiones que hacemos nosotros? —preguntó el presidente.

—El protocolo comercial secreto, en documento aparte —respondió el secretario del Tesoro—, nos obliga a vender cincuenta y cinco millones de toneladas de cereales diversos a precio de coste, y tecnología petrolera, de computadoras y de industrias de consumo, por valor de casi tres mil millones de dólares; tecnología que está fuertemente subsidiada. El coste total para los Estados Unidos se acercará a los tres mil millones de dólares. Por otra parte, las fuertes reducciones de armamentos nos permitirán compensar esto con los menores gastos para la defensa.

—Si los soviets cumplen sus compromisos —se apresuró a decir el secretario de Defensa.

—Pero si lo hacen, y hemos de creer que lo harán —replicó Lawrence—, no estarán en condiciones de lanzarse a una guerra convencional o nuclear táctica en Europa, al menos en cinco años, según calculan los propios expertos de usted.

El presidente Matthews sabía que su candidatura no figuraría en las elecciones presidenciales del mes de noviembre siguiente. Pero si podía abandonar el cargo en enero dejando asegurada la paz por un lustro, con la interrupción de la terrible carrera de armamentos de los años setenta, ocuparía un lugar entre los grandes presidentes de los Estados Unidos. Y esto era lo que más deseaba en esta primavera de 1983.

—Caballeros —dijo—, tenemos que aprobar este tratado en sus propios términos. David, informe a Moscú de que también nosotros aceptamos las cláusulas y proponemos que los negociadores vuelvan a reunirse en Castletown a fin de redactar el tratado oficial para su firma. Mientras tanto, permitiremos que los cereales sean cargados en los barcos, para que éstos puedan zarpar el mismo día de la firma. Eso es todo.

El 3 de marzo, Azamat Krim y su colaborador americanoucraniano cerraron el trato para la compra de una sólida y poderosa lancha. Era la clase de embarcación predilecta de los entusiastas pescadores de las costas inglesa y continental del mar del Norte: casco de acero, doce metros de eslora, resistente y de segunda mano. Estaba matriculada en Bélgica y la habían encontrado cerca de Ostende.

En la parte delantera tenía un camarote cuyo techo cubría el tercio anterior de la longitud de la lancha. Desde él se bajaba por una escalerilla al angosto lugar de descanso, donde había cuatro literas, un diminuto lavabo y una cocinita de gas. Detrás de esto, la embarcación quedaba abierta a los elementos, y, debajo de la cubierta, funcionaba un poderoso motor capaz de llevarla a los caladeros del mar del Norte, en viaje de ida y vuelta.

Krim y su compañero la llevaron desde Ostende hasta Bankenberge, remontando la costa belga, la atracaron en el muelle de las embarcaciones de paseo, sin llamar la atención de nadie. En primavera acuden siempre muchos aficionados a la pesca a aquellas costas, con sus lanchas y sus aparejos. El americano decidió quedarse a bordo y trabajar en el motor. Krim volvió a Bruselas, donde se encontró con que Andrew Drake había convertido la mesa de la cocina en banco de trabajo y estaba profundamente absorto en sus propios preparativos.

El *Freya* cruzó por tercera vez el ecuador en su primer viaje, y el 7 de marzo entró en el canal de Mozambique, navegando rumbo Sur-Sudoeste, en dirección al cabo de Buena Esperanza. Aún seguía su línea de cien brazas, dejando ciento ochenta metros de agua clara debajo de su quilla, rumbo que lo alejaba mar adentro en relación con las principales rutas marítimas. No había avistado tierra desde la salida del golfo de Omán, pero, en la tarde del 7, pasó entre las islas Comores, al norte del canal de Mozambique. Los tripulantes, aprovechando el débil viento y la mar en calma para dar un paseo por la cubierta de proa o para haraganear junto a la piscina de la cubierta «C», pudieron ver la isla Gran Comore, con el pico de su boscosa montaña oculto entre las nubes y el humo de la maleza quemada en sus flancos flotando sobre las verdes aguas. Al anochecer, el cielo se cubrió de nubes grises y sopló un viento de borrasca. Delante del barco esperaba el mar agitado del Cabo y las últimas singladuras hacia el Norte, hacia Europa y el puerto de destino.

El día siguiente, Moscú contestó oficialmente la propuesta del presidente de los Estados Unidos, celebrando su aceptación de los términos del proyecto de tratado y conviniendo en que los principales negociadores de Castletown debían reunirse de nuevo para redactar el tratado definitivo, sin dejar de mantenerse en contacto con sus respectivos Gobiernos.

La mayor parte de la flota mercante soviética «Sovfracht», junto con otros muchos barcos ya fletados por la URSS, habían zarpado ya con rumbo a la costa oriental de América del Norte, para cargar el grano, de acuerdo con la invitación americana.

A Moscú, empezaban a llegar noticias de cantidades excesivas de carne en los mercados campesinos, indicadoras de que se estaba matando ganado en las granjas estatales y colectivas, en contra de las prohibiciones legales. Se agotaban las últimas reservas de alimentos, tanto para los animales como para los seres humanos.

En un mensaje particular al presidente Matthews, Maxim Rudin lamentaba decirle que, por razones de salud, no podría firmar personalmente el tratado en nombre de la Unión Soviética, a menos que la ceremonia se celebrase en Moscú; por consiguiente, le proponía que fuesen los ministros de Asuntos Exteriores quienes lo firmasen en Dublín, el 10 de abril.

En el Cabo soplaba un viento endiablado; el verano sudafricano había terminado, y los ventarrones de otoño subían zumbando del Antártico y se estrellaban contra la Table Mountain. El 12 de marzo, el *Freya* estaba en el centro de la corriente de Agulhas, avanzando hacia el Oeste sobre el mar verde y montañoso, recibiendo los vientos del Sudoeste sobre su costado.

Hacía un frío terrible en cubierta, pero nadie estaba allí. Detrás de los dobles cristales que resguardaban el puente, se hallaba el capitán Thor Larsen y sus dos oficiales de guardia, con el timonel, el radiotelegrafista y otros dos marinos todos ellos en mangas de camisa. Calientes, seguros, protegidos por el escudo de la insuperable tecnología del barco, contemplaban cómo las olas de doce metros, impulsadas por el vendaval del Sudoeste, se erguían a babor del *Freya*, permanecían un momento inmóviles y se estrellaban sobre la oscura y gigantesca cubierta y sobre los miles y miles de tubos y de válvulas, en un enorme torbellino de blanca espuma. Cuando estallaban las olas, sólo el castillo de proa era discernible, allá a lo lejos, como algo independiente. Al retirarse la derrotada espuma a través de los imbornales, el *Freya* se sacudía, y enterraba de nuevo su casco en otra montaña de agua. Treinta metros más abajo de donde se hallaban nuestros hombres, noventa mil caballos de fuerza empujaban un millón de toneladas de crudo unos cuantos metros, en dirección a Rotterdam. En lo alto, los albatros del Cabo giraban y se deslizaban, lanzando chillidos que no podían oírse desde detrás de la pared de plexiglás. Uno de los camareros sirvió el café.

Dos días después, el lunes 14, Adam Munro salió en su coche del patio de la sección comercial de la Embajada británica, torció bruscamente a la derecha, introduciéndose en la Kutuzovsky Prospekt, y se dirigió al centro de la ciudad. Su punto de destino era la sede principal de la Embajada, a la que había sido llamado por el jefe de la Cancillería. La llamada telefónica, desde luego intervenida por la KGB, había sido debida aparentemente a la necesidad de concretar algunos detalles sobre la visita de una delegación comercial que llegaría de Londres. En realidad significaba que le esperaba un mensaje en el cuarto de comunicaciones cifradas.

El cuarto de comunicaciones cifradas está en el sótano del edificio de la Embajada en el muelle de Maurice Thorez, y es una habitación segura, periódicamente «limpiada» por personas que no buscan polvo, sino micrófonos ocultos. Los operarios pertenecen al personal diplomático y son de absoluta confianza. Sin embargo, a veces llegan mensajes con una contraseña que indica que no pueden ni deben ser descifrados por las máquinas normales. La contraseña expresa que el mensaje debe entregarse a un operario particular, a un hombre que tiene derecho a saber, porque ello es necesario. Ocasionalmente, un mensaje para Adam Munro llevaba esta contraseña, y esto era lo que ocurría hoy. El operario en cuestión sabía cuál era el trabajo de Munro, porque necesitaba saberlo, si no por otra razón, por protegerle de los que no lo sabían.

Munro entró en el cuarto de comunicaciones cifradas, y el operario reparó en seguida en él. Se retiraron ambos a una pequeña dependencia contigua, donde el operario, hombre exacto y metódico, que usaba gafas bifocales, se sacó una llave del cinturón para abrir una máquina particular de descifrado. Depositó en ella el mensaje de Londres, y la máquina escupió la traducción. El operario no prestó atención y desvió la mirada al apartarse Munro.

Munro leyó el mensaje y sonrió. Se lo aprendió de memoria en unos segundos y lo introdujo en un aparato, que redujo el fino papel a fragmentos apenas mayores que granos de polvo. Dio las gracias al operario y se marchó, con el corazón rebosante de alegría. Barry Ferndale le había informado de que, estando a punto de firmarse el tratado rusoamericano, *el Ruiseñor* sería discreta, pero calurosamente recibido, si salía de la costa de Rumania, cerca de Constanza, en la semana del 16 al 23 de abril. Añadía detalles sobre el punto exacto en que sería recogido, y pedía a Munro que consultase con *el Ruiseñor* y confirmase su aceptación y conformidad.

Después de recibir el mensaje personal de Maxim Rudin, el presidente Matthews había observado a David Lawrence:

—Toda vez que esto es más que un simple acuerdo de limitación de armas, supongo que debemos llamarlo tratado. Y, como parece que se firmará en Dublín, la Historia lo llamará, sin duda, el Tratado de Dublín.

Lawrence había consultado al Gobierno de la República de Irlanda, el cual respondió, con no disimulada satisfacción, que les complacería mucho que la ceremonia oficial de la firma, entre David Lawrence, por los Estados Unidos, y Dmitri Rykov, por la URSS, se celebrase en Saint Patrick's Hall, Dublin Castle, el día 10 de abril.

Por consiguiente, el 16 de marzo, el presidente Matthews contestó a Maxim Rudin, aceptando aquel lugar y aquella fecha.

En los montes de los alrededores de Ingolstadt (Baviera) hay dos canteras bastante importantes. Durante la noche del 18 de marzo, el vigilante de una de ellas fue atacado y amordazado por cuatro enmascarados al menos uno de los cuales llevaba una pistola, según dijo más tarde el vigilante a la Policía. Aquellos hombres, que parecían saber muy bien lo que buscaban, entraron en el almacén de la dinamita empleando las llaves del vigilante nocturno y se llevaron 250 kilos de TNT y varios detonadores eléctricos. Se habían marchado mucho antes del amanecer, y como el día siguiente era sábado, el atado vigilante no fue descubierto y liberado hasta cerca del mediodía. Subsiguientemente, la Policía realizó intensas investigaciones, y, en vista de que los ladrones conocían bien la cantera, las centró principalmente en los que habían trabajado en ella. Investigaron, sobre todo, a los extremistas de izquierda, y por ello el nombre de Klimchuk, que había trabajado tres años atrás en la cantera, no llamó particularmente la atención, ya que se presumía era de origen polaco. En realidad, Klimchuk es un apellido ucraniano. La noche de aquel mismo sábado, los dos coches que traían los explosivos llegaron de nuevo a Bruselas, después de cruzar la frontera germano-belga por la carretera de Aquisgrán-Lieja. No les detuvieron, porque el tráfico de fin de semana era particularmente denso.

La noche del 20, el *Freya* había dejado muy atrás la costa del Senegal, habiendo llevado muy buena marcha desde el Cabo, gracias a los vientos del Sudeste y a una corriente favorable. A diferencia del norte de Europa, había ya mucha gente que aprovechaba los días de fiesta para bañarse en las playas de las islas Canarias.

El *Freya* navegaba muy al oeste de aquellas islas, pero, poco después del amanecer del día 21, los oficiales que estaban en el puente pudieron distinguir el pico volcánico del Teide, en Tenerife, la primera tierra que veían desde que se habían alejado de la abrupta costa de la provincia del Cabo. Al perderse de vista las montañas de Canarias, supieron que, salvo la posibilidad de percibir la cima de Madeira, lo primero que verían serían los faros que les avisarían la necesidad de apartarse de las peligrosas costas de Mayo y Donegal.

Adam Munro había esperado con impaciencia toda una semana para ver a la mujer que amaba, ya que no podía llegar hasta ella antes de su encuentro convenido para el lunes, 21. Se habían citado de nuevo en la Exposición de Logros Económicos, cuyas 238 hectáreas de parques y campos llegaban hasta el gran Jardín Botánico de la Academia de Ciencias de la URSS. Aquí, en una resguardada almáciga al aire libre, ella le estaba esperando, minutos antes del mediodía. Por temor a ser sorprendido por algún transeúnte, se abstuvo de besarla como hubiese deseado.

En cambio, le contó con reprimido entusiasmo, las noticias que había recibido de Londres. Valentina no cabía en sí de gozo.

—Yo también traigo noticias —le dijo—. Durante la primera mitad del mes de abril, una delegación del Comité Central asistirá al Congreso del partido en Rumania, y me han pedido que vaya con ella. Sasha dejará de ir al colegio el 29, y el 5 saldremos para Bucarest. Después de diez días será perfectamente natural que lleve a mi aburrido hijito a la playa durante una semana.

—Entonces lo arreglaré todo para la noche del lunes, 18 de abril. Así dispondrás de varios días para orientarte en Constanza. Debes alquilar o pedir prestado un coche, y comprar una linterna potente. Y ahora, Valentina, amor mío, escucha los detalles. Grábalos bien en tu memoria, porque no puede haber errores.

»Al norte de Constanza está el pueblo veraniego de Mamaia, muy frecuentado por los turistas occidentales. En la noche del 18 saldrás en coche de Constanza, te dirigirás al Norte y cruzarás Mamaia. A seis millas exactas al norte de Mamaia, un camino conduce directamente de la carretera a la playa. En el promontorio, en la encrucijada, verás una torre baja de piedra, cuya mitad inferior está pintada de blanco. Es un hito costero para los pescadores. Deja el coche lejos de la carretera y bajad el promontorio hasta la playa. A las dos de la madrugada verás brillar una luz en el mar: tres destellos largos, y tres cortos. Coge tu linterna a la que habrás aplicado un tubo de cartón para que no se difunda la luz, y enfócala en dirección a la señal. Repite ésta, pero al revés: tres destellos cortos, y tres largos. Entonces se acercará una lancha rápida, para recogeros a ti y a Sasha.

»Irán en ella dos marinos y un hombre que hablará el ruso. Te identificarás con esta frase: «*El Ruiseñor* canta en Berkeley Square.» ¿Lo has entendido bien?

—Sí. Adam, ¿dónde está Berkeley Square?

—En Londres. Es muy hermosa; como tú. Hay en ella muchos árboles.

—¿Y cantan los ruiseñores?

—Según la letra de la canción había uno que lo hacía. Parece que ya falta poco, querida. Cuatro semanas, a partir de hoy. Cuando lleguemos a Londres, te mostraré Berkeley Square.

—Dime una cosa, Adam. ¿Crees que he traicionado a los míos, al pueblo ruso?

—No —contestó él, en tono rotundo—, no lo has hecho. Fueron vuestros líderes quienes estuvieron a punto de hacerlo. Si no hubiese sido por ti, Vishnayev y tu tío podrían haberse lanzado a la guerra. En tal caso, Rusia habría sido destruida, así como la mayor parte de América, mi país y la Europa Occidental. No; no has traicionado a tu pueblo.

—Pero ellos nunca lo comprenderán, nunca me perdonarán —dijo ella, y había un atisbo de lágrimas en sus ojos negros—. Me llamarán traidora. Seré una exiliada.

—Tal vez un día terminará esta locura. Tal vez un día podrás volver. Escucha, querida, no podemos seguir aquí por más tiempo. Es demasiado peligroso. Pero he de decirte una última cosa. Necesito saber el número de tu teléfono particular. No; ya sé que convinimos en que nunca te llamaría. Pero no volveré a verte hasta que estés sana y salva en Occidente. En el improbable caso de un cambio de plan o de fecha, tendría que hablar urgentemente contigo. En tal supuesto, simularía ser un amigo llamado Gregor y te pediría disculpas por no poder asistir a tu cena. Entonces, tendrías que salir inmediatamente y reunirte conmigo en el aparcamiento del «Hotel Mojarsky», al final de la Kutuzosky Prospekt.

Ella asintió, sumisa, y le dio el número de su teléfono. El la besó en la mejilla.

—Nos veremos en Londres, amor mío —le dijo, y desapareció entre los árboles.

En su fuero interno, sabía que tendría que dimitir y capear el furor helado de sir Nigel Irvine, cuando se supiese que *el Ruiseñor* no era Anatoly Krivoi, sino una mujer, y que ésta era su prometida. Pero entonces sería demasiado tarde para que incluso el Servicio pudiese hacer algo.

Ludwig Jahn contemplaba con creciente miedo a los dos hombres que ocupaban las sillas disponibles de su pisito de soltero en el distrito obrero de Wedding, de Berlín Oeste. Llevaban el sello de unos tipos a los que había visto una vez hacía muchísimo tiempo y a los que había esperado no volver a ver.

El que hablaba era, sin duda, alemán; estaba seguro de ello. Lo que no sabía era que aquel hombre se llamaba comandante Schulz, de la Policía secreta de Alemania Oriental, la temida *Staatssicherheitsdienst*, más simplemente conocida por SSD.

Nunca sabría el nombre de aquel individuo, pero adivinaba su oficio.

Tambien sospechaba que la SSD tenía un archivo completo de todos los alemanes orientales que habían desertado para venir al Oeste, caso en el que se encontraba él. Treinta años atrás, cuando tenía dieciocho, Jahn había tomado parte en las algaradas de los obreros de la construcción de Berlín Este, que habían llegado a convertirse en sublevación de Alemania Oriental. Había tenido suerte. Aunque había sido detenido en una de las redadas de la Policía rusa y de sus acólitos comunistas de Alemania del Este, le habían soltado pronto. Pero recordaba el olor de las celdas de detención y el sello de los hombres que las gobernaban. Sus visitantes de este 22 de marzo, tres decenios más tarde, llevaban el mismo sello.

Se había mantenido dócil durante los ocho años siguientes a las algaradas de 1953; después, en 1961, antes de que acabasen de levantar el Muro, había pasado disimuladamente al Oeste. Ahora hacía quince años que tenía un buen empleo en el servicio civil de Berlín Oeste; había empezado como celador del cuerpo de prisiones y le habían ascendido a *Oberwachmeister*, o sea, primer oficial, del bloque Dos de la cárcel de Tegel.

El otro hombre que estaba aquella noche en su habitación guardaba silencio. Jahn nunca sabría que era un coronel soviético llamado Kukushkin, que actuaba en interés del departamento de «asuntos mojados» de la KGB.

Jahn contempló horrorizado las fotografías que el alemán sacó de un sobre grande y colocó, despacio y una a una, delante de él. Una de ellas era de su madre, viuda, de casi ochenta años, encerrada en una celda, aterrorizada y mirando sumisamente a la cámara, como si ésta fuese su última esperanza de salvación. Las otras eran de sus dos hermanos menores, maniatados, encerrados en celdas diferentes, pero cuyas paredes inconfundibles se veían claramente en las perfectas fotos.

—Además, están su cuñada y sus tres deliciosas sobrinitas. ¡Oh, sí! Sabemos lo de los regalos de Navidad. ¿Cómo le llaman ellas? ¿Tío Ludo? Encantador. Dígame, ¿ha visto alguna vez lugares como éstos?

Había más fotografías, imágenes que hicieron que el rollizo Jahn cerrase los ojos durante varios segundos. Figuras extrañas, parecidas a autómatas, vestidas de harapos, rapadas las cabezas como calaveras, miraban la cámara sin ver. Permanecían arracimados o arrastrando los ateridos pies, envueltos en trapos para protegerlos del frío del Artico. Eran unos seres macilentos, arrugados, infrahumanos. Eran algunos de los habitantes de los campamentos de trabajos forzados del complejo de Kolyma, en las lejanías orientales del norte siberiano de la península de Kamchatka, donde se extrae el oro de las minas del Círculo Artico.

—Las condenas a perpetuidad... en estos lugares de veraneo... sólo se aplican a los peores enemigos del Estado, *Herr* Jahn. Pero mi colega, aquí presente, puede lograr esa condena para todos los miembros de su familia, sí, incluso para su querida y anciana madrecita, con sólo hacer una llamada por teléfono. Ahora, dígame: ¿quiere que haga esta llamada?

Jahn miró los ojos del hombre que no hablaba. Eran tan fríos como los campos de Kolyma.

—No —murmuró—. No, por favor. ¿Qué es lo que quieren?

Fue el alemán quien respondió.

—En la prisión de Tegel hay dos secuestradores, Mishkin y Lazareff. ¿Les conoce?

Jahn asintió con la cabeza.

—Sí. Llegaron hace cuatro semanas. El asunto dio mucho que hablar.

—¿Dónde están, exactamente?

—En el bloque número Dos. Piso alto, a la izquierda. Incomunicados, a petición propia. Temen a los otros presos. Al menos, eso dicen. Pero no hay motivo. Podrían tenerlo unos secuestradores de niños; pero no esos dos. Sin embargo, insisten en ello.

—Pero, usted, *Herr* Jahn, ¿puede visitarlos? ¿Tiene acceso a sus celdas?

Jahn guardó silencio. Empezaba a comprender, con profundo temor, lo que se proponían sus visitantes con los secuestradores. Ellos venían del Este, y los secuestradores habían escapado de allí. No vendrían a traerles regalos de cumpleaños.

—Eche otra mirada a las fotografías, Jahn. Mírelas bien, antes de decidirse a ponernos obstáculos.

—Sí, puedo visitarles. En mis rondas. Pero sólo por la noche. Durante el turno de día hay tres celadores en aquel pasillo. Si yo quisiera visitarles entonces, me acompañarían los otros dos o al menos uno de ellos. Además, durante el día no podría alegar ningún pretexto para visitarles. En el turno de noche, es más normal hacer una inspección.

—¿Está usted ahora en el turno de noche?

—No. En el de día.

—¿Cuál es el horario del turno de noche?

—Desde la medianoche hasta las ocho de la mañana. Las luces se apagan a las diez de la noche. El cambio de turno se hace a las doce. Y el relevo llega a las ocho de la mañana. Durante el turno de noche hago tres rondas por el bloque, siempre acompañado del oficial de guardia de cada piso.

El alemán anónimo pensó durante un rato.

—Mi amigo desea hacerles una visita. ¿Cuándo volverá usted al turno de noche?

—El lunes, cuatro de abril —respondió Jahn.

—Muy bien —dijo el alemán oriental—. Ahora voy a decirle lo que tiene que hacer.

Estas fueron las instrucciones: Jahn tenía que hacerse con el uniforme y la tarjeta de un colega libre de servicio, sacándolos del armario ropero. A las dos de la madrugada del lunes, 4 de abril, descendería a la planta baja y abriría la puerta de servicio al ruso. Acompañaría a éste al piso alto y lo ocultaría en el cuarto del personal de día, previa obtención de una llave duplicada. Enviaría al oficial de guardia del último piso a hacer algún recado y se encargaría de la vigilancia durante su ausencia. Entonces llevaría al ruso al pasillo de las celdas de incomunicación y le daría la llave maestra que abría sus puertas. Cuando el ruso hubiese «visitado» a Mishkin y a Lazareff, volverían a hacer lo mismo, pero a la inversa. El ruso se ocultaría hasta que el oficial de guardia volviese a su puesto. Después, Jahn le acompañaría a la puerta de servicio y el ruso saldría a la calle.

—No dará resultado —murmuró Jahn, aun sabiendo muy bien que podía darlo.

El ruso habló al fin, en alemán.

—Será mejor que lo dé —amenazó—. En otro caso, yo mismo cuidaré de que toda su familia inicie un régimen en Kolyma que hará que el «superseverísimo» régimen seguido allí hasta ahora parezca una luna de miel en el «Hotel Kempinski».

Jahn sintió como si le regasen las tripas con hielo líquido. Ninguno de los duros del pabellón especial podía compararse con aquel hombre. Tragó saliva.

—Lo haré —murmuró.

—Mi amigo volverá aquí a las seis de la tarde del domingo, tres de abril —dijo el alemán oriental—. Nada de comités de recepción de la Policía, por favor. No serviría de nada. Los dos tenemos salvoconducto diplomático, con nombres falsos. Lo negaríamos todo y nos largaríamos tranquilamente. Limítese a tener el uniforme y la tarjeta preparados para él.

Dos minutos más tarde se habían marchado, llevándose las fotografías. No habían dejado el menor rastro. Pero no importaba. Jahn seguiría viendo todos los detalles en sus pesadillas.

El 23 de marzo, más de doscientos cincuenta barcos, primera ola de la flota expectante, estaban atracados en treinta puertos, desde la ensenada del San Lorenzo hasta Carolina, pasando por toda la costa oriental de América del Norte. Aún había hielo en el San Lorenzo, pero los rompehielos lo hacían mil pedazos, mientras los buques de carga avanzaban hacia sus amarraderos próximos a los silos.

Un buen porcentaje de estos barcos pertenecía a la flota rusa «Sovfracht», pero les seguían en número los de pabellón estadounidense, pues una de las condiciones de la venta había sido que se contratarían cargueros americanos para el transporte de importantes cantidades de grano.

Dentro de diez días zarparían hacia el Este y cruzarían el Atlántico, con rumbo a Arjanguel y Murmansk, en el Artico soviético, a Leningrado, en la punta del Báltico, y a los puertos de aguas templadas de Odessa, Sinferopol y Novorossisk, en el mar Negro. Pabellones de otras diez naciones se mezclaban con ellos, para efectuar el mayor transporte de cereales realizado desde la Segunda Guerra Mundial. Desde Winnipeg hasta Charleston, las bombas extraían de un centenar de silos dorados chorros de trigo, cebada, avena, centeno y maíz, y los vertían en las bodegas de los barcos con el fin de alimentar, dentro de un mes, a millones de rusos hambrientos.

El 26, Andrew Drake terminó su trabajo en la mesa de cocina de un apartamento de los suburbios de Bruselas y declaró que estaba listo.

Los explosivos habían sido guardados en diez maletas de fibra, y las metralletas, enrolladas en toallas y metidas en mochilas. Azamat Krim llevaba los detonadores, envueltos en algodón, en una caja de cigarros de la que nunca se separaba. Cuando oscureció, transportaron la mercancía a la furgoneta de segunda mano del grupo, con matrícula belga, y emprendieron la marcha hacia Blankenburge.

Cuando trasladaron el equipo a la lancha, amparados en la oscuridad, la pequeña población de veraneo a orillas del mar del Norte estaba silenciosa, y su puerto, virtualmente desierto. Era sábado, y, aunque un hombre que había sacado a su perro a dar un paseo por el muelle advirtió su movimiento, eso no le llamó la atención. Los grupos de aficionados a la pesca que preparaban una excursión de fin de semana eran bastante frecuentes, aunque todavía era un poco pronto y aún hacía frío.

El domingo, 27, Miroslav Kaminsky se despidió de ellos y regresó a Bruselas en la furgoneta. Tenía que limpiar el piso sin dejar el menor rastro, abandonarlo y llevar el vehículo a un lugar previamente establecido de los pólders de Holanda. Allí lo dejaría, con la llave de contacto en un sitio convenido, y tomaría el transbordador para volver a Harwich y Londres. Había aprendido bien el itinerario y confiaba en que podría realizar debidamente su parte del plan.

Los siete hombres restantes salieron del puerto y navegaron tranquilamente costa arriba, para perderse entre las islas de Walcheren y Beveland del Norte, justo más allá de la frontera holandesa. Una vez allí, y con sus aparejos de pesca bien visibles, se detuvieron y esperaron. En el camarote, Andrew Drake permanecía acurrucado delante de un poderoso aparato de radio, escuchando, en la longitud de onda del control del estuario de Mosa, las interminables llamadas a los barcos que entraban o salían de Europort y Rotterdam.

—El coronel Kukushkin entrará en la prisión de Tegel para hacer el trabajo en la noche del tres al cuatro de abril

—informó Vassili Petrov a Maxim Rudin en el Kremlin, aquel mismo domingo por la mañana—. Hay allí un celador que le franqueará la entrada, le conducirá a las celdas de Mishkin y Lazareff y le hará salir por la puerta de servicio cuando todo haya terminado.

—¿Es digno de confianza el celador? ¿Es uno de los nuestros? —preguntó Rudin.

—No; pero tiene familia en Alemania del Este. Le han convencido de que debe cumplir las órdenes. Kukushkin dice que no acudirá a la Policía. Está demasiado asustado.

—Entonces, sabe para quién trabaja. Es decir, sabe demasiado.

—Kukushkin le hará callar también para siempre, en el momento de salir de la prisión. No quedará ningún rastro —aseguró Petrov.

—Ocho días —dijo Rudin—. ¡Ojalá lo haga bien!

—Lo hará —afirmó Petrov—. También él tiene familia. Dentro de ocho días, Mishkin y Lazareff estarán muertos y se habrán llevado su secreto a la tumba. Los que les ayudaron guardarán silencio, para salvar sus propias vidas. Pero aunque hablasen, nadie les creería. La gente pensaría que eran declaraciones histéricas. No; no les creería nadie.

Cuando salió el sol, la mañana del 29, sus primeros rayos iluminaron la mole del *Freya* a veinte millas al oeste de Irlanda, rumbo Nornordeste, a once grados de longitud, para rodear las Hébridas Exteriores.

Sus poderosas pantallas de radar habían captado la flota pesquera en la oscuridad hacía una hora, y el oficial de guardia lo había anotado cuidadosamente. Las embarcaciones más próximas estaban al Este, es decir, entre el petrolero y la costa.

El sol brilló sobre las rocas de Donegal, que aparecían como una fina raya en el horizonte del Este a los ojos de los hombres que estaban en el puente, a veinticinco metros sobre el mar. También iluminó los pequeños queches de pesca de la gente de Killybegs, que navegaban hacia el Oeste en busca de caballas, arenques y pescadillas. Y también la mole del propio *Freya*, parecido a un promontorio móvil, que surgía del Sur y dejaba atrás las barcas y sus oscilantes redes.

Christy O'Byrne estaba en la pequeña cabina del timón de *Bernadette*, de la que él y su hermano eran propietarios. Pestañeó varias veces, dejó su taza de cacao y subió de la cabina a la cubierta. Su barca era la que estaba más cerca del petrolero que pasaba.

Detrás de él, los pescadores empezaron a tocar las sirenas, y un coro de débiles alaridos turbó el silencio de la aurora. En el puente del *Freya*, Thor Larsen hizo una seña a su joven oficial; segundos después, el potente rugido de la sirena del *Freya* contestó al saludo de la flota de Killybegs.

Christy O'Byrne se apoyó en la barandilla y observó cómo llenaba el *Freya* el horizonte, oyó el fuerte latido de las máquinas debajo del agua y sintió que la *Bernadette* empezaba a balancearse en la cada vez más ancha estela del superpetrolero.

—¡Virgen santa! —dijo—. ¿Habráse visto algo más grande?

En la costa oriental de Irlanda, los compatriotas de Christy O'Byrne trabajaban aquella mañana en Dublin Castle, que, durante setecientos años había sido sede del poder británico. Cuando era pequeño, Martin Donahue, sentado en el hombro de su padre, había observado desde fuera cómo salían los últimos soldados ingleses del castillo, después de la firma del tratado de paz. Ahora, sesenta y tres años después, y a punto ya de jubilarse de su empleo al servicio del Gobierno, realizaba un trabajo de limpieza, arrastrando una aspiradora «Hoover» sobre la alfombra de color azul eléctrico de Saint Patrick's Hall.

No había estado presente en ningún acto de toma de posesión de los sucesivos presidentes, bajo el magnífico techo de Vincent Waldré, pintado en 1778; ni lo estaría dentro de doce días, cuando las dos superpotencias firmasen el Tratado de Dublín bajo los inmóviles estandartes de los hacía tiempo desaparecidos caballeros de San Patricio. El les había quitado el polvo durante cuarenta años, en espera de esta ocasión.

Rotterdam se preparaba también, aunque para una ceremonia distinta: Harry Wennerstrom llegó el día 30 y se instaló en la mejor suite del «Hotel Hilton».

Había viajado en su reactor particular, aparcado ahora en el aeropuerto municipal de Schiedam, en las afueras de la ciudad. Durante todo el día, cuatro secretarios rebulleron a su alrededor, preparando el recibimiento de dignatarios escandinavos y holandesa, de grandes personajes del petróleo y de la industria naviera, y de docenas de periodistas que, el primero de abril, asistirían a la recepción del capitán Thor Larsen y sus oficiales.

Un selecto grupo de notables y de hombres de la Prensa serían sus invitados en el terrado del moderno edificio del Control del Mosa, situado en la punta de la costa arenosa del Anzuelo de Holanda. Bien protegidos contra la cortante brisa de la primavera, observarían desde la orilla norte del estuario del Mosa cómo los seis remolcadores arrastraban al *Freya* en los últimos kilómetros, desde el estuario al Caland Kanal, desde éste al Beer Kanal y, por último, hasta atracar delante de la nueva refinería de petróleo de Clint Blake, en el corazón de Europort.

Mientras el *Freya* cerraba sus sistemas durante la tarde, el grupo regresaría en sus automóviles al centro de Rotterdam, cuarenta kilómetros río arriba, para una recepción nocturna. Esta iría precedida de una conferencia de Prensa, durante la cual Wennerstrom presentaría a Thor Larsen a la Prensa mundial.

Sabía que los periódicos y la Televisión habían alquilado helicópteros para hacer un reportaje gráfico completo de las últimas millas y del amarre del *Freya*.

El viejo Harry Wennerstrom estaba satisfecho.

A primeras horas del 30 de marzo, el *Freya* acabó de cruzar el canal entre las Orcadas y las Shetland y puso rumbo al Sur, dirigiéndose al mar del Norte. En cuanto hubo entrado en las calmadas rutas del mar del Norte, lo comunicó así, poniéndose en contacto con los oficiales de la primera base terrestre de control de tráfico, emplazada en Wick, en la costa de Caithness del extremo norte de Escocia.

Debido a su tamaño y a su calado, era un «buque con restricciones». Había reducido su velocidad a diez nudos y seguía las instrucciones que le daban desde Wick por radioteléfono VHF. A todo su alrededor, los diversos e invisibles centros de control le seguían con sus exactos aparatos de radar, manejados por expertos operarios. Estos centros están equipados con sistemas auxiliares de computadoras, capaces de asimilar rápidamente toda información sobre el tiempo, las corrientes y la densidad del tráfico.

Mientras el *Freya* seguía la ruta de tráfico hacia el Sur, las embarcaciones más pequeñas que se hallaban delante de él recibían vivas órdenes de apartarse de su trayecto. A medianoche pasó por delante del cabo de Flamborough, en la costa de Yorkshire, y torció más al Este, alejándose de la costa británica en dirección a Holanda. Había seguido continuamente el canal de aguas profundas, con un mínimo de veinte brazas. Sobre el puente, y a pesar de las constantes instrucciones de la costa, los oficiales observaban los datos del sonar, atentos a los bancos y a las barras de arena que elevan el fondo del mar del Norte y que se deslizaban a ambos lados del buque.

Momentos antes de la puesta del sol del 31 de marzo, en un punto situado exactamente a quince millas marinas al este del faro de Gabbard Exterior, y habiendo reducido su velocidad a cinco nudos, el gigante viró suavemente hacia el Este y avanzó hacia el profundo ancladero nocturno, situado a 52 grados Norte. Estaba a veintisiete millas al este del estuario del Mosa, a veintisiete millas de su destino y de su gloria.

En Moscú era medianoche. Adam Munro había decidido volver a pie a su casa, después de la recepción diplomática en la Embajada. Le había llevado en su coche el consejero comercial, y el suyo había quedado aparcado delante de su residencia en la Kutuzovsky Prospekt.

Al llegar a la mitad del puente de Serafimov, se detuvo a contemplar el río Moscova. A su derecha podía ver la iluminada fachada, estucada de blanco y crema, de la Embajada; a su izquierda, las oscuras y rojas murallas del Kremlin se erguían imponentes, y, sobre ellas, la planta superior y la cúpula del Gran Palacio del zar.

Hacía aproximadamente diez meses que había llegado de Londres para hacerse cargo de su nueva función. En este período había dado el golpe más grande en varias décadas dentro del campo del espionaje, «dirigiendo» al único espía que había operado para Occidente en el corazón del Kremlin. Ellos sacudirían por haber quebrantado las normas, por no haberles dicho quién era ella desde el principio, pero no podrían reducir el valor de lo que les había proporcionado.

Tres semanas más, y ella estaría lejos de aquí, sana y salva en Londres. Y él habría salido también y dimitido del servicio, para empezar una nueva vida en cualquier parte, con la única persona del mundo a quien había amado, amaba y amaría siempre.

Se alegraría de dejar Moscú, con su misterio, su ambiente siempre furtivo, su alienadora tristeza. Dentro de diez días, los americanos tendrían su tratado de reducción de armamentos; el Kremlin, sus cereales y su tecnología; el servicio, muestras de gratitud, tanto por parte de Downing Street como de la Casa Blanca. Una semana más, y él tendría a su prometida, y ella, su libertad. Encogió los hombros bajo el abrigo de cuello de piel y siguió cruzando el puente.

Cuando en Moscú es medianoche, en el mar del Norte son las diez. A las 22.00 horas, el *Freya* se había detenido al fin. Había navegado 7085 millas desde Chita hasta Abu Dhabi, y otras 12 015 desde allí hasta el punto en que ahora se encontraba. Permanecía inmóvil al filo de la corriente; una sola cadena de ancla se hundía desde la proa hasta el fondo del mar, quedando veinte metros de aquélla sobre la cubierta. Cada eslabón de la cadena tenía casi un metro de largo, y su acero era más grueso que el muslo de un hombre.

Debido a las condiciones del barco, el capitán Larsen lo había pilotado personalmente desde las Orcadas, auxiliado por dos oficiales y el timonel. Incluso después de anclado, dejó a su primer oficial, Stig Lundquist, a su tercer piloto, Tom Keller, a uno de los daneses-americanos y a un marinero experto, de guardia en el puente durante toda la noche. Los oficiales vigilarían el ancla y el marinero inspeccionaría periódicamente la cubierta.

Aunque los motores del *Freya* estaban parados, sus turbinas y sus generadores zumbaban rítmicamente, suministrando la energía necesaria para mantener los sistemas en funcionamiento.

Entre éstos se hallaba el de información permanente sobre el tiempo y las corrientes, y era de observar que los últimos datos eran alentadores.

Habría cabido esperar los ventarrones de marzo; en vez de esto, una prematura zona de altas presiones, casi estacionaria sobre el mar del Norte, había traído anticipadamente a las costas un tiempo casi primaveral. El mar estaba en calma, y una corriente de un nudo de velocidad fluía hacia el Nordeste, en dirección a las islas Frisias. El cielo había estado casi despejado durante todo el día y, a pesar de un ligero frío aquella noche, prometía mantenerse igual el día siguiente.

El capitán Larsen dio las buenas noches a sus oficiales, salió del puente y bajó un piso, hasta la cubierta D. Aquí, en el extremo de estribor, tenía sus habitaciones. El espacioso y bien amueblado camarote de día tenía cuatro ventanas que dominaban el barco en toda su longitud y dos que daban a estribor. Detrás del camarote de día estaba su dormitorio y un cuarto de baño anejo al mismo. El camarote-dormitorio tenía también dos ventanas, ambas a estribor. Ninguna de las ventanas podía abrirse, salvo una de las del camarote de día, que tenía cierres de rosca que podían abrirse con la mano.

Fuera de las cerradas ventanas delanteras, la fachada de la superestructura caía verticalmente sobre cubierta; a estribor, las ventanas daban a una plataforma de acero, tres metros más abajo; más allá estaba la barandilla de estribor, y más allá, el mar. Cinco tramos de escalones de acero conducían desde la cubierta «A», que era la más baja, hasta el puente situado cinco pisos más arriba, y, en cada uno de éstos, la escalera daba a un descansillo, también de acero. Tanto la escalera como los descansillos estaban al aire libre, expuestos a los elementos. Se empleaban pocas veces, porque las escaleras interiores tenían buena calefacción.

Thor Larsen retiró la servilleta de encima del plato de pollo con ensalada que le había dejado el primer camarero, miró con añoranza la botella de whisky escocés del mueble bar y resolvió sustituirla por la cafetera. Después de comer, decidió emplear la noche en un estudio final de las cartas del canal para la última maniobra de mañana. Esta no sería fácil, y quería conocer el canal tan bien como los dos prácticos holandeses que llegarían en helicóptero, procedentes del aeropuerto Schiphol, de Amsterdam, a las 7.30, para tomar el mando. También sabía que, antes de esto, llegaría un equipo de diez hombres en lancha, a las 7.00; eran los marineros complementarios que serían necesarios para la operación de amarre.

Al dar la medianoche, se instaló en la ancha mesa de su camarote de día, desplegó las cartas y empezó a estudiarlas.

Diez minutos antes de las tres de la mañana hacía frío en el exterior, pero el cielo estaba despejado. La media luna cabrilleaba en el mar ligeramente rizado. En el puente, Stig Lundquist y Tom Keller tomaban café en amable compañía. El marinero experto examinaba las pantallas de la consola del puente.

—¡Señor —gritó—, se acerca una lancha!

Tom Keller se levantó y se acercó al marinero, que señalaba la pantalla del radar. Había una serie de puntos, estacionarios y otros moviéndose, pero todos muy lejos del *Freya*. Un puntito parecía acercarse desde el Sudeste.

—Probablemente una barca de pesca que quiere asegurarse de estar en el caladero al amanecer —sugirió Keller.

Lundquist miró por encima de su hombro.

Tocó un resorte para reducir el campo.

—Se está acercando mucho —informó.

En el mar, aquella lancha tenía que ver la mole del *Freya*. El petrolero tenía encendidas las luces de situación sobre el castillo de proa y en la popa. Además, su cubierta estaba iluminada y también la superestructura, que parecía un árbol de Navidad. Pero la lancha, en vez de virar y alejarse, describió una curva en dirección a la popa del *Freya*.

—Parece que quiere acercarse al costado del buque —dijo Keller.

—No pueden ser los hombres para la maniobra de amarre —dijo Lundquist—. Dijeron que vendrían a las siete.

—Tal vez no podían dormir y han preferido tomárselo con tiempo —sugirió Keller.

—Baje a la plataforma de la escalera —ordenó Lundquist al marinero— y dígame lo que vea. Cuando llegue allí, póngase los auriculares y conecte conmigo.

La escalera estaba en la mitad del barco. En las grandes embarcaciones, esta escalera es tan pesada que tienen que emplearse gruesos cables de acero, accionados por un motor eléctrico, para bajarla desde la borda hasta el mar o para subirla y dejarla en posición paralela a la borda. En el *Freya*, a pesar de ir completamente cargado, la borda estaba a nueve metros del mar, haciendo imposible el salto, y la escalera estaba del todo levantada.

Unos segundos más tarde, los dos oficiales vieron al marinero salir de la superestructura y cruzar la cubierta. Cuando llegó a la escalera, subió a la pequeña plataforma que sobresalía del mar y miró hacia abajo. Al propio tiempo, sacó un aparato de radio de un estuche impermeable y se colocó los auriculares. En el puente, Lundquist apretó un botón, encendiendo un potente foco, el cual iluminó al marinero que a lo lejos, contemplaba el negro mar. La lancha había desaparecido de la pantalla del radar; estaba demasiado cerca para poder ser observada.

—¿Qué ve? —preguntó Lundquist a través de un micro.

La voz del marinero sonó en el puente:

—Nada, señor.

Mientras tanto, la lancha se había colocado detrás del *Freya*, precisamente debajo del saliente de la popa. Durante unos segundos se perdió de vista. A ambos lados de la popa, la barandilla de la cubierta «A» era el lugar más próximo al agua; sólo estaba a seis metros sobre el nivel del mar. Dos hombres, puestos en pie sobre el techo de la cabina de la lancha, habían reducido a tres metros aquella altura. Al salir la lancha de la sombra del peto de popa, los dos hombres lanzaron sendos garfios de tres púas, cubiertas éstas con fundas de goma negra.

Los garfios, de los que pendían sendas cuerdas, se elevaron cuatro metros, cayeron sobre la barandilla y quedaron fuertemente sujetos a ella. Al avanzar la lancha, los dos hombres saltaron del techo de la cabina y quedaron colgados de las cuerdas, con los pies rozando el agua. Entonces empezaron a subir rápidamente, a pulso, sin que pareciesen estorbarles las metralletas colgadas a su espalda. Dos segundos después, la lancha salió a la luz y avanzó junto al costado del *Freya*, en dirección a la escalera.

—Ahora puedo verla —informó el marinero desde lo alto—. Parece una lancha de pesca.

—No baje la escalera hasta que se identifique —ordenó Lundquist desde el puente.

En la lejana popa, los dos intrusos habían saltado la barandilla. Desengancharon los garfios y los arrojaron al mar, donde se hundieron arrastrando las cuerdas. Después, los dos hombres emprendieron una rápida carrera por el lado de estribor, en busca de los escalones de acero; llevaban suelas de goma y subieron sin hacer el menor ruido.

La lancha se detuvo al pie de la escalera. Mediaban ocho metros entre ésta y el techo de la cabina. En el interior de ésta había cuatro hombres agazapados. El timonel levantó la cabeza y miró en silencio al marinero.

—¿Quién es usted? —gritó éste—. Identifíquese.

No hubo respuesta. Allá abajo, iluminado por el foco, el hombre del gorro negro de lana siguió mirando sin decir nada.

—No quiere contestar —dijo el marinero a través del micrófono.

—Siga iluminando con el foco — ordenó Lundquist—. Bajaré a echar un vistazo.

Durante esta conversación, tanto Lundquist como Keller habían centrado su atención en el costado de babor y delante del puente. La puerta de éste que daba al lado de estribor se abrió de pronto, dando paso a una ráfaga de aire helado. Los dos oficiales giraron en redondo. La puerta se cerró. Y se encontraron ante dos hombres con máscaras negras, suéter negro de cuello alto y pantalones negros, y zapatos con suela de goma. Ambos iban armados de metralletas, con las que apuntaban a los oficiales

—Ordenen a su marinero que baje la escalera —habló uno de ellos, en inglés.

Los dos oficiales le miraron con incredulidad. Aquello era imposible.

El pistolero levantó el arma y fijó la vista en Keller a través de la mira.

—Le doy tres segundos —amenazó a Lundquist—. Si no, le volaré la cabeza a su colega.

Rojo de ira, Lundquist se acercó al micrófono.

—Baje la escalera —ordenó al marinero.

La voz de éste llegó al puente:

—Pero, señor..

—¡Basta, muchacho! —le interrumpió Lundquist—. Haga lo que le digo.

El marinero se encogió de hombros y apretó un botón del pequeño tablero en la parte alta de la escalera. Se oyó un zumbido de motores y la escalera empezó a descender lentamente sobre el mar. Dos minutos más tarde, otros cuatro hombres vestidos de negro conducían al marinero en dirección a la superestructura, mientras el quinto sujetaba la lancha. Otros dos minutos, y los seis entraron en el puente por la puerta de babor. El marinero tenía los ojos desorbitados de espanto. Cuando entró en el puente vio a los otros dos pistoleros que encañonaban a los oficiales.

—¿Qué diablos...? —empezó a decir el marinero.

—Cálmese —le dijo Lundquist, y después, preguntó en inglés al único pistolero que había hablado hasta entonces—. ¿Qué es lo que quieren?

—Queremos hablar con su capitán —respondió el enmascarado—. ¿Dónde está?

Se abrió la puerta de la caseta del timón que daba a la escalera interior y Thor Larsen entró en el puente. Entonces vio a los tres tripulantes, con las manos cruzadas detrás de la cabeza, y a los siete terroristas vestidos de negro. Fijó sus ojos azules y helados en el hombre que había hecho la pregunta.

—Soy el capitán Thor Larsen, al mando del *Freya* —dijo, pausadamente—. ¿Quién diablos son ustedes?

—No importa quiénes seamos —respondió el jefe terrorista—. Acabamos de apoderarnos de su barco. A menos que sus oficiales y sus hombres hagan lo que les ordenamos, empezaremos dándoles un escarmiento con ese marinero. ¿Qué responde?

Larsen miró despacio a su alrededor. Tres metralletas apuntaban al mozo de dieciocho años, que estaba pálido como la cera.

—Señor Lundquist —ordenó seriamente—, haga lo que le digan esos hombres. —Y, volviéndose al jefe, preguntó:— ¿Qué quieren exactamente del *Freya*?

—Es muy fácil —respondió el terrorista, sin vacilar—. No deseamos hacerles ningún daño, pero si no cumplen al pie de la letra nuestras órdenes, no vacilaremos en hacer lo necesario para que sean atendidas.

—¿Y bien? —preguntó Lundquist.

—Dentro de un plazo de treinta horas, el Gobierno de Alemania Federal tiene que poner en libertad a dos amigos nuestros que se encuentran en una cárcel de Berlín Oeste y enviarlos en avión a un lugar seguro. De no hacerlo, volaremos este barco, con ustedes y toda la tripulación, y un millón de toneladas de petróleo se desparramará en el mar del Norte.

CAPITULO XI

De 03.00 a 09.00

El jefe de los siete terroristas enmascarados hizo que sus hombres pusiesen manos a la obra con metódica precisión, revelando que habían ensayado mentalmente la operación durante muchas horas. Dictó una rápida serie de órdenes en una lengua que ni el capitán Larsen, ni sus oficiales ni el joven marinero, podían entender.

Cinco de los enmascarados llevaron a los dos oficiales y al marinero a la parte trasera del puente, lejos del tablero de instrumentos, y los rodearon. El jefe apuntó con su pistola al capitán Larsen y le dijo, en inglés:

—Su camarote, capitán. Por favor.

Los tres hombres bajaron el tramo de escaleras que conducía del puente a la planta «D»; iban en fila india, Larsen en primer lugar, seguido del jefe de los terroristas y con el acompañante de éste, armado con una metralleta, cerrando la marcha. En mitad de la escalera, en el recodo de ésta, Larsen se volvió a mirar a sus dos apresadores, midiendo la distancia y calculando si podría dominarlos a los dos.

—No lo intente —dijo la voz del enmascarado, detrás de él—. Nadie que esté en su sano juicio puede enfrentarse con una metralleta a tres metros de distancia.

Larsen siguió bajando la escalera. En la planta «A» estaban las habitaciones de los oficiales. Como de costumbre, las del capitán estaban en el rincón del extremo de estribor de la gran superestructura. A continuación, girando hacia babor, estaba el pequeño cuarto de los mapas, lleno de archivos que contenían cartas marinas de primera calidad, con las que se podían surcar todos los mares y llegar a todas las bahías y ancladeros del mundo. Eran copias de las cartas originales del Almirantazgo británico, consideradas como las mejores del Globo.

Después estaba la sala de conferencias, espacioso camarote donde el capitán o el propietario del buque podían recibir, si lo deseaban, a buen número de visitantes al mismo tiempo. A continuación estaban los camarotes del propietario, cerrados y vacíos, y a disposición de éste por si quería viajar alguna vez en su barco. En el costado de babor había otra serie de camarotes idénticos a aquéllos, pero situados a la inversa. Allí residía el primer maquinista.

A popa de los camarotes del capitán estaba la pequeña *suite* del primer oficial, y a popa de las dependencias del primer maquinista se hallaban las del jefe de servicios. Todo aquel complejo formaba un cuadrado cuyo centro hueco estaba ocupado por la escalera, que giraba una y otra vez y descendía hasta la planta «A», tres pisos más abajo.

Thor Larsen condujo a sus aprehensores a sus habitaciones y entró en el camarote de día. El jefe terrorista le siguió y revisó rápidamente las otras habitaciones, el dormitorio y el cuarto de baño. Allí no había nadie más.

—Siéntese, capitán —ordenó, con voz ligeramente apagada por la máscara—. Permanecerá usted aquí hasta que yo regrese. Por favor, no se mueva. Coloque las manos sobre la mesa y manténgalas así, con las palmas hacia abajo.

Dictó otra serie de órdenes en lengua extranjera, y el de la metralleta se retiró al fondo del camarote, de cara a Thor Larsen, a seis metros de él y apuntando al cuello enrollado de su suéter blanco. El jefe comprobó que todas las cortinas estuviesen bien corridas y, después, salió y cerró la puerta. Los otros dos moradores de la planta dormían en sus respectivos camarotes y no oyeron nada. A los pocos minutos, el jefe volvía a estar en el puente.

— Usted —ordenó, apuntando con su pistola al joven marinero—. Venga conmigo.

El muchacho dirigió una mirada suplicante al primer oficial, Stig Lundquist.

—Si le hace el menor daño a ese chico, yo mismo le ahorcaré y lo pondré a secar sobre cubierta —amenazó Tom Keller, con su acento americano.

Dos metralletas se movieron ligeramente en las manos de los hombres que le rodeaban.

—Su caballerosidad es admirable, pero su sentido práctico es deplorable —dijo la voz del jefe, detrás de la máscara—. Nadie sufrirá ningún daño, a menos que haga alguna tontería. Pero si la hace, correrá mucha sangre y todos emprenderán su último viaje.

Lundquist hizo una seña con la cabeza al marinero.

—Vaya con él —dijo— y haga lo que le diga.

El marinero empezó a bajar la escalera, escoltado por el terrorista. Este le detuvo al llegar a la planta «D».

—Aparte el capitán, ¿quiénes ocupan esta planta? —le preguntó.

—El primer maquinista, allá abajo —respondió el marinero—. Y el primer oficial, pero ahora está en el puente. Y el jefe de servicio, allí.

No se oía nada detrás de las puertas cerradas.

—¿Dónde se guarda la pintura? —preguntó el terrorista.

Sin decir palabra, el marinero se volvió y siguió bajando la escalera. Cruzaron las plantas «C» y «B». En un momento dado, oyeron un murmullo de voces detrás de la puerta del comedor de los marineros, donde cuatro hombres que, sin duda, no podían dormir, estaban, por lo visto, jugando a las cartas y tomando café.

En la planta «A» llegaron al nivel de la base de la superestructura. El marinero abrió una puerta exterior y salió a cubierta. El terrorista le siguió. El frío aire nocturno, después del calor interior, les hizo estremecerse. Estaban a popa de la superestructura. A un lado de la puerta por la que habían salido, la enorme chimenea se elevaba treinta metros apuntando a las estrellas.

El marinero avanzó hacia la popa, donde se levantaba una pequeña estructura de acero. Tenía un metro ochenta de lado, y aproximadamente la misma altura. En uno de los lados había una puerta de acero, cerrada con dos grandes clavos de rosca, con tuercas de palomilla en el exterior.

—Ahí abajo —señaló el marinero.

—Bajemos —ordenó el terrorista.

El muchacho hizo girar las tuercas y sacó los clavos. Después asió el tirador de la puerta y la abrió. Había luz en el interior, y se veía una pequeña plataforma y una escalera de acero que se hundía en las entrañas del *Freya*. A un movimiento de la pistola, el marinero entró en la caseta y empezó a bajar, seguido del terrorista.

Después de bajar más de veinte metros, dejando atrás varias galerías cerradas con puertas de acero, llegaron al fondo, muy por debajo de la línea de flotación y sólo separados de la quilla por el suelo plano que pisaban. Se hallaron en un recinto en el que había cuatro puertas. El terrorista señaló con la cabeza la que tenía delante.

—¿Adónde conduce ésa?

—A las transmisiones del timón.

—Echemos un vistazo.

Cuando se abrió la puerta, se hallaron ante un gran recinto abovedado, todo de metal y pintado de verde pálido. Estaba bien iluminado. La mayor parte del espacio central estaba ocupada por una montaña de máquinas encajadas que, al recibir las órdenes de las computadoras del puente, movían el timón. Las paredes de la cavidad seguían la curvatura de la parte inferior del casco del buque. Detrás de la cámara, más allá de la pared de acero del fondo, el gran timón del *Freya* debía de pender inerte en las negras aguas del mar del Norte.

El terrorista ordenó al marinero que cerrase de nuevo la puerta.

A babor y estribor de la cámara de transmisiones del timón estaban, respectivamente, el depósito de productos químicos y el depósito de pintura. El terrorista descartó el primero; no iba a dejar que sus prisioneros se entretuviesen jugando con ácidos. El cuarto de la pintura era más conveniente. Era muy espacioso, aireado, bien ventilado, y su pared exterior estaba formada por el casco del buque.

—¿Adónde da la cuarta puerta? —preguntó el terrorista.

La cuarta puerta era la única que no tenía tirador.

—Conduce a la parte de atrás de la sala de máquinas —respondió el marinero—. Está cerrada por el otro lado.

El terrorista empujó la puerta de acero. Era muy sólida. El hombre pareció satisfecho.

—¿Cuántos hombres hay en el barco? —preguntó—. O mujeres. Y nada de trucos. Si hay uno más de los que tú me digas, los mataremos a todos.

El muchacho se humedeció los resecos labios.

—No hay mujeres —contestó—. Tal vez las haya en el próximo viaje, pero no en el inaugural. Hay treinta hombres, incluido el capitán Larsen.

Enterado de lo que quería saber, el terrorista empujó al asustado joven dentro del cuarto de la pintura, cerró la puerta e hizo girar la tuerca de uno de los dos tornillos de cierre. Después volvió a la escalera. Al salir a la cubierta de popa, en vez de subir por la escalera interior, prefirió hacerlo por las exteriores que llevaban al puente.

Hizo una seña con la cabeza a sus cinco compañeros, que seguían apuntando con sus armas a los dos oficiales, y prorrumpió en una nueva retahíla de órdenes. Minutos después, los dos oficiales, así como el primer maquinista y el jefe de servicios, que habían sido levantados de sus camas en la planta «D», debajo del puente, fueron llevados al cuarto de la pintura. La mayoría de los tripulantes dormían en la planta «B», donde se hallaban los camarotes en general, mucho más pequeños que las habitaciones de los oficiales en las cubiertas «C» y «D».

Hubo protestas, exclamaciones y palabras soeces, cuando les sacaron de allí y les llevaron abajo. Pero, en cada caso, el jefe de los terroristas, que era el único que hablaba, les dijo en inglés que su capitán estaba recluido en su propio camarote y moriría si oponían la menor resistencia. Los oficiales y los marineros obedecieron sus órdenes.

Cuando estuvieron todos en el cuarto de la pintura, se hizo el recuento de la tripulación: veintinueve. El primer cocinero y dos de los cuatro camareros fueron autorizados a volver a la cocina, en la cubierta «A», y traer bollos y panecillos, así como botellas de limonada y latas de cerveza. Además, se instalaron dos cubos a modo de retretes.

—Pónganse cómodos —dijo el jefe de los terroristas a los veintinueve hombres, que le miraban furiosos—. No estarán mucho tiempo aquí. Treinta horas como máximo. Una última cuestión: su capitán necesita al bombero. ¿Quién es?

Un sueco llamado Martinsson dio un paso al frente.

—Yo soy el bombero —dijo.

—Venga conmigo.

Eran las cuatro y media.

La cubierta «A», planta baja de la superestructura, estaba enteramente dedicada a dependencias de los servicios de aquel gigante de los mares. Allí estaban la gran cocina, la cámara frigorífica, otra cámara a temperatura menos baja, varias despensas, la bodega de los licores, el ropero, la lavandería automática, el cuarto de control de la carga, incluido el control de gas inerte, y el cuarto del servicio contra incendios, llamado también cuarto de espuma.

Encima de ella estaba la cubierta «B», con todas las dependencias de los no oficiales, cine, biblioteca, cuatro salones de recreo y tres bares.

La cubierta «C» contenía los camarotes de los oficiales, aparte los cuatro de la planta superior, y, además, el comedor, el salón de fumar de los oficiales y el club de la tripulación, con galería, piscina, sauna y gimnasio.

El cuarto de control de la carga, en la cubierta «A», era lo que interesaba al terrorista el cual ordenó al bombero que le condujese allí. La habitación no tenía ventanas, disponía de calefacción central y aire acondicionado, no había ruidos en ella y estaba bien iluminada. Desde detrás de su máscara, los ojos del jefe terrorista inspeccionaron los aparatos y se fijaron en la mampara del fondo. Allí, detrás de la consola de control, ante la que se sentaba ahora el bombero, ocupaba la pared un tablero de casi tres metros de ancho por más de uno de largo. En él se veía, en forma de plano, la distribución de los depósitos de crudo donde se transportaba la carga del *Freya*.

—Si trata de engañarme —advirtió al bombero—, puede costarle la vida a uno de mis hombres; pero lo descubriré. Y en este caso, amigo mío, no le mataré a usted, sino al capitán Larsen. Ahora, dígame cuáles son los depósitos de lastre y cuáles los de la carga.

Martinsson no iba a discutir, hallándose en juego la vida de su capitán. Tenía unos veintiocho años, y Thor Larsen le aventajaba en una generación. Había navegado dos veces con Larsen antes de ahora, incluido su primer viaje como bombero, y, como todos los otros tripulantes, sentía gran respeto y aprecio por el corpulento noruego, que tenía fama de tratar bien a sus tripulantes y de ser el mejor marino de la flota del «Nordia». Señaló el diagrama que tenía delante.

Los sesenta depósitos estaban dispuestos en series de a tres a lo largo del *Freya*; en veinte filas.

—Ahí delante —señaló Martinsson—, los tanques de babor y de estribor están llenos de crudo. El del centro es el depósito de desperdicios, ahora vacío como una boya, porque hacemos nuestro primer viaje y todavía no hemos descargado nada. Por eso no hemos tenido que limpiar los depósitos de carga y verter en él las impurezas. En la segunda fila, los tres depósitos son de lastre; estuvieron llenos de agua de mar desde el Japón hasta el Golfo, y ahora están llenos de aire.

—Abra las válvulas entre los tres depósitos de lastre y el de desperdicios —ordenó el terrorista. Martinsson vaciló—. Vamos, obedezca.

Martinsson apretó tres botones cuadrados de plástico de la consola que tenía delante. Detrás de ésta se oyó un grave zumbido.

A cuatrocientos metros delante de ellos, muy por debajo de la cubierta de acero, se abrieron grandes válvulas del tamaño de puertas de garaje, formando una sola unidad con los cuatro depósitos, capaz, cada uno de ellos, de contener 20 000 toneladas de líquido. Si ahora entraba no solamente aire, sino cualquier líquido, en uno de los tanques, pasaría libremente a los otros tres.

—¿Dónde están los otros depósitos de lastre? —preguntó el terrorista.

Martinsson señaló con el índice hacia la mitad del buque.

—Allí, en la mitad del barco. Están uno al lado del otro, en una fila de a tres —respondió.

—Dejémoslos en paz —dijo el terrorista—. ¿Dónde están los otros?

—En total hay nueve depósitos de lastre —contestó Martinsson—. Los tres últimos están allí, también en fila como de costumbre, cerca de la superestructura.

—Abra las válvulas, de manera que se comuniquen unos con otros.

Martinsson cumplió la orden.

—Muy bien —dijo el terrorista—. Y ahora, ¿pueden comunicarse los depósitos de lastre con los de la carga?

—No —respondió Martinsson—, no es posible. Los depósitos de lastre sólo son para eso, es decir, para agua de mar o para aire, pero nunca para petróleo. Los tanques de carga son todo lo contrario. Los dos sistemas no se comunican.

—Bien —dijo el enmascarado—, no podemos cambiarlo. Pero haremos otra cosa. Abra todas las válvulas entre todos los depósitos de carga, lateral y longitudinalmente, de manera que los cincuenta se comuniquen entre sí.

El hombre sólo necesitó quince segundos para pulsar los necesarios botones de control. Y allá abajo, en la grasienta oscuridad de los depósitos de crudo, se abrieron docenas de válvulas gigantescas, formando una sola y enorme cuba que contenía un millón de toneladas de petróleo. Martinsson contempló su obra con espanto.

—Si el barco se hundiese y se rompiese un solo depósito, todo el millón de toneladas se derramaría en el mar —murmuró.

—Otra cosa —prosiguió el terrorista—. ¿Qué pasaría si abriésemos las cincuenta escotillas de inspección de los depósitos de carga?

Martinsson sintió la tentación, la fuerte tentación, de dejar que lo intentasen. Entonces pensó en el capitán Larsen, sentado allí arriba, delante de una metralleta que le estaba apuntando. Tragó saliva.

—Morirían —contestó—, a menos que tuviesen un aparato para respirar.

Explicó al enmascarado que, cuando se llenan los depósitos de un petrolero, el crudo no llega nunca hasta el techo de la cuba. En el hueco que queda entre la oleosa superficie del petróleo, y el techo del depósito se forman gases, expelidos por aquél. Son gases volátiles, sumamente explosivos. Si no fuesen extraídos, convertirían al buque en una bomba.

Años antes, los depósitos se purgaban por medio de tuberías provistas de válvulas a presión, de modo que los gases escapaban sobre la cubierta y, dada su ligereza, ascendían directamente y se diluían en la atmósfera. Recientemente se había inventado un sistema mucho más seguro; los gases inertes del tubo de escape del motor principal eran llevados a los depósitos para expeler el oxígeno y cubrir la superficie del petróleo crudo; estos gases inertes se componían, principalmente, de monóxido de carbono.

Al crear una atmósfera completamente desprovista de oxígeno, se evitaba todo riesgo de fuego o de chispas, que no pueden producirse sin aquél. Pero cada depósito tenía una escotilla circular de inspección, de un metro de diámetro, en la cubierta principal; si una de ellas era abierta por un visitante imprudente, éste se vería inmediatamente envuelto en una capa de gas inerte hasta más arriba de su cabeza. Moriría asfixiado, en una atmósfera carente de oxígeno.

—Gracias —dijo el terrorista—. ¿Quién cuida del aparato de respiración?

—El primer oficial —respondió Martinsson—. Pero todos sabemos manejarlo.

Dos minutos más tarde volvía a estar en el depósito de la pintura, con el resto de la tripulación. Eran las cinco de la mañana.

Mientras el jefe de los enmascarados estaba en el cuarto de control del cargamento con Martinsson, y otro custodiaba a Larsen en su propio camarote, los cinco restantes habían descargado la lancha. Las diez maletas de explosivos estaban sobre la cubierta, junto a la escalera, esperando las instrucciones del jefe sobre su colocación. Este dio las órdenes con precisión tajante. En la cubierta de proa se abrieron las escotillas de inspección de los depósitos de lastre de babor y de estribor, descubriendo una escalerilla de acero que bajaba hasta veinticinco metros, en una rancia atmósfera.

Azamat Krim se quitó la máscara, se la metió en el bolsillo, empuñó la linterna y bajó el primero. Dos maletas bajaron detrás de él, sostenidas por largas cuerdas. Trabajando en el fondo del depósito, a la luz de la linterna, colocó una de las maletas junto a la pared del casco del *Freya* y la sujetó a una de las cuadernas verticales. Abrió la otra maleta y extrajo su contenido en dos mitades. Una de ellas fue colocada junto a la mampara delantera, detrás de la cual había 20 000 toneladas de petróleo; la otra mitad fue colocada contra la mampara de atrás, detrás del cual había otras 20 000 toneladas de crudo. Alrededor de las cargas puso sacos de arena, también traídos de la lancha, a fin de concentrar la explosión. Cuando estuvo seguro de que los detonadores estaban en su sitio y conectados con el disparador, subió de nuevo a la cubierta, bajo la luz de las estrellas.

La misma operación se repitió al otro lado del *Freya* y también en los depósitos de lastre de babor y de estribor, cerca de la superestructura. El hombre había empleado ocho maletas en cuatro depósitos de lastre. Colocó la novena en el depósito central de lastre, en mitad del barco, más que para abrir un agujero, para ayudar a romper la espina dorsal del buque.

La décima fue bajada al cuarto de máquinas. Se colocó y cebó en la curva del casco del *Freya*, pegada a la mampara correspondiente al depósito de la pintura. Su potencia era suficiente para abrir las dos cosas simultáneamente. Si estallaba, los hombres que estaban en el depósito de la pintura, detrás de una plancha de acero de media pulgada, y que sobreviviesen a la explosión, se ahogarían cuando entrase el agua del mar, bajo la enorme presión existente a veinticinco metros debajo de la superficie. Cuando el hombre fue a informar a Andrew Drake, eran las seis y cuarto y empezaba a amanecer sobre las silenciosas cubiertas del *Freya*.

—Las cargas están colocadas y preparadas, Andriy —comunicó—. Quiera Dios que no tengamos que hacerlas explotar.

—No hará falta —dijo Drake—. Pero tengo que convencer al capitán Larsen. Sólo si él lo ve y lo cree, podrá convencer, a su vez, a las autoridades. Entonces, éstas tendrán que aceptar nuestras condiciones. No tendrán alternativa.

Dos tripulantes fueron sacados del depósito de la pintura; se les ordenó ponerse ropas protectoras y máscaras y botellas de oxígeno, y fueron conducidos desde el castillo de proa hasta los tanques y obligados a abrir las escotillas de inspección de los depósitos de crudo. Cuando lo hubieron hecho, fueron devueltos al cuarto de la pintura. Se cerró la puerta y se fijaron los tornillos por la parte exterior; no volvería a abrirse hasta que los dos presos estuviesen sanos y salvos en Israel.

A las seis y media, Andrew Drake, todavía enmascarado, volvió al camarote del capitán. Se sentó, fatigosamente, de cara a Thor Larsen, y le contó todo lo que habían hecho. El noruego le contemplaba impasible, bajo la amenaza de la metralleta que seguía apuntándole desde un rincón del camarote.

Cuando hubo terminado, Drake sacó un negro instrumento de plástico y lo mostró a Larsen. No era mayor que dos paquetes de cigarrillos largos. Tenía un solo botón rojo en la parte delantera, y una antena de acero de diez centímetros sobresalía de la punta.

—¿Sabe lo que es esto, capitán? —preguntó el enmascarado Drake.

Larsen se encogió de hombros. Sabía lo bastante sobre radio para reconocer un pequeño transmisor transistorizado.

—Es un oscilador —explicó Drake—. Si se aprieta este botón rojo, emite una sola nota VHF, que crece gradualmente de tono y de frecuencia y escapa a la percepción del oído humano. Pero, sujeto a cada una de las cargas explosivas que hemos colocado en el barco, hay un receptor que puede captar y captará el sonido. Al elevarse la frecuencia, ésta será registrada por un disco graduado de los receptores, cuya aguja empezará a moverse hasta llegar al tope. Cuando esto ocurra, saltarán los fusibles de los aparatos y se cortará la corriente. Este corte de corriente en cada receptor transmitirá un mensaje a los detonadores, y éstos funcionarán. ¿Sabe lo que significaría eso?

Thor Larsen contempló aquel rostro enmascarado al otro lado de la mesa. Su barco, su amada *Freya*, había sido secuestrado, y él nada podía hacer por remediarlo. Sus tripulantes estaban encerrados en un ataúd de acero, separados por una mampara de acero de una carga depositada a pocos centímetros y que, si estallaba, los aplastaría a todos y los cubriría en pocos segundos de helada agua del mar.

Los ojos de su mente evocaron un cuadro infernal. Si explotaban las cargas, se abrirían grandes agujeros en los lados de babor y de estribor de cuatro depósitos de lastre. Masas enormes de agua penetrarían por ellos, llenando en pocos minutos las cubas del exterior y del centro. Como es más pesada que el petróleo crudo, el agua de mar ejercería mayor presión; a través de los otros agujeros de las cubas, pasaría a los depósitos contiguos de carga, empujando el crudo hacia arriba y escupiéndolo por las escotillas de inspección, de modo que otras seis cubas se llenarían de agua. Esto ocurriría en la parte delantera de la carga, precisamente bajo los pies del capitán. En pocos minutos, la sala de máquinas se llenaría de decenas de miles de toneladas de agua verde. La popa y la proa descenderían al menos tres metros, pero el sector flotante de en medio permanecería elevado, al quedar intactos sus depósitos de lastre. Y *Freya*, la más hermosa de las diosas nórdicas, arquearía la espalda, en un espasmo de dolor, y se partiría por la mitad. Los dos trozos se hundirían a plomo ocho metros, sin oscilar siquiera, y descansarían sobre el fondo del mar, con las cincuenta escotillas de las cubas abiertas hacia arriba. Un millón de toneladas de crudo subirían a la superficie del mar del Norte.

La poderosa diosa tardaría tal vez una hora en hundirse por completo, pero el proceso sería irreversible. Como las aguas eran poco profundas, una parte del puente podría sobresalir de las ondas, pero el barco no podría ponerse nunca a flote. Quizá pasarían tres días antes de que las últimas gotas de crudo llegasen a la superficie; pero ningún submarinista podría trabajar entre cincuenta columnas de petróleo ascendente. Nadie podría cerrar las escotillas. El escape del petróleo, como la destrucción del barco, sería irreversible.

Larsen contempló el rostro enmascarado, pero no respondió. Sentía una ira profunda, lacerante, que crecía en su interior a cada minuto que pasaba; pero no la manifestaba.

—¿Qué es lo que quiere? —gruñó.

El terrorista miró el reloj de la pared. Marcaba las siete menos cuarto.

—Vayamos al cuarto de la radio —ordenó— Hablaremos con Rotterdam. Mejor dicho, usted hablará con Rotterdam.

Veintiséis millas al Este, el sol naciente había hecho palidecer las grandes llamas amarillas que surgen día y noche de las refinerías de petróleo de Europort. Durante toda la noche, los que estaban en el puente del *Freya* habían podido ver aquellas llamas recortándose en el oscuro cielo sobre «Chevron», «Shell», «BP», y, más allá, el frío reflejo azul de la iluminación de las calles de Rotterdam. Las refinerías y la laberíntica complejidad de Europort, la mayor terminal de petróleo del mundo, se encuentran en la orilla sur del estuario del Mosa. En la costa norte está el Anzuelo de Holanda, con su terminal del transbordador y el edificio del Control del Mosa, agazapado debajo de sus antenas giratorias de radar.

Aquí, a las seis cuarenta y cinco de la mañana del primero de abril, el oficial de guardia, Bernhard Dijkstra, bostezó y se estiró. Dentro de quince minutos se marcharía a su casa para un bien ganado desayuno. Más tarde, después de dormir un poco, aprovecharía el tiempo libre para volver de su casa de Gravenzande y ver cómo cruzaba el estuario el nuevo superpetrolero gigante. Sería algo memorable. Como respondiendo a sus pensamientos, el altavoz que tenía delante despertó.

—Control del Mosa, Control del Mosa. Habla el *Freya.*

El superpetrolero llamaba por el Canal Veinte, que era el que solían emplear los petroleros desde el mar para comunicar por radioteléfono con el Control del Mosa. Dijkstra se inclinó hacia delante y pulsó un interruptor.

—*Freya*, aquí Control del Mosa. Hablen.

—Control del Mosa, aquí el *Freya.* Habla el capitán Thor Larsen. ¿Dónde está la lancha que trae los marineros para el amarre?

Dijkstra consultó unas notas a la izquierda de su consola.

—*Freya*, aquí Control del Mosa. Salieron del Anzuelo hace más de una hora. Estarán con ustedes dentro de veinte minutos.

Lo que siguió hizo que Dijkstra se incorporase de un salto en su silla.

—*Freya* a Control del Mosa. Llame inmediatamente a la lancha y dígales que regresen a puerto. No podemos recibirles a bordo. Díganles a los prácticos del Mosa que no salgan; repito, que no salgan. No podrían subir a bordo. Tenemos una emergencia; repito, tenemos una emergencia.

Dijkstra tapó el micro con la mano y le gritó a su compañero de guardia que conectase el magnetófono. Cuando empezó a girar la cinta para grabar la conversación, Dijkstra quitó la mano del micrófono y dijo, deletreando bien sus palabras:

—*Freya*, aquí Control del Mosa. He entendido que no quiere que salgan los prácticos. Por favor, confírmelo.

—Control del Mosa, aquí el *Freya.* Confirmado. Confirmado.

—Por favor, dé detalles de su emergencia.

Hubo una pausa de diez segundos, como si el capitán consultase con alguien sobre el puente del *Freya* anclado en alta mar. Después, la voz de Larsen tronó de nuevo en la sala de control:

—Control del Mosa, aquí el *Freya.* No puedo explicar la naturaleza de la emergencia. Pero si alguien intenta acercarse al *Freya*, morirá gente. Por favor, manténganse alejados. No traten de comunicar de nuevo con el *Freya* por radio o por teléfono. El *Freya* volverá a llamarles a las cero nueve cero cero horas en punto. Cuide de que el presidente de la Junta del Puerto de Rotterdam se encuentre en la sala de control. Eso es todo.

Calló la voz y se oyó un fuerte chasquido. Dijkstra trató dos o tres veces de restablecer la comunicación. Después, se volvió hacia su colega.

—¿Qué diablos significa todo esto? —preguntó.

El oficial Schipper se encogió de hombros.

—No me ha gustado nada lo que he oído —dijo—. Parecía como si el capitán Larsen estuviese en peligro.

—Declaró que podía morir alguien —dijo Dijkstra—. Pero ¿cómo? ¿Habrá estallado un motín? ¿Se habrá vuelto alguien loco a bordo?

—Será mejor que hagamos lo que ha dicho, mientras se pone en claro la cosa —sugirió Schipper.

—Sí —admitió Dijkstra—. Busca tú al presidente; yo llamaré a la lancha y a los dos prácticos en Schipol.

La lancha que llevaba a los marineros avanzaba a una velocidad regular de diez nudos sobre el mar en calma y en dirección al *Freya*, del que le separaban tres millas. Se anunciaba una hermosa mañana de primavera, muy templada para aquella época del año. Aunque había tres millas de distancia, la mole del gigantesco superpetrolero se veía ya perfectamente, y los holandeses que habían de ayudar en la maniobra de amarre, pero que nunca habían visto aquel buque, estiraban el cuello a medida que se iban acercando a él.

Nadie sospechó nada cuando sonó la radio colocada al lado del timonel y que servía para comunicar con tierra. El hombre descolgó el auricular y lo aplicó a su oído. Frunciendo el ceño, puso el motor en punto muerto y pidió que repitiesen el mensaje. Cuando lo hubieron hecho, dio un brusco giro a estribor, obligando a la lancha a describir una semicircunferencia.

—Volvemos atrás —anunció a los hombres, que le miraban intrigados—. Algo anda mal. El capitán Larsen no puede recibirnos todavía.

Detrás de ellos, mientras volvían al puerto, el *Freya* se empequeñeció en el horizonte.

En el aeropuerto de Schipol, al sur de Amsterdam, los dos prácticos del estuario se dirigían al helicóptero de la Junta del Puerto, que había de llevarles a la cubierta del petrolero. Era el procedimiento acostumbrado; siempre iban por el aire hasta los buques que esperaban.

El primer práctico, curtido veterano con veinte años en el mar, título de capitán y quince años de práctico en el Mosa, llevaba su «caja parda», instrumento que le permitiría guiar el barco sin errar un metro, si creía necesaria tanta exactitud. Con el *Freya* a sólo seis metros de los bajíos, y teniendo el Canal Interior una anchura de apenas quince metros más que el propio *Freya*, pensaba que esta mañana lo necesitaría.

Mientras pasaban agachados por debajo de las aspas giratorias, el piloto se asomó y les hizo señas con un dedo.

—Parece que algo anda mal —gritó, para hacerse oír sobre el rugido del motor—. Tenemos que esperar. Voy a pararlo.

Al pararse el motor, se inmovilizaron las aspas.

—¿Qué diablos pasa? —preguntó el segundo práctico.

El piloto del helicóptero se encogió de hombros.

—No lo sé —respondió—. Acaban de llamarme desde Control del Mosa. El barco no puede recibirles todavía.

En su hermosa casa de campo de las afueras de Vlaardingen, Dirk van Gelder, presidente de la Junta del Puerto, estaba desayunando poco antes de las ocho cuando sonó el teléfono. Su esposa se puso al aparato.

—¡Es para ti! —gritó, y volvió a la cocina, donde estaba preparando el café.

Van Gelder se levantó de la mesa, dejó el periódico sobre la silla y, calzado con zapatillas de lana, se dirigió al vestíbulo.

—Van Gelder al aparato —dijo. Mientras escuchaba, se puso rígido y frunció el ceño.

—¿Qué quiso decir con eso de que alguien moriría? —preguntó.

Otro chorro de palabras llegó hasta su oído.

—Bien —dijo Van Gelder—. No se muevan de ahí. Me reuniré con ustedes dentro de quince minutos.

Colgó el teléfono de golpe, tiró las zapatillas y se puso los zapatos y la chaqueta. Dos minutos después estaba en la puerta de su garaje. Mientras subía a su «Mercedes» y salía en marcha atrás hacia el enarenado paseo, procuró combatir unos pensamientos que se fraguaban en su mente como una terrible pesadilla.

—¡Dios mío, que no sea un secuestro! ¡Por piedad, no un secuestro!

Después de soltar el radioteléfono VHF en el puente del *Freya*, el capitán Thor Larsen había sido conducido a punta de pistola a dar una vuelta por su barco, y le habían mostrado a la luz de una linterna, los grandes paquetes sujetos en el interior de los depósitos de lastre de proa, muy por debajo de la línea de flotación.

Al volver atrás sobre cubierta había visto la lancha de los marineros que daba la vuelta, a tres millas de distancia, y emprendía el camino de regreso a tierra. Mar adentro, había pasado un pequeño carguero, rumbo al Sur, y había saludado al gigante anclado con un alegre toque de sirena. El saludo no fue correspondido.

Había visto la carga solitaria en el depósito central de lastre que había en medio del barco, así como las demás cargas en los otros depósitos de lastre cercanos a la superestructura. No necesitó ver el armario de la pintura. Sabía dónde se hallaba y podía imaginar lo cerca que estaban colocadas las cargas.

A las ocho y media, mientras Dirk van Gelder recorría el edificio de Control del Mosa, a fin de escuchar la grabación magnetofónica, Thor Larsen fue escoltado de regreso a su camarote. Había advertido que uno de los terroristas, con el rostro tapado para protegerse del frío viento, estaba inclinado en la contrarroda del castillo de proa del *Freya*, observando el mar que se extendía frente a la embarcación. Otro de ellos estaba en la parte superior de la chimenea, dominando todo el panorama circundante desde una altura de treinta metros. Un tercero estaba en el puente, vigilando las pantallas de radar, capaces, gracias a la tecnología del *Freya*, de controlar cuarenta y ocho millas de océano a su alrededor, así como, ilimitadamente, las profundidades.

De los cuatro restantes, dos, el jefe y otro, estaban con él. El que quedaba debía de estar en alguna parte bajo cubierta.

El jefe terrorista lo forzó a sentarse a la mesa de su camarote. El hombre tocó el oscilador que tenía sujeto a su cinturón.

—Capitán, por favor, no me obligue a apretar este botón rojo. Y no vaya a creer que no pienso hacerlo si alguien intenta hacerse el héroe en este barco o si mis demandas no son atendidas. Ahora, por favor, lea esto.

Entregó al capitán Larsen tres hojas grandes de papel mecanografiado en inglés. Larsen las leyó rápidamente.

—A las nueve leerá usted por radio este mensaje, dirigido al presidente de la Junta del Puerto de Rotterdam. Esto, y nada más. Sin intercalar nada en holandés o noruego. Sin aclaraciones. Sólo el mensaje. ¿Comprendido?

Larsen asintió, de mal talante. Se abrió la puerta y entró un terrorista enmascarado. Por lo visto, venía de la cocina. Traía una bandeja con huevos fritos, mantequilla, jamón y café. La dejó sobre la mesa.

—El desayuno —dijo el jefe de los terroristas. Señaló la bandeja a Larsen—. Nada perderá con comer un poco.

Larsen movió la cabeza, pero tomó el café. Había estado en vela toda la noche, y la mañana anterior se había levantado a las siete. Veintiséis horas despierto, y le esperaban otras tantas. Necesitaba estar alerta y pensó que el café le ayudaría. Calculó que el terrorista que tenía delante había permanecido despierto tanto tiempo como él.

El terrorista hizo un ademán al otro pistolero para que se largase. Al cerrarse la puerta, se quedó a solas con el capitán, pero la ancha mesa colocada entre los dos ponía al terrorista fuera del alcance de Larsen. Además, el hombre tenía la pistola a pocos centímetros de su mano derecha, y el oscilador, sujeto a su cintura.

—Creo que no tendremos que abusar de su hospitalidad más de treinta horas o, tal vez, de cuarenta —dijo el enmascarado—. Pero si tengo que llevar esta máscara durante todo este tiempo, temo que voy a ahogarme. Usted no me ha visto nunca antes de ahora y nunca volverá a verme.

Con la mano izquierda se arrancó la negra máscara de la cabeza. Larsen contempló a un hombre de poco más de treinta años, de ojos castaños y cabellos de un castaño claro. Se sintió intrigado. Aquel hombre hablaba como un inglés y se comportaba como un inglés. Pero los ingleses no se dedicaban a secuestrar petroleros. ¿Tal vez irlandés? ¿Del IRA? Pero había dicho que tenía amigos presos en Alemania. ¿Sería árabe? Había terroristas del FLP presos en Alemania. Y, cuando hablaba con sus compañeros, lo hacía en una lengua para él desconocida. No parecía árabe, pero había muchos dialectos arábigos, y Larsen sólo había oído hablar a los árabes del Golfo. Tal vez irlandés, volvió a pensar.

—¿Cómo tengo que llamarle? —preguntó al hombre a quien nunca conocería como Andriy Drach o Andrew Drake.

El hombre pensó un momento, mientras comía.

—Puede llamarme *Svoboda* —respondió al fin—. Es un apellido bastante corriente entre los míos. Pero también significa una cosa. Significa *libertad.*

—No es una palabra árabe —comentó Larsen.

El hombre sonrió por primera vez.

—Claro que no. No somos árabes. Somos ucranianos, luchamos por la libertad y estamos orgullosos de ello.

—¿Y creen que las autoridades pondrán en libertad a sus amigos encarcelados? —preguntó Larsen.

—Tendrán que hacerlo —dijo confiadamente Drake—. No tienen alternativa. Vamos; son casi las nueve.

CAPITULO XII

De 09.00 a 13.00

—Control del Mosa, Control del Mosa. Aquí el *Freya.*

La voz de barítono del capitán Thor Larsen retumbó en la sala principal de control del achaparrado edificio de la punta del Anzuelo de Holanda. En la oficina del primer piso, con sus ventanas mirando al mar del Norte, ahora cegadas por las cortinas para evitar el sol de la mañana y dar mayor claridad a las pantallas de radar, cinco hombres esperaban sentados.

Dijkstra y Schipper seguían de guardia, sin pensar ya en el desayuno. Dirk van Gelder se había puesto en pie detrás de Dijkstra, presto a ponerse al aparato en cuanto hiciesen la llamada. En otra consola, uno de los hombres del turno de día cuidaba del tráfico del estuario, dando entrada y salida a los barcos, pero manteniéndolos alejados del *Freya*, cuya mancha en la pantalla de radar estaba en el límite del campo visual, sin dejar de ser más grande que todas las demás. El primer oficial de seguridad marítima, adjunto a Control del Mosa, estaba también presente.

Cuando se recibió la llamada, Dijkstra se levantó de su silla, colocada delante del altavoz, y Van Gelder se sentó en ella. Agarró el mango del micrófono, carraspeó y pulsó el interruptor de «transmisión».

—*Freya*, aquí Control del Mosa. Hable, por favor.

Más allá de los confines del edificio, que sólo parecía a los ojos de todos una achaparrada torre de control de tráfico aéreo plantada en la arena, otros oídos escuchaban. Durante la primera transmisión, otros dos barcos habían captado parte de la conversación y, en los noventa minutos intermedios, había habido un poco de chismorreo entre los radiotelegrafistas de los buques. Ahora eran una docena los que escuchaban atentamente.

En el *Freya*, Larsen sabía que podía pasar al Canal 16, hablar a Scheveningen Radio y pedir que le pusiesen con el Control del Mosa para mayor reserva, pero los oyentes no tardarían en encontrar aquel canal. Por consiguiente, siguió en Canal 20.

—*Freya*, a Control del Mosa. Quiero hablar personalmente con el presidente de la Junta del Puerto.

—Aquí, Control del Mosa. Dirk van Gelder al habla. Yo soy el presidente de la Junta del Puerto.

—Soy el capitán Thor Larsen, al mando del *Freya*.

—Sí, capitán Larsen; conozco su voz. ¿Cuál es su problema?

En el otro extremo, en el puente del *Freya*, Drake señaló con el cañón de su pistola la declaración escrita que tenía Larsen en la mano. Larsen asintió con la cabeza, pulsó el interruptor de «transmisión» y empezó a leer por teléfono:

—Voy a leer una declaración preparada. Por favor, no me interrumpa ni haga preguntas.

»A las tres de esta mañana, el *Freya* ha sido tomado por hombres armados. Tengo sobrados motivos para creer que hablan en serio y están dispuestos a cumplir todas sus amenazas, si no son atendidas sus exigencias.

En la torre de control sobre la arena, todos los que estaban detrás de Van Gelder contuvieron el aliento. El cerró sus fatigados ojos. Durante años había aconsejado que se tomasen medidas de seguridad para proteger de los secuestradores a aquellas bombas flotantes. No le habían hecho caso, y ahora había sucedido al fin. La voz siguió hablando, mientras el magnetófono giraba impasible:

—En este momento, toda mi tripulación está encerrada en la parte inferior del barco, detrás de puertas de acero, sin posibilidad de escapar. Hasta ahora no han sufrido ningún daño. Yo estoy en el puente, donde me apuntan con una pistola.

»Durante la noche han colocado cargas explosivas en lugares estratégicos, en diversos puntos del interior del casco del *Freya*. Yo mismo las he visto y puedo asegurar que, si explotasen, destruirían el *Freya*, matarían en el acto a toda la tripulación y verterían un millón de toneladas de crudo en el mar del Norte.

—¡Dios mío! —exclamó una voz detrás de Van Gelder.

Este agitó una mano con impaciencia, imponiendo silencio al que había hablado.

—Estas son las exigencias inmediatas del hombre que ha apresado al *Freya*. Primera: tiene que interrumpirse en seguida todo tráfico marítimo en la zona delimitada por un arco de cuarenta y cinco grados al sur de un punto situado al este del *Freya*, y de cuarenta y cinco grados al norte del mismo punto; es decir, dentro de un arco de noventa grados entre el *Freya* y la costa holandesa.

»Segunda: ninguna embarcación, de superficie o submarina, debe intentar acercarse al *Freya* en un radio de cinco millas. Tercera: ningún avión debe pasar sobre el *Freya* dentro de un círculo de cinco millas de radio y a menos de tres mil metros de altura. ¿Está claro? Conteste.

Van Gelder agarró el micrófono con fuerza.

—*Freya*, aquí Control del Mosa. Habla Dirk van Gelder. Sí, está claro. Haré despejar todo el tráfico de superficie en la zona comprendida en un arco de noventa grados entre el *Freya* y la costa holandesa, y en un sector de cinco millas marinas alrededor del *Freya* por los otros lados. Ordenaré al control de tráfico del aeropuerto de Schipol que impidan el paso de aviones dentro del radio de cinco millas a menos de tres mil metros. Cambio.

Hubo una pausa y volvió a oírse la voz de Larsen:

—Me dicen que si se realiza algún intento para contravenir estas órdenes, habrá una represalia inmediata y sin ulterior aviso. O el *Freya* verterá veinte mil toneladas de crudo inmediatamente, o uno de mis marineros será... ejecutado. ¿Comprendido? Conteste.

Dirk van Gelder se volvió hacia sus oficiales de tráfico.

—¡Dios mío! Despejen de barcos toda esa zona, ¡de prisa! Y comuniquen con Schipol. Díganles que nada de vuelos comerciales, ni de aviones particulares, ni de helicópteros que quieran tomar fotografías. ¡Nada! Y ahora, ¡muévanse!

Después, dijo a través del micro:

—Comprendido, capitán Larsen. ¿Algo más?

—Sí —afirmó la voz incorpórea—. No habrá más contacto por radio con el *Freya* hasta las doce cero cero horas. A esta hora, el *Freya* volverá a llamarles. Deseo hablar directa y personalmente con el primer ministro de los Países Bajos y con el embajador de Alemania Federal. Ambos deben estar presentes. Eso es todo.

El micrófono enmudeció. En el puente del *Freya* Drake tomó el aparato de la mano de Larsen y lo colocó en su sitio. Después, hizo una seña al noruego y volvieron al camarote de día. Cuando se hubieron sentado a ambos lados de la ancha mesa, Drake dejó su pistola y se recostó en la silla. Al levantarse el borde del suéter, Larsen vio el oscilador letal prendido en el cinturón.

—¿Qué hacemos ahora? —preguntó Larsen.

—Esperar —respondió Drake—, mientras Europa empieza a volverse loca.

—Le matarán —dijo Larsen—. Pudo subir a bordo, pero no podrá bajar. Es posible que tengan que hacer lo que usted ordena, pero cuando lo hayan hecho, le estarán esperando.

—Lo sé —confesó Drake—. Pero le diré una cosa: no me importa morir. Lucharé por mi vida, naturalmente; pero mataré y moriré, antes de ver arruinado mi proyecto.

—¿Tanto desea la liberación de esos dos hombres en Alemania? —preguntó Larsen.

—Así es. No puedo explicarle la razón, y, si lo hiciese, no lo comprendería. Pero desde hace muchos años, mi país, mi pueblo, ha sufrido ocupaciones, persecuciones, prisión y muerte. Y a nadie le importó un bledo. Ahora amenazo con matar un solo hombre o con herir a Europa Occidental en su bolsillo, y ya verá lo que hacen. Para ellos es un desastre. Para mí, el desastre está en la esclavitud de mi tierra.

—¿Cuál es exactamente su sueño? —preguntó Larsen.

—Una Ucrania libre —admitió sencillamente Drake—. Algo que no podrá lograrse, a menos que se produzca un levantamiento popular de millones de personas.

—¿En la Unión Soviética? —inquirió Larsen—. Eso es imposible. Nunca ocurrirá.

—Podría ocurrir —replicó Drake—. Podría. Ya ha sucedido en Alemania Oriental, en Hungría, en Checoslovaquia. Pero, ante todo, hay que romper la convicción de esos millones de que nunca podrán triunfar, de que sus opresores son invencibles. Logrado esto, las compuertas se abrirán de par en par.

—Nadie lo creerá —replicó Larsen.

—En Occidente, no. Pero eso es lo curioso. Aquí, en el Oeste, todos dirán que yerro en mis cálculos. Pero en el Kremlin saben que no es así.

—¿Y está usted dispuesto a morir por ese... levantamiento popular? —preguntó Larsen.

—Si es necesario, sí. Ese es mi sueño. Amo a aquella tierra, a aquella gente, más que a mi propia vida. Esta es mi ventaja; en un radio de cien millas a nuestro alrededor, no hay nadie más que quiera algo más que a su vida.

Ayer, Larsen habría estado quizá de acuerdo con aquel fanático. Pero algo ocurría en el interior del corpulento y pausado noruego que le sorprendió a él mismo. Por primera vez en su vida, odiaba a un hombre hasta el punto de querer matarle.

Dentro de su cabeza, una voz decía: «Me importa un bledo tu sueño ucraniano, señor Svoboda. No vas a matar a mi tripulación, ni a destruir mi barco.»

En Felixstowe, en la costa de Suffolk, el oficial de la guardia de costas se alejó rápidamente de la radio y descolgó el teléfono.

—Póngame con el Departamento del Medio Ambiente, en Londres —pidió al telefonista.

—¡Dios mío! Los holandeses están ahora en un buen lío —dijo su ayudante, que también había oído la conversación entre el *Freya* y Control del Mosa.

—No sólo los holandeses —añadió el oficial—. Echa un vistazo al mapa.

En la pared había un mapa de toda la porción meridional del mar del Norte y del extremo septentrional del canal de la Mancha. La costa de Suffolk estaba precisamente delante del estuario del Mosa. El oficial de la guardia de costas había marcado con lápiz la posición del *Freya.* Estaba exactamente a mitad de camino entre las dos costas.

—Si estalla, muchacho, nuestras costas estarán también bajo un palmo de petróleo desde Hull hasta Southampton.

Minutos después hablaba con un funcionario de Londres, uno de los hombres de la sección del Ministerio específicamente dedicada a luchar contra los riesgos del petróleo. Lo que le dijo hizo que se enfriase del todo la primera taza de té de aquella mañana en Londres.

Dirk van Gelder pudo encontrar al primer ministro en su residencia, precisamente cuando éste se disponía a salir para ir a su despacho. El tono apremiante del presidente de la Junta del Puerto hizo que el joven auxiliar del jefe del Gobierno pasara la comunicación a éste.

—Jan Grayling al aparato —dijo el primer ministro.

Su rostro se contrajo al escuchar a Van Gelder.

—¿Quiénes son? —preguntó.

—No lo sabemos —respondió Van Gelder—. El capitán Larsen no hizo más que leer una declaración preparada de antemano. No podía apartarse de ella, ni responder a preguntas.

—Si le estaban amenazando, quizá se vio obligado a confirmar la colocación de los explosivos. Tal vez no es más que un farol —sugirió Grayling.

—No lo creo, señor —replicó Van Gelder—. ¿Quiere que le lleve la grabación?

—Sí, e inmediatamente; en su propio coche —respondió el primer ministro—. Vaya directamente a la Presidencia del Gobierno.

Colgó el teléfono y se dirigió a su automóvil, pensando desaforadamente. Si aquella amenaza era real, la espléndida mañana de verano había traído consigo la crisis más grave de su período de gobierno. Al apartarse su coche del bordillo, seguido del inevitable vehículo de la Policía, se retrepó en su asiento y trató de pensar en lo que tendría que hacer antes que nada. Naturalmente, tenía que convocar una reunión urgente del Gabinete. Y la Prensa no tardaría en hacer acto de presencia. Muchos oídos habían escuchado sin duda la conversación entre el barco y la costa, y alguien informaría a la Prensa antes del mediodía.

Tendría que informar a diversos Gobiernos extranjeros, a través de sus embajadas. Y autorizar la inmediata constitución de un comité de expertos para hacer frente a la crisis. Afortunadamente, disponía de bastantes expertos después de los secuestros realizados por sudmoluqueños en años anteriores. Al detenerse el coche delante del edificio de la Presidencia del Gobierno, miró su reloj. Eran las nueve y media.

La frase «comité de crisis» era también pensada, aunque no pronunciada, en Londres. Sir Rupert Mossbank, subsecretario permanente del Departamento del Medio Ambiente, hablaba por teléfono con el secretario del Gabinete, sir Julian Flannery.

—Todavía es pronto, naturalmente —dijo sir Rupert—. Todavía no sabemos quiénes son, ni cuántos, ni si hablan en serio, ni si hay realmente bombas a bordo. Pero si aquella enorme cantidad de crudo se derramase, la cosa sería realmente grave.

Sir Julian reflexionó un momento, contemplando Whitehall a través de su ventana del primer piso.

—Has hecho bien en llamarme en seguida, Rupert —agradeció—. Creo que lo mejor que puedo hacer es informar inmediatamente a la primer ministro. Mientras tanto, y como precaución, ¿podrías pedir a dos de tus mejores expertos que redacten un informe sobre las posibles consecuencias que tendría la voladura del barco? Me refiero al petróleo derramado, la zona marítima afectada, las corrientes, la velocidad, el sector de nuestra costa que podría verse perjudicado por la marea negra. Todo esto. Estoy seguro de que ella lo pedirá.

—Ya he pensado en eso, viejo.

—Bien —dijo sir Julian—. Magnífico. Hazlo cuanto antes. Presumo que ella querrá saberlo todo. Como siempre.

Había trabajado con tres primeros ministros, y el último era, con mucho, el más exigente y expeditivo. Durante años había circulado el chiste de que el partido en el Gobierno estaba lleno de viejas de ambos sexos; afortunadamente, ahora era regido por un verdadero hombre. Se llamaba mistress Joan Carpenter. El secretario del Gabinete obtuvo en pocos minutos la conformidad a su visita y, bajo el brillante sol de la mañana, se encaminó al Número Diez, con decisión, pero sin prisa, como era su costumbre.

Cuando entró en el despacho particular de la primer ministro, ésta se hallaba sentada a su mesa, donde había estado trabajando desde las ocho de la mañana. Un juego de café de porcelana color marfil estaba colocado sobre una mesita auxiliar, y tres cajas rojas de papeles aparecían abiertas en el suelo. Sir Julian admiraba a aquella mujer. Revisaba los documentos con tal presteza, que a las diez había acabado de clasificarlos, prestando su conformidad a unos, rechazando otros, pidiendo más información o haciendo una serie de preguntas, siempre pertinentes.

—Buenos días, primer ministro.

—Buenos días, sir Julian. Hace una hermosa mañana.

—Es verdad, señora. Desgraciadamente, nos ha traído también algo muy desagradable.

Se sentó, a un ademán de la primer ministro, y describió minuciosamente todos los detalles que conocía del suceso en el mar del Norte. Ella le escuchaba absorta, alerta.

—Si eso es verdad —dijo, llanamente—, ese barco, el *Freya*, podría ocasionar un desastre ambiental en nuestra costa.

—Así es, aunque todavía no sabemos exactamente cuáles son las posibilidades de hundir un buque tan gigantesco con explosivos que debemos presumir industriales. Desde luego, hay personas que pueden dictaminar sobre ello.

—En el caso de que sea cierto —dijo la primer ministro—, creo que debemos constituir un comité de urgencia para que estudie las implicaciones. Y si no lo es, habremos tenido ocasión de realizar unas útiles maniobras.

Sir Julian arqueó una ceja. La idea de poner en ascuas a doce departamentos ministeriales y considerarlo como unas maniobras no le había pasado por la cabeza. Pensó que tal vez tenía cierto encanto.

Durante media hora, la primer ministro y el secretario del Gabinete hicieron una lista de las materias en que necesitarían asesoramiento técnico, si querían estar debidamente informados de las alternativas, en caso de secuestro de un superpetrolero en el mar del Norte.

En lo tocante al propio superpetrolero, éste estaba asegurado en el Lloyd, donde tendrían un plano completo de su estructura. Y hablando de la estructura, la Sección Marítima de «British Petroleum» tendría un experto en construcción de petroleros que podría estudiar aquel plano y dictaminar exactamente sobre la verosimilitud de la amenaza.

A los efectos de la contaminación, convinieron en llamar al

primer analista del laboratorio de Warren Spring, dependiente del Departamento de Comercio e Industria y del Ministerio de Agricultura, Pesca y Alimentación, y que estaba en Stevenage, muy cerca de Londres.

Se pediría al Ministerio de Defensa que enviase un oficial en activo del Cuerpo de Ingenieros, experto en explosivos, para que estudiase este aspecto del asunto; y, al Departamento del Medio Ambiente, técnicos que pudiesen calcular el alcance de la catástrofe para la ecología del mar del Norte. Trinity House, jefatura superior de los Servicios de Pilotaje en las costas de Gran Bretaña, debería informar sobre las mareas y la velocidad de las corrientes. La relación y enlace con los Gobiernos extranjeros corresponderían al Foreign Office, que enviaría un observador. A las diez y media pensaron que la lista estaba completa. Sir Julian se disponía a marcharse.

—¿Cree usted que el Gobierno holandés será quien lleve este asunto? —le preguntó la primer ministro.

—Es pronto para saberlo, señora. De momento, los terroristas quieren exponer sus condiciones a míster Grayling en persona, al mediodía, o sea, dentro de una hora y media. Estoy seguro de que La Haya se sentirá capaz de manejar la cuestión. Pero si las condiciones no pueden aceptarse, o si el barco estalla por la razón que sea, nosotros nos veríamos igualmente afectados como nación costera.

»Además, nuestra capacidad de lucha contra la marea negra es la más avanzada de Europa; por consiguiente, hay que suponer que nuestros aliados del otro lado del mar del Norte nos pedirían ayuda.

—Entonces, conviene que nos preparemos cuanto antes —dijo la primer ministro—. Otra cosa, sir Julian. Probablemente no habrá que llegar a tanto, pero si no pudiesen cumplirse las exigencias de los secuestradores, tendremos que estudiar la posibilidad de tomar el buque por asalto, liberar a la tripulación y desactivar las cargas.

Por primera vez, sir Julian se sintió inquieto. Había sido funcionario civil durante toda su vida, desde que salió de Oxford con las mejores calificaciones. Creía que la palabra, escrita o hablada, podía, con tiempo, resolver la mayor parte de los problemas. En cambio, aborrecía la violencia.

—¡Ah, sí, primer ministro! Desde luego, sería un último recurso. Creo que lo llaman la «opción dura».

—Los israelíes tomaron por asalto un avión de pasajeros en Entebbe —murmuró la primer ministro—. Los alemanes hicieron lo mismo en Mogadiscio. Los holandeses asaltaron un tren en Assen, cuando no les quedó otra alternativa. Supongamos que eso volviese a ocurrir.

—Bueno, quizá volverían a hacerlo.

—¿Podrían los marinos holandeses realizar una misión semejante?

Sir Julian eligió cuidadosamente sus palabras. Tenía la visión de los toscos marinos arrastrando los pies por todo Whitehall. Era mejor mantener alejada a esa gente, dejarles en Exmoor, dedicados a sus juegos mortales.

—Para tomar por asalto un buque en alta mar —dijo—, creo que sería imposible hacer aterrizar un helicóptero sobre la cubierta. Sería descubierto por los centinelas y, además, el barco lleva una pantalla de radar. Por la misma razón, cualquier embarcación sería igualmente descubierta. Ahora no se trata de un avión sobre una pista de cemento, ni de un tren parado, señora. Es un barco, a más de veinticinco millas de la costa.

Confió en que esto pondría fin a la cuestión.

—¿Y qué me dice de un asalto por submarinistas u hombres-rana armados? —preguntó la mujer.

Sir Julian cerró los ojos. Ya habían salido a relucir los hombres-rana. Estaba convencido de que los políticos leían demasiadas novelas.

—¿Hombres-rana armados, señora?

Los ojos azules siguieron mirándole fijamente.

—Tengo entendido —dijo claramente la primer ministro— que, en este aspecto, nuestro país es de los más avanzados de Europa.

—Es muy posible que sea así, señora.

—¿Quiénes son los expertos subacuáticos?

—El Servicio Especial de Lanchas, señora primer ministro.

—¿Y quién es el enlace de Whitehall con nuestros servicios especiales? —preguntó ella.

—Un coronel de la Infantería de Marina, llamado Holmes, que está en el Ministerio de Defensa —respondió sir Julian.

La cosa se ponía mal; lo veía venir. Ya con anterioridad habían empleado el equivalente terrestre del SEL, el más conocido Servicio Especial del Aire o SEA, para ayudar a los alemanes en Mogadiscio, y también en el asedio de Balcombe Street. Harold Wilson había querido conocer con todo detalle los juegos mortales que entablaban aquellos bárbaros con sus adversarios. Por lo visto, había llegado el momento de que empezasen otra fantasía al estilo James Bond.

—Pida al coronel Holmes su colaboración en el comité de Urgencia; naturalmente, sólo con carácter consultivo.

—Desde luego, señora.

—Y prepare el Unicorne. Espero que esté escuchando al mediodía, cuando los terroristas dicten sus condiciones.

A trescientas millas de allí, al otro lado del mar del Norte, reinaba en Holanda una frenética actividad.

En su despacho de la capital costera de La Haya, el primer ministro, Jan Grayling, y los suyos, estaban montando un comité de urgencia parecido al que mistress Carpenter proyectaba en Londres. Lo primero que se necesitaba saber eran las consecuencias exactas que podían preverse, para los seres humanos y para el medio ambiente, de los daños que sufriese en el mar un buque como el *Freya*, y las diversas opciones que podían ofrecerse al Gobierno holandés.

Para lograr esta información se estaba convocando a la misma clase de expertos, por sus conocimientos especializados: en navegación, mareas negras, corrientes, direcciones, previsión meteorológica e incluso perspectivas militares.

Después de entregar la grabación del mensaje transmitido desde el *Freya* a las nueve, Dirk van Gelder volvió a Control del Mosa, con instrucciones de Jan Grayling de permanecer junto al radioteléfono VHF, para el caso de que el *Freya* volviese a llamar antes del mediodía.

El fue quien, a las diez y media, recibió la llamada de Harry Wennerstrom. Después de desayunar en su *suite* del «Rotterdam Hilton», el viejo magnate naviero ignoraba todavía el desastre acaecido en su barco. Sencillamente, nadie había pensado en avisarle.

Wennerstrom llamaba para enterarse de los progresos del *Freya*, que, según creía, debía encontrarse ahora en el Canal Exterior, avanzando lentamente y con cuidado hacia el Canal Interior, varios kilómetros más allá de Boya Uno de Euro, siguiendo una ruta exacta de cero-ocho-dos y medio grados. Se disponía a salir de Rotterdam, con su acompañamiento de notables, para observar la aparición del *Freya* a la hora de almorzar, que era cuando la marea alcanzaba su máxima altura.

Van Gelder se excusó por no haberle telefoneado al «Hilton» y le explicó minuciosamente lo ocurrido a las 07.30 y a las 09.00 horas. Después, la línea permaneció muda durante un rato. Wennerstrom habría podido reaccionar inmediatamente en el sentido de decir que el barco capturado más allá del horizonte occidental valía 170 millones de dólares USA y llevaba petróleo por valos de otros 140 millones. Pero, en definitiva, su reacción fue más humanitaria, y dijo:

—Hay treinta tripulantes míos a bordo, señor Van Gelder. Permítame que le diga, desde ahora, que si le ocurre algo a alguno de ellos, por no aceptarse las condiciones de los terroristas, consideraré directamente responsables a las autoridades holandesas.

—Señor Wennerstrom —replicó Van Gelder, que también había mandado un barco en su carrera—, estamos haciendo todo lo que podemos. Se están cumpliendo al pie de la letra las exigencias de los terroristas sobre las distancias que deben guardarse alrededor del *Freya*. Pero todavía no han expuesto sus condiciones. El primer ministro está ahora en su despacho de La Haya, haciendo lo que puede, y volverá aquí al mediodía para recibir el próximo mensaje del *Freya*.

Harry Wennerstrom colgó el teléfono y se quedó mirando a través de las ventanas del cuarto de estar, hacia el Oeste, donde el barco de sus sueños permanecía anclado en mar abierto, en poder de unos terroristas armados.

—Cancele el viaje en comitiva al Control del Mosa —ordenó de pronto a una de sus secretarias—. Cancele el *lunch* con champaña. Cancele la recepción de esta tarde. Cancele la conferencia de Prensa. Me voy.

—¿Adónde, señor Wennerstrom? —preguntó la sorprendida joven.

—A Control del Mosa. Solo. Haga que el coche me esté esperando cuando llegue al garaje.

Dicho lo cual, el viejo salió en tromba de sus habitaciones y se dirigió al ascensor.

El mar se estaba vaciando alrededor del *Freya*. Trabajando conjuntamente con sus colegas británicos de Flamborough Head y de Felixstowe, los oficiales holandeses de control de tráfico marítimo desviaban a los barcos hacia nuevas rutas al oeste del *Freya* y siempre a más de cinco millas de éste.

Al este del buque secuestrado se ordenó a las embarcaciones del tráfico costero que se detuviesen o volviesen atrás, y se interrumpieron las entradas y salidas de Europort y de Rotterdam. A los irritados capitanes, que no cesaban de llamar a Control del Mosa pidiendo explicaciones, se les decía simplemente que había surgido una emergencia y que debían evitar a toda costa la zona marítima cuyas coordenadas les eran indicadas.

Era imposible mantener a oscuras a la Prensa. Varias docenas de periodistas de publicaciones técnicas y navales, así como corresponsales de los diarios más importantes de los países vecinos, estaban ya en Rotterdam, adonde habían llegado al objeto de asistir a la recepción prevista para la tarde, con el fin de celebrar la entrada triunfal del *Freya*. A las once de la mañana empezaron a sentir curiosidad debida, en parte, a la cancelación de la excursión al Anzuelo para presenciar la entrada del *Freya* en el Canal Interior, y, en parte, a rumores llegados a sus oficinas de los numerosos aficionados a la radio que gustan de escuchar las conversaciones marítimas radiadas.

Poco después de las once menudearon las llamadas a las habitaciones de Harry Wennerstrom; pero éste no se encontraba allí, y sus secretarias no sabían nada. Otros llamaron a Control del Mosa, donde les dijeron que lo hiciesen a La Haya. En la capital holandesa, los telefonistas pasaban las llamadas al Secretario de Prensa del primer ministro, por orden expresa del señor Grayling, y el atribulado joven salía del paso lo mejor que podía.

Esta falta de información sólo sirvió para intrigar aún más al cuerpo de la Prensa, y fue el motivo de que los periodistas informaran a sus directores de que algo grave le ocurría al *Freya.* Los directores enviaron a otros reporteros, que se fueron acumulando durante la mañana alrededor del edificio de Control del Mosa, donde fueron enérgicamente mantenidos más allá de la férrea barrera que rodeaba el edificio. Otros se dirigieron a La Haya, para incordiar en los diferentes Ministerios y, sobre todo, en las oficinas del primer ministro.

El director de *Die Telegraaf* recibió información de un radioaficionado, en el sentido de que habían terroristas a bordo del *Freya* y de que expondrían sus condiciones al mediodía. Inmediatamente ordenó que se conectase un aparato de radio con el Canal Veinte y se grabase el mensaje en cinta magnetofónica.

Jan Grayling telefoneó personalmente al embajador de Alemania Federal, Konrad Voss, y le explicó confidencialmente lo que pasaba. Voss llamó inmediatamente a Bonn y, al cabo de media hora, respondió al primer ministro holandés que, desde luego, le acompañaría al Anzuelo a las doce, tal como exigían los terroristas. El Gobierno federal alemán, aseguró al holandés, haría todo lo posible por ayudarle.

El ministro holandés de Asuntos Exteriores, como deber de cortesía, informó a los embajadores de todas las naciones que podían hallarse indirectamente interesadas: Suecia, cuyo pabellón ondeaba en el *Freya* y que tenía a bordo marineros de su nacionalidad; Noruega, Finlandia y Dinamarca, que tenían también tripulantes a bordo; Estados Unidos, porque cuatro de aquellos tripulantes eran escandinavos-americanos y tenían pasaporte de los Estados Unidos y doble nacionalidad; Gran Bretaña, como nación costera y cuya institución, el «Lloyd's», era aseguradora del buque y del cargamento, y Bélgica, Francia y Alemania Federal, todas ellas naciones costeras.

En nueve capitales europeas sonaron frenéticamente los teléfonos entre Ministerios y departamentos, entre cabinas públicas y redacciones de periódicos, en compañías de seguros, agencias navieras y casas particulares. Para muchos hombres del Gobierno, de la Banca, de las empresas navieras o de seguros, de las Fuerzas Armadas y de la Prensa, la perspectiva de un tranquilo fin de semana se extinguió aquella mañana del viernes en el liso mar azul, donde una bomba de un millón de toneladas, llamada

Freya, permanecía silenciosa e inmóvil bajo el cálido sol primaveral.

Harry Wennerstrom estaba a medio camino de Rotterdam al Anzuelo cuando se le ocurrió una idea. Su automóvil pasaba junto a Schiedam, por la autovía de Vlaardingen, cuando recordó que su reactor particular estaba en el aeropuerto municipal de Schiedam. Cogió el teléfono y llamó a su secretaria particular, que seguía tratando de eludir las llamadas de la Prensa en la *suite* del «Hilton». Cuando consiguió comunicar con ella, al tercer intento, le dio una serie de órdenes para su piloto.

—Por último —dijo—, quiero el nombre y el número de teléfono del jefe de Policía de Alesund. Sí, Alesund, de Noruega. En cuanto los tenga, llámele y dígale que no se mueva de donde está hasta que yo le telefonee.

La unidad de información de «Lloyd's» había sido informada poco después de las diez. Un buque mercante inglés, que transportaba cereales, se disponía a entrar en el estuario del Mosa para ir a Rotterdam, cuando el *Freya* había hecho su llamada de las 09.00 a Control del Mosa. El radiotelegrafista había oído toda la conversación, la había anotado al pie de la letra en taquigrafía y había dado cuenta de ella a su capitán. Seguidamente, éste la había dictado al agente de su barco en Rotterdam, el cual la había transmitido a su oficina principal de Londres. La oficina había llamado a Colchester, Essex, y repetido la noticia a «Lloyd's». Este había informado a los presidentes de las veinticinco empresas de seguros afectadas. El consorcio que había concertado el seguro de 170 millones de dólares sobre el *Freya* era muy grande, y también lo era el grupo de empresas que había cubierto el riesgo del cargamento de un millón de toneladas para Clint Blake, de Texas. Pero, a pesar de la importancia del *Freya* y de su cargamento, la póliza individual más importante era la del seguro de «Protection and Indemnity». Esta póliza sería la que costaría más dinero si era volado el *Freya*.

Poco antes del mediodía, el presidente de «Lloyd's», en su oficina de la City, contempló fijamente los breves cálculos que había anotado en su bloc.

—Si ocurre lo peor —dijo a su secretario particular—, nos enfrentaremos con una pérdida de unos mil millones de dólares. ¿Quién diablos *es* esa gente?

El jefe de «esa gente» estaba sentado en el epicentro del creciente temporal, frente al barbudo capitán noruego, en el camarote de día, debajo del ala de estribor del puente del *Freya*. Las cortinas estaban descorridas, dando paso a los cálidos rayos del sol. A través de las ventanas se divisaba una vista panorámica de la cubierta silenciosa, con su extensión de cuatrocientos metros hasta el castillo de proa.

Una diminuta figura de hombre permanecía sentada en lo alto de la proa mirando a su alrededor, sobre el resplandeciente mar azul. A ambos lados del buque, el mismo mar azul estaba llano y en calma, sólo rizada su superficie por un ligero céfiro. Durante la mañana, aquella brisa se había llevado delicadamente las nubes invisibles de inertes gases venenosos que habían salido de los depósitos al levantarse las escotillas de inspección. Ahora se podía andar sin peligro por cubierta; en otro caso, el hombre del castillo de proa no habría podido estar allí.

La temperatura del camarote permanecía estable, al ser sustituida la calefacción central por el acondicionador de aire cuando el sol empezó a dejarse sentir a través de los dobles cristales de las ventanas.

Thor Larsen seguía sentado donde había estado toda la mañana, a un extremo de la mesa grande, mientras Andrew Drake ocupaba el otro.

Desde la conversación que habían sostenido entre la llamada de las nueve y las diez, habían permanecido callados la mayor parte del tiempo. La tensión de la espera empezaba a dejarse sentir. Ambos sabían que al otro lado de las aguas, en ambas direcciones, se estaban haciendo frenéticos preparativos; en primer lugar para tratar de calcular exactamente lo que había ocurrido a bordo del *Freya* durante la noche; en segundo término, para saber si podía hacerse algo para remediarlo.

Larsen sabía que nadie haría nada, que nadie tomaría ninguna iniciativa hasta que se radiasen las condiciones al mediodía. Esto demostraba que el enérgico joven sentado ante él no tenía nada de estúpido. Había resuelto mantener a las autoridades en la incertidumbre. Al obligar a Larsen a radiar el mensaje, no había dado ninguna clave que pudiese revelar su identidad o su origen. Incluso sus móviles eran desconocidos fuera del camarote en el que estaban sentados. Y las autoridades querrían saber más, analizar las grabaciones de los mensajes radiados, identificar las formas de lenguaje y el origen étnico del locutor, antes de emprender cualquier acción.

El hombre que se hacía llamar Svoboda les negaba esta información, minando la confianza de aquellos a quienes estaba desafiando.

También daba a la Prensa tiempo sobrado para enterarse del desastre, pero no de las condiciones; dejando que calculasen la magnitud de la catástrofe si el *Freya* era volado, y, de este modo, fuesen acumulando energía y preparándose para ejercer presión sobre las autoridades, antes de conocer las exigencias de los secuestradores. Cuando éstas fuesen formuladas, parecerían poca cosa en comparación con la alternativa, y las autoridades se verían sometidas a la presión de la Prensa, antes de haber considerado las condiciones.

Larsen, que sabía cuáles eran tales condiciones, no podía concebir que las autoridades se negasen. La alternativa era demasiado espantosa para todos. Si Svoboda se hubiese limitado a secuestrar a un político, como había secuestrado la banda Baader-Meinhof a Hans-Martin Schleyer, o las Brigadas Rojas a Aldo Moro, podrían haberle negado la puesta en libertad de sus amigos. Pero había preferido amenazar con destruir cinco costas, un mar, treinta vidas y mil millones de dólares.

—¿Por qué son tan importantes para usted esos dos hombres? —preguntó de pronto Larsen.

El joven le miró.

—Son amigos —respondió.

—No —replicó Larsen—. Recuerdo haber leído, en enero pasado, que eran dos judíos de Lvov a los que se había negado el permiso para emigrar y que, por esta razón, secuestraron un avión de pasajeros ruso y le obligaron a aterrizar en Berlín Oeste. ¿Cómo puede eso producir un levantamiento popular?

—Dejemos eso —interrumpió su aprehensor—. Son las doce menos cinco. Volvamos al puente.

Nada había cambiado en el puente, salvo que había en él un terrorista más, acurrucado y dormido en un rincón, pero sin soltar su arma. Iba enmascarado, igual que el que vigilaba las pantallas del radar y del sonar. Svoboda preguntó algo a aquel hombre, en la lengua que ahora sabía Larsen que era ucraniana.

El hombre negó con la cabeza y respondió en el mismo idioma. A indicación de Svoboda, el enmascarado apuntó a Larsen con su pistola.

Svoboda se dirigió a los aparatos y leyó sus indicaciones. Había un círculo periférico de mar despejado alrededor del *Freya*, al menos hasta cinco millas al Oeste, al Norte y al Sur. Hacia el Este, el mar estaba vacío hasta la costa holandesa. Cruzó la puerta que conducía al ala del puente, se volvió y gritó algo hacia lo alto. Larsen oyó, que desde arriba, le respondía el hombre situado en lo alto de la chimenea. Svoboda volvió a entrar en el puente.

—Vamos —ordenó a Larsen—, sus oyentes están esperando. Recuerde que, si intenta cualquier truco, mataré a uno de sus marineros.

Larsen cogió el micrófono y pulsó el botón de transmisión.

—Control del Mosa, Control del Mosa. Aquí el *Freya*.

Aunque él no podía saberlo, más de cincuenta oficinas diferentes recibieron la llamada. Cinco importantes servicios de información estaban a la escucha, captando el Canal Veinte en el éter con sus perfeccionados aparatos. Las palabras eran oídas y transmitidas simultáneamente a la Agencia de Seguridad Nacional de Washington, al SIS, al SDECE francés, a la BND de Alemania Federal, a la Unión Soviética y a los diversos servicios de Holanda, Bélgica y Suecia.

También había radiotelegrafistas navales a la escucha, y radioaficionados y periodistas. Una voz respondió desde el Anzuelo de Holanda:

—*Freya*, aquí Control del Mosa. Hable, por favor.

Thor Larsen leyó lo escrito en una hoja de papel.

—Soy el capitán Thor Larsen. Deseo hablar personalmente con el primer ministro de los Países Bajos.

Otra voz, hablando también inglés, llegó al barco desde el Anzuelo:

—Capitán Larsen, aquí Jan Grayling. Soy el primer ministro del reino de los Países Bajos. ¿Se encuentran bien?

En el *Freya*, Svoboda tapó el micro con la mano.

—Nada de preguntas —advirtió a Larsen—. Limítese a preguntar si está presente el embajador alemán, y que le den su nombre.

—Por favor, no haga preguntas, señor primer ministro. Me han prohibido contestarlas. ¿Está ahí el embajador de Alemania Federal?

En el Control del Mosa, pasaron el micrófono a Konrad Voss.

—Habla el embajador de la República Federal Alemana —dijo—. Me llamo Konrad Voss.

En el puente del *Freya*, Svoboda asintió con la cabeza a Larsen.

—Correcto —dijo—. Adelante; lea el mensaje.

Los siete hombres reunidos alrededor de la consola de Control del Mosa escucharon en silencio. Eran un primer ministro, un embajador, un psiquiatra, un ingeniero de radio —por si fallaba la transmisión—, Van Gelder, de la Junta del Puerto, y el oficial de guardia. Las comunicaciones con los otros barcos se habían pasado a un canal suplementario. Los dos magnetófonos giraban sin ruido. Se aumentó el volumen de la radio; la voz de Thor tronó en la habitación.

—Repito lo que dije a las nueve de esta mañana. El *Freya* está en poder de unos guerrilleros. Han sido colocados ingenios explosivos que, si estallan, destrozarán el buque. Las cargas explotarían con sólo tocar un botón. Repito: con sólo tocar un botón. Por consiguiente, deben renunciar a todo intento de acercarse al barco, abordarlo o atacarlo en cualquier forma. Si lo hicieran, el botón detonador sería pulsado inmediatamente. El hombre responsable me ha convencido de que están dispuestos a morir antes que ceder.

»Prosigo: el mero hecho de que alguien se aproxime al buque, por mar o por aire, provocará la ejecución de uno de mis marineros o el derramamiento de veinte mil toneladas de crudo, o ambas cosas a la vez. Y ahora, he aquí las exigencias de los guerrilleros:

»Los dos prisioneros de conciencia David Lazareff y Lev Mishkin, que se encuentran actualmente en la cárcel de Tegel, en Berlín Oeste, deben ser puestos en libertad. Tienen que ser transportados desde Berlín Oeste hasta Israel en un reactor civil de Alemania Federal. Previamente a esto, el primer ministro del Estado de Israel debe prometer públicamente que no serán repatriados a la Unión Soviética, ni devueltos a Alemania Occidental, ni encarcelados en Israel.

»La excarcelación debe efectuarse mañana al amanecer. La garantía israelí de seguridad y libertad debe prestarse hoy, a medianoche. Si estas condiciones no son aceptadas, la responsabilidad de lo que ocurra recaerá sobre Alemania Federal y sobre Israel. Esto es todo. No volveremos a establecer contacto hasta que se hayan cumplido estas exigencias.

El radioteléfono dio un chasquido y enmudeció. Reinó el silencio en el edificio de control. Jan Grayling miró a Konrad Voss.

El representante de Alemania Federal se encogió de hombros.

—Tengo que hablar urgentemente con Bonn —dijo.

—Puedo asegurarles que el capitán Larsen sufre una fuerte tensión —intervino el psiquiatra.

—Muchas gracias —dijo Grayling—. A mí me ocurre lo mismo. Caballeros, lo que acabamos de oír será del dominio público dentro de una hora. Propongo que volvamos a nuestras oficinas. Yo prepararé una declaración para el noticiario de la una. Señor embajador, temo que la presión empezará ahora a desplazarse hacia Bonn.

—Así es —admitió Voss—. Tengo que estar lo antes posible en la Embajada.

—Entonces, acompáñeme a la Haya —pidió Grayling—. Nos escoltará la Policía y podremos hablar en el coche.

Los ayudantes trajeron las dos grabaciones y el grupo salió para La Haya, a tres cuartos de hora costa arriba. Cuando se hubieron marchado, Dirk van Gelder subió al terrado donde Harry Wennerstrom tenía que haber ofrecido su *lunch*, con el beneplácito de Gelder, y los invitados habrían contemplado ansiosamente el mar, comiendo bocadillos de salmón y bebiendo champaña, en espera de ver aparecer al leviatán.

Ahora, tal vez no llegaría nunca, pensó Van Gelder, mirando fijamente las azules aguas. También él había sido capitán de la Marina Mercante holandesa, hasta que le prometieron su empleo en la costa, con la promesa de una vida reposada con su mujer y sus hijos. Como marino, pensaba en la tripulación del *Freya*, presa en la lejanía, esperando impotente, el rescate o la muerte. Pero, como marino, no sería él quien se encargase de las negociaciones. La cosa ya no dependía de él. Otros hombres más sutiles, calculadores, en términos más políticos que humanos, empuñarían las riendas.

Pensó en el corpulento capitán noruego, al que conocía por

fotografía, pero no personalmente, enfrentándose ahora con unos locos armados de pistolas y dinamita, y se preguntó cómo habría reaccionado él en una situación parecida. Más de una vez había dicho que esto podía ocurrir, que los superpetroleros estaban poco protegidos y eran demasiado peligrosos. Pero la voz del dinero había sido más fuerte que la suya; el argumento más poderoso había sido el coste adicional de la instalación de los aparatos necesarios para convertir los petroleros en algo parecido a los Bancos o los polvorines, a los que, en cierto modo, se parecían bastante. Pero no le habían escuchado, ni nunca lo harían. La gente se preocupaba de los aviones, porque podían estrellarse contra las casas; pero no de los petroleros, que estaban fuera de su campo visual. Los políticos no habían insistido, y la Marina Mercante no había hecho nada. Ahora, dado que los superpetroleros eran tan vulnerables como una hucha, un capitán y su tripulación de veintinueve hombres podían morir como ratas en un torbellino de agua y petróleo.

Aplastó el cigarrillo con el tacón, sobre el suelo alquitranado del terrado, y miró de nuevo el horizonte vacío.

—¡Pobres bastardos! —exclamó—. ¡Pobres e infelices bastardos! ¡Si al menos ellos escuchasen!

CAPITULO XIII

De 13.00 a 19.00

Si la reacción de los medios de difusión a la transmisión de las nueve había sido muda y especulativa, debido a la incertidumbre sobre la fiabilidad de sus informadores, la reacción a la emisión de las doce fue frenética.

A partir de las doce, ya no hubo la menor duda sobre lo acaecido al *Freya*, ni sobre lo que había dicho el capitán Larsen por radioteléfono a Control del Mosa. Demasiadas personas lo habían escuchado.

Los titulares preparados a las diez para las ediciones del mediodía de los periódicos de la tarde fueron echados al cesto. Los que pasaron a las prensas, a las doce y media, eran de tono más fuerte y de mayor tamaño. Ya no había signos de interrogación al final de las frases. Se prepararon rápidamente los artículos editoriales y se requirió a los corresponsales especializados en asuntos marítimos y del medio ambiente para que entregasen sus comentarios en el plazo de una hora.

En toda Europa se interrumpieron los programas de radio y de televisión de la hora del almuerzo, para transmitir las últimas noticias a los oyentes y espectadores.

A las doce y cinco en punto, un hombre que llevaba casco y gafas de motorista, y que se cubría con una bufanda la parte inferior del rostro, entró tranquilamente en el vestíbulo del número 85 de Fleet Street y dejó un sobre dirigido al director de noticias de la «Press Association». Más tarde, nadie recordó a aquel hombre; docenas de mensajeros semejantes entran diariamente en aquel vestíbulo.

A las doce y cuarto, el director de noticias abrió el sobre. Contenía una copia de la declaración leída por el capitán Larsen quince minutos antes, aunque sin duda había sido preparada con mucha anterioridad. El director de noticias pasó el documento al director de la agencia, el cual informó a la Policía metropolitana. Esto no impidió que el texto pasara inmediatamente a los telégrafos, tanto de la «P.A.» como de su prima del piso de arriba, «Reuter», que lo difundieron a todo el mundo.

Al salir de Fleet Street, Miroslav Kaminsky tiró el casco, las gafas y la bufanda, a un cubo de basura; tomó un taxi hasta el aeropuerto de Heathrow y subió al avión de las 2,15 con destino a Tel-Aviv.

A las dos de la tarde fue cobrando intensidad la presión desencadenada por la Prensa sobre los Gobiernos holandés y alemán federal. Ninguno de ambos Gobiernos había tenido tiempo de considerar en paz y tranquilidad las respuestas que había que dar a las exigencias de los secuestradores.

Y los dos empezaron a recibir luego un alud de llamadas pidiendo que accediesen a liberar a Mishkin y Lazareff, para evitar el desastre que acarrearía la destrucción del *Freya* frente a sus costas.

A la una de la tarde, el embajador alemán en La Haya había hablado directamente con el ministro de Asuntos Exteriores de Bonn, Klaus Hagowitz, el cual interrumpió el almuerzo del canciller. El texto del mensaje de las doce estaba ya en Bonn, transmitido por el servicio de información BND y por el télex de «Reuter». Las redacciones de todos los periódicos alemanes tenían también el texto de «Reuter», y las líneas telefónicas de la Oficina de Prensa de la Cancillería no daban abasto a las llamadas.

A la una cuarenta y cinco, la Cancillería hizo una declaración en el sentido de que había sido convocada para las tres una reunión urgente del Gabinete, a fin de considerar la situación. Los ministros cancelaron sus planes de salida de Bonn para el fin de semana o para visitar sus distritos electorales. A varios se les indigestó el almuerzo.

El alcaide de la prisión de Tegel colgó el teléfono a las dos y dos minutos, con cierta complacencia. No era frecuente que el ministro de Justicia de Alemania Federal se saltase el protocolo y hablase personalmente con él, en vez de hacerlo a través del alcalde gobernador de Berlín Oeste.

Cogió el teléfono interior y dio una orden a su secretario. Sin duda el Senado de Berlín recibiría por conducto reglamentario la misma petición, pero, dado que no podía hablar con el alcalde, que estaría almorzando en alguna parte, tenía que atender las órdenes del ministro de Bonn.

Tres minutos después, uno de sus primeros oficiales del cuerpo de prisiones entró en su despacho.

—¿Ha oído usted las noticias de las dos? —le preguntó el alcaide.

No eran más que las dos y cinco. El oficial le respondió que estaba haciendo su ronda cuando su radio de bolsillo había dado la señal de que acudiese al teléfono, donde había recibido la orden de presentarse en el despacho del alcaide. No; no había oído las noticias. El alcaide le informó de las condiciones transmitidas al mediodía por los terroristas a bordo del *Freya*. El oficial se quedó boquiabierto.

—¡Ahí es nada! —exclamó el alcaide—. Parece que vamos a ser noticia dentro de pocos minutos. Por consiguiente, hay que cerrar las escotillas. Ya he dado órdenes a los de la puerta principal: no debe permitirse la entrada a nadie, salvo al personal de la prisión. Los periodistas que vengan a preguntar serán enviados a las autoridades municipales.

»En lo tocante a Mishkin y Lazareff, quiero que se triplique la guardia en aquel piso y, particularmente, en su pasillo. Cancele todos los permisos, para que no carezcamos de personal. Traslade a todos los presos de aquel pasillo a otras celdas o a otros pisos. El lugar debe quedar absolutamente aislado. Un grupo del Servicio Secreto llegará de Bonn para interrogar a los presos sobre la identidad de sus amigos del mar del Norte. ¿Alguna pregunta?

El oficial tragó saliva y movió la cabeza.

—Bueno —prosiguió el alcaide—, no sabemos cuánto va a durar esta emergencia. ¿Cuándo termina usted su servicio?

—Esta tarde, a las seis, señor.

—¿Para volver el lunes por la mañana, a las ocho?

—No, señor. El domingo, a medianoche. La semana próxima tengo turno de noche.

—Tendré que pedirle que renuncie a su descanso —dijo el alcaide—. Desde luego, lo recuperará más adelante, además de recibir una buena gratificación. Pero quisiera que se encargase usted de esta tarea. ¿De acuerdo?

—Sí, señor. Lo que usted diga. Pondré inmediatamente manos a la obra.

El alcaide, que gustaba de adoptar actitudes de camaradería con sus subordinados, salió de detrás de su mesa y dio unas palmadas en el hombro del oficial.

—Es usted un buen chico, Jahn. No sé lo que sería de nosotros sin usted.

El jefe de escuadrilla Mark Latham contempló la pista, oyó el aviso de vía libre de la torre de control e hizo una seña con la cabeza a su copiloto. La mano enguantada de éste abrió despacio las cuatro válvulas; en la base de las alas del avión, cuatro motores «Rolls Royce Spey» zumbaron con más fuerza, para alcanzar un impulso de 45 000 libras, y el *Nimrod Mark Two* despegó de la base de Kinross de la RAF y viró hacia el Sudeste, alejándose de Escocia en dirección al mar del Norte y al Canal.

Aquel joven de treinta y un años, jefe de escuadrilla del servicio de costas, sabía que el avión que pilotaba era uno de los mejores del mundo para la observación de barcos y submarinos. Con su tripulación de nueve hombres, sus perfectas instalaciones de energía y sus aparatos de vuelo y de observación, el *Nimrod* podía volar sobre las olas a muy baja altura y reducir la velocidad, para escuchar con oídos electrónicos los ruidos de todo movimiento subacuático, o bien elevarse a gran altura y permanecer en ella varias horas, con dos motores parados para ahorrar carburante, observando una enorme zona de océano.

Sus aparatos de radar captaban el menor movimiento de cualquier cosa metálica en la superficie del agua, y sus cámaras podían fotografiar de día y de noche. Era inmune a las tormentas, a la nieve, al granizo y a la cellisca, a la niebla y al viento, a la luz y a la oscuridad. Sus computadoras «Datalink» podían analizar la información recibida, identificar correctamente lo que se veía y transmitir toda la imagen, en términos visuales o electrónicos, a la base o a un buque de la Marina Real conectado con aquéllas.

Aquel soleado viernes de primavera, sus órdenes eran mantenerse a cuatro mil quinientos metros sobre el *Freya* y volar en círculo hasta que fuese relevado.

—Empieza a aparecer en la pantalla, capitán —anunció, por el teléfono interior, el operador de radar de Latham.

En la parte trasera del *Nimrod*, el operador contemplaba la pantalla, que captaba toda la zona libre de tráfico alrededor del *Freya* por el lado Norte, y observaba que el gran punto luminoso se movía desde la periferia hacia el centro de la pantalla, a medida que se iban acercando.

—Cámara —pidió serenamente Latham.

En la panza del *Nimrod*, la cámara de día F.126 giró como un cañón, descubrió el *Freya* y se detuvo. Automáticamente, ajustó la distancia y el foco, para una máxima claridad. Como topos en su oscura madriguera, los tripulantes vieron al *Freya* aparecer en la pantalla. A partir de ahora, el avión podría volar como quisiera; las cámaras seguirían enfocando el *Freya*, ajustándose a la distancia y a los cambios de luz y girando en sus soportes para compensar los movimientos circulares del *Nimrod*. Aunque el *Freya* empezase a moverse, seguirían observándole, como ojos sin pestañear, hasta recibir nuevas órdenes.

—Transmitan —ordenó Latham.

La «Datalink» empezó a enviar imágenes a Gran Bretaña y, por ende, a Londres. Cuando el *Nimrod* estuvo sobre el *Freya*, se inclinó a babor, y desde su asiento del lado izquierdo, Latham miró hacia abajo. Detrás y debajo de él, la cámara acercó la imagen, como no podía hacerlo el ojo humano. Captó la solitaria figura del terrorista encaramado en el castillo de proa, cuyo rostro enmascarado estaba vuelto hacia arriba, mirando la golondrina plateada a tres millas sobre él. Después, captó al segundo terrorista, subido en lo alto de la chimenea, y acercó la imagen hasta que la negra máscara llenó toda la pantalla. El hombre tenía una metralleta en los brazos, que relucía bajo el sol allá en lo hondo.

—¡Ahí están los muy bastardos! —gritó el hombre de la cámara.

El *Nimrod* describió una suave curva sobre el *Freya*. Su dirección fue confiada al piloto automático; se pararon dos motores, se redujo hasta el máximo la fuerza de los otros dos, y el avión comenzó su trabajo. Empezó a trazar círculos, esperando y observando, e informando de todo a la base. Mark Latham cedió el mando a su copiloto, se desabrochó el cinturón y salió de la cabina. Se dirigió a popa, visitó el retrete, se lavó las manos y se sentó en el comedor para cuatro personas, delante del almuerzo conservado caliente. En realidad —pensó— era una manera bastante cómoda de hacer la guerra.

El resplandeciente «Volvo» del jefe de Policía de Alesund subió por el enarenado sendero de la casa de madera, estilo campestre, de Bogneset, a veinte minutos del centro de la ciudad, y se detuvo frente al porche de piedra sin pulir.

Trygve Dahl tenía la misma edad que Thor Larsen. Habían crecido juntos en Alesund, y Dahl había ingresado como cadete en la Policía aproximadamente al mismo tiempo en que Larsen ingresaba en la Marina Mercante. Conocía a Lisa Larsen desde que su amigo la había traído de Oslo después de su boda. Sus hijos eran también amigos de Kurt y de Kristina, jugaban con éstos en el colegio y salían con ellos en barca durante las largas vacaciones de verano.

«¡Maldita sea! —pensó, mientras se apeaba del «Volvo»—. ¿Cómo diablos voy a decírselo?»

Ella no había contestado cuando la había llamado por teléfono, lo cual significaba que debía de haber salido. Los niños estarían en el colegio. Si Lisa había salido a hacer la compra, tal vez alguien se lo habría dicho ya. Pulsó el timbre y, al no obtener respuesta, se dirigió a la parte de atrás de la casa.

Lisa Larsen gustaba de cultivar su espléndido huerto, y la encontró dando trocitos de zanahoria al conejo predilecto de Kristina. La mujer levantó la cabeza y sonrió, al verle aparecer en la esquina de la casa.

«No sabe nada», pensó él. Lisa hizo pasar el resto de las zanahorias a través de los alambres de la jaula y se acercó a Dahl, quitándose los guantes de hortelana.

—Me alegro de verte, Trygve. ¿A qué se debe tu salida de la ciudad?

—Lisa, ¿has oído las noticias de la radio esta mañana?

Ella pensó un poco.

—Escuché las de las ocho, mientras desayunaba. A partir de entonces, siempre he estado en el huerto.

—No contestaste al teléfono.

Por primera vez, una sombra nubló sus brillantes ojos castaños. Su sonrisa de extinguió.

—No. No podía oírlo. ¿Estuvo llamando?

—Escucha, Lisa, y tómalo con calma. Ha sucedido algo. No, no a los niños. A Thor.

Ella palideció bajo su piel tostada y de color de miel. Con mucha delicadeza, Trygve Dahl le contó lo sucedido desde la madrugada, al sur de Rotterdam.

—Por lo que sabemos se encuentra perfectamente. Nada le ha ocurrido, y nada le pasará. Los alemanes tendrán que soltar a esos dos hombres, y todo acabará bien.

Ella no lloró. Permaneció absolutamente tranquila entre las lechugas de primavera, y dijo:

—Quiero ir allá.

El jefe de Policía se sintió aliviado. Podía haber esperado esto de ella, pero se sintió aliviado de todos modos. Ahora podría organizar cosas. Era su fuerte.

—El reactor particular de Harald Wennerstrom llegará al aeropuerto dentro de veinte minutos —dijo—. Yo te llevaré allí. El me llamó hace una hora. Pensó que desearías ir a Rotterdam para estar más cerca. No te preocupes por los niños. He enviado a recogerlos al colegio, antes de que se enteren de esto por los maestros. Cuidaremos de ellos; naturalmente, pueden quedarse en nuestra casa.

Veinte minutos más tarde, ella estaba con Dahl en los asientos traseros del coche de éste, camino de Alesund. El jefe de Policía empleó su radio para que les esperase el transbordador que conducía al aeropuerto. Minutos después de la una y media, el reactor con la enseña plateada y azul de «Nordia Line» corrió sobre la pista, se elevó sobre las aguas de la bahía y puso rumbo al Sur.

Desde los años sesenta, y en particular a lo largo de los setenta, la creciente ola de terrorismo hizo que se estableciese un procedimiento de rutina por el Gobierno inglés para hacerle frente. El organismo principal es el llamado «comité de crisis».

Cuando la crisis es lo bastante grave para afectar a numerosos departamentos y secciones, el comité, que agrupa funcionarios de enlace de todos estos departamentos, se reúne en un punto central, próximo a la sede del Gobierno, para recoger información y poner en correlación las decisiones y las acciones. Este punto central es una cámara perfectamente protegida, dos plantas más abajo de la oficina del Gabinete en Whitehall, y a pocos pasos del 10 de Downing Street, cruzando el césped. En esta habitación se reúne el United Cabinet Office Review Group (National Emergency), o UNICORNE.

Alrededor del salón de sesiones hay varias oficinas más pequeñas: una centralita telefónica, que enlaza el UNICORNE con los diversos Departamentos del Estado, a través de líneas directas que no pueden ser interferidas; una habitación de teletipos enlazados con las principales agencias de noticias; un cuarto de télex y radio y una habitación para las secretarias, con las correspondientes máquinas de escribir y copiadoras. Incluso hay una pequeña cocina, donde un empleado de confianza prepara café y bocadillos.

Los hombres reunidos bajo la presidencia del secretario del Gabinete, sir Julian Flannery, después del mediodía de aquel viernes, representaban todos los departamentos que aquél consideraba que podían verse lógicamente afectados.

En esta fase no se hallaba presente ningún ministro, aunque cada uno de ellos había enviado un representante con categoría, al menos, de adjunto al subsecretario. Correspondían a los ministerios de Asuntos Exteriores, Interior, Defensa, Departamento de Comercio e Industria, Departamento del Medio Ambiente, Agricultura y Pesca, y Energía.

Todos ellos estaban asistidos por una bandada de técnicos especialistas, incluidos tres científicos, en varias disciplinas y, principalmente, en explosivos, barcos y contaminación; el subdirector de Defensa (un vicealmirante), representantes del Servicio de Información de Defensa, de MI-5 y del SIS, un capitán de la Royal Air Force y un veterano coronel de la Royal Marine, llamado Tim Holmes.

—Bueno, caballeros —empezó diciendo sir Martin Flannery—,

todos hemos tenido tiempo de leer la transcripción del mensaje radiado a mediodía por el capitán Larsen. Creo que, ante todo, deberíamos sentar algunos hechos de modo indiscutible. Podemos empezar con ese barco, el... *Freya*. ¿Qué sabemos de él?

Todos los ojos se fijaron en el técnico naval, dependiente del Departamento de Comercio e Industria.

—Esta mañana he estado en «Lloyd's» y he conseguido un plano del *Freya* —informó, escuetamente—. Lo traigo aquí. En él se detalla hasta el último tornillo.

Siguió hablando durante diez minutos, con el plano extendido sobre la mesa, describiendo el tamaño, la capacidad de carga y la estructura del *Freya*, en términos claros y lenguaje vulgar. Cuando terminó, fue requerido el técnico del Departamento de Energía. Este pidió a un ayudante que colocase sobre la mesa una maqueta de metro y medio de un superpetrolero.

—Me la han prestado esta mañana —explicó—; la British Petroleum. Es la maqueta de su superpetrolero *British Princess*, de un cuarto de millón de toneladas. Pero las diferencias de construcción son pocas; en realidad, el *Freya* sólo es más grande.

Con ayuda de la maqueta del *Princess*, señaló dónde estaba el puente, dónde tenía que estar el camarote del capitán, dónde estaban probablemente los depósitos de carga y los de lastre, y añadió que su situación exacta la sabrían cuando la «Nordia Line» pudiese comunicarla a Londres.

Los reunidos observaban su demostración y escuchaban atentamente. Sobre todo, el coronel Holmes; de todos los presentes, él era el único cuyos camaradas de armas tendrían quizá que asaltar el buque y destruir a sus aprehensores. Y sabía que aquellos hombres querrían conocer todos los detalles del *Freya* real antes de subir a bordo.

—Debo hacer una última observación —dijo el científico del Departamento de Energía—. El barco está lleno de Mubarraq.

—¡Santo Dios! —exclamó otro de los que estaban sentados a la mesa.

Sir Julian Flannery le miró, con benevolencia.

—¿Qué, doctor Henderson?

El hombre que había hablado era el científico del laboratorio de Warren Springs que acompañaba al representante de Agricultura y Pesca.

—Quiero decir —explicó el doctor, con su incorregible acento escocés— que el Mubarraq es un crudo procedente de Abu Dhabi y que tiene algunas de las propiedades del fuel diesel.

Siguió explicando que, cuando se derrama petróleo crudo en el mar, se compone de «fracciones más ligeras», que se evaporan en el aire, y de «fracciones más pesadas», que no pueden evaporarse y que son las que ven los espectadores empujadas a las playas en forma de marea negra.

—Quiero decir —concluyó— que se extendería sobre toda la maldita zona. Se extendería de costa a costa, antes de que se evaporasen las fracciones más ligeras. Envenenaría todo el mar del Norte durante semanas, privando a la vida marina del oxígeno que necesita para existir.

—Comprendo —asintió gravemente sir Julian—. Gracias, doctor.

Siguieron informaciones de otros expertos. El de explosivos, perteneciente a los ingenieros reales, declaró que, colocada en los lugares adecuados, la dinamita industrial podía destruir un barco de aquellas dimensiones.

—También es cuestión de la fuerza latente contenida en el peso representado por un millón de toneladas, sean de petróleo o de cualquier otro material. Si las brechas se abren en los sitios idóneos, el desequilibrio en la masa del buque puede hacer que éste se parta. Y otra cosa: el mensaje leído por el capitán Larsen contenía la frase «al pulsar un botón». Y la repitió. Yo diría que han debido de colocar casi una docena de cargas. La frase «al pulsar un botón» parece indicar que los detonadores deben accionarse por radio.

—¿Es posible esto? —preguntó sir Julian.

—Perfectamente —respondió el zapador, y explicó el funcionamiento del oscilador.

—Pero, ¿no podrían haber conectado hilos a cada carga, conectados también a un disparador? —preguntó a continuación sir Julian.

—Esta es otra cuestión de peso —explicó el ingeniero—. Los hilos tendrían que estar envueltos en plástico impermeable, y la lancha que transportó a los terroristas se habría hundido probablemente bajo el peso de tantos kilómetros de cable.

Otras informaciones versaron sobre la capacidad destructora

de la contaminación por petróleo y sobre las escasas probabilidades de rescatar con vida a los tripulantes apresados, y el SIS confesó que carecía de datos que pudiesen llevar a la identificación de los terroristas como pertenecientes a algún grupo extranjero.

El hombre de MI-5, que era en realidad jefe adjunto del departamento C-4 de aquel cuerpo, sección exclusivamente dedicada a la lucha contra el terrorismo en Gran Bretaña, subrayó la extraña naturaleza de las exigencias de los secuestradores del *Freya*.

—Esos hombres, Mishkin y Lazareff —dijo—, son judíos. Secuestradores de un avión que quisieron escapar de la URSS y acabaron matando a un capitán piloto. Hay que presumir que los que tratan de liberarles son amigos o admiradores suyos. Esto tiende a indicar una hermandad judía. Los únicos que entran en esta categoría son los de la Liga de Defensa Judía. Pero, hasta ahora, éstos se han limitado a manifestarse y a arrojar objetos. En nuestros archivos no consta ningún judío que haya amenazado con despedazar a otras personas para liberar a sus amigos, desde los tiempos del Irgún y del Grupo Stern.

—¡Dios mío! Esperemos que no vuelvan a empezar con eso —observó sir Julián—. Si no son ellos, ¿quiénes pueden ser?

El hombre de C-4 se encogió de hombros.

—No lo sabemos —confesó—. No hemos advertido desapariciones de personas consideradas como peligrosas en nuestros archivos, y no hemos hallado, en el mensaje radiado por el capitán Larsen, ningún indicio de su origen. Esta mañana pensé que podían ser árabes, o incluso irlandeses. Pero ninguno de éstos levantaría un dedo para salvar a unos presos judíos. Nos movemos en la oscuridad.

Entonces llegaron unas fotografías, tomadas por el *Nimrod* una hora antes, y en algunas de ellas se veía al centinela enmascarado. Fueron minuciosamente examinadas.

—MAT 49 —observó brevemente el coronel Holmes, estudiando la metralleta que sostenía en brazos uno de los hombres—. Es francesa.

—¡Ah! —exclamó sir Julian—. Tal vez tenemos algo por fin. ¿Podrían ser franceses esos tipos?

—No necesariamente —respondió Holmes—. Esas cosas se

pueden comprar en los bajos fondos. Y los de París tienen fama por su afición a las metralletas.

A las tres y media, sir Julian Flannery suspendió la sesión. Se convino que el *Nimrod* seguiría volando sobre el *Freya* hasta ulterior aviso. El subdirector de Defensa propuso, y se aceptó, enviar un barco de guerra que tomase posiciones a poco más de cinco millas al oeste del *Freya*, para el caso de que los terroristas intentasen escapar amparándose en la oscuridad. En tal supuesto, el *Nimrod* los localizaría e informaría a la Marina de su posición. El barco de guerra capturaría fácilmente la lancha, ahora atada al costado del *Freya*.

El Foreign Office pediría a Alemania Federal y a Israel que le tuviesen informado de sus decisiones en lo tocante a las exigencias de los terroristas.

—A fin de cuentas, no parece que el Gobierno de Su Majestad pueda hacer gran cosa en el momento actual —observó sir Julian—. La decisión corresponde al primer ministro israelí y al canciller de Alemania Federal. Personalmente, creo que lo único que pueden hacer es enviar a esos desdichados jóvenes a Israel, por muy repugnante que sea la idea de tener que ceder a un chantaje.

Cuando los otros hubieron salido, sólo el coronel Holmes permaneció en la estancia. Se sentó de nuevo y contempló la maqueta del petrolero de un cuarto de millón de toneladas que tenía delante.

—¿Y si no lo hacen? —preguntó, hablando consigo mismo.

Cuidadosamente, empezó a medir la altura de la borda de popa sobre el agua.

El piloto sueco del reactor estaba a cinco mil metros sobre las islas Frisias, preparándose para aterrizar en el aeródromo de Schiedam, en las afueras de Rotterdam. Se volvió y dijo algo a la mujercita que llevaba como única pasajera. Ella se desabrochó el cinturón y se acercó al piloto.

—Le he preguntado si quiere ver el *Freya* —repitió el piloto.

La mujer asintió con la cabeza.

El reactor giró hacia el mar y, cinco minutos más tarde, se inclinó suavemente sobre un ala. Desde su asiento, pegada la cara al cristal de la ventanilla, Lisa Larsen miró hacia abajo: Allá en lo hondo, sobre el mar azul, estaba anclado el *Freya*, como una sardina gris clavada en el agua. No había ningún barco a su alrededor; estaba completamente solo en su cautividad.

Incluso desde aquella altura, a través del aire claro de primavera, pudo distinguir Lisa Larsen la situación del puente y su lado de estribor; sabía que allí estaba su marido, frente a un hombre que le apuntaba al pecho con una pistola, y con cargas de dinamita debajo de sus pies. No sabía si el hombre de la pistola era un loco, un bruto o un irresponsable. Pero sabía que debía ser un fanático.

Dos lágrimas asomaron a sus ojos y corrieron por sus mejillas. Murmuró entre dientes, y su aliento empañó el disco de cristal que tenía delante.

—Thor, querido, tienes que salir de ahí con vida.

El reactor viró de nuevo e inició su largo descenso hacia Schiedam. El *Nimrod*, desde una distancia de muchas millas en el cielo, le vio alejarse.

—¿Quién sería? —preguntó el hombre del radar, sin dirigirse a nadie en particular.

—¿Quién sería quién? —replicó un operador del sonar que no tenía nada que hacer.

—Un pequeño reactor particular que acaba de volar sobre el *Freya* y ha puesto en seguida rumbo a Rotterdam —dijo el del radar.

—Probablemente el dueño del barco, que ha querido echar un vistazo a su propiedad —sugirió el gracioso de la tripulación, sentado ante la radio.

En el *Freya*, los dos centinelas fruncieron los párpados para observar aquella cosita metálica en lo alto, que ahora se dirigía al Este, hacia la costa holandesa. Pero no informaron a su jefe; el aparato volaba a una altura muy superior a los tres mil metros.

El Consejo de Ministros de Alemania Federal empezó su sesión exactamente después de las tres de la tarde, en el salón de la Cancillería; como de costumbre, lo presidía Dietrich Busch. Este, también como de costumbre, fue directamente al grano.

—Dejemos clara una cosa: esto no es como lo de Mogadiscio. Esta vez no se trata de un avión alemán con tripulación alemana y con pasajeros en su mayoría alemanes, en un aeropuerto cuyas autoridades estaban dispuestas a colaborar con nosotros. Ahora es un barco sueco, al mando de un capitán noruego, en aguas internacionales; sus tripulantes son de cinco países, incluidos los Estados Unidos; la carga es de propiedad americana y está asegurada por una compañía inglesa, y su destrucción afectaría al menos a cinco naciones costeras, incluida la nuestra. ¿Señor ministro de Asuntos Exteriores?

Hagowitz dijo a sus colegas que había recibido ya corteses preguntas de Finlandia, Noruega, Suecia, Dinamarca, Holanda, Bélgica, Francia y Gran Bretaña, sobre la decisión que pensaba tomar el Gobierno federal. A fin de cuentas, Alemania tenía presos a Mishkin y Lazareff.

—Se han mostrado lo bastante correctos para no ejercer presión alguna capaz de influir en nuestra decisión, pero estoy seguro de que considerarían con la mayor aprensión una negativa por nuestra parte de enviar a Mishkin y Lazareff a Israel.

—Si se cede una vez al chantaje de los terroristas, la cosa no acaba nunca —terció el ministro de Defensa.

—Nosotros, Dietrich, cedimos hace años en el asunto de Peter Lorenz, y lo pagamos caro. Los propios terroristas a quienes pusimos en libertad volvieron después y reanudaron sus operaciones. En Mogadiscio, les plantamos cara y triunfamos; también nos mantuvimos firmes en el caso de Shleyer, y un hombre cayó muerto a nuestros pies. Pero aquéllos fueron asuntos que sólo afectaban a los alemanes. Este es distinto. Las vidas que están en juego no son alemanas; la propiedad no es alemana. Además, los secuestradores presos en Berlín no pertenecen a ningún grupo terrorista alemán. Son judíos que trataron de salir de Rusia de la única manera que creyeron posible. Francamente, nos han puesto en un brete —concluyó Hagowitz.

—¿No es posible que sea un farol, un truco; que realmente no puedan destruir el *Freya* o matar a su tripulación? —preguntó alguien.

El ministro del Interior movió la cabeza.

—No podemos confiar en eso. Las fotografías que acaban de enviarnos los ingleses demuestran que los hombres armados y enmascarados son bastante reales. Las he enviado al jefe de GSG-9, para que nos diga lo que piensa. Pero lo malo es que acercarse a un barco provisto de radar y de sonar está fuera de sus posibilidades. Para ello se requerirían buceadores u hombres rana.

Al hablar de GSG-9 se refería a la curtida unidad de comandos de Alemania Federal, sacados de las fuerzas de frontera, que habían tomado por asalto el avión secuestrado en Mogadiscio, cinco años atrás.

La discusión prosiguió durante una hora: o había que acceder a las condiciones de los terroristas, teniendo en cuenta la internacionalidad de las probables víctimas en caso de negativa, y resignarse a las inevitables protestas de Moscú; o rechazarlas, confiando en que se tratase de un farol; o consultar con los aliados británicos la idea de tomar el *Freya* por asalto. Pareció ganar terreno una solución de compromiso, consistente en emplear una táctica dilatoria, ganar tiempo y tratar de averiguar las verdaderas intenciones de los secuestradores del *Freya*. A las cuatro y cuarto, alguien llamó suavemente a la puerta. El canciller Busch frunció el ceño; no le gustaban las interrupciones.

—¡Adelante! —gritó.

Un auxiliar entró en el salón y murmuró algo al oído del canciller. El jefe del Gobierno federal palideció.

—*Du lieber Gott!* —suspiró.

Cuando el ligero avión, más tarde identificado como un «Cessna» de propiedad particular, que había despegado del aeródromo de Le Touquet, en la costa francesa, empezó a acercarse, fue localizado por tres zonas de control aéreo diferentes: Heathrow, Bruselas y Amsterdam. Volaba hacia el Norte, y los aparatos de radar lo situaron a mil quinientos metros de altura y en dirección al *Freya*. El éter empezó a crepitar furiosamente.

—Avión no identificado en posición... Identifíquese y vuelva atrás. Está entrando en una zona prohibida...

Los mensajes eran transmitidos en francés y en inglés, y después lo fueron también en alemán. Pero sin resultado. O el piloto había cerrado su radio, o empleaba un canal equivocado. Los operadores de tierra empezaron a probar otras longitudes de onda.

El *Nimrod*, que trazaba círculos a gran altura, captó el avión en su radar y trató de comunicar con él.

A bordo del «Cessna», el piloto se volvió desesperadamente al pasajero.

—Piden mi licencia —gritó—. Se diría que están locos.

—¡Cierre la radio! —gritó a su vez el pasajero—. No se preocupe; no pasará nada. No les ha oído. ¿De acuerdo?

El pasajero agarró su cámara y ajustó la lente de telefoto. Empezó a enfocar el superpetrolero, cada vez más próximo. En el castillo de proa, el centinela enmascarado se irguió y frunció los párpados para protegerse los ojos del sol, que estaba ahora en el Sudoeste. El avión procedía del Sur. Después de observar unos segundos, sacó un walkie-talkie del anorak y habló rápidamente.

En el puente, uno de sus colegas oyó el mensaje, miró a través de la pantalla panorámica y salió apresuradamente al ala del puente. Desde allí, también él pudo oír el zumbido del motor. Volvió a entrar en el puente y sacudió a su dormido compañero, dándole varias órdenes en ucraniano. El hombre bajó corriendo al camarote de día y llamó a la puerta.

Dentro del camarote, Thor Larsen y Andriy Drach, sin afeitar y más macilentos que doce horas antes, seguían sentados a la mesa; y el ucraniano seguía empuñando su pistola con la diestra. A un palmo y medio de él estaba su potente radio de transistores, captando las últimas noticias. El enmascarado entró y habló en ucraniano. Su jefe frunció el ceño y ordenó al hombre que ocupase su sitio en el camarote.

Drake salió rápidamente del camarote, corrió al puente y salió al ala del mismo. Al hacerlo, se puso su negra máscara. Miró al «Cessna», que volaba a trescientos metros de altura, describiendo una órbita alrededor del *Freya* y puso rumbo al Sur, elevándose gradualmente. Al girar el aparato, Drake vió la gran lente zoom que le enfocaba.

En el avión, el audaz fotógrafo estaba entusiasmado.

—¡Fantástico! —gritó al piloto—. Algo único. Las revistas pagarán por esto lo que les pida.

Andriy Drach volvió al puente y empezó a dictar una rápida serie de órdenes. A través del walkie-talkie, dijo al hombre de proa que siguiese vigilando. El centinela del puente fue enviado abajo en busca de dos hombres que estaban durmiendo. Cuando volvieron los tres, les dio más instrucciones. Y cuando él volvió al camarote de día, no despidió al que tenía allí de guardia.

—Creo que ya es hora de que esos estúpidos bastardos europeos sepan que no estoy bromeando —dijo a Thor Larsen.

Cinco minutos más tarde, el operario de la cámara llamó por el teléfono interior al piloto del *Nimrod*.

—Allá abajo ocurre algo, capitán.

El jefe de escuadrilla Latham salió de la cabina de mando y anduvo hasta la sección central del avión, donde se exhibía la imagen visual de lo que fotografiaban las cámaras. Dos hombres caminaban sobre la cubierta del *Freya*, apartándose de la enorme superestructura y avanzando a lo largo del desierto suelo. Uno de los hombres, el que marchaba detrás, iba cubierto de negro de los pies a la cabeza y llevaba una metralleta. El de delante llevaba zapatos de lona, pantalón de trabajo y un anorak de nilón con tres rayas negras horizontales en la espalda. Llevaba la capucha levantada para protegerse de la fresca brisa de la tarde.

—Parece que el de atrás es un terrorista, y el de delante, un marinero —dijo el de la cámara.

Latham asintió con la cabeza. No podía ver los colores; las fotografías eran en blanco y negro.

—Acerque la imagen —ordenó— y transmita.

La cámara acercó la imagen hasta que la pantalla encuadró doce metros de cubierta, con los dos hombres avanzando en el centro.

El capitán Thor Larsen sí que podía ver los colores. Miró por la gran ventana delantera de su camarote hacia abajo, con expresión de incredulidad. Detrás de él, el guardián de la metralleta permanecía apartado, pero apuntando el arma al centro del suéter blanco del noruego.

En mitad de la cubierta, reducido su tamaño al de una cerilla por la distancia, el hombre de negro se detuvo, levantó la metralleta y apuntó a la espalda del hombre que tenía delante. Incluso a través de los gruesos cristales pudo oírse el chasquido del disparo. El hombre del anorak rojo se arqueó como si le hubiesen golpeado en la espina dorsal, levantó los brazos, cayó hacia delante, rodó por el suelo y quedó inmóvil debajo de una pasarela, medio cubierto por ella.

Thor Larsen cerró despacio los ojos. Cuando el barco había sido secuestrado, su tercer piloto, el danés-americano Tom Keller, llevaba pantalón castaño y un anorak ligero de nilón de color rojo, con tres rayas negras en la espalda. Larsen apoyó la cabeza sobre el dorso de la mano, apoyada a su vez en el cristal. Después, se irguió, se volvió al hombre que se hacía llamar Svoboda y le miró fijamente.

Andriy Drach le devolvió la mirada.

—Se lo advertí —dijo, furioso—. Les dije exactamente lo que pasaría, y ellos pensaron que podían tomarlo a broma. Ahora sabrán que no pueden hacerlo.

Veinte minutos después, la serie de fotografías que mostraban lo sucedido en la cubierta del *Freya* empezaron a salir de una máquina en el corazón de Londres. Y veinte minutos más tarde, los detalles, en términos verbales, se imprimían en un teletipo de la Cancillería federal de Bonn. Eran las cuatro y media de la tarde.

El canciller Busch miró a sus ministros.

—Lamento tener que informarles —dijo— de que, hace una hora, alguien quiso por lo visto tomar fotografías del *Freya* desde un avión, volando bajo. Diez minutos después, los terroristas llevaron a un tripulante hasta la mitad de la cubierta y le ejecutaron, bajo las cámaras del *Nimrod* británico. Su cadáver yace ahora debajo de una pasarela, medio oculto a la vista desde el cielo.

Hubo un silencio mortal en el salón.

—¿Se le puede identificar? —preguntó uno de los ministros, en voz baja.

—No; su cara aparece casi cubierta por la capucha del anorak.

—¡Bastardos! —exclamó el ministro de Defensa—. Ahora serán treinta familias, en vez de una, las que vivirán angustiadas en Escandinavia. Era verdad, están revolviendo el cuchillo en la herida.

Puesta a votación la proposición de Hagowitz, la mayoría de los presentes se pronunciaron a favor de ella. Consistía en ordenar al embajador alemán en Israel que solicitase una entrevista urgente al primer ministro israelí y que le pidiese, en nombre de Alemania Federal, que accediese a las condiciones puestas por los terroristas. Si esto se conseguía, el Gobierno federal anunciaría que, muy a su pesar y por no tener otra alternativa, soltaría a Mishkin y Lazareff y los enviaría a Israel, para evitar mayores desgracias a hombres y mujeres inocentes, ajenos a Alemania Federal.

—Los terroristas han dado al primer ministro israelí un plazo que terminará a medianoche para ofrecer la garantía que piden —dijo el canciller Busch—. Y nosotros tenemos tiempo hasta el amanecer para poner a los dos secuestradores en un avión. Demoraremos nuestro anuncio hasta que Jerusalén dé su conformidad. Sin ésta, nada podríamos hacer.

Por acuerdo entre los miembros de la OTAN afectados, el *Nimrod* de la RAF sería el único avión que volaría sobre el *Freya*, trazando interminables círculos, observando y anotando, y enviando fotos a la base cuando hubiese algo digno de ser mostrado; fotografías que serían inmediatamente transmitidas a Londres y a las capitales de los países interesados.

A las cinco de la tarde se cambió la guardia en el buque; los hombres del castillo de proa y de la chimenea, que llevaban diez horas allí y estaban ateridos de frío, pudieron volver al interior del barco para comer, calentarse y dormir. Otros les sustituirían en la guardia de noche, equipados con walkie-talkies y potentes linternas.

Pero el acuerdo de las naciones aliadas sobre el *Nimrod* no se extendió a las embarcaciones de superficie. Avanzada la tarde, el crucero ligero francés *Montcalm* llegó silenciosamente del Sur y se detuvo a poco más de cinco millas náuticas del *Freya*. Procedente del Norte, donde había estado navegando frente a las islas Frisias, llegó la fragata holandesa de misiles *Breda*, que se detuvo a seis millas náuticas al norte del impotente petrolero.

Se reunió con ella la fragata de misiles alemana *Brunner*, inmovilizándose a cinco cables de la primera y observando ambas aquella mole oscura en el horizonte meridional. Del puerto escocés de Leith, donde había estado en visita de cortesía, el *H.M.S. Argyll* se hizo a la mar y, al aparecer la primera estrella de la tarde en el despejado cielo, se detuvo al oeste del *Freya*, a la distancia debida.

Era un crucero ligero, de los llamados DLG, de menos de 6000 toneladas, y estaba armado con baterías de misiles «Exocet». Sus modernos turbina a gasolina y motores a vapor le habían permitido zarpar en el momento de recibir la noticia, y, en el fondo de su casco, una computadora «Datalink» estaba en conexión con la «Datalink» del *Nimrod*, que seguía trazando círculos a quince mil pies de altura, en el cielo crepuscular. En la cubierta de popa hallábase posado un helicóptero «Westland Wessex».

Los oídos del sonar de los barcos de guerra estaban atentos a los ruidos subacuáticos alrededor del *Freya*, desde tres de sus lados; en la superficie, el radar escrutaba constantemente el océano. Con el *Nimrod* en lo alto, el *Freya* quedaba envuelto en una red invisible de vigilancia electrónica. Y permanecía silencioso e inerte, mientras el sol se hundía detrás de la costa de Escocia.

Eran las cinco en Europa Occidental y las siete en Israel, cuando el embajador de Alemania Federal pidió audiencia al primer ministro, Benyamin Golen. Se le dijo en seguida que la fiesta del sábado había empezado hacía una hora y que, como judío devoto que era, el primer ministro estaba descansando en su casa. Sin embargo, le transmitieron el mensaje, ya que todos sabían lo que ocurría en el mar del Norte. Efectivamente, desde el primer mensaje de Thor Larsen, a las nueve, el servicio de información israelí, Mossad Aliyah Bet, había tenido informada de todo a Jerusalén, y, después de las condiciones anunciadas al mediodía que afectaban a Israel, había preparado numerosos informes. El primer ministro, Golen, los había leído todos antes de empezar oficialmente el sábado a las seis.

—No voy a quebrantar el sábado dirigiéndome en coche a mi despacho —dijo a su ayudante, al telefonearle éste la última novedad—, aunque he contestado a su llamada. Y está demasiado lejos para ir a pie. Pida al embajador que me visite en mi casa.

Diez minutos más tarde, el automóvil de la Embajada alemana se detuvo delante de la modesta y ascética morada del primer ministro en los suburbios de Jerusalén. El diplomático presentó inmediatamente sus disculpas.

Después del tradicional saludo de *Shalom Shabbat*, dijo el embajador:

—Señor primer ministro, no le habría molestado por nada del mundo durante el sábado, pero tengo entendido que se puede romper el descanso cuando hay vidas humanas en juego.

El primer ministro Golen inclinó la cabeza.

—Está permitido —reconoció—, siempre que esté en juego o en peligro la vida humana.

—Así ocurre en el presente caso —dijo el embajador—. Le supongo a usted enterado, señor, de lo ocurrido a bordo del superpetrolero *Freya* en las últimas doce horas.

El primer ministro estaba más que enterado; estaba profundamente preocupado, porque las condiciones radiadas al mediodía habían puesto de manifiesto que los terroristas no podían ser árabes palestinos, y sí, quizá, judíos fanáticos. Pero sus propias agencias de información, Mossad para el exterior, y Sherut Bitachon, más conocida por sus iniciales como Shin Bet, para el interior, no habían podido descubrir ningún indicio de que se hubiese ausentado ninguno de tales fanáticos de los lugares habitualmente frecuentados por ellos.

—Estoy enterado, señor embajador, y lamento que un marinero haya sido asesinado. ¿Qué desea de Israel la República Federal?

—Señor primer ministro, el Gobierno de mi país ha considerado durante varias horas el problema. Aunque le repugna sobre manera doblegarse al chantaje de los terroristas hasta el punto de que, si la cuestión afectase únicamente a Alemania, estaría dispuesto a resistir, en el caso actual piensa que hay que acceder.

»Por consiguiente, mi Gobierno pide que el Estado de Israel se avenga a recibir a Lev Mishkin y a David Lazareff, con las garantías que exigen los terroristas de que no serán procesados ni se otorgará su extradición.

En realidad, hacía varias horas que el primer ministro, Golen, había pensado la respuesta que daría a esta petición. De hecho, la esperaba. Y había decidido cuál sería su posición. Su Gobierno era una coalición muy equilibrada, y, personalmente, creía que muchos o quizá la mayoría de sus miembros estaban tan indignados por la incesante persecución de los judíos y de la religión judía dentro de la URSS que, para ellos, Mishkin y Lazareff podían difícilmente ser considerados como terroristas al estilo de la banda Baader-Meinhof o de la OLP. Ciertamente, algunos aprobaban que tratasen de escapar secuestrando un avión soviético y pensaban que la pistola se había disparado accidentalmente en la cabina de mando.

—Debe usted tener en cuenta dos cosas, señor embajador. Primera: aunque Mishkin y Lazareff puedan ser judíos, el Estado de Israel no tiene nada que ver con sus delitos, ni con la petición de su puesta en libertad.

«Si los terroristas resultan ser efectivamente judíos —pensó—, ¿quién va a creer esto?»

—Segunda: el Estado de Israel no se ve directamente afectado por el riesgo que corre la tripulación del *Freya* ni por las consecuencias de la posible destrucción del buque. Las presiones y el chantaje no van dirigidos contra el Estado de Israel.

—Lo comprendo perfectamente, señor ministro —repuso el alemán.

—Por consiguiente, si Israel se aviene a recibir a esos dos hombres, debe quedar públicamente en claro que lo hace accediendo a la expresa y vehemente petición del Gobierno federal.

—Esta petición, señor, la formulo en nombre de mi Gobierno.

Quince minutos más tarde, quedó convenida la fórmula. Alemania Federal anunciaría públicamente que había hecho la petición a Israel por su propio interés. Inmediatamente después, Israel anunciaría que había accedido, a pesar suyo, a la petición. Seguidamente, Alemania Federal podría anunciar la puesta en libertad de los presos a las ocho de la mañana siguiente, hora europea. Los anuncios se harían desde Bonn y desde Jerusalén, con intervalos de diez minutos, y empezarían dentro de una hora. Eran las siete y media en Israel y las cinco y media en Europa.

En todo el continente, las últimas ediciones de los periódicos de la tarde fueron arrancadas de manos de los vendedores callejeros por un público de trescientos millones de personas que habían seguido el drama desde media mañana. Los últimos titulares daban cuenta del asesinato de un marinero no identificado y de la detención de un fotógrafo francés y de un piloto en Le Touquet.

Los boletines radiados dieron la noticia de que el embajador de Alemania Federal en Israel había visitado al primer ministro Golen en su domicilio particular durante la fiesta del sábado, y salido de aquélla treinta y cinco minutos más tarde. Se ignoraba lo tratado en la reunión, y todos daban rienda suelta a las especulaciones. La Televisión publicó imágenes de todos los que quisieron posar ante las cámaras y de unos cuantos que hubiesen preferido no hacerlo. Estos eran los que sabían lo que pasaba. Las autoridades se negaron a entregar fotografías del cadáver del marinero, tomadas desde el *Nimrod.*

Los diarios, que estaban preparando la tirada que empezaba a medianoche, reservaban las primeras páginas para el caso de que Jerusalén o Bonn hiciesen alguna declaración, o de que se transmitiese algún otro mensaje desde el *Freya.* En las páginas interiores, ocupaban muchísimas columnas los artículos técnicos sobre el propio *Freya,* su cargamento y los efectos de su derramamiento, así como las especulaciones sobre la identidad de los terroristas y los artículos de fondo reclamando la puesta en libertad de los dos secuestradores.

Un suave y templado crepúsculo ponía fin al espléndido día primaveral, cuando sir Julian Flannery presentó su informe a la primer ministro en su despacho del 10 de Downing Street. El informe era completo, aunque sucinto; una obra maestra de redacción.

—Entonces, sir Julian —dijo ella al fin—, debemos presumir que esos hombres son reales, que se han adueñado por completo del *Freya,* que están en condiciones de volarlo y hundirlo, que no vacilarían en hacerlo y que las consecuencias económicas, humanas y en el medio ambiente, constituirían una catástrofe de espantosas dimensiones.

—Esta, señora, parece ser la interpretación más pesimista; sin embargo, el comité de crisis cree que sería vano adoptar un criterio más esperanzador —respondió el secretario del gabinete—. Sólo han sido vistos cuatro hombres: los dos centinelas y sus relevos. Pensamos que debe de haber otro en el puente, otro vigilando a los presos, y el jefe; esto representa un mínimo de siete. Quizá serían pocos para enfrentarse con un grupo de asalto armado, pero no podemos estar seguros. Podrían no tener dinamita a bordo, o tenerla en cantidad insuficiente, o haberla colocado mal, pero no podemos presumirlo. Podría fallar su detonador y no tener otro de recambio, pero no podemos presumirlo. Podrían no estar dispuestos a matar a otro marinero, pero no podemos presumirlo. Por último, podrían no pensar realmente en volar el *Freya* y morir con él, pero no podemos presumirlo. Su comité opina que sería una imprudencia presumir menos de lo posible, y que lo posible es lo peor.

Sonó el teléfono particular, y la primer ministro se puso al aparato. Cuando colgó de nuevo, dirigió una débil sonrisa a sir Julian.

—Parece que a fin de cuentas, eludiremos la catástrofe —dijo—. El Gobierno de Alemania Federal acaba de anunciar que ha hecho la petición a Israel. Israel ha contestado que acepta la solicitud alemana. Y Bonn ha respondido anunciando que soltará a los dos hombres a las ocho de la mañana.

Eran las siete menos veinte.

Las mismas noticias llegaron a la radio de transistores del camarote de día del capitán Thor Larsen. Sin dejar de apuntarle, Drake había encendido las luces del camarote y corrido las cortinas hacía una hora. El camarote estaba bien iluminado, caliente, y resultaba casi alegre. La cafetera había sido vaciada cinco veces y llenada de nuevo. Seguía burbujeando. Los dos hombres, el marino y el fanático, estaban macilentos y cansados. Pero uno de ellos estaba apesadumbrado e iracundo por la muerte de un amigo; el otro paladeaba su triunfo.

—Han aceptado —dijo Drake—. Sabía que lo harían. Sus posibilidades eran muy remotas, y las consecuencias, demasiado graves.

Thor Larsen hubiese debido sentirse aliviado por la noticia de la inminente liberación de su barco. Pero la ira que ardía en su interior le privaba incluso de este consuelo.

—Todavía no se ha acabado —gruñó.

—Pero se acabará. Y pronto. Si mis amigos son liberados a las ocho, estarán en Tel-Aviv a la una de la tarde o, como máximo, a las dos. Calculando una hora para la identificación y para la publicación de la noticia por la radio, lo sabremos a las tres o a las cuatro de la tarde de mañana. Después del anochecer, nos iremos y ustedes quedarán sanos y salvos.

—Salvo Tom Keller, que yace en cubierta —gritó el noruego.

—Crea que lo lamento. Pero teníamos que demostrar que hablábamos en serio. No me dejaron ninguna alternativa.

La petición del embajador soviético fue desacostumbrada, y mucho, en el sentido de su rudeza e insistencia. Aunque representan a un país presuntamente revolucionario, los embajadores soviéticos suelen ser muy meticulosos en la observancia de los procedimientos diplomáticos, inventados, en principio, por las naciones capitalistas occidentales.

David Lawrence preguntó repetidamente, por teléfono, si el embajador Konstantin Kirov no podía hablar con él, como secretario de Estado de los Estados Unidos. Kirov le respondió que el mensaje era para el presidente Matthews en persona, sumamente urgente, y que se refería a cuestiones sobre las que el propio presidente Maxim Rudin quería llamar la atención del presidente Matthews.

El presidente accedió a recibir a Kirov, y el largo y negro automóvil, con el emblema de la hoz y el martillo, entró en el recinto de la Casa Blanca a la hora del almuerzo.

En Europa, eran las siete menos cuarto; pero sólo las dos menos cuarto en Washington. El diplomático fue introducido inmediatamente en el Salón Oval, donde le esperaba el presidente, intrigado, confuso y curioso. Se observaron las formalidades, pero sin que ninguno de los interlocutores les prestara mayor atención.

—Señor presidente —comenzó Kirov—. La orden de solicitar esta urgente entrevista con usted me ha sido dada personalmente por el presidente Maxim Rudin. Debo transmitirle su mensaje personal, al pie de la letra. Es el siguiente:

»En el caso de que los secuestradores y asesinos Lev Mishkin y David Lazareff sean excarcelados y librados de su justo castigo, la Unión Soviética no podrá firmar el Tratado de Dublín dentro de dos semanas, ni en cualquier otro tiempo. La Unión Soviética rechazará definitivamente el tratado.

El presidente Matthews miró fijamente al enviado soviético, con pasmado asombro. Tardó varios segundos en hablar.

—¿Quiere usted decir que Maxim Rudin hará trizas nuestro acuerdo?

Kirov permaneció rígido, serio, impertérrito.

—Señor presidente. Esta es sólo la primera parte del mensaje que se me ha ordenado transmitirle. La segunda es que, si se revela la naturaleza o el contenido de este mensaje, la URSS reaccionará exactamente igual.

Cuando se hubo marchado, William Matthews se volvió, desalentado, hacia Lawrence.

—¿Qué diablos pasa, David? No podemos presionar al Gobierno alemán para que revoque su decisión, sin explicar el motivo.

—Creo que tendrá que hacerlo, señor presidente. Con todo respeto, le diré que Maxim Rudin no le deja ninguna alternativa.

CAPITULO XIV

De 19.00 a medianoche

El presidente William Matthews quedó aturdido por la inesperada rapidez y por la brutalidad de la reacción soviética. Esperó, mientras iban a buscar al director de la CIA, Robert Benson, y a su consejero de seguridad, Stanislav Poklevski.

Cuando los dos se reunieron con el secretario de Estado en el Salón Oval, Matthews les explicó la enojosa visita del embajador Kirov.

—¿Qué diablos se proponen? —preguntó el presidente.

Ninguno de sus tres principales consejeros pudo darle una respuesta. Se hicieron varias suposiciones, la principal de las cuales era que Maxim Rudin había sufrido un revés en el seno del Politburó y no podía llevar adelante el Tratado de Dublín, caso en el cual el asunto del *Freya* no era más que un pretexto para abstenerse de firmar aquél.

Pero la idea fue unánimemente descartada; sin el tratado, la Unión Soviética no recibiría el trigo, y estaba ya gastando sus últimas reservas. También se sugirió que la muerte del piloto de «Aeroflot», capitán Rudenko, representaba un descrédito que el Kremlin no podía tolerar; pero esto fue igualmente rechazado: los tratados internacionales no se rompen por la muerte de un piloto.

El director de la CIA resumió, al cabo de una hora, lo que pensaban todos.

—Esto no tiene sentido —dijo— y, sin embargo, debe tenerlo. Maxim Rudin no reaccionaría como un loco a menos que tuviese un motivo, un motivo que ignoramos.

—Pero esto no nos saca del espantoso dilema en el que nos encontramos —intervino el presidente Matthews—. O dejamos que Mishkin y Lazareff sean liberados, con el fracaso del más importante tratado de desarme de nuestra generación y el riesgo de una guerra dentro de un año, o nos oponemos a tal liberación y obligamos a Europa Occidental a sufrir el mayor desastre ecológico de nuestra época.

—Tenemos que encontrar una tercera alternativa —dijo David Lawrence—. Pero, ¡por mil diablos!, ¿cuál?

—Sólo podemos buscar en un sitio —respondió Poklevski—. Dentro de Moscú. La respuesta está dentro de Moscú, en alguna parte. No creo que podamos decidir una política encaminada a evitar ambas alternativas catastróficas, si no sabemos por qué Maxim Rudin ha reaccionado de este modo.

—Creo que se refiere usted a *el Ruiseñor* —terció Benson—. Pero no tenemos tiempo. No se trata de semanas, ni de días, sino sólo de horas. Creo, señor presidente, que debería usted tratar de hablar personalmente con Maxim Rudin por la línea directa. Pregúntele, de presidente a presidente, por qué adopta esta actitud sobre los dos secuestradores judíos.

—¿Y si se niega a darme la razón? —inquirió Lawrence—. Podría haberlo hecho a través de Kirov. O enviado una carta personal...

El presidente Matthews tomó su decisión.

—Llamaré a Maxim Rudin —dijo—. Pero si no quiere responder a mi llamada o se niega a darme una explicación, tendremos que deducir que es objeto de presiones insuperables dentro de su propio círculo. Mientras tanto, voy a confiar a mistress Carpenter el secreto de lo que acaba de pasar aquí y pedirle su ayuda a través de sir Nigel Irvine y de *el Ruiseñor*. Sólo como último recurso, llamaré al canciller Busch, en Bonn, y le pediré que me dé un poco más de tiempo.

Cuando el que llamaba dijo que quería hablar personalmente con Ludwig Jahn, la telefonista estuvo a punto de negarse. Numerosos reporteros habían llamado y preguntado por determinados oficiales, a fin de obtener detalles sobre Mishkin y Lazareff. La telefonista tenía órdenes concretas: nada de llamadas.

Pero cuando el hombre le dijo que era primo de Jahn y que éste tenía que asistir a la boda de su hija el día siguiente al mediodía, la telefonista se ablandó. Los asuntos de familia eran harina de otro costal. Pasó la llamada, y Jahn la recibió en su oficina.

—Supongo que me recuerda —dijo la voz a Jahn.

El oficial le recordaba bien; era aquel ruso con ojos de verdugo de un campo de trabajo.

—No debe llamarme aquí —murmuró, con voz ronca—. Y yo no puedo hacer nada. La guardia ha sido triplicada y se han cambiado los turnos. Ahora estoy de guardia permanente y duermo aquí, en la oficina. Estas son las órdenes hasta nuevo aviso. Ahora nadie puede acercarse a esos dos hombres.

—Le conviene encontrar un pretexto para salir durante una hora —dijo la voz del coronel Kukushkin—. Hay un bar a cuatrocientos metros de su puerta de servicio. —Dio el nombre del bar y la dirección. Jahn no conocía el bar, pero sí la calle.— Dentro de una hora —repitió la voz—, si no quiere que...

Sonó un chasquido.

Eran las ocho de la tarde en Berlín, y era ya noche cerrada.

La primer ministro británica estaba cenando tranquilamente con su marido, en sus habitaciones privadas del piso alto de Downing Street, 10, cuando le pidieron que atendiese a una llamada personal del presidente Matthews. Cuando pusieron la comunicación, volvía a estar en su despacho. Los dos jefes de Gobierno se conocían bien y se habían visto una docena de veces desde la elección de aquella mujer como primer ministro de Gran Bretaña. Cuando estaban a solas, se llamaban por sus nombres de pila, pero, aunque las conversaciones supersecretas a través del Atlántico no podían ser intervenidas por nadie, se grababan en cinta magnetofónica, y, por ello, observaron las formalidades de rigor.

En términos cuidadosos y sucintos, el presidente Matthews explicó a la primer ministro el mensaje que había recibido de Maxim Rudin a través de su embajador en Washington. Joan Carpenter quedó aturdida.

—Por el amor de Dios, ¿por qué? —preguntó.

—Ahí está el problema, señora —respondió la voz, arrastrando las palabras, desde el otro lado del Atlántico—. No hay explicación. Absolutamente ninguna. Y he de decirle otras dos cosas. El embajador Kirov me advirtió que, si llegaba a conocerse públicamente el mensaje de Rudin, el Tratado de Dublín sería igualmente rechazado. ¿Puedo contar con su discreción?

—Naturalmente —respondió la mujer—. ¿Cuál es la otra cosa?

—He tratado de hablar con Rudin por la línea de urgencia. No lo he conseguido. De esto debo deducir que tiene problemas en el seno del propio Kremlin y no puede revelarlos. Si he de serle franco, esto me ha colocado en una situación imposible. Pero una cosa es segura: no puedo dejar que se anule el tratado. Es demasiado importante para todo el mundo occidental. Tengo que luchar por él. No puedo dejar que lo destruyan un par de secuestradores en una cárcel de Berlín; y no puedo dejar que un puñado de terroristas, desde un petrolero en el mar del Norte, desencadenen un conflicto armado entre el Este y Occidente, como el que indudablemente se produciría.

—Estoy completamente de acuerdo con usted, señor presidente —dijo la primer ministro, desde su despacho de Londres—. ¿Qué quiere que haga? Me imagino que tiene usted más influencia que yo sobre el canciller Busch.

—No se trata de esto, señora. Hay otras dos cosas. Nosotros tenemos cierta información sobre las consecuencias que tendría para Europa la voladura del *Freya*, pero presumo que la de ustedes es más completa. Necesito conocer todas las consecuencias y opciones lógicamente posibles, para el caso de que los terroristas a bordo del *Freya* resolviesen lo peor.

—Sí —admitió mistress Carpenter—. Durante todo el día, nuestros técnicos han realizado un estudio a fondo del barco, de su cargamento, de sus posibilidades de contener la marea negra, etc. Hasta ahora no hemos considerado la idea de tomar el barco por asalto. Ahora tendremos que hacerlo. Le enviaré información sobre todos estos aspectos dentro de una hora. ¿Qué más?

—Esto es lo más peliagudo, y casi no sé cómo pedírselo —dijo William Matthews—. Pensamos que el comportamiento de Rudin debe de tener una explicación, y, mientras no la conozcamos, andaremos a tientas en la oscuridad. Si he de resolver esta crisis, tengo que saber algo más. Necesito aquella explicación. Necesito saber si existe una tercera alternativa. Quisiera pedirle que diga a su gente que se valga de *el Ruiseñor* por última vez y me dé la respuesta a la incógnita.

Joan Carpenter reflexionó. Siempre había seguido la política de no entrometerse en el servicio de sir Nigel Irvine. A diferencia de algunos de sus predecesores, se había abstenido firmemente de meter las narices en los servicios secretos para satisfacer su curiosidad. Desde su subida al poder había doblado los presupuestos del SIS y de MI-5, había elegido profesionales curtidos como directores de ambos, y había sido recompensada con su inquebrantable lealtad. Contando con ésta, había confiado en que no la abandonarían. Y no lo habían hecho.

—Haré lo que pueda —dijo al fin—. Pero se trata de algo que afecta al mismo corazón del Kremlin, y contamos con pocas horas. Si es posible, se hará. Le doy mi palabra.

Terminada la conferencia, llamó a su marido para decirle que no la esperase; estaría toda la noche en su despacho. Ordenó a la cocina que le trajesen una cafetera llena de café. Una vez arregladas estas cosas prácticas, telefoneó a sir Julian Flannery a su casa empleando una línea normal; le dijo que había surgido una nueva crisis y le pidió que volviese en seguida a la oficina del Gobierno. Su última llamada no la hizo por una línea normal, sino por la secreta, que comunicaba con la jefatura de la Empresa. Pidió que localizasen a sir Nigel Irvine, dondequiera que estuviese, y que le dijesen que acudiese inmediatamente al Número 10. Mientras esperaba, conectó la televisión de su despacho, en el momento en que empezaba el noticiario de las nueve de la BBC. Había comenzado una noche muy larga.

Ludwig Jahn se deslizó en el compartimiento y se sentó, sudando un poco. Desde el otro lado de la mesa, el ruso le miró con frialdad. El rollizo celador no podía saber que aquel temible ruso estaba luchando por su propia vida; no daba la menor señal de ello.

Escuchó impasible, mientras Jahn le explicaba las nuevas medidas que se habían tomado a partir de las dos de la tarde. En realidad, no tenía amparo diplomático; se ocultaba en un escondite de la SSD en Berlín Oeste, como invitado de sus colegas alemanes orientales.

—Como cabe ver —terminó Jahn—, no puedo hacer nada. No podría introducirle en aquel pasillo. Hay tres hombres de guardia, como mínimo, de día y de noche. Cualquiera que entre en el corredor, incluso yo mismo, tiene que mostrar su pase, y todos nos conocemos. Hemos trabajado juntos durante años. Ninguna cara nueva sería admitida, sin avisar al alcaide.

Kukushkin asintió despacio con la cabeza. Jahn sintió renacer su esperanza. Le dejarían marchar; le dejarían en paz; no causarían daño a su familia. Todo había terminado.

—Usted puede entrar en el pasillo, naturalmente —dijo el ruso—. Y en las celdas.

—Sí; soy el *Ober Wachtmeister*. A intervalos periódicos, tengo que comprobar que están sin novedad.

—¿Duermen por la noche?

—Tal vez. Se han enterado del asunto del mar del Norte. Les quitaron las radios después de las emisiones del mediodía, pero otro preso incomunicado les gritó las noticias antes de que fuesen sacados del pasillo todos los demás reclusos. Tal vez dormirán, tal vez no.

El ruso asintió lúgubremente.

—Entonces —dijo—, usted hará el trabajo.

Jahn se quedó boquiabierto.

—No, no —balbuceó—. Usted no lo comprende. No podría usar una pistola. Soy incapaz de disparar contra nadie.

El ruso colocó sobre la mesa dos tubitos parecidos a plumas estilográficas.

—Nada de pistolas —replicó—. Esto. Sólo tiene que acercar el extremo abierto, éste, a unos centímetros de la boca y la nariz del hombre dormido, y apretar este botón. La muerte se produce en tres segundos. La inhalación de cianuro potásico en forma de gas causa la muerte instantánea. Al cabo de una hora, los efectos son idénticos a los de un fallo cardíaco. Cuando lo haya hecho, cierre las celdas, vuelva a las dependencias del personal, limpie bien los tubos y póngalos en el armario de otro celador que tenga también acceso a las dos celdas. Muy sencillo, muy claro. Y nadie podrá acusarle.

Lo que Kukushkin acababa de exponer al horrorizado oficial de prisiones era una versión actualizada de las pistolas de gas venenoso con que el departamento de «asuntos mojados» de la KGB había asesinado a los nacionalistas ucranianos Stepan Bandera y Lev Rebet, en Alemania, dos decenios atrás. El principio seguía siendo sencillo, y la eficacia del gas había sido aumentada por ulteriores investigaciones. Dentro de los tubos había unas pequeñas ampollas de ácido prúsico. El gatillo soltaba un muelle y éste accionaba un percutor que rompía el vidrio. Simultáneamente, el ácido era vaporizado por el aire comprimido de un depósito que también se abría al apretar el botón. Impulsado por el aire comprimido, el gas salía del tubo en una nube invisible, que se introducía en las vías respiratorias de la víctima. Una hora más tarde se había desvanecido el olor a almendras amargas del ácido prúsico y los músculos del cadáver se habían relajado de nuevo; los síntomas eran los de un ataque al corazón.

Desde luego, nadie creería que los dos jóvenes habían sufrido ataques cardíacos simultáneos, y se realizaría una investigación. Pero los tubos del gas, encontrados en el armario de uno de los celadores, acusarían casi indefectiblemente a éste.

—Yo... yo no puedo hacer esto —murmuró Jahn.

—Pero yo puedo enviar a toda su familia a un campo de trabajo del Artico para toda la vida, y lo haré —murmuró el ruso—. Un sencillo dilema, *Herr* Jahn. Vencer sus escrúpulos durante diez breves minutos, a cambio de la vida de toda su familia. Piénselo.

Kukushkin asió la mano de Jahn, la volvió y colocó los tubos en su palma.

—Piénselo —dijo—, pero de prisa. Después, entre en las celdas y haga lo que le he dicho. Esto es todo.

Salió del compartimiento y se marchó. Minutos más tarde, Jahn cerró la mano, se metió los tubitos de gas en el bolsillo del impermeable y volvió a la prisión de Tegel. A medianoche, dentro de tres horas, relevaría al jefe de turno de noche. A la una de la madrugada, entraría en las celdas y lo haría. Sabía que no tenía alternativa.

Al ponerse en el cielo los últimos rayos del sol, el *Nimrod* que sobrevolaba el *Freya* había sustituido su cámara de día F.126 por la de noche F.135. Por lo demás, nada había cambiado. La cámara de visión nocturna, enfocada hacia abajo, con su mira infrarroja, podía captar casi todo lo que pasaba a una distancia de cinco mil metros. Si el capitán del *Nimrod* lo deseaba, podía tomar fotografías estáticas con ayuda del flash electrónico de la F. 135, o encender el potentísimo faro del avión.

Pero la cámara nocturna no captó la figura con anorak que yacía en cubierta desde media tarde y que ahora empezó a moverse muy despacio, deslizándose debajo de la pasarela y retrocediendo, centímetro a centímetro, hacia la superestructura. Cuando el personaje cruzó por fin el umbral de la puerta medio abierta y se irguió en el interior, nadie se dio cuenta. Al amanecer, se presumió que el cadáver había sido arrojado al mar.

El hombre del anorak bajó a la cocina, frotándose las manos y temblando repetidamente. En la cocina encontró a uno de sus colegas y se sirvió un café caliente. Cuando hubo terminado, volvió al puente y buscó su propia ropa: el pantalón deportivo y el suéter negros con que había subido a bordo.

—¡Uf! —exclamó al hombre del puente, con su acento americano—. Desde luego, diste en el blanco. Pude sentir el golpe de los tacos de los cartuchos sin bala en la espalda del anorak.

El guardián del puente sonrió.

—Andriy me dijo que lo hiciese bien —respondió—. Y dio resultado. Mishkin y Lazareff saldrán de la cárcel a las ocho de la mañana. Por la tarde, estarán en Tel-Aviv.

—Estupendo —dijo el ucraniano-americano—. Esperemos que el plan de Andriy para sacarnos de este barco salga tan bien como lo demás.

—Saldrá —aseguró el otro—. Y ahora, será mejor que te pongas la máscara y devuelvas esa ropa al yanqui del cuarto de la pintura. Y duerme un poco. Entras de guardia a las seis de la mañana.

Sir Julian Flannery volvió a convocar el comité de crisis al cabo de una hora de su conversación privada con la primer ministro. Esta le había explicado el motivo del cambio de la situación, pero él y sir Nigel debían ser los únicos en saberlo y no debían hablar. Sólo debía decirse a los miembros del comité que, por razones de Estado, la puesta en libertad de Mishkin y Lazareff al amanecer, podía demorarse o cancelarse, según fuese la reacción del canciller alemán.

De otra parte, todos los datos que llegaban a Whitehall sobre el

Freya, su tripulación, su cargamento y sus posibles riesgos, eran transmitidos fotográficamente a Washington.

Sir Julian había tenido suerte; la mayoría de los principales expertos del comité vivían dentro de un radio de sesenta minutos en coche de Whitehall. Casi todos habían sido localizados mientras cenaban en sus casas, ya que ninguno se había marchado al campo; dos lo habían sido en sendos restaurantes, y uno, en el teatro. A las nueve y media, todos estaban nuevamente sentados en el UNICORNE.

Sir Julian declaró que ahora tenían que presumir que todo el asunto había pasado del campo de una especie de ejercicio, a la categoría de una crisis grave.

—Tenemos que suponer que el canciller Busch estará de acuerdo en aplazar la puesta en libertad, en espera de que se aclaren ciertas cuestiones. En tal caso debemos presumir que los terroristas pondrán al menos en práctica su primera amenaza, o sea, soltar una cantidad de petróleo del *Freya*. Por consiguiente, tenemos que ver la manera de contener y destruir una posible primera ola de veinte mil toneladas de crudo; pero, además, hemos de prever el caso de que dicha cifra se multiplique por cincuenta.

El panorama no podía ser más sombrío. La indiferencia pública durante años había conducido a la negligencia política; sin embargo, las cantidades de disolventes de petróleo en poder de los británicos, y los vehículos para su transporte en caso de marea negra, representaban más que los del resto de Europa juntos.

—Hay que suponer que nos corresponderá el esfuerzo principal para reducir los daños ecológicos —dijo el hombre de Warren Springs—. En el asunto *Amoco Cádiz* de 1978, los franceses no quisieron aceptar nuestra ayuda, aunque teníamos mejores disolventes y mejores sistemas de distribución que ellos. Sus pescadores pagaron cara esta estupidez. El anticuado detergente que emplearon, en vez de nuestros concentrados, causó unos efectos tóxicos peores que los del propio petróleo. Y no lo tenían en cantidad suficiente, ni disponían de los sistemas de distribución adecuados. Fue como tratar de matar un pulpo con un tirachinas.

—Yo estoy seguro de que los alemanes, los holandeses y los

belgas no vacilarán en pedir una acción conjunta de los aliados en este asunto —intervino el hombre del Foreign Office.

—Tenemos que estar preparados —dijo sir Julian—. ¿Cuáles son nuestras disponibilidades?

El doctor Henderson, de Warren Springs, explicó:

—El mejor disolvente, en forma concentrada, puede disolver, es decir, dividir el petróleo en minúsculos glóbulos que permitan a las bacterias naturales completar la destrucción, a razón de veinte veces su propio volumen. Un galón de disolvente, por veinte galones de crudo. Tenemos mil toneladas en depósito.

—Lo necesario para disolver veinte mil toneladas de crudo —observó sir Julian—. Pero, ¿y si se derrama un millón de toneladas?

—No habrá nada que hacer —respondió lúgubremente Henderson—. Nada en absoluto. Si empezásemos ahora a producir más disolvente, podríamos fabricar mil toneladas cada cuatro días. Para un millón de toneladas, necesitaríamos cincuenta mil toneladas de disolvente. En realidad, esos locos enmascarados podrían destruir casi toda la vida marina en el mar del Norte y el canal de la Mancha, y contaminar las playas desde Hull hasta Cornualles, en nuestra costa, y desde Bremen hasta Ushant, en la de enfrente.

Todos guardaron silencio durante un rato.

—Supongamos que derraman la primera cuba —dijo, al fin, sir Julian—. Lo otro sería increíble.

El comité acordó cursar inmediatamente órdenes para reunir, durante la noche, hasta la última tonelada de disolvente de los almacenes de Hampshire; llamar, a través del Ministerio de Energía, a todos los camiones-cuba de las Compañías de petróleo; llevar todo el cargamento a la explanada de Lowestoft, en la costa oriental, y movilizar y dirigir a Lowestoft todos los remolcadores de la Marina provistos de mangueras, incluidas las unidades contra incendios del puerto de Londres y sus equivalentes de la Royal Navy. De este modo se esperaba que, por la mañana, toda la flotilla estaría en el puerto de Lowestoft, cargando disolvente.

—Si el mar permanece en calma —dijo el doctor Henderson—, la marea negra se deslizará suavemente al nordeste del *Freya*, en dirección al norte de Holanda, a una velocidad de unos dos nudos. Esto nos dará tiempo. Cuando cambie la marea, debe retroceder en sentido contrario. Pero si se levanta el viento, puede moverse más de prisa y en todas direcciones, según sople aquél sobre la superficie del agua. En todo caso, podríamos combatir una marea negra de veinte mil toneladas.

—No podemos llevar nuestros barcos a la zona de cinco millas alrededor del *Freya*, por tres de sus lados, ni entre el *Freya* y la costa holandesa —observó el subdirector de Defensa.

—Pero podemos observar la marea negra desde el *Nimrod* —intervino el capitán del grupo de la RAF—. En cuanto salga de aquella zona, sus barcos pueden empezar a trabajar.

—Todo eso está muy bien, para combatir la amenaza de derramamiento de veinte mil toneladas —dijo el hombre del Foreign Office—. Pero después, ¿qué?

—Nada —respondió el doctor Henderson—. Después de esto, habremos agotado todos nuestros recursos.

—Si es ésta la situación, nos espera un enorme trabajo administrativo —dijo sir Julian.

—Hay otra alternativa —dijo el coronel Holmes—. La alternativa más dura.

Se hizo un incómodo silencio alrededor de la mesa. Sólo el vicealmirante y el capitán de grupo no compartían esta incomodidad; estaban interesados. Los científicos y los burócratas estaban acostumbrados a los problemas técnicos y administrativos, a sus remedios y soluciones. Todos sospecharon que el duro coronel vestido de paisano hablaba de agujerear el pellejo a alguien.

—Puede que a ustedes no les guste esta alternativa —dijo serenamente Holmes—, pero esos terroristas han matado a un marinero a sangre fría. Igual pueden matar a los otros veintinueve. El barco cuesta ciento setenta millones de dólares; la carga, ciento cuarenta millones, y la operación limpieza costaría el triple de esto. Si, por la razón que sea, el canciller Busch no puede o no quiere soltar a los presos de Berlín, puede no quedarnos más alternativa que tratar de asaltar el buque y liquidar al hombre del detonador antes de que lo emplee.

—¿Qué propone, exactamente, coronel Holmes? —preguntó sir Julian.

—Propongo que pidamos al comandante Fallon que venga de

Dorset, y escuchemos lo que tenga que decirnos —respondió Holmes.

Así se acordó, suspendiéndose la sesión hasta las tres de la madrugada. Eran las diez menos diez de la noche.

Durante la reunión, no lejos de la sede del Gobierno, la primer ministro había recibido a sir Nigel Irvine.

—Conque ésta es la situación, sir Nigel —concluyó—. Si no podemos encontrar una tercera alternativa, o bien serán liberados los presos y Maxim Rudin romperá el Tratado de Dublín, o bien aquéllos permanecerán en la cárcel y sus amigos destruirán el *Freya*. En el segundo supuesto, cabe la posibilidad de que esos hombres no se decidan a hacerlo, pero no debemos hacernos ilusiones. También podríamos intentar tomar el barco por asalto, pero las probabilidades de éxito serían pocas. Para poder encontrar una tercera alternativa, tenemos que saber por qué razón ha adoptado Maxim Rudin su actitud. Por ejemplo, ¿puede ser un golpe de audacia? ¿Está tratando de engañar a Occidente con el riesgo de unos enormes perjuicios económicos, para compensar sus propios problemas sobre el trigo? ¿Está realmente dispuesto a cumplir su amenaza? Tenemos que saberlo.

—¿De cuánto tiempo dispone, señora primer ministro? ¿De cuánto tiempo dispone el presidente Matthews? —preguntó el director general del SIS.

—Debemos presumir que, si los secuestradores del avión no salen de la cárcel al amanecer, tendremos que entretener a los terroristas, ganar tiempo. Pero quisiera poder darle algo al presidente mañana por la tarde.

—Con mi experiencia de muchos años en el servicio, yo diría, señora, que esto es imposible. En Moscú están ahora en mitad de la noche. El *Ruiseñor* es virtualmente inalcanzable, salvo en los encuentros convenidos con mucha antelación. Intentar una cita inmediata podría significar el fin de aquel agente.

—Conozco sus normas, sir Nigel, y las comprendo. La seguridad de un agente en el campo adversario tiene capital importancia. Pero también la tienen los asuntos de Estado. La anulación del tratado o la destrucción del *Freya* son asuntos de Estado. Lo primero podría poner en peligro la paz durante años;

tal vez pondría a Yefrem Vishnayev en el poder, con todas sus consecuencias. Si el *Freya* fuese destruido y con él el mar del Norte, sólo las pérdidas financieras de «Lloyd's», e indirectamente de la economía británica, serían desastrosas; eso sin hablar de los treinta marineros. Yo no ordeno nada, sir Nigel; sólo le pido que compare estas alternativas seguras con el posible riesgo de un solo agente ruso.

—Señora, haré lo que pueda. Le doy mi palabra —dijo sir Nigel, y volvió a su Cuartel General.

Desde una oficina del Ministerio de Defensa, el coronel Holmes telefoneó a Poole, Dorset, jefatura de otro servicio, el SBS. El comandante Simon Fallon estaba tomando una jarra de cerveza en el comedor de oficiales, cuando le avisaron que le llamaban por teléfono. Los dos jefes de Infantería de Marina se conocían bien.

—¿Has seguido el caso del *Freya*? —preguntó Holmes, desde Londres.

El otro chascó la lengua.

—Pensé que acabarías metiendo las narices en esto —dijo Fallon—. ¿Qué es lo que quieren?

—Las cosas se están poniendo mal —explicó Holmes—. A fin de cuentas, es posible que los alemanes tengan que cambiar de idea y retener a esos dos payasos en Berlín. Acabo de pasar una hora con el comité, convocado de nuevo. No les gustaba, pero tienen que considerar nuestro sistema. ¿Tienes alguna idea?

—¡Claro! —respondió Fallon—. He estado pensando en eso todo el día. Pero necesitaría una maqueta y un plano. Y equipo.

—Bien —aceptó Holmes—. Tengo el plano aquí, y una buena maqueta de otro barco parecido. Reúne a los muchachos. Saca todo el equipo de los almacenes: trajes de buceador, imanes, toda clase de herramientas, bombas de gases lacrimógenos; todo lo que tú digas. Lo que te sobre podrás devolverlo. Voy a pedir a la Marina que vayan desde Portland a recogerlo todo: los materiales y los hombres. Y ahora, designa un buen sustituto, coge tu coche y ven inmediatamente a Londres. Preséntate en mi despacho, lo antes que puedas.

—No te preocupes —dijo Fallon—. Tengo ya todo el equipo

preparado. Envía a recogerlo todo cuanto antes. Me pongo inmediatamente en camino.

Cuando el duro y rechoncho comandante volvió al bar, se hizo un silencio. Sus hombres sabían que había recibido una llamada telefónica de Londres. A los pocos minutos empezaron a despertar suboficiales e infantes de Marina en sus cuarteles y se cambiaron la ropa que llevaban en el comedor por el uniforme negro y la boina verde de su unidad. Antes de medianoche estaban todos esperando en el muelle de piedra, en su sección acordonada de la base naval, aguardando la llegada del transporte que había de llevarles, con su equipo, adonde fuese necesario.

Una luna brillante se elevaba al oeste de Portland Bill, cuando las tres lanchas rápidas *Sabre*, *Cutlass* y *Scimitar*, salieron del puerto rumbo a Poole. Al abrirse las válvulas, se elevaron las tres proas, se sumergieron las popas en la espumeante agua y resonó el trueno de los motores en toda la bahía.

La misma luna iluminó la larga cinta de la carretera de Hampshire, mientras el «Rover» del comandante Fallon devoraba los kilómetros que le separaban de Londres.

—Y ahora, ¿qué diablos le digo al canciller Busch? —preguntó el presidente Matthews a sus consejeros.

Eran las cinco de la tarde en Washington; aunque en Europa hacía mucho rato que era de noche, los últimos rayos de sol de la tarde caían aún sobre la rosaleda de allende los ventanales de la Casa Blanca y donde los primeros capullos se abrían al calor primaveral.

—No creo que pueda usted revelarle el verdadero mensaje transmitido por Kirov —dijo Robert Benson.

—¿Por qué no? Se lo he dicho a Joan Carpenter, y sin duda ella ha tenido que decirlo a Nigel Irvine.

—Hay una diferencia —observó el jefe de la CIA—. Los ingleses pueden tomar las precauciones necesarias para hacer frente a un problema ecológico del mar frente a sus costas, convocando para ello a sus expertos. Es un problema técnico, y Joan Carpenter no necesitó convocar a su Consejo de Ministros. En cambio, al pedirle a Dietrich Busch que retenga a Mishkin y Lazareff, con el riesgo de provocar una catástrofe en sus países vecinos europeos, sin duda querrá consultar con su Gabinete...

—Es un hombre honrado —intervino Lawrence—. Si sabe que el precio es el Tratado de Dublín, se creerá obligado a compartir este conocimiento con su Gabinete.

—Y aquí está el problema —concluyó Benson—. Quince personas, como mínimo, se enterarían de esto. Y no faltaría quien lo confiara a su esposa o a sus ayudantes. Todavía no hemos olvidado el caso Guenther Guillaume. Hay demasiadas filtraciones en Bonn. Y si el asunto llegara a difundirse, significaría también el fin del Tratado de Dublín, pasara lo que pasara en el mar del Norte.

—Dentro de un minuto me pondrán con él. ¿Qué diablos le digo? —repitió Matthews.

—Dígale que tiene una información que no puede explicar por teléfono, ni siquiera por una segura línea transatlántica —sugirió Poklevski—. Dígale que la puesta en libertad de Mishkin y Lazareff provocaría un desastre mayor que el que puede derivarse de entretener unas horas a los terroristas del *Freya*. Pídale, simplemente, que le dé un poco de tiempo.

—¿Cuánto? —preguntó el presidente.

—Lo más posible —respondió Benson.

—¿Y cuando se acabe el tiempo? —inquirió el presidente.

Entonces llegó la llamada de Bonn. Habían localizado al canciller Busch en su casa. El presidente dijo que le pasaran la comunicación por la línea privada. No hacían falta traductores: Dietrich Busch hablaba inglés con fluidez. El presidente Matthews habló durante diez minutos, mientras el jefe del Gobierno alemán le escuchaba con creciente asombro.

—Pero, ¿por qué? —preguntó al fin—. No creo que el asunto pueda afectar a los Estados Unidos.

Matthews sintió la tentación de decírselo. Pero Robert Benson le amonestó con un dedo.

—Por favor, Dietrich. Debe creerme. Le pido que confíe en mí. Ni por esta línea, ni por cualquiera de las que cruzan el Atlántico, puedo ser tan explícito como quisiera. Ha surgido algo, de enormes proporciones. Escuche, voy a serle todo lo franco que me es posible. Hemos descubierto algo sobre esos dos hombres; su puesta en libertad dentro de las próximas horas sería desastrosa en este momento. Sólo le pido tiempo, amigo Dietrich; un poco de tiempo. Un compás de espera, hasta que puedan resolverse ciertas cosas.

El canciller alemán estaba de pie en su despacho, mientras las notas de Beethoven llegaban a través de la puerta desde el salón, donde había estado fumando un cigarro y escuchando un concierto en el estéreo. Decir que se sentía receloso, habría sido poco. Que él supiera, la línea transatlántica montada hacía años para que pudiesen comunicar directamente los jefes de la OTAN, y que era comprobada periódicamente, era absolutamente segura. Además —pensó— los Estados Unidos tenían unas comunicaciones magníficas con su Embajada en Bonn y, si lo deseaban, podían enviar un mensaje personal por medio de ella. No se le ocurrió que Washington podía, simplemente, no confiar en su Gabinete para un secreto de esta magnitud, después del repetido descubrimiento de agentes alemanes orientales en la misma sede del poder junto al Rin.

Por otra parte, el presidente de los Estados Unidos no era propenso a hacer llamadas por la noche, ni a formular peticiones a tontas y a locas. Busch sabía que debía tener buenas razones para hacerlo ahora. Pero lo que le pedía no podía concedérselo sin consultarlo.

—Ahora son aquí las diez de la noche —dijo a Matthews—. Tenemos tiempo hasta el amanecer para decidir. Nada nuevo ocurrirá hasta entonces. Volveré a convocar mi Gabinete durante la noche y consultaré con ellos. No puedo prometerle más.

El presidente William Matthews tuvo que contentarse con esto.

Cuando hubo colgado el teléfono, Dietrich Busch reflexionó durante un largo rato. Algo se estaba cociendo —pensó—, algo que tenía que ver con Mishkin y Lazareff, incomunicados en sus celdas de la prisión de Tegel, en Berlín Oeste. Si les ocurría algo, el Gobierno federal no podría librarse de un alud de censuras dentro de Alemania, tanto por parte de los medios de difusión como de la oposición. Y teniendo en cuenta que se acercaban las elecciones regionales...

Su primera llamada fue para Ludwig Fischer, el ministro de Justicia, que también estaba en la capital. Se había convenido en que ningún ministro saldría al campo aquel fin de semana. Su sugerencia fue aceptada inmediatamente por el ministro de Justicia. Trasladar a la pareja de la anticuada prisión de Tegel a la mucho más nueva y segura cárcel de Moabit era precaución elemental. Ningún agente de la CIA podría penetrar jamás en Moabit. Fischer telefoneó inmediatamente esta orden a Berlín.

Hay ciertas frases, bastante inocentes, que, si son empleadas por el primer encargado de las comunicaciones en clave de la Embajada británica en Moscú y dirigidas al que éste conoce como residente del SIS en la Embajada, significan en realidad: «Venga inmediatamente; algo urgente acaba de llegar de Londres.» Tal fue la frase que hizo que Adam Munro se levantase de la cama a medianoche (hora de Moscú; las diez en Londres) y cruzase la ciudad en dirección al muelle de Maurice Thorez.

Al volver de Downing Street a su despacho, sir Nigel Irvine había comprendido que la primer ministro tenía toda la razón. Comparado con la anulación del Tratado de Dublín o con la destrucción del *Freya*, con su tripulación y su cargamento, era un mal menor el hecho de poner a un agente ruso en peligro de ser descubierto. Tener que decirle a Munro lo que debía hacer, y cómo tenía que hacerlo, no le causaba ninguna satisfacción. Pero antes de llegar al edificio del SIS, sabía que era algo indispensable.

La sala de comunicaciones del sótano estaba realizando su trabajo de rutina cuando entró sir Nigel, sorprendiendo al personal nocturno. Su mensaje por télex llegó a Moscú en menos de cinco minutos. Nadie discutió el derecho del Amo a hablar directamente con su residente en Moscú en mitad de la noche. Treinta minutos más tarde, el télex de Moscú transmitió en clave el mensaje de que Munro estaba allí, esperando.

Los operadores de ambos extremos de la línea, hombres de gran experiencia, gozaban de una absoluta confianza; tenía que ser así, puesto que cursaban, como mensajes de rutina, informaciones capaces de derribar Gobiernos. Desde Londres, el télex enviaba su embrollado y seguro mensaje a un bosque de antenas de las afueras de Cheltenham, lugar más conocido por sus carreras de caballos y su colegio de señoritas. Allí, las palabras se convertían automáticamente en una comunicación cifrada y absolutamente secreta, que era enviada, sobre la dormida Europa, a una antena del tejado de la Embajada. Cuatro segundos después de salir de Londres, el mensaje aparecía claramente en el télex del sótano de la antigua casa del magnate del azúcar en Moscú.

Allí, el operario se volvió a Munro, plantado a su lado.

—Es el Amo en persona —informó, descifrando el mensaje que llegaba—. Debe de ser algo importante.

Sir Nigel tenía que decirle a Munro lo esencial del mensaje de Kirov al presidente Matthews, comunicado hacía sólo tres horas. Sin este conocimiento, Munro no podría pedir a *el Ruiseñor* que respondiese a la pregunta de Matthews: «¿Por qué?»

—No puedo hacerlo —dijo Munro al impasible operario, al leer por encima del hombro de éste. Y, cuando hubo terminado el mensaje de Londres, añadió—: Conteste lo siguiente: «Imposible, repito, imposible obtener esta clase de respuesta en tiempo señalado.» Envíelo.

El intercambio entre sir Nigel Irvine y Adam Munro duró quince minutos. «Debe de haber una manera de establecer contacto inmediato con R», sugirió Londres. «Sí, pero sólo en caso de gran urgencia», respondió Munro. «Este es un caso de gran urgencia», replicaron desde Londres. «Pero R sólo podría empezar a investigar dentro de unos días —observó Munro—. El Politburó no debe reunirse hasta el jueves próximo.» «¿Y las grabaciones de la reunión del jueves pasado?», preguntó Londres. «El jueves pasado, el *Freya* aún no había sido secuestrado», replicó Munro. Por último, sir Nigel hizo lo que no habría querido hacer.

—Lo siento —escribió la máquina—, pero la orden de la primer ministro es perceptiva. A menos que se intente evitar este desastre, tendrá que cancelarse la operación de traer a R a Occidente.

Munro contempló con incredulidad la cinta de papel que salía del télex. Por primera vez se veía cogido en la red de sus propios intentos de ocultar su amor por la agente a sus superiores de Londres. Sir Nigel Irvine creía que *el Ruiseñor* era un amargado desertor ruso llamado Anatoly Krivoi, mano derecha del belicista Vishnayev.

—Transmita a Londres lo siguiente —dijo, hoscamente, al operario—: *Lo intentaré esta noche. Stop. Declino responsabili-*

dad si R se niega o es desenmascarado durante el intento. Stop.

La respuesta del Amo fue breve: *De acuerdo. Proceda.* Era la una y media en Moscú, y hacía mucho frío.

Las seis y media en Washington, y el crepúsculo caía sobre los prados de césped al otro lado de las ventanas a prueba de balas, detrás del sillón del presidente, por lo que se encendieron las luces. El grupo reunido en el Salón Oval estaba esperando; esperando noticias del canciller Busch, de un desconocido agente en Moscú, de un terrorista enmascarado y de origen desconocido, sentado sobre una bomba de un millón de toneladas frente a las costas de Europa y con un detonador en el bolsillo. Esperando la oportunidad de una tercera alternativa.

Sonó el teléfono; la llamada era para Stanislav Poklevski. Este escuchó, cubrió el micrófono con una mano y dijo al presidente que era el Departamento de Marina, que respondía a su pregunta de hacía una hora.

Había un navío de la armada de los Estados Unidos en la zona del *Freya.* Había hecho una visita de cortesía a la ciudad costera danesa de Esbjerg y volvía atrás para reunirse con su escuadra de las Fuerzas Navales del Atlántico, que navegaba entonces al oeste de Noruega. El barco estaba ya muy lejos de la costa danesa y había puesto rumbo al Noroeste para encontrarse con sus aliados de la OTAN.

—Que lo desvíen hacia allí —ordenó el presidente.

Poklevski transmitió la orden del jefe supremo al Departamento de Marina, el cual no tardó en enviar señales, por medio del Cuartel General de STANFORLANT, al buque de guerra americano.

Inmediatamente después de la una de la madrugada, el *USS Moran,* que estaba a mitad de camino entre Dinamarca y las islas Orcadas, viró en redondo, dio la máxima potencia a sus motores y navegó a la luz de la luna en dirección al canal de la Mancha. Era un barco de misiles dirigidos, de casi 8000 toneladas, que, aunque más pesado que el crucero ligero británico *Argyll,* estaba clasificado como destructor, o DD. Marchando a toda máquina en un mar en calma, su velocidad de casi treinta nudos le permitiría llegar a su lugar de estacionamiento, a cinco millas del *Freya*, a las ocho de la mañana.

Había pocos coches en el aparcamiento del «Hotel Mojarski», emplazado cerca del extremo de la Kutuzovsky Prospekt. Todos estaban a oscuras y vacíos, salvo dos.

Munro vio encenderse y apagarse las luces del otro automóvil, por lo que se apeó de su propio vehículo y se dirigió a aquél. Cuando se sentó en el asiento del pasajero, al lado del conductor, Valentina estaba asustada y temblorosa.

—¿Qué pasa, Adam? ¿Por qué me has llamado a mi apartamento? Pueden haber escuchado.

El la rodeó con un brazo y percibió su temblor debajo del abrigo.

—He llamado desde una cabina pública —la tranquilizó—, sólo para decirte que Gregor no podía acudir a tu cena. Nadie sospechará nada.

—A las dos de la madrugada —protestó ella—. Nadie hace una llamada como ésa a las dos de la madrugada. El vigilante nocturno me vio salir del edificio de apartamentos. Sin duda informará de ello.

—Lo siento, querida. Escucha.

Le contó la visita del embajador Kirov al presidente Matthews, la tarde anterior; le dijo que el mensaje había sido transmitido a Londres, y que le habían pedido a él, a Munro, que averiguase por qué adoptaba el Kremlin semejante actitud en el asunto de Mishkin y Lazareff.

—No lo sé —repuso simplemente ella—. No tengo la menor idea. Quizá porque aquellos animales mataron al capitán Rudenko, que deja mujer e hijos.

—Valentina, hemos escuchado al Politburó durante los últimos nueve meses. El Tratado de Dublín es vital para tu pueblo. ¿Por qué ha de ponerlo Rudin en peligro, sólo por esos dos hombres?

—No lo pone en peligro —respondió Valentina—. Occidente puede controlar la marea negra, si explota el petrolero. Y puede pagar el perjuicio. Occidente es rico.

—Pero hay treinta hombres a bordo de aquel barco, querida.

También ellos tienen mujer e hijos. La vida de treinta hombres, contra la prisión para dos. Tiene que haber otra razón más grave.

—No lo sé —repitió ella—. No ha sido mencionada en las reuniones del Politburó. Tú sabes también esto.

Munro contempló, afligido, el parabrisas. Había esperado, contra toda esperanza, que ella pudiese tener una respuesta para Washington, algo que hubiese oído dentro de la sede del Comité Central. Por último, decidió que tenía que decírselo todo.

Cuando hubo terminado de hablar, Valentina se quedó mirando fijamente a la oscuridad, con ojos muy abiertos. El creyó ver un atisbo de lágrimas, a la pálida luz de la luna.

—Ellos prometieron... —murmuró ella—, ellos prometieron que nos sacarían a Sasha y a mí de Rumania, dentro de quince días.

—Se han echado atrás —confesó él—. Necesitan que les hagas este último favor.

Ella apoyó la frente en sus manos enguantadas, sobre el volante del automóvil.

—Me descubrirán —murmuró—. Tengo mucho miedo.

—No te descubrirán —replicó él, tratando de tranquilizarla—. La KGB actúa más despacio de lo que cree la gente, y, cuanto más alta es la posición del sospechoso, mayor es su lentitud. Si puedes conseguir esta información para el presidente Matthews, creo que podré convencerles de que os saquen de aquí, a ti y a Sasha, dentro de unos pocos días, no de dos semanas. Inténtalo, amor mío, por favor. Es la última oportunidad que nos queda de estar juntos algún día.

Valentina miró fijamente a través del cristal.

—Hubo una reunión del Politburó esta tarde —dijo al fin—. Yo no estuve allí. Era una reunión especial, fuera de programa. Normalmente, los viernes por la tarde se marchan todos al campo. La transcripción empezará mañana, mejor dicho, hoy; a las diez de la mañana. El personal ha tenido que renunciar a su fin de semana a fin de tenerla lista para el lunes. Tal vez hablen del asunto.

—¿Podrías entrar y ver las notas, escuchar las grabaciones? —preguntó él.

—¿En mitad de la noche? Me harían preguntas.

—Inventa una excusa, querida. Cualquier excusa. Di que

quieres empezar y terminar pronto tu trabajo, para poder marcharte.

—Lo intentaré —aceptó ella, al fin—. Lo intentaré por ti, Adam, no para la gente de Londres.

—Conozco a la gente de Londres —dijo Adam Munro—. Os sacarán de aquí a Sasha y a ti, si les ayudas ahora. Será el último riesgo; de veras, el último.

Ella pareció no haberle oído y haber vencido, de momento, su miedo a la KGB, a verse acusada de espionaje, a las espantosas consecuencias de su captura, si no lograba escapar a tiempo. Cuando habló, su voz era completamente tranquila.

—¿Conoces «Dyetsky Mir», la tienda de juguetes? Espérame allí esta mañana a las diez.

El se quedó plantado sobre el asfalto, viendo alejarse las luces de cola del coche de ella. Ya estaba. Le habían pedido que lo hiciera, le habían exigido que lo hiciera, y lo había hecho. El gozaba de inmunidad diplomática, para librarse de la Lubianka. Lo peor que podía pasarle era que su embajador fuese llamado al Ministerio de Asuntos Exteriores el lunes por la mañana, para recibir de Dmitri Rykov una enérgica protesta y la orden de expulsión de Adam Munro. En cambio, Valentina iba a penetrar en los archivos secretos, sin contar siquiera con la protección de un comportamiento normal y acostumbrado. Miró su reloj. Siete horas; tendría que esperar siete horas, con un nudo en el estómago y los nervios de punta. Regresó a su coche.

Ludwig Jahn permaneció de pie en la puerta abierta de la prisión de Tegel y observó cómo se perdían calle abajo las luces posteriores de la furgoneta blindada que se llevaba a Mishkin y Lazareff.

A diferencia de Munro, él no tenía que esperar más, no tenía que soportar una tensión que se estiraría a lo largo del amanecer y duraría hasta la mañana. Para él, todo había terminado.

Se dirigió sin hacer ruido a su oficina de la primera planta y cerró la puerta. Durante unos momentos permaneció de pie junto a la ventana abierta; después, echó una mano atrás y lanzó la primera pistola de cianuro hacia lo lejos, en el seno de la noche. Ludwig Jahn era gordo, pesado, torpe. Un ataque al corazón sería considerado como una posibilidad aceptable, con tal de que no descubriesen ninguna prueba de lo contrario.

Se asomó a la ventana y pensó en sus sobrinitas que estaban en el Este, al otro lado del Muro, y recordó sus caritas sonrientes, cuando el tío Ludo les había llevado sus regalos de Navidad, hacía de esto cuatro meses. Cerró los ojos, sostuvo el otro tubo debajo de la nariz y apretó el gatillo.

Sintió en el pecho un dolor terrible, como si hubiesen descargado sobre él un tremendo martillazo. Al aflojar los dedos, el tubo se escapó de ellos, cayó y repiqueteó en la calle. Jahn se dobló sobre sí mismo, golpeó el antepecho de la ventana, salió rebotado hacia atrás y se derrumbó en el interior de su oficina. Estaba muerto. Cuando le encontrasen creerían que había abierto la ventana, en busca de aire, al sentir el primer dolor. Kukushkin no se habría salido con la suya. Las campanadas de la medianoche quedaron ahogadas por el rugido de un camión que aplastó el tubo y lo hizo añicos junto al bordillo.

El secuestro del *Freya* se había cobrado su primera víctima.

CAPITULO XV

De medianoche a 08.00

El Consejo de Ministros de Alemania Federal volvió a reunirse en la Cancillería a la una de la madrugada, y, cuando Dietrich Busch expuso a los ministros la petición de Washington, éstos reaccionaron de un modo que varió entre la desesperación y la furiosa indignación.

—Bueno, ¿por qué no quiere decirnos el motivo? —preguntó el ministro de Defensa—. ¿Es que no confía en nosotros?

—El dice que tiene un motivo de importancia enorme, pero que no puede exponerlo, ni siquiera por la línea privada —respondió el canciller Busch—. Esto nos coloca ante un dilema: o creerle, o decir que es un embustero. En el actual estado de cosas, no puedo hacer lo último.

—¿Tiene él alguna idea de lo que van a hacer los terroristas cuando se enteren de que Mishkin y Lazareff no serán puestos en libertad al amanecer? —preguntó otro.

—Sí, creo que la tiene. Al menos, el texto de todos los mensajes entre el *Freya* y el Control del Mosa están en su poder. Como todos sabemos, los secuestradores han amenazado con matar a otro tripulante, o derramar veinte mil toneladas de crudo, o ambas cosas a la vez.

—Entonces, dejemos que cargue él con la responsabilidad —propuso el ministro del Interior—. ¿Por qué tenemos que cargar nosotros con la culpa, si sucede tal cosa?

—No tengo la menor intención de que así sea —respondió Busch—, pero esto no contesta la pregunta. ¿Accedemos o no a la petición del presidente Matthews?

Se hizo un momentáneo silencio, roto por el ministro de Asuntos Exteriores:

—¿Cuánto tiempo pide?

—El mayor posible —respondió el canciller—. Parece que tiene algún plan para salir del punto muerto, para buscar una tercera alternativa. Pero cuál sea el plan, o cuál pueda ser la alternativa, sólo él lo sabe; él, y unas cuantas personas a las que sin duda ha confiado su secreto —añadió, con cierta amargura—. Pero nosotros no estamos entre ellas.

—Bien. Personalmente creo que está abusando un poco de nuestra amistad —dijo el ministro de Asuntos Exteriores—, pero también creo que deberíamos darle un margen de confianza, aunque dejando bien claro, al menos oficiosamente, que lo hacemos a petición suya, no por nuestra propia iniciativa.

—Quizá piensa tomar el *Freya* por asalto —sugirió el ministro de Defensa.

—Nuestros hombres dicen que sería sumamente arriesgado —replicó el ministro del Interior—. Habría que nadar al menos tres millas por debajo del agua; trepar por una lisa superficie de acero desde el mar hasta la cubierta; penetrar en la superestructura sin ser observados desde lo alto de la chimenea, y acertar el camarote donde se encuentra el jefe de los terroristas. Si, como sospechamos, éste tiene al alcance de la mano el mecanismo de control remoto para hacer explotar las cargas, habría que matarle antes de que pudiese apretar el botón.

—En todo caso, es demasiado tarde para hacerlo antes del amanecer —dijo el ministro de Defensa—. Habría que hacerlo de noche, por lo cual, como mínimo, habría que esperar a las diez de la noche, o sea, veinte horas a partir de este momento.

Por último, a las tres menos cuarto, el Gabinete alemán acordó acceder a la petición del presidente Matthews: un aplazamiento indefinido de la puesta en libertad de Mishkin y Lazareff, aunque a reserva de observar constantemente las posibles consecuencias de ello y revocar la decisión si, en Europa occidental, llegase a considerarse imposible seguir reteniendo a los dos presos.

Al propio tiempo, se pidió reservadamente al portavoz del Gobierno que confiase a dos de los más fieles medios de comunicación que sólo la fuerte presión de Washington había obligado a Bonn a cambiar de rumbo.

Eran las once de la noche en Washington, las cuatro de la mañana en Europa, cuando el presidente Matthews recibió la noticia de Bonn. Envió una calurosa acción de gracias al canciller Busch y preguntó a David Lawrence:

—¿Ha llegado ya la respuesta de Jerusalén?

—No —respondió Lawrence—. Sólo sabemos que Benyamin Golen ha concedido una audiencia personal a nuestro embajador.

Cuando el primer ministro israelí fue molestado por segunda vez durante la noche del sábado, sus nada abundantes dotes de paciencia estaban llegando al límite. Recibió al embajador de los Estados Unidos en bata, y su acogida fue sumamente fría. Eran las tres de la mañana en Europa, pero las cinco en Jerusalén, y las primeras débiles luces de la mañana del domingo teñían los montes de Judea.

Escuchó impávido, de labios del embajador, la petición personal del presidente Matthews. Lo que le preocupaba era la identidad de los terroristas que estaban a bordo del *Freya*. Ninguna acción terrorista encaminada a sacar de la cárcel a presos judíos se había montado desde los días de su propia juventud, cuando se luchaba aquí, en el mismo suelo que pisaba ahora. Entonces, lo habían hecho para liberar a guerrilleros judíos de la prisión británica de Acre, y él mismo había participado en la lucha. Pero habían pasado treinta y cinco años, y el panorama había cambiado. Ahora, Israel condenaba rotundamente el terrorismo, la captura de rehenes, el chantaje contra los regímenes. Y, sin embargo...

Y, sin embargo, cientos de miles de paisanos suyos simpatizarían en secreto con los dos jóvenes que habían tratado de escapar del terror de la KGB por el único medio que tenían a su alcance. Los electores no aclamarían francamente a aquellos jóvenes como héroes, pero tampoco les condenarían como asesinos. En cuanto a los enmascarados del *Freya*, existía una posibilidad de que también fuesen judíos, e incluso (que Dios no lo quisiera) israelíes. La tarde anterior había esperado que el asunto terminase antes de ponerse el sol, que los presos de Berlín estuviesen en Israel y que los terroristas del *Freya* hubiesen sido capturados o muertos. Esto habría provocado mucho revuelo, pero se habría extinguido pronto.

Ahora sabía que no los pondrían en libertad. La noticia difícilmente podía inclinarle en pro de la petición americana, que, en todo caso, era imposible. Cuando el embajador hubo terminado, movió la cabeza.

—Por favor, transmita a mi buen amigo William Matthews mis mejores deseos de que este desgraciado asunto pueda terminar sin más pérdidas de vidas humanas —respondió—. Pero, en la cuestión de Mishkin y Lazareff, mi posición es ésta: Si, en nombre del Gobierno y del pueblo de Israel, y a requerimiento de Alemania Federal, he dado públicamente mi palabra de no encarcelarlos ni devolverlos a Berlín, tengo que cumplirla. Lo siento, pero no puedo acceder a su petición y devolverlos a Alemania en cuanto haya sido liberado el *Freya*.

No necesitó explicar lo que el embajador americano sabía ya; que aparte la cuestión del honor nacional, ni siquiera el argumento de que las promesas obtenidas coactivamente no tenían fuerza de obligar daría resultado en este caso. La indignación del partido religioso nacional, de los extremistas Gush Emunim, de la Liga de Defensa Judía, de los cientos de miles de electores judíos llegados de la URSS en el último decenio, impedía que cualquier primer ministro israelí renegase de su compromiso, contraído internacionalmente, de respetar la libertad de Mishkin y Lazareff.

—Bueno, valía la pena intentarlo —comentó el presidente Matthews, cuando el cablegrama llegó a Washington, una hora más tarde.

—Esto quiere decir que ya no existe la posible «tercera alternativa» —observó David Lawrence—, aunque Maxim Rudin la hubiese aceptado, cosa que dudo mucho.

Faltaba una hora para la medianoche; las luces estaban encendidas en cinco departamentos del Gobierno, desparramados en la capital, como ardían en el Salón Oval y en otras veinte habitaciones de la Casa Blanca, donde hombres y mujeres esperaban, junto a los teléfonos y los teletipos, noticias de Europa. Los cuatro hombres del Salón Oval se dispusieron también a esperar la reacción del *Freya*.

Dicen los médicos que las tres de la mañana señalan el momento más bajo de la energía humana, la hora de la fatiga, de las reacciones más lentas, de la más triste depresión. También marcaba un ciclo solar y lunar completo para los dos hombres que se enfrentaban en el camarote del capitán del *Freya*.

Ninguno de los dos había dormido esta noche, ni la anterior; ambos llevaban cuarenta y ocho horas sin descansar, y estaban macilentos y tenían los ojos enrojecidos.

Thor Larsen, en el epicentro de un torbellino de actividad internacional, de Gabinetes y Consejos, de juntas y embajadas, de intrigas y consultas, que mantenían las luces encendidas en tres continentes desde Jerusalén hasta Washington, estaba jugando su propio juego. Oponía su propia capacidad de permanecer despierto a la voluntad del fanático que tenía delante, sabiendo que, si fallaba, lo pagarían sus tripulantes y su barco.

Larsen sabía que el hombre que se hacía llamar Svoboda, joven y consumido por su propio fuego interior, tensos los nervios por el café y por la emoción de la partida empeñada contra el mundo, habría podido ordenar que atasen al capitán noruego para ofrecerse él mismo un poco de descanso. Y, así, el barbudo marino aguantaba sentado delante del cañón de una pistola y ponía a prueba el orgullo de su aprehensor, confiando en que éste aceptaría su desafío y se negaría a ceder y a declararse vencido en el juego de resistir al sueño.

Fue Larsen quien propuso el consumo continuado de tazas de fuerte café, bebida que él sólo tomaba con leche y azúcar dos o tres veces al día. Fue él quien llevó la voz cantante, de día y de noche, provocando al ucraniano con suposiciones de que fracasaría en definitiva, y retractándose cuando la irritación del hombre se hacía peligrosa. Largos años de experiencia, muchas noches pasadas bostezando y un severo entrenamiento como capitán de barco, habían enseñado al gigante barbudo a permanecer despierto y alerta en las guardias de noche, mientras sus marineros dormían y sus subalternos se caían de sueño.

Así jugaba su juego solitario, sin armas ni municiones, sin teletipos ni cámaras nocturnas, sin ayuda y sin compañía. Toda la soberbia tecnología puesta por los japoneses en su nuevo barco le era ahora de tanta utilidad como unos clavos enmohecidos. Si apretaba demasiado al hombre que estaba al otro lado de la mesa, éste podía perder los estribos y tirar a matar. Si creía que fallaba algo, podía ordenar la ejecución de otro marinero. Si se sentía demasiado adormilado, podía hacerse relevar por otro terrorista más despierto y echarse a dormir, frustrando los propósitos de Larsen.

Larsen tenía aún motivos para creer que Mishkin y Lazareff serían puestos en libertad al amanecer. Cuando estuviesen sanos y salvos en Tel-Aviv, los terroristas se prepararían para abandonar el barco. Pero, ¿lo harían? ¿Podrían hacerlo? ¿Les dejarían marchar tan fácilmente los barcos de guerra que les rodeaban? Incluso lejos del *Freya*, Svoboda podía apretar el botón y volar el petrolero si era atacado por los buques de la OTAN.

Pero esto no era todo. El hombre de negro había matado a uno de sus tripulantes. Thor Larsen no se lo perdonaba, quería verle muerto. Y por esto seguía hablando al hombre que tenía delante, durante toda la noche, negándole el sueño y negándoselo él mismo.

Whitehall tampoco dormía. El comité de crisis estaba reunido desde las tres de la mañana, y a las cuatro tenía información completa de las operaciones.

En todo el sur de Inglaterra, los camiones-cuba de «Shell», «British Petroleum» y otra docena de empresas, estaban cargando disolvente concentrado en el depósito de Hampshire. Conductores de ojos soñolientos los llevaban, vacíos, a Hampshire, y, cargados, a Lowestoft, transportando cientos de toneladas de concentrado al puerto de Suffolk. A las cuatro de la mañana, los depósitos habían sido vaciados, y las mil toneladas de que disponía la nación se dirigían a la costa oriental.

Idéntico camino seguían las bolsas hinchables destinadas a formar barrera para contener el petróleo derramado lejos de la costa mientras el disolvente hacía su trabajo. Y la empresa que fabricaba éste había recibido instrucciones de elevar la producción al máximo hasta nueva orden.

A las tres y media, Washington había comunicado que el Gobierno de Bonn había accedido a retener algún tiempo más a Mishkin y Lazareff.

—¿Sabe Matthews lo que está haciendo? —preguntó alguien.

El rostro de sir Julian Flannery permaneció impasible.

—Debemos suponer que sí —respondió, suavemente—. También debemos suponer que el *Freya* verterá un poco de petróleo. Los esfuerzos de esta noche no habrán sido en vano. Al menos, ahora estamos casi preparados.

—Y también debemos suponer —añadió el funcionario del Ministerio de Asuntos Exteriores— que, cuando se publique la noticia, Francia, Bélgica y Holanda nos pedirán ayuda para luchar contra la marea negra que pueda producirse.

—En tal caso, haremos lo que podamos —dijo sir Julian—. Y ahora, ¿qué hay de los aviones y las lanchas del servicio de incendios?

Las informaciones que llegaban a la sala de UNICORNE reflejaban lo que ocurría en el mar. Desde el estuario del Humber, varios remolcadores se dirigían al Sur, hacia el puerto de Lowestoft, mientras otras embarcaciones capaces de derramar líquido sobre la superficie del mar salían del Támesis e incluso de la base naval de Lee, para reunirse en el lugar previsto de la costa de Suffolk. Pero no eran lo único que se movía aquella noche alrededor de la costa sur.

Frente a los altos acantilados de Beachy Head, la *Cutlass,* la *Scimitar* y la *Sabre*, transportando el vario, complejo y letal equipo del grupo de asalto de hombres-rana más intrépido del mundo, enfilaban sus proas al Nordeste, dejando atrás Sussex y Kent, en dirección al punto donde el crucero *Argyll* permanecía anclado en el mar del Norte.

El estrépito de sus motores resonaba en las murallas enyesadas de la costa meridional, y los que tenían el sueño ligero en Eastbourne oían el lejano zumbido.

Doce infantes de Marina del Servicio de Lanchas Especiales (S.B.S.) se agarraban a las barandillas de la saltarina embarcación, contemplando sus preciosos kayaks y las cestas que contenían trajes de buceador, armas y desacostumbrados explosivos, todo ello indispensable para su oficio. Estos equipos eran transportados sobre la cubierta.

—Confío en que esos petardos no estallarán —comentó el joven teniente que mandaba la *Cutlass*, dirigiéndose al infante de Marina que tenía al lado y que era el segundo jefe del grupo.

—No estallarán —dijo confiadamente éste—, hasta que nosotros los usemos.

En una habitación contigua al salón principal de conferencias, debajo de la sala del Gobierno, el alto oficial contemplaba las fotografías del *Freya*, tomadas de día y de noche. Comparaba la configuración observable en las fotos del *Nimrod* con el plano a escala proporcionado por «Lloyd's» y con la maqueta del superpetrolero *British Princess* prestada por la «B.P.»

—Caballeros —habló el coronel Holmes a los hombres reunidos en el salón contiguo—, creo que es hora de que consideremos una de las alternativas menos apetecibles que quizá tengamos que tomar.

—¡Oh, sí! —exclamó sir Julian, de mala gana—. La «opción dura».

—Si el presidente Matthews —prosiguió Holmes— sigue oponiéndose a la excarcelación de Mishkin y Lazareff, y Alemania Federal sigue aceptando su requerimiento, puede llegar el momento en que los terroristas se den cuenta de que el juego ha terminado, de que su chantaje no dará resultado. En tal circunstancia, es muy posible que se nieguen a aceptar su derrota y vuelen el *Freya* en mil pedazos. Personalmente, pienso que esto no ocurrirá antes del anochecer, por lo cual disponemos de unas dieciséis horas.

—¿Por qué al anochecer, coronel? —preguntó sir Julian.

—Porque, a menos que todos ellos sean unos suicidas, aunque podrían serlo, debemos presumir que tratarán de escapar aprovechando la confusión. Ahora bien, si quieren salvar la vida, es muy posible que abandonen el barco y accionen el detonador de control remoto desde cierta distancia del costado del *Freya*.

—¿Qué propone usted, coronel?

—Dos cosas, señor. La primera tiene que ver con la lancha de los terroristas. Esta sigue amarrada al lado de la escalerilla. En cuanto anochezca, un buceador podría acercarse a esta lancha y aplicarle un ingenio explosivo de acción retardada. Si el *Freya* estallase, no se salvaría nadie ni nada en un radio de media milla. Por consiguiente, propongo una carga que explote gracias a un mecanismo accionado por la presión del agua. Al apartarse la lancha del costado del buque, su propio impulso hará que el agua penetré en un tubo debajo de la quilla. Esta agua hará funcionar un disparador, y, sesenta segundos más tarde, la lancha volará por los aires, antes de que los terroristas se hayan alejado a media milla del *Freya* y, por consiguiente, antes de que puedan accionar su propio detonador.

—La explosión de la lancha, ¿no puede provocar la de las cargas del *Freya*? —preguntó alguien.

—No. Si ellos tienen un detonador de control remoto, ha de funcionar electrónicamente. Y la carga volará la lancha y hará trizas a los terroristas. Ninguno de ellos sobrevivirá.

—Pero si el detonador se hunde, ¿no puede la presión del agua oprimir el botón? —preguntó uno de los científicos.

—No. Debajo del agua, el detonador de control remoto es inofensivo. No puede radiar su mensaje a las grandes cargas de los depósitos del petrolero.

—Excelente —admitió sir Julian—. Pero, ¿no puede ejecutarse este plan antes de que anochezca?

—No —respondió Holmes—. Un hombre rana deja siempre una estela de burbujas. En un mar agitado esto podría pasar inadvertido; pero, estando en calma, sería demasiado visible. Uno de los centinelas podría fijarse en las burbujas. Y esto provocaría lo que estamos tratando de evitar.

—Está bien; sea después de anochecer —aceptó sir Julian.

—Pero hay otra cosa, que hace que me oponga a la idea de sabotear la lancha como único procedimiento. Si, como puede ocurrir, el jefe de los terroristas está dispuesto a morir con el *Freya*, podría no abandonar el barco con el resto de su equipo. Por consiguiente, creo que debemos asaltar el barco durante la noche y apoderarnos del jefe antes de que pueda usar su detonador.

El secretario del Gabinete suspiró.

—Comprendo. Y supongo que también tendrá un plan para ello, ¿no?

—Personalmente, no. Pero quisiera presentarles al comandante Simon Fallon, jefe del Servicio de Lanchas Especiales.

Aquello era la encarnación de las pesadillas de sir Julian Flannery. El comandante medía apenas un metro sesenta de estatura, aunque parecía igualar esta cifra con la anchura de su espalda, y era uno de esos hombres que hablan de desintegrar a otros seres humanos con la misma tranquilidad con que hablaba lady Flannery de trinchar verduras para una de sus famosas ensaladas provenzales.

Al menos en tres encuentros, el pacífico secretario del Gabinete había tenido ocasión de conocer oficiales del SAS; pero ésta era la primera vez que veía al jefe de la otra y más pequeña unidad especializada: el SBS (Special Boat Service). Todos —dijo para sus adentros— eran de la misma calaña.

El SBS había sido constituido en principio para la guerra convencional, para actuar como especialistas en ataques contra instalaciones costeras, desde el mar. Por esto sus miembros eran reclutados de los comandos de la Marina. Como condiciones básicas, debían ser físicamente aptos en grado extremo, y expertos en natación, navegación, buceo, escalada, marcha y lucha.

Partiendo de esta base, tenían que perfeccionarse en paracaidismo, explosivos, demolición y las al parecer infinitas técnicas de cortar cuellos o romper nucas, con cuchillos, lazos de alambre o, simplemente, con las manos desnudas. En esto, y en su capacidad de vivir por sus propios medios en el campo, o más aún fuera de él, durante largos períodos de tiempo, sin dejar rastro de su presencia, se parecían a sus primos del SAS.

En cambio, se diferenciaban de ellos por sus habilidades subacuáticas. Con trajes de hombre rana podían nadar distancias prodigiosas, colocar cargas explosivas e incluso despojarse de su equipo natatorio mientras surcaban el agua sin levantar una olita, y salir del mar con su arsenal de armas especiales colgado del cuerpo.

Algunas de sus armas eran bastante corrientes: cuchillos y lazos de alambre. Pero desde que empezó la terrible ola de terrorismo a finales de los años sesenta, habían adquirido juguetes nuevos que les entusiasmaban.

Todos eran tiradores expertos, con su rifle «Finlanda» de alta precisión y perfeccionado a mano, arma de fabricación noruega que había sido considerada, quizá, como el mejor rifle del mundo. Podía llevar, y generalmente llevaba, un intensificador de imagen, una mira telescópica larga como un bazuka, un silenciador completamente eficaz y una guarda para ocultar el fogonazo.

Para derribar puertas en medio segundo preferían, como los del SAS, las escopetas de cañón corto que disparaban cargas sólidas. Nunca apuntaban a la cerradura, porque podía haber cerrojos detrás de la puerta; hacían dos disparos simultáneos para hacer saltar ambos goznes, derribaban la puerta de una patada y abrían fuego con las metralletas «Ingram», provistas de silenciadores.

También había en su arsenal unas granadas cegadoras-ensordecedoras, que habían sido empleadas por el SAS para ayudar a los alemanes en Mogadiscio y que eran un refinado perfeccionamiento de las granadas «aturdidoras». Porque no sólo aturdían, sino que también paralizaban. Al medio segundo de soltar la aguja, estas granadas, arrojadas en un espacio limitado, ocupado por los terroristas y sus rehenes, producían un triple efecto. El destello cegaba al menos por treinta segundos a quienes mirasen en su dirección; el estampido atacaba los tímpanos, produciendo un momentáneo dolor y una pérdida segura de concentración, y la «explosión» era un sonido tonal que penetraba en el oído medio y paralizaba durante diez segundos todos los músculos.

Durante las pruebas, uno de sus hombres había tratado de apretar el gatillo de una pistola apoyada sobre el costado de un compañero, en el momento en que estallaba la granada. Le había sido imposible. Tanto los terroristas como sus rehenes perdían los tímpanos, pero éstos podían rehacerse. Cosa que no podían hacer los rehenes muertos.

Mientras dura el efecto paralizador, los libertadores disparan a medio palmo sobre las cabezas, y sus camaradas se arrojan sobre los rehenes, derribándolos al suelo. Inmediatamente después, los tiradores bajan la puntería más de medio palmo.

La posición exacta de un rehén y un terrorista, dentro de una habitación cerrada, puede determinarse aplicando un estetoscopio electrónico en el lado externo de la puerta. No hace falta que hablen dentro de la habitación; la respiración puede oírse y localizarse exactamente. Los salvadores se comunican mediante un complicado sistema de señales que no permite equivocaciones.

El comandante Fallon colocó la maqueta del *Princess* sobre la mesa de conferencias y se aseguró de que todos le prestaban atención:

—Propongo —empezó a decir— que se pida al crucero *Argyll* que se ponga de lado en relación al *Freya* y que, antes del amanecer, lance las lanchas de asalto, con sus hombres y equipos, por el otro lado, de manera que no puedan ser vistas por el centinela de la chimenea del *Freya*, ni siquiera con gemelos. Esto nos permitirá hacer todos los preparativos durante la tarde, sin que nos observen. Para el caso de que acudiese algún avión alquilado por la Prensa, quisiera que se mantuviese el cielo despejado. Y también que se impusiese silencio a todas las embarcaciones cargadas de detergentes que estuviesen dentro de nuestro campo visual.

Nadie puso objeciones a esto. Sir Julian Flannery, tomó un par de notas.

—Cuatro kayaks, con dos hombres cada uno, se acercarán al *Freya* en la oscuridad, antes de salir la luna, y se detendrán a una distancia de tres millas. El radar no descubrirá las canoas. Son demasiado pequeñas, se elevan poco sobre el agua y son de madera y de lona, materiales que no son eficazmente registrados por el radar. Los remeros llevarán prendas de caucho, de cuero, de lona, etc., y todas las hebillas serán de plástico. El radar del *Freya* no captará absolutamente nada.

»En los asientos de atrás, iran los hombres rana; sus botellas de oxígeno tienen que ser de metal; pero, a tres millas de distancia, no darán una señal mayor que un bidón de petróleo, insuficiente para provocar alarma en el puente del *Freya*. Cuando hayan llegado a las tres millas, los buceadores tomarán una brújula que apunte a la popa del *Freya*, la cual podrán ver, porque está iluminada. Como las brújulas son fosforescentes, nadarán guiándose por ellas.

—¿Por qué no han de dirigirse a la proa? —preguntó el capitán de escuadrilla de la Air Force—. Está más a oscuras.

—En parte, porque habría que eliminar al centinela del castillo de proa, el cual puede estar al habla con el puente mediante un walkie-talkie —explicó Fallon—. En parte, porque habría que recorrer un largo trecho sobre cubierta, y tienen un faro que puede manejarse desde el puente. Y en parte, porque la superestructura, vista de frente, es una pared de acero de cinco pisos de altura. Podríamos escalarla, pero tiene ventanas de camarotes, y algunos de éstos podrían estar ocupados.

»Los cuatro buceadores, uno de los cuales seré yo, nos reuniremos a popa del *Freya*. Allí ha de haber un pequeño saliente de poca altura. Ahora bien, hay un hombre en lo alto de la chimenea, que tiene treinta metros. Pero un centinela a treinta metros de altura tiende a mirar a su alrededor, más que directamente hacia abajo. Para más seguridad, quiero que el *Argyll* encienda su faro y lo dirija a un buque próximo, creando un espectáculo que distraiga al centinela. Nosotros subiremos a la popa desde el agua, después de tirar las aletas, las máscaras, las botellas de oxígeno y los cinturones lastrados. Iremos descubiertos y descalzos, con sólo los trajes de caucho. Llevaremos las armas colgadas de cinturones anchos especiales.

—¿Cómo podrán trepar por el costado del *Freya*, cargados con quince kilos de metal, después de haber nadado tres millas? —preguntó uno de los funcionarios ministeriales.

Fallon sonrió.

—Sólo hay nueve metros como máximo hasta la barandilla de popa —explicó—. Cuando hacíamos prácticas en las instalaciones petrolíferas del mar del Norte, subimos cincuenta metros de acero vertical en cuatro minutos.

Pensó que no era necesario entrar en detalles sobre el entrenamiento que requería tal hazaña, ni sobre el equipo que la había hecho posible.

Los técnicos habían inventado hacía tiempo algunos notables instrumentos de escalada para el SBS. Entre ellos figuraban las planchas magnéticas de ascensión. Eran como platos y estaban ribeteadas de goma, para poder aplicarlas sobre metal sin hacer ruido. Debajo de la goma había un anillo de acero que podía ser imantado con enorme potencia.

La fuerza magnética podía ponerse o quitarse mediante un interruptor accionado por la mano del hombre sujeta al dorso del plato. La carga eléctrica procedía de una pequeña pero infalible batería de níquel-cadmio, colocada en el interior del plato.

Los buceadores estaban entrenados para salir del agua, estirar el brazo, fijar el primer plato y dar la corriente. El imán sujetaba la plancha a la estructura de acero. El hombre, colgado de ella, subía el otro brazo más arriba y sujetaba la segunda plancha. Sólo cuando ésta estaba bien asegurada, soltaba el primer disco, lo elevaba y volvía a fijarlo. Mano a mano, a fuerza de muñecas y antebrazos, seguía subiendo, balanceando libremente el cuerpo, las piernas, los pies y el equipo, sin más puntos de apoyo que las manos.

Tan fuertes eran los imanes, y tan fuertes los brazos y los hombros, que los comandos podrían trepar, en caso necesario, por una superficie inclinada cuarenta y cinco grados hacia fuera.

—El primer hombre sube con estas planchas especiales —prosiguió Fallon—, llevando una cuerda. Si la cubierta de popa está tranquila, sujeta la cuerda, y los otros tres pueden subir en diez segundos. Ahora bien, aquí, al pie de la chimenea, esta caseta de turbina proyecta una sombra bajo la lámpara de la puerta de la superestructura al nivel del piso «A». Nos ampararemos en esta sombra. Todos llevaremos trajes negros y nos habremos pintado de negro la cara, las manos y los pies.

»El mayor peligro está en cruzar esta zona iluminada de la cubierta de popa, que separa la caseta de la turbina de la superestructura donde están los camarotes.

—Entonces, ¿cómo van a hacerlo? —preguntó el vicealmirante, fascinado por este regreso de la tecnología a los tiempos de Nelson.

—No lo haremos, señor —respondió Fallon—. Estaremos al otro lado de la chimenea, en relación con el punto donde está estacionado el *Argyll*, o sea, en dirección contraria a la nuestra. Entonces, saldremos de la sombra y doblaremos la esquina de la superestructura en este punto, donde está la ventana del depósito de la ropa sucia. Cortaremos el cristal de la ventana sin hacer ruido, con un soplete en miniatura accionado por una botellita de gas, y entraremos por aquélla. Las probabilidades de que la puerta de aquel depósito esté cerrada son ínfimas. A nadie se le ocurre robar ropa sucia; por consiguiente, nadie cierra la puerta. Por ella pasaremos al interior de la superestructura, saliendo a un pasillo que está a pocos metros de la escalera principal que conduce a los pisos «B», «C» y «D», y al puente.

—¿Dónde encontrarán al jefe de los terroristas, al hombre del detonador? —preguntó sir Julian Flannery.

—Mientras subamos la escalera, escucharemos en todas las puertas, por si se oyen voces —dijo Fallon—. Si las oímos, abriremos la puerta y eliminaremos a los que estén allí con nuestras pistolas provistas de silenciador. Dos hombres entrarán en el camarote, y dos se quedarán de guardia en el exterior. Y así sucesivamente. Si tropezamos con alguien en la escalera, haremos lo mismo. De esta manera, deberíamos llegar al piso «D» sin ser observados. Una vez allí, tendremos que actuar según lo calculado. Una de las puertas corresponde al camarote del capitán; uno de nuestros hombres se encargará de ella, la abrirá, entrará y disparará sin hacer preguntas. Otro se encargará del camarote del primer maquinista, que está en el mismo piso, y hará lo mismo. Los otros dos cuidarán del puente; uno, con granadas, y el otro, con la «Ingram». El puente es demasiado grande para elegir los blancos. Tendremos que barrerlo con la «Ingram» y derribar a todos los que estén allí cuando la granada los haya paralizado.

—¿Y si uno de ellos es el capitán Larsen? —preguntó un funcionario ministerial.

Fallon observó la mesa.

—Lo siento —respondió—, pero no se pueden identificar los blancos.

—¿Y si el jefe no está en ninguno de los camarotes? Supongamos que el hombre del detonador de control remoto está en otra parte. En cubierta, tomando el aire. En el lavabo. O durmiendo en otro camarote. ¿Qué pasa entonces?

Steve Fallon se encogió de hombros.

—¡Bang! —exclamó—. El gran estallido.

—Hay veintinueve tripulantes encerrados allá abajo —protestó un científico—. ¿No pueden sacarles de allí, o al menos subirlos a la cubierta, para que tengan una posibilidad de salvarse a nado?

—No, señor. He reflexionado sobre todas las maneras de llegar al cuarto de la pintura, si es que realmente están allí. Tratar de bajar a él por la caseta de cubierta daría al traste con la operación; los cierres podrían chirriar, y, al abrir la puerta de acero, la cubierta se inundaría de luz. Y si lo hiciésemos por el interior de la estructura principal, bajando al cuarto de máquinas para intentar llegar hasta ellos, tendría que dividir mis fuerzas. Además, el cuarto de máquinas es muy grande; tiene tres pisos y está abovedado como una catedral. Con que hubiese allí un solo hombre, y estableciese comunicación con el jefe antes de que pudiésemos silenciarle, todo se habría perdido. Creo que nuestra mayor probabilidad de éxito está en apoderarnos del hombre del detonador.

—Si el buque fuese volado, estando usted y sus hombres en él, ¿podrían saltar por la borda y nadar hasta el *Argyll*? —preguntó otro funcionario ministerial.

El comandante Fallon miró al hombre, y en su semblante tostado por el sol se pintó la irritación.

—Si el barco fuese volado, señor, cualquiera que estuviese nadando en un radio de doscientos metros sería absorbido por las corrientes de agua que penetrarían en el agujero.

—Disculpe, míster Fallon —terció apresuradamente el secretario del Gabinete—. Sé que mi colega estaba solamente preocupado por la seguridad de ustedes. La cuestión es ésta: el porcentaje de probabilidades de eliminar al hombre del detonador es una cifra muy problemática. Si no pudiesen impedir que pulsase el botón, provocarían precisamente el desastre que tratamos de evitar...

—Con el mayor respeto, sir Julian —intervino el coronel Holmes—, le diré que, si los terroristas amenazan durante el día de hoy con volar el *Freya* a cierta hora de la noche, y el canciller Busch no rectifica en el asunto de poner en libertad a Mishkin y Lazareff, no habrá más remedio que intentar la operación del comandante Fallon. Estaremos en un callejón sin salida. No tendremos otra alternativa.

Hubo un murmullo de asentimiento entre los reunidos. Sir Julian declaró:

—Está bien. El Ministerio de Defensa tendrá a bien ponerse en contacto con el *Argyll*; éste deberá ponerse de costado en relación con el *Freya*, para hacer de pantalla a las lanchas de asalto del comandante Fallon, cuando éstas lleguen allí. El Ministerio del Medio Ambiente dará instrucciones a los controladores del tráfico aéreo para que localicen y desvíen a cualquier avión que trate de acercarse al *Argyll* a cualquier altura. Los diversos departamentos responsables advertirán a los remolcadores y otras embarcaciones cerca del *Argyll* que no deben revelar a nadie los preparativos del comandante Fallon. Y ahora, ¿qué va usted a hacer, comandante?

El comandante Fallon miró su reloj. Eran las cinco y cuarto.

—La Marina me prestará un helicóptero de la base de Battersea, que me transportará a la cubierta de popa del *Argyll* —dijo—. Yo estaré allí cuando lleguen por mar mis hombres y el equipo. Y ahora, si me permiten...

—Vaya con Dios, y buena suerte, joven.

Todos los reunidos se levantaron, mientras el comandante, un poco nervioso, recogía la maqueta, los planos y las fotografías, y salía con el coronel Holmes, en dirección a la base de helicópteros situada junto al Thames Embankment.

El fatigado sir Julian Flannery salió del salón lleno de humo de tabaco y, envuelto en el frío ambiente del nuevo día de primavera, antes del amanecer, se dispuso a informar a la primer ministro.

A las seis de la mañana, Bonn publicó una sencilla declaración en el sentido de que, después de estudiar debidamente todos los factores en juego, el Gobierno federal alemán había llegado a la conclusión de que no podía someterse a un chantaje y, por consiguiente, había sido reconsiderado el acuerdo de poner en libertad a Mishkin y Lazareff a las ocho de la mañana.

En cambio —seguía diciendo la declaración—, el Gobierno federal haría todo lo posible para entablar negociaciones con los secuestradores del *Freya*, encaminadas a lograr la liberación del barco y de sus tripulantes mediante proposiciones alternativas.

Los aliados europeos de Alemania Federal fueron informados de esta declaración una hora antes de su publicación. Cada primer ministro se hizo esta pregunta:

—¿Qué diablos se propone Bonn?

La excepción fue Londres, que lo sabía. Pero, oficiosamente, se informó a todos los Gobiernos de que el cambio de posición de Alemania se debía a fuertes presiones americanas sobre Bonn durante la noche, y, además, se les dijo que Bonn sólo había accedido a demorar la puesta en libertad, pendiente de ulteriores acontecimientos, que se esperaba fuesen más optimistas.

Después de dar la noticia, el portavoz del Gobierno de Bonn celebró dos breves y privados desayunos de trabajo con influyentes periodistas alemanes, durante los cuales se dio a entender a cada uno de éstos, en términos oblicuos, que el cambio de política sólo se había debido a una brutal presión de Washington.

Los primeros noticiarios radiados del día difundieron la declaración de Bonn en el mismo momento en que los oyentes leían sus periódicos, que anunciaban confiadamente la puesta en libertad de los dos secuestradores a la hora del desayuno. Esto no gustó nada a los directores de los periódicos, que se echaron encima de la Oficina de Prensa del Gobierno, pidiendo una explicación. Ninguna de las que se les dieron satisfizo a nadie. Los periódicos del domingo, que se estaban preparando aquel sábado, se dispusieron a publicar un número explosivo a la mañana siguiente.

En el *Freya*, la noticia de Bonn fue recibida a través del servicio mundial de la BBC, sintonizado por Drake en su radio portátil a las seis y media. Como otras muchas partes interesadas en Europa, el ucraniano escuchó la noticia en silencio y, después, estalló:

—¿Qué diablos están pensando ahora?

—Algo ha salido mal —dijo Thor Larsen, lisa y llanamente—. Han cambiado de idea. No se saldrán ustedes con la suya.

Drake se inclinó sobre la mesa y apuntó su pistola a la cara del noruego.

—No eche las campanas al vuelo —gritó—. Berlín no está sólo jugando de un modo estúpido con mis amigos. O conmigo. Está jugando con su precioso barco y con su tripulación. No lo olvide.

Durante unos minutos estuvo sumido en profunda reflexión; después, empleó el intercomunicador del capitán para llamar a uno de sus hombres del puente. Este entró en el camarote sin quitarse la máscara y habló a su jefe en ucraniano, pero el tono de su voz revelaba preocupación. Drake le confió la vigilancia del capitán Larsen y se ausentó quince minutos. Cuando volvió, ordenó bruscamente al capitán del *Freya* que le acompañase al puente.

La llamada fue recibida en Control del Mosa a las siete menos un minuto. El Canal Veinte seguía reservado exclusivamente para el *Freya*, y el operador de guardia esperaba algo, pues también él había oído la noticia de Bonn. Cuando llamó el *Freya*, puso en marcha el magnetófono.

La voz de Larsen parecía cansada, pero su tono era sereno al leer el comunicado de sus aprehensores:

—En vista de la estúpida decisión del Gobierno de Bonn de retractarse de su acuerdo de poner en libertad a Lev Mishkin y David Lazareff a las cero ocho cero cero horas de esta mañana, los actuales poseedores del *Freya* anuncian lo siguiente: Si Mishkin y Lazareff no son excarcelados y puestos en un avión con rumbo a Tel-Aviv antes del mediodía de hoy, el *Freya* verterá veinte mil toneladas de crudo en el mar del Norte, a las doce en punto. Cualquier intento de impedirlo o de entorpecer la operación, o si cualquier barco o avión entra en la zona prohibida alrededor del *Freya*, éste será inmediatamente destruido, con su tripulación y su cargamento.

Terminada la transmisión, se cerró el canal. No se hicieron preguntas. Casi cien puestos de escucha oyeron el mensaje, y, a los quince minutos, éste fue difundido por los noticiarios de la mañana en toda Europa.

A primeras horas de la mañana, el Salón Oval del presidente Matthews empezaba a tomar el aspecto de un consejo en tiempo de guerra.

Los cuatro hombres que se hallaban en él se habían quitado la chaqueta y aflojado la corbata. Los ayudantes entraban y salían, con mensajes de la sala de comunicaciones para alguno de los consejeros presidenciales. Las correspondientes salas de comunicaciones de Langley y del departamento de Estado estaban en conexión directa con la Casa Blanca.

Eran las 7.15 en Europa, las 2.15 en Washington, cuando llegó la noticia del ultimátum de Drake que fue transmitida a Robert Benson. Este la entregó al presidente Matthews, sin decir palabra.

—Supongo que debíamos esperarlo —dijo el presidente, con voz cansada—. Mas no por ello resulta menos doloroso.

—¿Creen ustedes que, sea quien fuere, estará dispuesto a hacerlo? —preguntó el secretario David Lawrence.

—Hasta ahora ha hecho todo lo que ha prometido, ¡maldito sea! —respondió Stanislav Poklevski.

—Supongo que Mishkin y Lazareff estarán fuertemente custodiados en Tegel —dijo Lawrence.

—Ya no están en Tegel —respondió Benson—. Fueron trasladados momentos antes de la medianoche, hora de Berlín, a Moabit. Es una cárcel más moderna y segura.

—¿Cómo lo sabe, Bob? —preguntó Poklevski.

—He hecho que vigilasen Tegel y Moabit, desde el comunicado del mediodía del *Freya* —respondió Benson.

Lawrence, el diplomático de la vieja escuela, pareció indignado.

—¿Obliga la nueva política a espiar incluso a nuestros aliados? —saltó.

—No exactamente —respondió Benson—. Lo hemos hecho siempre.

—¿Por qué el cambio de cárcel, Bob? —preguntó Matthews—. ¿Piensa Dietrich Busch que los rusos intentarán apoderarse de Mishkin y Lazareff?

—No, señor presidente; piensa que lo intentaré yo —dijo Benson.

—Creo que existe una posibilidad en la que quizá no hayamos reparado —intervino Poklevski—. Si los terroristas del *Freya* cumplen lo anunciado y derraman veinte mil toneladas de crudo, y amenazan con verter otras cincuenta mil durante el día, las presiones sobre Busch pueden hacerse irresistibles...

—Eso es indudable —observó Lawrence.

—Quiero decir que Busch podría decidir actuar por su cuenta y liberar a los secuestradores sin contar con nadie más. Recuerden que él no sabe que el precio de tal acción sería la anulación del Tratado de Dublín.

Se hizo un silencio que duró varios segundos.

—Nada puedo hacer para impedírselo —dijo, a media voz, el presidente Matthews.

—En realidad, sí que puede —rectificó Benson.

Los otros tres centraron inmediatamente su atención en él. Pero cuando dijo lo que podía hacer el presidente, tanto éste como Lawrence y Poklevski pusieron cara de repugnancia.

—Nunca podría dar esa orden —negó el presidente.

—Desde luego, es terrible —convino Benson—, pero es la única manera de imponernos al canciller Busch. Y, si trata de hacer planes secretos para soltar prematuramente a la pareja, lo sabremos. No importa cómo; lo *sabremos*. Veamos las cosas como son: la alternativa sería la anulación del tratado y las consecuencias de la reanudación de la carrera de armamentos que aquélla traería consigo. Si el tratado es anulado, seguramente se interrumpirá el envío de cereales a Rusia. En este caso, Rudin puede caer...

—Lo cual hace que reaccione tan locamente en este asunto —observó Lawrence.

—Tal vez sí; pero su reacción *es* ésta, y, mientras no sepamos el motivo, no podremos juzgar su locura —resumió Benson—. Mientras tanto, si el canciller Busch conoce privadamente la proposición que acabo de hacer, es posible que se contenga durante algún tiempo más.

—¿Quiere decir que podríamos emplearlo como una espada de Damocles sobre la cabeza de Busch? —inquirió, esperanzado, Matthews—. ¿Que tal vez no haría falta que lo hiciésemos?

En aquel momento llegó un mensaje personal de la primer ministro londinense, Carpenter, para el presidente.

—Es toda una mujer —opinó Matthews, cuando lo hubo leído—. Los ingleses piensan que podrían combatir el primer derramamiento de veinte mil toneladas de petróleo, pero no más. Están preparando un plan para el asalto del *Freya* por hombres rana especializados, después de ponerse el sol, y para liquidar al hombre del detonador. Creen que tienen probabilidades de éxito.

—Si es así, sólo tenemos que mantener a raya al canciller alemán por otras veinte horas —dijo Benson—. Señor presidente, Le aconsejo que ordene lo que acabo de proponerle. Lo más probable es que no tenga que llevarse a cabo.

—Pero, ¿y si tuviese que hacerse, Bob? ¿Si tuviese que hacerse...?

—Entonces, se haría.

William Matthews se llevó las manos a la cara y se frotó los cansados ojos con las puntas de los dedos.

—¡Dios mío! No debería pedirse a nadie que diese una orden como ésa —exclamó—. Pero, si no hay más remedio..., dé la orden, Bob.

El sol acababa de elevarse sobre el horizonte oriental, o sea, sobre la costa holandesa. En la cubierta de popa del crucero

Argyll, ahora puesto de lado en relación a la posición del *Freya*, el comandante Fallon contemplaba las tres lanchas rápidas de asalto amarradas al costado de sotavento. Las tres eran invisibles desde el puesto de vigilancia de la chimenea del *Freya*. Como también lo era la actividad que se desarrollaba en ellas, mientras el grupo de comandos de Fallon preparaba sus kayaks y desenvolvía las extrañas piezas de su equipo. Era un amanecer claro y brillante, que prometía otro día cálido y soleado. El mar estaba en calma. El capitán del *Argyll*, Richard Preston, se reunió con Fallon.

Juntos contemplaron los tres ágiles galgos marinos que habían traído los hombres y el equipo de Poole en ocho horas. Las embarcaciones se mecieron en la estela de un barco de guerra que pasó por el Oeste a varios cables de distancia. Fallon levantó la cabeza.

—¿Quién es ése? —preguntó, señalando con la cabeza el buque de guerra gris, de pabellón norteamericano, que navegaba rumbo al Sur.

—La Armada americana ha enviado un observador —respondió el capitán Preston—. El *USS Moran*. Se estacionará entre nosotros y el *Montcalm*. —Miró su reloj.— Las siete y media. Van a servir el desayuno en el comedor. Si quiere acompañarnos...

Eran las siete y cincuenta minutos cuando llamaron a la puerta del camarote del capitán Mike Manning, que estaba al mando del *Moran*.

Este se hallaba anclado después de navegar durante la noche, y Manning, que había permanecido todo el tiempo en el puente, se estaba ahora afeitando la barba. Cuando entró el telegrafista, Manning tomó el mensaje de manos de aquél y le echó una mirada, sin dejar de afeitarse. Después, se interrumpió y se volvió hacia su subordinado.

—Está en clave —dijo.

—Sí, señor. Lleva la indicación de que sólo usted debe leerlo, señor.

Manning despidió al hombre, abrió la caja fuerte y sacó su código personal de descifrado. La clave no era corriente, pero tampoco extraordinaria. Empezó a recorrer con un lápiz las columnas de números, buscando los grupos en el mensaje que tenía delante y sus correspondientes combinaciones de letras. Cuando hubo terminado, permaneció sentado en su mesa y observó fijamente el mensaje, por si se había equivocado. Lo comprobó desde el principio, confiando en que fuese una broma. Pero no lo era. La comunicación iba dirigida a él, vía STANFORLANT; a través del Departamento de Marina, Washington. Y era una orden presidencial que le dirigía, a él personalmente, el jefe supremo de las Fuerzas Armadas de los Estados Unidos, con sede en la Casa Blanca, Washington.

—No puede pedirme eso —jadeó—. Nadie puede pedir una cosa así a un marino.

Pero el mensaje se la pedía, en términos inequívocos:

En el caso de que el Gobierno de Alemania Federal ponga en libertad, por decisión unilateral, a los secuestradores presos en Berlín, el USS Moran *debe hundir al superpetrolero* Freya *con su artillería, procurando por todos los medios incendiar el cargamento y reducir al mínimo los perjuicios de contaminación. Esta acción deberá realizarse en cuanto el* USS Moran *reciba la señal RAYO. Repito: RAYO. Destruya este mensaje.*

Mike Manning tenía cuarenta y tres años, estaba casado y era padre de cuatro hijos, todos los cuales vivían con su madre en las afueras de Norfolk, Virginia. Llevaba veintiún años al servicio de la Marina de los Estados Unidos y nunca le había pasado por la cabeza desobedecer una orden oficial.

Se dirigió a la portañola y contempló, sobre cinco millas de océano, la baja silueta que se recortaba contra el sol naciente. Pensó en sus granadas a base de magnesio, perforando la piel indefensa del monstruo, penetrando en la masa de petróleo volátil que había en su interior. Pensó en los veintinueve hombres acurrucados debajo de la línea de flotación, a veinticinco metros bajo la superficie del agua, en un ataúd de acero, esperando el rescate, pensando en sus familias, en los bosques de Escandinavia. Estrujó el papel en la mano.

—Señor presidente —murmuró—. No sé si podré hacerlo.

CAPITULO XVI

De 08.00 a 15.00

«Dyetski Mir» significa «El Mundo de los Niños» y es la tienda de juguetes más importante de Moscú, con cuatro pisos llenos de muñecas, muñecos, juguetes y juegos. Comparada con sus equivalentes occidentales, las instalaciones son sencillas, y las mercancías, vulgares; pero es lo mejor que tiene la capital soviética, dejando aparte las tiendas «Beriozka», frecuentadas, sobre todo, por los extranjeros que pagan con divisas fuertes.

Por una ironía no premeditada, se halla situada en la plaza Dzerzhinsky, frente al Cuartel General de la KGB, que no es precisamente un mundo infantil. Adam Munro se presentó en la planta baja de la tienda de juguetes momentos antes de las diez de la mañana, hora de Moscú, cuando eran las ocho en el mar del Norte. Empezó a examinar un oso de nilón, como preguntándose si lo compraría para su retoño.

Dos minutos después, alguien se colocó a su lado, delante del mostrador. Adam vio, por el rabillo del ojo, que ella estaba pálida y que tenía apretados y descoloridos los gordezuelos labios.

La mujer asintió con la cabeza y empezó a hablar en voz baja, pero natural, como sin dar importancia a lo que decía.

—Pude ver la transcripción, Adam. La cosa es grave.

Cogió un muñeco que imitaba a un monito de piel artificial y, siempre sin levantar la voz, comunicó a Munro lo que había descubierto.

—Eso es imposible —murmuró él—. Todavía está convaleciente de un ataque al corazón.

—No. Fue asesinado el treinta y uno de octubre pasado, por la noche, en una calle de Kiev.

Dos vendedoras, apoyadas en la pared a seis metros de ellos, les miraron sin curiosidad y volvieron a su parloteo. Una de las pocas ventajas de las tiendas moscovitas es el poco caso que le hacen a uno los dependientes.

—¿Y esos dos de Berlín fueron los asesinos? —inquirió Munro.

—Así parece —afirmó lentamente ella—. Y ellos temen que, si escapan a Israel, celebren una conferencia de Prensa e inflijan una intolerable humillación a la Unión Soviética.

—Provocando la caída de Maxim Rudin —murmuró Munro—. No es extraño que no quiera consentir su puesta en libertad. No puede hacerlo. Tampoco él tiene alternativa. ¿Y tú? ¿Estás a salvo, querida?

—No lo sé. No lo creo. Se mostraron recelosos, aunque no dijeron nada. El hombre de la centralita telefónica informará sobre tu llamada, y el portero dirá que salí de madrugada. Y sacarán sus consecuencias.

—Escucha, Valentina; voy a sacarte de aquí. Rápidamente, en los próximos días.

Por primera vez, ella se volvió y le miró a la cara. Munro vio que estaba a punto de llorar.

—Se acabó, Adam. He hecho lo que me pediste, y, ahora, es demasiado tarde. —Se puso de puntillas y le besó ligeramente, ante los asombrados ojos de las dependientas.— Adiós, Adam, amor mío. Lo siento.

Se volvió, se detuvo un momento para sobreponerse, cruzó la puerta cristalera y salió a la calle, como había cruzado antaño el Muro para volver al Este. Desde el sitio donde estaba, con una muñeca de cara de plástico en la mano, Adam la vio llegar a la acera y perderse de vista. Un hombre envuelto en una trinchera gris, que estaba limpiando el parabrisas de un coche, se irguió, hizo una seña a su compañero sentado detrás del cristal y echó a andar detrás de Valentina.

Adam Munro sintió que el dolor y la ira subían a su garganta, como una bola de ácido pegajoso. Los ruidos de la tienda fueron ahogados por un zumbido en sus oídos. Apretó la mano sobre la cabeza de la muñeca, aplastando y haciendo añicos la sonriente carita bajo la cofia de blonda. Una dependienta se acercó rápidamente a él.

—La ha roto —indicó—. Son cuatro rublos.

Comparadas con el revuelo del público y de los medios de difusión, producido la tarde anterior alrededor del canciller de Alemania Federal, las recriminaciones que cayeron sobre Bonn el sábado por la mañana tuvieron la fuerza de un huracán.

El Ministerio de Asuntos Exteriores recibió un alud de peticiones, en los términos más apremiantes, de las Embajadas de Finlandia, Noruega, Suecia, Dinamarca, Francia, Holanda y Bélgica, para que fuesen recibidos sus embajadores. Todos éstos fueron atendidos, y todos ellos formularon, en la cortés fraseología de la diplomacia, la misma pregunta: «¿Qué diablos sucede?»

Los periódicos y las emisoras de radio y de televisión llamaron al personal con permiso de fin de semana, tratando de obtener la máxima información sobre el caso, lo cual no resultaba fácil. No había fotografías del *Freya* desde el secuestro, salvo las tomadas por el fotógrafo francés, que habían sido confiscadas al ser él detenido. En realidad, esas fotografías estaban siendo estudiadas en París, aunque las tomadas por las sucesivas *Nimrods* eran igualmente buenas y llegaban a poder del Gobierno francés.

A falta de noticias sólidas, los periódicos trataban de echar mano a lo que podían. Dos atrevidos ingleses sobornaron al personal del «Hotel Hilton», de Rotterdam, para que les prestasen sendos uniformes, y trataron de introducirse en la *suite* donde Harry Wennerstrom y Lisa Larsen estaban prácticamente sitiados.

Otros buscaron a ex primeros ministros, funcionarios ministeriales y capitanes de petroleros, para pedirles su opinión. Grandes sumas de dinero fueron ofrecidas a las esposas de los tripulantes, que habían sido localizadas en su mayoría, para que se dejasen fotografiar mientras pedían la liberación de sus maridos.

Un ex jefe mercenario ofreció tomar él solo por asalto el *Freya*, a cambio de un millón de dólares; cuatro arzobispos y diecisiete parlamentarios de diferentes tendencias se ofrecieron como rehenes, en sustitución del capitán Larsen y sus tripulantes.

—¿Separadamente, o en grupo? —gruñó Dietrich Busch, cuando le informaron de ello—. Ojalá estuviese William Matthews a bordo, en vez de esos treinta buenos marineros. De ser así, yo aguantaría hasta Navidad.

Mediada la mañana, los soplos recogidos por los dos astros

alemanes de la Prensa y de la Radio empezaron a surtir efecto. Sus respectivos comentarios a través de la Radio y la Televisión alemanas fueron recogidos por las agencias de noticias y por los corresponsales en Alemania, y estudiados a fondo. Y empezó a circular la versión de que, en realidad, Dietrich Busch había actuado, en las horas que precedieron a la aurora, bajo una fortísima presión americana.

Bonn se negó a confirmarlo, pero tampoco lo negó. Las respuestas evasivas del portavoz del Gobierno sirvieron para que la Prensa se afirmase en su creencia.

Al salir el sol en Washington, cinco horas más tarde que en Europa, el interés se dirigió hacia la Casa Blanca. A las seis de la mañana, hora de Washington, los periodistas acreditados en la Casa Blanca pidieron una entrevista con el presidente en persona. Tuvieron que contentarse, aunque no quedaron satisfechos, con un aturrullado y evasivo portavoz oficial. En realidad, éste se mostró evasivo porque no sabía qué decir; sus repetidas preguntas al Salón Oval sólo le valieron nuevas instrucciones de que dijese a los sabuesos de la Prensa que el asunto correspondía a Europa y que eran los europeos quienes debían hacer lo que creyesen mejor, con lo que la cuestión rebotaba de nuevo contra el cada vez más indignado canciller alemán.

—¡Por mil diablos! ¿Cuánto tiempo más va a durar esto? —gritó el agitado William Matthews a sus consejeros, mientras rechazaba un plato de huevos revueltos poco después de las seis de la mañana, hora de Washington.

La misma pregunta se hacía, y no se contestaba, en docenas de oficinas de América y de Europa, aquella inquieta mañana sabatina.

Desde su despacho de Texas, el dueño del millón de toneladas de crudo Mubarraq almacenado, peligrosamente, debajo de la cubierta del *Freya*, llamó por teléfono a Washington.

—¡Me importa un bledo la hora de la mañana que sea! —gritó al secretario del director de la campaña del partido—. Quiero que se ponga al aparato. Dígale que le llama Clint Blake. ¿Entendido?

Cuando, al fin, se puso al aparato el director de la campaña del partido político al que pertenecía el presidente, no estaba de muy buen humor. Pero cuando colgó el teléfono, estaba francamente desolado. Una contribución de un millón de dólares en una campaña electoral no era grano de anís en ningún país del mundo, y Clint Blake no había hablado en broma al amenazar con retirar aquella subvención a su partido y dársela a la oposición.

Parecía importarle muy poco que el cargamento estuviese plenamente asegurado contra toda pérdida por «Lloyd's». Aquella mañana, el tejano estaba furioso.

Harry Wennerstrom estuvo casi toda la mañana hablando por teléfono con Estocolmo, llamando a todos sus amigos y conocidos en las esferas del Gobierno, de la navegación y de la Banca, para que presionasen al primer ministro sueco. Las presiones fueron eficaces y se trasladaron sobre Bonn.

En Londres, el presidente de «Lloyd's», sir Murray Kelso, encontró al subsecretario permanente del Departamento del Medio Ambiente en su despacho de Whitehall. Generalmente, el sábado no es un día en que los funcionarios británicos estén en sus oficinas; pero aquél no era un sábado normal. Sir Rupert Mossbank había vuelto apresuradamente del campo, antes del amanecer, cuando llegó de Downing Street la noticia de que Mishkin y Lazareff no serían puestos en libertad. Mostró un sillón a su visitante.

—Un maldito asunto —indicó sir Murray.

—Realmente espantoso —corroboró sir Rupert.

Hizo que les sirviesen el té, y los caballeros sorbieron la infusión.

—La cuestión es —dijo sir Murray, al fin— que se hallan en juego enormes cantidades. Cerca de mil millones de dólares. Aunque los países víctimas de la marea negra, si es volado el *Freya*, opten por reclamar los perjuicios a Alemania, y no a nosotros, todavía tendremos que soportar la pérdida del barco, del cargamento y de la tripulación. Esto representa unos cuatrocientos millones de dólares.

—Supongo que podrán cubrirlos —dijo ansiosamente sir Rupert.

«Lloyd's» era más que una compañía; era una institución, y, dado que el Departamento de sir Rupert cuidaba de la Marina Mercante, el hombre se sentía directamente afectado.

—¡Oh, sí! Podremos cubrirlos. Tendremos que hacerlo —afirmó sir Murray—. Lo malo es que una cantidad tan importante tendría que reflejarse en las ganancias invisibles del país, correspondientes al año. En realidad, podría romper el equilibrio. Y, si hubiese que solicitar otro préstamo del FMI...

—El asunto es de competencia de los alemanes, ¿sabe? —indicó Mossbank—. En realidad, nada podemos hacer.

—Sin embargo, se podría presionar un poco a los alemanes en esta cuestión. Desde luego, los secuestradores de aviones son unos bastardos; pero en estas circunstancias, ¿por qué no dejar que se larguen esos dos incordios de Berlín? Cuanto más lejos se vayan, tanto mejor será.

—Déjele en mis manos —dijo Mossbank—. Veré lo que puedo hacer.

En su fuero interno, sabía que no podía hacer nada. El informe confidencial que había guardado en su caja fuerte decía que el comandante Fallon iría allí en kayak dentro de once horas, y, hasta entonces, la orden de la primer ministro era que se retuviese la línea.

A media mañana el canciller Dietrich Busch recibió la noticia del proyectado ataque de los submarinistas en el curso de una entrevista privada con el embajador británico. Eso le apaciguó muy poco.

—¡Conque se trataba de eso! —exclamó, cuando hubo examinado el proyecto desplegado ante sus ojos—. ¿Por qué no pudieron decírmelo antes?

—Porque no estábamos seguros de que fuese factible —dijo suavemente el embajador, de acuerdo con las instrucciones recibidas—. Estuvimos trabajando en ello durante toda la tarde de ayer y toda la noche última. Al amanecer, tuvimos la seguridad de que era perfectamente realizable.

—¿Qué probabilidades de éxito consideran que tienen? —preguntó Dietrich Busch.

El embajador carraspeó.

—Calculamos que las probabilidades son de tres a uno a nuestro favor —respondió—. El sol se pone a las siete y media. A las nueve, la oscuridad es total. Nuestros hombres actuarán a las diez de esta noche.

El canciller consultó su reloj. Faltaban doce horas. Si los

ingleses intentaban la acción y tenían éxito, sus hombres rana se llevarían buena parte del mérito, pero también se lo reconocerían a él, por mantenerse firme. Si fracasaban, la responsabilidad sería de ellos.

—Así, pues, todo depende ahora de ese comandante Fallon. Está bien, señor embajador, continuaré representando mi papel hasta las diez de esta noche.

Aparte sus baterías de misiles dirigidos, el *USS Moran* estaba armado con dos cañones navales «Mark 45», de 125 mm; uno en la proa y el otro en la popa. Eran del tipo más moderno, apuntados por radar y controlados por computadora.

Cada uno de ellos podía disparar un cargador entero de veinte granadas, en rápida sucesión y sin tener que recargar, y la secuencia de los diversos tipos de proyectil podían predeterminarse en la computadora.

Habían quedado muy atrás los viejos tiempos en que las municiones de los cañones navales tenían que sacarse manualmente del pañol, elevarse mecánicamente a la torre del cañón y ser introducidas en la recámara por sudorosos artilleros. En el *Moran*, las granadas eran seleccionadas según su tipo y efectos por las computadoras, de entre las del pañol de municiones; los proyectiles eran subidos automáticamente a la torre, y los cañones eran cargados, disparados, vaciados, vueltos a cargar y disparados de nuevo, sin que la mano del hombre tuviese que intervenir para nada.

La puntería se hacía por radar; los ojos invisibles del barco buscaban el blanco de acuerdo con instrucciones programadas; afinaban la puntería teniendo en cuenta el viento, la distancia y los movimientos del blanco y del propio barco, y después, la mantenían hasta nueva orden. La computadora trabajaba en armonía con los ojos del radar, absorbiendo en fracciones de segundo la menor desviación del propio *Moran*, del blanco o de la fuerza del viento. Una vez fijada la puntería, nada importaba que el blanco empezase a moverse, y el *Moran* podía ir a donde quisiera; los cañones se desplazarían simplemente y en silencio sobre sus soportes, manteniendo fijas sus mortales bocas sobre el punto al que debían ir a parar sus granadas. Un mar encrespado podía obligar al *Moran* a cabecear y a mecerse; el blanco podía guiñar y oscilar; nada de eso importaba, porque lo compensaba la computadora. Incluso la pauta a seguir por las granadas disparadas podía predeterminarse.

Para mayor seguridad, el oficial de artillería podía observar el blanco con ayuda de una cámara montada a gran altura, y dar nuevas instrucciones al radar y a la computadora, si quería cambiar de blanco.

El capitán Mike Manning observaba el *Freya* desde la borda con grave atención. Quienquiera que hubiese aconsejado al presidente, había hecho un buen trabajo. Si el *Freya* vertía en el mar su millón de toneladas de crudo, el daño producido por la contaminación del agua sería enorme. Pero si el cargamento era incendiado estando aún en los depósitos, o a los pocos segundos de partirse el buque, ardería. En realidad, haría más que arder: explotaría.

Normalmente, es muy difícil quemar el petróleo crudo; pero, si se calienta lo bastante, alcanza inevitablemente su punto de ignición y se inflama. El crudo Mubarraq que transportaba el *Freya* era el más ligero de todos, y, si se introducían masas de magnesio inflamado, que ardían a más de 1000 grados centígrados, en el interior del casco, se lograría aquel efecto y aún sobraría un buen margen de calor. El noventa por ciento del cargamento no llegaría nunca al mar en forma de petróleo, sino que se inflamaría, formando una bola de fuego de más de 3000 metros de altura.

Todo lo que quedaría del cargamento sería una capa de espuma, que se deslizaría sobre la superficie del mar, y un negro peñacho de humo del tamaño de la nube que se cernió antaño sobre Hiroshima. Del barco propiamente dicho no quedaría nada; pero el problema de la contaminación se reduciría a proporciones que permitirían solucionarlo. Mike Manning envió a buscar a su oficial artillero, teniente Chuck Olsen.

—Quiero que cargue y prepare el cañón de proa —ordenó, lisa y llanamente.

Olsen empezó a tomar nota de las órdenes:

—Proyectiles: tres perforadoras semiblindadas; cinco estrellas de magnesio; dos explosivas potentes. Total: diez. Después, repetir la serie. Total: veinte.

—Sí, señor. Tres PSB, cinco estrellas, dos EP. Repetir la misma fórmula.

—La primera granada, sobre el blanco; la siguiente, doscientos metros más adelante; la tercera, a otros doscientos metros. Después, en dirección contraria, las cinco estrellas de magnesio, a intervalos de cuarenta metros. Después, otra vez adelante, con las dos de alta potencia, a cien metros la una de la otra.

El teniente Olsen anotó las órdenes de su capitán. Manning miró por encima de la borda. A cinco millas de distancia, la proa del *Freya* apuntaba directamente al *Moran*. La operación, tal como la había dictado, haría que las granadas perforadoras cayesen en línea desde la punta del *Freya* hasta la base de la superestructura; después, las de magnesio retrocederían hasta la proa, y después, las explosivas avanzarían de nuevo hacia la superestructura. Las perforadoras semiblindadas rajarían la cubierta metálica sobre los depósitos, de la misma manera que un bisturí raja la piel; las estrellas de magnesio caerían en una línea de cinco en las aberturas; las explosivas empujarían el crudo inflamado hacia todos los depósitos de babor y estribor.

—Comprendido, mi capitán. ¿Dónde ha de caer la primera granada?

—A diez metros sobre la proa del *Freya*.

La pluma de Olsen se detuvo sobre el papel de su bloc. El teniente miró fijamente lo que acababa de escribir; después, levantó la mirada hacia el *Freya*, anclado a cinco millas de distancia.

—Capitán —indicó muy despacio—, si hace usted eso, el buque no sólo se hundirá, no sólo arderá, no sólo explotará. Se evaporará.

—Esas son mis órdenes, míster Olsen —replicó inpertérrito Manning.

El joven suecoamericano estaba palidísimo.

—¡Por el amor de Dios! Hay treinta marineros escandinavos a bordo!

—Míster Olsen, conozco las circunstancias. O cumple usted mi orden y prepara el cañón, o dígame que se niega a hacerlo.

El oficial de artillería se cuadró.

—Cargaré y prepararé el cañón como usted ordena, capitán Manning —respondió—; pero no lo dispararé. Si alguien debe apretar ese condenado botón tendrá que hacerlo usted mismo.

Hizo un saludo perfecto y se alejó, en dirección al puesto de control de fuego, debajo de la cubierta.

«No tendrás que hacerlo —pensó Manning, junto a la borda—. Si el propio presidente me lo ordena, dispararé yo mismo. Después dimitiré.»

Una hora más tarde, el «Westland Wessex» del *Argyll* llegó sobre el *Moran* y descolgó un oficial de la Royal Navy sobre la cubierta. El oficial pidió hablar en privado con el capitán Manning y fue conducido al camarote del americano.

—Con los saludos del capitán Preston, señor —dijo el mensajero, entregando a Manning una carta de Preston.

Cuando aquél hubo acabado de leerla, se retrepó en su asiento como un reo librado de la horca. La carta le decía que los ingleses despacharían un equipo de hombres rana armados, a las diez de la noche, y que todos los Gobiernos habían convenido en no emprender ninguna acción independiente en el intervalo.

Mientras los dos oficiales hablaban a bordo del *USS Moran*, el avión de pasajeros que traía a Adam Munro a Occidente estaba cruzando la frontera soviético-polaca.

Al salir de la tienda de juguetes de la plaza Dzerzhinsky, Munro se había dirigido a una cabina pública y telefoneado al jefe de la cancillería de su Embajada. Le había dicho al sorprendido diplomático, en lenguaje cifrado, que había descubierto lo que querían saber sus superiores, pero que no volvería a la Embajada, sino que marchaba directamente al aeropuerto para tomar el avión del mediodía.

Cuando el diplomático hubo informado de esto al Foreign Office, y éste lo hubo transmitido al SIS, y se envió un mensaje en el sentido de que Munro mandase sus noticias por telégrafo, era ya demasiado tarde. Munro estaba tomando su avión.

—¿Qué diablos está haciendo? —preguntó sir Nigel Irvine a Barry Ferndale, en la jefatura del SIS en Londres, cuando se enteró de que su pájaro anunciador de tormenta regresaba a casa volando.

—No tengo la menor idea —respondió el jefe de la sección soviética—. Quizás *el Ruiseñor* ha sido descubierto y él quiere volver urgentemente, antes de que estalle el incidente diplomático. ¿Debo ir a recibirle?

—¿Cuándo aterriza?

—A las dos menos cuarto, hora de Londres —respondió Ferndale—. Creo que debería ir. Parece que trae la respuesta a la pregunta del presidente Matthews. Francamente, siento curiosidad por saber qué demonio puede ser.

—También yo —confesó sir Nigel—. Tome un coche que tenga teléfono y manténgase en contacto conmigo, personalmente.

A las doce menos cuarto, Drake envió uno de sus hombres a buscar al bombero del *Freya* y llevarlo al cuarto de control del cargamento, en la cubierta «A». Dejando a Thor Larsen bajo la vigilancia de otro terrorista, bajó al cuarto de control, sacó los fusibles del bolsillo y los colocó en su sitio. Las bombas tuvieron de nuevo energía para funcionar.

—¿Qué hacen para descargar la mercancía? —preguntó al marinero—. Alguien sigue apuntando a su capitán con una metralleta, y haré que la dispare si intentan algún truco.

—El sistema de tuberías del barco termina en un solo punto; un haz de tubos al que llamamos múltiple —dijo el bombero—. Las mangueras de la instalación de tierra son enchufadas al múltiple. Después, se abren las grandes válvulas del múltiple y comienza el bombeo.

—¿Cuál es su velocidad de descarga?

—Veinte mil toneladas por hora —respondió el hombre—. Durante la descarga se mantiene el equilibrio del barco extrayendo la mercancía de varios tanques en diferentes puntos del barco, simultáneamente.

Drake había observado que una ligera corriente fluía hacia el Nordeste, a un nudo por hora, en dirección a las islas Frisias. Señaló un depósito en la mitad del *Freya* y en el lado de babor.

—Abra la válvula maestra de aquél —ordenó.

El hombre vaciló un segundo, pero obedeció.

—Bien —dijo Drake—. Cuando se lo ordene, ponga las bombas en funcionamiento y vacíe todo el depósito.

—¿Al mar? —preguntó el bombero, con incredulidad.

—Al mar —repitió con voz hosca Drake—. El canciller Busch

va a saber lo que significa realmente la presión internacional.

Al acercarse el mediodía del sábado, 2 de abril, Europa contuvo el aliento. Todos sabían que los terroristas habían ejecutado ya a un marinero, porque alguien había violado el espacio aéreo de encima del barco, y había amenazado con otra ejecución o con verter petróleo crudo a las doce en punto.

El *Nimrod* que había sustituido al del jefe de escuadrilla Latham había casi agotado el carburante a las once de la mañana, por lo que Latham había regresado a su puesto, y sus cámaras habían empezado a zumbar al transcurrir los últimos minutos que faltaban para el mediodía.

Muchas millas por encima de él, un satélite espía «Cóndor» transmitía un chorro continuo de imágenes, que llegaban a la pantalla de televisión del Salón Oval, donde se hallaba sentado un ojeroso presidente norteamericano. El *Freya* apareció delicadamente en el cuadro, surgiendo como un dedo de la parte inferior.

En Londres, hombres de categoría e influencia se hallaban reunidos delante de una pantalla, en el salón de sesiones del Gabinete, observando las imágenes captadas por el *Nimrod.* Este había empezado a transmitir a las doce menos cinco, y las fotos eran transmitidas al Datalink del *Argyll* y, de allí, a Whitehall.

A lo largo de las barandillas del *Montcalm*, del *Breda*, del *Brunner*, del *Argyll* y del *Moran*, marinos de cinco naciones se pasaban los gemelos de mano en mano. Sus oficiales, desde los puntos más altos que podían alcanzar, permanecían con sus catalejos pegados a los ojos.

El servicio mundial de la BBC transmitió las campanadas de las doce en el Big Ben. En el salón del Gabinete, a doscientos metros del Big Ben y dos pisos bajo el nivel de la calle, alguien exclamó:

—¡Dios mío! ¡Están vaciando crudo!

A tres mil millas de allí, en el Salón Oval, cuatro norteamericanos en mangas de camisa presenciaban el mismo espectáculo.

Del costado de babor del superpetrolero surgía un chorro de petróleo rojizo y pegajoso.

Tenía el grueso de un torso humano. Impulsado por las potentes bomba del *Freya*, el petróleo saltaba la borda de babor y caía al mar en una cascada de ocho metros. A los pocos segundos, el agua azul verdosa perdió su color y adquirió el tono de algo putrefacto. Al subir el petróleo a la superficie, se formó una enorme mancha, que se alejaba del casco del buque a impulsos de la corriente.

La descarga prosiguió durante una hora, hasta que se hubo vaciado aquel depósito. La gran mancha tomó la forma de un huevo, más ancha cerca de la costa holandesa y adelgazándose cerca del barco. Por último, la masa de petróleo se separó del *Freya* y empezó a desplazarse a la deriva. El mar estaba en calma y, por eso, la mancha permaneció unida, pero ensanchándose al extenderse el crudo ligero sobre la superficie del agua. A las dos de la tarde, una hora después de terminar el vertido, la mancha tenía dieciséis kilómetros de longitud y once de anchura en su parte más ancha.

Al alejarse el «Cóndor», la mancha desapareció de la pantalla en Washington. Stanislav Poklevski cerró el aparato.

—Eso no es más que la cincuentava parte de la carga —dijo—. Los europeos van a volverse locos.

Robert Benson contestó a una llamada telefónica y se volvió hacia el presidente Matthews.

—Langley acaba de informar a Londres —dijo—. Su hombre de Moscú ha telegrafiado diciendo que tiene la respuesta a nuestra pregunta. Afirma que sabe por qué amenaza Maxim Rudin con anular el Tratado de Dublín si Mishkin y Lazareff son puestos en libertad. Lleva personalmente la noticia a Londres, donde debe aterrizar dentro de una hora.

Matthews se encogió de hombros.

—Si ese comandante Fallon va a atacar con sus hombres rana dentro de nueve horas, tal vez aquello ya no importe —dijo—. De todos modos, me interesa saberlo.

—El hombre informará a sir Nigel Irvine, el cual lo comunicará a mistress Carpenter. Tal vez podría pedirle que le llamase por la línea privada en cuanto lo sepa —sugirió Benson.

—Así lo haré —afirmó el presidente.

Eran las ocho de la mañana en Washington, y la una de la tarde en Europa, cuando Andrew Drake, que había permanecido pensativo y retraído mientras derramaban el petróleo, resolvió establecer de nuevo contacto.

A la una y veinte, el capitán Thor Larsen habló de nuevo

a Control del Mosa, pidiendo que le pusiesen inmediatamente en comunicación con el primer ministro holandés, Jan Grayling. La conexión con La Haya se estableció en el acto; se había previsto la posibilidad de que el primer ministro tuviese ocasión, tarde o temprano, de hablar personalmente con el jefe de los terroristas y pedirle una negociación en nombre de Holanda y de Alemania.

—Le escucho, capitán Larsen —dijo el holandés al noruego, en inglés—. Soy Jan Grayling.

—Señor primer ministro, habrá usted visto cómo han derramado veinte mil toneladas de crudo de mi barco —dijo Larsen, mientras el otro mantenía el cañón de la pistola a dos centímetros de su oído.

—Desgraciadamente, sí —admitió Grayling.

—El jefe de los guerrilleros propone una conferencia.

La voz del capitán tronó en el despacho del primer ministro en La Haya. Grayling miró vivamente a los dos altos funcionarios que le acompañaban. El magnetófono siguió rodando, impasiblemente.

—Comprendo —dijo Grayling, que no comprendía nada, pero trataba de ganar tiempo—. ¿Qué clase de conferencia?

—Una conferencia personal con los representantes de las naciones costeras y otras partes interesadas —explicó Larsen, leyendo el papel que tenía delante.

Jan Grayling cubrió el micrófono con la mano.

—El bastardo quiere conversar —dijo, muy excitado, y, de nuevo por teléfono, declaró—: En nombre del Gobierno holandés, acepto que la conferencia se celebre aquí. Por favor, informe de eso al jefe de los guerrilleros.

En el puente del *Freya*, Drake movió la cabeza y cubrió el teléfono con la mano. Discutió rápidamente con Larsen.

—No en tierra —replicó Larsen, por teléfono—. Tiene que ser en el mar. ¿Cómo se llama ese crucero británico?

—Su nombre es *Argyll* —respondió Grayling.

—Hay en él un helicóptero —dijo Larsen, siguiendo las instrucciones de Drake—. La conferencia se celebrará a bordo del *Argyll*. A las tres de la tarde. Deberán asistir: usted, el embajador alemán y los capitanes de los cinco buques de guerra de la OTAN. Nadie más.

—Comprendido —dijo Grayling—. ¿Asistirá personalmente el

jefe de los guerrilleros? En tal caso, tendré que consultar con los ingleses, para que garanticen su seguridad.

Hubo una pausa, mientras se desarrollaba otra conferencia en el puente del *Freya*. Después volvió a hablar el capitán Larsen.

—No; el jefe no asistirá. Enviará a un representante. A las tres menos cinco, el helicóptero del *Argyll* podrá acercarse a la pista del *Freya*. No deben ir en él soldados ni marinos. Sólo el piloto y un ayudante, ambos desarmados. La escena será observada desde el puente. Nada de cámaras. El helicóptero se mantendrá a una altura no inferior a seis metros. El ayudante bajará un sillín, y el emisario será izado de la cubierta y transportado al *Argyll*. ¿Entendido?

—Perfectamente —contestó Grayling—. ¿Puedo preguntar quién será el representante?

—Un momento —dijo Larsen, y la línea enmudeció.

En el *Freya*, Larsen se volvió a Drake y preguntó:

—Bueno, míster Svoboda, si no va usted mismo, ¿a quién enviará?

Drake sonrió brevemente.

—A usted —dijo—. Usted me representará. Creo que es quien mejor puede convencerles de que no bromeo en cuanto se refiere al barco, a la tripulación y al cargamento. Y de que se me está acabando la paciencia.

El teléfono que el primer ministro Grayling tenía en la mano volvió a animarse.

—Me dicen que seré yo —dijo Larsen, y se cortó la comunicación.

Jan Grayling consultó su reloj.

—Las dos menos cuarto —dijo—. Faltan setenta minutos. Diga a Konrad Voss que venga aquí; prepare un helicóptero en el punto más próximo a este despacho que sea posible. Que me pongan en comunicación directa con mistress Carpenter, en Londres.

Apenas acabó de hablar cuando su secretario particular le dijo que Harry Wennerstrom le llamaba por teléfono. El viejo millonario, en su *suite* del «Hilton» de Rotterdam, había adquirido un receptor de radio durante la noche y montado una vigilancia permanente del Canal Veinte.

—Usted va a ir al *Argyll* en helicóptero —le dijo al primer ministro holandés, sin el menor preámbulo—. Le agradecería que llevase con usted a mistress Lisa Larsen.

—Bueno, no sé... —empezó a decir Grayling.

—¡Por lo que más quiera, hombre! —tronó el sueco—. Los terroristas no se enterarán y si el asunto no termina bien, puede ser la última vez que ella vea a su marido.

—Que esté aquí dentro de cuarenta minutos —aceptó Grayling—. Saldremos a las dos y media.

La conversación por el Canal Veinte había sido escuchada por todos los servicios de información y por la mayor parte de los medios de difusión. Las líneas telefónicas zumbaban ya entre Rotterdam y nueve capitales europeas. La Agencia de Seguridad Nacional, en Washington, envió inmediatamente una transcripción al presidente Matthews, por teletipo. Un ayudante cruzó a toda velocidad el espacio que separaba la oficina del Gabinete del despacho de mistress Carpenter, en el 10 de Downing Street. El embajador israelí en Bonn solicitó encarecidamente al canciller Busch que preguntasen al capitán Larsen, en interés del primer ministro Golen, si los terroristas eran o no judíos, y el jefe del Gobierno alemán le prometío hacerlo así.

Los periódicos de la tarde, y las emisoras de radio y TV de toda Europa, prepararon los titulares de las ediciones de las cinco de la tarde, y cuatro Ministerios de Marina recibieron frenéticas llamadas en solicitud de información, si se celebraba la conferencia y en cuanto se supiese el resultado.

En el momento en que Jan Grayling colgaba el teléfono, después de hablar con Thor Larsen, el reactor que traía a Adam Munro de Moscú tocó el asfalto de la pista cero uno del aeropuerto de Heathrow, en Londres.

El pase del Foreign Office que llevaba Barry Ferndale permitió a éste acercar su coche al pie de la escalerilla del avión y recoger a su pálido colega procedente de Moscú, invitándole a acomodarse en el asiento de atrás. El automóvil era mejor que la mayor parte de los empleados por «la Empresa»; el conductor quedaba aislado de los pasajeros, y había un teléfono en comunicación directa con la jefatura del servicio.

Mientras cruzaban el túnel de salida del aeropuerto y entraban en la carretera M4, Ferndale rompió el silencio.

—Un viaje muy pesado, ¿eh, muchacho? —dijo.

Pero no se refería al viaje en avión.

—Desastroso —gruñó Munro—. Creo que *el Ruiseñor* está acabado. Sé de cierto que era seguido por la oposición. Tal vez le hayan detenido ya.

Ferndale procuró consolarle.

—Mala suerte —dijo—. Siempre es terrible perder un agente. Le trastorna a uno. Yo perdí un par de ellos, ¿sabe? Y uno murió de mala manera. Pero son gajes de nuestro oficio, Adam. Es parte de lo que Kipling solía llamar el Gran Juego.

—Salvo que esto no es un juego —replicó Munro—. Y tampoco lo es lo que va a hacerle la KGB a *el Ruiseñor*.

—Desde luego que no. Lo siento. No debía decir esto. —Ferndale hizo una pausa, expectante, mientras el automóvil se incorporaba a la corriente del tráfico en la M4—. Pero consiguió usted la respuesta a nuestra pregunta. ¿Por qué se opone Rudin con tanta furia a la liberación de Mishkin y Lazareff?

—La respuesta a la pregunta de mistress Carpenter —inquirió hoscamente Munro—. Sí; la tengo.

—¿Y es?

—Ella lo preguntó —dijo Munro—, y ella tendrá la respuesta. Espero que le gustará. Ha costado una vida conseguirla.

—Adam, hijo mío, su actitud no me parece muy prudente —dijo Ferndale—. No se puede visitar a la primer ministro así como así. Incluso el Amo tiene que pedir audiencia.

—Entonces, dígale que la pida en mi nombre —dijo Munro, señalando el teléfono.

—Creo que tendré que hacerlo —replicó Ferndale, en voz baja.

Era una lástima que un joven de talento hiciese pedazos su carrera, pero, por lo visto, Munro había agotado su capacidad de resistencia. Ferndale no iba a interponerse en su camino; el Amo le había dicho que se mantuviese en contacto con él. Exactamente lo que iba a hacer.

Diez minutos más tarde, mistress Joan Carpenter escuchaba atentamente la voz de sir Nigel Irvine por el teléfono privado.

—¿Quiere darme personalmente la respuesta, sir Nigel? —preguntó—. ¿No se sale eso de lo normal?

—Sí, señora. En realidad, es algo inaudito. Temo que signifique que míster Munro va a separarse del servicio. Pero, a menos que pidiese a los especialistas que le extrajesen su información, no podría obligarle a dármela a mí. Verá usted, ha perdido un agente con el que, según parece, había trabado una amistad personal durante los últimos nueve meses, y eso ha colmado la medida.

Joan Carpenter reflexionó un momento.

—Siento profundamente haber sido la causa de semejante desdicha —dijo—. Quisiera disculparme con míster Munro de lo que me vi obligada a pedirle. Por favor, diga a su chófer que le traiga al Número Diez. Y venga usted también inmediatamente.

La línea enmudeció, sir Nigel Irvine permaneció un rato mirando fijamente el teléfono. «Esa mujer nunca deja de sorprenderme», pensó. «Muy bien, Adam; quieres tu momento de gloria, hijo mío, y lo tendrás. Pero será el último. Después, tendrás que cambiar de oficio. No queremos *primadonnas* en el servicio.»

Mientras se dirigía a su coche, Sir Nigel pensó que, por muy interesante que pudiese ser la explicación, ahora era una cuestión académica, o pronto lo sería. Dentro de siete horas, el comandante Simon Fallon subiría a bordo del *Freya* con tres compañeros y liquidaría a los terroristas. Después de lo cual, Mishkin y Lazareff seguirían quince años más en el lugar donde se hallaban.

A las dos de la tarde, de nuevo en el camarote de día, Drake se inclinó hacia Thor Larsen y le dijo:

—Probablemente se pregunta usted por qué he convocado esta conferencia en el *Argyll*. Sé que, cuando se encuentre usted allí, les dirá quiénes y cuántos somos; las armas que llevamos y los sitios donde colocamos las cargas. Ahora, escuche con atención, porque debe decirles algo más, si quiere salvar su barco y su tripulación de una destrucción instantánea.

Habló durante más de media hora. Thor Larsen le escuchó

impasible, asimilando las palabras y sus implicaciones. Cuando hubo terminado, el capitán noruego dijo:

—Se lo diré. No porque tenga el menor interés en salvarle el pellejo, míster Svoboda, sino porque no quiero que mate a mi tripulación y destruya mi barco.

Sonó una llamada del intercomunicador en el interior del camarote a prueba de ruidos. Drake respondió y miró a través de la ventana hacia la lejana proa. Acercándose desde el lado de alta mar, muy despacio y con mucha precaución, distinguió el helicóptero «Wessex» del *Argyll*, con la enseña de la Royal Navy pintada claramente en la cola.

Cinco minutos más tarde, bajo la mirada de unas cámaras que transmitían sus imágenes a todo el mundo, imágenes contempladas por hombres y mujeres, a cientos e incluso a miles de kilómetros de distancia, el capitán Thor Larsen, patrón de la embarcación más grande que jamás se hubiese construido, salió de la superestructura y apareció al aire libre. Había insistido en ponerse los pantalones negros y se había abrochado la chaqueta de la Marina Mercante con los cuatro galones dorados de capitán de barco, sobre el suéter blanco. También llevaba puesta la gorra bordada con el emblema del casco de vikingo de la «Nordia Line». Era el mismo uniforme que habría tenido que ponerse la tarde anterior para enfrentarse por primera vez con la Prensa mundial. Irguiendo los cuadrados hombros empezó la larga y solitaria caminata por la extensa cubierta de su barco, hasta el punto donde el sillón y el cable pendían del helicóptero, a medio kilómetro delante de él.

CAPITULO XVII

De 15.00 a 21.00

El automóvil personal de sir Nigel Irvine, transportando a Barry Ferndale y Adam Munro, llegó al 10 de Downing Street unos segundos antes de las tres. Cuando la pareja fue introducida en la sala de espera del despacho de la primer ministro, el propio sir Nigel estaba ya allí. Saludó fríamente a Munro.

—Espero que su insistencia en presentar su informe personalmente a la primer ministro estará plenamente justificada, Munro —dijo.

—Creo que así será, sir Nigel —respondió Munro.

El director general del SIS miró con aire burlón a su subordinado. El hombre estaba visiblemente agotado, y el asunto de *el Ruiseñor* había sido muy duro para él. Sin embargo, eso no era una excusa suficiente para romper la disciplina. Se abrió la puerta del despacho y apareció sir Julian Flannery.

—Pasen, caballeros —indicó.

Adam Munro no conocía personalmente a la primer ministro. Esta, a pesar de llevar dos días sin dormir, parecía tranquila y descansada. Saludó primero a sir Nigel y, después estrechó la mano a los dos hombres a quienes no conocía: Barry Ferndale y Adam Munro.

—Míster Munro —comenzó—, permítame expresar, ante todo, que lamento haber tenido que ponerle a usted en una situación difícil y en posible peligro a su agente en Moscú. No deseaba hacerlo, pero la respuesta a la pregunta del presidente Matthews tenía, realmente, importancia internacional, y no empleo esta frase a la ligera.

—Gracias por decirlo, señora —respondió Munro.

Ella siguió explicando que, precisamente entonces, mientras

estaba hablando, el capitán del *Freya*, Thor Larsen, aterrizaba en la cubierta del crucero *Argyll* para celebrar una conferencia; y que, para las diez de la noche, estaba previsto que un equipo de hombres rana del SBS asaltaría el *Freya*, en un intento de aniquilar a los terroristas, antes de que pudiesen hacer funcionar su detonador.

La cara de Munro adquirió la dureza del granito al oír esto.

—Lo cual quiere decir, señora —dijo, claramente—, que si el comando tiene éxito, el secuestro habrá terminado, los dos presos de Berlín se quedarán donde están y la probable ruina de mi agente habrá sido en vano.

Ella tuvo el acierto de parecer sumamente afligida.

—Sólo puedo reiterarle mis disculpas, míster Munro. El plan de tomar el *Freya* por asalto no ha sido concebido hasta primeras horas de la pasada madrugada, ocho horas después de que Maxim Rudin dirigiese su ultimátum al presidente Matthews. Pero usted había hablado ya con *el Ruiseñor.* Era imposible dar una contraorden al agente.

Sir Julian entró en el despacho y dijo a la primer ministro:

—Ahora van a poner la comunicación, señora.

La primer ministro pidió a sus tres visitantes que tomaran asiento. Se había instalado un altavoz en un rincón de su despacho, y unos hilos conducían a la antesala contigua.

—Caballeros, va a empezar la conferencia en el *Argyll.* Escuchemos, y después nos explicará míster Munro la razón del extraordinario ultimátum de Maxim Rudin.

Cuando Thor Larsen se apeó en la cubierta del crucero británico, después de su vertiginoso viaje de ocho kilómetros, suspendido del «Wessex», al rugido de los motores sobre su cabeza se juntó la aguda bienvenida de las gaitas de ordenanza.

El capitán del *Argyll* avanzó unos pasos, saludó y tendió la mano.

—Richard Preston —saludó.

Larsen correspondió al saludo y le estrechó la mano.

—Bien venido a bordo, capitán —deseó Preston.

—Gracias —repuso Larsen.

—¿Le importa que bajemos al cuarto de oficiales?

Los dos capitanes pasaron del aire libre al mayor camarote del crucero, que era el cuarto de oficiales. Una vez allí, el capitán Preston hizo las presentaciones.

—El Excelentísimo señor Jan Grayling, primer ministro de los Países Bajos. Creo que ya han hablado ustedes por teléfono... Su Excelencia Konrad Voss, embajador de la República Federal Alemana... El capitán Desmoulins, de la Marina francesa; De Jong, de la Marina holandesa; Hasselmann, de la Marina alemana, y el capitán Manning, de la Marina de los Estados Unidos.

Mike Manning alargó la mano y miró a los ojos al barbudo noruego.

—Me alegro de conocerle, capitán.

Se le atragantaron las palabras. Thor Larsen le miró una fracción de segundo más que a los otros jefes navales, y siguió adelante.

—Por último —siguió el capitán Preston—, permita que le presente al comandante Simon Fallon, de los comandos de la Royal Marine.

Larsen miró al bajo y cuadrado infante de Marina y sintió la dureza de su mano en la suya. «A fin de cuentas —pensó—, Svoboda tenía razón.»

A invitación del capitán Preston, se sentaron todos alrededor de la ancha mesa.

—Capitán Larsen, debo dejar bien claro que nuestra conversación será grabada y transmitida directamente sin posible interferencia, desde este camarote a Whitehall, donde la primer ministro de Gran Bretaña estará escuchando.

Larsen asintió con la cabeza. Su mirada se volvía constantemente al americano; todos los demás le observaban con interés; en cambio el marino de los Estados Unidos miraba fijamente la mesa de caoba.

—Antes de empezar, ¿puedo ofrecerle algo? —preguntó Preston—. ¿Una bebida? ¿Algo de comer? ¿Té? ¿Café?

—Sólo un café, gracias. Sin azúcar.

El capitán Preston hizo una seña a un camarero que estaba en la puerta y desapareció en seguida.

—Se ha convenido que, para empezar, formularé la pregunta que interesa y preocupa a todos nuestros Gobiernos —siguió diciendo el capitán Preston—. Los señores Grayling y Voss han aceptado amablemente esto. Desde luego, cada cual puede hacer cualquier pregunta que yo pueda olvidar. Así, pues, en primer lugar, ¿puedo preguntarle, capitán Larsen, lo que sucedió en la madrugada de ayer?

«¿Fue realmente ayer?», pensó Larsen. Sí; las tres de la madrugada del viernes, y ahora eran las tres y cinco de la tarde del sábado. Sólo habían pasado treinta y seis horas. ¡Y parecían una semana!

Breve y claramente, describió el secuestro del *Freya* durante la guardia de noche; con qué facilidad subieron los atacantes a bordo y encerraron a la tripulación en el cuarto de la pintura.

—Entonces, ¿son siete? —preguntó el comandante de infantería de Marina—. ¿Está seguro de que no son más?

—Completamente seguro —afirmó Larsen—. Sólo siete.

—¿Y sabe usted quiénes son? —preguntó Preston—. ¿Judíos? ¿Arabes? ¿De las Brigadas Rojas?

Larsen miró, sorprendido, los rostros que le rodeaban. Había olvidado que, fuera del *Freya*, nadie sabía quiénes eran los secuestradores.

—No —respondió—. Son ucranianos. Nacionalistas ucranianos. El jefe se hace llamar simplemente Svoboda. Me dijo que significa «libertad» en ucraniano. Siempre hablan entre ellos en lo que parece ser ucraniano. Con toda seguridad, es una lengua eslava.

—Entonces, ¿por qué diablos quieren la liberación de dos judíos rusos presos en Berlín? —preguntó, furioso, Jan Grayling.

—No lo sé —respondió Larsen—. El jefe dice que son amigos suyos.

—Un momento —intervino el embajador Voss—. Todos nos hemos dejado sugestionar por el hecho de que Mishkin y Lazareff son judíos y desean ir a Israel. Pero ambos proceden de Ucrania, de la ciudad de Lvov. Mi Gobierno no pensó que podían ser también guerrilleros ucranianos.

—¿Por qué creen que la liberación de Mishkin y Lazareff ayudará a la causa nacionalista ucraniana? —preguntó Preston.

—No lo sé —contestó Larsen—. Svoboda no quiso decírmelo; se lo pregunté, estuvo a punto de contestarme, pero lo pensó mejor. Sólo dijo que la liberación de esos dos hombres sería tan funesta para el Kremlin, que podría provocar un levantamiento popular masivo.

Los rostros de los hombres que le rodeaban reflejaron una total incomprensión. Las últimas preguntas sobre la distribución del barco, el lugar donde estaban Svoboda y Larsen, y las posiciones de los guerrilleros, se llevaron otros diez minutos. Por último, el capitán Preston miró a los otros capitanes y a los representantes de Holanda y Alemania. Todos asintieron con la cabeza. Preston se inclinó hacia delante.

—Bueno, capitán Larsen, creo que ha llegado el momento de decírselo. Esta noche, el comandante Fallon y un grupo de compañeros suyos se acercarán al *Freya* buceando, subirán a bordo y eliminarán a Svoboda y a sus hombres.

Se echó atrás, para observar el efecto de sus palabras.

—No —replicó Thor Larsen, pausadamente—. No lo harán.

—Perdón, ¿qué ha dicho?

—Que no habrá ataque submarino, a menos que quieran ustedes que el *Freya* sea volado y hundido. Esto es lo que Svoboda me envió a decirles.

El capitán Larsen repitió, punto por punto, el mensaje de Svoboda a Occidente. Antes de que se pusiera el sol, se encenderían las luces del *Freya*. El hombre del castillo de proa sería retirado; toda la cubierta anterior, desde la proa hasta la base de la superestructura, quedaría intensamente iluminada.

En las dependencias interiores, todas las puertas que daban al exterior serían cerradas por dentro con llave y cerrojo. Y también se cerrarían todas las puertas interiores, para impedir el acceso a través de una ventana.

El propio Svoboda, con su detonador, permanecería dentro de la superestructura, ocupando uno de los más de cincuenta camarotes existentes en ella. Todas las luces de todos los camarotes serían encendidas, y se descorrerían todas las cortinas.

Un terrorista permanecería en el puente, en comunicación por walkie-talkie con el hombre de lo alto de la chimenea. Los otros cuatro patrullarían continuamente junto a la borda de toda la zona de popa del *Freya*, provistos de potentes focos, con los que escrutarían la superficie del mar. A la menor señal de burbujas o de alguien trepando por el costado del buque, el terrorista haría un disparo. El hombre de la chimenea daría la alarma al centinela del puente, el cual avisaría por teléfono al camarote ocupado por Svoboda. Esta línea telefónica estaría abierta toda la noche. Al oír la voz de alarma, Svoboda apretaría el botón rojo.

Cuando terminó su explicación se hizo un silencio alrededor de la mesa.

—¡El muy bastardo! —exclamó, furioso, el capitán Preston.

Todos los del grupo fijaron la mirada en el comandante Fallon, que observaba a Larsen sin pestañear.

—¿Y bien, comandante? —preguntó Grayling.

—Podríamos subir a bordo por la proa —intervino Fallon.

Larsen movió la cabeza.

—El centinela del puente les vería a la luz de los focos —dijo—. No llegarían a la mitad de la cubierta anterior.

—En todo caso, pondremos una trampa en la lancha que tienen para escapar —dijo Fallon.

—Svoboda pensó también en esto —replicó Larsen—. Van a llevarla a popa, donde estará bien iluminada por las luces de cubierta.

Fallon se encogió de hombros.

—Entonces, sólo nos resta el ataque frontal —dijo—: salir del agua disparando, emplear más hombres, subir a bordo contra toda oposición, derribar la puerta y entrar, uno a uno, en todos los camarotes.

—Imposible —negó firmemente Larsen—. No saltarían la borda antes de que Svoboda se enterase y nos enviase a todos al otro mundo.

—Debo decir que estoy de acuerdo con el capitán Larsen —terció Jan Grayling—. No creo que el Gobierno holandés apruebe una misión suicida.

—Ni el Gobierno de Alemania Federal —dijo Voss.

Fallon intentó un último recurso.

—Usted está casi siempre a solas con él, capitán Larsen. ¿Sería capaz de matarle?

—Lo haría de buen grado —respondió Larsen—. Pero si está pensando en darme un arma, quíteselo de la cabeza. Cuando regrese, me registrarán minuciosamente, antes de que pueda acercarme a Svoboda. Si me encontrasen un arma, ejecutarían a otro de mis hombres. No voy a llevar nada a bordo. Ni armas, ni veneno.

—Temo que esto ha terminado, comandante Fallon —dijo el capitán Preston—. La operación no daría resultado.

Se levantó de la mesa.

—Bueno, caballeros, si no hay más preguntas para el capitán Larsen, creo que poco más podemos hacer. Ahora tenemos que informar a los Gobiernos afectados. Capitán Larsen, gracias por el tiempo que nos ha dedicado y por su paciencia. En mi camarote personal hay alguien que desea hablarle.

Thor Larsen salió del cuarto de oficiales precedido por un ordenanza. Mike Manning le siguió con mirada llena de angustia. La anulación del plan de ataque por el grupo del comandante Fallon hacía revivir la terrible posibilidad de que tuviese que cumplir las instrucciones llegadas de Washington aquella mañana.

El ordenanza abrió la puerta del camarote particular de Preston, para que entrase el capitán noruego. Lisa Larsen se levantó del borde de la cama, donde había estado sentada contemplando a través de la ventana la oscura silueta del *Freya*.

—Thor —saludó.

Larsen cerró la puerta de una patada. Abrió los brazos y estrechó en ellos a la mujer que se precipitó a su encuentro.

—Hola, ratoncito de las nieves.

En el despacho particular de la primer ministro, en Downing Street, terminó la transmisión desde el *Argyll*.

—Nada que hacer —dijo sir Nigel, expresando lo que pensaban todos.

La primer ministro se volvió hacia Munro.

—Bien, míster Munro, parece que sus noticias no serán tan académicas como pensábamos. Si la explicación puede ayudarnos a salir de este atasco, sus riesgos no habrán sido en vano. En pocas palabras, ¿por qué se comporta Maxim Rudin de este modo?

—Porque, como todos sabemos, su supremacía en el Politburó pende de un hilo desde hace meses...

—Por el asunto de las concesiones sobre armamentos a los norteamericanos —le interrumpió mistress Carpenter—. Esa es la cuestión que quiere aprovechar Vishnayev para derribarle.

—Señora, Yefrem Vishnayev ha jugado fuerte, para conquistar el poder supremo en la Unión Soviética y no puede retroceder. Pondrá todos los medios a su alcance para derribar a Rudin, porque si no lo hace, a los ocho días de la firma del Tratado de Dublín, Rudin le destruirá. Los dos hombres de Berlín pueden dar a Vishnayev el instrumento que necesita para que uno o dos miembros del Politburó cambien de bando y se unan a la facción de los halcones.

—¿Cómo? —preguntó sir Nigel.

—Hablando. Soltando la lengua. Llegando vivos a Israel y convocando una conferencia de la Prensa internacional. Infligiendo a la Unión Soviética una terrible humillación ante el público y las naciones.

—¿Por haber matado a un capitán aviador a quien nadie conocía? —preguntó la primer ministro.

—No. No por eso. La muerte del capitán Rudenko en la cabina del avión fue en realidad un accidente. La huida a Occidente era indispensable para los dos hombres, si querían dar publicidad mundial a su verdadera hazaña. Escuche usted, señora: el treinta y uno del pasado octubre, por la noche, en una calle de Kiev, Mishkin y Lazareff asesinaron a Yuri Ivanenko, jefe de la KGB.

Sir Nigel Irvine y Barry Ferndale se incorporaron de un salto como si les hubiese picado una avispa.

—¡Conque fue eso lo que le pasó! —farfulló Ferndale, el experto en asuntos soviéticos—. Yo pensaba que había caído en desgracia.

—Cayó en la tumba —rectificó Munro—. Naturalmente, el Politburó, lo sabe, y al menos uno, quizá dos, de los partidarios de Rudin, han amenazado con cambiar de bando si los asesinos consiguen escapar y humillar a la Unión Soviética.

—¿Está esto de acuerdo con la psicología rusa, míster Ferndale? —preguntó la primer ministro.

Ferndale frotó furiosamente los cristales de sus gafas con el pañuelo.

—Concuerda perfectamente, señora —confirmó, muy excitado—. Interna y externamente. En tiempos de crisis, por ejemplo, de escasez de alimentos, es imperativo que la KGB infunda temor al pueblo, y en particular a las nacionalidades no rusas, para tenerlos a raya. Si desapareciese este temor, si la terrible KGB se convirtiese en un hazmerreír, las repercusiones serían espantosas... desde el punto de vista del Kremlin, naturalmente.

»En el exterior, y especialmente en el Tercer Mundo, la impresión de que el poder del Kremlin es una fortaleza inexpugnable tiene importancia capital para Moscú, si quiere mantener su dominio y continuo avance.

»Sí, esos dos hombres son una bomba de relojería para Maxim Rudin. El asunto del *Freya* ha encendido la mecha, y el tiempo se acaba.

—Entonces, ¿por qué no se puede informar al canciller Busch del ultimátum de Rudin? —preguntó Munro—. Así comprendería que el Tratado de Dublín, que afecta muchísimo a su país, es más importante que el *Freya.*

—Porque —intervino sir Nigel— incluso la noticia de que Rudin ha presentado el ultimátum es secreta. Si se divulgase, todo el mundo sabría que se trata de algo más que de la muerte de un capitán aviador.

—Bien, caballeros —dijo mistress Carpenter—, todo esto es muy interesante, incluso fascinador; pero no contribuye a resolver el problema. El presidente Matthews se enfrenta con un dilema: permitir que el canciller Busch suelte a Mishkin y Lazareff, arruinando el tratado, o exigir que los dos hombres permanezcan en la cárcel, con la consiguiente destrucción del *Freya*, provocando las iras de casi una docena de Gobiernos europeos y la censura de todo el mundo.

»Cierto que intentó una tercera alternativa: pedir al primer ministro Golen que volviese a enviar los dos hombres a Alemania para ser de nuevo encarcelados, una vez liberado el *Freya.* Con ello trataba de dar satisfacción a Maxim Rudin. Tal vez se la habría dado, o tal vez no. Pero el caso fue que Benyamin Golen se negó. Y así quedó la cosa.

»Entonces, nosotros intentamos también una tercera alternativa: tomar el *Freya* por asalto y liberarlo. Pero esto se ha hecho imposible. Temo que no hay más alternativas, a menos que los norteamericanos hagan algo que, según sospecho, les ronda por la cabeza.

—¿Qué es? —preguntó Munro.

—Volar el barco con fuego de artillería —contestó sir Nigel

Irvine—. No tenemos pruebas de ello, pero los cañones del *Moran* apuntan directamente al *Freya.*

—Realmente, *hay* una tercera alternativa. Podría satisfacer a Maxim Rudin, y debería dar resultado.

—Explíquese, por favor —dijo la primer ministro.

Munro lo hizo. Tardó menos de cinco minutos. Después, se hizo silencio.

—Me parece absolutamente repugnante —opinó al fin mistress Carpenter.

—Señora, permita que le diga, con todo repeto, que tuve la misma impresión cuando traicioné a mi agente, dejándolo en manos de la KGB —replicó Munro, con dureza.

Ferndale le lanzó una mirada de advertencia.

—¿Podríamos disponer de un artificio tan diabólico? —preguntó mistress Carpenter a sir Nigel.

Este estudió las puntas de sus dedos.

—Creo que el Departamento especializado puede obtener esa clase de cosas —respondió, a media voz.

Joan Carpenter suspiró profundamente.

—Gracias a Dios, no me corresponde a mí tomar la decisión. Debe hacerlo el presidente Matthews. Supongo que hay que decírselo. Pero habría que explicárselo personalmente. Dígame, míster Munro, ¿estaría usted dispuesto a realizar este plan?

Munro pensó en Valentina saliendo a la calle, donde acechaban los hombres de trinchera gris.

—Sí —afirmó—, sin el menor reparo.

—El tiempo apremia —dijo vivamente ella—. Si es que tiene que estar en Washington esta noche. ¿Alguna idea, sir Nigel?

—Sale un «Concorde» a las cinco —dijo él—, correspondiente al nuevo servicio con destino a Boston. Si el presidente quisiera, podría hacer que se desviase a Washington.

Mistress Carpenter miró su reloj. Marcaba las cuatro.

—Salga en seguida, míster Munro —dijo—. Informaré al presidente Matthews de las noticias traídas por usted de Moscú y le pediré que le reciba. Entonces podrá exponerle personalmente su un tanto macabra proposición. Es decir, si se aviene a recibirle con tanta rapidez.

Lisa Larsen seguía abrazada a su marido cinco minutos después de haber entrado éste en el camarote. El le preguntó por su casa, por sus hijos. Lisa había hablado con ellos hacía dos horas; el sábado no había colegio, y se hallaban en casa de los Dahl. Estaban bien, dijo. Acababan de volver de dar la comida a los conejos de Bogneset. Las frases triviales se extinguieron.

—Thor, ¿qué va a pasar?

—No lo sé. No comprendo por qué se niegan los alemanes a soltar a esos dos hombres. No comprendo por qué los norteamericanos no quieren permitirlo. Hablo con ministros y embajadores, y tampoco saben nada.

—Si no ponen en libertad a esos hombres..., ¿hará ese terrorista lo que dice? —preguntó ella.

—Es posible —respondió Larsen, reflexivamente—. Creo que lo intentará. Y, en este caso, yo trataré de impedírselo. Tengo que hacerlo.

—Y todos esos capitanes de ahí fuera, ¿por qué no te ayudan?

—Porque no pueden, ratoncito. Nadie puede ayudarme. Tengo que hacerlo yo, o nadie lo hará.

—No me fío del capitán americano —murmuró ella—. Le vi cuando llegué a bordo con míster Grayling. Ni una sola vez me miró a la cara.

—No puede hacerlo. Ni podría mirarme a mí. Compréndelo: tiene orden de volar el *Freya.*

Lisa se apartó de él y le miró, desorbitados los ojos.

—No puede hacer una cosa así —dijo—. Ningún hombre podría hacer esto a un semejante.

—Lo hará, si tiene que hacerlo. No lo sé de cierto, pero lo sospecho. Los cañones de su barco nos apuntan directamente. Si los americanos piensan que tienen que hacerlo, lo harán. Quemando el cargamento reducirían el daño ecológico y destruirían el arma del chantaje.

Ella se estremeció y volvió a abrazarle. Empezó a llorar.

—Le odio —dijo.

Thor Larsen le acarició los cabellos; su manaza casi le cubría la cabecita.

—No debes odiarle —murmuró—. El tiene sus órdenes. Todos tienen sus órdenes. Y harán lo que les digan unos hombres que están muy lejos, en las cancillerías de Europa y de América.

—No me importa. Les odio a todos.

El se echó a reír y le dio unas palmadas, suaves y tranquilizadoras.

—Hazme un favor, ratoncito de las nieves.

—Lo que tú digas.

—Vuelve a casa. Vuelve a Alesund. Márchate de este lugar. Cuida de Kurt y de Kristina. Y prepara la casa para mi regreso. Cuando todo esto termine, regresaré a casa. Cuenta con ello.

—Vuelve conmigo. Ahora.

—Sabes que tengo que ir allá. Se ha acabado el tiempo.

—No vuelvas al barco —le suplicó ella—. Si lo haces, te matarán.

Respiraba agitadamente, pugnando por no llorar, tratando de no lastimarle.

—Es mi barco —dijo dulcemente él—. Es mi tripulación. Sabes que tengo que ir.

La dejó en el sillón del capitán Preston.

En este mismo instante, el coche que llevaba a Adam Munro salió de Downing Street, pasando entre la multitud de curiosos que esperaban poder echar un vistazo a los poderosos en este momento de crisis, y cruzó Parliament Square, en dirección a Cromwell Road y la carretera de Heathrow.

Cinco minutos más tarde, Thor Larsen era sujetado al sillín por dos marineros de la Royal Navy, agitados sus cabellos por las aspas del «Wessex» que giraban sobre su cabeza.

El capitán Preston, seis de sus oficiales y los cuatro capitanes de la OTAN, permanecían en fila a pocos metros de distancia. El «Wessex» empezó a elevarse.

—Caballeros —dijo el capitán Preston.

Cinco manos se elevaron hasta las cinco gorras galoneadas, en un saludo simultáneo.

Mike Manning observó al barbudo marino alejándose en el aire. Allá arriba, desde treinta metros, el noruego parecía mirarle fijamente.

«¡Lo sabe! —pensó Manning, con espanto—. ¡Jesús, María y José! ¡Lo sabe!»

Thor Larsen entró en su camarote de día, en el *Freya*, sintiendo en su espalda el cañón de una metralleta. Svoboda estaba en su sillón acostumbrado. Indicó a Larsen el del otro lado de la mesa.

—¿Le han creído? —preguntó el ucraniano.

—Sí —respondió Larsen—. Me han creído. Y tenía usted razón. Estaban preparando un ataque con hombres rana para después del anochecer. Lo han cancelado.

Drake resopló.

—Mejor así —dijo—. Si lo hubiesen intentado, habría apretado este botón sin vacilar, con suicidio o sin él. No me habrían dado alternativa.

A las doce menos diez, el presidente William Matthews colgó el teléfono; había estado hablando un cuarto de hora con la primer ministro de Gran Bretaña, que le había llamado desde Londres, y miró a sus tres consejeros. Todos ellos habían oído la conversación en el altavoz.

—Ya lo ven —dijo—. Los ingleses no van a realizar su ataque nocturno. Otra alternativa que se desvanece. Lo cual parece querer decir que no tendremos más remedio que volar nosotros mismos el *Freya* en mil pedazos. ¿Está preparado el buque de guerra?

—En posición, con los cañones dispuestos y cargados —confirmó Stanislav Poklevski.

—A menos que ese Munro tenga alguna buena idea —apuntó Robert Benson—. ¿Querrá usted recibirle, señor presidente?

—Bob, recibiría al mismísimo diablo si me diese la manera de salir de este aprieto —confesó Matthews.

—Al menos podemos estar seguros de una cosa —dijo David Lawrence—. La reacción de Maxim Rudin no era exagerada. A fin de cuentas, era la única que podía tener. En su lucha con Yefrem Vishnayev, ha agotado también todos sus triunfos. Pero, ¿cómo diablos consiguieron esos dos de la cárcel de Moabit liquidar a Yuri Ivanenko?

—Hay que suponer que el jefe del grupo que está en el *Freya* les ayudó —sugirió Benson—. Nada me complacería tanto como echarle la zarpa al tal Svoboda.

—Sin duda para matarle, ¿no? —sugirió Lawrence, con disgusto.

—Se equivoca —replicó Benson—. Lo tomaría a mi servicio. Es duro, ingenioso y temerario. Está haciendo bailar como muñecos a diez Gobiernos europeos.

Era mediodía en Washington y las cinco de la tarde en Londres cuando el «Concorde» levantó sus patas como zancos sobre la pista de cemento de Heathrow, alzó la punta caída de su morro hacia el cielo occidental y puso rumbo a Poniente, cruzando la barrera del sonido.

La norma corriente de no producir el estampido sónico hasta hallarse sobre el alta mar había sido anulada por orden de Downing Street. El afilado dardo dio toda su potencia a los cuatro ruidosos motores «Olympus» inmediatamente después de despegar, y 150 000 libras de fuerza impulsaron al avión hacia la estratosfera.

El piloto había calculado llegar en tres horas a Washington, adelantando en dos horas al sol. A medio camino sobre el Atlántico, anunció a sus pasajeros con destino a Boston que, sintiéndolo mucho, tendría que detenerse unos momentos en el aeropuerto internacional de Dulles (Washington), antes de seguir hacia Boston, debido a las acostumbradas «razones técnicas».

Eran las siete de la tarde en Europa Occidental, pero las nueve en Moscú, cuando Yefrem Vishnayev consiguió la entrevista personal, sumamente desacostumbrada en un sábado por la noche, que había estado solicitando de Maxim Rudin durante todo el día.

El viejo dictador de la Rusia soviética accedió a recibir al teórico del partido en el salón de sesiones que tenía el Politburó en la tercera planta del edificio del Arsenal.

Vishnayev llegó acompañado del mariscal Nikolai Kerensky, pero se encontró con que Rudin estaba asistido de sus dos aliados, Dmitri Rykov y Vassili Petrov.

—Advierto que no son muchos los que disfrutan de este

brillante fin de semana primaveral en el campo —dijo, con acritud.

Rudin se encogió de hombros.

—Yo estaba disfrutando de una cena íntima con dos amigos —dijo—. ¿Qué les trae al Kremlin a estas horas, camaradas Vishnayev y Kerensky?

No había secretarios ni guardias en el salón; sólo estaban allí los cinco jefazos de la Unión, en irritado enfrentamiento, bajo los globos encendidos en el alto techo.

—Una traición —gritó Vishnayev—. Una traición, camarada secretario general.

Se hizo un silencio ominoso, amenazador.

—Traición, ¿de quién? —preguntó Rudin.

Vishnayev se inclinó sobre la mesa y habló a tres palmos de la cara de Rudin.

—De dos puercos judíos de Lvov —susurró Vishnayev—. De dos hombres que ahora están en una cárcel de Berlín. De dos hombres cuya libertad reclama una banda de asesinos que se han apoderado de un petrolero en el mar del Norte. La traición de Mishkin y Lazareff.

—¿Es verdad —preguntó Rudin, cuidadosamente— que el asesinato del capitán Rudenko, de «Aeroflot», en diciembre pasado, a manos de esa pareja, constituye...?

—¿Y no es también verdad —preguntó Vishnayev, en tono amenazador— que esos dos asesinos mataron igualmente a Yuri Ivanenko?

Maxim Rudin deseó ardientemente poder echar una mirada de soslayo a Vassili Petrov, que estaba a su lado. Algo había salido mal. Se había producido una filtración.

Petrov tenía los labios apretados, formando una línea recta y dura. También él, que dominaba ahora la KGB a través del general Abrassov, sabía que el círculo de personas que conocían toda la verdad era pequeño, muy pequeño. Estaba seguro de que el chivato había sido el coronel Kukushkin, el hombre que no había sabido proteger a su amo y que, después, no había sabido liquidar a los asesinos de su amo. Ahora trataba de salvar su carrera, y tal vez su vida, cambiando de chaqueta y haciendo confidencias a Vishnayev.

—La verdad es que existen sospechas en este sentido —dijo

Rudin, cautelosamente–. Pero no es un hecho comprobado.

–Tengo entendido que sí lo es –saltó Vishnayev–. Esos dos hombres han sido identificados positivamente como los asesinos de nuestro querido camarada Yuri Ivanenko.

Parecía olvidar –pensó tristemente Rudin– que cuando Ivanenko vivía, él mismo, Vishnayev, le odiaba profundamente y deseaba su muerte.

–Eso es una cuestión académica –dijo Rudin–. Aunque sólo sea por la muerte del capitán Rudenko, los dos asesinos serán liquidados dentro de su cárcel de Berlín.

–O tal vez no –replicó Vishnayev, con bien simulada indignación–. Al parecer, pueden ser liberados por Alemania Federal y enviados a Israel. Occidente es débil; no aguantará mucho tiempo frente a los terroristas del *Freya*. Si aquellos dos hombres llegan vivos a Israel, hablarán. Y creo, amigos míos, sí, lo creo sinceramente, que todos sabemos lo que van a decir.

–¿Qué pide usted? –preguntó Rudin.

Vishnayev se levantó. Siguiendo su ejemplo, Kerensky también lo hizo.

–Pido –dijo Vishnayev– una reunión extraordinaria del Politburó en pleno, aquí, en este salón, mañana a esta misma hora, las nueve de la noche. Para un asunto de excepcional interés nacional. ¿Estoy en mi derecho, camarada secretario general?

El mechón de cabellos grises de Rudin se movió en señal de asentimiento. El secretario general miró a Vishnayev, frunciendo el ceño.

–Sí –gruñó–; está en su derecho.

–Entonces, hasta mañana a esta misma hora –dijo el teórico del partido, y salió de la habitación.

Rudin se volvió havia Petrov.

–¿El coronel Kukushkin? –preguntó.

–Así parece. Pero, sea como fuere, Vishnayev lo sabe.

–¿Alguna posibilidad de eliminar a Mishkin y Lazareff dentro de Moabit?

Petrov movió la cabeza.

–No mañana mismo. Con tan poco tiempo, no hay posibilidad de montar una nueva operación a cargo de otro hombre. ¿Hay alguna manera de presionar a Occidente para que los retenga indefinidamente?

—No —negó secamente Rudin—. He ejercido sobre Matthews todas las presiones que tenía a mi alcance. No se me ocurre nada más. Ahora, la cosa depende de él; de él y de ese maldito canciller alemán de Bonn.

—Mañana —dijo Rykov, concienzudamente—, Vishnayev y los suyos traerán a Kukushkin y exigirán que le oigamos. Si, en aquel momento, Mishkin y Lazareff están en Israel...

A las ocho de la tarde, hora europea, Andrew Drake, hablando por medio del capitán Thor Larsen desde el *Freya*, lanzó su ultimátum definitivo.

A las nueve de la mañana siguiente, o sea, dentro de trece horas, el *Freya* vertería cien mil toneladas de crudo en el mar del Norte, a menos que Mishkin y Lazareff estuviesen en el aire, volando hacia Tel-Aviv. Y si a las ocho de la tarde no estaban en Israel y habían sido debidamente identificados, el *Freya* sería volado y hecho pedazos.

—¡Esto colma la medida! —gritó Dietrich Busch, cuando se enteró del ultimátum, a los diez minutos de ser radiado desde el *Freya*—. ¿Quién se cree que es William Matthews? Nadie, nadie en absoluto, obligará al canciller de Alemania a seguir con este juego. ¡Se acabó!

A las ocho y veinte minutos, el Gobierno federal alemán anunció su decisión unilateral de poner en libertad a Mishkin y Lazareff el día siguiente, a las ocho de la mañana.

A las ocho y media de la tarde llegó al *U.S.S. Moran* un mensaje personal cifrado, dirigido al capitán Mike Manning. Después de descifrado, decía sencillamente esto: *Prepárese para dar la orden de fuego mañana a las siete de la mañana.*

Manning estrujó el papel en el cerrado puño y miró hacia el *Freya* a través de la ventanilla. Estaba iluminado como un árbol de Navidad; los focos y los arcos voltaicos envolvían su imponente superestructura en un blanco resplandor. Y el barco reposaba sobre el océano, a cinco millas de distancia, condenado a muerte e impotente, esperando que uno de sus dos verdugos acabase con él.

Mientras Thor Larsen hablaba por el radioteléfono del *Freya* a Control del Mosa, el «Concorde» en el que viajaba Adam Munro sobrevoló la cerca del aeropuerto Dulles, con las aletas y el tren de aterrizaje colgando, y el morro erguido como un ave de rapiña de alas en forma de delta, tratando de agarrarse a la pista.

Los asombrados pasajeros, mirando como peces de acuario a través de las pequeñas ventanillas, sólo observaron que el avión no se dirigía a la estación terminal, sino que se detenía, con los motores en marcha, en una zona de aparcamiento contigua a la pista. Un grupo y un automóvil negro estaban esperando.

Un solo pasajero, sin abrigo ni equipaje de mano, se levantó de uno de los asientos delanteros, se dirigió hacia la puerta y bajó corriendo la escalerilla. Segundos más tarde, se retiró ésta, se cerró la puerta y el piloto pidió disculpas y anunció que despegarían inmediatamente en dirección a Boston.

Adam Munro subió al automóvil y se sentó entre sus dos corpulentos acompañantes, que inmediatamente le pidieron su pasaporte. Los dos agentes del servicio secreto del presidente le observaron atentamente, mientras el coche rodaba sobre el asfalto hacia el lugar donde esperaba un helicóptero con las aspas girando, a la sombra de un hangar.

Los agentes se mostraron corteses y amables. Pero tenían que cumplir las órdenes y cachearon minuciosamente a Munro antes de subir al helicóptero, por si llevaba algún arma escondida. Cuando quedaron satisfechos, le invitaron a subir, y el pajarraco se elevó y se dirigió a Washington, cruzando el Potomac y los extensos prados de la Casa Blanca. Cuando aterrizaron a menos de cien metros de las ventanas del Salón Oval, hacía sólo media hora que el avión lo había hecho en Dulles y eran las tres de una templada tarde de primavera en Washington.

Los dos agentes acompañaron a Munro a través del prado, hasta un estrecho callejón que discurría entre el edificio gris de la Oficina Ejecutiva, monstruosidad victoriana de pórticos y columnas, con una asombrosa variedad de tipos de ventana, y la mucho más pequeña y blanca Ala Izquierda, baja y cuadrada estructura parcialmente hundida bajo el nivel del suelo.

Los dos agentes condujeron a Munro a una pequeña puerta a nivel del sótano. En el interior se identificaron e hicieron lo propio con el visitante, mostrando sus credenciales a un policía uniformado y sentado detrás de una mesita. Munro se sorprendió: todo aquello estaba bastante apartado de la fachada principal de la residencia en Pennsylvania Avenue, tan conocida por los turistas y tan amada por los americanos.

El policía habló con alguien por un teléfono interior, y, a los pocos minutos, una secretaria salió de un ascensor. Condujo a los tres recién llegados por un pasillo, al final del cual subieron una estrecha escalera. En la primera planta, correspondiente al nivel del suelo, salieron por una puerta a un corredor alfombrado, donde un ayudante vestido de gris oscuro arqueó las cejas al ver al desgreñado y mal afeitado inglés.

—Tenga la bondad de seguirme, míster Munro —indicó, echando a andar.

Los dos agentes del servicio secreto se quedaron con la joven.

Munro fue conducido por el pasillo, donde había un pequeño busto de Abraham Lincoln. Dos empleados que venían en sentido contrario se cruzaron con ellos en silencio. El guía de Munro torció a la izquierda y se dirigió a otro policía uniformado, sentado a una mesa junto a una puerta blanca y con paneles. El policía examinó también el pasaporte de Munro, miró a éste con visible desaprobación, metió la mano debajo de la mesa y apretó un botón. Sonó un zumbido y el ayudante empujó la puerta. Al abrirse ésta, se apartó e invitó a Munro a pasar. Este avanzó dos pasos y se encontró en el Salón Oval. La puerta se cerró con un chasquido.

Los cuatro hombres que se hallaban en el salón le estaban sin duda esperando, pues todos miraban en dirección a la puerta por la que acababa de entrar. Reconoció al presidente William Matthews, aunque éste era muy distinto del que conocían los electores: fatigado, macilento, diez años más viejo que el hombre sonriente, confiado, maduro pero enérgico, que habían visto en los carteles.

Robert Benson se levantó y acercó a Munro.

—Soy Bob Benson —se presentó.

Le condujo a la mesa, sobre la cual se inclinó William Matthews para estrecharle la mano. Luego, fue presentado a David Lawrence y a Stanislav Poklevski, a los que conocía por sus fotografías en los periódicos.

—Conque —dijo el presidente, mirando con curiosidad al agente inglés desde el otro lado de la mesa— usted es el hombre que dirige a *el Ruiseñor*, ¿no?

—Que lo dirigía, señor presidente —rectificó Munro—. Por lo que vi hace doce horas, creo que *el Ruiseñor* ha caído en poder de la KGB.

—Lo lamento —dijo Matthews—. Pero, ¿sabe usted qué diabólico ultimátum me dirigió Maxim Rudin sobre el asunto de ese petrolero? Tenía que saber la causa de su actitud.

—Ahora la sabemos —tercio Poklevski—, aunque no parece cambiar demasiado las cosas, salvo demostrar que Rudin está acorralado, como lo estamos nosotros aquí. La explicación es fantástica; nada menos que el asesinato de Yuri Ivanenko por dos homicidas aficionados en una calle de Kiev. Pero todavía estamos en un brete...

—No tenemos que explicar a míster Munro la importancia del Tratado de Dublín, ni el peligro de guerra en el caso de que Yefrem Vishnayev subiese al poder —dijo David Lawrence—. ¿Ha leído todas las transcripciones de las sesiones del Politburó que le entregó *el Ruiseñor*, míster Munro?

—Sí, señor secretario —afirmó Munro—. Los leí en la versión original rusa, inmediatamente después de serme entregadas. Sé lo que ambos bandos se están jugando.

—Entonces, ¿cómo diablos podemos salir de esta situación? —preguntó el presidente Matthews—. Su primer ministro me pidió que le recibiese, diciéndome que usted tenía cierto proyecto que ella no podía comunicarme por teléfono. Este es el motivo de su visita, ¿no?

—Sí, señor presidente.

En aquel momento sonó el teléfono. Benson escuchó durante unos segundos y colgó.

—Las cosas se precipitan —anunció—. Ese Svoboda, del *Freya*, acaba de anunciar que verterá cien mil toneladas de petróleo a las nueve de la mañana, hora europea, o sea, a las cuatro en nuestro reloj. Poco más de doce horas, a partir de este momento.

—¿Y cuál es su sugerencia, míster Munro? —preguntó el presidente Matthews.

—Señor presidente, estamos ante un dilema fundamental. O Mishkin y Lazareff son puestos en libertad y enviados a Israel, caso en el cual hablarán y arruinarán a Maxim Rudin y el Tratado de Dublín, o permanecen donde están, y entonces el *Freya* será volado desde dentro o tendrá que serlo desde fuera, con toda su tripulación a bordo.

No mencionó la sospecha británica referente al verdadero papel a desempeñar por el *Moran*, pero Poklevski dirigió una rápida mirada al impasible Benson.

—Lo sabemos, míster Munro —dijo el presidente.

—Pero el verdadero miedo de Maxim Rudin no tiene en realidad nada que ver con la situación geográfica de Mishkin y Lazareff. Lo que realmente le preocupa es que tengan oportunidad de explicar al mundo lo que hicieron, hace cinco meses, en aquella calle de Kiev.

William Matthews suspiró.

—Ya habíamos pensado en eso —dijo—. Pedimos al primer ministro Golen que aceptase a Mishkin y Lazareff, les mantuviese incomunicados hasta que fuese liberado el *Freya* y los devolviese después a la prisión de Moabit, o, en otro caso, que los retuviese bien aislados en una cárcel israelí, durante diez años. Pero se negó. Dijo que había accedido públicamente a lo que pedían los terroristas, y que no podía retractarse. Y no lo hará. Siento que su viaje haya sido en vano, míster Munro.

—No me refería a eso —dijo Munro—. Durante el vuelo, escribí mi sugerencia, en forma de memorándum, en un papel de notas de la línea aérea.

El presidente leyó el memorándum con expresión de creciente horror.

—Eso es espantoso —replicó, cuando hubo terminado—. Aquí no tengo alternativa. Mejor dicho, elija lo que elija, van a producirse muertes.

Adam Munro le miró sin ninguna compasión. Con el tiempo había aprendido que, en principio, los políticos no ponen muchas objeciones a las pérdidas de vidas, con tal de que no se sepa públicamente que han tenido algo que ver con ello.

—Ha ocurrido antes de ahora, señor presidente —habló, con voz firme—, y sin duda volverá a ocurrir. En «la Empresa» lo llamamos «la Alternativa del Diablo».

Sin decir palabra, el presidente Matthews pasó el memorándum a Robert Benson, el cual lo leyó rápidamente.

—Ingenioso —admitió—. Podría dar resultado. ¿Se llegaría a tiempo?

—Tenemos el equipo —dijo Munro—. El tiempo es escaso, pero suficiente. Yo tendría que estar en Berlín a las siete de la mañana, hora de Berlín, o sea, dentro de diez horas.

—Pero aunque nosotros lo aceptemos, ¿estará de acuerdo Maxim Rudin? —preguntó el presidente—. Sin su conformidad, el Tratado de Dublín fracasaría.

—La única manera de saberlo es preguntándoselo —intervino Poklevski, que había acabado de leer el memorándum y lo pasó a David Lawrence.

El bostoniano secretario de Estado dejó los papeles, como si tuviese miedo de mancharse los dedos.

—Me parece una idea despiadada y repulsiva —opinó—. Ningún Gobierno de los Estados Unidos podría estampar el *imprimatur* en semejante plan.

—¿Es peor que permanecer sentado mientras treinta marineros inocentes son quemados vivos en el *Freya*? —preguntó Munro.

El teléfono volvió a sonar. Cuando Benson hubo colgado el aparato, se volvió hacia el presidente.

—Creo que no tenemos más alternativa que pedir su conformidad a Maxim Rudin —dijo—. El canciller Busch acaba de anunciar que Mishkin y Lazareff serán excarcelados a las cero ocho cero cero, hora europea. Y esta vez no se echará atrás.

—Entonces, tenemos que intentarlo —dijo Matthews—. Pero no asumiré yo solo la responsabilidad. Maxim Rudin tiene que autorizar la puesta en práctica del plan. Hay que avisarle. Le llamaré personalmente.

—Señor presidente —dijo Munro—. Maxim Rudin no empleó la línea privada para dirigirle su ultimátum. No está seguro de la fidelidad de algunos miembros del personal dentro del Kremlin. En estas luchas entre facciones, incluso los peces pequeños pueden cambiar de camisa y suministrar información secreta a la oposición. Creo que esta proposición hay que hacérsela en persona, o se vería obligado a rechazarla.

—No creo que tuviese usted tiempo de volar a Moscú durante la noche y estar en Berlín al amanecer —objetó Poklevski.

—Hay una manera —intervino Benson—. Hay un *Blackbird* en Andrews que cubriría la distancia en el tiempo previsto.

El presidente Matthews tomó una resolución.

—Bob, lleve personalmente a míster Munro a la base de Andrews. Avisen a la tripulación del *Blackbird* a fin de que estén preparados para despegar dentro de una hora. Yo telefonearé personalmente a Maxim Rudin, para pedirle que autorice la entrada del avión en el espacio aéreo soviético y que reciba a Adam Munro, como mi enviado especial. ¿Algo más míster Munro?

Munro sacó una hoja de papel de su bolsillo.

—Quisiera que la Compañía enviase urgentemente este mensaje a sir Nigel Irvine, a fin de que él pueda cuidar de lo concerniente a Londres y Berlín —pidió.

—Así se hará —aceptó el presidente—. Ahora, póngase en camino, míster Munro. Le deseo mucha suerte.

CAPITULO XVIII

De 21.00 a 06.00

Cuando el helicóptero se elevó del prado de la Casa Blanca, los agentes del servicio secreto se quedaron en tierra. El asombrado piloto se encontró con que transportaba al misterioso inglés de arrugado traje y al director de la CIA. Al elevarse sobre Washington, el río Potomac resplandeció a su derecha bajo los rayos del sol poniente. El piloto puso rumbo al Sudeste, en dirección a la base de las Fuerzas Aéreas de Andrews.

En el Salón Oval, Stanislav Poklevski, invocando a cada frase la autoridad personal del presidente Matthews, hablaba por teléfono con el comandante de aquella base. Las protestas del oficial se extinguieron poco a poco. Por último, el consejero de Seguridad Nacional pasó el teléfono a William Matthews.

—Sí, general; soy William Matthews y éstas son mis órdenes. Diga al coronel O'Sullivan que tiene que preparar inmediatamente un vuelo directo de Washington a Moscú, por la ruta del Artico. El permiso para entrar sin peligro en el espacio aéreo soviético le será radiado antes de que salga del cielo de Groenlandia.

El presidente volvió a su otro aparato, el teléfono rojo a través del cual estaba tratando de hablar directamente con Maxim Rudin en Moscú.

En la base de Andrews, el comandante en persona salió al encuentro del helicóptero al aterrizar éste. De no haber estado presente Robert Benson, a quien el general de las Fuerzas Aéreas conocía de vista, difícilmente se habría avenido a aceptar a un inglés desconocido como pasajero del avión de reconocimiento más rápido del mundo, y menos para ir a Moscú. Diez años después de haber entrado en servicio, este reactor figuraba aún en la lista secreta, tan perfeccionados eran sus sistemas y sus piezas.

—Muy bien, señor director —dijo por último—; pero tengo que decirle que el coronel O'Sullivan está todo lo irritado que puede estar un hombre de Arizona.

Tenía razón. Mientras Adam Munro era conducido al vestuario de pilotos, donde le dieron un traje de aviador, unas botas y un casco con balón de oxígeno, Robert Benson encontró al coronel George T. O'Sullivan, en la sala de navegación, apretando un cigarro entre los dientes y estudiando mapas del Artico y del Báltico Oriental. El director de la CIA esperaba tal vez algo peor, pero, indudablemente, el mal humor del otro se reflejaba en su poca cortesía.

—¿Me ordena usted en serio que lleve este pájaro por encima de Groenlandia y de Escandinavia y lo meta en el corazón de Rusia? —preguntó, con aire truculento.

—No, coronel —respondió Benson, serenamente—. Se lo ordena el presidente de los Estados Unidos.

—¿Sin mi copiloto operador de sistema? ¿Y con un maldito inglés ocupando su asiento?

—Resulta que el maldito inglés lleva un mensaje personal del presidente Matthews para el presidente Rudin, de la URSS, que tiene que ser entregado esta noche y no puede discutirse de otro modo —dijo Benson.

El coronel de las fuerzas aéreas le miró fijamente durante un instante.

—Bueno —aceptó—, ojalá sea tan importante.

Veinte minutos antes de las seis, Adam Munro fue conducido al hangar donde estaba el avión, a cuyo alrededor se agitaban numerosos técnicos que lo preparaban para el vuelo.

Había oído hablar del «Lockheed SR-71», apodado *Blackbird* por su color; lo había visto en fotografía, pero nunca en la realidad. Era en verdad impresionante. El afilado y cónico morro parecido a un proyectil, se elevaba en un ángulo obtuso, y muy atrás, surgían del fuselaje unas finísimas alas en delta, controladas al mismo tiempo que la cola.

Los motores estaban emplazados casi en la punta de las alas y eran como finas vainas que albergaban las turbinas «Pratt y Whitney JT-11-D», capaz cada una de ellas con ayuda del quemador auxiliar, de producir un impulso de 32 000 libras. Dos timones en forma de cuchilla se elevaban encima de ambos motores, para el control de la dirección. El cuerpo del avión y los motores daban la impresión de tres jeringuillas hipodérmicas, unidas solamente por las alas.

Las estrellitas blancas de los Estados Unidos dentro de sus círculos blancos indicaban la nacionalidad del avión; por lo demás, el «SR-71» era negro desde el morro hasta la cola.

Los ayudantes de tierra le ayudaron a meterse en el angosto asiento de atrás, en el que se hundió más y más, hasta que el borde de las paredes laterales de la carlinga quedó por encima de sus orejas. Cuando bajasen la tapa, ésta formaría una línea casi continua con el fuselaje, para reducir la resistencia al aire. Si quería mirar, sólo vería las estrellas sobre su cabeza.

El hombre que hubiese debido ocupar aquel asiento habría comprendido la asombrosa instalación de pantallas de radar, sistemas preventivos y controles de cámara, porque el «SR-71» era esencialmente un avión espía, concebido y equipado para volar a alturas muy superiores al alcance de la mayor parte de los cazas y de los cohetes interceptores, fotografiando lo que se veía abajo.

Unas solícitas manos conectaron los tubos que salían de su traje a los sistemas del avión: radio, oxígeno, fuerza anti-G. Munro vio que, delante de él, el coronel O'Sullivan se acomodaba en el asiento delantero, con facilidad nacida de la costumbre, y conectaba sus propios y vitales sistemas. Cuando se conectó la radio, la voz del hombre de Arizona tronó en sus oídos.

—¿Es usted escocés, míster Munro?

—Sí, lo soy —respondió Munro, dentro del casco.

—Yo soy irlandés —dijo la voz—. ¿Es usted católico?

—¿Qué?

—Si es católico, ¡hombre!

Munro pensó un momento. En realidad, no tenía creencias religiosas.

—No —negó—. Iglesia de Escocia.

El hombre de delante expresó su disgusto.

—¡Jesús! Veinte años en las Fuerzas Aéreas de los Estados Unidos, y tengo que hacer de chófer a un protestante escocés.

La tapa de triple perspex de la carlinga, capaz de resistir las tremendas diferencias de presión atmosférica en el vuelo a enorme altura, se había cerrado sobre ellos. Un silbido indicó que la cabina estaba ahora plenamente presurizada. Arrastrado por un tractor que debía rodar delante del morro del avión, el «SR-71» salió del hangar a la luz de la tarde.

Desde dentro, sólo se oyó un ligero zumbido cuando los motores se pusieron en marcha. Fuera, los operarios de tierra se estremecieron, a pesar de llevar protegidos los oídos, con el estruendo que retumbó en los hangares.

El coronel O'Sullivan pidió inmediatamente vía libre para despegar, mientras hacía las al parecer innumerables comprobaciones previas. El *Blackbird* se detuvo en el principio de la pista principal y se meció sobre las ruedas al ponerlo el coronel en posición; después, Munro oyó la voz de éste:

—Sea quien fuere el Dios a quien reza usted, empiece a hacerlo y agárrese fuerte.

Algo parecido a un tren a toda marcha golpeó a Munro en toda la espalda; era el asiento moldeado al que estaba sujeto. No pudo ver ningún edificio para calcular la velocidad, sólo el pálido cielo azul allá en lo alto. Cuando el reactor alcanzó los 150 nudos, el morro se levantó del asfalto; medio segundo después, las ruedas principales se separaron del suelo y O'Sullivan alzó el tren de aterrizaje.

Libre de estorbos, el «SR-71» se inclinó hacia atrás hasta que sus tubos de escape apuntaron directamente a Maryland, y emprendió su ascensión. Subía casi verticalmente, como un cohete, del cual se diferenciaba poco. Munro yacía sobre la espalda, con los pies en alto, percibiendo solamente la continua presión del respaldo sobre la espina dorsal, mientras el *Blackbird* se elevaba hacia un cielo que pronto se volvió azul oscuro, violeta y, por último, negro.

En el asiento delantero, el coronel O'Sullivan conducía el aparato, es decir, seguía las instrucciones que, respondiendo a sus dedos, le daba la computadora de a bordo. Esta le informaba de la altura, de la velocidad, del ángulo de ascensión, del rumbo y la dirección, de las temperaturas exterior e interior, de las temperaturas de los motores y de los tubos de escape, de los niveles de oxígeno y del acercamiento a la velocidad del sonido.

Debajo de ellos, Filadelfia y Nueva York quedaron atrás como ciudades de juguete; cuando volaban sobre el norte del Estado de

Nueva York cruzaron la barrera del sonido, sin dejar de subir y de acelerar. A 24 000 metros, altura superior en 8 kilómetros a la que vuela el «Concorde», el coronel O'Sullivan apagó los quemadores auxiliares y niveló la altura de vuelo.

Aunque no había acabado de ponerse el sol, el cielo aparecía intensamente negro, pues, a semejante altura hay tan pocas moléculas de aire capaces de reflejar los rayos del sol, que prácticamente no existe la luz. Pero todavía hay moléculas en número bastante para causar una fricción en la superficie de un avión como el *Blackbird.* Antes de dejar atrás el Estado de Maine y la frontera canadiense, habían alcanzado una velocidad de casi tres veces la del sonido. Ante los asombrados ojos de Munro, la negra piel del «SR-71», hecha de titanio puro, empezó a tomar un color rojo de cereza a causa del calor.

Dentro de la cabina, el sistema de refrigeración del avión mantenía una agradable temperatura, proporcional a la del cuerpo de sus ocupantes.

—¿Puedo hablar? —preguntó Munro.

—Claro —dijo la voz lacónica del piloto.

—¿Dónde estamos ahora?

—Sobre el golfo de San Lorenzo —respondió O'Sullivan—. Con rumbo a Terranova.

—¿Cuántos kilómetros hay hasta Moscú?

—Desde la base de Andrews, siete mil ochocientos trece.

—¿Cuánto tiempo de vuelo?

—Tres horas y cincuenta minutos.

Munro calculó. Habían despegado a las seis de la tarde, hora de Washington, que eran las once de la noche, hora europea. Esto quería decir que, en Moscú, era la una de la madrugada del domingo 3 de abril. Aterrizarían, aproximadamente, a las cinco de la mañana, hora de Moscú. Si Rudin aceptaba su plan y el *Blackbird* podía llevarle a Berlín, ganarían dos horas al volar en sentido contrario. Tendría el tiempo justo para llegar a Berlín al amanecer.

Llevaban volando poco menos de una hora cuando la última tierra del Canadá, el cabo Harrison, quedó detrás de ellos, y se encontraron sobre el cruel Atlántico del Norte, rumbo al cabo Farewell, punta meridional de Groenlandia.

—Señor presidente Rudin, escúcheme, por favor —pidió William Matthews.

Hablaba enérgicamente delante de un pequeño micrófono colocado sobre su mesa, el llamado Teléfono Rojo, aunque en realidad no es un teléfono. Gracias a un amplificador colocado al lado del micrófono, los que se hallaban en el Salón Oval podían oír el murmullo del traductor simultáneo que hablaba en ruso al oído de Rudin, en Moscú.

—Maxim Andreievich, creo que los dos somos demasiado viejos en nuestro oficio y que hemos trabajado de firme y demasiado tiempo para asegurar la paz a nuestros pueblos, para que nos dejemos engañar y permitamos que nuestros esfuerzos se vean frustrados, en el último momento, por una pandilla de asesinos que se ha apoderado de un petrolero en el mar del Norte.

Hubo unos segundos de silencio, y después sonó la tosca voz de Rudin, hablando en ruso. Un joven auxiliar del departamento de Estado, colocado al lado del presidente, hizo la traducción en voz baja:

—Entonces, amigo William, debe usted destruir el petrolero y eliminar el arma del chantaje, porque yo no puedo hacer más de lo que he hecho.

Bob Benson dirigió una mirada de advertencia al presidente. No había ninguna necesidad de decirle a Rudin que Occidente sabía ya la verdad sobre Ivanenko.

—Lo sé —convino Matthews, a través del micrófono—. Pero yo tampoco puedo destruir el petrolero. Con ello me arruinaría. Pero puede haber otra manera. Le pido de todo corazón que reciba al hombre que ha salido ya de aquí en avión y se dirige a Moscú. Lleva una proposición que puede ser la solución para los dos.

—¿Quién es ese americano? —preguntó Rudin.

—No es americano, sino inglés —rectificó el presidente Matthews—. Se llama Adam Munro.

Hubo una larga pausa. Por último, la voz de Rusia dijo, en tono contrariado:

—Den a mis auxiliares los detalles del vuelo: altura, velocidad, rumbo. Ordenaré que se permita la entrada a su avión y recibiré personalmente a su enviado en cuanto llegue. *Spakoinyo notch*, William.

—Le desea que pase una buena noche, señor presidente —dijo el intérprete.

—Debe estar bromeando —dijo William Matthews—. Comuniquen a su agente el plan de vuelo del *Blackbird* y digan al piloto de éste que continúe su viaje.

A bordo del *Freya* dio la medianoche. Empezaba el tercero y último día para los cautivos y sus aprehensores. Antes de veinticuatro horas, Mishkin y Lazareff estarían en Israel, o el *Freya* y todos los de a bordo estarían muertos.

A pesar de su amenaza de elegir un camarote diferente, Drake estaba convencido de que los infantes de Marina no atacarían aquella noche, y prefirió permanecer donde estaba.

Thor Larsen le observaba, ceñudo, desde el otro lado de la mesa del camarote de día. El agotamiento de los dos hombres era casi total. Larsen, luchando contra el cansancio que trataba de obligarle a reclinar la cabeza sobre los brazos para dormir, continuaba su juego de mantener tambien despierto a Svoboda, zahiriendo al ucraniano para forzarle a constestar.

Había descubierto que la manera más segura de provocar a Svoboda, de hacerle gastar sus últimas reservas de energía nerviosa, era llevar la conversación a la cuestión de los rusos.

—No creo en su levantamiento popular, míster Svoboda —dijo—. No creo que los rusos se alcen jamás contra sus amos del Kremlin. Estos pueden ser malos, torpes y brutales; pero saben que, ante la menor sombra de peligro, pueden contar con el ilimitado patriotismo ruso.

Por un momento, pareció que el noruego se habia extralimitado. Svoboda apretó la culata de su pistola con la mano, y su rostro palideció de furor.

—¡Al diablo con su patriotismo! —gritó, poniéndose en pie—. Estoy harto de la palabrería de los escritores y de los liberales occidentales sobre el que llaman maravilloso patriotismo ruso.

»¿Qué clase de patriotismo es ése, que sólo puede subsistir destruyendo el amor de otros pueblos por su patria? ¿Qué me dice de *mi* patriotismo, Larsen? ¿Qué me dice del amor de los ucranianos por su patria esclavizada? ¿Qué me dice de los georgianos, los armenios, los lituanos, los estonios, los letones? ¿Por qué no se les permite ser patriotas? ¿ Por qué tienen que someterse todos a ese tan cacareado y mareante amor a Rusia?

»Odio ese sangriento patriotismo. No es más que chauvinismo, como lo ha sido siempre, desde Pedro e Iván. Sólo puede existir gracias a la conquista y la esclavización de las naciones circundantes.

Estaba plantado ante Larsen, junto a la mesa, agitando su pistola y jadeando a causa del esfuerzo de sus gritos. Después, se dominó y volvió a sentarse. Señalando a Thor Larsen con el cañón de la pistola, como si fuese un dedo, le dijo:

—Llegará un día, tal vez no muy lejano, en que el imperio ruso empezará a resquebrajarse. Llegará un día en que los rumanos ejercerán *su* patriotismo, y también los polacos y los checos. Les seguirán los alemanes y los búlgaros. Y los bálticos y los ucranianos, y los georgianos y los armenios. Y el imperio ruso se resquebrajará y se derrumbará, como se derrumbaron los imperios romano y británico, porque al fin se hizo intolerable la arrogancia de sus mandarines.

»Dentro de veinticuatro horas, yo mismo introduciré el escoplo en la estructura y descargaré un tremendo martillazo. Y si usted o cualquier otro se interpone en mi camino, morirá. Conviene que lo crea.

Dejó la pistola sobre la mesa y suavizó el tono de su voz.

—En todo caso, Busch ha aceptado mis condiciones y esta vez no se echará atrás. Esta vez, Mishkin y Lazareff *llegarán* a Israel.

Thor Larsen observó clínicamente al joven. Se había arriesgado mucho, porque éste había estado a punto de usar su pistola. Pero había aflojado su concentración; casi se había puesto a su alcance. Probaría otra vez; haría otro intento, en la hora triste que precede a la aurora...

Mensajes cifrados y urgentes habían circulado toda la noche entre Washington y Omaha, y de aquí a las numerosas estaciones de radar que son ojos y oídos de la Alizanza Occidental, en un círculo electrónico alrededor de la Unión Soviética. Ojos invisibles habían observado aquella estrella fugaz que era el *Blackbird*, volando al este de Islandia en dirección a Escandinavia, en su ruta hacia Moscú. Como habían sido puestos sobre aviso, los centinelas no dieron la voz de alarma.

Al otro lado del telón de acero, mensajes procedentes de Moscú anunciaron a los centinelas soviéticos la próxima llegada de aquel avión. Por consiguiente, no se tomó medida alguna para interceptarlo, antes al contrario se abrió un pasillo desde el golfo de Botnia hasta Moscú, para que el *Blackbird* pudiese seguir su ruta en paz.

Pero, por lo visto, una base de aviones de caza no había oído el aviso o, si lo había oído, no le había hecho caso; o quizás había recibido órdenes secretas de las reconditeces del Ministerio de Defensa, contradiciendo las del Kremlin.

En la zona ártica, al este de Kirkenes, dos «Mig-25» se elevaron de la nieve hacia la estratosfera, en misión de interceptación. Eran del modelo «25-E», ultramoderno, más potente y mejor armado que el viejo modelo de los años setenta, el «25-A»,

Podían alcanzar 2,8 veces la velocidad del sonido, a una altura máxima de 24 kilómetros. Pero los seis misiles aire-aire «Acrid», que cada uno de ellos llevaba prendidos debajo de las alas, podían elevarse otros 6 kilómetros. Los dos aviones subían con toda su potencia, encendidos los motores suplementarios, elevándose más de 3000 metros por minuto.

El *Blackbird* estaba sobre Finlandia, en dirección al lago Ladoga y Leningrado, cuando el coronel O'Sullivan gruñó a través del micrófono:

—Tenemos compañía.

Munro salió de su encantamiento. Aunque no sabía gran cosa de la tecnología del «SR-71», la pequeña pantalla de radar que tenía delante no podía ser más elocuente. Aparecían en ella dos pequeños destellos, que se acercaban rápidamente.

—¿Quiénes son? —preguntó, y, por un momento, el miedo le hizo sentir un nudo en la boca del estómago.

Maxim Rudin había autorizado personalmente el viaje. Seguro que él no... Pero, ¿podía ser otra persona?

Delante el coronel O'Sullivan tenía otra pantalla de radar. Observó durante unos segundos la velocidad de acercamiento.

—Son «Mig-25» —anunció—. A dieciocho mil metros, y subiendo de prisa. ¡Malditos rusos! Sabía que no podíamos fiarnos de ellos.

—¿Piensa dar la vuelta y regresar hasta Suecia? —preguntó Munro.

—Nopi —respondió el coronel—. El presidente de los Estados Unidos dijo que debía llevarle a Moscú, señor inglés, y a Moscú le llevaré.

El coronel O'Sullivan encenció los dos motores suplementarios; el aumento de potencia causó a Munro la impresión de una coz de mula en la base de la espina dorsal. El contador «Mach» empezó a subir hasta rebasar la marca que indicaba una velocidad triple de la del sonido. En la pantalla de radar, las señales avanzaron más despacio y acabaron deteniéndose.

El morro del *Blackbird* se levantó ligeramente; en la rarificada atmósfera, buscando un débil apoyo en el tenue aire que lo rodeaba, el avión superó la marca de los 24 kilómetros y siguió subiendo.

Debajo de ellos, el comandante Piotr Kuznetsov, al mando de la escuadrilla de dos aparatos, aumentó hasta el máximo la potencia de sus dos motores a reacción «Tumansky». Su aparato era bueno y contaba con la mejor tecnología al alcance de los soviets, pero, con sus dos motores, producía cinco mil libras de impulso menos que los motores gemelos del avión americano. Además, llevaba los misiles fuera del fuselaje, y éstos actuaban a manera de freno.

Sin embargo, los dos «Mig» alcanzaron los 21 kilómetros de altura, acercándose a la distancia en que los cohetes podrían alcanzar su objetivo. El comandante Kuznetsov armó sus seis misiles y dijo a su ayudante que estuviese preparado para cumplir las órdenes.

El *Blackbird* estaba rozando los 27 kilómetros de altura, y el radar indicó al coronel O'Sullivan que sus perseguidores estaban casi a 22,5 kilómetros del altitud, por lo que faltaba poco para que quedase al alcance de sus cohetes. En una persecución directa, no habrían podido competir con él en velocidad ni en altura; pero era una maniobra de interceptación en la que atajaban el ángulo entre sus respectivos rumbos.

—Si pensara que son aviones de escolta —confesó a Munro—, dejaría que esos bastardos se acercasen. Pero nunca me he fiado de los rusos.

Munro sudaba copiosamente dentro de su traje térmico. El

había leído el informe de *el Ruiseñor*, cosa que no había hecho el coronel.

—No son aviones de escolta —replicó—. Tienen orden de liquidarme.

—¡No me diga! —gruñó la voz del coronel—. ¡Malditos traidores bastardos! Pero el presidente de los Estados Unidos quiere que usted llegue vivo a Moscú, señor inglés.

El piloto del *Blackbird* puso en marcha toda la batería de sus defensas electrónicas. Anillos de ondas interceptoras invisibles surgieron del veloz y negro reactor, llenando la atmósfera, en muchos kilómetros a la redonda, de lo que, en un aparato de radar, equivale a un cubo de arena lanzado a los ojos.

La pequeña pantalla que el comandante Kuznetsov tenía delante se convirtió en un campo nevado, como cuando se funde la lámpara principal de un aparato de televisión. Otro mecanismo, digital, le decía que aún faltaban quince segundos para que la víctima se pusiese al alcance de sus cohetes. Pero, poco a poco, empezó a girar en sentido contrario, indicándole que el blanco se había perdido en algún lugar de la gélida estratosfera.

Medio minuto más tarde, los dos cazas se inclinaron sobre un ala y empezaron a descender en dirección a su base del Artico.

De los cinco aeropuertos que rodean Moscú, uno, Vnukovno II, nunca es visitado por los extranjeros. Está reservado para los grandes personajes del partido, y su flota de reactores es mantenida siempre a punto por las Fuerzas Aéreas. Allí fue donde, a las cinco de la mañana, hora local, aterrizó el *Blackbird* en el suelo ruso.

Cuando el reactor, que empezaba a enfriarse, llegó a la zona de aparcamiento, fue inmediatamente rodeado por un grupo de oficiales envueltos en gruesos abrigos y tocados con gorros de piel, pues, a primeros de abril y antes del amanecer, aún hace mucho frío en Moscú. El hombre de Arizona levantó la cubierta de la cabina, accionando sus resortes hidraúlicos, y miró, aterrorizado, a la multitud que les rodeaba.

—¡Rusos! —jadeó—. ¡Ya empiezan a enredar en mi pájaro! —Se desabrochó el cinturón y se puso en pie.— ¡Eh! ¡Fuera las manos de mi máquina! ¿Lo oís?

Adam Munro dejó al desolado coronel tratando de impedir que los de las Fuerzas Aéreas rusas encontrasen las llaves de entrada de carburante para repostar el avión, y subió a un automóvil negro, en compañía de dos agentes de seguridad del Kremlin. En el coche le permitieron quitarse el traje de aviador y ponerse el pantalón y la chaqueta, que, durante todo el viaje había llevado enrollados y sujetos entre las rodillas y, que parecía que acababan de salir de una máquina lavadora.

Cuarenta y cinco minutos más tarde, el «Zil», precedido por una pareja de motoristas que habían despejado el camino hasta Moscú, entró en el Kremlin por la puerta de Borovitsky, rodeó el Gran Palacio y se dirigió a la puerta lateral del edificio del Arsenal. A las seis menos dos minutos, Adam Munro fue introducido en el apartamento privado del jefe de la URSS, y encontró al viejo envuelto en una bata y tomando una taza de leche caliente. El hombre le indicó una silla. La puerta se cerró a su espalda.

—Conque es usted Adam Munro — dijo Maxim Rudin. Bueno, ¿cuál es la proposición del presidente Matthews?

Munro se sentó y, por encima de la mesa, miró a Maxim Rudin. Le había visto varias veces en actos oficiales, pero nunca tan de cerca. Parecía fatigado y tenso.

No había ningún intérprete presente. Rudin no hablaba inglés. Munro pensó que, mientras él estaba en el aire, Rudin había tenido tiempo de comprobar su nombre y sabía perfectamente que era un diplomático de la Embajada británica y que hablaba ruso.

—La proposición, señor secretario general —empezó a decir Munro, en un ruso muy fluido—, entraña la posibilidad de persuadir a los terroristas a bordo del *Freya* de que abandonen el barco sin haber conseguido lo que buscan.

—Permita que deje una cosa bien clara, míster Munro: no quiero que se hable más de la liberación de Mishkin y Lazareff.

—Claro que no, señor. En realidad, yo pensaba que podríamos hablar de Yuri Ivanenko.

Rudin le miró, pero su rostro permaneció impasible. Levantó despacio su taza de leche y bebió un sorbo.

—Verá usted, señor: uno de aquellos dos *ha* contado ya alguna cosa —confesó Munro.

Para reforzar su argumento, tuvo que informar a Rudin de que también él sabía lo que le había pasado a Ivanenko. Pero se guardó de decirle que lo sabía por alguien de dentro del Kremlin, para el caso de que Valentina estuviese aún en libertad.

—Afortunadamente —prosiguió—, lo dijo a uno de los nuestros, y se ha guardado absoluta reserva.

—¿De los suyos? —murmuró Rudin—. ¡Ah, sí! Creo saber a quiénes se refiere. ¿Quién más lo sabe?

—El director general de mi organización, la primer ministro británica, el presidente Matthews y tres de sus principales consejeros. Y ninguno de los que lo saben tiene la menor intención de hacerlo público. En absoluto.

Rudin pareció reflexionar unos momentos.

—¿Puede decirse lo mismo de Mishkin y Lazareff?

—Aquí está el problema —admitió Munro—. Ese ha sido siempre el problema, desde que los terroristas (que, de paso, le diré que son emigrados ucranianos) se apoderaron del *Freya*.

—Ya le dije a William Matthews que la única manera de salir del paso era destruyendo el *Freya*. Costará un montón de vidas, pero se evitarán muchos disgustos.

—Se habrían evitado muchos disgustos si hubiese sido derribado el avión en el que escaparon los dos jóvenes asesinos —replicó Munro.

Rudin le miró fijamente, por debajo de sus hirsutas cejas.

—Fue un error —dijo simplemente.

—¿Como lo ha sido, esta noche, enviar a dos «Mig-25» que han estado a punto de derribar el avión en que yo viajaba?

El viejo ruso levantó vivamente la cabeza.

—Yo no lo sabía —se defendió.

Por primera vez, Munro creyó que decía la verdad sobre aquel punto.

—Debo decirle, señor, que destruir el *Freya* no daría resultado. Es decir, no resolvería el problema. Hace tres días, Mishkin y Lazareff no eran más que dos insignificantes secuestradores fugitivos, condenados a quince años de prisión. En cambio, hoy son casi célebres. Pero se presume que su libertad es lo único que se pretende. Nosotros sabemos que hay algo más.

»Si el *Freya* fuese destruido —prosiguió Munro—, todo el mundo se preguntaría por qué era de tan vital importancia mantenerles en la cárcel. Hasta ahora, nadie se ha dado cuenta de que lo importante no es su encarcelamiento, sino su silencio. Una vez destruido el *Freya*, su cargamento y su tripulación, para impedir que salgan de la cárcel, ya no tendrían motivos para seguir callando. Y, precisamente por lo sucedido al *Freya*, el mundo les creería cuando revelasen lo que han hecho. Mantenerles en prisión no serviría ya de nada.

Rudin asintió despacio con la cabeza.

—Tiene usted razón, joven —admitió—. Los alemanes les prestarían oídos, y ellos tendrían su conferencia de Prensa.

—Exactamente —dijo Munro—. Y ahora, escuche mi sugerencia.

Le expuso el mismo plan de operaciones que había explicado a mistress Carpenter y al presidente Matthews en las últimas doce horas. El ruso no manifestó sorpresa, ni horror. Sólo interés.

—¿Daría resultado? —preguntó al fin.

—Tiene que darlo —contestó Munro—. Es la última alternativa. Hay que dejar que vayan a Israel.

Rudin miró el reloj de pared. Eran más de las 6.45 de la mañana, hora de Moscú. Dentro de catorce horas tendría que enfrentarse con Vishnayev y con el resto de Politburó. Esta vez no habría ataques indirectos; esta vez, el teórico del partido propondría oficialmente un voto de censura. Movió la canosa cabeza en señal de asentimiento.

—Hágalo, míster Munro —aceptó—, hágalo y procure que salga bien. Porque si sale mal, se habrá acabado el Tratado de Dublín, y también el *Freya*.

Apretó un botón y la puerta se abrió inmediatamente. Allí estaba un inmaculado comandante de la guardia pretoriana del Kremlin.

—Necesitaré enviar dos señales —dijo Munro—: una, a los americanos, y la otra, a los míos. Un representante de cada Embajada espera fuera de las murallas del Kremlin.

Rudin dictó las órdenes pertinentes al comandante de la guardia, el cual asintió con la cabeza e invitó a Munro a que le siguiese. Cuando cruzaban la puerta, Maxim Rudin llamó:

—Míster Munro!

Munro se volvió. El viejo estaba igual que cuando él había

llegado: asiendo fuerte con ambas manos su taza de leche.

—Si algún día necesita otro empleo, míster Munro —ofreció, en tono áspero—, venga a verme. Aquí siempre hay un sitio para los hombres de talento.

Al salir el automóvil «Zil» del Kremlin por la puerta de Borovitsky, a las siete de la mañana, el sol tempranero empezaba a acariciar la punta del campanario de la catedral de San Basilio. Dos largos coches negros esperaban junto al bordillo. Munro se apeó del «Zil» y se acercó sucesivamente a los dos automóviles. Confió un mensaje al diplomático americano, y otro al diplomático inglés. Antes de que emprendiese el vuelo hacia Berlín, sus instrucciones habrían llegado a Londres y a Washington.

A las ocho en punto, el «SR-71» levantó el morro en forma de proyectil sobre la pista de asfalto del aeropuerto Vnukovno II y puso rumbo a Poniente, en dirección a Berlín, a 1600 kilómetros de allí. Su piloto, el coronel O'Sullivan, estaba francamente disgustado, después de pasar tres horas observando cómo su precioso pájaro era repostado por un equipo de mecánicos de las Fuerzas Aéreas soviéticas.

—¿Adónde quiere ir ahora? —gritó, por el teléfono interior—. No puedo llevar esto a Tempelhof, ¿sabe? No hay espacio suficiente.

—Aterrice en la base británica de Gatow —ordenó Munro.

—Primero, los rusos; ahora, los ingleses —gruñó el hombre de Arizona—. No sé por qué no exhibimos este pájaro en una exposición abierta al público. Se diría que hoy tiene todo el mundo derecho a echarle un buen vistazo.

—Si esta misión tiene éxito —dijo Munro—, es posible que el mundo ya no necesite al *Blackbird.*

El coronel O'Sullivan, lejos de mostrarse complacido, consideró esta posibilidad como un desastre.

—¿Sabe lo que voy a hacer si eso ocurre? —gritó—. Me convertiré en chófer de taxi. Estoy seguro de que tendré la práctica suficiente.

Allá abajo, quedó atrás la ciudad de Vilna, en Lituania. Volando a doble velocidad que la del sol naciente, estarían en Berlín a las siete de la mañana, hora local.

Mientras Adam Munro iba en su automóvil desde el Kremlin al aeropuerto, sonó el teléfono interior entre el puente y el camarote de día en el *Freya*; eran las cinco y media.

Svoboda contestó a la llamada, escuchó unos momentos y respondió en ucraniano. Desde el otro lado de la mesa, Thor Larsen le observaba entre los párpados medio cerrados.

Fuese lo que fuere lo que le habían dicho, lo cierto es que el jefe de los terroristas se quedó perplejo; se sentó frunciendo las cejas y mirando fijamente la mesa, hasta que uno de sus hombres acudió a relevarle en la vigilancia del capitán noruego.

Svoboda dejó al capitán bajo el cañón de la metralleta de su enmascarado subordinado y subió al puente. Cuando volvió, diez minutos más tarde, parecía irritado.

—¿Qué pasa? —preguntó Larsen—. ¿Otro contratiempo?

—He hablado con el embajador alemán en La Haya —dijo Svoboda—. Parece que los rusos se han negado a permitir que cualquier avión de Alemania Federal, oficial o particular, emplee los pasillos aéreos para salir de Berlín Oeste.

—Es lógico —dijo Larsen—. No es probable que ayuden a escapar a los dos hombres que asesinaron a un capitán de sus líneas aéreas.

Svoboda despidió a su compañero, que salió, cerró la puerta y volvió al puente. El ucraniano se sentó de nuevo.

—Los ingleses han ofrecido ayudar al canciller Busch, poniendo a su disposición un reactor de comunicaciones de la Royal Air Force, para transportar a Mishkin y Lazareff de Berlín a Tel-Aviv.

—Yo lo aceptaría —dijo Larsen—. A fin de cuentas, los rusos son capaces de cerrarle el paso a un avión alemán, incluso derribándolo y alegando después que ha sido un accidente. Pero nunca se atreverían a disparar contra un reactor militar de la RAF en uno de los pasillos aéreos. Está usted a punto de triunfar; no lo desdeñe por un tecnicismo. Acepte el ofrecimiento.

Svoboda miró al noruego, con ojos nublados por la fatiga, acusando la falta de sueño.

—Tiene razón —admitió—, podrían derribar un avión alemán. En realidad, he aceptado.

—Entonces, no hay más que hablar —dijo Larsen, forzando una sonrisa—. Vamos a celebrarlo.

Tenía dos tazas de café ante él, llenadas mientras esperaba el regreso de Svoboda. Empujó una de ellas sobre la larga mesa; el ucraniano alargó una mano para cogerla. En toda su bien proyectada operación, fue el primer error que cometió...

Thor Larsen se lanzó contra él sobre la mesa, dando suelta a toda la furia acumulada durante las últimas cincuenta horas, con la violencia de un oso enloquecido.

El guerrillero se echó hacia atrás, estiró el brazo y llegó a coger la pistola, a punto de disparar. Un puño como una maza le alcanzó en la sien izquierda y le hizo caer de la silla, de espaldas sobre el suelo del camarote.

Si hubiese estado menos en forma, habría quedado fuera de combate. Pero estaba bien adiestrado y era más joven que el marino. Al caer, la pistola se escapó de su mano y rodó por el suelo. Se incorporó, desarmado, como un luchador, para replicar al ataque del noruego, y ambos cayeron de nuevo, con los brazos y las piernas entrelazados, entre los fragmentos de la silla y las dos tazas de café hechas añicos.

Larsen trataba de aprovechar su peso y su fuerza, y el ucraniano, su juventud y su rapidez. Estas le daban ventaja. Hurtando el cuerpo a las manazas del noruego, se escabulló y se acercó a la puerta. A punto estuvo de alcanzarla; pero cuando sus manos iban a asir el tirador, Larsen se lanzó sobre la alfombra y le derribó asiéndole de los tobillos.

Los dos hombres volvieron a levantarse al mismo tiempo, a un metro el uno del otro y situado el noruego entre Svoboda y la puerta. El ucraniano lanzó un puntapié que alcanzó a Larsen en la ingle, haciéndole caer. Pero éste se recobró, se levantó y se arrojó contra el hombre que había amenazado con destruir el barco.

Svoboda debió de recordar que el camarote estaba virtualmente insonorizado. Luchaba en silencio, golpeando, haciendo regates, mordiendo y lanzando patadas, y los dos rodaron sobre la alfombra, entre muebles y cacharros rotos. En alguna parte, debajo de ellos, estaba la pistola que habría podido poner fin a la lucha, y, bajo el cinturón de Svoboda, estaba el oscilador que, si era apretado el botón, pondría ciertamente fin a todo.

En realidad, el combate terminó al cabo de dos minutos; Thor Larsen soltó una mano, agarró la cabeza del ucraniano y la golpeó contra la pata de la mesa. Svoboda se puso rígido un instante y, después, sus músculos se aflojaron y perdió el conocimiento. Un hilillo de sangre fluyó sobre su frente.

Jadeando de fatiga, Thor Larsen se levantó del suelo y miró al hombre inconsciente. Con mucho cuidado, desprendió el oscilador del cinturón del ucraniano, lo sostuvo en la mano izquierda y se acercó a la ventana de estribor de su camarote, que estaba cerrado con dos tornillos de palomilla. Empezó a desenroscar con una mano. El primero se soltó, y empezó a trabajar en el segundo. Unos momentos más, un fuerte lanzamiento, y el oscilador saldría por la ventana, volaría sobre tres metros de plancha de acero de la cubierta y se hundiría en el mar del Norte.

En el suelo, detrás de él, la mano del joven terrorista se deslizó sobre la alfombra hacia el sitio donde yacía su pistola. Larsen había desenroscado el segundo tornillo y tiraba de la ventana de marco metálico para abrirla, cuando Svoboda se incorporó penosamente detrás de la mesa y disparó.

El estampido de la pistola en el camarote cerrado fue ensordecedor. Thor Larsen se tambaleó y se apoyó en la pared, junto a la ventana abierta, y miró primero su mano izquierda y, después, a Svoboda. El ucraniano, desde el suelo, le miraba, a su vez, con incredulidad.

La bala había herido al capitán en la palma de la mano izquierda, que era la que sostenía el oscilador, y clavado trocitos de plástico y de vidrio en la carne. Durante diez segundos, los dos hombres se miraron fijamente, esperando la serie de explosiones que marcaría el final del *Freya*.

Pero no se produjeron. El proyectil de punta blanda había hecho añicos el detonador, y éste, al romperse, no había alcanzado el grado tonal necesario para estimular los detonadores de las bombas debajo de la cubierta.

Poco a poco, el ucraniano se puso en pie, agarrándose a las mesas para sostenerse. Thor Larsen contempló el continuo chorreo de la sangre que fluía de su mano herida y caía sobre la alfombra. Después, miró al jadeante terrorista.

—He ganado, míster Svoboda. He ganado. Ya no podrá destruir mi barco y mi tripulación.

—Usted lo sabe, capitán Larsen —dijo el hombre de la pistola— y yo también. Pero ellos...

Señaló a través de la ventana abierta las luces de los barcos de guerra de la OTAN, en la penumbra que precedía a la aurora.

—...ellos no lo saben. El juego continúa. Mishkin y Lazareff *llegarán* a Israel.

CAPITULO XIX

De 06.00 a 16.00

La cárcel de Moabit, en el Berlín Oeste, se compone de dos partes. La más vieja es anterior a la Segunda Guerra Mundial. Pero durante los años sesenta y principios de los setenta, cuando la banda Baader-Meinhof sembró el terror en Alemania, se construyó una nueva sección. En ésta se incluyeron sistemas de seguridad ultramodernos, el acero y el hormigón más resistentes, circuitos cerrados de televisión, puertas y rejas electrónicamente controladas.

En el piso superior, David Lazareff y Lev Mishkin fueron despertados en sus respectivas celdas por el alcaide de Moabit, a las seis de la mañana del domingo 3 de abril de 1983.

—Van a ser liberados —les anunció bruscamente— y enviados a Israel en avión esta mañana. El despegue está programado para las ocho. Prepárense para la partida; saldremos hacia el aeropuerto a las siete y media.

Diez minutos más tarde, el comandante militar del sector británico hablaba por teléfono con el alcalde-gobernador.

—Lo siento terriblemente, *Herr Burgomeister* —dijo al berlinés occidental—, pero el avión no puede despegar del aeropuerto de Tegel. En primer lugar, según lo acordado entre nuestros Gobiernos, se empleará un reactor de la Royal Air Force, y las instalaciones de nuestro aeropuerto de Gatow son más adecuadas para el suministro de carburante y para la puesta a punto de nuestros propios aviones. Otra razón es que queremos evitar el caos de una invasión por parte de la Prensa, cosa que lograremos fácilmente en Gatow. A usted le resultaría mucho más difícil conseguirlo en el aeropuerto de Tegel.

En su fuero interno, el alcalde-gobernador se sintió bastante aliviado. Si los ingleses se encargaban de toda la operación, recaería sobre ellos la responsabilidad de cualquier posible desastre; y Berlín estaba incluido en las próximas elecciones regionales.

—Entonces, ¿qué quiere usted que hagamos, general? —preguntó.

—Londres me ha dicho que le pida que meta a esos dos pájaros en una furgoneta cerrada y blindada, dentro de la cárcel de Moabit, y que haga que los lleven directamente a Gatow. Sus hombres nos los entregarán secretamente dentro del recinto del aeropuerto, y, desde luego, firmaremos recibo de entrega.

La Prensa tuvo menos motivos de satisfacción. Más de cuatrocientos reporteros y fotógrafos habían acampado frente a la prisión de Moabit, desde que Bonn había anunciado, la noche anterior, que los presos saldrían de la cárcel a las ocho. Estaban afanosos por conseguir fotografías de la pareja al salir en dirección al aeropuerto. Otros equipos de periodistas montaban guardia en el aeropuerto civil de Tegel y buscaban sitios ventajosos para sus cámaras en las altas terrazas de la estación terminal. Todas sus ilusiones se verían frustradas.

La ventaja de la base británica de Gatow era que se hallaba en uno de los lugares más aislados y alejados del centro, dentro del perímetro vallado de Berlín Oeste, en la ribera occidental del ancho río Havel, muy cerca de la frontera con la Alemania Oriental comunista que rodea por todos lados la ciudad sitiada.

Dentro de la base se había desarrollado una actividad controlada, durante varias horas antes del amanecer. Entre las tres y las cuatro, una versión de la RAF del «HS 125», reactor al que las fuerzas aéreas llaman el *Dominie*, había llegado procedente de Gran Bretaña. Estaba equipado con depósitos de combustible capaces de extender su radio de acción, con sobradas reservas para volar desde Berlín a Tel-Aviv, pasando sobre Munich, Venecia y Atenas, sin tener que penetrar en ningún espacio aéreo comunista. Su velocidad de crucero, 900 kilómetros por hora, permitiría al *Dominie* realizar su viaje de 3500 kilómetros en poco más de cuatro horas.

Después de aterrizar, el *Dominie* había sido llevado a un apartado hangar, donde había repostado y había sido revisado.

Tan absorta estaba la Prensa observando la prisión de Moabit y el aeropuerto de Tegel, que nadie advirtió un esbelto «SR-71» negro, que sobrevoló la frontera entre Alemania Oriental y Berlín Oeste, en el rincón extremo de la ciudad, y aterrizó en la pista principal de Gatow exactamente a las siete y tres minutos. También este avión fue llevado rápidamente a un hangar vacío, donde un equipo de mecánicos de las Fuerzas Aéreas de los Estados Unidos en Tempelhof cerró inmediatamente las puertas, en previsión de miradas curiosas, y empezó a trabajar en él. El «SR-71» había cumplido su misión. Y, por fin, el aliviado coronel O'Sullivan se encontró rodeado de paisanos y satisfecho de que su próximo punto de destino fuesen sus amados Estados Unidos de América.

Su pasajero salió del hangar y fue saludado por un joven jefe de escuadrilla que esperaba en un «Land Rover».

—¿Míster Munro?

—Sí.

Munro le mostró su documento de identidad, que fue minuciosamente examinado por el oficial de las Fuerzas Aéreas.

—Dos caballeros le están esperando en el cuarto de oficiales, señor.

Los dos caballeros habrían podido demostrar, si hubiesen sido requeridos para ello, que eran dos funcionarios de poca importancia, adscritos al Ministerio de Defensa. En cambio, ninguno de los dos habría confesado que realizaba trabajos experimentales en un laboratorio muy secreto, cuyos descubrimientos, cuando se lograban, eran inmediatamente clasificados como *Top Secret.*

Ambos vestían con pulcritud y llevaban sendas carteras de mano. Uno de ellos usaba lentes y era médico, o, mejor dicho, lo había sido hasta que había resuelto abandonar la profesión de Hipócrates. El otro era subordinado suyo, enfermero de oficio.

—¿Traen el equipo que pedí? —preguntó Munro, sin el menor preámbulo.

Por toda respuesta, el hombre más viejo abrió su cartera y extrajo de ella una caja plana, no mayor que una caja de cigarros. La abrió y mostró a Munro lo que había en ella, sobre una capa de algodón.

—Diez horas —dijo—. No más.

—No es mucho —repuso Munro.

Eran las siete y media de una brillante mañana de sol.

El *Nimrod* del servicio de costas seguía dando vueltas y más vueltas a tres mil metros sobre el *Freya*. Aparte observar el petrolero, cuidaba también de examinar el petróleo vertido al mediodía del día anterior. La gigantesca mancha continuaba moviéndose perezosamente sobre la superficie del agua, todavía fuera del alcance de las mangueras de disolvente, ya que las embarcaciones que las llevaban no podían acercarse a la zona alrededor del *Freya*.

Después de ser derramado, el petróleo se había desplazado poco a poco hacia el nordeste del buque, a razón de un nudo por hora, en dirección a la costa norte de Holanda. Pero durante la noche se había detenido, ya que había empezado el reflujo, y la brisa se había desviado varios puntos. Antes del amanecer, la mancha había retrocedido, había pasado de nuevo junto al *Freya* y había llegado a dos millas al sur de éste, en dirección a Holanda y Bélgica.

En los remolcadores y las lanchas del servicio de incendios, cada uno de ellos provisto de la carga máxima de concentrado disolvente, los científicos procedentes de Warren Springs hacían votos para que el mar permaneciese en calma y no arreciase el viento hasta que pudiesen empezar a actuar. Un súbito cambio del viento o un empeoramiento del tiempo, y la gigantesca mancha podía dividirse y ser impulsada hacia las costas de Europa o de Inglaterra.

Los meteorólogos de Gran Bretaña y del continente observaban con aprensión el acercamiento de un frente procedente del estrecho de Dinamarca, el cual traía un aire frío que acabaría con la prematura ola de calor, y, posiblemente, viento y lluvia. Veinticuatro horas de turbonada agitarían el mar en calma e impedirían dominar la marea negra. Los ecólogos pedían al cielo que la llegada del aire frío no produjese más que niebla marina.

En el *Freya*, a medida que transcurrían los minutos que faltaban para las ocho, aumentaba la tensión nerviosa. Andrew Drake, auxiliado por dos hombres provistos de metralletas, para impedir otro ataque por parte del capitán noruego, permitió que

Larsen emplease su botiquín de urgencia. Pálido a causa del dolor, el capitán había extraído de su destrozada mano todos los pedazos de cristal y de plástico que había podido, y después se la había vendado, suspendiéndola de un tosco cabestrillo. Svoboda le observaba desde el otro lado del camarote, después de ponerse un pequeño esparadrapo sobre el corte de la frente.

—Es usted un valiente, Thor Larsen; debo decirlo en su honor —declaró—. Pero nada ha cambiado. Todavía puedo verter hasta la última tonelada de petróleo con las propias bombas del barco, y, antes de que llegue a la mitad de las distancias que nos separa de los barcos de guerra, le prenderé fuego y todo habrá terminado. Esto es exactamente lo que haré a las nueve, si los alemanes vuelven a renegar de su palabra.

A las siete y media en punto, los periodistas que esperaban frente a la prisión de Moabit vieron recompensada su vigilia. Por primera vez se abrieron las puertas de Klein Moabit Strasse y apareció el morro de una furgoneta blindada. Desde varias ventanas de apartamentos del otro lado de la calle, los fotógrafos tomaron todas las fotos que pudieron, que no fueron muchas, mientras arrancaban los coches de la Prensa, dispuestos a seguir a la furgoneta adondequiera que fuese.

Simultáneamente, empezaron las emisiones radiadas al extranjero, y los reporteros de la radio hablaron excitadamente a través de sus micrófonos. Sus palabras iban directamente a las capitales para las que hablaban, incluida la del hombre de la BBC. Su voz retumbó en el camarote de día del *Freya*, donde Andrew Drake, causa primera de todo aquel revuelo, permanecía sentado delante de su radio.

—Están en camino —anunció, con satisfacción—. Ya no habrá que esperar mucho. Sólo el tiempo de darles los últimos detalles sobre la recepción en Tel-Aviv.

Salió y se dirigió al puente; dos hombres se quedaron vigilando al capitán del *Freya*, derrumbado en su silla detrás de la mesa, luchando con su agotado cerebro contra los dolores de su sangrante y destrozada mano.

La furgoneta blindada, precedida de motoristas que hacían sonar sus sirenas, cruzó la alta puerta de la valla de acero de la base británica de Gatow, y la barrera descendió con el tiempo justo de cerrar el paso al primer coche de la Prensa que trataba de introducirse. El coche se detuvo con un estridente chirrido de neumáticos. La doble puerta se cerró. A los pocos minutos, una multitud de reporteros y de fotógrafos indignados vociferaban detrás de la valla para que les dejasen entrar.

Gatow no contiene solamente una base aérea; también hay allí una unidad del Ejército, y su jefe era aquel día un general de brigada. Los hombres de la puerta pertenecían a la Policía Militar; eran cuatro gigantes tocados con gorra roja, con la visera hundida hasta la nariz, inmóviles e impertérritos.

—¡No pueden hacer eso! —gritó un indignado fotógrafo de *Spiegel*—. Exigimos que se nos deje ver la partida de los presos.

—Ya está bien, Fritz —dijo, tranquilamente, el sargento Farrow—. Yo cumplo órdenes.

Los reporteros corrieron a los teléfonos públicos para quejarse a sus directores. Estos se quejaron al alcalde-gobernador, el cual les dijo que lo lamentaba mucho y prometió hablar inmediatamente con el comandante de la base de Gatow. Cuando dejó de sonar el teléfono, se retrepó en su sillón y encendió un cigarro.

Dentro de la base, Adam Munro entró en el hangar donde estaba el *Dominie*, acompañado del jefe encargado del mantenimiento de los aviones.

—¿Cómo está ese aparato? —preguntó Munro al suboficial (técnico) encargado de la puesta a punto de todos los elementos mecánicos.

—Perfectamente, señor —respondió el veterano mecánico.

—No, no lo está —dijo Munro—.Creo que si mira debajo de la cubierta de uno de los motores, descubrirá una mala conexión eléctrica, que debe ser reparada.

El suboficial miró al desconocido con asombro, y después, volvió la mirada a su superior.

—Haga lo que él dice, míster Barker —ordenó el jefe—. Tiene que haber una demora por motivos técnicos. El *Dominie* no debe estar a punto de despegar hasta dentro de un rato. Pero las autoridades alemanas deben creer que la avería es auténtica. Levante la cubierta del motor y ponga manos a la obra.

El suboficial Barker llevaba treinta años preparando aviones para la Royal Air Force. Las órdenes del jefe no debían discutirse, aunque hubiesen sido sugeridas por un desaseado paisano que hubiera debido avergonzarse de su manera de vestir y, sobre todo, de su descuido en afeitarse.

El alcaide de la prisión, Alois Bruckner, había llegado en su propio coche para presenciar la entrega de sus presos a los ingleses y el despegue del aparato rumbo a Israel. Cuando se enteró de que el avión no estaba a punto, se indignó y exigió verlo con sus propios ojos.

Llegó al hangar acompañado del jefe de la base de la RAF, y se encontró con que el técnico Barker tenía la cabeza y los hombros metidos en el motor de estribor del *Dominie*.

—¿Qué sucede? —preguntó, impaciente.

El suboficial Barker sacó la cabeza.

—Un corto circuito, señor —respondió—. Lo acabo de descubrir al probar los motores. No creo que me lleve demasiado tiempo el repararlo.

—Esos hombres deben salir a las ocho, dentro de diez minutos —dijo el alemán—. A las nueve, los terroristas del *Freya* van a derramar cien mil toneladas de petróleo.

—Hago todo lo que puedo, señor. Y ahora, si me deja continuar mi trabajo... —dijo el suboficial.

El comandante de la base sacó a Herr Bruckner del hangar. Tampoco él tenía la menor idea de lo que significaban las órdenes de Londres, pero eran órdenes y había que cumplirlas.

—¿Quiere que vayamos al comedor de oficiales a tomar una tacita de té? —sugirió.

—No quiero ninguna tacita de té —dijo el contrariado Herr Bruckner—. Sólo quiero que esos hombres salgan para Tel-Aviv. Pero, ante todo, tengo que telefonear al alcalde.

—El comedor de oficiales es el sitio más adecuado para eso —dijo el comandante—. A propósito, como los prisioneros no pueden permanecer mucho más tiempo en la furgoneta, he ordenado que los trasladen a las celdas de la Policía Militar del cuartel Alexander. Allí estarán cómodos y a salvo.

Eran las ocho menos cinco cuando el corresponsal de radio de la BBC fue informado personalmente por el comandante de la base de la RAF de la avería técnica del *Dominie*, y siete minutos más tarde, se radió esta información en el noticiario de las ocho, como añadido especial. La noticia fue escuchada en el *Freya.*

—Será mejor que se apresuren —dijo Svoboda.

Adam Munro y los dos paisanos entraron en las celdas de la Policía Militar exactamente después de las ocho. Era una pequeña instalación, sólo empleada para encerrar ocasionalmente a algún preso militar, y había en ella cuatro celdas en hilera, Mishkin estaba en la primera; Lazareff, en la cuarta. El paisano más joven introdujo a Munro y a su colega en el pasillo que conducía a las celdas; luego cerró la puerta del corredor y se quedó apoyado de espaldas en ella.

—Un último interrogatorio —dijo el enfurruñado sargento de guardia de la PM—. Son del servicio secreto.

Se golpeó con un dedo el lado de la nariz. El sargento se encogió de hombros y volvió al cuarto de guardia.

Munro entró en la primera celda. Lev Mishkin, vestido de paisano, estaba sentado en el borde de la litera, fumando un cigarrillo. Le habían dicho que por fin iba a salir para Israel, pero todavía estaba nervioso y desconocía lo que había pasado en los últimos tres días.

Munro le miró fijamente. Casi había temido el momento de encontrarse con él. Pero de no haber sido por aquel hombre y su loco plan para asesinar a Yuri Ivanenko, persiguiendo algún remoto sueño, su amada Valentina estaría ahora haciendo sus bártulos y preparándose para el viaje a Rumania, la conferencia del partido, las vacaciones en la playa de Mamaia y el bote que había de llevarla a la libertad. Volvió a ver la espalda de la mujer amada, cruzando la puerta de cristales y saliendo a aquella calle de Moscú, y al hombre de la trinchera que se erguía tras ella.

—Soy médico —dijo en ruso—. Sus amigos, los ucranianos que han exigido su puesta en libertad, han insistido en que nos aseguremos de que estén médicamente preparados para el viaje.

Mishkin se levantó y se encogió de hombros. El caso fue que no estaba preparado para el golpe de cuatro rígidos dedos en el plexo solar, ni para el frasquito aplicado debajo de su nariz al jadear en busca de aire, incapaz de evitar la inhalación del vapor que salía de la pequeña botella. Cuando el gas adormecedor llegó a sus pulmones, sus piernas se doblaron, sin que pudiera lanzar un grito, y Munro le sostuvo por las axilas antes de que llegase al suelo. Después, fue tendido cuidadosamente en la litera.

—El efecto dura cinco minutos, no más —dijo el funcionario del Ministerio—. Luego despertará con la cabeza cargada, pero sin malas consecuencias. Debe actuar de prisa.

Munro abrió la cartera de mano y sacó la caja que contenía la jeringuilla hipodérmica, el algodón hidrófilo y una botellita de éter. Después de mojar el algodón en el éter, frotó una zona del antebrazo del preso para esterilizar la piel, acercó la jeringuilla a la luz y apretó hasta que salió un chorrito de líquido rosado, expulsando las últimas burbujas.

La inyección fue administrada en menos de tres segundos y aseguró que Lev Mishkin permanecería bajo sus efectos al menos durante dos horas, más tiempo del necesario, pero que no podía reducirse.

Los dos hombres cerraron la puerta de la celda y se dirigieron a la de David Lazareff, el cual no había oído nada y paseaba arriba y abajo, rebosando nerviosa energía. El vapor del frasquito produjo el mismo efecto instantáneo. Dos minutos más tarde, el hombre recibió también su inyección.

El paisano que acompañaba a Munro buscó en el bolsillo interior de su chaqueta y sacó una cajita plana de metal. La tendió a Munro.

—Ahora, le dejo solo —dijo, fríamente—. A mí no me pagan para esto.

Ninguno de los dos secuestradores sabía ni sabría jamás lo que les habían inyectado. En realidad, era una mezcla de dos narcóticos, llamados «Pethadene» y «Hyacine» por los ingleses, y «Meperidine» y «Scopolamine» por los americanos. Combinados, producen efectos muy notables.

Hacen que el paciente permanezca despierto, aunque ligeramente soñoliento; dispuesto y capaz de obedecer las órdenes que se le den. También producen el efecto de contraer el tiempo, de modo que, al menguar los efectos al cabo de casi dos horas, el paciente tiene la impresión de que se ha sentido algo mareado durante sólo unos segundos. Por último, causa una amnesia total, y así, cuando los efectos cesan del todo, el paciente no recuerda nada de lo sucedido durante el período intermedio. Sólo un reloj puede indicarle que ha pasado el tiempo.

Munro volvió a entrar en la celda de Mishkin. Ayudó al joven a sentarse en la cama, de espalda a la pared.

—Hola —le saludó.

—Hola —respondió Mishkin, y sonrió.

Hablaban en ruso, pero Mishkin no lo recordaría nunca.

Munro abrió su plana cajita de metal, extrajo de ella las dos mitades de una larga cápsula en forma de torpedo, parecida a las que se emplean para curar los resfriados, y enroscó aquellas mitades.

—Quiero que tome esta cápsula —dijo, ofreciéndosela con un vaso de agua.

—Muy bien —aceptó Mishkin, y la tragó sin hacerse rogar.

Munro sacó de su cartera un reloj de pared, de esos que funcionan con pilas, y ajustó un mecanismo de la cara posterior de aquél. Después lo colgó en la pared. Las manecillas marcaban las ocho, pero estaban inmóviles. Dejó a Mishkin sentado en su litera y volvió a la celda del otro preso. Cinco minutos más tarde había terminado su trabajo. Recogió su cartera y salió del pasillo de las celdas.

—Tienen que permanecer incomunicados hasta que el avión esté a punto —dijo al sargento de la PM, al pasar por el cuarto de guardia—. No debe verles nadie. Son órdenes del comandante de la base.

Por primera vez, Andrew Drake hablaba directamente con el primer ministro holandés, Jan Grayling. Más tarde, los expertos ingleses en lingüística determinarían que la voz registrada en la cinta magnetofónica era originaria de algún lugar situado en un radio de treinta kilómetros de la ciudad de Bradford, Inglaterra; pero entonces sería demasiado tarde.

—Estos son los requisitos de la llegada de Mishkin y Lazareff a Israel —dijo Drake—. Antes de una hora a partir del despegue del avión en Berlín, el primer ministro Golen deberá garantizar que les concederá el derecho de residencia. Si no es así, la liberación de mis amigos será considerada como inútil. Además:

»Primero: los dos serán conducidos, a pie y a paso lento, por delante de la terraza de observación del principal edificio terminal del aeropuerto Ben Gurión.

»Segundo: el acceso a dicha terraza debe ser libre para el público. La fuerza de seguridad israelí no debe efectuar controles de identidad ni coartar los movimientos del público.

»Tercero: si se hubiese producido alguna suplantación de los presos, si algún actor hubiese representado su papel, yo lo sabría a las pocas horas.

»Cuarto: tres horas antes de que el avión aterrice en el aeropuerto Ben Gurión, la radio israelí tiene que publicar la hora de su llegada y declarar que cualquier persona que desee presenciarla podrá hacerlo con toda libertad. Esto debe radiarse en hebreo, en inglés, en francés y en alemán. Eso es todo.

—Señor Svoboda —respondió apresuradamente Jan Grayling—, todos estos requisitos han sido anotados y serán inmediatamente transmitidos al Gobierno israelí. Estoy seguro de que serán aceptados. Pero, por favor, no corte. Tengo una información urgente de los ingleses de Berlín Oeste.

—Adelante —dijo secamente Drake.

—Los técnicos de la RAF que trabajan en el reactor, en un hangar de Gatow, dicen que esta mañana, al comprobar los motores, descubrieron una importante avería eléctrica. Le pido que crea que no se trata de ninguna excusa. Están trabajando a toda prisa para reparar la avería. Pero eso significa un retraso de una hora o dos.

—Si es un truco —saltó Drake—, va a costarle a sus costas una marea de cien mil toneladas de crudo.

—No es un truco —replicó vivamente Grayling—. Todos los aviones están expuestos a una avería técnica. Es lamentable que esto le ocurra precisamente ahora a ese avión de la RAF. Pero será reparado, mejor dicho, está siendo reparado en este momento.

Hubo una pausa, mientras Drake reflexionaba.

—Quiero —dijo al fin— que el despegue sea presenciado por cuatro reporteros diferentes de radios nacionales, cada uno de ellos en contacto directo con su oficina principal. Quiero transmisiones en directo del despegue del avión. Las emisoras deben ser la Voz de América, la Voz de Alemania, la BBC y la

ORTF francesa. Todas en inglés y dentro de los cinco minutos después de haber despegado el avión.

Jan Grayling pareció aliviado.

—Conseguiré que el personal de la RAF en Gatow permita que sus reporteros presencien el despegue —aceptó.

—Mejor que sea así —dijo Drake—. Aplazaré tres horas el derramamiento del petróleo. Pero al mediodía empezaremos a verter las cien mil toneladas al mar.

Se oyó un chasquido y se interrumpió la comunicación.

Aquel domingo por la mañana, el primer ministro Benyamin Golen estaba sentado a la mesa de su despacho en Jerusalén. El sábado había terminado, y era un día laborable como otro cualquiera; y eran más de las diez de la mañana, dos horas más tarde que en la Europa Occidental.

Apenas había colgado el teléfono el primer ministro holandés, cuando la pequeña unidad de agentes de Mossad, establecida en un apartamento de Rotterdam, transmitió el mensaje del *Freya* a Israel. Se anticiparon en más de una hora a los conductos diplomáticos normales.

Fue el consejero personal del primer ministro en cuestiones de seguridad quien llevó a éste la transcripción de la emisión del *Freya* y la dejó sobre su mesa, sin decir palabra. Golen la leyó rápidamente.

—¿Qué se proponen? —preguntó.

—Están tomando precauciones contra una suplantación de los presos —dijo el consejero—. Habría sido un truco sencillo: hacer pasar a dos jóvenes por Mishkin y Lazareff a primera vista, y efectuar una sustitución.

—Entonces, ¿quién va a reconocer a los verdaderos Mishkin y Lazareff aquí, en Israel?

El consejero de seguridad se encogió de hombros.

—Alguien situado en la terraza de observación —sugirió—. Deben de tener un compañero en Israel que les conoce de vista, o mejor aún, a quien Mishkin y Lazareff pueden reconocer.

—¿Y una vez hecho el reconocimiento?

—Sin duda darán alguna señal por radio, confirmando a los hombres del *Freya* que sus amigos han llegado sanos y salvos a Israel. A falta de esta señal, pensarán que han sido engañados y cumplirán su amenaza.

—¿Otro de los suyos? ¿Aquí, en Israel? Sería demasiado —dijo Benyamin Golen—. Pase que tengamos que hacer de anfitriones de Mishkin y Lazareff, pero no de otras personas. Quiero que aquella terraza sea disimuladamente vigilada. Si cualquier observador recibe una señal de aquellos dos a su llegada, quiero que le sigan. Hay que dejar que envíe su mensaje; pero, después, hay que detenerle.

En el *Freya*, la mañana transcurría con angustiosa lentitud. Cada quince minutos, Andrew Drake, resiguiendo las ondas de su radio portátil, captaba las noticias emitidas en inglés por la Voz de América o por el servicio mundial de noticias de la BBC. El mensaje era siempre el mismo: el avión aún no había despegado. Los mecánicos seguían trabajando en el motor averiado del *Dominie.*

Poco después de las nueve, los cuatro reporteros de radio designados por Drake como testigos de la partida del avión fueron admitidos en la base de Gatow y acompañados por policías militares al comedor de oficiales, donde les sirvieron café y bizcochos. Se les facilitó comunicación teléfonica directa con sus oficinas en Berlín, desde donde se mantuvieron abiertos los circuitos de radio con sus países de origen. Ninguno de ellos se tropezó con Adam Munro, que había pedido prestado el despacho particular del comandante de la base y estaba hablando con Londres.

A sotavento del crucero *Argyll*, las tres lanchas rápidas, *Cutlass*, *Sabre* y *Scimitar*, esperaban amarradas. El comandante Fallon había reunido en la *Cutlass* su grupo de doce comandos del Servicio de Lanchas Especiales.

—Hemos de suponer que las potencias interesadas soltarán a esos bastardos —les dijo—. Dentro de las próximas dos horas, despegarán de Berlín Oeste con rumbo a Israel. Deberían llegar allí en cuatro horas y media, aproximadamente. Por consiguiente, si los terroristas cumplen su palabra, abandonarán el *Freya* esta tarde o esta noche.

»No sabemos hacia dónde se dirigirán, pero, probablemente,

será hacia Holanda. El mar está limpio de barcos en aquel sector. Cuando estén a tres millas del *Freya*, fuera del radio de acción en que un transmisor-detonador de poca potencia podría hacer estallar los explosivos, los expertos de la Royal Navy subirán a bordo del *Freya* y desactivarán las bombas. Pero eso no nos incumbe.

»Nosotros vamos a apresar a esos bastardos, y yo me encargaré del que se hace llamar Svoboda. Es mío, ¿comprendido?

Todos asintieron con la cabeza, y algunos sonrieron. Habían sido adiestrados para la acción y, hasta ahora, se la habían impedido. Su instinto de cazadores reclamaba una presa.

—La lancha que tienen ellos es mucho más lenta que la nuestra —prosiguió Fallon—. Tendrán una ventaja de ocho millas, pero calculo que podremos alcanzarles a tres o cuatro millas de la costa. El *Nimrod* está en el aire, en comunicación radiofónica con el *Argyll*. El *Argyll* nos dará las directrices que nos hagan falta. Cuando nos acerquemos a ellos, emplearemos nuestros faros. Y cuando les localicemos, acabaremos con ellos. Londres dice que a nadie le interesa hacer prisioneros. No me preguntéis por qué; tal vez quieren imponerles silencio para siempre, por razones de las que nada sabemos. Nos han encargado un trabajo, y vamos a hacerlo.

A pocas millas de distancia, el capitán Mike Manning observaba también el paso del tiempo, minuto a minuto. También él esperaba la noticia de Berlín de que los mecánicos habían terminado su trabajo en el motor del *Dominie*. Las noticias de la madrugada, mientras permanecía sin poder dormir en su camarote, esperando la temida orden de disparar sus granadas y destruir el *Freya* con su tripulación, le habían sorprendido. Cuando menos lo esperaba, el Gobierno de los Estados Unidos había cambiado su actitud de la tarde anterior; lejos de oponerse a la excarcelación de los hombres de Moabit, aun a costa de la aniquilación del *Freya*. Washington no ponía ya ningún obstáculo. Pero su principal sentimiento era de alivio; un alivio inmenso, al pensar que la orden asesina había sido derogada, salvo que... Salvo que algo se estropease todavía. Hasta que aquellos dos judíos ucranianos no hubiesen aterrizado en el aeropuerto Ben Gurión, no estaría del todo convencido de que la orden de convertir el *Freya* en una enorme pira funeraria había pasado a la historia.

A las diez menos cuarto, en las celdas del sótano del cuartel Alexander de la base de Gatow, Mishkin y Lazareff dejaron de experimentar los efectos del narcótico que les había sido administrado a las ocho. Casi al mismo tiempo, los relojes colgados en las paredes de ambas celdas se animaron. Las manecillas empezaron a moverse sobre las esferas.

Mishkin sacudió la cabeza y se frotó los ojos. Se sentía adormilado, con la cabeza ligeramente confusa. Lo atribuyó al descanso interrumpido, a las horas sin dormir, a la excitación. Miró el reloj de la pared; marcaba las ocho y dos minutos. Sabía que, cuando él y Lazareff habían cruzado el cuarto de guardia en dirección a las celdas, el reloj de aquél marcaba las ocho en punto. Se estiró, saltó de la litera y empezó a pasear arriba y abajo. Cinco minutos más tarde, en el otro extremo del corredor, Lazareff hizo aproximadamente lo mismo.

Adam Munro entró en el hangar donde el suboficial Barker seguía trajinando en el motor de estribor del *Dominie*.

—¿Cómo va eso, míster Barker? —preguntó.

El veterano técnico salió de las entrañas del motor y miró, desesperado, al paisano.

—¿Puedo preguntarle, señor, cuánto tiempo voy a tener que seguir representando esta comedia? El motor está perfectamente.

Munro consultó su reloj.

—Son las diez y media —dijo—. Quisiera que dentro de una hora, exactamente, telefonease a la sala de los tripulantes y al comedor de oficiales, y les informase de que el avión está a punto para emprender el vuelo.

—O sea, a las once y media —dijo el suboficial Barker.

En una de las celdas, David Lazareff miró de nuevo el reloj de pared. Pensaba que había estado media hora paseando, pero el reloj marcaba las nueve. Había pasado una hora, una hora que le había parecido muy corta. Sin embargo, cuando se está incomunicado en una celda, el tiempo engaña curiosamente los sentidos. En todo caso, los relojes funcionan con exactitud. Nunca se le ocurrió pensar, como tampoco se le ocurrió a Mishkin, que sus relojes marchaban a doble velocidad para recuperar los cien minutos, perdidos, ni que habían sido sincronizados para coincidir con los relojes de fuera de las celdas precisamente a las once y media en punto.

A las once, el primer ministro Jan Grayling telefoneó desde La Haya al alcalde-gobernador de Berlín Oeste.

—¿Qué diablos pasa, *Herr Burgomeister*?

—No lo sé —gritó el desesperado funcionario berlinés—. Los ingleses dicen que casi han terminado con su maldito motor. No comprendo por qué demonios no pueden emplear un avión de pasajeros de la «British Airways», del aeropuerto civil. Nosotros pagaríamos los perjuicios inherentes a suprimir un vuelo para llevar dos pasajeros a Israel.

—Bueno, pues yo debo decirle que dentro de una hora esos locos del *Freya* van a derramar cien mil toneladas de petróleo —dijo Jan Grayling—, y que mi Gobierno hará responsable de ello a los ingleses.

—Estoy completamente de acuerdo con usted —dijo la voz de Berlín—. Todo este asunto es pura locura.

A las once y media, el suboficial Barker cerró la cubierta del motor y bajó. Se dirigió a un teléfono que había en la pared y llamó al comedor de oficiales. El comandante de la base se puso al aparato.

—Está listo, señor —anunció el técnico.

El oficial de la RAF se volvió hacia los hombres que se agrupaban a su alrededor, entre ellos, el alcaide de la prisión de Moabit y cuatro reporteros de la radio que estaban en comunicación constante con sus oficinas.

—La avería ha sido reparada —les dijo—. El avión despegará dentro de quince minutos.

Desde las ventanas del comedor observaron cómo el esbelto y pequeño reactor era remolcado al aire libre. El piloto y el copiloto subieron a bordo y pusieron en marcha ambos motores.

El alcaide entró en las celdas de los presos y les informó de que estaban a punto de partir. Su reloj marcaba las 11.35, igual que los relojes de pared.

Los dos presos, que seguían guardando silencio, fueron escoltados hasta el «Land Rover» de la PM y conducidos, junto con el alcaide alemán, al reactor que les esperaba. Seguidos del sargento mecánico de las Fuerzas Aéreas, que sería el otro único ocupante del *Dominie* en su vuelo hasta Ben Gurión, subieron la escalerilla sin mirar atrás y se acomodaron en sus asientos.

A las 11.45, el piloto comandante Jarvis abrió las dos válvulas, y el *Dominie* despegó de la pista del aeródromo de Gatow. Siguiendo instrucciones del controlador del tráfico aéreo, giró limpiamente hacia el pasillo aéreo que, en dirección Sur, conduce de Berlín Oeste a Munich, y desapareció en el cielo azul.

Dos minutos después, los cuatro reporteros hablaban en directo a sus oyentes, desde el comedor de oficiales de Gatow. Sus voces informaron a todo el mundo que, a las cuarenta y ocho horas del primer requerimiento formulado desde el *Freya*, Mishkin y Lazareff habían emprendido el vuelo hacia Israel y la libertad.

En los hogares de treinta oficiales y marineros del *Freya*, escucharon la noticia; en treinta casas de los cuatro países escandinavos, madres y esposas dieron rienda suelta a sus sentimientos, y los niños preguntaron por qué lloraba mamá.

La noticia llegó también a la flotilla de remolcadores y embarcaciones lanzadoras de detergente, desplegadas al oeste del *Argyll*, y hubo muchos suspiros de alivio. Ni los científicos ni los marinos tenían la menor duda de que no habrían podido combatir con éxito cien mil toneladas de crudo derramadas en el mar.

En Texas, el magnate del petróleo, Clint Blake, escuchó la noticia de la NBC mientras desayunaba aquel domingo bajo el sol, y exclamó:

—¡Ya era hora!

Harry Wennerstrom oyó la emisión de la BBC en su *suite* de hotel de Rotterdam y sonrió satisfecho.

En todas las redacciones de periódicos, desde Irlanda hasta el Telón de Acero, se estaban preparando las ediciones de la mañana del lunes. Equipos de escritores componían toda la historia, desde la invasión del *Freya* a primeras horas del viernes, hasta el momento actual. Se reservaban espacios para la llegada de Mishkin y Lazareff a Israel y para la liberación del *Freya*. Antes de que la primera edición entrase en prensa a las diez de la noche, habría tiempo de incluir casi todo el fin de la historia.

A las doce y veinte minutos, hora europea, el Estado de Israel accedió a las peticiones hechas desde el *Freya* para la pública concesión del derecho de residencia y para la identificación de Mishkin y Lazareff en el aeropuerto Ben Gurión, dentro de cuatro horas.

En su habitación del sexto piso del «Hotel Avia», a cinco kilómetros del aeropuerto Ben Gurión, Miroslav Kaminsky oyó la noticia en su radio portátil. Se retrepó en su sillón, con un suspiro de alivio. Al llegar a Israel a última hora de la tarde del viernes pasado, había esperado ver llegar el sábado a sus viejos camaradas partisanos. En vez de ello, había escuchado por radio el cambio de actitud del Gobierno alemán en la madrugada, el compás de espera de este día y el derramamiento del petróleo al mediodía. Y se había roído las uñas, porque no podía ayudar ni podía descansar, hasta que, en definitiva, se había tomado la decisión de liberarlos. Ahora, también para él pasarían de prisa las horas, hasta el aterrizaje del *Dominie* a las cuatro y quince, hora europea, que eran las seis y quince, hora de Tel-Aviv.

En el *Freya*, Andrew Drake oyó la noticia de que el avión había despegado, con una satisfacción que le compensó de su fatiga. La aceptación de sus condiciones por el Estado de Israel, treinta y cinco minutos más tarde, fue puro formulismo.

—Ya están en camino —dijo a Larsen—. Cuatro horas para llegar a Tel-Aviv, y estarán a salvo. Y cuatro horas después o incluso antes si hay niebla, nos marcharemos nosotros. La Marina vendrá a liberarles. Le curarán la mano como es debido, y recuperará usted su tripulación y su barco... Debería estar contento.

El capitán noruego estaba hundido en su sillón, tenía amoratadas las ojeras, pero se resistía a dar al joven la satisfacción de quedarse dormido. Para él la cosa no había terminado aún, ni terminaría hasta que las peligrosas cargas explosivas hubiesen sido removidas de los depósitos y el último terrorista hubiese salido de su barco. Sabía que estaba a punto de derrumbarse. El agudo dolor de la mano se había transformado en un sordo latido que le subía por el brazo hasta el hombro, y la fatiga le hacía sentirse mareado. Pero no quería cerrar los ojos.

Levantó la vista y miró al ucraniano con desprecio.

—¿Y Tom Keller? —le preguntó.

—¿Quién?

—Mi tercer oficial, el hombre a quien mataron por la espalda sobre cubierta, el viernes por la mañana.

Drake se echó a reír.

—Tom Keller está abajo con los otros —confesó—. La ejecución fue una comedia. Uno de mis hombres se puso la ropa de Keller. Y las balas eran de fogueo.

El noruego gruñó. Drake le miró con interés.

—Puedo permitirme ser generoso —dijo— porque he ganado. Lancé a toda la Europa Occidental una amenaza contra la que nada podía hacer, y les ofrecí unas condiciones que no podían rehusar. En una palabra, no les di ninguna alternativa. Usted estuvo a punto de vencerme; estuvo a un pelo de conseguirlo.

»Desde las seis de esta mañana, en que destruyó el detonador, los comandos habrían podido tomar el buque por asalto cuando hubiesen querido. Afortunadamente, no lo saben. Pero podrían haberlo hecho si usted se lo hubiese indicado. Es usted un valiente, Thor Larsen. ¿Puedo hacer algo por usted?

—Largarse de mi barco —respondió Larsen.

—Pronto lo haré; muy pronto, capitán.

Volando a gran altura sobre Venecia, el comandante Jarvis movió ligeramente los controles, y el veloz dardo de plata giró unos pocos grados al Sudeste, para iniciar la ruta a lo largo del Adriático.

—¿Como están los clientes? —preguntó al sargento.

—Sentados tranquilamente, contemplando el paisaje —respondió el sargento por encima del hombro.

—Que continúen así —dijo el piloto—. La última vez que viajaron en avión, acabaron matando al capitán.

El sargento se echó a reír.

—Les vigilaré —prometió.

El copiloto golpeó con el dedo el mapa que tenía sobre las rodillas.

—Tres horas para aterrizar —anunció.

Las noticias desde Gatow habían sido escuchadas también en todas partes del mundo. En Moscú, los boletines fueron traducidos al ruso y depositados sobre la mesa en un apartamento privado del extremo privilegiado de Kutuzovsky Prospekt, donde dos hombres estaban almorzando, poco después de las dos de la tarde, hora local.

El mariscal Nikolai Kerensky leyó el mensaje mecanografiado y descargó un puñetazo sobre la mesa.

—¡Les han soltado! —gritó—. Se han dado por vencidos. Los alemanes y los ingleses han cedido al fin. Los dos jóvenes judíos vuelan rumbo a Tel-Aviv.

Yefrem Vishnayev tomó en silencio el mensaje de la mano de su compañero y lo leyó. Después, se permitió una fría sonrisa.

—Esta noche —dijo—, cuando presentemos el coronel Kukushkin y sus pruebas ante el Politburó, Maxim Rudin estará acabado. Indudablemente, prosperará el voto de censura. A medianoche, Nikolai, la Union Soviética será nuestra. Y dentro de un año, lo será toda Europa.

El mariscal del Ejército Rojo escanció dos generosas raciones de vodka «Stolichnaya». Tendió uno de los vasos al teórico del partido y levantó el suyo.

—Por el triunfo del Ejército Rojo.

Vishnayev levantó su copa. Raras veces probaba el alcohol; pero había excepciones.

—Por un mundo realmente comunista —dijo.

CAPITULO XX

De 16.00 a 20.00

Frente a la costa del sur de Haifa, el pequeño *Dominie* viró por última vez y empezó a descender en línea recta hacia la pista principal del aeropuerto Ben Gurión, tierra adentro cerca de Tel-Aviv.

Aterrizó exactamente después de cuatro horas y media de vuelo, a las 4.15, hora europea. Eran las 6.15 en Israel.

En el Ben Gurión, la terraza superior del edificio destinado a los pasajeros estaba llena de curiosos, sorprendidos de tener libre acceso al espectáculo en un país obsesionado por las medidas de seguridad.

A pesar de la exigencia de los terroristas del *Freya* de que no hubiese policías presentes, la rama especial israelí estaba allí. Algunos de sus miembros llevaban uniforme del personal de «El Al»; otros vendían refrescos, o barrían el vestíbulo, o se hacían pasar por taxistas. El detective inspector Avram Hirsh estaba en la camioneta de reparto de un periódico, sin hacer nada con los montones de diarios de la tarde que podían estar o no estar destinados al quiosco del vestíbulo principal.

Después de aterrizar, el avión de la Royal Air Force fue conducido por un jeep del control de tierra a la zona asfaltada de delante de la terminal de pasajeros. Aquí esperaba un grupito de funcionarios, para hacerse cargo de los dos pasajeros de Berlín.

No lejos de allí estaba también aparcado un reactor de «El Al», desde cuyas ventanillas dos hombres provistos de gemelos observaban entre las aberturas de las cortinillas las caras de los que se hallaban en la terraza. Cada uno de ellos tenía un walkie-talkie en la mano.

Miroslav Kaminsky se encontraba entre los varios cientos de

personas de la terraza, confundido entre los inocentes curiosos.

Uno de los funcionarios israelíes subió la escalerilla del *Dominie* y penetró en el interior de éste. Volvió a salir al cabo de dos minutos, seguido de David Lazareff y Lev Mishkin. Dos jóvenes entusiastas de la Liga de Defensa Judía, que estaban en la terraza, desplegaron una pancarta que llevaban escondida debajo de sus chaquetas. En ella se leía simplemente: «Bien venidos», y estaba escrita en hebreo. También empezaron a aplaudir, hasta que varios de sus vecinos les impusieron silencio.

Mishkin y Lazareff levantaron la cabeza para mirar a la gente de la terraza, mientras eran conducidos por delante de la estación terminal, precedidos por un grupo de funcionarios y seguidos de dos policías uniformados. Varios curiosos agitaron la mano: la mayoría observó en silencio.

Desde el interior del avión de pasajeros aparcado, los hombres de la rama especial seguían observando, en busca de alguna señal de reconocimiento, por parte de los refugiados de algunos de los que estaban detrás de la barandilla.

Lev Mishkin fue el primero que vio a Kaminsky y, torciendo la boca, murmuró rápidamente algo en ucraniano. Su acción fue captada inmediatamente por un micrófono enfocado a la pareja desde una furgoneta situada a cien metros de distancia. El hombre que dirigía aquel micrófono, parecido a un rifle, no distinguió la frase; pero sí que la entendió su compañero, provisto de auriculares. Este había sido elegido precisamente porque conocía el ucraniano. Murmuró, a través del walkie-talkie:

—Mishkin acaba de hacer una observación a Lazareff. Ha dicho: «Ahí está, cerca del final de la terraza; es el de la corbata azul.»

Dentro del avión aparcado, los dos observadores enfocaron sus gemelos al final de la terraza. Entre ellos y la estación terminal, el grupo de funcionarios continuaba su solemne desfile ante los curiosos.

Mishkin desvió la mirada, después de localizar a su colega ucraniano. Lazareff paseó la suya por la hilera de caras de la terraza, descubrió a Miroslav Kaminsky y le hizo un guiño. Era cuanto necesitaba Kaminsky; los presos no habían sido suplantados.

Uno de los que estaban detrás de las cortinillas del avión dijo: «Le tenemos», y empezó a hablar por su radio manual:

—Estatura mediana, poco más de treinta años, cabellos castaños, ojos castaños, viste pantalón azul, chaqueta deportiva de tweed y corbata azul. Es el séptimo u octavo empezando desde el extremo de la terraza, en dirección a la torre de control.

Mishkin y Lazareff desaparecieron en el interior del edificio. La muchedumbre de la terraza, terminado el espectáculo, empezó a dispersarse. Bajó la escalera hacia el gran vestíbulo. Al pie de aquélla, un hombre de cabellos grises barría las colillas del suelo y las metía en un cubo. Al pasar la gente delante de él, descubrió a un hombre con chaqueta de tweed y corbata azul. Y siguió barriendo, mientras el hombre cruzaba el vestíbulo.

Después, el barrendero metió la mano en su cubo, sacó una cajita cuadrada, de color negro, y murmuró:

—El sospechoso se dirige a pie a la puerta de salida número cinco.

Delante del edificio, Avram Hirsh levantó un paquete de periódicos de la tarde de la caja de su camioneta y lo lanzó a una carretilla manejada por un colega suyo. El hombre de la corbata azul pasó a pocos palmos de él, sin mirar a la derecha ni a la izquierda, se dirigió a un coche de alquiler que estaba allí aparcado y subió a él.

El detective inspector Hirsch cerró la puerta trasera de su camioneta, se dirigió a la portezuela correspondiente al pasajero y saltó al asiento correspondiente.

—El «Volkswagen Golf» de allí, en el aparcamiento —indicó al conductor, que era el agente detective Bentsur.

Cuando el coche de alquiler salió del aparcamiento, en dirección a la salida principal del aeropuerto, la camioneta le siguió a doscientos metros de distancia.

Diez minutos más tarde, Avram Hirsch avisó a los otros coches de la Policía que le seguían:

—El sospechoso entra en el aparcamiento del «Hotel Avia».

Miroslav Kaminsky tenía la llave de su habitación en el bolsillo. Cruzó rápidamente el vestíbulo y tomó el ascensor hasta el sexto piso, donde estaba su habitación. Sentándose en el borde de la cama, descolgó el teléfono y pidió línea. Se la dieron y empezó a marcar el número.

—Ha pedido línea —informó la telefonista al inspector Kirsch, que estaba a su lado.

—¿Puede averiguar el número que está marcando?

—No; el teléfono es automático para las llamadas locales.

—¡Maldita sea! —exclamó Hirsch—. ¡Vamos!

El y el detective Bentsur corrieron hacia el ascensor.

El teléfono de la oficina de la BBC en Jerusalén respondió al tercer timbrazo.

—¿Habla usted inglés? —preguntó Kaminsky.

—Desde luego —afirmó la secretaria israelí desde el otro extremo de la línea.

—Entonces, escuche —dijo Kaminsky—. Sólo lo diré una vez. Para que el superpetrolero *Freya* sea liberado sin el menor daño, el primer párrafo del noticiario de las seis del servicio mundial de la BBC, hora europea, debe incluir la frase: «No hay alternativa.» Si no se incluye esta frase en la primera noticia de la emisión, el barco será destruido. ¿Lo ha entendido bien?

Se hizo una pausa de varios segundos, mientras la joven secretaria del corresponsal en Jerusalén tomaba unas rápidas notas en un bloc.

—Sí, creo que sí. ¿Quién es? —preguntó.

Ante la puerta de la habitación del «Avia», dos hombres se reunieron con Avram Hirsch. Uno de ellos llevaba una escopeta de cañón corto. Ambos vestían uniforme del personal del aeropuerto. Hirsch llevaba todavía el uniforme de la compañía distribuidora de periódicos: pantalón verde, blusa verde y gorro verde. Escuchó en la puerta hasta que oyó el chasquido del teléfono al ser colgado el aparato. Después, se echó hacia atrás, sacó su revólver reglamentario e hizo una señal con la cabeza al hombre de la escopeta. Este apuntó cuidadosamente a la cerradura, disparó, y todo el conjunto metálico se desprendió de la madera. Avram Hirsch saltó delante de él, dio tres pasos en la estancia, se agachó, sosteniendo la pistola con ambas manos, apuntó al blanco y dio el alto al ocupante de la habitación.

Hirsch era un *sabra*, nacido en Israel hacía treinta y cuatro años, hijo de dos inmigrantes que habían sobrevivido a los campos de la muerte del Tercer Reich. Durante su infancia sólo se hablaba en su casa yiddish o ruso, pues tanto su padre como su madre eran judíos rusos.

Supuso que el hombre que tenía delante era también ruso, pues no tenía ningún motivo para pensar lo contrario. Por consiguiente, le dijo en ruso:

–*Stoi*...

Su voz retumbó en la pequeña habitación.

Miroslav Kaminsky estaba en pie junto a la cama, con la guía telefónica en la mano. Cuando se abrió de golpe la puerta, dejó caer la guía al suelo, y ésta se cerró, impidiendo que cualquier investigador pudiese ver la página en la que había estado abierta y averiguar el número al que había llamado.

Al oír aquel grito, no vio la habitación de un hotel de las afueras de Tel-Aviv; vio una pequeña casa de campo al pie de los Cárpatos y volvió a oír los gritos de unos hombres de verde uniforme que asaltaban el refugio de su grupo. Miró a Avram Hirsch, vio el gorro y el uniforme verdes y se acercó a la ventana abierta.

Volvía a oírles, corriendo tras él entre los arbustos y gritando sin parar: *Stoi... Stoi... Stoi...* Lo único que podía hacer era correr, correr como un zorro perseguido por los sabuesos, salir por la puerta de atrás de la casa de campo y meterse en la espesura.

Retrocedió de espaldas, cruzó la puerta cristalera de la pequeña galería y, al dar con la rabadilla en la baja baranda, salió despedido por encima de ésta. Al chocar contra el suelo del aparcamiento, después de un salto de quince metros, se rompió la espina dorsal, la pelvis y el cráneo. Avram Hirsch se asomó a la barandilla, miró el cuerpo destrozado y preguntó al agente Bentsur:

–¿Por qué diablos tenía que hacerlo?

El avión de servicio que había traído a los dos especialistas de Inglaterra a Gatow la tarde anterior, emprendió el regreso hacia el Oeste poco después de despegar el *Dominie* con rumbo a Tel-Aviv. Adam Munro subió a él y, haciendo uso de la autoridad que le había conferido el Gobierno, ordenó que le dejasen en Amsterdam, antes de llegar a Inglaterra.

También se había asegurado de que el helicóptero «Wessex» del *Argyll* le esperase en Schipol. Eran las cuatro y media cuando el «Wessex» se posó sobre la cubierta de popa del crucero. El oficial que recibió a Munro a bordo observó su aspecto con visible desaprobación, pero le condujo hasta el capitán Preston.

Lo único que sabía éste era que su visitante pertenecía al Foreign Office y había estado en Berlín supervisando la partida de los secuestradores hacia Israel.

—¿Quiere lavarse y asearse un poco? —le preguntó.

—Con mucho gusto —aceptó Munro—. ¿Alguna noticia del *Dominie*?

—Ha aterrizado hace quince minutos en Ben Gurión —respondió el capitán Preston—. Haré que mi camarero le planche el traje, y estoy seguro de que encontraremos una camisa a su medida.

—Preferiría un suéter grueso —repuso Munro—. Aquí hace mucho frío.

—Sí, y eso puede ser un problema para nosotros —dijo el capitán Preston—. Hay una ola de aire frío procedente de Noruega. Puede que esta tarde tengamos niebla.

Y, en efecto, poco después de las cinco se levantó una espesa niebla, al llegar el aire frío del Norte, después de la ola de calor, y establecer contacto con la tierra y el mar caldeados.

Cuando Adam Munro se hubo lavado y afeitado y puesto un suéter blanco de marino y unos pantalones negros de sarga, volvió a reunirse con el capitán Preston en el puente. La niebla se espesaba cada vez más.

—¡Maldita sea! —exclamó Preston—. Parece que todo se pone a favor de esos terroristas.

A las cinco y media, la niebla había ocultado totalmente al *Freya* y envolvía los buques de guerra, que no podían verse entre ellos, salvo por medio del radar. El *Nimrod* podía observarlos a todos, y al *Freya*, en su radar, y seguía volando en aire despejado a tres mil metros de altura. Pero el mar había desaparecido bajo lo que parecía una manta de lana gris. Justo después de las cinco, la corriente cambió de nuevo hacia el Nordeste, arrastrando la mancha de petróleo entre el *Freya* y la costa holandesa.

El corresponsal de la BBC en Jerusalén era un hombre de gran experiencia en la capital israelí y tenía muchas y buenas relaciones. En cuanto se enteró de la llamada telefónica recibida por su secretaria, llamó a un amigo suyo del servicio de seguridad.

—Este es el mensaje —le dijo—, y voy a enviarlo seguidamente a Londres. Pero no tengo la menor idea sobre la persona que telefoneó.

Su interlocutor rió entre dientes.

—Envíe el mensaje —dijo—. En cuanto al hombre del teléfono, sabemos quién es. Gracias.

Muy poco después de las cuatro y media llegó al *Freya* la noticia radiada de que Mishkin y Lazareff habían aterrizado en el aeropuerto Ben Gurión.

Andrew Drake se echó atrás en su silla y lanzó una exclamación.

—¡Lo hemos conseguido! —gritó a Thor Larsen—. ¡Están en Israel!

Larsen asintió lentamente con la cabeza. Trataba de no pensar en el continuo dolor de su mano herida.

—Le felicito —dijo, sarcásticamente—. Tal vez ahora podrán abandonar mi barco e irse al diablo.

Sonó el teléfono del puente. Hubo un rápido intercambio de frases en ucraniano, y Larsen oyó que el que llamaba lanzaba un grito de júbilo.

—Más pronto de lo que usted se imagina —dijo a Larsen—. El vigía de la chimenea dice que un grueso banco de niebla avanza desde el Norte hacia esta zona. Con un poco de suerte, ni siquiera tendremos que esperar a que anochezca. La niebla será aún mejor para nuestros fines. Lo único que lamento es que cuando nos marchemos, tendré que esposarle y sujetarle a la pata de la mesa. Pero la Marina le liberará al cabo de un par de horas.

El noticiario radiofónico de las cinco incluyó un despacho de Tel-Aviv en el sentido de que se habían cumplido las condiciones impuestas por los secuestradores en lo referente a la recepción de Mishkin y Lazareff en el aeropuerto Ben Gurión. Ahora, el Gobierno israelí mantendría bajo custodia a los dos hombres llegados de Berlín, hasta que el *Freya* fuese abandonado sin mayores perjuicios. En el caso de que no se hiciese así, el

Gobierno israelí consideraría nulo su compromiso y enviaría de nuevo a la cárcel a Mishkin y Lazareff.

En el camarote de día del *Freya,* Drake se echó a reír.

—No tendrán necesidad de hacerlo —dijo a Larsen—. Ahora, ya no importa lo que me suceda a mí. Dentro de veinticuatro horas, esos dos hombres celebrarán una conferencia de Prensa internacional. Y, cuando lo hagan, capitán Larsen, cuando lo hagan, descargarán un golpe como nunca se haya visto contra las murallas del Kremlin.

Larsen observó a través de la ventana cómo se hacía la niebla más espesa a cada instante.

—Los comandos pueden ampararse en esa niebla para tomar el *Freya* por asalto —dijo—. Sus faros no servirían ya de nada. Dentro de pocos minutos no podrán ver las burbujas que los hombres rana produzcan en el agua.

—Eso ya no importa —replicó Drake—. Nada importa ahora. Salvo que Mishkin y Lazareff tengan su oportunidad de hablar. Por eso se ha hecho todo. Y por eso ha valido la pena todo lo que hemos hecho.

Los dos judíos ucranianos habían sido llevados en una furgoneta de la Policía, desde el aeropuerto Ben Gurión a la jefatura superior de Policía de Tel-Aviv, y encerrados en celdas separadas. El primer ministro, Golen, estaba dispuesto a cumplir su parte en el trato: liberar a los dos hombres, a cambio de la salvación del *Freya,* de su tripulación y de su carga. Pero no consentiría que el desconocido Svoboda le hiciese ninguna jugarreta.

Para Mishkin y Lazareff, era la tercera celda que ocupaban en un día; pero ambos sabían que sería la última. Al despedirse en el pasillo, Mishkin hizo un guiño a su amigo y le gritó en ucraniano:

—No estaremos en Jerusalén el año próximo: estaremos allí mañana.

En una oficina del piso alto, el superintendente jefe del lugar hizo una llamada telefónica de rutina al médico de la Policía, para que reconociese a los dos recién llegados, y el médico prometió acudir inmediatamente. Eran las siete y media, hora de Tel-Aviv.

Los últimos treinta minutos antes de las seis transcurrieron en el *Freya* con lentitud de caracol. En el camarote de día, Drake había sintonizado su radio con el servicio mundial de la BBC y esperaba con impaciencia el noticiario de las seis.

Azamat Krim, ayudado por tres de sus compañeros, bajó una cuerda desde la borda del petrolero hasta la sólida barca de pesca que se balanceaba junto al casco del buque desde hacía dos días y medio. Una vez estuvieron los cuatro en la parte descubierta de la barca, empezaron los preparativos para que el grupo pudiese abandonar el *Freya*.

A las seis sonaron las campanadas en el Big Ben de Londres y empezó la emisión del noticiario de la tarde.

«Habla el servicio mundial de la BBC. Son las seis de la tarde en Londres, y éstas son las noticias que les ofrece Peter Chalmers.»

Cambió la voz. En el cuarto de oficiales del *Argyll*, el capitán Preston y la mayoría de sus oficiales, agrupados alrededor de la radio, escucharon al locutor. El capitán Mike Manning hizo lo propio en el *USS Moran*, y la misma emisión fue escuchada en Downing Street, en La Haya, en Washington, en París, en Bruselas, en Bonn y en Jerusalén. En el *Freya*, Andrew Drake permanecía inmóvil, observando la radio sin pestañear.

«Hoy, en Jerusalén, el primer ministro, Benyamin Golen, ha manifestado que, habiendo llegado de Berlín Oeste los dos presos, David Lazareff y Lev Mishkin, no tiene más alternativa que cumplir su compromiso de poner en libertad a los dos hombres, siempre que el superpetrolero *Freya* sea liberado, con su tripulación sana y salva...»

—No tiene más alternativa —gritó Drake—. Esta es la frase. Miroslav lo ha hecho.

—Ha hecho, ¿qué? —preguntó Larsen.

—Los ha reconocido. Son ellos. No hay ninguna suplantación.

Se recostó en su silla y lanzó un profundo suspiro.

—Todo ha terminado, capitán Larsen. Le alegrará saber que nos marchamos.

En el armario personal del capitán había un par de esposas, con sus llaves, para el caso de tener que sujetar a alguien a bordo. Se habían dado casos de locura en el mar. Drake puso una de las esposas en la muñeca derecha de Larsen y la cerró. Sujetó la otra a la pata de la mesa. La mesa estaba atornillada al suelo. Drake se detuvo en el umbral de la puerta y dejó las llaves de las esposas sobre un estante.

—Adiós, capitán Larsen. Tal vez no lo crea usted, pero lamento haber tenido que derramar ese petróleo. Nunca habría ocurrido, si esos imbéciles no hubieran tratado de engañarme. También lamento lo de su mano, que igualmente se habría podido evitar. No volveremos a vernos; por consiguiente, le digo adiós.

Cerró la puerta del camarote con llave, bajó corriendo los tres tramos de escalera hasta la cubierta «A» y salió al exterior, donde estaban agrupados sus hombres. Llevaba su radio de transistores.

—¿Todo listo? —preguntó a Azamat Krim.

—Todo listo —respondió el tártaro de Crimea.

—¿Todo en orden? —preguntó Drake al ucraniano-americano que era experto en embarcaciones pequeñas.

El hombre asintió con la cabeza y respondió:

—Todos los sistemas funcionan.

Drake miró su reloj. Eran las seis y veinte minutos.

—Muy bien. A las seis cuarenta y cinco, Azamat tocará la sirena, y la barca y el primer grupo saldrán al mismo tiempo. Azamat y yo saldremos diez minutos más tarde. En cuanto lleguéis a la costa holandesa, debéis separaros, actuando cada cual por su cuenta.

Miró por encima de la borda. Junto a la barca de pesca, dos botes rápidos hinchables, «Zodiac», oscilaban sobre el mar brumoso. Ambos habían sido sacados de la barca e hinchados en la última hora. Una de ellas era del modelo de cuatro metros y cuarto, y tenía capacidad para cinco hombres. En la más pequeña, de tres metros, podían ir cómodamente dos. Con los motores fuera borda de cuarenta caballos, podían alcanzar una velocidad de treinta y cinco nudos en un mar en calma.

—Ahora ya no tardarán —dijo el comandante Simon Fallon, de pie junto a la borda de proa de la *Cutlass*.

Las tres lanchas rápidas de patrulla, hasta entonces invisibles desde el *Freya*, habían sido apartadas del costado occidental del *Argyll* y estaban ahora amarradas debajo de la popa, con las proas apuntando al lugar donde se hallaba el *Freya*, envuelto en la niebla, a cinco millas de distancia.

Los hombres del SBS se habían repartido a razón de cuatro por cada lancha, y todos iban armados de fusiles ametralladores, granadas de mano y cuchillos. Una de las lanchas, la *Sabre*, llevaba también a bordo cuatro expertos en explosivos de la Royal Navy, y sería la que se dirigiría al *Freya* para liberarlo, en cuanto el *Nimrod* que sobrevolaba el lugar anunciase que la barca de los terroristas se había apartado del superpetrolero y alcanzado una distancia superior a las tres millas. La *Cutlass* y la *Scimitar* perseguirían a los terroristas y les darían caza, antes de que pudiesen perderse en el laberinto de islotes y caletas de la costa holandesa al sur del Mosa.

El comandante Fallon estaría al mando del grupo de persecución de la *Cutlass*. A su lado, y para disgusto suyo, estaba el hombre del Foreign Office, míster Munro.

—Resguárdese bien cuando nos acerquemos a ellos —le dijo Fallon—. Sabemos que tienen metralletas y pistolas, y tal vez algo más. Personalmente, no comprendo por qué se empeña en venir.

—Digamos que siento un interés personal por esos bastardos —dijo Munro— y, en particular, por míster Svoboda.

—¡También yo! —gruñó Fallon—. Y Svoboda es mío.

A bordo del *USS Moran*, Mike Manning había oído la noticia de la llegada de Mishkin y Lazareff a Israel, sanos y salvos, y se había sentido tan satisfecho como Drake en el *Freya*. Para él, como para Thor Larsen, era el fin de una pesadilla. Ya no tendría que bombardear el *Freya*. Lo único que sentía era que las lanchas rápidas de la Royal Navy tendrían el placer de perseguir a los terroristas, cuando éstos emprendiesen la huida. La angustia que había sentido Manning durante un día y medio se había convertido ahora en ira.

—Me gustaría echarle la zarpa a ese Svoboda —confesó el comandante Olsen—. ¡Con qué satisfacción le retorcería el cuello!

Como en el *Argyll*, las pantallas de radar del *Brunner*, del *Breda* y del *Montcalm*, barrieron el océano en busca de señales de que la barca de pesca se alejaba del costado del *Freya*. Pasadas las seis y cuarto, no había aún ninguna señal.

El cañón de proa del *Moran*, todavía cargado, giró en su torre blindada, dejando de apuntar al *Freya* y haciéndolo a un lugar vacío, a tres millas al sur de aquél

A las ocho y diez, hora de Tel-Aviv, Lev Mishkin estaba de pie en su celda subterránea cuando sintió un dolor en el pecho. Algo duro como una piedra parecía crecer rápidamente en su interior. Abrió la boca para gritar, pero se le cortó el aliento. Se dobló hacia delante, cayó de bruces y expiró sobre el suelo de la celda.

Delante de la puerta de la celda había un policía israelí de guardia permanente, con instrucciones de mirar al interior al menos cada dos o tres minutos. Menos de sesenta segundos después de la muerte de Mishkin, aplicó un ojo a la mirilla. Lo que vio le hizo lanzar un grito de espanto y meter frenéticamente la llave en la cerradura para abrir la puerta. Un compañero que estaba en el pasillo, más abajo, frente a la puerta de Lazareff, oyó el grito y corrió en su ayuda. Entraron juntos en la celda de Mishkin y se inclinaron sobre la postrada figura.

—Está muerto —fartulló uno de los dos.

El otro salió corriendo al pasillo y pulsó el timbre de alarma. Después, corrieron a la celda de Lazareff y penetraron en ella.

El segundo preso estaba doblado sobre la cama, apretados los brazos sobre el cuerpo, en un paroxismo de dolor.

—¿Qué le pasa? —gritó uno de los guardias.

Pero lo dijo en hebreo, idioma que Lazareff no comprendía. El moribundo logró pronunciar cuatro palabras en ruso. Ambos guardias las oyeron claramente y pudieron más tarde repetir la frase a unos oficiales que lograron traducirla:

—Jefe... de... KGB... muerto.

Fue todo lo que dijo. Su boca dejó de moverse, y el hombre yació de costado sobre la litera, fija su mirada ciega en el uniforme azul que tenía delante.

El timbre de alarma hizo que acudiesen el superintendente jefe, una docena de oficiales destinados allí y el médico, que había estado tomando café en el despacho del jefe de Policía.

El doctor reconoció rápidamente a los dos hombres, observando su boca, su cuello y sus ojos, tomándoles el pulso y auscultando su pecho. Terminado su trabajo, salió de la segunda celda. El superintendente le siguió al pasillo; estaba terriblemente preocupado.

—¿Qué diablos ha pasado? —preguntó al médico.

—Más tarde les haré la autopsia —dijo el doctor—, si no la encargan a otro. En cuanto a lo que ha pasado, puedo asegurar que han sido envenenados.

—Pero no han comido nada —protestó el policía—. Ni han bebido nada. Precisamente iban a servirles la cena. ¿Puede haber sido en el aeropuerto..., en el avión...?

—No —respondió el médico—. Un veneno de acción lenta no habría surtido efecto con tanta rapidez y simultáneamente. Los sistemas corporales varían demasiado. O bien se envenenaron ellos mismos, o bien se les administró una fuerte dosis de veneno instantáneo, que muy bien pudiera ser cianuro potásico, cinco o diez segundos antes de su muerte.

—Eso es imposible —gritó el jefe de Policía—. Mis hombres estuvieron delante de las celdas en todo momento. Ambos presos fueron cacheados y registrados antes de entrar en ellas. Se les examinó la boca, el ano, todo. No llevaban cápsulas de veneno escondidas. Además, ¿por qué tenían que suicidarse? Acababan de conseguir la libertad.

—No lo sé —respondió el médico—, pero ambos murieron envenenados, con pocos segundos de diferencia.

—Voy a telefonear inmediatamente al despacho del primer ministro —dijo tristemente el superintendente jefe, y salió de su oficina.

El consejero de seguridad personal del primer ministro, como casi todos los demás hombres de Israel, era un ex soldado. Pero el hombre a quien todos los que estaban en un radio de diez kilómetros del Knesset llamaban simplemente *Barak* no había sido nunca un soldado corriente. Había empezado como paracaidista a las órdenes del comandante Rafael Eytan, el legendario *Raful*. Después, había sido trasladado y se había convertido en comandante de la distinguida Unidad 101 del general Arik

Sharon, donde había permanecido hasta que una bala le había dado en la rótula, un amanecer, durante un asalto a una casa de apartamentos de Beirut donde se alojaban unos palestinos.

Desde entonces se había especializado en el campo más técnico de las operaciones de seguridad, imaginando lo que él habría hecho para matar al primer ministro israelí e invirtiendo los términos, para proteger a su señor. El fue quien recibió la llamada de Tel-Aviv y entró en el despacho donde estaba trabajando Benyamin, para darle la noticia.

—¿Dentro de las mismas celdas? —repitió el asombrado primer ministro—. Entonces debieron de tomarse ellos mismos el veneno.

—Yo no lo creo así —negó *Barak*—. Tenían motivos más que sobrados para desear vivir.

—Entonces, ¿han sido asesinados?

—Así parece, señor primer ministro.

—¿Quién podía desear su muerte?

—La KGB, naturalmente. Uno de ellos murmuró algo sobre la KGB, en ruso. Parece que dijo que el jefe de la KGB quería su muerte.

—Pero ellos no estuvieron en poder de la KGB. Hace doce horas, estaban en la prisión de Moabit. Después, estuvieron ocho horas en manos de los ingleses. Y después, dos horas con nosotros. Mientras han estado en nuestro poder, no han tomado nada; ni comida, ni bebidas; nada. Por consiguiente, ¿cómo han podido absorber un veneno de efecto instantáneo?

Barak se acarició la barbilla, y un destello de comprensión brilló en sus ojos.

—Hay una manera, señor primer ministro. Una cápsula de acción retardada.

Cogió una hoja de papel y trazó un diagrama.

—Es posible proyectar y confeccionar una cápsula como ésta. Se compone de dos mitades; una de ellas está surcada de manera que puede enroscarse en la otra mitad antes de que la víctima la trague.

El primer ministro contempló el diagrama con creciente furor.

—Prosiga —ordenó.

—Una mitad de la cápsula es de una sustancia cerámica, tan inmune a los efectos de los jugos gástricos del cuerpo humano como a los del ácido mucho más fuerte que lleva en su interior. Además, es lo bastante resistente como para no romperse por la acción de los músculos de la garganta al tragarla.

»La otra mitad es de un compuesto plástico, lo bastante fuerte como para resistir los jugos gástricos, pero no el ácido que lleva dentro. En esta segunda porción está el cianuro. Entre ambas mitades, hay una laminilla de cobre. Al juntarse las dos porciones, el ácido empieza a corroer aquella laminilla. La víctima traga la cápsula. Varias horas más tarde, según el grueso del cobre, el ácido lo ha quemado y pasa a través de la lámina. Es el mismo principio que se emplea en ciertos tipos de detonadores a base de ácido.

»Cuando el ácido atraviesa la laminilla de cobre, destruye rápidamente la cubierta de plástico de la segunda cámara, y el cianuro pasa al cuerpo de la víctima. Creo que este efecto puede retrasarse hasta diez horas, momento en que la cápsula indigestible ha llegado al intestino grueso. En cuanto sale el veneno, la sangre lo absorbe rápidamente y lo envía al corazón.

Barak había visto al primer ministro irritado, e incluso furioso, en otras ocasiones. Pero nunca pálido y tembloroso de ira como ahora.

—Conque me han enviado dos hombres con cápsulas de veneno dentro del cuerpo —susurró—, dos bombas de relojería ambulantes, programadas para estallar cuando llegasen a nuestras manos, ¿eh? Israel no será acusado de este crimen . Publique inmediatamente la noticia de estas muertes. En seguida, ¿ha comprendido? Y diga que se está realizando, ahora mismo, un examen patológico. Es una orden.

—Si los terroristas no han abandonado aún el *Freya* —observó *Barak*, esta noticia podría hacerles cambiar de idea.

—Los responsables del envenenamiento de Mishkin y Lazareff habrían tenido que prevenirlo —gritó el primer ministro Golen—. Por poco que retrasásemos el anuncio, Israel sería acusado de haberles asesinado. Y esto no puedo consentirlo.

La niebla no se levantaba; antes al contrario, se espesaba más y más. Cubría el mar desde la costa de East Anglia hasta las Walcherens. Envolvía a la flotilla de embarcaciones dispersas, que se resguardaban al oeste de los buques de guerra, y a los propios barcos de la Armada. Formaba remolinos alrededor de la *Cutlass*, la *Sabre* y la *Scimitar*, que esperaban bajo la popa del *Argyll*, con los motores zumbando suavemente, dispuestas a lanzarse en persecución de su presa. Y también cubría con un sudario al mayor petrolero del mundo, anclado entre los barcos de guerra y la costa holandesa.

A las seis y cuarenta y cinco minutos, todos los terroristas, menos dos, bajaron al mayor de los botes rápidos hinchables. Uno de los dos que se habían quedado, el ucraniano-americano, saltó a la vieja barca de pesca que les había traído hasta allí, y miró hacia arriba.

Desde la borda, Andrew Drake asintió con la cabeza. El hombre apretó el botón de puesta en marcha, y el sólido motor tosió y se animó. La proa de la barca apuntaba hacia el Oeste, y el timón estaba sujeto con una cuerda para mantener el rumbo.

El terrorista aceleró gradualmente el motor, conservando la marcha en punto muerto.

Oídos atentos, humanos y electrónicos, captaron el ruido del motor por encima del agua; inmediatamente se cruzaron órdenes y preguntas entre los barcos de guerra, y entre el *Argyll* y el *Nimrod*, que seguía evolucionando en lo alto. El piloto del avión de reconocimiento consultó su pantalla de radar, pero no descubrió el menor movimiento en el mar que se extendía debajo de él.

Drake habló rápidamente a través de su radio manual, y Azamat Krim, que estaba en el puente, apretó el botón de la sirena del *Freya*.

El aire se llenó de ruido estruendoso, al romper la sirena el silencio de la niebla y del mar en calma.

En el puente del *Argyll*, el capitán Preston gruñó, impaciente.

—Están tratando de ahogar el ruido del motor de la barca —observó—. No importa; la captaremos con el radar en cuanto se separe del costado del *Freya*.

Segundos después, el terrorista que estaba en la barca puso la marcha «adelante», y la embarcación de pesca, con el motor funcionando a muchas revoluciones, arrancó violentamente y se apartó de la popa del *Freya*. El terrorista dio un salto, agarró la cuerda que pendía encima de él, levantó los pies y dejó que la barca vacía se deslizase por debajo de su cuerpo. A los dos segundos, aquélla se había perdido de vista, en dirección a los buques de guerra que esperaban al Oeste.

El terrorista se balanceó en el extremo de la cuerda y, después, descendió al bote rápido donde le aguardaban sus cuatro compañeros. Uno de éstos tiró de la correa del motor; el fuera borda tosió y rugió; los cinco hombres se agarraron a los asideros y el timonel aceleró. El motor se sumergió en el agua y el bote hinchable se separó de la popa del *Freya*, alzó el morro desafiador y empezó a surcar el mar en calma, en dirección a la costa de Holanda.

El operador de radar del *Nimrod* descubrió inmediatamente el casco de acero de la barca de pesca; en cambio, el bote rápido de goma no dio ninguna señal.

—La barca se ha puesto en marcha —transmitió a los del *Argyll*. ¡Caray! Avanza directamente hacia ustedes.

El capitán Preston miró la pantalla del radar en el puente de su barco.

—Los tengo —dijo, y observó el puntito que se alejaba de la gran mancha blanca producida por el *Freya*.

—Es verdad —añadió—. Viene directamente hacia nosotros. ¿Qué diablos pretenderán hacer?

Vacía y a toda marcha, la barca de pesca navegaba a una velocidad de quince nudos. Dentro de veinte minutos, estaría entre los buques de guerra, pasaría entre ellos y llegaría hasta la flotilla que estaba detrás.

—Deben de pensar que podrán deslizarse a través de la barrera de nuestros barcos de guerra y perderse después entre los remolcadores, al amparo de la niebla —sugirió el primer oficial, que estaba al lado del capitán Preston—. ¿Y si enviamos la *Cutlass* a cortarles el paso?

—No voy a poner en peligro a unos buenos soldados, por mucho empeño que tenga el comandante Fallon en entablar su lucha personal —dijo Preston—. Esos bastardos han matado ya a un marinero del *Freya*, y las órdenes del Almirantazgo son concretas. Hay que emplear los cañones.

La operación a bordo del *Argyll* fue muy sencilla, fruto de una larga práctica. Se pidió cortésmente a los otros cuatro buques de guerra de la OTAN que no abriesen fuego y dejasen la tarea a cargo del *Argyll.* Sus cañones de proa y de popa, de cinco pulgadas, giraron suavemente, apuntaron al blanco y dispararon.

Incluso a una distancia de tres millas, el blanco era muy pequeño. En todo caso, se salvó de la primera andanada, aunque los proyectiles hicieron brotar muchos surtidores a su alrededor. Esto no significaba ningún espectáculo para los observadores del *Argyll*, ni para los hombres agazapados en las tres lanchas rápidas que estaban junto a él. Pasara lo que pasara, la niebla lo hacía invisible; sólo el radar podía ver dónde caían las granadas, y la barca que saltaba sobre las revueltas aguas. Sin embargo, el radar no podía decir a sus dueños que no había nadie empuñando el timón, ni nadie que, temeroso, tratase de refugiarse en la popa.

Andrew Drake y Azamat Krim permanecían sentados en silencio en su bote rápido para dos personas, junto al *Freya*, y esperaban. Drake sujetaba la cuerda que pendía de la borda del superpetrolero. A través de la niebla, ambos oyeron los primeros estampidos sordos de los cañones del *Argyll.* Drake hizo una señal con la cabeza a Krim, éste puso en marcha el motor fuera borda. Drake soltó la cuerda y el bote hinchable se alejó rápidamente, ligero como una pluma, rozando el agua al aumentar su velocidad, y ahogado el ruido de su motor por el estruendo de la sirena del *Freya.* Krim miró su muñeca izquierda, a la que había atado una brújula impermeable, y cambió el rumbo unos grados al Sur. Había calculado que, a toda velocidad, tardaría cuarenta y cinco minutos en llegar desde el *Freya* al laberinto de islas que constituyen Bevelandia del Norte y del Sur.

A las siete menos cinco, la barca de pesca fue alcanzada directamente por la sexta granada del *Argyll.* El explosivo partió la barca por la mitad levantándola a medias sobre el agua y volviendo la proa y la popa boca abajo. El depósito de carburante estalló y el casco de acero se hundió como una piedra.

—Un impacto directo —informó el oficial artillero desde las entrañas del *Argyll*, donde él y sus subordinados observaban por radar el desigual duelo—. Se ha hundido.

El punto se desvaneció en la pantalla; la aguja iluminada siguió girando, pero sólo mostró el *Freya* a cinco millas de distancia. En el puente, cuatro observaban lo mismo, y se hizo un momento de silencio. Para todos ellos, era la primera vez que su barco causaba realmente alguna muerte.

—Que salga la *Sabre* —ordenó el capitán Preston, sin levantar la voz—. Ahora podrán subir a bordo y rescatar el *Freya*.

El operador de radar, en la oscura cabina del *Nimrod*, observó atentamente su pantalla. Podía ver todos los buques de guerra, todos los remolcadores, y el *Freya* al este de ellos. Pero en un lugar más allá del *Freya*, oculto a los ojos de los barcos de la Armada por la masa del superpetrolero, un punto diminuto parecía alejarse hacia el Sudeste; era tan pequeño que casi le había pasado inadvertido; no mayor que el que habría podido producir un bidón metálico de tamaño mediano. En realidad, era la cubierta metálica del motor fuera borda de un bote rápido hinchable. Los bidones de metal no pueden desplazarse sobre el océano a treinta nudos por hora.

—*Nimrod* a *Argyll*. *Nimrod* a *Argyll*...

Los oficiales que estaban en el puente del crucero escucharon, con desazón, la noticia que les dio el avión desde lo alto. Uno de ellos corrió al ala del puente y gritó la información a los marinos de Portland que esperaban en sus lanchas patrulleras.

Dos segundos después, la *Cutlass* y la *Scimitar* habían partido, llenando con el rugido de sus motores gemelos diesel la niebla que les rodeaba. Largos plumeros blancos de espuma surgieron de sus proas, que se elevaron más y más, mientras las popas se hundían en la estela y las espirales de bronce batían el agua espumosa.

—¡Malditos sean! —gritó el comandante Fallon al oficial de Marina que estaba a su lado en la pequeña caseta del timón de la *Cutlass*—. ¿Qué velocidad podemos alcanzar?

—Tal como está el mar, más de cuarenta nudos —le gritó a su vez el marino.

No es bastante, pensó Adam Munro, agarrado con ambas manos a un barrote, mientras la barca saltaba y se encabritaba como un caballo desbocado en la niebla. El *Freya* estaba todavía a cinco millas de distancia, y el bote de los terroristas, a otras cinco más allá. Aunque le aventajasen en diez nudos, tardarían una hora en alcanzar al bote hinchable que llevaba a Svoboda a lugar seguro, en los recovecos de la costa holandesa donde podría ocultarse fácilmente. Y llegaría allí en cuarenta minutos, tal vez menos.

La *Cutlass* y la *Scimitar* navegaban a ciegas, rasgando la niebla en jirones, que volvían a juntarse detrás de ellas. En un mar frecuentado por embarcaciones, habría sido una locura navegar a tal velocidad en condiciones de visibilidad cero. Pero este mar estaba desierto. En la caseta del timón de cada lancha, sus comandantes escuchaban un chorro constante de información enviada por el *Nimrod*, vía *Argyll*: su propia posición y la de la otra patrullera; posición del *Freya*, imposible de ver entre la niebla; posición de la *Sabre*, muy lejos a su izquierda, dirigiéndose al *Freya* a menor velocidad; rumbo y velocidad del punto móvil que representaba el medio de huida de Svoboda.

Muy al este del *Freya*, el bote hinchable con el que Andrew Drake y Azamat Krim buscaban su salvación parecía estar de suerte. Bajo la niebla, el mar se había calmado todavía más, y la lisura del agua les permitía aumentar incluso su velocidad. Casi toda la embarcación estaba fuera del agua, y sólo la hélice del zumbador motor se hundía profundamente bajo la superficie. A poca distancia, visible a pesar de la niebla, Drake pudo observar restos de la estela dejada por sus compañeros, que habían salido diez minutos antes que ellos. Era extraño —pensó— que las huellas permaneciesen tanto rato en la superficie del mar.

En el puente del *USS Moran*, situado al sur del *Freya*, el capitán Mike Manning estudiaba también su pantalla de radar. Podía ver el *Argyll* a lo lejos, hacia el Noroeste, y el *Freya* al Norte y ligeramente hacia el Este.

Entre ellos la *Cutlass* y la *Scimitar* eran visibles, ganando rápidamente distancia. Lejos, hacia el Este, podía distinguir el punto diminuto del bote rápido, un punto tan pequeño que casi se confundía con el fondo lechoso de la pantalla. Pero estaba allí. Manning observó la distancia que separaba al fugitivo de sus perseguidores.

—No le alcanzarán —dijo, y dio una orden a uno de sus oficiales.

El cañón de cinco pulgadas de la proa del *Moran* giró lentamente hacia la derecha, buscando un blanco en alguna parte entre la niebla.

Un marinero se plantó al lado del capitán Preston, que seguía absorto en la observación de la persecución a través de la niebla, tal como la mostraba su propio radar. Sabía que sus cañones eran inútiles; el *Freya* estaba casi entre él y el blanco, por lo que disparar sería demasiado arriesgado. Además, la mole del *Freya* confundía el blanco en la pantalla de radar, que, por allí, no podría transmitir correctamente la información a los cañones, a efectos de puntería.

—Con su permiso, señor —dijo el marinero.

—¿Qué hay?

—Acaban de dar una noticia, señor. Los dos hombres que hoy llegaron a Israel han muerto, señor. Han muerto en sus celdas.

—¿Muertos? —exclamó el capitán Preston, con incredulidad—. Entonces, todo esto ha sido para nada. Me pregunto quién diablos puede haberlo hecho. Habrá que decírselo a ese tipo del Foreign Office cuando vuelva. Le interesará.

Delante de Andrew Drake, el mar seguía en absoluta calma. Tenía una lisura lustrosa, oleosa, que resultaba antinatural en el mar del Norte. El y Krim estaban casi a mitad del trayecto hacia la costa holandesa, cuando el motor tosió por primera vez. Volvió a hacerlo varios segundos más tarde y, después, continuamente. Menguó la velocidad y se redujo la potencia.

Azamat Krim aceleró con fuerza. El motor dio un estampido, tosió de nuevo y reanudó la marcha, pero con un zumbido gangoso.

—Se está calentando mucho —gritó Krim a Drake.

—No puede ser —chilló Drake—. Debería funcionar a todo gas al menos durante una hora.

Krim se asomó a un lado del bote y metió una mano en el agua. Observó la palma y la mostró a Drake. Unos hilillos de petróleo crudo se deslizaban hacia su muñeca.

—Está obstruyendo los tubos de refrigeración —explicó Krim.

—Parece que pierde velocidad —informó el operador del *Nimrod* al *Argyll*, el cual transmitió la información a la *Cutlass*.

—¡Vamos! —gritó el comandante Fallon—. Todavía podremos alcanzar a esos bastardos.

La distancia empezó a menguar rápidamente. El bote hinchable navegaba a diez nudos por hora. Pero Fallon no sabía, como tampoco lo sabía el joven oficial que manejaba el timón de la veloz *Cutlass*, que se estaban acercando al borde del gran lago de petróleo formado en la superficie del océano. Ni que su presa se encontraba ahora en mitad del mismo.

Diez segundos después, se paró el motor de Azamat Krim. Se

hizo un silencio que parecía de otro mundo. A lo lejos pudieron oír el zumbido de los motores de la *Cutlass* y la *Scimitar*, que avanzaban hacia ellos a través de la niebla.

Krim juntó ambas manos en forma de cuenco y mostró a Drake el líquido recogido con ellas.

—Es nuestro petróleo, Andrew; es el petróleo que derramamos. Estamos en el centro de él.

—Se han detenido —informó el timonel de la *Cutlass* a Fallon, que estaba a su lado—. El *Argyll* dice que se han detenido. Dios sabe por qué.

—Los pillaremos —gritó Fallon, entusiasmado, descolgando del hombro su metralleta «Ingram».

En el *USS Moran*, el oficial artillero Chuck Olsen informó a Manning:

—Tenemos la distancia y la dirección.

—Abran fuego —ordenó Manning, serenamente.

Siete millas al sur de la *Cutlass*, el cañón de proa del *Moran* empezó a escupir granadas, en regular y rítmica secuencia. El comandante de la *Cutlass* no podía oír los disparos, pero éstos podían oírse desde el *Argyll*, que le ordenó reducir la marcha. Avanzaba en derechura a la zona donde se había detenido la motita reflejada en las pantallas de radar, y el *Moran* estaba haciendo fuego contra aquel mismo sector. El comandante quitó gas a sus válvulas gemelas, y la encabritada lancha perdió velocidad hasta que se detuvo, cabeceando delicadamente.

—¿Qué diablos está haciendo? —gritó Fallon—. No pueden estar a más de una milla delante de nosotros.

La respuesta le llegó del cielo. En algún lugar encima de ellos y a una milla por delante de la proa, se produjo un ruido como de un tren en marcha al pasar las primeras granadas del *Moran* en busca del blanco.

Las tres granadas peforadoras semiblindadas cayeron directamente en el agua, levantando surtidores de espuma a unos cien metros del bote hinchable que se mecía en el mar.

Las granadas de magnesio llevaban espoletas reguladas. Estallaron en cegadoras ráfagas de luz blanca a pocos metros de la superficie del mar, derramando lindas y delicadas estrellas de magnesio encendido sobre una amplia zona.

Los hombres de la *Cutlass* guardaron silencio, al ver iluminarse la niebla que tenían delante. A cuatro kilómetros a estribor, la *Scimitar* se había detenido también, en el mismo borde de la mancha de petróleo.

El magnesio cayó sobre el crudo, elevando su temperatura más allá del punto de ignición. Los ligeros fragmentos de metal ardiente, menos pesados de lo necesario para atravesar la capa de espuma, se posaron y siguieron ardiendo sobre el petróleo.

Ante los ojos de los marineros y de los infantes de Marina que observaban, el mar se incendió; una llanura enorme, de varias millas de longitud y de anchura, empezó a brillar; primero, con resplandor rojizo; después, más vivo y ardiente.

Sólo duró quince segundos. En este tiempo, el mar ardió. Más de la mitad de las veinte mil toneladas de petróleo derramadas se inflamaron y se quemaron. En pocos segundos, su temperatura subió a cinco mil grados centígrados. El terrible calor deshizo la niebla en un radio de varias millas, en seis segundos, y las llamas blancas alcanzaron una altura de un metro o metro y medio sobre la superficie del agua.

Los marineros y los infantes de Marina observaban en absoluto silencio aquel infierno que empezaba a sólo cien metros delante de ellos, y algunos se tapaban la cara para resguardarla del intenso calor.

En mitad del fuego, surgió una llamarada alta, como si hubiese explotado un depósito de gasolina. El petróleo ardiente no hacía el menor ruido, al extinguirse los destellos de su breve vida.

Desde el centro del incendio, rodando sobre el agua, un solo grito humano llegó a oídos de los marineros:

—*Shche ne vmerla Ukraina...*

Después, silencio. Las llamas menguaron, temblaron y se extinguieron. Volvió a caer la niebla.

—¿Qué diablos quiere decir eso? —murmuró el comandante de la *Cutlass*.

Fallon se encogió de hombros.

—No lo sé. Alguna jerga extranjera.

Detrás de ellos, Adam Munro contemplaba los últimos fulgores de las llamas moribundas.

—Traducido libremente —dijo—, quiere decir: «Ucrania resucitará.»

EPILOGO

Eran las ocho de la tarde en Europa Occidental, las diez de Moscú, y hacía una hora que el Politburó estaba reunido.

Yefrem Vishnayev y sus partidarios empezaban a impacientarse. El teórico del partido sabía que contaba con fuerza suficiente; era inútil seguir esperando. Se puso amenazadoramente en pie.

—Camaradas, los comentarios generales están muy bien, pero no conducen a ninguna parte. Yo he solicitado esta reunión especial de Presidium del Soviet Supremo con un fin, y es que veamos si el Presidium tiene que seguir depositando su confianza en la dirección de nuestro querido secretario general, el camarada Maxim Rudin.

»Todos hemos escuchado los argumentos en pro y en contra del llamado Tratado de Dublín, concerniente a los envíos de cereales que nos han prometido los Estados Unidos, y al precio, a mi modo de ver exageradísimo, que tendríamos que pagar por ello.

»Y últimamente nos hemos enterado de la fuga a Israel de los asesinos Mishkin y Lazareff, hombres que, según se ha demostrado sin la menor sombra de dura, fueron los autores del asesinato de nuestro querido camarada Yuri Ivanenko. Mi moción es la siguiente: que el Presidium del Soviet Supremo no puede seguir confiando en el camarada Rudin para la dirección de los asuntos de nuestra gran nación. Señor secretario general, pido que se ponga a votación esta moción

Se sentó. Se hizo un silencio. Incluso para los principales actores, y mucho más para los peces menudos que se hallan presentes, la caída de un gigante del poder del Kremlin es un momento terrible.

—Los que voten a favor de la moción... —dijo Maxim Rudin.

Yefrem Vishnayev levantó la mano. El mariscal Nikolai

Kerensky le imitó. Vitautas, el lituano, hizo lo propio. Hubo una pausa de varios segundos. Mujamed, el tadjik, levantó la mano. Entonces sonó el teléfono. Rudin contestó a la llamada, escuchó y colgó el aparato.

—Desde luego —dijo, impasiblemente—, no voy a interrumpir la votación; pero acabo de recibir unas noticias que pueden interesarles.

»Hace dos horas, Mishkin y Lazareff han muerto, repentinamente, en sus celdas de los sótanos de la jefatura de Policía de Tel-Aviv. Un colega suyo se mató al arrojarse desde el balcón de un hotel de las afueras de la misma ciudad. Hace una hora, los terroristas que secuestraron el *Freya* en el mar del Norte, para liberar a aquellos hombres, murieron en un mar de petróleo ardiente. Ninguno de ellos llegó a abrir la boca. Y ahora, ninguno de ellos podrá hacerlo jamas.

»Y ahora creo que podemos continuar la votación sobre la propuesta del camarada Vishnayev...

Las miradas se desviaron, calculadoras, y se fijaron sobre el mantel de la mesa.

—Los que voten en contra de la moción —murmuró Rudin.

Vassili Petrov y Dmitri Rykov levantaron la mano. Después lo hicieron el georgiano Chavadze, Shuskin y Stepanov.

Petryanov que en una ocasión había votado con la facción de Vishnayev, miró las manos levantadas, percibió de dónde soplaba el viento, y levantó la suya.

—Séame permitido —dijo Komarov, de Agricultura— expresar mi satisfacción personal de poder votar, con toda confianza, en favor de nuestro secretario general.

Levantó la mano. Rudin le sonrió.

«¡Bergante! —pensó—. Yo mismo te echaré de aquí a patadas.»

—Entonces, con mi propio voto en contra, queda rechazada la moción por ocho votos en contra y cuatro a favor —indicó Rudin—. Creo que no hay más asuntos de que tratar.

No los había.

Doce horas más tarde, el capitán Thor Larsen estaba de nuevo en el puente del *Freya* y observaba el mar a su alrededor.

Había sido una noche memorable. Los marinos británicos le

habían encontrado y liberado hacía doce horas, cuando estaba a punto de derrumbarse. Expertos de la Marina habían bajado cautelosamente a los depósitos del superpetrolero y arrancado los detonadores de la dinamita, y subido cuidadosamente las bombas desde las entrañas del buque hasta la cubierta, donde las habían desmontado.

Manos vigorosas habían quitado los cerrojos de la puerta detrás de la cual se hallaban encerrados los tripulantes desde hacía sesenta y cuatro horas, y los marineros liberados habían gritado y bailado de alegría. Y se habían pasado toda la noche haciendo llamadas personales a sus padres y a sus esposas.

Un médico de la Marina había acostado a Thor Larsen en su litera y había curado delicadamente su herida, lo mejor que había podido en aquellas condiciones.

—Desde luego, necesitará una intervención quirúrgica —dijo el médico al noruego—. Pero todo estará preparado cuando llegue en helicóptero a Rotterdam. ¿De acuerdo?

—No —replicó Larsen, a punto de desmayarse—. Iré a Rotterdam, pero en el *Freya*.

El médico había limpiado y vendado la mano rota, administrando antibióticos contra la infección y morfina contra el dolor. Antes de que hubiese terminado, Thor Larsen se había dormido.

Manos expertas habían conducido durante la noche una serie de helicópteros que se habían elevado para aterrizar en la cubierta del *Freya*, transportando a Wennerstrom, que iba a inspeccionar su barco, y a los hombres que ayudarían en la maniobra de entrada en el puerto. El bombero había encontrado sus piezas de recambio y reparado las bombas de control de la carga. Se había trasvasado petróleo de uno de los depósitos llenos al que había sido vaciado, para restablecer el equilibrio; y se habían cerrado todas las válvulas.

Mientras el capitán dormía, el primero y segundo oficiales habían examinado el *Freya* palmo a palmo, desde la proa hasta la popa. El primer mecánico había revisado minuciosamente sus adoradas máquinas, comprobando todos los sistemas, para asegurarse de que nada estaba averiado.

Durante las horas nocturnas, los remolcadores y las lanchas del servicio de incendios habían vertido disolvente concentrado en la zona del mar donde todavía quedaba espuma del petróleo derramado, aunque la mayor parte de éste había ardido en el breve holocausto producido por las granadas de magnesio del capitán Manning.

Momentos antes de la aurora, Thor Larsen se había despertado. El mayordomo le había ayudado cariñosamente a ponerse su ropa, el uniforme de gala de capitán de la «Nordia Line» que había insistido en ponerse. Había deslizado con cuidado la mano herida dentro de la manga con cuatro galones dorados y, después, la había descansado en el cabestrillo que colgaba de su cuello.

A las ocho de la mañana se plantó en el puente, junto a sus primero y segundo oficiales. Los dos prácticos de Control del Mosa estaban también allí, y el más viejo llevaba su «caja parda» de navegación, para mayor seguridad.

Para sorpresa de Thor Larsen, el mar, al norte, al sur y al oeste del *Freya*, estaba atestado. Había barcas de arrastre procedentes del Humber y del Scheldt y buques de pesca de Lorient y St. Malo, de Ostende y de la costa de Kent. Barcos mercantes de diversos pabellones se mezclaban con buques de guerra de cinco flotas de la OTAN, dentro y fuera de un radio de tres millas.

A las ocho y dos minutos, las gigantescas hélices del *Freya* empezaron a girar y el grueso cable del ancla arrancó ésta del fondo del océano. Debajo de la popa surgió un gran torbellino de blanca espuma.

En el cielo trazaban círculos cuatro aviones provistos de cámaras de televisión, que mostraban a un mundo expectante la llegada de la diosa de los mares.

Al extenderse la estela detrás de ella y ondear al viento el emblema del casco de vikingo de la compañía, el mar del Norte se llenó de una algarabía de sonidos.

Pequeñas sirenas que parecían agudos silbatos, estruendosos rugidos y alaridos agudos, resonaron sobre el agua, cuando más de cien capitanes de barcos pequeños o grandes, pacíficos o de guerra, hicieron al *Freya* el saludo tradicional de los marinos.

Thor Larsen contempló el poblado mar a su alrededor y el camino despejado que conducía a la Boya Número Uno del Euro. Después, se volvió al práctico holandés, que estaba a la espera.

—Señor práctico, le ruego que señale la ruta hacia Rotterdam.

El domingo 10 de abril, en Saint Patrick's Hall, Dublin Castle, dos hombres se acercaron a la gran mesa de roble colocada allí para este fin, y tomaron asiento.

En la Minstrel Gallery, las cámaras de televisión atisbaban a través de los arcos la mesa inundada de luz blanca y transmitían las imágenes a todo el mundo.

Dmitri Rykov estampó cuidadosamente su firma, en nombre de la Unión Soviética al pie de los dos ejemplares del Tratado de Dublín, encuadernados en tafilete rojo, y los pasó a David Lawrence, que firmó en nombre de los Estados Unidos.

A las pocas horas, los primeros barcos cargados de cereales, que esperaban frente a Murmansk y Leningrado, Sebastopol y Odessa, avanzaron en dirección a sus respectivos puertos de amarre.

Una semana más tarde, las primeras unidades de combate emplazadas a lo largo del telón de acero empezaron a cargar sus equipos y a retirarse de las alambradas.

El jueves, 14, la acostumbrada reunión del Politburó en el edificio del Arsenal no tuvo nada de rutinaria.

El último que entró en el salón, porque le retuvo en el exterior un comandante de la guardia del Kremlin fue Yefrem Vishnayev.

Cuando cruzó el umbral, observó que las caras de todos los otros once miembros estaban vueltas hacia él. Maxim Rudin parecía rumiar en la presidencia de la mesa en forma de T. A cada lado del palo de la T había cinco sillones, y todos ellos estaban ocupados. Sólo había un asiento vacante: el situado en la punta de la mesa, de cara a la presidencia.

Yefrem Vishnayev, con aire impasible, avanzó despacio hacia aquel asiento, conocido vulgarmente como «sillón penal». Iba a asistir por última vez a una reunión del Politburó.

El 18 de abril, un pequeño carguero se balanceaba en el mar Negro, a diez millas de la costa de Rumania. Momentos antes de las dos de la madrugada, una lancha rápida se separó del buque mercante y se lanzó a toda velocidad hacia la costa. Se detuvo a tres millas de ésta, y un marinero sacó una potente linterna, apuntó con ella a la invisible playa e hizo una señal: tres destellos largos y tres cortos. No hubo respuesta desde la playa. El hombre repitió cuatro veces la señal. Tampoco hubo respuesta.

La lancha rápida dio media vuelta y vovió al buque mercante. Una hora más tarde, los del barco la guardaron bajo cubierta y se envió un mensaje a Londres.

Londres respondió con otro mensaje cifrado, dirigido a la Embajada británica en Moscú:

—Lamentamos que *el Ruiseñor* no haya acudido a la cita. Sugerimos regreso a Londres.

El 25 de abril se celebraba una sesión plenaria del Comité Central del Partido Comunista de la Unión Soviética en el Palacio de Congresos, dentro del Kremlim. Habían venido delegados de toda la Unión, algunos de ellos después de viajar varios miles de kilómetros.

De pie en el estrado, debajo de la desmesurada cabeza de Lenin, Maxim Rudin pronunció su discurso de despedida.

Empezó refiriéndose a la crisis con que se había enfrentado su país hacía un año; hizo una descripción del hambre y la miseria, que puso los cabellos de punta a sus oyentes. Siguió explicando la brillante operación diplomática gracias a la cual, y siguiendo las órdenes del Politburó, Dmitri Rykov se había reunido con los americanos en Dublín y conseguido de ellos el envío de cereales en cantidades que no tenían precedentes, además de importaciones de tecnología y de computadoras, todo ello a un coste mínimo. No mencionó para nada las concesiones en materia de armamentos. Recibió una ovación que duró diez minutos.

Volviendo su atención a la cuestión de la paz mundial, recordó a todos el constante peligro en que ponían a la paz las ambiciones territoriales e imperialistas del Occidente capitalista, ayudados ocasionalmente por enemigos de la paz de la propia Unión Soviética.

Esto era demasiado y producía un inmenso dolor. Pero —siguió diciendo, mientras levantaba un dedo acusador— esas personas que conspiraban en secreto con los imperialistas habían sido descubiertas y anuladas, gracias a la continua vigilancia del incansable Yuri Ivanenko, muerto hacía una semana en un hospital, después de una larga y valerosa lucha contra la dolencia cardíaca que le consumía.

Al oír los presentes la noticia de esta muerte, hubo grandes exclamaciones de espanto y de condolencia por el camarada desaparecido, que les había salvado a todos. Rudin levantó una mano pesarosa, pidiendo silencio.

Pero —les dijo— Ivanenko había tenido un ayudante muy capacitado, antes de su ataque al corazón, en su siempre fiel camarada de armas Vassili Petrov, el cual le había sustituido desde el principio de su enfermedad y había completado la tarea de salvaguardar a la Unión Soviética, como gran campeona mundial de la paz. Hubo una ovación para Vassili Petrov.

Precisamente porque había sido descubierta y destruida la conspiración de la facción enemiga de la paz, dentro y fuera de la Unión Soviética —siguió diciendo Rudin—, había podido la URSS, en su continua lucha por la distensión y la paz, reducir su programa de fabricación de armas por primera vez en muchos años. Y así, gracias a la vigilancia del Politburó y a su identificación de los verdaderos enemigos de la paz, en adelante se podría dedicar una parte mayor del esfuerzo nacional a la producción de bienes de consumo y mejoras sociales.

Esta vez los aplausos se prolongaron durante otros diez minutos.

Cuando la ovación estaba a punto de extinguirse, Maxim Rudin alzó las manos y bajó el tono de su voz.

En cuanto a él —dijo— había hecho cuanto había podido; pero había llegado el momento de la despedida.

Se hizo un silencio de pasmo, que podía palparse en el aire.

Había trabajado durante largo tiempo, quizá demasiado, llevando sobre sus hombros las cargas más pesadas, y esto había minado su fuerza y su salud.

En el estrado, sus hombros se encogieron, agotados bajo aquel peso abrumador. Hubo gritos de «¡No... No...!»

Era viejo, dijo Rudin. ¿Qué deseaba ahora? Ni más ni menos que lo que querían todos los viejos. Sentarse junto al fuego del hogar, en las noches de invierno, y jugar con sus nietos...

En la tribuna de los diplomáticos, el jefe de la Cancillería británica murmuró al embajador:

—Me parece que esto es demasiado. Tiene más muertes sobre su conciencia que yo pelos en la barba.

El embajador arqueó una ceja y murmuró:

—Considérese afortunado. Si estuviésemos en América, presentaría a sus nietos en el escenario.

Así, pues —concluyó Rudin—, había llegado el momento de decir a sus amigos y camaradas que, según el pronóstico de los médicos, sólo le quedaban unos meses de vida. Con el permiso de sus oyentes, se desprendería de su cargo y pasaría el poco tiempo que le quedaba en el campo que tanto quería, con su familia, que lo era todo para él.

Varios delegados femeninos lloraban ahora a moco tendido.

Sólo quedaba una última cuestión, añadió Rudin. El pensaba retirarse dentro de cinco días, el último del mes. El día siguiente sería el Primero de Mayo, y un hombre nuevo aparecería en lo alto del Mausoleo de Lenin, para presenciar el gran desfile. ¿Quién sería este hombre?

Debía de ser un hombre joven y vigoroso, prudente y lleno de un patriotismo ilimitado; un hombre que hubiese demostrado su valía en los más altos organismos del país, pero cuya espalda no estuviese aún doblada por la edad. Los pueblos de las quince repúblicas socialistas tenían la suerte de contar con este hombre, proclamó Rudin, en la persona de Vassili Petrov...

La elección de Petrov como sucesor de Rudin fue hecha por aclamación. Los partidarios de otros candidatos habrían sido abucheados si se hubiesen atrevido a hablar. Ni siquiera lo intentaron.

Después de la crisis del secuestro del superpetrolero en el mar del Norte, sir Nigel Irvine hubiese querido que Adam Munro se quedara en Londres o, al menos, que no volviese a Moscú. Pero Munro había acudido personalmente a la primer ministro, para que le diese una última oportunidad de averiguar si su agente, *el Ruiseñor*, estaba a salvo. Y, en consideración al papel que había desempeñado en la solución de la crisis, la primer ministro había accedido a su deseo.

Desde su reunión con Maxim Rudin en la madrugada del 3 de abril, era evidente que su disfraz había quedado inservible y que nunca más podría actuar como agente en Moscú.

El embajador y el jefe de la Cancillería consideraron su regreso con el mayor recelo, y nada tuvo de extraño que su nombre fuese cuidadosamente excluido de todas las invitaciones diplomáticas y que no fuese recibido por ningún representante del Ministerio soviético de Comercio Exterior. Estuvo, pues, vagando de un lado a otro, como un huésped incómodo y desdeñado, esperando, contra toda esperanza, que Valentina pudiese ponerse en contacto con él y decirle que estaba sana y salva.

En una ocasión, decidió marcar el número de su teléfono particular. No hubo respuesta. Tal vez había salido de casa, pero no se atrevió a probar otra vez. Después de la caída de la facción de Vishnayev, le anunciaron que sólo podía permanecer allí hasta fin de mes. Después, sería llamado a Londres, y su dimisión del servicio sería aceptada de buen grado.

El discurso de despedida de Maxim Rudin produjo gran revuelo en las misiones diplomáticas, que se apresuraron a informar a sus respectivos Gobiernos de la marcha de Rudin y a preparar informes sobre su sucesor, Vassili Petrov. Munro fue excluido de este torbellino de actividad.

Por consiguiente, la sorpresa fue tanto mayor cuando, después del anuncio de una recepción en el Salón de San Jorge del Gran Palacio del Kremlin, en la noche del 30 de abril, llegó a la Embajada británica una invitación para el embajador, el jefe de la Cancillería y míster Adam Munro. Incluso se indicó, en el curso de una conferencia telefónica entre el Ministerio soviético de Asuntos Exteriores y la Embajada, que se confiaba en que Munro asistiría.

La recepción oficial de despedida de Maxim Rudin fue un acontecimiento esplendoroso. Más de cien personas de la Unión Soviética se mezclaron con un número cuatro veces mayor de diplomáticos extranjeros del mundo socialista, de Occidente y del Tercer Mundo. También estaban presentes delegaciones fraternales de partidos comunistas fuera del bloque soviético, que parecían encontrarse un tanto desplazadas entre tantos trajes de etiqueta, uniformes militares, estrellas, condecoraciones y medallas. Habríase dicho que era un zar quien abdicaba, y no el máximo dirigente de un paraíso de trabajadores donde habían sido abolidas las clases.

Los extranjeros se confundían con sus anfitriones rusos bajo las tres mil bombillas de las seis enormes lámparas, intercambiando comentarios y felicitaciones en las capillitas donde se conmemoraba a los grandes héroes zaristas, junto a los otros caballeros de San Jorge. Maxim Rudin se movía entre ellas como un viejo león, aceptando como merecidos los plácemes de los enviados de ciento cincuenta países.

Munro le vio desde lejos, pero no figuraba en la lista de los que debían serle personalmente presentados, ni habría sido prudente que se acercase por propia iniciativa al dimisionario secretario general. Antes de medianoche, Rudin alegó su natural fatiga, se excusó y dejó a los invitados al cuidado de Petrov y de los otros miembros del Politburó.

Veinte minutos más tarde, Adam Munro sintió que le tocaban un brazo. Junto a él estaba un inmaculado comandante, con el uniforme de la guardia pretoriana del Kremlin. Impasible como siempre, el comandante le dijo en ruso:

—Míster Munro, tenga la bondad de acompañarme.

Su tono no admitía réplica. Y Munro no se sorprendió; sin duda su inclusión en la lista de invitados había sido un error; le habían descubierto, y ahora le pedían que se marchase. Pero el comandante se alejó de la puerta principal y pasó al alto salón octogonal de San Vladimiro, subió una escalera de madera guardada por una reja de bronce y salió a la cálida luz de las estrellas de la plaza del Salvador.

El hombre caminaba con absoluto aplomo, cruzando pasillos y puertas que conocía bien, pero que estaban vedados a la mayoría.

Siempre detrás de él, Munro cruzó la plaza y entró en el Palacio Terem. Todas las puertas estaban custodiadas por guardias silenciosos, que las abrían al acercarse el comandante y volvían a cerrarlas cuando habían pasado. Cruzaron la cámara del Salón Frontal y, después, hasta el fondo de la cámara de la Cruz. Aquí, el comandante se detuvo ante una puerta y llamó. Sonó una áspera orden en el interior. El comandante abrió la puerta, se apartó a un lado e indicó a Munro que podía entrar.

La tercera cámara del Palacio Terem, llamado también Palacio de las Cámaras, es el Salón del Trono, el sanctasanctórum de los antiguos zares y la más inaccesible de todas las estancias. Con sus azulejos rojos, dorados y de mosaico, su suelo entarimado y su alfombra de color granate oscuro, es más agradable, más pequeño y más acogedor que todos los demás salones. Era el lugar donde los zares trabajaban o recibían a los emisarios en el más absoluto secreto. Maxim Rudin estaba allí de pie, mirando a través de la ventana. Al entrar Munro, se volvió.

—Bueno, míster Munro, tengo entendido que nos deja.

Habían pasado veintisiete días desde que Munro le había visto por primera vez, en bata y sorbiendo un vaso de leche, en sus habitaciones personales del Arsenal. Ahora llevaba un traje gris oscuro, magníficamente cortado, seguramente en Savile Road, Londres, y lucía en la solapa izquierda las medallas de Lenin y de Héroe de la Unión Soviética. Un atuendo más adecuado para estar en el Salón del Trono.

—Sí, señor presidente —afirmó Munro.

Maxim Rudin miró su reloj.

—Dentro de diez minutos, seré el señor ex presidente —observó—. Dimito oficialmente a medianoche. Supongo que usted se retira también, ¿eh?

«El viejo zorro sabe perfectamente que tiré mi disfraz la noche que me reuní con él —pensó Munro—, y que también yo tengo que retirarme.»

—Sí, señor presidente. Mañana volveré a Londres y pediré el retiro.

Rudin no se acercó a él ni le tendió la mano. Permaneció en pie al otro lado del salón, precisamente donde antaño se erguían los zares, en el salón que representaba el pináculo del Imperio ruso, y saludó con la cabeza.

—Entonces, debo desearle un buen viaje, míster Munro.

Agitó una campanilla de ónice que había sobre la mesa, y la puerta se abrió detrás de Munro.

—Adiós, señor —se despidió Munro.

Y se volvía para salir, cuando Rudin habló de nuevo

—Dígame, míster Munro, ¿qué opina usted de nuestra Plaza Roja?

Munro se detuvo, intrigado. Era una extraña pregunta, después de una despedida. Pensó un momento y respondió, cautelosamente:

—Que es imponente.

—Imponente, sí —admitió Rudin, como sopesando la palabra—. Tal vez no tan elegante como su Berkeley Square, pero, en ocasiones, también se oye cantar aquí a *el Ruiseñor.*

Munro se quedó tan inmóvil como los santos pintados en el techo. Le dio un vuelco el estómago y se sintió mareado. La habían detenido, y ella, incapaz de resistir, se lo había contado todo; incluso su nombre en clave y la vieja canción sobre el ruiseñor de Berkeley Square.

—¿La van a fusilar? —preguntó, con voz ronca.

Rudin pareció auténticamente sorprendido.

—¿Fusilarla? ¿Por qué habríamos de hacerlo?

Entonces, serían los campos de trabajo, la muerte en vida, para la mujer que amaba y con la que había estado a punto de casarse en su Escocia natal.

—Entonces, ¿qué le harán?

El viejo ruso arqueó las cejas, con fingida sorpresa.

—¿Hacerle? Nada. Es una mujer leal, una patriota. Y le aprecia mucho a usted, joven. No está enamorada, compréndalo, pero le aprecia de veras...

—No lo entiendo —repuso Munro—. ¿Cómo lo sabe usted?

—Ella me pidió que se lo dijese —respondió Rudin—. No será un ama de casa en Edimburgo. No será mistress Munro. No podrá volver a verle... nunca. Pero no quiere que usted se preocupe por ella, que tema por ella. Está bien, tendrá privilegios y honores en su propio pueblo. Y me pidió que le dijese que no debe inquietarse.

La comprensión que empezaba a abrirse paso en su mente era casi tan perturbadora como el miedo. Munro miró fijamente a Rudin, mientras se extinguía su incredulidad.

—Era suya —dijo, con voz apagada—. Siempre fue suya; desde nuestro primer encuentro en el bosque, exactamente después de que Vishnayev hubiese resuelto hacer la guerra en Europa. Trabajaba para usted...

El viejo zorro del Kremlin se encogió de hombros.

—Míster Munro —gruñó—, ¿de qué otra manera podía hacer

llegar mi mensaje al presidente Matthews, con la absoluta certeza de que sería creído?

El impasible comandante de fría mirada se acercó a él; Munro salió del Salón del Trono, y la puerta se cerró a su espalda. Cinco minutos más tarde, salía a pie a la Plaza Roja, por la pequeña puerta de la verja del Salvador. Los maestros de ceremonias estaban ya ensayando el desfile del Primero de Mayo. El reloj, en lo alto, dio las campanadas de la medianoche.

Munro torció a la izquierda, en dirección al «Hotel Nacional», para buscar un taxi. Había andado cien metros y pasaba por delante del mausoleo de Lenin cuando, para sorpresa e indignación de un miliciano, lanzó una carcajada.